KB061010

소설 예수 **4** 닫힌 문

나남
nanam

나남창작선 156

소설 예수 ❹ 닫힌 문

2020년 12월 5일   발행
2020년 12월 5일   1쇄

지은이   尹錫鐵
발행자   趙相浩
발행처   (주) 나남
주소   10881 경기도 파주시 회동길 193
전화   (031) 955-4601 (代)
FAX   (031) 955-4555
등록   제 1-71호 (1979.5.12)
홈페이지   http://www.nanam.net
전자우편   post@nanam.net

ISBN   978-89-300-0656-9
ISBN   978-89-300-0652-1 (전7권)

책값은 뒤표지에 있습니다.

나남창작선 156

윤석철 대하장편

소설 예수 ④ 닫힌 문

나남
nanam

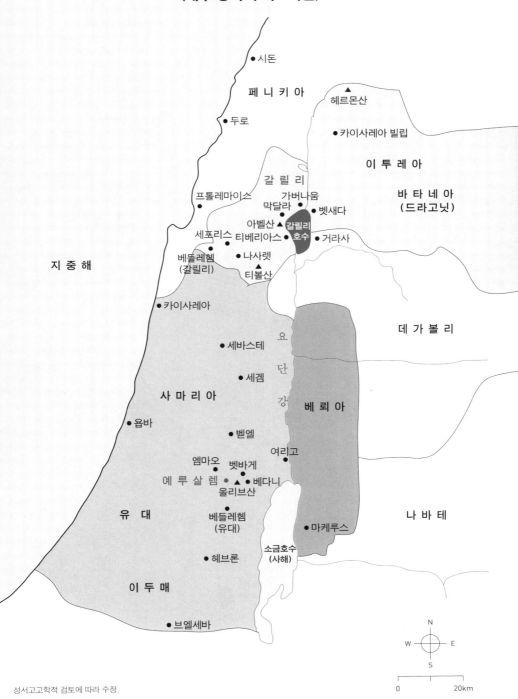

〈예수 당시의 이스라엘〉

시돈

페니키아

헤르몬산

두로

카이사레아 빌립

이 투 레 아

바 타 네 아
(드라고닛)

갈 릴 리

프톨레마이스

가버나움

막달라

벗새다

아벨산

세포리스   티베리아스

갈릴리
호수

거라사

지 중 해

베들레헴
(갈릴리)

나사렛

티볼산

카이사레아

데 가 볼 리

세바스테

요
단
강

세겜

사 마 리 아

베 뢰 아

욥바

벧엘

여리고

엠마오   벳바게

예 루 살 렘   베다니

올리브산

유 대

베들레헴
(유대)

나 바 테

마케루스

헤브론

소금호수
(사해)

이 두 매

브엘세바

N

W   E

S

성서고고학적 검토에 따라 수정.

0   20km

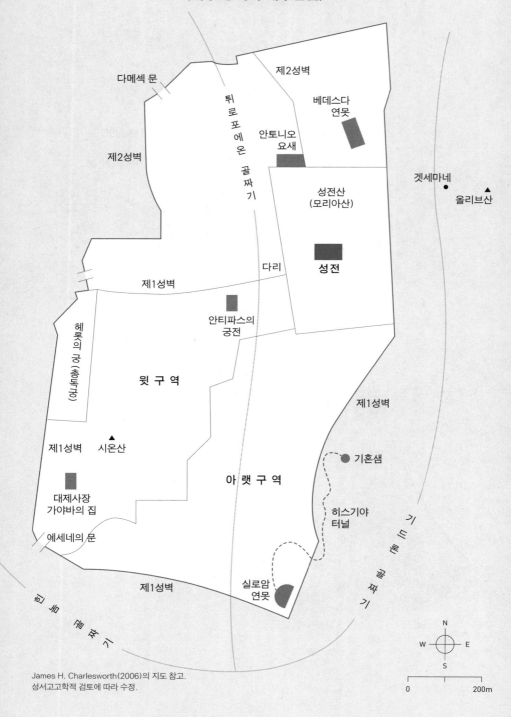

〈예수 당시의 예루살렘〉

다메섹 문

제2성벽

제2성벽

튀로포에온 골짜기

베데스다 연못

안토니오 요새

성전산 (모리아산)

겟세마네

올리브산

성전

다리

제1성벽

안티파스의 궁전

헤롯의 궁 (총독궁)

윗 구 역

제1성벽

제1성벽

시온산

기혼샘

아 랫 구 역

대제사장 가야바의 집

에세네의 문

히스기야 터널

힌 놈 골 짜 기

제1성벽

실로암 연못

기 드 론 골 짜 기

N
W   E
S

James H. Charlesworth(2006)의 지도 참고.
성서고고학적 검토에 따라 수정.

0   200m

〈예루살렘 성전 내부구조〉

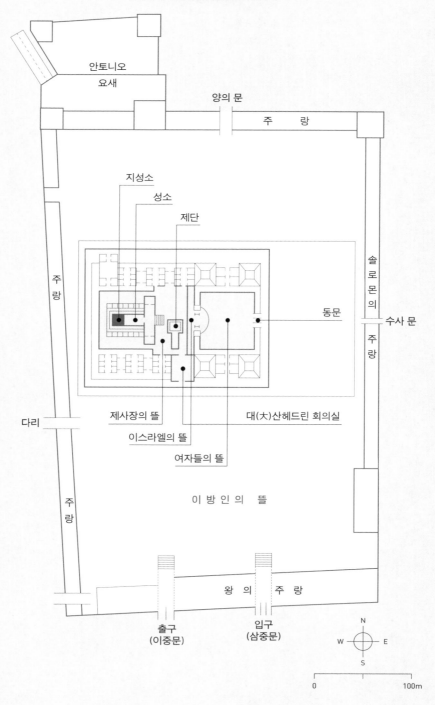

안토니오
요새

양의 문

주 랑

지성소

성소

제단

주 랑

솔로몬의

주 랑

동문

수사 문

다리

제사장의 뜰

대(大)산헤드린 회의실

이스라엘의 뜰

여자들의 뜰

주 랑

이 방 인 의 뜰

왕 의 주 랑

출구
(이중문)

입구
(삼중문)

N
W ← → E
S

0   100m

소설 예수 4권
닫힌 문

차 례

소설 예수 3권
새로운 약속

소설 예수 전 7권

등장인물 소개

예수   하느님의 뜻을 깨닫고 하느님을 가슴에 품고 산 사람.

히스기야   예수의 어릴 적 친구. 의적단 '하얀리본' 두목.
바라바   의적단 '하얀리본' 부두목. 바리새파 학생의 아들.
요한   세례자. 예수에게 세례를 베풀고 광야 수행으로 이끌어준 선생.

요셉   예수의 아버지.
마리아   예수의 어머니.
야고보   예수 바로 아래 동생.
다른 동생들   유다, 시몬, 요셉, 마리아, 요한나.
시몬   갈릴리 베들레헴에 사는 요셉의 삼촌. 예수에게 할례를 베풂.
예수   주인공 '나사렛 예수'와 같은 이름의 나사렛 마을 촌장 겸 회당장.

마리아 (막달라) 막달라 출신의 여자 제자.
시몬   갈릴리 호수 어부. 벳새다 출신. 예수에게서 '게바'라는 새 이름
             을 받음. '게바'는 헬라어로 베드로.
안드레   갈릴리 호수 어부. 벳새다 출신. 시몬의 동생.
요한   갈릴리 호수 어부. 세베대의 아들. 야고보의 동생.
야고보   갈릴리 호수 어부. 세베대의 아들. 요한의 형.
빌립   벳새다 출신. 스승이었던 세례자 요한이 처형된 후 예수를 따름.
유다   예수의 제자.
시몬   예수의 제자. '작은 시몬'으로 불림.
레위   가버나움 세리 출신. 알패오의 아들. 헬라식으로 '마태'라고도 불림.
야고보   레위의 동생. 알패오의 아들. '작은 야고보'라고 불림.

도마	쌍둥이라는 별명을 가진 제자.
므나헴	예수의 제자.
삭개오	여리고의 세리장.
글로바	엠마오 출신 예수의 제자.

빌라도	현 로마총독(5대 총독). 유대, 사마리아, 이두매 관할.
아레니우스	로마 원로원 의원의 조카. 빌라도를 따라 예루살렘에 옴.
클라우디아	빌라도의 아내.

헤롯	예수 탄생 후 사망한 유대의 왕.
마리암네	헤롯왕의 두 번째 왕비. 하스몬 왕조의 공주.
안티파스	갈릴리와 베뢰아를 다스리는 분봉왕. 헤롯왕과 네 번째 부인의 아들. '헤롯 안티파스'라고 불림.
알렉산더	분봉왕 안티파스의 최측근 신하. 로마에서 유학함.
헤로디아	안티파스의 현 아내. 헤롯왕의 다른 아들 '로마의 헤롯'과 이혼한 후 딸 살로메를 데리고 안티파스와 재혼함.

가야바	예루살렘 성전의 현 대제사장. 전임 대제사장 안나스의 사위.
마티아스	가야바의 아들. 성전 제사장.
야손	성전 제사장. 성전 정보조직 책임자.
가말리엘 (랍비)	랍비 힐렐의 손자. 바리새파 선생. 예루살렘 대산헤드린 의장.
시몬 (랍비)	랍비 힐렐의 아들. 바리새파 선생. 가말리엘의 아버지.
요하난 (랍비)	자카이의 아들. 바리새파 큰 스승. 훗날 랍비 유대교의 지도자.
니고데모	예루살렘 대산헤드린 의원.
요셉	아리마대 사람. 예루살렘 대산헤드린 의원.

요셉 (구레네)	구레네 사람으로 예루살렘 아랫구역 주민. 구레네 사람 시몬의 형.

두려움의 무게

———·———

해 질 무렵이 되면 하루 종일 거만하던 해도 조금씩 달을 닮는다. 그 날 예루살렘 성안에서 일어나고 스러졌던 모든 일을 내려놓고 때가 되자 빛을 걷어들고 주춤주춤 산을 넘어간다. 니산월 10일 저무는 해는 하얀 대리석 예루살렘 성전건물에 은은하게 연한 붉은색을 덧입혔다. 건물 뒤쪽 그늘은 어두운 색으로 뭉개져 빛이 그려낸 형상만 보였다.

수많은 날들 중 하루가 지나간다고 생각하는 사람이 있고, 특별한 하루를 보낸 사람도 있다. 예루살렘 성전 동쪽, 기드론 골짜기 건너 올리브산 자락, 움막마을에 살다가 밀려 나온 사람들은 하루를 1년처럼 붙잡고 산다. 환한 아침 햇빛을 받아 번쩍이며 빛나도, 석양빛을 받아 점점 붉은색으로 물들어 가도 성전의 아름다움에 감탄할 여유가 없는 사람들이다.

새들은 후르르 하늘로 날아오르면 그저 가물가물 까만 점으로 맴돈다. 사람이나 새나 왜 예루살렘을 떠나지 못하는 걸까?

"혹시 오늘은 빵을 안 주는 거 아냐?"

"그런 소리 하지 마! 괜히 마음 불안하게 ….."

움막마을 사람들은 목을 길게 빼고 멀리 보이는 예루살렘 남동쪽 성문, 성문에서 골짜기로 내려오는 길을 눈으로 더듬는다. 성문 닫힐 시간이 가까워지자 점점 초조한 기운이 퍼지며 한 사람 두 사람 천막 아래 자리에서 일어나 길가로 나온다. 눈 밝은 사람 하나가 외쳤다.

"어! 어! 저기, 저기! 온다. 내려온다!"

"정말! 가보자!"

빵 자루를 맞으러 아이들이 우르르 구르듯 기드론 골짜기로 뛰어 내려가면 산자락은 갑자기 소란스러워지고 천막에는 활기가 돈다. 허름한 보자기를 땅에 펴서 식구들이 둘러앉아 빵을 뗄 자리를 미리 준비하는 여자도 있고, 하루 종일 칭얼대던 아기에게 나오지도 않는 젖을 다시 물리며 등을 돌려 앉는 여자도 있다.

"아가! 빵이 온대! 조금 기다려!"

아기도 배고프지만 젖 빨리는 어미는 늘 더 배고팠다. 특히 해 질 무렵이면 견딜 수 없을 만큼 허기졌다. 성전에서는 무슨 심산인지 해가 산을 완전히 넘어갈 때까지 일부러 기다렸다가 빵을 내준다. 그럴 때면 서쪽 하늘 마지막 남은 몇 걸음을 천천히 느릿느릿 굴러가는 해가 그렇게 야속할 수가 없다.

해가 지기 훨씬 전부터 성문 밖에서 빵 광주리를 기다렸던 마을 사람들이 자루에 옮겨 담은 빵 자루를 어깨에 메고 비탈길을 걸어 올라와 내려놓고, 움막마을에 오직 한 마리 있는 나귀도 끄덕끄덕 등에 지고 올라온 자루들을 천막 앞에 부린다. 그러면 사람들은 벌써 익숙한 일인 듯 그 앞에 길게 줄을 선다.

원래 성전에서 빵을 내려줄 때는 집집마다 하루에 빵 3장씩, 식구 숫자가 5명이 넘으면 1장 더 나눠 주기로 했다. 그런데 마을 사람들끼리 상의해서 하루에 어른은 1장, 아이는 반 장, 아기는 3조각으로 나눠 한 쪽을 나눠 주기로 결정했다. 그러니 빵이 오면 어른 1줄, 아이 1줄, 그리고 아기들을 안거나 업은 여자들 1줄, 그렇게 3줄로 늘어서서 빵을 받는다. 나누다 보면 다만 몇 장이라도 남게 되는데, 그건 혹 그 밤에 급한 일이 생기는 집에 나눠 줄 비상으로 남겨둔다.

움막마을 사람들은 모두 배가 고프다. 배는 고프지만 다른 사람 몫을 탐내는 사람은 없다. 내가 배고픈 것처럼 다른 사람도 배고프다는 것을 그들은 안다. 비록 다른 사람에게 내 몫을 넘겨주지는 못해도 다른 사람 몫을 욕심내지는 않는다. 그런 일은 사람이라면 차마 할 짓이 아니라고 생각하며 산다. 자기 몫을 빼앗기고, 조상에게서 물려받았던 땅과 집을 넘겨주고 고향을 떠나온 사람들, 그들은 자기 몫을 빼앗기는 아픔을 누구보다 잘 아는 사람들이다.

사람 수대로 줄을 서서 빵을 받으면 다시 집집마다 식구끼리 둘러앉아 빵을 한데 모은 후 하루 두 번 먹을 분량으로 가른다. 그리고 한 끼분에서 빵을 찢어 나누어 먹는다. 대부분 어른 몫을 줄여 아이들에게 더 먹인다. 눈을 반짝이며 기다리던 아이들은 빵을 받자마자 한 입에 밀어 넣는다. 금방 후딱 먹어 치우고 서운한 표정을 짓는 자식들에게 부모는 손에 들고 있던 빵을 슬그머니 건네주고 물러난다.

그렇게 빵 한 조각 먹고 나면, 그제야 골짜기 건너편 불을 환하게 밝힌 성전이 눈에 들어온다. 성안 아랫구역 사람들은 작은 등잔불, 윗구역 사람들은 큰 등잔불을 켜고 호기로운 사람들은 문 앞에 호롱불도 매단다. 불을 밝히는 것은 어둠과 마주 서는 일이다. 예루살렘 성안에 사는 사람들은 불을 밝힌 만큼 빛 속에 머물지만, 올리브산 자락 움막 마을 사람들은 그냥 어둠에 모든 것을 내맡기고 밤을 지내야 한다. 불을 켜든 말든, 어둠이 그들이 머무는 자리를 덮든 말든 아무도 상관하지 않는다. 성전과 골짜기 하나를 마주한 산자락은 오직 달빛만 의지할 뿐, 세상에서 가장 어두운 곳이다.

그렇게 마을 사람 모두 빵을 받아먹는 일도 명절 끝까지 겨우 앞으로 열흘 남짓, 그 다음부터는 또 먹는 집은 먹고 굶는 집은 굶으며 재주껏 형편껏 벌어먹고 살아야 한다. 그러면 그나마 성전이 내려준 빵을 줄 서서 받아먹던 날들을 떠올리며 그리워할 것이다.

"오늘 말이에요 …."

나눠 준 빵을 먹고 사람들이 어느 정도 느긋해졌을 무렵, 곧잘 움막 마을 사람들을 대표하여 큰 목소리를 내던 사람이 조그만 바위 위에 올라 여러 사람 들으라는 듯 입을 열었다.

"성전에서 내려준 빵을 받아먹고 우리가 목숨을 부지하고 있는데, 이걸 모르는 사람이 있어요."

무슨 소리를 하려는지 이미 대부분 사람들은 알아챘다. 갑자기 조용해졌다. 아무도 먼저 나서서 입을 떼는 사람이 없다. 아직 달빛은 산을 넘어오지 않아 산자락은 어둠에 덮여 있다.

"성전에서 우리에게 뭐라고 했지요?"

그러자 나이가 제일 많은 사람이 대답했다. 마을 사람들끼리 서로 티격태격하는 일이 생기면 늘 점잖게 잘 다독거려 큰 싸움 안 나고 지내도록 잘 조정하는 사람이다.

"이번 유월절과 무교절 명절기간 내내, 성전에서 특별히 우리를 불러 일을 시킬 때까지는 누구도 성안으로 들어오지 말고 여기 산자락에 그냥 머물러 있으라고 했지."

"맞아요! 그런데, 어제오늘 우리가 어떻게 했어요?"

사람들은 일순 조용해졌다. 했던 일이 있기 때문이다. 한 사람이 우물우물 작은 소리로 대답했다.

"그건, 뭐 … 저기 … 그 예수라는 선생님이 … 그 사람이 성전에 들어가는 바람에."

"글쎄, 나도 따라 들어가기는 했는데 … ."

그러자 성격이 괄괄하기로 이름난 사람이 나섰다. 그는 꼭 무슨 일을 저지르려고 작정한 사람처럼 늘 큰 눈을 두리번거리는 사람이다.

"그래! 나는 예수 선생님 따라 성안에 들어갔고, 성전에도 들어갔어요. 그래서? 말 안 들었다고 주던 빵 도루 뺏는다고 합디까, 성전에서?"

그러자 바위 위에 올라가 처음 말을 꺼냈던 사람이 좀 큰 소리로 받았다.

"내 말이 그 말이오! 예수 그 사람 따라 우르르 들어간 사람들 때문에 우리 모두 빵을 못 받게 생겼다고!"

"그런 법이 어디 있어? 약속했으면 무교절 끝날 때까지는 빵을 주어야지!"

"그러려면 우리가 예수를 따라 몰려 들어가는 짓 안 했어야지!"

"짓? 지금 짓이라고 했어?"

갑자기 시끄러워진다. 사람 살아가는 곳 어디에서나 그런 일이 곧잘 벌어진다. 처음에는 어떤 일을 놓고 말이 오가다가 말하는 태도나 방법이나 입에서 내뱉은 말 한마디 때문에 엉뚱한 쪽으로 번져간다. 더 이상 물러설 곳 없는 가장 끄트머리까지 밀려 나온 움막마을 사람들은 더욱 그렇다. 서로 등을 기대고 어깨를 걸며 살다가도 아무것도 아닌 일로 옥신각신 다툼이 일어난다. 그건 아무라도 붙잡고 화풀이를 해야 풀릴 만큼 속으로 쌓였던 화가 자기도 모르게 치밀어 오르기 때문이다. 누구에게 화를 내는 것은 딱히 그 사람이 미워서 그런 것이 아니라 마침 바로 눈앞에 그 사람이 있었을 따름이다.

"자! 자, 좀 진정하고. 그래, 하려는 말이 무어요? 들은 얘기가 있는 모양이니 다들 성전 얘기를 좀 들어봅시다."

역시 이런 자리는 하루라도 더 세상을 살아온 사람이 수습하기 마련이다. 나이 먹은 사람이 나서서 분위기를 정리했다.

"내가 들은 대로 얘기하리다. '오늘까지 있었던 일은 눈감는다. 그러나, 내일 아침 또 줄렁줄렁 예수를 따라 성안으로 들어오거나 성전에 올라오면, 그때는 할 수 없이 빵을 끊겠다. 예수한테 빵 달라고 해서 먹고살아라!' 그럽디다."

"빵을 예수한테 받아먹으라고? 우리더러 굶어 죽으라는 얘기네!"

조용해졌다. 아무도 입을 열지 않았다. 무슨 말을 할 것인가? 무엇보다 애들이 걱정이다. 빵 한 쪽 금방 맛있게 먹고 바닥에 떨어진 부스러기까지 주워 입에 넣고서도 부족한 눈으로 옆을 넘겨보는 애들, 그 애들을 생각하면 어떻게 해야 하는지 사람들은 금방 알아듣는다.

"뭐, 그럼 그래야지! 할 수 없잖아?"

"당장 빵을 끊는 거는 아니라니 그나마 다행이네."

처음 말을 꺼낸 사람이 내친 김에 오금을 박겠다는 듯 큰 소리로 외쳤다.

"말만 앞세우는 선생을 따를 겁니까? 그냥 엎드려 있으면서 성전에서 내려 주는 빵을 며칠이나마 받아먹으며 지내겠습니까?"

올리브산 자락으로 밀려 나온 후, 성전이 내려 주는 빵 한 장에 하루를 거는 사람들, 그들에게 다른 선택이란 애초부터 불가능했다. 예수가 열어 보여주었던 하느님 나라는 그들에게는 아직 먼 훗날의 꿈이었다. 성전을 비추던 달빛이 그제야 골짜기를 건너오더니 산자락도 비추기 시작했다.

✛

예수 일행이 머무는 자리는 늘 잔칫집처럼 떠들썩하고 유쾌했다. 적어도 예루살렘에 오기 전까지는 그랬다. 우스갯소리 잘하고 붙임성도 좋은 요한은 끊임없이 얘깃거리를 꺼냈고, 말수가 적은 시몬 게바까지 가끔 엉뚱한 소리를 하며 끼어들어서 제자들을 웃겼다. 그럴 때면 제자들은 일부러 더 크게, 때로는 손뼉까지 치면서 깔깔 웃었다. 그들 가슴속은 예수를 따라다니면서 조금씩 키워 온 소원이 곧 이루어진다는 생각으로 가득 차 있었다.

전날 여리고에서 올라와 성전에 들어갔다 나올 때만 해도 도성 예루살렘에서 생각보다 훨씬 더 일이 잘 풀리고 성공적이었다고 모두 한껏 고조됐었다. 올리브산 자락으로 밀려난 움막마을 사람들이 보여준 뜨거운 환영은 그럴 수 있다고 치더라도, 예루살렘 아랫구역 사람들까지 나와서 예수를 환영하자 하느님 나라를 곧 이룰 것 같아 제자들의 가슴이 부풀었다.

그런데 그날은 달랐다. 해 질 무렵에 베다니 마을 마르다네 여인숙으로 돌아온 제자들은 모두 침울했다. 서로 눈을 마주치는 것도 피했다. 여인숙에서 마련해 준 빵 몇 조각을 먹고 다들 어슬렁어슬렁 집 밖으로 나갔다. 베다니 동쪽으로 산을 돌고 등성을 따라 구불구불 여리고로 내려가는 길이 어둠 속으로 뻗어 있다. 그 길을 한동안 내려다보며 수군거리던 제자들이 집 안으로 들어왔다. 그리고 마당에 친 천막 아래 혼자 앉아 있던 예수 앞에 모두 모여 앉았다.

제자들은 누가 먼저 예수에게 말을 걸지 서로 눈치를 보았다. 그러다가 요한이 먼저 입을 열었다.

"선생님!"

아버지 세베대에게 어려운 얘기를 건넬 때처럼 목소리가 잠겨, 그스스로 생각해도 이상하고 듣기 거북했다. 몇 번 잔기침을 하면서 그는 목을 가다듬었다. 예수가 말없이 그를 건너보더니 혼자 고개를 끄덕인다. 요한의 마음을 안다는 표정이다.

"선생님! 제가 한 가지 여쭈어 보고 싶습니다. 그건 저뿐만 아니고, 선생님을 모시고 성전에 같이 들어갔던 제자들 모두 궁금하기는 마찬가지일 것입니다."

"요한! 말해 보세요."

"왜? 오늘 무슨 뜻으로 성전에서 장사꾼을 내쫓으셨는지요?"

"내가 이미 성전 뜰 솔로몬의 주랑건물 안에서 얘기했지요."

"아직 저희는 제대로 깨닫지 못했습니다."

"성전 뜰에 놓여 있는 항아리를 깨뜨린 아이 애기를 기억하세요. 내가 늘 말했듯 '왜'라는 질문에 스스로 대답하며 길을 걸으세요."

그때, 요한의 형 야고보가 나섰다.

"예! 선생님! 선생님이 말씀하셨듯 혼자 묻고 자기 스스로 그 대답을 찾아 걷는 일은 누구나 언제나 걸어야 할 길이라고 생각합니다. 그런데, 저희는 선생님이 하신 그 일이 어떤 일을 불러올지 미리 생각해 보셨는지, 그런 다음에 그리 하셨는지 궁금합니다."

그건 요한이 물었던 질문, '왜 그랬느냐? 무슨 뜻이 있었느냐?' 그렇게 의미를 묻는 질문이 아니고, 예수가 택한 방법에 대해 의문을 제기하는 말이다. 직접 그렇게 말하지는 않았지만 말 속에는 선생 예수에 대한 비난의 뜻이 담겨 있다. 야고보의 말을 듣던 제자들 모두 굳은 표정을 지었다. 예수는 대답하지 않고 조용히 그들을 그저 바라보고 앉아 있다.

야고보가 묻고 나섰는데도 선생이 아무 말을 하지 않고 침묵을 지키자 제자들은 각자 생각에 빠졌다. 선생은 무슨 생각이었을까? 왜 그런 일을 했을까? 왜 사전에 제자들과 상의하거나 한 마디도 귀띔하지 않았을까? 그런 일을 하겠다고 미리 생각은 해두었을까? 그렇다면 그 일의 결과도 생각했을까? 선생이 그런 일을 하겠다고 이미 말했는데 자기들이 미처 깨닫지 못하고 놓쳤는가?

모두 자기들만의 생각에 빠져 있을 때 빌립이 무겁게 입을 열었다. 빌립은 세례자 요한을 따르는 제자였다가 유대 광야에서 나온 예수를 제일 먼저 따르기 시작했던 사람이다. 성전에서 그날 낮에 있었던 일보다 더 중요한 것이 있다고 그는 믿었다. 선생과 제자, 가르치는 사람과 그 가르침을 받아 따르는 사람, 앞서 걸어가는 지도자 뒤를 따라 걷는 동지, 그의 가슴속에는 지난날 스스로 묻고 대답하며 지나왔던 일들이 차곡차곡 쌓여 있었다.

"선생님! 여기 있는 저희들은 지난 4년 동안 선생님을 따랐습니다. 저는 선생님이 수행을 마치고 광야를 나오셨을 때부터 따랐고요. 그런데 … ."

갑자기 그가 말을 잇지 못하고 눈만 끔벅거리더니 고개를 숙였다. 진정하려고 한참 애쓰더니 고개를 들고 예수를 바라보았다.

"죄송합니다. 갑자기 세례자 요한 선생님 생각이 나서 울컥했습니다. 아침나절에 선생님께서 성전에서 장사꾼들을 몰아내신 일은 저희가 깨달을 수 있는 점도 있고, 세월이 지나야 알 수 있는 점도 있을 겁니다. 그런데, 제가 궁금한 것은, 야고보가 먼저 말씀드렸지만, 선생님이 하신 그 일로 저희들 모두, 선생님까지 커다란 위험에 빠질 수 있었는데, 그 일을 선생님은 어떻게 생각하셨는지요? 다행히 성전 경비대나 주랑건물 위에 서 있던 로마군대가 아무 일도 없다는 듯 오늘은 조용히 넘어갔습니다. 그런데요, 선생님! 그런 일이 이번 한 번으로 끝나지 않을 것이라고 저는 믿습니다. 앞으로 선생님께서 계획하신 일을 말씀해 주시면 저희도 미리 준비하고 각오하며 선생님을 따르겠습니다. 요한 선생님께 일어났던 일을 생각하니 걱정돼서 말씀드립니다."

빌립은 조심스럽게 말하느라고 애썼지만 말하는 중에 마음이 흔들려서 그런지 두서가 없었다. 그러자 언제나 씩씩한 도마가 나섰다.

"저는요! 선생님 따라가서 힘을 보태고 싶었습니다. 그런데, 미리 생각지 못한 일이라서 그만, 얼떨떨해서 그냥 보고만 있었습니다."

작은 시몬이 말을 받았다.

"저도 그런 생각이었습니다."

그러자 다시 야고보가 나섰다.

"아니! 이 사람들아! 우리가 얼마나 위험한 처지에 빠졌었는데? 그런 생각은 안 했어?"

"위험이 생기면 뚫고 나가는 거지! 뭘 그리 벌벌 떨고 겁을 내?"

"겁? 그게 겁이야? 우리가 사전에 뭐 좀 알았어야 대비하지?"

이상하게도 예수는 아직 그저 조용히 듣기만 했다. 마치 제자들이 모두 나서서 한마디씩 하기를 기다리는 것 같다. 늘 말없이 듣기만 하던 므나헴도 한 마디 거들고 나선다.

"위험한 순간이 있었습니다."

나다나엘이 나섰다. 그는 친구 빌립이 제자로 끌어들인 사람으로 돌로매의 아들이다.

"나는 좀 다르게 생각합니다."

침착하게 그가 입을 열자 그동안 소란스럽게 서로 말을 주고받던 제자들이 모두 그를 주목했다.

"이제까지 선생님께서는 여러 번 이스라엘이 하느님을 직접 만나야 하는데 예루살렘 성전이 가로막고 있다고 말씀하셨습니다. 그리고, 오늘 저녁때에도 성전에서 나와 올리브산을 넘어 베다니로 돌아올 때, 성전산, 제 생각으로는 선생님께서 분명 성전산을 두고 말씀하셨습니다, 그 성전산이 '들려 바다에 빠진다'라고까지 말씀하셨습니다. 성전 뜰에서 장사꾼들을 쫓아낸 일, 성전산이 바다에 빠지는 일, 그리고 이제까지 가르쳐 주신 말씀을 미뤄 생각하면, 장사꾼을 쫓아낸 일은 선생님께서 하시려는 일의 시작, 그러니까 비가 오려면 아침 하늘이 붉은 것처럼, 서쪽 하늘에 구름이 몰려오는 것처럼, 앞으로 일어날 일, 선생님이 하시려는 일을 직접 사람들에게 징조로 삼아 보여주신 일이라고 생각합니다."

조용히 듣고 있던 레위가 말했다.

"성전 제사에 쓸 제물 파는 사람들을 내치신 일은 성전이 맡고 있는 제사의식을 거부하신 일이라고 저는 생각합니다. 성전세 바꿔 주는 사람들의 상을 뒤엎은 것은 성전이 유대인들을 희생시키며 경제적으로 착취하는 일, 그 성전세를 받아 지도부의 배를 불리는 일, 그러니까 성전의 기반을 거부하신 일이라고 생각합니다. 성전이 자기들 본분이라고 붙잡고 있는 성전 제사와 성전을 운영하기 위해 걷는 성전세를 거부한다는 표시, 바로 성전이라는 체제를 인정하지 않겠다는 뜻을 밝히신 것으로 저는 생각했습니다. 그리고 저는 그 일보다 훨씬 더 중요하게 생각하는 일이 있습니다. 로마황제에게 세금 바치는 문제를 가지고 성전 사람들이 시험했을 때 선생님은 분명하게 하느님 나라가 로마제국보다 위에 있다는 것을 밝히셨습니다. 하느님의 것이 아닌 것이 세상에 있겠습니까? 어찌 감히 로마황제가 '이것은 내 것'이라고 하느님 앞에 내세울 것이 있겠습니까?"

감정이 복받치는지 그는 몇 번 크게 숨을 들이쉬고 내쉬었다.

"선생님께서는 이미 여러 번 말씀하셨습니다. '하느님 나라는 희년과 함께 시작한다'고 하셨습니다. 저는 그 말씀을 다 기억합니다. 그리고 그 가르침을 오늘 성전 뜰에서 거푸거푸 되풀이하셨습니다."

24

그렇게 말하면서 열정이 가득한 눈으로 그는 동료 제자들을 둘러보았다.

"선생님의 그런 가르침은 어제오늘의 일이 아니고 우리가 처음 갈릴리 호숫가에서 선생님과 만났을 때부터 끝없이 되풀이해 듣고 또 들었습니다. 제자란 누구입니까? 말씀을 듣고 깨닫고 그 일을 따르는 사람이 제자 아니겠습니까? '그런 일을 몰랐다, 우리 모두 위험했다, 왜 사전에 그 일을 상의하지 않았느냐?' 그렇게 묻는 것은 선생님을 따르는 제자의 길은 아니라고 봅니다."

그러자 갑자기 요한이 벌떡 일어났다. 그의 형 야고보도 일어났다. 기세가 심상치 않다. 한 번도 없었던 일이다. 제자들 사이에 의견이 다를 수는 있어도, 대개 그런 경우에는 시몬 게바가 이쪽저쪽 잘 다독이며 의견을 조정했다. 그들은 혹시라도 예수가 알까 무서워 조용조용 제자들끼리 상의하고 해결했다. 그런데 예수 앞에서, 여러 제자가 다 모여 앉은 자리에서 야고보 형제가 벌컥 화를 내며 자리에서 일어나기까지 했다. 놀라는 사람도 있고, 고개를 흔드는 사람도 있다.

"아니! 레위! 그대만 선생님 말씀을 따르고 우리는 아니라는 말이오? 선생님 뜻이 아무리 좋아도, 그 뜻을 이루는 방법에는 우리도 제자로서 같이 의견을 나누어야 하지 않느냐는 얘기인데, 일이 잘못됐으면 우리 모두 잡혀 들어갈 뻔했잖아요. 오늘!"

씩씩거리며 큰 소리를 내는 야고보 형제의 말을 들으면서 레위는 눈을 감았다. 가버나움 세관 옆, 날 저문 호숫가에 앉아 혼자 눈물 흘리던 날들이 떠올랐다. 예수의 부름을 받고 세관 문을 나서던 날이 떠올랐다. 그를 일으켜 세웠던 예수의 다정하고 부드러운 부름을 떠올렸다. 결국 부름의 의미가 무엇인지, 부름을 따라나서서 걸어가는 길이 어떤 길인지 제대로 생각하지도 않고 제자들 모두 엄벙덤벙 선생의 뒤만 따라왔기 때문에 그런 말을 하는 것이라고 그는 생각했다. 레위는 눈을 떴다. 그리고 야고보와 요한에게 그의 생각을 똑똑히 밝혀주겠다고 마음먹었다. 선생님을 따른다는 말이 무슨 뜻인지 정말 몰랐냐고 물으려고 했다.

그런데 그 순간 레위는 예수의 눈을 보았다. 세관에서 처음 만났을 때, 그때 선생의 그 눈이다. 레위의 아픔을 선생도 같이 아파하는 눈이다. 그 눈이 레위의 마음을 부드럽게 어루만지며 위로했다. 그는 다시 예수를 따르는 제자의 자리를 찾았다. 입을 다물었다. 그러자 예수가 부드러운 미소를 띠고 고개를 끄덕였다. 레위가 입을 다물자 씩씩거리던 야고보와 요한도 슬그머니 다시 자리에 앉았다. 다시 얘기는 돌고 돌았다.

예수는 제자들이 하는 얘기를 하나도 놓치지 않고 모두 들었다. 그리고 그들이 드디어 눈을 뜨기 시작한 일이 대단히 기뻤다. 예루살렘 성전 뜰에서 제자들은 그들이 발 디디고 선 땅이 어디인지 깨달은 셈이었다. 그건 예수가 유대 광야에 나간 것이나 마찬가지였다. 위험한 일이었다고 깨달았다는 말은 어떤 세상에 그들이 살고 있는지 알았다는 말이다. 자기가 선 자리를 모르는 사람에게 하느님 나라는 의미가 없다. 자기가 서 있는 자리를 깨닫고, 그 자리에서 새 세상을 이루어야 한다. 하느님 나라는 싹트기 좋은 땅만 골라 씨 뿌리는 일이 아니기 때문이다.

지내 놓고 보니 맨 뒤에서 일행을 따라오던 사람이 앞장섰던 사람보다 결코 늦지 않았음을 예수는 보았다. 선생을 따르는 일은 위험한 일까지 기꺼이 받아들이고 따라야 한다는 레위부터, 직접 예수 옆에 나란히 서서 장사꾼을 쫓아내고 싶었다는 사람, 왜 위험한 일을 하면서 사전에 상의조차 없었냐고 불평하는 사람, 자기 자리가 제각각이듯 생각도 제각각 달랐다.

예수의 얼굴을 바라보는 시몬은 무슨 말을 하고 싶은 표정이었다.

"게바! 하고 싶은 말이 있으면 해봐요."

"저는 원래 둔하고 미련해서 선생님께서 왜 그렇게 하셨는지 아직 깨닫지 못했습니다. 저도 언젠가는 깨닫는 날이 오기는 오겠지요. 그런데, 언젠가 선생님께서 말씀하셨듯, 저희 제자들 중에 아직 무른 것만 먹어야 하는 사람이 있고요, 예, 그건 바로 제가 그렇습니다, 좀 딱딱한 것도 먹을 수 있는 사람이 있습니다. 그 점은 선생님께서 살펴 주십시오."

역시 시몬이다. 그래서 예수는 그에게 '바위 같은 사람'이라고 '게바', 헬라어로는 '베드로'라는 이름을 지어 주었다. 그의 말이 옳다. 이가 나지 않은 아기에게 딱딱한 빵을 주고 꼭꼭 잘 씹어 삼키라고 말할 수는 없다.

한 사람씩 제자들 얼굴을 바라보던 예수의 가슴속에 아리아리한 아픔이 솟아오른다. 앞으로 저들이 겪으며 살아야 할 날들이 눈에 보인다. 깨닫지 못한다고 나무라기보다는 어루만져 주어야 할 제자들이다. 어느 누구든, 므나헴이든 유다든 작은 시몬이든 가슴으로 안아 주고 그들의 마음속에 깊게 팬 상처를 싸매 주어야 한다. 요한이나 야고보나 눈을 뜨게 해줘야 한다. 아직 갈릴리 가버나움, 고깃배를 다섯

척이나 가진 세배대의 아들에 머물러 있기 때문이다. 그들이 지금 서 있는 자리가 어떠하든 그들 한 사람 한 사람 모두가 귀한 사람이다.

"그래요! 그대들이 무엇을 염려했고, 어떻게 느꼈을지 내가 잘 알게 됐어요. 모두 자기 생각을 솔직하게 말해 줘서 고마워요. 내가 그대들에게 이제 약속하리다. 때가 되면 그대들 모두 알겠지만, 그 일이 있을 때까지는 그대들만 남겨두고 아침나절처럼 나 혼자 걸어가지 않겠소. 때가 되면 나 혼자 짊어지고 떠날 일이 있지요. 그때까지 그대들과 함께 걷겠소. 나는 장사꾼을 성전 뜰에서 내보낸 일이 당장 위험을 불러오지 않는다는 것을 알고 있었어요. 그러나 그대들이 걱정하지 않도록 미리 얘기하지 않은 것은 내가 소홀했기 때문이오. 미안해요. 이제 모두 편한 맘으로 잠자리에 들어요. 잘 자요!"

어떤 사람에게는 위로가 됐고, 어떤 사람에게는 약속이 됐고, 어떤 사람에게는 칭찬이 됐다. 예수의 말이 끝나자 몇 사람은 잠자리에 들려고 방으로 들어가고, 몇 사람은 아직 따로 더 얘기할 것이 있는지 여인숙 밖으로 몰려 나갔다.

예수가 제자들에게 담담히 말한 내용을 한 마디 한 마디 다시 생각하면서 마리아는 마음이 시렸다. 선생의 마음을 모르는 제자들이 밉기보다는 안타까웠다. 시몬 게바의 말을 받아들여 제자들에게 사과하는 예수의 마음이 어땠을까? 그건 아직 씹지 못하는 아기에게 딱딱한 빵을 양젖에 불려 조금씩 떼어 입에 넣어주는 어머니의 마음이다. 그런 생각을 하며 그녀는 자리에서 일어났다. 그녀 혼자 예수 곁에 더 앉아 있기 거북한 자리가 됐다. 마르다와 마리아가 기다리는 안방으로 들어갔다.

28

예수는 제자들이 모두 방으로, 여인숙 밖으로 끼리끼리 흩어져 나가자 혼자 마당가에 있는 조그만 바위에 걸터앉아 생각에 잠겼다. 그날 낮에 성전에서 있었던 일로 제자들이 느꼈을 두려움을 생각하면서 그는 고개를 끄덕였다. 두려워했다고 그들을 나무랄 수 없다. 다만, 희년禧年을 가르친 일이나, 로마 황제에게 바치는 세금 얘기보다 장사꾼들을 내쫓은 일로 더 두려움을 느낀 제자들이 안쓰러울 뿐이다. 그들에게는 보이지 않는 더 큰 위험보다 눈에 보이는 위험이 훨씬 더 급박하게 느껴졌을 테니 그럴 만했다. 그러나 제자들 걱정 때문에 맡겨진 일을 피할 수는 없다. 억압으로부터의 해방을 건너뛰고서는 하느님 나라를 이룰 수 없기 때문이다.

"가라! 내 백성을 해방하라!"

해방을 명령한 하느님의 뜻을 다시 생각했다.

'이스라엘이 로마제국의 압제에서 벗어나면 해방된 것인가?'

'아니다!'

'로마에 사는 로마 시민은 해방된 사람들인가?'

'아니다!'

생각은 더 뻗어 나갔다. 해방은 이스라엘만의 문제가 아니다. 해방은 로마의 압제로부터 벗어나는 것만으로 충분하지 않다.

'무엇으로부터 해방하라고 하느님은 명령하셨는가?'

그런 생각을 하며 하늘을 올려다보았다. 구름에 가렸다가 다시 구름 밖으로 나오기를 반복하면서 달은 서쪽으로 조용히 흐른다.

"달 아래, 해 아래 있는 모든 사람! 하느님이 생명을 나눠 주신 모든 사람! 무어라 이름으로 불리기 전부터 있었던 모든 생명이 겪는 억압에서 자유로워지는 것, 제 몸대로 하느님이 주신 생명을 살아가는 것!"

예수는 자기도 모르게 그 말을 입 밖에 내어 중얼거렸다. 다짐하는 목소리가 귀에 들리니 원래 마음에서 나왔던 말이 무게를 더하여 천천히 마음속으로 들어가 가라앉는다.

광야에서 나온 이후, 지난 몇 년 동안 예수의 생각은 깊어졌고, 깨달음은 모르는 새에 더 넓어졌다. 어느덧 그가 생각하는 대상은 모든 생명을 포함했다. 모든 생명으로 생각을 넓혀 보니 '너 혼자 세상을 구하려느냐?' 하느님이 그에게 말 걸었던 일이 생각났다. 그건 메시아 한 사람이 나서서 될 일이 아니라는 말이고, 이스라엘 민족의 해방만으로 하느님 나라를 제한할 수는 없다는 말이다.

해방은 이집트 종살이에서 벗어났다는 것 이상이어야 한다고 예수는 생각했다. 그는 이스라엘을 덮은 두려움과 고통의 근원을 꿰뚫어 보았다. 이스라엘이 겪는 고통을 세상도 겪는다. 이스라엘은 세상 안에 있고, 세상은 이스라엘과 함께 하느님 앞에 손잡고 서 있다. 갈릴리에서 예루살렘 길에 오르기 전, 예수는 모여든 사람들에게 출발 인사 겸, 마지막 가르침을 폈다.

"선생님! 이번 유월절에 예루살렘에 올라가신다고요? 여기 갈릴리에서 하셨던 일보다 더 중요한 일이 있습니까, 예루살렘에?"

"예루살렘에 짙게 드리운 두려움의 구름을 걷어 낼 때가 왔습니다. 제국의 폭력과 압제도 두려움이고, 예루살렘 성전이 제국을 대리하여 행사하는 압제도 두려움입니다. 그런가하면, 토라로 불리는 하느님의 뜻이 드리우는 두려움, 하느님을 대리한다고 스스로 높이 올라선 예루살렘 성전이 들이미는 하느님의 징벌이 또 다른 두려움입니다. 보십시오. 예루살렘 성전은 로마제국과 하느님의 이름을 빙자한 폭력을 양손에 들고 폭력의 대리인으로 이스라엘 위에 군림하고 있습니다."

예수는 이스라엘을 무겁게 내리누르는 폭력의 두려움과 맞서기로 마음먹었다. 해방의 첫걸음은 두려움의 대상, 그 민낯을 드러내는 일이었다. 그는 갈릴리에서 했던 일과 예루살렘에서 할 일이 다르다는 것을 누구보다 잘 알았다. 단단하게 뭉쳐 굳은 예루살렘이 얼마나 격렬하게 그를 거부할지 충분히 깨닫고 있었다.

예수가 예루살렘에 몸을 드러내자 그가 맞닥뜨려야 할 거대한 상대가 이미 기지개를 켜고 몸을 일으켰다. 그 모습에 제자들은 벌써 겁을 먹었다. 그건 두려움 앞에 서면 한없이 초라해지는 자신의 모습을 바라본 사람들의 당연한 반응이다. 그들 스스로 겪고, 스스로 몸을 일으켜 세우도록 이끌어야 한다. 자신의 가장 밑바닥까지 내려가 보고 들여다보고 만져 보아야 한다. 바로 유대 광야에서 예수가 겪었던 일이다.

니산월 11일, 밤하늘이 창백했다. 슬쩍슬쩍 구름이 달빛을 가릴 때마다 어둠이 모습을 드러낸다. 예수는 제자들 마음속에 깔려 있고 끼어 있는 어둠도 보았다. 그건 그들 마음속에 가지고 있는 거리였다.

✠

"각하! 오늘 심려가 많으셨겠습니다."

아첨을 잘하기로 유명한 제사장이 가야바에게 공손히 인사하며 한마디 건넸다.

"뭘! 그 정도 가지고."

"역시 각하십니다."

"허허! 사람하고는 … ."

제사장 야손은 대제사장 가야바의 집 접견실 한쪽 구석 컴컴한 곳에 벽을 등지고 서서 사람들이 하는 꼴을 바라보았다. 언제나 그렇듯 그가 선 자리는 불빛을 정면으로 받지 않는 곳이다. 그래서 사람들은 때로 그가 거기에 있다는 사실을 잊기도 한다.

사람들 얼굴을 볼 때마다 야손은 그 사람에 관하여 수집해 놓은 정보를 자연스레 마음속에 떠올린다. 어떤 사람은 너무 재물을 밝히고, 어떤 사람은 평판과 달리 여자를 너무 탐하고, 어떤 사람은 예루살렘 성전의 제사장답게 경건하게 살았다. 특히 대제사장 자리를 놓고 가야바가 속한 안나스 가문과 눈에 띄게 경쟁하는 바이투스 가문 사람들은 야손이 마음먹기에 따라서는 율법에 따라 돌을 맞을 사람도 여럿 있다.

야손이 맡은 자리를 탐내는 몇 사람을 제외하고는 성전에서 그 누구도 그와 대놓고 맞부딪치기를 꺼려한다. 그가 무엇을 알고, 무엇을 은밀하게 조사하는지 모르기 때문이다. 야손은 어떤 일을 정해진 틀에 가두지 않고 상황과 연결해서 생각한다. 말하자면 대제사장이라면 이렇게 반응한다든지, 로마총독쯤 되면 당연히 저렇게 생각한다고 예단하지 않는다.

야손은 속으로 부지런히 상황을 분석하고 대제사장이 물을 말에 대한 대답을 궁리했다. 그중에서도 중요한 것은 이번 유월절에 벌어질 일들이다. 그럴 때면 이미 그는 대제사장 가야바의 수하 사람이 아니다. 그저 냉철하게 들여다보는 관전자의 자리로 물러선다.

'흠, 이번에 가야바 대제사장이 빌라도 총독에게 어지간히 시달리

겠군.'

'대제사장을 휘두를 힘이 총독에게 아직 남아 있나?'

'힘이야 없지. 총독이 매달렸던 끈이 끊어졌는데 뭘 … . 후원자였던 로마의 세자누스가 처형되어 정치에서 사라진 사실을 온 세상이 다 아는데.'

'그럼 무얼 가지고 대제사장을 흔들어?'

'아직 유대의 총독이니까. 게다가 군사도 몰고 왔고 … .'

'그럼 가장 실질적인 힘을 가진 셈이네, 이번 유월절에는.'

야손이 아는 한, 빌라도 총독은 유대에 부임한 이래 대제사장 가야바와 원만한 관계를 유지했다. 그리고 해마다 유월절이 되면 늘 사마리아가 아니라 유대의 도성 예루살렘에 들어왔다. 사마리아보다는 유대 지방이 더 민감하다고 판단했음이 틀림없었다. 게다가 유대에는 노련한 가야바 대제사장이 있어서 시끄러운 일 없이 해마다 유월절을 넘겼고, 빌라도는 그저 가야바를 군사력으로 뒷받침하며 총독놀이를 즐길 수 있었다.

그런데 이번 유월절에는 달랐다. 빌라도가 총독궁에 들어가 앉은 9일 당일부터 포고령을 준비하네 어쩌네 수선을 떨었다. 유대총독으로서 포고령이야 언제든지 내릴 수 있는 조치다. 그리고 포고령을 내리든 말든 총독이 도성에 들어오면 늘 똑같은 통제가 이뤄졌다. 그런데 다른 때와 달리 이번에는 공식 포고령을 내렸으니 무언가 다른 생각을 하고 있음에 틀림없다.

금년 유월절 상황이 특별히 엄중해서 그랬다는 말이 총독궁에서 흘러나왔지만 포고령 얘기가 나올 때부터 야손은 연신 고개를 갸웃거렸다. 그러면서 포고령이야말로 성전과 갈릴리 분봉왕 측에 보내는 총독의 다목적 신호라는 것을 깨달았다. 총독과 대제사장 사이에 늘 그랬듯 밀고 당기는 거래가 이뤄지겠지만 이번에는 쉽지 않겠다는 징조였다.

'총독 자리를 유지하려면 대제사장의 충성과 선물이 필요한데? 오히려 총독이 대제사장에게 매달려야 할 형편인데?'

'총독이 어찌 아랫사람에게 매달려?'

'그러니 대제사장을 압박하려고 하겠지, 꼬투리를 잡아서 ⋯.'

총독이 지난해 명절 끝에 걸어 예루살렘 위수대에 보관하고 있는 대제사장 유월절 예복을 아직도 성전에 내주지 않았다는 사실이 은근히 마음에 걸렸다. 다른 유월절에 비춰보자면 그날 낮에는 내주었어야 할 일이다.

'갈릴리에서 몰려온 예수 무리와 하얀리본을 핑계로 총독이 대제사장에게 무엇을 요구하고 있을까?'

'그런데 왜 군대를 평소보다 절반만 끌고 들어왔을까? 예루살렘의 상황을 파악했으니 나머지 부대를 모두 불러 올리겠군.'

'총독도 이번에는 조심해야지! 자칫 실수하면 끝장이야. 다시 회복하고 일어설 수 없어!'

'맞아. 어디 보자! 예수만 잘 처리하면 되겠군. 하얀리본 두목 히스기야는 잡아다 가둬 놨겠다 ⋯. 그런데, 그 두목 녀석을 어떻게 더 활용하는 것이 좋을까? 아예, 로마 위수대에 넘길까? 재미 좀 보라고?'

히스기야를 체포해 놓았기 때문에 하얀리본은 거의 무력화됐다고 그는 판단했다. 어떤 조직이라도 지도자가 무너지면 그를 따르는 무리는 우왕좌왕하며 회복할 수 없는 타격을 입기 마련이다. 부두목이라는 바라바와 나머지 지도부를 아직 잡아들이지 못했지만, 바리새파 집안에서 자란 그가 히스기야만큼 결단력 있게 조직을 끌고 거사를 일으키지는 못하리라고 그는 생각했다.

만일 예수를 처리하는 문제로 빌라도 총독과 가야바 대제사장이 충돌하는 일이라도 벌어진다면 그건 두 사람 모두에게 치명적인 상처가 될 수밖에 없다. 예수를 제거하기가 어려운 것이 아니라 그 일을 빌미로 총독이 과도하게 욕심을 낼 때 일이 시끄러워질 수 있다. 적당한 선에서 조절하면서 이번 유월절을 잘 넘겨야 할 텐데, 생각만큼 쉽지 않아 보였다. 언제 총독 자리에서 물러나게 될지 모를 만큼 처지가 불안한 빌라도가 이번 명절을 어떻게 생각하느냐에 달렸다. 더 이상 총독 자리를 유지할 가망이 없다면 이번 유월절이 마지막 기회라고 생각하면서 할 수 있는 한 많이 거둬 가려고 덤빌 것이 분명했다.

'총독의 생각을 읽어 낼 사람이 누가 있나? 위수대장은 약해 보이고⋯.'

총독과 대제사장이 균형을 잡고, 적당하게 주고받는 선에서 타협하며 넘겨야 할 시기인데, 타협을 위해 양쪽에서 내세울 통로가 문제다. 성전에서는 마티아스와 야손이 나서면 되지만, 빌라도 총독 쪽에서 내세울 사람이 마땅치 않아 보였다. 우선 유대의 상황과 총독의 처지를 정확하게 파악하고 총독에게 조언해 줄 사람이 필요한데 그럴 만한 사람이 총독궁에 없었다.

통상의 일 같으면 예루살렘 주둔 로마군 위수대장을 통하겠지만 이번 일은 좀 달랐다. 게다가 위수대장 한 사람에게 모든 일을 의지하면 상황에 따라 언제든지 불편한 일이 벌어질 수 있다. 한쪽 길이 막혔을 때 돌아갈 수 있는 길, 늘 두 가지 이상의 길을 확보하고 있어야 안전한 법이다. 무슨 방법이 있을까? 어디에서부터 손을 대야 풀 수 있을까? 다른 사람들이 눈치 채지 못하도록 야손은 눈을 내리깔고 궁리했다. 그럴 때면 그는 약간 고개를 숙이고 얼굴을 벽 쪽으로 조금 기울여 사람들이 그의 얼굴을 보지 못하게 한다.

사람들은 모두 자기가 서 있는 자리를 기준으로 세상을 보기 마련이다. 대제사장의 집에 모인 사람들 모두 말은 성전이니 유대의 안전을 늘 앞세우지만 따지고 보면 결국 그들이 차지하고 있는 자리와 그 자리에 따른 이익을 가장 중요하게 생각한다는 뜻이다. 때로는 괜히 더 과장해서 목소리를 키우고, 때로는 당연히 나설 일에도 다른 사람의 뒤에 숨는다. 어떤 일에 누가 가장 앞장서서 나서는지 보면 대개 돌아가는 판세를 읽을 수 있다. 한 사람 한 사람에 관한 정보를 모두 쥐고 있는 야손에게 그건 아주 쉬운 일이다.

"갈릴리에서 내려왔다는 예수 그자가 오늘 낮에 이 거룩한 성전을 모욕했습니다. 용서할 수 없습니다. 당장 손을 써야 합니다."

그 자리에 참석한 사람들은 너 나 할 것 없이 모두 예수 얘기만 입에 올렸다. 그들에게는 성전의 1년 행사 중 가장 중요한 유월절과 무교절 명절행사보다 당장 눈앞에 나타난 예수가 더 문제였다. 감히 갈릴리 시골뜨기, 근본도 없는 떠돌이가 성전 뜰에 들어와 난동을 피웠다는 사실이 커다란 충격이었다.

"예수 그자가 무리를 이끌고 우르르 성전 뜰을 휘젓고 다니며 버젓이 선생 노릇까지 했습니다. 제사드릴 제물 파는 사람, 성전세 바칠 돈 바꿔 주는 사람까지 쫓아내고, 게다가 폭력까지 행사했습니다."

"그런데, 내가 듣자 하니 성전 경비대장과 야손 제사장이 먼발치에서 한가하게 구경만 하고 있었다는데, 이게 말이 돼요? 이 사람들 어디 갔어? 구경만 했다는 사람들 …."

"잠깐, 오늘 깜짝 놀랄 만한 얘기를 들었는데, 대제사장 각하도 보고받으셨는지요?"

야손은 그가 무슨 말을 하려는지 미뤄 짐작했다. 그러자 얼른 다른 사람이 나서서 물었다.

"아니 … 뭔데 그렇게 말씀하시는지요?"

그러자 처음 얘기 꺼낸 사람이 자기가 뭐 좀 안다는 듯 말을 이었다.

"글쎄, 황제 폐하께 바치는 세금을 거부하자고 선동했다는 소문입니다. 내가 그 예수라는 자에게서 직접 얘기를 들은 것이 아니라 긴가민가하지만 걱정이 이만저만 아닙니다."

"세금을?"

"황제 폐하께 세금을 바치는 것이 옳은 일인지 아닌지 어떤 사람이 물었답니다."

"어떤 사람이 아니라, 우리 성전에서 내보낸 사람이었다는 소문이던데요?"

"하여튼, 어떤 사람이, 우리 성전 사람인지 아닌지는 내가 잘 모르겠지만, 그 사람이 예수에게 물었답니다. 그랬더니, 그자가 황제의 초상이 새겨진 돈을 들이대면서 아주 위험한 말을 했답니다."

"위험한 말이라면?"

"'황제의 것은 황제에게, 하느님의 것은 하느님에게 바쳐라!'"

순간, 조용해졌다. 모두 입을 다물었다. 예수가 했다는 말을 말 그대로 받아들이면 전혀 문제가 없다. 로마황제에게 세금을 바치라고 말했다고 받아들이고 넘어가면 될 일이다. 그런데 가만히 생각해 보니괜히 성전에서 예수를 함정에 빠뜨리겠다며 다른 생각 없이 덜컥 그런민감한 문제를 내놓아서 벌집을 잘못 쑤신 셈이었다.

가야바의 집에 그 밤에 모인 사람들 모두 아무리 로마제국에 협력하며 살아가는 사람들이라고 해도 세금 문제가 나올 때면 늘 조심스럽게다뤘다. 이스라엘이 지키는 토라에 따르면 황제의 것이 원래 따로 있으니 그걸 황제에게 세금으로 바치면 된다고 말할 수 없기 때문이다.하느님 섬김으로 말하자면 하느님의 것을 황제에게 세금으로 바친 셈이다. 너 나 할 것 없이 하느님의 것을 훔친 사람들이다.

"이런, 이런! 세금 문제라면 로마가 문제 삼고 나서게 생겼습니다."

"그러니, 미리 그런 것 아니라고 보여줄 수 있는 조치를 빨리 취해야 하겠네요."

"그렇게까지 총독이 나서지는 않을 겁니다."

"왜요?"

"아, 우리가 세금이든 공물이든 다 준비됐다고 이미 총독한테 보고했잖습니까?"

"그래도 … 세금 문제를 건드렸으니 … ."

이 사람 저 사람이 번갈아 나서며 제각각 떠들었고 걱정하고 두려워하는 속마음을 고스란히 드러냈다. 만일 로마군이 성전 안으로 밀고들어오는 일이 다시 벌어지면 예루살렘 성전의 지도부에 속한 사람 중무사할 사람은 아무도 없다는 두려움이다. 그러니 대제사장이 나서고, 야손 제사장과 성전 경비대장이 나서서 빌라도 총독이 무력을 행사할 빌미를 주지 않도록 사전에 필요한 조치를 하라는 주문이나 마찬가지다.

유대 사람들의 삶을 끌어안고 씨름하는 사람이 유대에 아무도 없다. 성전은 껍데기만 남은 제사의식으로, 바리새파 선생들은 백성의 삶과 아픔에는 눈감고 토라를 해설하고 새로운 규정들을 만들어내는 일로 먹고산다. 따지고 보면, 예수가 성전 뜰에 들어와서 휘두른 채찍은 그나마 성전이 붙잡고 있던 껍데기를 무너뜨린 일이었다. 형식만 남은 하느님 섬김을 거부하는 채찍이었다. 성전이 끝까지 끌어안은 밥그릇을 냅다 발로 차버린 일이었다.

제사장 한 사람이 비장하게 입을 열었다.

"우리가 할 일은 성전을 지키는 일입니다. 거룩한 성전이 갈릴리 미천한 사람으로 인해 또 한 번 수치를 당할 수는 없습니다. 그리고 총독에게 사람을 보내 그자가 입에 올렸던 세금 문제는 갈릴리에서 올라온 무지하고 불온한 자의 헛된 생각이라고 사전에 얘기해 둘 필요가 있겠습니다. 오직 그 한 사람의 생각일 뿐이라고 말해 둡시다. 성전이나 우리 모든 유대인은 황제 폐하께 바치는 세금을 아주 당연한 것으로 기쁘게 바친다, 오해하지 마시라, 그렇게 거듭 확인합시다. 다시 로마군대의 말발굽 아래 성전이 불타고 무너질 수 없습니다."

그의 눈에 맺힌 눈물이 불빛에 반짝이는 것이 보였다. 여러 사람이 번갈아 나서며 각자 자기 의견을 냈다.

"맞습니다. 이제 그자가 다시는 성전에서 그런 허튼 수작을 부리지 못하도록 내일부터 막읍시다. 또다시 그런 말로 사람들을 혼란하게 한다면 제가 온 힘을 다해 그를 내쫓겠습니다. 성전 경비대도 그런 각오로 나서야 할 것입니다."

그들이 다짐하는 것은 오직 한 가지, 지키는 일이다. 똘똘 뭉쳐 토라를 지키고, 성전을 지키고, 이스라엘의 전통을 지키는 일이다. 그런데 그들이 지키자는 말대로 하면 가장 중요한 계명을 어길 수밖에 없는 상황이 됐다. 야손은 이제 가야바 대제사장이 나설 차례가 됐다고 생각하며 그를 주시했다. 아니나 다를까, 가야바가 헛기침을 하자 사람들이 알아듣고 한발 물러나 가야바를 주시했다.

"세금에 관련한 문제는 너무도 중요한 문제입니다. 비록 갈릴리 그자의 입에서 나온 말이지만 자칫 잘못 퍼지면 온 이스라엘에게 큰 화를 불러올 수 있습니다. 그러니, 이 일은 나에게 맡겨 주시고, 이 방에 오늘 모인 사람들은 절대 외부에 발설하지 마시기 바랍니다. 이건 부탁이 아닙니다. 예루살렘 성전의 대제사장으로 여러분 모두 주의하도록 하는 말입니다. 대제사장의 명령으로 아십시오."

누가 생각해 봐도 그건 대제사장으로서 적절한 조치다. 가야바가 강경하게 명령이라는 말까지 꺼내자 모두 고개를 끄덕이며 수긍했다.

"적절한 때, 예수 그자의 문제를 처리할 때까지 이 문제는 누구도 더 이상 언급하지 말기 바랍니다. 다른 의견들 말씀해 보세요."

그 말에 모두 두말없이 따랐다. 역시 가야바는 노련한 대제사장이다. 조금 전까지 성전을 지키는 데 앞장서겠다는 사람이 다시 말을 이었다.

"대제사장 각하의 현명하신 판단에 저는 아무 다른 생각 없이 따르겠습니다. 그리고 성전을 지키는 일에 제가 맡아 해야 할 일이 있으면 말씀해 주십시오. 제가 생명까지 바친다는 각오로 맡겠습니다."

　말은 성전을 지킨다고 한다. 그런데 그 말은 따지고 보면 결국 가야
바 대제사장과 자기까지 포함된 성전 지도부를 보호하는 데 자기가
앞장서겠다는 말이나 마찬가지다. 눈에 보이는 사람을 지키지 못하
면, 보이지 않는 가치와 전통과 야훼 섬김을 지킬 수 없다고 믿기 때
문이다.

　그날 밤 그 자리는 성전을 지키겠다고 서로 나서는 충성 맹세의 자
리로 바뀌었다. 가야바는 고개를 거듭 끄덕였다. 아마 그들이 내세우
는 열심을 속으로 가늠하는 모양이다. 충성 맹세가 크고 깊을수록 명
절제사 끝에 대제사장이 그들에게 나눠 줘야 할 몫도 커지기 마련이
다. 제사장들이 모두 나서서 성전을 지키겠다고 맹세하는 한, 대제사
장 가야바는 안전을 보장받는 셈이다. 그가 총독을 잘 다룰 수 있는 수
단을 가졌다면 … .

　그 모습을 지켜보며 한구석에 조용히 서 있던 야손은 고개를 삐딱하
게 꼰 채 웃음을 지었다. 자기 역할을 키울 방안이 떠올랐기 때문이다.

✠

　바이투스 가문을 대표하는 시몬 칸데라스는 안나스 가문의 대제사
장 가야바가 물러나면 자기가 그 자리를 차지해야 한다고 별렀다. 그
의 이름도 아버지처럼 시몬이라서 사람들은 아버지와 그를 구분하기
위해 '시몬 칸데라스'로 부르거나 그냥 '칸데라스'로 부르지만 더러는
그냥 '시몬'이라고도 불렀다.

칸데라스가 그날 밤 가야바 저택의 회의에 참석했다가 집에 돌아오니 늦은 시간인데도 바이투스 가문의 몇 사람이 그를 기다리고 있었다. 그가 가문을 대표하는 역할을 맡은 지 오래 돼서, 중요한 일에는 친족들이 그의 집에 모여 의논했다.

"숙부님! 오늘 대제사장 댁 회의는 어땠는지요?"

조카가 눈을 반짝이며 물었다.

"별 얘기 없었어. 그냥 넋두리도 하고, 걱정도 하고, 잘 해보자고 다짐만 했지. 실제로 무얼 어떻게 하자고 딱 부러지게 결정하지 못하고 늘 그렇듯 대제사장 눈치만 살피며 우물쭈물……."

"큰일입니다. 잘못하다가 정말 큰일 납니다. 오늘 낮에 성전에서 벌어졌던 얘기 들으셨습니까?"

"그 얘기? 대충 나왔지."

"갈릴리 그 무식한 자가 패거리를 끌고 들어와 성전 제사 제물 마련하는 일도 가로막고, 성전세로 바칠 돈 바꾸는 것도 방해하고, 게다가 한술 더 떠서 성전 뜰에 들어온 사람들까지 선동하고 나섰다니……. 이거, 이대로 놔두면 … 분명 군중들이 피 흘리고 칼날에 쓰러지는 일이 벌어질 겁니다."

"그러게 말이야, 나도 걱정이네."

"가야바 대제사장이 대응을 제대로 못하는데, 이럴 때 숙부님께서 총독을 한번 찾아가 보시지요! 이대로 놔두면 안 된다고, 대제사장이 사태를 잘못 다루고 있다고 가서 미리 말씀드려 놓는 것이 어떠실지요?"

다른 사람들도 그 말을 따라 한목소리로 칸데라스에게 건의했다.

"한번 총독궁으로 걸음을 하시지요. 손해 볼 일은 없습니다."

"손해?"

"예, 손해가 될 일은 없습니다. 첫째 가야바 대제사장이 잘못한다는 것을 밝히는 거고, 둘째는 유대에 숙부님 같은 대제사장감이 있다고 총독에게 알리는 셈이고요."

"지금은 때가 아니야. 그리고 내가 총독궁을 드나들 수는 없어!"

"숙부님! 제 생각으로는 지금이 제일 좋은 때 같습니다. 은밀하게 밤에 … ."

"아니야! 생각해 보게. 자네들도 세상을 넓게 보는 안목을 키워야 해. 이번에 일이 잘못 벌어지면 누가 대제사장 자리를 맡느냐 마느냐 그런 문제가 아니고 성전 지도부가 모두 와르르 무너질 형편이야. 15년이나 그 자리를 지킨 가야바 대제사장이 책임이라면 제일 큰 책임을 지겠지만 … . 그렇다고 그 사람 혼자 책임지고 물러난다고 해결될 문제가 아니라고! 갈릴리 그자가 떠든다는 말을 내가 좀 들었는데, 그자는 거룩한 성전 자체를 부정하는 사람이라고. 게다가 희년禧年을 실시한다고 선동하고."

"그러니까 더욱 가야바 대제사장 책임이라는 말씀이지요."

"지금 일은 우선 가야바가 나서서 책임지고 막아야 하고, 그 사람 힘이 부족하면 그의 장인 안나스 대제사장과 그 아들들이 나서겠지. 그 가문에도 대제사장을 지낸 사람이 여럿 있잖아? 그런데, 생각들 좀 해봐! 빌라도 총독은, 내가 봐서는, 지금 대제사장을 바꾸고 나설 형편이 못 돼. 오히려 거꾸로 가야바에게 손을 벌려야 할 처지라고. 어쨌든 저 사람들이 힘을 다해 사태를 진정시키도록 좀 도와주면서 그다음에 벌어지는 일을 준비하자고."

"그러다가 아예 대제사장 자리가 그 집안으로 굳어 버리면 안 되지 않습니까? 이미 오래 해먹었는데 … ."

"이거 봐! 가야바의 아들 마티아스, 그리고 안나스 대제사장의 아들 중에도 이름이 같은 마티아스도 있고 요나단도 있고. 그 사람들이 모두 아직 대제사장을 맡지 못했지. 그러니 사람들 눈으로 보기에는 그 가문에서 줄줄이 그 자리를 독차지할 것 같지만 세상일은 그런 게 아니라고. 이번 일로, 그리고 설사 수습하더라도 눈에 보이든 안 보이든 타격을 그 가문이 받게 돼 있어. 지금은 너무 강해서 무너뜨리기 어렵지만 시간이 지나면 스스로 무너질 거야. 10년 못 가! 내 말 믿으라고. 그리고, 특히 자네들, 입 조심해! 왜 우리 가문이 지금 나서서 저쪽 집안이 저지른 일을 해결하는 그 궂은일을 도맡나?"

"그럴까요?"

"그럼! 그리고 한 가지 더, 우리 가문이 완전히 뒤로 빠져 뒷짐 지고 지켜만 보면 그것 역시 세상사람들 욕을 먹게 될 일이야. 그러니 욕먹지 않을 정도로 적당하게 힘을 받쳐 주자고."

"숙부님 말씀을 듣고 보니 그렇기는 합니다만, 저는 이 기회에 … ."

"숙부님! 저는 말씀을 따르겠습니다."

"그래! 이 사람들아! 내 말 듣고 당분간 조용히 지내! 괜히 머리 처들고 나설 때가 아냐!"

"예, 숙부님. 그런데 유월절 제사에 쓸 제물 말씀을 드리겠습니다."

"그래, 좀 성사시켰나?"

"예, 양 2백 마리, 염소 3백 마리를 제물로 쓰겠다고 대제사장 아들 마티아스가 담당 제사장을 시켜 받아주었습니다. 그리고, 형편 보아 조금 더 받아주겠다는 언질을 받았습니다."

"지난 번보다는 좀 늘어난 것 같군."

"예, 숫자는 늘었는데 값은 그리 크게 늘지 않았습니다."

"그냥 넘어가라고. 대제사장에게 돈 쓸 일이 많은 때야, 지금은. 특히 총독 쪽에 이번에 많이 들어가게 돼 있어. 그런 거까지 밝히자고 우리가 덤벼들면 두 가문 사이에 전쟁하자는 말밖에 안 돼. 지금 그럴 필요는 없어. 우리 몫에 이상 없으면 넘어가!"

"예! 숙부님!"

역시 칸데라스는 한 가문을 대표할 만한 그릇이다. 그러나 그에게 보내는 사람들의 평판은 그리 좋지 않았다. 그가 너무 표 나게 대제사장 자리를 노리는 사람이라는 소문이 일찍부터 예루살렘에 쫙 퍼졌고, 그 바람에 가야바는 그를 가장 큰 정적政敵으로 간주했다. 때가 이르지 않았는데도 불구하고 초기에 너무 가볍게 처신한 일이 문제였다. 그때는 1년이나 2년마다 대제사장이 바뀔 때라서, 가야바가 대제사장 자리에 오른 지 3년쯤 됐을 때부터 칸데라스가 다음 자리를 노리고 움직였다. 가야바가 15년이라는 오랜 세월 그 자리를 지키게 될 줄이야 그때는 아무도 몰랐다. 해가 지날수록 힘은 점점 가야바에게 쏠렸고, 칸데라스는 눈에 보이지 않는 견제 속에서 살아야 했다.

칸데라스가 가진 또 한 가지의 약점은 야손 제사장과 사이가 좋지 않다는 점이다. 유대와 예루살렘 성전의 온갖 정보를 다 손에 쥔 정보 책임자와 칸데라스 사이에 흐르는 긴장은 사정을 모르는 사람도 눈치 챌 정도였다. 대제사장 가문쯤 되면 어느 가문이고 감추고 싶은 비밀이 있는 법이다. 바이투스 가문에는 이미 대제사장을 지낸 두 형과 조카들, 그리고 칸데라스 자신에게 은근히 켕기는 일이 여럿 있다. 자칫 잘못 다루면 언제든 세상에 드러나고, 그러면 가문은 다시 일어설 수 없을 만큼 치명적 상처를 입을 일들이다.

그런데 정보란 참으로 묘한 구석이 있다. 상대에게 위협이 될 만큼 당장 몸을 드러내 놓고 칸데라스가 나서지만 않는다면 정보도 깊이 가라앉은 채 때를 기다린다. 때가 되면 정보는 슬쩍슬쩍 얼굴을 내밀며 떠오르게 될 것이다. 그런데 그때가 자신에게 결정적으로 힘이 쏠리는 때라면, 상황을 유리하게 바꿀 수 있다고 칸데라스는 믿었다. 아무리 자기에게 불리한 정보라도 협상으로 해결할 길이 있으리라고 그는 생각했다. 그건 야손이라는 사람을 그만큼 잘 파악하고 있다는 뜻이다. 그때가 되면 야손이 정보를 마구 풀어 놓으며 거칠게 덤벼드는 대신 지위를 보장받고 일정 부분 이익을 나눠 받는 선에서 정보와 권력을 맞바꾸는 협력이 가능하게 될 것이다.

어디에서나 사람 사는 세상은 늘 그러하다. 더구나 예루살렘 성전 대제사장이나 제사장은 단순히 성전에서 제사드리는 일만 맡은 사제가 아니다. 모두 정치가다.

⍭

그날 저녁, 빌라도는 총독궁에 주요 부하들 중 네 사람을 따로 불러 모았다. 그들은 그날 낮에 있었던 일을 한 사람씩 나서서 보고했다. 위수대장도 예루살렘성 전체의 치안과 함께 성전에서 있었던 일을 하나씩 짚어 보고했다. 그 보고 끝에 빌라도가 물었다.

"내가 이미 포고령까지 내렸는데 성전 측에서 갈릴리 그 떠버리 선생이라는 자가 성전 경내에서 저지른 소동에 대하여 잠잠한 이유가 뭐요? 이거 포고령 위반이잖아!"

"성전 경비대에서는 즉각 체포하려고 나섰는데, 제사장 야손이 나서서 막았습니다."

"야손이? 왜?"

"오늘 야손 제사장이 나선 데에는 몇 가지 이유가 있습니다. 첫째, 예수라는 자가 소란을 일으킨 장소가 성전 뜰이기는 합니다만, 거룩한 구역에는 속하지 않는 이방인의 뜰입니다. 따라서 설사 성전 경비대가 오늘 그자를 체포했다고 해도 고작 채찍 몇 대 때리고 내보낼 수밖에 없습니다."

"뭐야? 포고령에 있잖아? 어떤 소란도 허용하지 않는다고!"

"그렇기는 합니다. 각하가 내리신 엄중한 포고령은 한 점 흔들림 없이 지켜야 한다는 것은 성전 측에서도 잘 알고 있습니다. 그런데, 제 생각이나 성전 측 책임자 생각이 같았습니다. 괜히 풀숲을 건드려 뱀을 쫓아낼 필요는 없다고 말입니다. 그자가 먼저 도발하고 나섰는데 오늘은 성전이 일부러 무시하며 두고 보자고 했습니다. 그러면 아마 좀더 강한 도발을 하리라고 봅니다. 어차피 예루살렘 성전이 그자를 체포해서 대산헤드린 재판에 회부할 텐데, 죄를 좀더 키워 잡으라고 제가 일러두었습니다."

"으음! 그건 잘한 일이네 ….."

"셋째로는 그자의 행동이 좀 애매합니다. 사소한 제물, 그러니까 비둘기 파는 사람들만 붙잡고 시비를 걸었지, 소나 양, 염소처럼 진짜 큰 제물을 파는 장소에는 나타나지도 않았습니다."

"그건?"

"예! 전면적으로 성전하고 한번 대결하자는 뜻이 아니고, 슬쩍 건드리면서 반응을 떠본 것으로 판단했습니다."

"그럼, 앞으로 어떻게 할 예정이야? 어제 내가 이미 지시했잖아? 차곡차곡 잘 준비해서 대응하라고 …."

"각하가 내리신 포고령에 따라 다스릴 생각으로 이미 은밀하게 준비하고 있습니다."

"좋아! 그런데 나중에 성전 쪽에서 아주 큰 소리가 들렸는데? 군중이 외치는 소리 같던데?"

"성전 측에서 군중 속에 심어 놓은 사람들이 예수의 가르침에 적극 호응하는 것처럼 꾸며 사람들을 선동했습니다. 일종의 올가미입니다. 그런데 눈치를 챘는지 예수가 걸려들지 않았습니다."

"알았어! 그런데 …."

총독은 갑자기 목소리를 낮추며 주위를 둘러보았다. 그 자신까지 합쳐야 모두 다섯 명뿐인데 왠지 무척 조심스러웠다.

"자! 내 말 잘 들으라고."

"예, 각하!"

심상치 않은 기색에 모두 긴장했다.

"아레니우스 공 말이야!"

위수대장은 순간 가슴이 철렁했다. 총독이 무슨 낌새를 챘음이 분명했다.

"내가 보기에 그냥 한가하게 구경하러 온 사람 같지 않단 말이야!

처음부터 그런 생각이 들어서 내가 살펴보는 중인데, 자네들도 각별히 조심하게! 아무런 눈치 못 챈 듯 행동하게. 그러면서 무슨 일 때문에 예루살렘까지 우리와 동행했는지 살펴보라고. 조금이라도 이상한 낌새가 있으면 나에게 즉각 보고하도록. 그런 일이 있으면 밤이든 낮이든 지체하지 말고 보고해! 내가 잠자리에 들었을 시간이라고 해도 지체하지 말고, 나를 깨워서라도 보고해! 알겠지?"

"예, 각하! 명령을 받들겠습니다."

"위수대장!"

갑자기 총독이 위수대장을 똑바로 주목하며 불렀다. 위수대장은 벌렁거리는 가슴을 진정하며 대답했다.

"예, 각하!"

"내 생각에 말이야…."

천천히, 무언가 알고 있는 듯한 표정을 지으며 빌라도는 한 마디씩 띄엄띄엄 말했다. 눈으로 위수대장을 제압하면서 말을 이었다.

"아레니우스 공은 분명 예루살렘을 처음 방문한 사람이야! 여기 따로 아는 사람이 없다고…. 무슨 얘기냐 하면…."

마치 위수대장을 시험이라도 하는 듯 총독은 야릇한 표정을 지었다.

"예루살렘 성안에서 아레니우스 공이 혼자 할 수 있는 일은 아무것도 없어. 누가 나서서 도와주기 전에는. 그러니 무슨 일을 하든 여기서는 반드시 위수대장 자네의 도움이 필요할 거야. 알아듣겠나, 내 말?"

"예! 각하의 말씀을 소관 받들겠습니다."

"그래!

"분봉왕 쪽에서는?"

"다른 일은 없습니다. 낮에 분봉왕의 부인 헤로디아가 갈릴리 티베리아스에서 올라와 분봉왕 궁으로 들어갔고, 알렉산더 공이 두세 번 궁 밖으로 나와 여기저기 돌아다니다가 들어갔습니다."

"그래? 그렇게 갈릴리 분봉왕이 잠잠할 리가 없는데 … ."

"아! 예수를 따르는 제자 중 한 사람이 은밀하게 분봉왕의 궁에 들어갔습니다. 첩자가 분명합니다."

"그래? 무슨 일인지 알아봤나?"

"확인 중입니다. 그자는 금방 다시 나와서 성전 뜰에 있는 제자들 틈에 다시 끼어들었습니다. 그리고 한 가지, 이건 아직 좀더 확인해야 할 일입니다만, 예수를 따라 다니는 여자 제자 중 한 사람이 알렉산더 공과 좀 관계가 있는 듯합니다."

"여자? 여자도 첩자로 심어 놓았다는 얘기야?"

"아닙니다. 오히려 그 여자를 예수 일행으로부터 떼어 놓으려 하는 것 같다는 얘기입니다."

"재미있군! 첩자도 심어 놓고, 그 속에 끼어 있는 사람 중에 빼내고 싶은 사람도 있고."

"성전 야손 제사장을 통해 좀더 알아보고 있는 중입니다."

"그건 그렇게 하고, 대제사장은 다른 일 없고?"

"성전 측의 공식 움직임은 야손 제사장과 성전 경비대장을 통하여 소식을 듣고 있습니다. 대제사장의 아들 마티아스 제사장과도 제가 관계를 잘 유지하고 있습니다. 이상한 기색은 지금까지 없습니다. 다만 대제사장과 제사장들 예복을 내려 주십사 각하께 말씀드려 달라고 여러 번 부탁받았습니다."

"그건 며칠 두고 보자고. 아직 날짜 남았잖아? 그리고 도적떼는?"

"예! 각하의 명령이 있기 전에는 절대로 예복을 내줄 수 없다고 단호하게 잘랐습니다. 하얀리본이라는 도적떼는 성전에서 그 두목을 체포했기 때문에 지금 위축된 상태입니다. 혹 무슨 일을 저지를지 몰라 아침에 두목을 성전 주랑건물 위에 끌어 올려 세웠습니다. 알렉산더 공의 제안이었습니다. 그래서 그런지 하얀리본 도적떼들이 몰래 성전 안에 들어오기는 했지만 몸을 움츠리고 살펴만 보다가 물러났습니다."

"성전 건물 위에 두목을 올려 세웠다? 허허! 뜻밖일세!"

"예! 저도 그리 생각했습니다만, 효과는 컸습니다. 저들이 움직일 수 있는 범위와 날짜를 좁힌 셈입니다. 원래 그들 계획한 대로라면 오늘이 그 도적떼가 소란을 피우고 나서기로 했던 날입니다. 그걸 사전에 봉쇄했을 뿐만 아니라, 카이사레아에서 우리 로마군 후속부대가 도착할 때까지 시간을 벌어 놓은 셈입니다. 도적떼들이 자기들 계획대로 할 수 없다는 것을 알게 된 이상, 포기하고 물러나든 다른 수를 쓰든 곧 다음 움직임을 보일 겁니다. 다른 수를 쓴다면 틀림없이 무리한 방법을 쓸 수밖에 없을 것이고 그들 내부에서 틈이 생길 것으로 예상합니다. 이제 유대인 달력으로 11일이 시작됐으니 아무리 길게 잡아도 14일까지는 날짜가 나흘밖에 남지 않았습니다. 14일 해가 지고 15일 유월절이 시작되면 거사를 할 수 없기 때문에 그 안에 서두를 것으로 판단합니다."

"유월절이 되면 도적떼는 움직이지 못한다?"

"예, 각하! 명절이 시작되면 성전에 사람은 많이 모여들지만 제사드리는 일에 온통 정신이 빠져서 다른 일을 할 수 없습니다. 게다가, 그들 스스로 나서서 유월절 명절제사를 망쳤다는 비난을 받고 싶지 않을 것입니다. 결국, 명절에 모여든 군중을 끌어들여야 하는데, 명절 당일에는 불가능합니다."

"그럼? 예수라나 그자가 유월절에 하겠다는 일은?"

"예, 각하! 도적떼는 폭동을 일으키겠다는 계획이었다면, 사실 예수라는 갈릴리 사람이 하려는 일은 좀 애매한 것이 많습니다. 무슨 생각으로 매일 성전에 드나드는지 성전 측에서도 갈피를 잡을 수 없는 모양입니다."

"그래도 혹 모르는 일! 마음 놓지 말고 끝까지 잘 관리하도록! 그리고 예수 무리와 도적떼가 연합하지 못하게 하도록! 그것이 가장 걱정했던 일 아닌가?"

"각하! 하얀리본 두목을 성전에서 잡아들였기 때문에 연합하는 것은 어려울 것으로 성전 측에서도 판단합니다. 그런데, 보기에 따라서는 도적떼의 두목이 직접 지휘를 할 수 없는 상황이 됐기 때문에 도적 떼가 예수라는 그자를 끌어들이려고 더 애를 쓸 거라는 말도 있습니다. 만에 하나 그들이 손을 잡을지 아주 주의를 기울여 감시하고 있습니다."

"예수 그자가 폭동을 일으킬 만한 사람인가?"

"아니라고 봅니다. 그건 성전 측이나 갈릴리 분봉왕 측의 알렉산더 공의 의견도 마찬가지입니다. 예수는 폭력으로 거사하자는 사람은 분명 아니라고 봅니다."

"그러면 별로 위험한 사람이 아니네."

"직접 폭동을 이끄는 사람보다 그래서 더 위험하다는 생각입니다.

그자가 위험한 것은 그자가 동원하는 수단이 아니고, 근본적인 문제를 들고 나오기 때문입니다."

"근본적인 문제라…."

"지난 번 각하께서 입성하시기 전에 군영軍營에서 보고드렸던 것처럼, 그는 하느님 나라를 내세우는 작자입니다. 그 하느님 나라의 내용이 위험하고 불경하기 짝이 없습니다. 게다가, 내용으로 보면 황제 폐하께 세금을 바치지 말라고 선동한 것과 마찬가지 말을 입 밖에 냈습니다. 나중에 그런 죄목을 모두 정리해서 총독 각하께 그자를 끌고 와 성전 측에서 고발하도록 지시했습니다."

"뭐라고? 반란을 선동했어? 세금을 안 내는 것은 반란이지!"

"그게, 유대인들의 가르침과 연결돼 있는 내용이라 그가 선동했다고 몰아붙이기는 좀 애매한 면이 있습니다. '황제에게 속한 것은 황제에게 바치고, 하느님께 속한 것은 하느님께 바쳐라'라고 말했답니다. 그 말은 잘못 다루면 유대인 전체와 우리 로마가 충돌할 만큼 내용이 민감합니다. 그래서 성전 측에서 좀 조심해서 다루어 나중에 죄목을 잘 정해 고발하라고 주의를 주었습니다."

"허허! 그자가 미친 사람인 것은 틀림없군! 황제 폐하께 속하지 않은 것이 세상에 하나라도 있단 말인가? 예루살렘 성전도 황제 폐하께서 용인하셨기 때문에 그럭저럭 명맥을 유지하고 있다는 사실을 모르는 모양이지? 하여튼 성전에 틀림없이 조치하라고 다시 지시하게. 성전이 어찌 처리하는지 두고 보기로 하고."

그러더니 빌라도는 직접 부대를 지휘하는 부하에게 지시했다.

"배속받은 위수대 병력과 함께 성문을 철저하게 경비하도록! 성전이나 도성 안에서 성문을 통하지 않고도 밖으로 빠져나갈 수 있는 곳에는 병력을 주야로 배치하도록. 도성 안 특히 아랫구역에 배치된 순찰병력을 더욱 강화하고, 모든 순찰분대에 위수대 병력을 최소한 한두 명씩 배속시키도록. 그리고 윗구역 아랫구역 지형地形 지물地物을 철저하게 파악하도록 사전 교육시키게."

"예, 각하!"

"카이사레아에서 증원되어 올라오는 병력은 도성 안에 들어오지 말고, 성으로 들고나는 모든 외곽도로를 차단하고 경계할 것. 내일 낮에 도착하겠지, 후속부대가?"

"예! 각하, 지금 부지런히 올라오고 있습니다. 중간에 휴식을 취하지 않고 서두르고 있습니다."

"그래! 이번 명절에 문제가 생긴다면 그건 분명 성안, 특히 성전 경내에서 시작될 거야. 그러니, 초기에 진압할 수 있도록 준비해 둬! 성전 경내 감시를 좀더 강화하고, 위수대에서 성전으로 통하는 비상통로를 완전히 확보해! 무슨 일이 있으면 위수대에서 바로 성전을 덮칠 수 있도록 통로를 확보하는 일에 조금도 실수가 있으면 안 되네. 정신 똑바로 차리고 대비하도록. 만일 실수하는 장병이 있으면 군법으로 엄하게 다스리겠네."

"예! 즉시 시행하겠습니다."

"세금과 공물은 언제 인수하기로 했나?"

"각하께서 카이사레아로 귀환하시기 전날 모두 한 번에 인수하기로 했습니다. 지금 받아들이면 그때까지 보관하는 책임을 우리 로마가 지게 돼 있어서 인수날짜를 늦추었습니다."

"그건 잘했군! 그리고 한 가지 더!"

"예, 각하!"

"별도 분대를 편성해서 대제사장 저택을 경비하고, 주요 가문의 지도자 저택도 경비하도록."

"각하! 그건 대제사장이나 다른 가문에서 불편하게 생각해서 거부할 것입니다."

"명령대로 해!"

빌라도가 뜻밖으로 강경하게 나오자 부하들은 그저 그 지시를 받들수밖에 없게 됐다.

순간, 위수대장은 총독의 마음을 읽었다. 성문 경비, 성 외곽 경계, 성전 진입통로 확보 등은 모두 만일의 사태를 대비해서 그럴 수 있는 조치였다. 그러나 현직 대제사장 가야바의 저택과 다른 가문 지도자의 저택에 로마군 경비분대를 배치하라는 명령은 이제까지 한 번도 없었던 일이다. 위수대장은 그런 조치가 무엇을 의미하는지 알았다. 그렇게 명령하기 전에 이미 아레니우스를 잘 살펴보라고 총독이 지시했기 때문이다. 때로는 무모하고 거친 사람이지만, 한편으로는 놀랄 만큼 치밀한 사람이 빌라도 총독이다.

'어떻게 한다?'

위수대장은 당장 아레니우스에게 은밀하게 받은 명령을 수행하는 일이 걱정이었다. 아레니우스가 정해준 시한이 됐지만 아직 대제사장과의 면담을 주선하지 못했다. 총독의 부름을 받고 총독궁에 들어오면서 은밀하게 먼저 아레니우스를 만나 하루 더 말미를 얻었다. 예루살렘 성전 대제사장이 로마에서 온 이방인을 직접 은밀하게 만난다는 것이 알려지면 성전이 뒤집어질 일이다. 게다가 누가 무엇 때문에 만나자 하는지 밝히지 않고 대제사장 면담을 주선하기란 거의 불가능한 일이다. 아무리 궁리해도 다음 날 밤까지 하루 남은 시간으로는 대제사장 면담을 주선할 수 없어 걱정이 이만저만 아니었다.

그런데 이제부터는 성안에서 일어나는 모든 움직임을 총독이 손바닥 들여다보듯 샅샅이 알 수 있게 되었다. 대제사장을 보호하는 것보다 감시하기 위한 뜻이라고 생각하니 일은 더욱 난감하게 됐다. 위수대장은 총독이 빤히 쳐다보는 것을 알았다. 얼른 시침을 떼고 다른 말을 꺼냈다.

"각하! 이왕 성전 지도자들의 저택을 경비한다면 전임 대제사장 안나스 저택도, 그리고 바이투스 가문의 전임 대제사장과 유력 제사장 집도 경비해야 할 것 같습니다."

"그래! 내가 빠뜨렸군. 위수대장이 잘 생각해 냈소. 역시 예루살렘에서는 위수대장이야! 안 그래, 자네들?"

"예, 예! 그렇습니다."

부하들이 한목소리로 총독의 말에 동의했다. 빌라도는 빙그레 웃으며 여전히 위수대장을 바라보았다. 그 눈앞에서 아무 일도 없는 듯 태연하게 앉아 있기는 참 어려웠다.

"각하! 달리 더 지시하실 말씀이 있으신지요?"

"왜?"

"성전 사람들을 위수대에 불러들였습니다."

"그래서?"

위수대장은 순간 당혹스러워 말을 못하고 우물쭈물했다.

56

"가봐야 한다고? 그래 가봐!"

"예! 각하!"

자리에서 일어나 문까지 걸어가는 동안 뒤통수에 꽂히는 눈길을 고스란히 느꼈다. 위수대장은 그 짧은 거리가 몇십 리는 되는 듯 참 어렵게 걸어 나왔다.

문밖으로 나오자 몸이 으스스 떨렸다. 그건 차가운 밤공기와 슬쩍 불어온 바람 때문은 아니다. 밤하늘을 떠가는 달도 괜히 더 차가워 보였다. 그를 호위하며 뒤따라오는 부하들의 말발굽 소리만 들리는데도 그는 몇 번씩 뒤를 돌아보며 무거운 마음으로 위수대로 돌아갔다.

✝

히스기야는 그날 하루 종일 가슴이 미어터지는 듯 찢어지는 듯 쓰리고 아팠다. 아침나절 성전 뜰 주랑건물 위에서 내려다본 그 일이 좀처럼 그를 그냥 놔두지 않았다. 성큼성큼 뜰을 가로질러 걸어가던 예수, 머리 위에 채찍을 빙빙 돌리던 그 모습, 선생을 따르지 않고 그저 그 자리에서 망연히 서 있던 그의 제자들, 그 광경이 떠오르고 또 떠올랐다. 예수의 그런 모습을 이전에는 한 번도 본 적이 없었다. 그런데 이상하게도 예수의 마음을 고스란히 알 수 있을 것 같았다.

캄캄한 지하감옥에 다시 끌려 내려와 혼자 남아 있자니 그가 지금 겪는 일이 마치 꿈을 꾸는 것 같았다. 밖에서는 세상이 뒤집어질 일이 벌어지는데, 그는 불빛 하나 없는 감방에 덩그러니 혼자 갇혀 있다는 것이 꿈이라면 끔찍한 악몽惡夢이다.

지나간 일은 그 어떤 일이든 뒤돌아보며 후회하지 않겠다고 단단히 마음먹고 살았지만 그건 그저 마음뿐이었던 모양이다. 성문 앞에서 무력하게 체포돼 들어와 갇힌 일은 정말 깊이깊이 아쉽고 후회스러웠다. 화재로 무너지는 움막을 보며 울부짖는 그 마을 사람들에게 아무리 마음이 쓰였더라도, 움막에 남아 있던 하얀리본 동지들 걱정이 아무리 컸더라도 그렇게 허술하게 체포된 건 변명할 수 없는 그의 실수였다.

붙잡힐 때 죽기로 싸우며 저항하지 못한 일도 너무 후회스러웠다. 후회는 또 다른 후회를 앞세우거나 이끌고 끊임없이 밀려오고 또 밀려왔다. 허무하게 무너지던 돌무더기보다 더 큰 무너짐이 바닥으로, 끝없이 깊은 바닥으로 그를 끌어 내린다.

어릴 적 나사렛 아랫동네였다. 돌쌓기 놀이, 길 옆에서 20개씩 돌을 주워 제일 높게 제일 빨리 쌓는 사람이 이기는 놀이였다. 히스기야는 한 번도 빠진 적 없이 놀이에 끼었지만 웬일인지 예수는 그 놀이에 전혀 끼어들지 않았다.

돌쌓기 놀이에서는 상대가 누구든 언제나 히스기야가 이겼다. 돌을 주워 오는 것도 빨랐고, 20개를 차곡차곡 쌓는 것도 그가 빨랐고, 쌓은 높이도 언제나 제일 높았다. 그럴 때면 나사렛 마을 촌장 조카라는 동무가 제일 분해서 씩씩거렸다. 촌장의 조카라는 말을 버릇처럼 입에 달고 사는 동무였는데 놀이 끝에는 언제나 행패를 부렸다. 마침 촌장 이름도 예수였다. 촌장은 나사렛 마을의 어른이었고, 제일 부자였다.

그날도 그랬다. 히스기야가 더 빨리, 더 높게 돌을 쌓았다. 놀이에 진 그 동무가 얼굴이 빨개진 채 씩씩거리다가 히스기야가 쌓은 돌을 발로 차서 무너뜨렸다. 욱하는 기운에 히스기야가 달려들었고, 그 동무는 가슴을 내밀고 비웃었다.

"어쩔 건데? 네가 나를 어쩔 건데? 거지 같은 자식이 … ."

분해서 다시 달려들자 예수가 나서서 가로막았다. 그리고 차분하게 달랬다.

"그저 돌이야! 큰일도 아니고, 돌 쌓는 놀이일 뿐이야. 별일 아니야. 참아!"

애써 쌓은 돌이 무너졌는데, 예수는 '그냥 돌쌓기 놀이'라면서 그를 위로했다. 예수가 지금도 옆에 있다면 그때 그랬던 것처럼 똑같은 말로 위로했을 것 같다. 그 위로에 발을 디디고 몸을 일으켜 기어오르기 시작할 수 있을 것 같다.

붙잡히던 한순간 한순간을 뒤돌아보며 히스기야가 혼자 후회하고 있는데, 철컥 감방 문 열리는 소리가 들렸다. 그러더니 우르르 몇 명이 방 안으로 들어왔다. 얼비추는 불빛에 그들은 어마어마하게 큰 그림자로 맞은 편 벽에 일렁였다. 이제 정말 끝이라는 생각이 들었다. 스스로 숨을 끊을 기회도 놓치고, 가장 비참한 모습으로 너덜너덜 찢어져 내던져지는 몸뚱이가 보인다. 그리고 꼭 오그려 쥔 손이 보인다. 끝까지 무엇을 쥐고 떠났을까? 펴지 못한 손이 그렇게 슬퍼 보인다. 몸뚱이보다 손이 더 슬펐다.

"애기야! 나와 봐라!"

목소리를 들어보니 처음 잡혀 왔을 때 만났던, 체격이 크고 채찍을 들고 흔들거리던 사내였다. 아침나절, 성전 뜰 위 건물로 끌고 올라갈 때도 그랬지만 왜 그는 히스기야를 꼭 '애기'라고 부르는지 알 수 없었다. 그건 아마 자리매김이리라. 그의 눈에는 꽁꽁 묶여 끌려다니는 히스기야는 그저 어르고 달래고 누르고 찢고, 마음대로 다뤄도 되는 존재일 뿐이리라. 한없는 무력감을 심어주려는 생각이리라. '애기'라고 부르는 사람에게라도 조그만 희망을 가지고 매달리게 하려는 그 나름의 고문 수법이리라. 그도 사람이겠거니 하며 고문하는 사람을 믿는 일이 얼마나 허망한 일인지, 얼마나 무서운 일인지 히스기야는 안다. 극도의 고통스런 고문을 견딘 사람이 무너지는 것은 고문자가 툭 던진 한마디 말 때문이다.

그들은 히스기야를 일으켜 세우더니 입에다 커다란 헝겊 뭉치를 다시 쑤셔 넣고, 냄새 나는 자루로 얼굴에서 어깨까지 푹 씌웠다. 드디어 고문을 시작하는 모양이다.

어딘지 모를 곳으로 질질 끌려가면서 히스기야는 차라리 고문을 받다가 죽으리라고 마음먹었다. 눈을 감고 세상을 떠나면 성전 뜰에서 처참하게 무너지는 하얀리본 동지들 모습을 보지 않아도 되리라고 생각했다. 나사렛 마당에 무너져 나뒹굴던 돌멩이들을 다시 생각했다. 그저 발에 차여 무너질 수밖에 없는 돌을 쌓느라고 밤낮으로 동지들과 돌아다녔다는 생각이 들자 세상이 참 가볍게 느껴졌다.

그런데 부드러운 예수의 음성이 들렸다. 마치 어딘가에서 눈으로 히스기야를 지켜보며 말을 거는 듯 느껴졌다.

'그저 돌 쌓는 놀이야, 참아!'

예수의 얼굴이 떠올랐다. 그가 바라보는 자기 모습이 보였다. 그러자 이렇게 죽을 수는 없다는 생각이 불쑥 치밀어 올랐다. 눈앞에 벌어지는 일을 놓고 혼자 그 선을 넘어가 물끄러미 선 이쪽을 바라보고만 있을 수는 없다고 생각했다.

'이번에 나를 죽일까, 고문으로?'

'고문을 한다면, 나를 살려둘 이유가 있다는 말이지.'

'그래? 그럼 어디 한번 끝까지 이를 악물고 견뎌보자! 기회를 잡을 때까지 … . 끌고 가면 끌려가고, 주저앉으면 주저앉지 뭐! 하얀리본 동지들과 예수에게 그들 눈앞에서 내가 떳떳하게 죽는 모습을 보여주자! 그저 그들 눈앞에 죽은 시체로 던져지지 않고 스스로 택하는 죽음을 보여주자!'

견디며 살아야 할 이유를 그렇게 다시 찾았다. 죽어도 동지들 앞에서, 예수 앞에서, 보고 싶어 늘 가슴앓이를 하던 마리아 앞에서 죽고 싶다. 십자가에서 숨이 끊어지는 아버지를 끝까지 지켜보았던 어머니처럼, 마리아도 그러리라 믿었다.

히스기야는 끌려가면서 어디로 얼마나 끌려가는지 가늠하다가 포기했다. 1천 5백 걸음도 넘는 좁고 긴 통로를 지나면서 그곳이 지하통로라는 생각이 들었다. 그 끝에서 여러 번 방향을 꺾고 이리저리 돌면서 계단을 끌고 올라갔다. 얼마쯤 걸은 후 그들은 히스기야를 어느 방에 패대기치듯 밀어 넣었다.

"이제부터 여기서 지내라! 애기야!"

손을 뒤로 묶은 것도, 머리에 씌워 덮은 자루도 그대로 둔 채 삐걱거리는 문을 닫고 철컥 자물통까지 잠그는 소리도 들렸다. 히스기야는 무릎을 하나씩 세워 겨우 일어났다. 조심스럽게 몇 걸음 걸으니 벽에 부딪쳤다. 차디찬 돌벽이다.

"음! 음!"

헝겊으로 입을 막아 놓았으나 신음소리로 방 크기를 가늠할 수도 있었다. 장정 걸음으로 사방 열 걸음쯤 크기의 방, 울리는 소리로 보아 방안에 아무것도 없는 텅 빈 방이 분명했다.

'왜?'

왜 그를 다른 장소로 끌어다 가뒀는지 알 수 없다.

'혹?'

하얀리본 동지들이 그를 구출하려고 움직이고 있기 때문일까? 그는 곧 고개를 흔들었다. 하얀리본이 그렇게 무모할 리 없다. 히스기야를 구출하기 위해 위험을 무릅쓰기보다 거사를 이루기 위해 온 힘을 쏟을 것이라고 그는 믿었다. 바라바가 됐든, 늘 그와 함께 다니며 경호와 통신을 담당했던 동지가 하얀리본을 지휘하든, 지금은 거사를 성공시키는 일이 가장 중요하다.

조금 있으니 돌벽에서 뿜어져 나오는 찬 기운이 느껴졌다. 벽에서 몇 걸음 떨어진 곳에 자리 잡고 앉았다. 그들이 옆구리와 등에 장치해놓은 뾰족한 꼬챙이에 하도 많이 찔려서 그런지 그 부분이 멍멍할 뿐 더 이상 통증을 느낄 수 없다. 차라리 그 편이 더 견딜 만했다. 쇠에 찔리거나 베이면 독이 온 몸에 퍼져 곧 목숨을 잃는다는 얘기가 떠올랐다.

'쇳독으로 죽기 전에 기회가 먼저 오겠지.'

그를 옮겨 놨다는 말은 이제 다른 어떤 일이 시작된다는 신호다. 시간을 따져보니 한참 전에 이미 해가 지고 니산월 11일이 된 것 같다. 편하게 마음먹고, 기회가 오기를 기다리기로 했다.

꽤 늦은 시간이 돼서야 유다와 작은 시몬은 하얀리본이 몸을 숨긴 벳바게 집을 찾아들었다. 동지들은 외딴집에 그대로 머물고 있었다.

"동지들! 잘 왔어요!"

웬일인지 그날 밤에는 바라바가 두 사람을 반갑게 맞았다. 예수를 거사에 끌어들이자는 말이 불편해서 그들을 뜨악하게 보던 그였다. 아무리 감추려고 해도 그런 눈은 표 나기 마련이다. 바라바가 어쩐지 좀 들떠 보였다. 두 사람이 자리에 앉자마자 바라바가 먼저 입을 열었다.

"오늘 예수 그 사람이 하는 짓을 보니 이제는 마음을 바꾼 듯 보이던데…. 다른 생각을 한 모양이더군요."

"그랬어요?"

유다는 시큰둥하게 대답했다. 작은 시몬은 유다의 태도를 유심히 살폈다. 베다니를 떠나 벳바게로 올라오면서도 유다는 한 마디도 하지 않고 앞만 보고 걸었다. 무슨 말을 걸어도 짧게 한 마디 하고는 더 이상 말하지 않았다. 돌이켜 생각해 보니 그날 낮 하루 종일 그는 그랬다. 작은 시몬은 유다의 마음속에 무언가 알 수 없는 커다란 출렁임이 일어나고 스러지는 것을 느꼈다.

유다와 작은 시몬의 태도가 어떠하든 상관하지 않고, 바라바는 계속 예수 얘기를 입에 올렸다.

"1천 명 넘는 군중을 끌어 모으고 휘어잡는 능력…. 군중을 모을 줄도 알고, 흩을 줄도 압디다. 갈릴리 촌구석에서 올라온 예수가 도성 예루살렘, 그것도 성전 뜰에서 그 많은 군중을 휘어잡았다…, 그건 대단했어요!"

"흠흠!"

다른 동지들은 그저 그의 말을 듣고 앉아 있다. 그런데 유다는 무엇이 불편해서 그러는지, 목을 가다듬느라 그러는지 갑자기 목에서 이상한 소리를 냈다. 그런 것을 아는지 모르는지 바라바는 괜히 혼자 떠들었다.

"좋소! 내가 이제 확실하게 결심했소이다, 동지들! 예수 그 사람을 이번 거사에 끌어들입시다! 그러자면, 다른 사람이 아닌 유다와 시몬 두 동지가 역할을 맡아야 하겠습니다. 내가 그 사람을 한번 만나보고 서로 협력하는 방안과 맡을 역할을 상의할 생각인데 …. 유다 동지! 앞으로 시간이 별로 없으니, 동지가 베다니로 내려가서 바로 주선해 보시오, 이 밤이라도 …."

바라바가 채 말을 마치기 전에 유다가 그 말을 끊었다.

"바라바 동지!"

아주 차가운 기운이 밴 목소리다. 방 안에 그득 앉아 있던 사람들은 무언가 심상찮은 기운을 느꼈다.

"아직 때가 되지 않았어요. 그리고, 오늘은 적당하지 않습니다."

바라바는 그렇게 말하는 유다의 얼굴을 지그시 바라보았다. 그 눈길을 보면서 작은 시몬은 왠지 섬뜩한 기운을 느꼈다. 유다와 바라바 사이에 갈등이 불꽃처럼 튀겼다. 무엇일까? 왜 그럴까? 작은 시몬은 유다의 생각을 종잡을 수 없었다.

"오늘 밤이나 어쩌면 내일 밤도 적당한 시기가 아닐 것 같습니다. 그리고, 선생님과 제자들 사이에 좀 얘기가 있어 두고 보아야 할 일도 있습니다.”

아예 만날 필요 없다는 말처럼 들렸다. 그런 기운을 느꼈는지 바라바가 정색을 하고 물었다.

“할 얘기가 있다고요? 예수가 제자들하고?”

“그건 나중에 말씀드릴게요.”

“유다 동지! 내가 알고 있어야지요!”

“아니, 기다리세요!”

“그럼 적당한 때 연락해 주시오!”

“예!”

유다는 짧게 대답하고 입을 다물었다. 두 사람의 얘기를 듣고 있던 동지들의 얼굴이 어두웠다. 마치 오래된 집이 무너질 때처럼, 무언가 삐걱거리고, 부슬부슬 흙이 떨어져 내리고, 조금만 움직여도 바닥이 흔들리는 것 같다.

“동지! 거사는?”

유다가 묻자 바라바가 느릿느릿 대답했다. 그것도 평소 그답지 않고 이상했다. 무언가 속마음을 말하고 싶지 않다는 뜻 같다.

“우선 예수와 만나보고 난 후에 … .”

“알겠습니다. 다른 얘기 더 없습니까?”

“어! 없습니다.”

“그럼 저는 돌아가겠습니다. 시몬 동지, 갑시다.”

그때 늘 히스기야를 따라다니던 동지가 이상하다는 듯 나섰다.

“유다 동지! 시몬 동지! 서둘러 돌아가야 할 일이라도?”

“아닙니다. 더 얘기할 것도 없다고 하고 … .”

"그래도 … ."

"가보겠습니다."

유다가 벌떡 일어나자 시몬도 따라 일어났다. 유다 혼자 먼저 보내 놓고 남아서 따로 나눌 얘기도 딱히 없기 때문이다. 문을 나서려던 유다가 몸을 돌렸다. 아주 천천히 몸을 돌리더니, 방 안에 있는 동지들을 죽 둘러보며 한 마디 한 마디 내뱉었다. 궁금해서 묻는 것이 아니라 확인하는 말 같았다.

"히스기야 동지를 구출할 계획은 없는 거지요?"

바라바가 차가운 목소리로 대답했다.

"거사 얘기만 합시다."

"알겠습니다. 그럼!"

유다는 횡하니 방문을 나섰다. 시몬도 그 뒤를 따랐다. 늘 히스기야를 따라다니던 동지가 자리에서 일어나며 다급하게 외쳤다.

"잠깐, 잠깐!"

유다는 차갑게 대답했다.

"일 없소!"

두 사람은 말없이 베다니로 내려가는 길을 걸었다. 구름이 달빛을 가리니 갑자기 온 세상이 빛도 없이 캄캄했다. 더듬더듬 걷다가 유다가 넘어질 뻔했다. 얼른 작은 시몬이 잡아 주었는데도 유다는 아무 말도 하지 않고 그냥 앞장서서 걸었다. 전에 없던 일이다. 작은 시몬은 유다의 가슴속에 거듭 일었다 사라지는 구름을 느꼈다. 그는 대단히 화가 난 사람처럼 보였다. 그럴 때 옆에서 자꾸 말을 걸면 괜히 싸우자

66

고 덤벼드는 그의 성격을 알고 있어서 한동안 말없이 그냥 뒤를 따라 걸었다.

"시몬! 시몬 동지!"

베다니가 가까워지고, 멀리 불빛이 보이기 시작할 때 유다가 걸음을 멈추더니 작은 시몬을 불렀다.

"유다 동지!"

"적어도 동지 한 사람만이라도 나중에 나를 욕하지 마오!"

"그게 갑자기 무슨 소리요?"

"꼼짝 못하게 제압된 채 주랑건물 위에서 성전 뜰을 내려다보던 히스기야 동지를 생각하면서, 나는 하루 종일 속으로 울었소. 비통하고 억울했소!"

"나도 마음이 너무 아픕디다."

"결국, 히스기야 동지는 하얀리본에서 버림받은 처지가 됐습니다. 누구도 그를 구해 내겠다는 생각을 하지 않습디다."

"거사가 중요해서 그렇겠지요."

"뭣 때문에 거사를 하는데?"

"어 … 음!"

"한 사람의 동지를 내버리면 열 사람을 내버리는 것과 같습니다. 큰일을 위해서 작은 일은 눈 감으라는 얘기는 예수 선생님의 가르침과도 맞지 않아요."

"음, 그럴 수도 … ."

"그렇게 됩니다. 여리고 삭개오의 집에서 나는 그걸 깨달았습니다. 그때는 예루살렘 올라갈 길이 바쁜데 병자들, 왜 그 할머니 있었잖아

요? 그 할머니 안고 자장가 부르며 선생님이 뜰을 서성일 때, 정말이
지 나는 속이 터져 죽는 줄 알았습니다. 그런데 산길 올라오면서 느꼈
어요. 그 할머니 그냥 놔두고 예루살렘 올라가서 무슨 다른 큰일을 우
리가 하겠다고? 세상을 아끼고 어려운 사람들 생각하고 그 사람들을
해방하자는 생각은 예수 선생님이나 히스기야 동지나 매한가지 아니
었던가요? 비록 다른 길을 걷고 있었더라도? 왜 예수 선생님이 스스로
'나는 메시아가 아니다'라고 말했을까요? 한 사람의 위대한 메시아가
아니고, 우리더러 모두 메시아라고 했을까요?"

"맞아요! 선생님이 분명 그렇게 말씀하셨어요."

"나는 점점 다른 생각이 듭니다. 어쩌면 우리 하얀리본보다 예수 선
생님의 길이 옳은 길일지 모른다는 생각이 …."

시몬은 더 이상 말을 그냥 듣고 있을 수 없었다. 그건 그의 생각도
그러했기 때문이다.

"유다 동지! 사실 나도 그런 생각이 …."

"아직 내 생각을 너무 넘겨짚지 마시오."

"예?"

"그런 생각도 들더라 그 말입니다. 내 마음이 복잡하고 고통스러운
것은 히스기야 동지의 얼굴이 내내 나를 붙잡고 떠나지 않기 때문입니
다. 그러니 …."

"무슨 생각이 있어요, 유다 동지?"

"내가 좀더 생각해 보고요. 다만 다른 사람이 다 뭐라고 해도, 동지
는 내 마음을 알아 달라, 그 말입니다."

"알겠어요. 무슨 일을 하든 함께 합시다."

유다는 대답하지 않고 휘적휘적 앞서 걸어갔다. 그 걸음은 조금 전에 비해 훨씬 가벼워 보였다. 대신 작은 시몬이 더듬더듬, 몇 번씩이나 넘어질 뻔했다.

구름에 가렸던 달이 나타났다. 작은 시몬은 달을 올려다보다가 갑자기 코끝이 시큰한 것을 느꼈다. 왜 달은 언제나 차가울까? 왜 달빛은 푸를까? 왜 달을 보면 갑자기 외로워질까? 왜 달을 보면 아득하게 잊고 살았던 어릴 적 옛날이 생각나는 걸까?

유다와 시몬이 떠난 다음 벳바게에 남아 있는 하얀리본은 한동안 아무도 먼저 나서서 입을 열지 않았다. 말이 없다고 생각마저 없지는 않다. 그들은 몇년 전 처음 결사에 가입했던 날부터 오늘까지 4년의 지난 세월을 되돌아 생각하고 있었다.

그러다가 한 사람이 길게 한숨을 내쉬었다.

"휴!"

말은 하지 않았지만 그가 내쉰 한숨은 방 안에 있는 사람이라면 모두 알아들을 수 있는 긴 탄식이다. 한숨을 쉬는 사람이나, 그저 말없이 앉아 있는 사람이나 마음은 다 한가지다. 그들은 유다가 마지막으로 뒤도 안 돌아보며 툭 내뱉은 말이 가슴에 콱 꽂힌 가시같이 아프다. 숨을 쉴 때마다 그 가시는 조금씩 더 깊게 파고든다. 마치 물고기 낚아 올리는 낚시처럼 점점 더 깊이 파고든다.

방 안에 앉아 있는 사람들 모두 '의적義賊 하얀리본'이라고 불리기 이전부터 결사에 가입하여 활동했던 동지다. 같이 산을 넘었고, 같이 들을 건넜고, 장원의 담을 같이 넘었다. 눈도 같이 맞았고, 비도 같이 맞았고, 겨울바람 차가운 골짜기에서 끌어안고 체온으로 서로를 덥혀 주었던 동지다. 같이 먹었고, 같이 굶었다. 다른 동지의 사연이 슬퍼 목을 끌어안고 같이 울었다.

늘 히스기야를 따라다니던 사람이 무겁게 입을 열었다.

"동지들!"

사실 그는 결사에서 누구나 인정해 주는 중요한 사람이다. 우두머리 역할을 맡은 히스기야 옆에 늘 붙어 다니면서 경호도 하고 연락도 맡았다. 하얀리본이 하는 일이라면 그가 관여하지 않은 일이 하나도 없다. 움막마을 화재로 동지들이 비상 탈출할 때 그래서 바라바가 만일의 경우 자기 대신 하얀리본을 지휘하도록 지목하여 일을 맡겼던 사람이다.

모두 그를 쳐다보았다. 그가 어떤 의견을 내면 결사에서는 대부분 그의 말을 무겁게 여겼다.

"지금 우리 결사가 활동을 시작한 이후, 가장 큰 위기와 마주하고 있습니다."

그가 위기라는 말을 입에 올리자 몸을 앞뒤로 흔들며 눈을 감고 있던 바라바가 눈을 번쩍 떴다.

"위기라고 했소?"

"예! 위기라고 봅니다."

"중요한 순간이라면 몰라도…."

"아닙니다. 위기라고 말해야 옳습니다."

둘러앉은 동지들 모두 알아들었다. '위기'라고 말하는 것과 '중요한 순간'이라고 말하는 것이 무엇 때문에 서로 다른지. 한 사람은 하얀리

70

본 조직을 얘기했고, 또 한 사람은 하얀리본이 해야 할 일을 말했다. 한 사람의 눈은 안으로 향했고, 다른 한 사람은 밖을 보고 있었다.

그는 자기 생각을 차근차근 말했다. 그는 결코 화를 내거나 서두르는 사람이 아니다. 침착하고 꿋꿋했다. 그래서 하얀리본에서는 히스기야에게 그를 붙였다. 그는 언제나 히스기야와 동행했고, 히스기야의 생각을 동지들에게 전달하던 사람이다.

"동지들! 오늘 우리 모두 눈으로 똑똑히 보았습니다. 히스기야 동지가 저들의 수중에 떨어져 있습니다. 벌써 사흘째 접어들었습니다. 우리 앞에는 오랫동안 준비한 거사, 그 중요한 일도 놓여 있습니다. 그래서 바라바 동지는 중요한 순간이라고 말했을 겁니다. 중요한 순간이라는 말에 나도 동감합니다. 그런데 위기라는 말에는 바라바 동지가 동감하지 않는군요 … ."

"무슨 말인지 나도 압니다. 히스기야 동지가 그놈들에게 끌려 내려가는 모습을 눈으로 본 순간 나도 가슴이 찢어지는 듯 아팠습니다. 그리고 기필코 거사를 성공하여 히스기야 동지에게 바쳐야 하겠다고 마음을 다잡았습니다."

"우리가 무엇을 위해 거사하기로 뜻을 모았습니까?"

바라바는 품속에서 두루마리를 하나 꺼내 들어 펼쳤다. 글이 빼곡하게 씌어 있었다. 하얀리본 동지들 중 글을 읽고 쓸 수 있는 사람은 오직 바라바 그 한 사람, 두루마리에 아무리 하늘땅을 덮을 만큼 귀중한 말씀이 써 있다고 해도 그들에게는 그저 두루마리일 뿐이다.

"내 아버지, 헤롯왕에 의해 산 채로 불에 타 죽은 내 아버지가 남겨준 경전입니다. 예언자 아모스가 주님의 이름으로 선언한 심판입니다. 그 심판 선언에 따르면 하느님께서는 이스라엘이 드리는 번제물도, 곡식제물도, 그리고 화목제로 드리는 살진 짐승도 받지 않겠다고 선언하셨습니다. 시온에 서 있는 성전이 하느님께 죄를 지었고, 백성들이 절기로 바치는 제물도 죄로 추수한, 죄의 결과입니다. 그래서 이스라엘이 무너졌고 유다도 무너졌습니다. 하느님께서는 이미 오래 전부터 그렇게 정해 두셨습니다. 그런데, 야훼 하느님이 말씀하십니다.

'너희는, 다만 공의公義가 물처럼 흐르게 하고, 정의正義가 마르지 않는 강처럼 흐르게 하여라.'

공의가 물처럼 흐르게 하고, 정의가 마르지 않는 강처럼 흐르게 하여야 합니다. 정의와 공의가 흐르게 하는 일은 바로 정의와 공의를 가로막는 성전 지배자들을 무너뜨리는 겁니다. 그리고, 하느님의 가르침, 토라에 의해 다스려지는 나라, 그리고 성전을 거룩하게 하여서 토라를 실천하도록 우리가 세워야 합니다. 그러면 이스라엘의 하느님이 다시 돌보시겠다고 예언자를 통해 약속하셨습니다.

'그날이 오면, 내가 무너진 다윗의 초막을 일으키고, 그 터진 울타리를 고치면서 그 허물어진 것들을 일으켜 세워서, 그 집을 옛날같이 다시 지어 놓겠다.'

울타리 터진 집에 사는 사람들처럼 사방 제국에게 노략질 당하는 백성을 다시 일으켜 세우고, 이스라엘을 옛날같이 다시 지어 놓겠다는 그 약속, 우리가 앞으로 나갈 길을 밝혀 주는 등불입니다. 이런 귀중한 사명을, 주 우리 하느님께서 하얀리본에게 맡기셨습니다. 주님이 사랑하셨던 목동 다윗이 나라를 세웠듯, 우리 하얀리본은 주님의 가르침에 따라 이 세상에서 가장 깨끗하고 거룩한 나라를 다시 세워야 합니다. 다윗왕이 나라를 세울 때까지 어려움을 겪으며 도망도 다녔듯 우리도 어려움을 겪으며 여기까지 왔습니다. 다윗의 칼에 피가 묻었듯 우리도 손에 피를 묻히는 일에 주저하지 말고 앞으로 나가야 합니다. 뒤를 돌아보며 머뭇거릴 시간이 없습니다. 우리 조상의 해방명절 유월절이 이제 다시 이스라엘과 유대의 해방명절이 될 것입니다. 주님이 함께하실 겁니다.”

하얀리본 동지들 누구도 바라바에게 그런 원대한 계획이 있는지 알지 못했다. 단지 백성들을 억압하고 착취하는 성전을 개혁한다는 목표로 가지고 있다고 믿었다. 그런데 바라바는 진정 토라에 의해 다스려지는 나라를 꿈꾸고 있다. 그건 히스기야가 가지고 있었던 꿈보다 더 웅대한 계획이다.

하얀리본 결사 지도부, 벳바게 외딴집에 모여 있는 12명 남짓한 사람들은 한동안 바라바의 격하면서도 힘 있는 얘기에 모두 취한 듯 조용했다. 바라바는 이제 그의 뜻을 알겠느냐고 묻는 듯 방안에 둘러앉은 동지들을 훑어보았다.

한동안 잠잠했다. 누구도 나서서 바라바의 생각이 옳다 그르다 말할 수 없는 분위기였다. 그러나 조금 더 생각하니 다윗의 칼에 묻은 피, 동지들의 손에 묻게 될 피가 무엇을 말하는지 깨닫기 시작했다.

“거사만 생각합시다!”

그 말은 동지들과 함께 히스기야를 구출하는 대신, 거사에 힘을 쏟자는 말이었다. 지난밤 얘기로는 거사를 성공하면, 히스기야가 그때까지 처형되지 않았다면, 구출할 수 있다는 얘기였다. 그런데 그 밤에는 히스기야 얘기보다 예수를 거사에 끌어들이는 일에 더 열심이었다.

산 채로 화형당한 아버지의 뜻을 받아 토라의 나라를 세워야 할 사명이 다른 모든 것보다 더 중요하다고 그는 밝힌 셈이다. 그건 하얀리본 결사의 거의 모든 동지들 생각과 다르다. 바라바의 내세우는 대의명분은 좋았지만 세상 끝에서 몸을 돌린 하얀리본 동지들에게 더 필요하고 중요한 것, 그들이 생각하는 것과 바라바의 생각이 달랐다.

"바라바 동지!"

방안을 무겁게 누르고 있던 침묵을 깨고 히스기야를 늘 따라다니던 사람이 입을 열었다.

"동지의 열정과 원대한 계획, 그리고 예언자를 통하여 우리에게 오늘 전해주신 주님의 뜻, 모두 잘 알아들었습니다. 그런데, 다른 동지들은 어떻게 생각할지 모르지만 나는 다른 생각이 듭니다."

"어? 다른 생각? 동지!"

"동지는 '주님께서 정의와 공의가 강물처럼 흐르는 세상을 만들라고 명령하셨다, 그리고 그 정의와 공의는 주님이 내려주신 가르침, 토라를 지키는 것이다'라고 설명했습니다."

"그렇습니다. 그러면 주님이 다윗의 집을 일으켜 세우신다고 했습니다. 다윗의 집이란 무엇이겠습니까? 독립왕국, 부강하고 번영하는 왕국, 주님의 가르침, 바로 토라를 바르게 따르고 지키는 왕국 아니겠습니까? 헬라가 물러갔으니 이제 로마가 물러갈 차례 아니겠습니까?"

"그러나 동지! 다윗왕이 그의 칼에 피를 묻혔다고 우리가 히스기야 동지의 피를 손에 묻힐 수는 없습니다."

"나는 히스기야 동지의 피를 묻힌다고 말하지 않았습니다."

"그러나 동지! 우리가 거사를 시작하면 가장 먼저 피를 흘릴 사람이 누구겠습니까? 대제사장, 제사장들, 성전 경비대장, 로마 군인들보다 누가 먼저 피를 흘릴 것 같습니까? 바로 우리의 동지, 우리와 함께 웃고 울고, 먹고 자고, 밤길도 걷고, 눈길도 걸었던 히스기야 동지입니다. 바라바 동지는 헤롯왕이 로마제국을 위해 성전에 걸어 놓은 황금독수리를 찍어 내렸다가 화형당한 그 아버지의 아들입니다. 히스기야 동지의 아버지는 약탈당하던 농민들의 한을 풀기 위해 일어섰던 갈릴리 세포리스의 유다 농민군이었습니다. 로마에 의해 십자가 처형을 받고 시체도 들짐승 날짐승에 다 뜯겨 사라진 사람, 그의 아들이 바로 히스기야 동지입니다."

"그렇지요. 나나 히스기야 동지나 참 가슴 아픈 사연을 안고 살았습니다."

"맞습니다. 그런데, 그건 히스기야 동지나 바라바 동지만의 일은 아닙니다. 이번에 거사를 위해 모여든 5백여 명 동지들 모두, 그 한 사람 한 사람 차마 누구에게도 말하지 못할 만큼 처참하고 끔찍한 사연을 가슴에 묻고 살아온 사람들입니다."

"맞습니다. 동지! 그러니까 이번에 그 한을 풀어야 합니다."

"동지! 하얀리본을 처음 결성할 때, 그때는 하얀리본이라는 이름도 없었지만, 그때 그 동지들을 결사에 끌어들이면서 이번 거사를 위한 결사라고 밝혔던가요?"

"그건 아니었지요. 한날한시에 한곳에서 죽을 때까지 형제로 살면서 억울하고 불쌍하고 어디에도 하소연할 수 없는 사람들의 친구, 울타리가 되자, 우리가 겪은 고통을 다른 사람들도 똑같이 겪는 것을 막자는 … . "

바라바는 말을 흐렸다. 한날한시 한곳에서 죽는다는 말을 할 때부터 그는 자기 말이 불편하게 느껴지기 시작했다. 그렇게 말한다면 히스기야를 구출하는 것이 거사보다 우선이라고 인정할 수밖에 없다. 세상에 피붙이라고는 한 사람도 없는 동지들에게 서로가 서로의 형제가 되자고 맹세한 결사였기 때문이다.

"바라바 동지! 나는 동지가 얘기하는 그 대의를 반대하는 것이 아닙니다. 그런 일은 반드시 이루어야 합니다. 우리가 할 수 있다면 당당하게 그 일을 맡아 피 흘리고 죽을 수 있습니다. 뜻도 좋고 때도 됐다고 생각합니다. 그런데, 우리 하얀리본 결사의 동지들에게는 그처럼 큰 대의도 중요하지만 히스기야 동지의 목숨도 중요하다는 생각입니다. 히스기야 동지가 만일 생명을 잃으면 우리 한 사람 한 사람 모두 생명을 잃은 사람으로 살게 될 겁니다. 왜냐면 우리는 한 목숨으로 연결돼 있어서 그렇습니다. 히스기야 동지만 죽는 것이 아니고, 우리가 모두 죽는 겁니다."

"음!"

바라바는 깊게 한숨을 쉬었다.

"나는 오래전에 각오했습니다. 내가 내 결정으로 내 목숨을 걸겠다고. 그러나, 하얀리본 다른 동지의 목숨을 내 결정으로 내놓을 수는 없습니다. 한 사람 한 사람 모든 생명이 귀중한 것을 깨달았기 때문에, 그 생명을 보호하자는 뜻에서 우리는 하얀리본 결사에 가입한 동지들입니다. 내 생명이 동지들 생명과 연결되어 있기 때문에 내가 죽어도 동지가 살면 나는 죽은 것이 아니라고 믿고 살았던 사람들입니다. 다른 동지가 죽고 내가 살면 나는 이미 죽은 사람이라고 생각하며 살았습니다."

바라바는 달리 더 말을 할 수 없다. 분위기로 보아, 방 안 가득 둘러 앉은 동지들의 생각이 모두 그러하다는 것을 그는 알게 됐다. 이건 설득으로 해결할 문제가 아니라는 것을 그는 안다. 한 번 누구를 형제라고 부르고 얼싸안으면 서로 피가 통하고 한 사람이 되기 때문이다.

바라바가 한참 만에 입을 열었다.

"동지들! 뜻을 얘기해 주어서 고맙습니다. 무엇을 더 중요하게 생각하여야 한다고 동지들과 내가 서로 강요할 수 없습니다. 동지들 의견을 충분히 알았습니다. 나에게 내일 이 시간까지 하루만 시간을 주십시오. 그리고 다시 얘기합시다. 이미 11일 밤이 됐으니 우리에게 거사할 수 있는 시간의 폭이 점점 좁아지고 있습니다. 그러나, 하루 더 생각해 봅시다."

"그러지요. 바라바 동지가 내 의견을 끝까지 들어줘서 고맙습니다."

"나도 동지 여러분에게 똑같은 일로 고맙습니다."

✠

초저녁 무렵, 알렉산더는 분봉왕 안티파스의 처소를 찾았다.

"저하! 총독이 저하를 한번 뵙고 싶다고 청합니다."

"빌라도가? 웬일로? 왜 그 사람이 나를?"

"그런데 사람들 눈이 있으니 다른 장소보다 저하께서 한번 총독궁을 방문해 주시면 감사하겠다고 말합니다."

"더구나 나보고 자기를 찾아오라고? 왜 내가 그 사람을 찾아가서 만나요? 나는 싫소! 자기가 나를 찾아오면 몰라도, 갈릴리와 베뢰아의 분봉왕 헤롯 안티파스가 유대총독을 만나자고 찾아간다? 그것도 내가 로마 총독들에게 넘겨준 아버지의 왕궁으로? 에이 …, 그건, 안 하겠소!"

안티파스는 강하게 고개를 흔들면서 거절했다. 얼마나 마음이 불편한지 말까지 더듬거렸다. 다른 사람이라면 분봉왕의 뜻을 어기고 다시 말을 붙일 수 없겠지만 알렉산더는 달랐다. 그는 이번 기회에 마음속에 계획했던 일을 하나씩 차례로 이루려는 생각이 있기 때문이다. 알렉산더는 마침 헤로디아가 곁에 없는 틈을 타서 분봉왕을 설득하기로 마음먹었다.

"저하! 제가 생각해보니 한번 만나 보시는 것이 결코 나쁜 일은 아닐 것 같습니다."

"어째서?"

알렉산더는 슬쩍 안티파스가 켕기는 일을 입에 올렸다. 그래야 그의 마음을 돌이킬 수 있다는 것을 알기 때문이다.

"총독이 포고령에 좀 이상한 내용을 포함시켰습니다. 그 점이 제 마음에 걸립니다. 포고령을 발포하면서 웬일인지 어느 군대든 총독의 사전허가 없이 총독이 다스리는 영지 안으로 진입하면 반란으로 간주하겠다는 내용을 집어넣었습니다. 반란으로 간주한다는 말은 총독이 무력으로 진압하고 황제 폐하께도 보고하겠다는 말입니다."

순간 분봉왕은 움찔했다. 무슨 뜻인지 짐작했기 때문이다. 그렇지만 몸을 뒤로 젖히면서 짐짓 태연한 체 말을 받았다.

"아니, 유대에서 일어난 반란의 경우 유대총독에게 당연히 그런 권한이 있지요."

"저하! 혹 우리가 베뢰아에 군대를 집결시켜 놓은 일 때문에 … ."

안티파스를 움직이기 위해 말은 그렇게 했지만, 빌라도가 포고령을 내린 것이 베뢰아에 집결시킨 분봉왕의 군대 때문은 아니라고 알렉산더는 속으로 판단했다. 총독이 분봉왕을 만나자고 말한 이후에도 여러 번 회의가 있었지만 예루살렘 위수대장이나 성전 측 참석자들에게서 아무 낌새도 느낄 수 없었다. 유대 지방과 접경에서 일어나는 일이라면 무엇이든 샅샅이 파악하고 있을 법한 성전의 야손 제사장이 아직 눈치를 채지 못했다면 로마군이 먼저 파악했을 리는 없었다.

베뢰아에 군대를 집결시켜 놓은 것은 알렉산더가 분봉왕을 설득해서 조치한 일이었다. 그런데, 뒤늦게 판단해 보니 소문이 자칫 잘못 퍼지면 커다란 오해가 생길 가능성이 있다. 총독이나 성전이 그 일을 문제 삼기 전에 먼저 설명해 주는 것이 좋을 형편이 됐다. 사람이 하는 일이란, 하루 전에는 옳게 보였는데 다음 날 다시 생각해보면 커다란 실수라는 점을 깨닫게 되는 경우가 종종 있다. 이번 일이 그랬다. 잘못될 수 있는 위험을 뻔히 보면서도 체면 때문에 두 손 놓고 그냥 놔둘 알렉산더가 아니다.

'군대를 예루살렘에 끌어들여 모험을 하기보다 총독과 대제사장이 잘 수습하도록 협력하자.'

알렉산더는 마음을 바꾸었고 그 일을 수습하는 일에 분봉왕을 앞세우기로 작정했다. 때로 분봉왕은 마치 어린아이처럼 막무가내로 고집을 피울 때가 있다. 그렇더라도 이번 일은 고집으로 버틸 일이 아니다.

"저하! 제 생각을 말씀드리자면 총독이 요청한 대로 이번에는 저하께서 한번 거동하시고, 그 기회에 우리 군대가 베뢰아에 대기 중이라고 먼저 말씀하십시오. 만일의 사태에 대비하기 위해 저하의 영지에 경계령을 내린 상태라고 말씀하시면 그 뒷일은 제가 수습하겠습니다."

"그건 그러는 것이 좋겠지만, 내가 … . 음, 나는 말이오, 빌라도 총독 그자의 얼굴도 보기 싫어서 … ."

생각대로 안티파스는 고집을 부렸다. 하기야 그로서는 빌라도 총독을 옛 헤롯 왕궁으로 찾아가 만난다는 일이 마음에 내킬 일은 절대 아니다.

"그냥 한번 만나 보시지요. 그리고, 이 기회에 총독을 갈릴리 티베리아스 왕성으로 슬쩍 한번 초대하십시오. 그러면 기회에 총독이 머무는 카이사레아 항구를 우리 갈릴리가 이용할 수 있도록 얘기를 꺼낼 계기가 될 수 있습니다."

"항구? 갑자기 항구는 왜?"

"저하께서 잘 아시겠습니다만, 지금은 갈릴리 호수에서 나온 수산물을 프톨레마이스에서 배에 실어 로마로 보냅니다. 그걸 카이사레아 항구에서도 보낼 수 있으면 수송물량을 2배로 키울 수 있습니다. 프톨레마이스에서는 두 달에 한 번씩 배를 띄웠는데, 카이사레아 항구를 쓸 수 있으면 매달 번갈아 로마로 배를 띄울 수 있게 되는 셈입니다. 어부들을 좀더 독려하면 지금보다 물고기를 2배로 잡아 올릴 수 있습니다."

"그건 좋은 생각이네요."

"예! 그러하니, 그냥 총독의 초청에 큰마음 먹고 응하는 척 가셔서 군대 문제를 먼저 얘기해서 풀고, 다음 갈릴리로 초청하면서 항구 문제를 던져 놓으면 좋을 것 같습니다."

"그럽시다."

항구 문제를 빌미로 드디어 안티파스의 마음이 움직였다. 알렉산더는 아예 단단히 쐐기를 박기로 했다.

"총독은 이번 예루살렘에서 일이 벌어지면 저하 책임으로 돌리고 싶어 할 겁니다. '갈릴리에서 내려온 무리가 유대에서 소란을 피웠다. 그러니 이건 갈릴리 분봉왕의 책임이다. 그런데 유대총독이 잘 수습했다' 하면서, 황제 폐하께 자기를 내세우기로는 아주 훌륭한 보고 거리가 될 것입니다."

"뭐라고? 그자가 황제 폐하께 나를 모함한다고?"

"저하! 총독은 그러고도 남을 사람입니다. 그러니 저하는 저하대로 명분을 만들어 둘 필요가 있습니다. '그 무리가 갈릴리 주민이면서도 유대 예루살렘으로 몰려온 이유가 무엇이겠는가? 그건 갈릴리 문제가 아니라 유대, 이스라엘, 성전 때문이다. 유대와 예루살렘 성전의 문제 때문에 소란을 피운 무리를 갈릴리 분봉왕이 주도적 역할을 하며 잘 계획을 세우고 준비해서 진압했다' 이렇게 저하께서 먼저 황제 폐하께 보고하실 수 있게 됩니다, 총독을 방문하시는 일이 …. 불편하시더라도 한번 거동하셔서 필요한 명분을 확보해 두시기를 재차 진언드립니다."

"알겠소! 그런데 그 사람에게는 절대 말하지 마오. 안 봐도 뻔해요. 그 얘기를 들으면 '저하! 옛날 생각 하면서 왕궁도 다시 구경하고 클라

우디아 부인을 만나서 얘기도 좀 나누겠습니다' 이러면서 냉큼 나서서 앞장설 게요."

"예, 알겠습니다."

알렉산더도 굳이 헤로디아에게 알려 그녀가 설치고 나서는 것은 바람직하지 않다고 생각했다. 헤로디아를 부추겨 예루살렘으로 불러 올렸으니 필요하면 그녀를 앞세워야 하겠지만, 천방지축 어디로 튈지 모를 그녀를 총독궁 일에 개입시키기는 너무 위험했다.

한참 침묵을 지키던 안티파스가 지나가는 말처럼 물었다.

"그런데 하얀리본이라는 그 도적떼는?"

"성전이 두목을 체포해서 가둬 놓았습니다. 두목은 문제의 그 예수라는 자와 갈릴리 나사렛, 같은 마을에서 자란 동무입니다. 도적떼의 부두목은 바라바라고, 유대 지방 바리새파 사람입니다. 두목을 잡아들이고 나니 지금은 부두목 그자가 더 문제라고 성전이 걱정합니다."

"두목을 잡았다? 그것 잘했네요. 언제 우리에게 넘긴답니까?"

"그자가 하얀리본을 이끌고 여리고 곡식창고도 털었고, 엠마오 부잣집들도 털었고, 1년 전에는 이즈르엘 들판에 있는 전 대제사장 안나스의 장원도 털었습니다. 그러니 성전은 그자를 갈릴리로 넘기지 않고 여기 예루살렘에서 처형하려고 할 것이 분명합니다. 그자를 갈릴리로 끌고 가시기를 원하십니까? 그러면 그렇게 얘기해 보겠습니다만 ….."

"글쎄, 퍼뜩 생각하기로는 갈릴리로 끌고 가서 목을 베어 내걸면 사람들에게 좀 경계가 될까 하고 ….."

"그렇게 생각하실 수도 있습니다. 그런데 저하! 헤롯대왕 폐하께서 서거하셨을 때 일어났던 세포리스 반란과 그자가 관련이 있습니다.

그자의 아비 유다가 그때 로마군에 붙잡혀 십자가형을 받고 처형됐습니다. 세포리스성 앞에서 ….”

“어? 그럼 세포리스 반란군의 수괴?”

“아닙니다. 이름이 똑같은 다른 유다입니다. 그런데, 하얀리본이라고 부르는 이 도적떼 우두머리 이름이 이상하게도 히스기야입니다.”

“히스기야? 그 이름이 귀에 익은데?”

“예, 참 헷갈리는 이름입니다. 헤롯대왕 폐하께서 젊은 시절, 갈릴리총독으로 계실 때, 시리아와 갈릴리를 오가며 분탕질을 하던 산적두목을 체포해서 처형하신 적이 있습니다. 그 산적 두목 이름이 히스기야였습니다. 그런데, 갈릴리에는 아직도 그자를 ‘의적 히스기야’라고 부르는 사람들이 간혹 있습니다.”

“나도 그 얘기를 들었던 기억이 납니다. 그건 오래된 얘기인데 ….”

“그 산적 두목 히스기야의 아들이 세포리스 반란을 일으킨 유다입니다. 나중에는 스스로 왕이라고 부르면서 세포리스 곡식창고를 헐어부근 농민에게 나눠 주고, 무기를 탈취하여 몰려든 농민군을 무장시켜 저항했습니다. 그때, 세포리스 부근 나사렛 마을에 살던 유다라는사람이 세포리스 유다의 반란군에 가담했다가 아까 말씀드린 대로 십자가 처형을 받았습니다.”

“음! 그자 이름도 유다였다?”

“예. 그렇습니다. 그런데 십자가에서 처형된 나사렛 유다의 아들이바로 하얀리본 우두머리 히스기야입니다. 그래서 저도 처음에는 많이헷갈렸습니다. 산적 두목 히스기야와 세포리스에서 반란을 일으킨 아들 유다가 부자간이고, 그 유다와 이름이 같은 나사렛의 유다와 하얀리본 히스기야, 그들은 또 다른 아버지와 아들입니다."

"이제 확실히 알겠소. 히스기야의 아들 유다, 다른 유다의 아들 히스기야 ….."

"예! 그러니, 저하께서 하얀리본 우두머리 히스기야를 갈릴리로 끌고 가서 목을 베어서 걸어 놓으신다면, 사람들은 헤롯대왕 폐하가 처형하신 산적 두목 히스기야 일까지 기억해 내고, 세포리스 반란을 일으킨 유다를 떠올리고, 게다가 십자가에 처형된 나사렛 유다도 떠올릴 것이 분명합니다. 그렇게 되면, 대왕 폐하와 저하 부자 두 분이 똑같이 두 히스기야를 처형했다고 사람들이 떠들 것입니다. 갈릴리 사람이니 재판하고 처벌할 권한이 당연히 저하께 있습니다만, 예수든 하얀리본이든 모두 예루살렘에서 처리하도록 두고 보시는 것이 좋겠습니다."

"음! 좋은 생각!"

"제가 예수를 유대 예루살렘으로 밀어낸 이유는 그들을 갈릴리에서 처형하면 사람들이 다시 그때 그 일을 떠올리게 되기 때문입니다."

"음! 사람들이 예언자라고 따르던 세례자 요한을 내가 처형한 얘기로군. 고맙소. 그런 깊은 뜻으로 그대가 애쓴 것을 내가 그동안 제대로 몰랐던 것 같소. 수고했소."

"저하! 별말씀을 다 하십니다. 저는 저하의 신하입니다."

"허허! 신하는? 친구지, 친구!"

알렉산더는 그동안 혼자 구상했던 계획, 예수를 예루살렘에서 제거하고, 카이사레아 항구를 이용할 수 있는 권한을 얻는 두 가지 큰일에 한 발자국 다가간 셈이다. 예전 같으면 상의하고 싶은 것이 아직 남아

84

있지만 오늘은 그 정도에서 그만하기로 했다. 분봉왕이 젊어서는 대단히 영민한 사람이었는데, 이제는 한 번에 여러 가지 얘기를 하면 이것저것 뒤섞여 제대로 분별하지 못하는 사람이 되었다. 나이 앞에는 장사가 없다고, 안티파스는 몸보다 정신이 더 빨리 흔들리기 시작했다.

분봉왕의 처소를 나와 천천히 정원을 걸어 알렉산더는 그의 처소로 발걸음을 옮겼다. 니산월 11일 밤하늘에 떠 있는 달을 쳐다보다가 불현듯 마리아가 생각났다.

"마리아!"

아침나절, 성전 뜰 멀리서 지켜본 마리아는 여전했다. 그녀는 수줍으면서도 적극적이고 언제나 단호한 여자였다. 있는 듯 없는 듯 조용했지만 어디라도 있어야 할 곳에 틀림없이 있는 여자였다. 명령에 따르거나 설득에 넘어가지 않고 스스로 결정하고 자진해서 움직이는 여자였다. 그녀는 이제 멀리 떠난 여자가 됐다. 달처럼 차가운 여자가 됐다.

알렉산더는 요즈음 가끔 가슴 속을 파고드는 당혹스러운 마음을 어쩔 수 없어서 스스로 부끄러웠다. 마리아, 그녀가 그렇게 가슴 깊이 가시로 박혀 있을 줄은 꿈에도 몰랐다. 빼낼 수도 없이 깊은 곳에서 그녀가 그를 찔렀다. 찌르르 하는 그 아픔은 이상하게도 후회를 부르지 않고 그의 몸을 뜨겁게 일깨웠다. 아직 그녀를 몸이 기억하기 때문이리라. 그녀 숨소리가 귓가에 들리면 그의 몸도 깨어났다. 늘 그녀에게서 맡을 수 있었던 상큼한 냄새, 잘 익은 살구 냄새를 떠올리면서도 그는 어쩔 수 없이 모든 것을 뒤에 남겨두고 자기도 나이 들어간다는 생

각이 들었다. 그건 언덕에 오르고 고개를 넘어가는 일이다. 다시 넘어
올 수 없는 고개를 … . 그런데 마리아 그녀는 뒤돌아보지도 않고 멀리
떠나간다.

생명의 빛

———•———

베다니 마르다네 여인숙에서는 매일 아침저녁으로 빵을 내놨다. 정해진 시간에 하루에 두 번씩 빵을 먹는다는 것은 특별한 호사다. 모두 맛있게 빵을 먹고 예루살렘 길을 나섰다. 문 앞에서 예수는 아침 해가 떠오른 유대 광야 동쪽, 요단강 골짜기와 그 너머 고원지대를 한참 내려다보았다. 아침 햇살 아래 그 지역이 지형을 알아볼 수 없을 만큼 흐릿하게 보였다. 눈이 닿는 곳까지 바라보지만 세상은 그 너머에도, 너머의 너머에도 뻗쳐 있다. 사람들은 세상의 배꼽이라는 예루살렘을 가기 위해 그 험하고 가파른 길을 걸어 오른다. 그러나 하느님은 배꼽 따로, 머리 따로, 발 따로 세상을 나누지 않았음을 예수는 믿는다. 하느님은 예루살렘이라는 배꼽에서만 사람을 만나지 않는다고 그는 믿었다.

　먼 곳에서부터 베다니에 오르는 굽이굽이 가파른 오르막길을 바라보면서 예수는 어머니를 떠올렸다. 요즈음 어머니가 하루하루 그의 곁으로 다가오는 느낌이 들었다. 이제 나이 50이 된 어머니는 그렇게 먼 길을 걸을 수 있는 여자가 아니다. 나사렛 언덕에서 들판으로 내려오고, 골짜기를 따라 깊고 험한 요단강 계곡대溪谷帶까지 내려간 다음 강둑길을 따라 힘들게 걸어올 어머니, 그 가냘프고 약한 몸을 생각하면 가슴이 아리아리 아팠다. 예수는 어머니를 반드시 만날 수 있으리라 생각했다. 그건 예수가 겪을 그때와 관련된 일이다.

예수는 베다니 여인숙을 떠나 올리브산 중턱을 오르다가 걸어온 길을 뒤돌아보았다. 그러자 도마가 말했다.

"선생님! 한 사람도 빠짐없이 저희들 다 같이 갑니다."

"그래요!"

지난밤, 선생에게 좀 심하게 말했다는 생각이 들어 그런지 요한은 풀이 죽어 있다. 어깨를 축 늘어뜨린 채 느릿느릿 걸었다. 예수는 그런 요한이 안쓰러웠다.

"요한!"

"예! 선생님!"

"이리 와요!"

예수가 부르자 그는 얼른 쫓아와 바짝 붙어 걷기 시작했다. 그의 표정이 환하게 밝아졌다. 그의 형, 큰 야고보도 바짝 쫓아와 예수 뒤를 따라 걸었다.

올리브산 중턱을 넘자 예루살렘이 내려다보였다. 성전은 아침 햇빛을 받아 전날과 마찬가지로 여전히 환하게 빛나고, 성안 아랫구역 윗구역은 따뜻한 물 안에 잠겨 있는 듯 보였다. 내려다본 예루살렘은 이름 그대로 평화롭게 보였다.

"갑시다. 예루살렘에 갑시다."

예수가 그 말을 끝내자마자 기드론 골짜기로 내려가는 길을 요한이 달리듯 내려가며 외쳤다.

"선생님! 제가 먼저 가서 준비하겠습니다."

예수는 그가 무엇을 준비하겠다는 말인지 묻지 않고도 알았다. 그는 영리하기는 해도, 사람들 살아가는 일을 아직 잘 모르는 젊은이다. 그때 슬슬 예수 곁으로 유다가 다가왔다.

"선생님! 저는 히스기야 동지 때문에 ⋯."

"유다! 아직은 괜찮아요."

"어제 그놈들이 동지를 건물 꼭대기에 끌어올려 세워놓은 일로 제가 좀 놀라서 ⋯."

"놀랄 일은 오늘도 내일도 모레도 일어나겠지요."

"선생님께서 히스기야 동지를 구해낼 수 있겠습니까?"

"구해내든 않든 히스기야는 그가 걸어야 할 길을 걷고 있는 셈이오."

"그래도 저는 ⋯."

"유다! 칼, 시카리 칼을 마련할 돈이 있다고 했는데 ⋯, 그 돈 남아 있어요?"

"예? 아닙니다. 어제 칼을 샀습니다. 나중에 칼을 지니고 성문 안으로 통과해 들어가기가 어려울 것 같아 성안에 잘 간수해 두었습니다."

"어허!"

"왜, 필요하십니까? 그 돈이?"

"빵이라도 사서 나눠 줄까 했지요."

"누구 말씀입니까?"

"배고픈 사람들 …. 됐소! 갑시다."

그때 마리아가 예수 곁으로 다가왔다. 그러자 유다는 자리를 비켜 주려는 듯 제자들 있는 쪽으로 물러갔다.

"선생님! 어제는 그냥 넘어갔지만, 오늘은 걱정됩니다."

"마리아! 이미 예루살렘 길에 오르려고 마음먹었을 때부터 정해진 일이오."

"정녕, 선생님, 정녕 그 길밖에 …."

그녀가 무슨 말을 하려는지 알았다. 무엇을 안타까워하는지 알았다. 그녀에게나 예수에게나, 하느님의 뜻을 깨달은 사람에게는 다른 길이 없음을 그녀도 알고 예수도 알기에 더 말을 잇지 못했다.

"마리아!"

"예, 선생님!"

"나에게 일이 생기면 마리아는 곧장 갈릴리로 돌아가시오."

"왜, 선생님께서도 똑같은 말씀을 하십니까?"

"그도 그런 말을 했나요?"

"예, 선생님! 여리고에서 예루살렘으로 떠나는 날 새벽에 사람을 보내 그리 말했습니다. 예루살렘에 올라오지 말고 일행과 헤어져 곧장 갈릴리로 돌아가라고 …. 저더러 막달라로 돌아가라고 …."

그녀는 말을 잇지 못했다. 그 이름을 서로 입에 올리지는 않았지만 예수나 마리아나 '그'라고 부르는 사람이 알렉산더라는 것을 서로 알고 있었다.

"그랬겠지요."

"그날 새벽에 그걸 보시고도 선생님이 아무 말씀 안 하셔서 …."

"마리아가 많이 속상할 것 같아 모른 척했지요. 그러나, 마리아!"

"예, 선생님!"

"그는 마리아의 안전을 생각해서 갈릴리로 피신하라고 말한 셈이고, 나는 다르오."

"예!"

"내가 그날 새벽 삭개오의 집 뒷동산에서 얘기한 것을 잊지 마시오. 그때도 말했지만 깨닫는다고 모든 사람이 새 세상에서 기뻐하며 살아갈 수는 없소. 깨닫고 새로 시작하기에 늦은 사람, 세상 가장 밑바닥에 떨어진 사람, 가슴 찢어지는 큰 상처를 입고 피를 철철 흘리며 쓰러진 사람이라면 무엇보다 먼저 안아 주고 위로해 주고 그 상처를 싸매주어야 해요. 앞날은 깨달음으로 살아갈 수 있겠지만, 지난날도 누군가 나서서 쓰다듬고 위로하고 치료해 주어야 해요. 그 일을 그대가 맡으시오. 그건 여자이기 때문에 가능한 일이오.

기억해 두세요. 깨달음보다 위로가 먼저입니다. 세상사람들이 다 그렇게 아프게 살고 있다오. 그리고, 하느님 나라 운동을 갈릴리에서 시작했는데, 그 나라가 이뤄진 삶을 보여줄 땅이 갈릴리요. 하루아침에 온 세상이 바뀌지는 못해도, 어느 한 곳에서부터 바뀌기 시작해야 한다면 그곳이 바로 갈릴리요. 그러니, 마리아가 돌아가서 그 일을 하시오."

"예! 그리하겠습니다. 저 남자 제자들과 함께 돌아가겠습니다. 선생님도 함께 가셔야지요."

"그래야지요. 나도 그대들과 함께 갈릴리로 가리다."

"예, 선생님! 그리 말씀해 주시니 감사합니다. 가시지요, 다들 기다리네요."

마리아는 예수에게 무슨 일이 일어날지 정확하게 알고 있다. 그건 예수가 걸어가려는 목적지를 정확하게 이해했기 때문이고, 그 일을 세상이 어찌 받아들일지 잘 알기 때문이다. 제자들과 함께 갈릴리로 돌아가자고 말하는 마리아의 마음을 예수는 알았다. 그렇게라도 마지막 남은 날들을 붙잡으려는 그 마음을 어찌 모르랴.

예수와 마리아가 한동안 서서 얘기를 나누다가 천천히 발걸음을 옮기자 제자들 모두 예수를 따라 비탈길을 내려갔다. 움막마을 사람들이 천막을 치고 머무는 곳까지 내려왔다. 전날 저녁때도 그랬지만 아침 길에도 길가에 나와 예수에게 인사하는 사람이 한 사람도 없다. 천막 아래 앉아 있는 사람들 대부분 등을 보이며 돌아앉아 있다.

"선생님!"

요한이 울상이 돼 서 있다.

"요한! 됐어요. 갑시다."

속상한 듯, 요한이 작은 소리로 말했다.

"선생님! '말로만 가르치는 선한 선생보다 빵 한 덩어리 내주는 악한 임금, 옛 헤롯왕이 차라리 더 낫다'고 합니다. 저 사람들이 …."

예수는 아침에 마르다네 여인숙에서 목에 넘긴 빵이 뱃속에서 꿈틀거리는 것을 느꼈다. 당장 내 눈 앞에 보이지 않는다고 굶는 사람이 없는 것은 아니다. 당장 내 귀에 들리지 않는다고 소리 죽여 흐느끼는 고통의 울음이 없는 것은 아니다. 내가 방안에서 잠이 들 때 하늘 아래 어느 곳에는 밤이슬에 몸을 떨며 바위 곁에 몸을 웅크린 채 잠든 사람이 있다.

예수는 움막마을 사람들이 마음으로 건넨 말을 모두 들었다. 그들 중에는 등 돌린 채 눈물 흘리는 사람이 있으리라. 한 조각 빵 때문에 등을 돌리고 예수를 외면해야 하는 사람들, 그 고픈 배를 먼저 채워주지 않고 하느님 나라를 말로 가르치는 일은 그들에게 가해지는 가장 잔인한 고문이다.

"그건 맞는 말이오."

"그래도 선생님한테 …. 엊저녁 때도 등을 돌리고 앉아 있더니 …."

"괜찮아요. 내가 그동안 여러 번 얘기했지요, 안 먹고도 배부를 수 있는 방법은 없다고. 바로 그 얘기입니다. 배고픈 사람을 먹이고, 헐벗은 사람을 입히고, 집 없는 사람이 등을 대고 누울 자리를 마련해 주지 못하는 하느님 나라는 그저 환상일 뿐이지요."

그래도 요한은 예수의 말을 못 알아들었다.

"죄송합니다, 선생님! … 제가 이렇게 속상한데 선생님께서는 얼마나 …."

"요한!"

예수가 조용히 요한을 불렀다.

"모든 사람이 굶지 않고 먹는 길을 찾아야 해요. 하늘에서 만나가 떨어지고 메추라기가 천막으로 날아 들어와 먹이가 되는 그런 놀라운 세상 말고, 자기 먹을 것 자기 손으로 만들고, 힘없어 못 만드는 사람이 있으면 옆에 있는 사람이 도와 함께 빵을 나눠 먹는 세상!"

"그게 가능하겠습니까?"

"자식들은 쫄쫄 굶고 있는데 아버지만 소고기 넓적다리를 뜯고, 살진 양고기를 먹을 수는 없지요."

그 말을 듣고 있던 유다가 얼른 말을 받았다.

"히스기야 동지가 늘 하던 말입니다."

"그랬겠지요."

예수는 고개를 끄덕였다. 히스기야와 예수는 때로는 같은 곳을 보고, 때로는 서로 다른 곳을 보았다. 히스기야가 본 곳이 세상 앞쪽이라면 예수는 세상 뒤쪽을 보았다. 히스기야를 생각하며, 움막마을 사람들의 아픈 마음을 생각하며 예수는 천막 앞에서 걸음을 멈췄다. 어제처럼 천막 끝에 아이들이 몰려서서 손을 흔들며 웃었다. 예수도 웃으며 손을 흔들었다. 그리고 두 손바닥을 모아 가슴 높이까지 올리고 등을 돌리고 앉아 있는 사람들에게 깊게 고개 숙이며 인사했다.

"쉘라마!"

그런데 놀랍게도 등을 돌리고 앉아 있던 움막마을 사람들 중 여럿이 예수의 인사에 답했다.

"쉘라마!"

"쉘라마!"

예수는 고개를 들어 그들의 초라한 등을 한참 바라보았다. 그리고 천천히 걸음을 떼었다.

기드론 골짜기 바닥을 따라 남쪽으로 걸어 내려갔다. 힌놈 골짜기와 만나는 곳에서 튀로포에온 골짜기 쪽으로 방향을 잡고 언덕길을 걸어 올랐다. 마침 성안으로 들어가려던 사람들이 예수 무리에 끼어들어 같이 걸었다. 말소리를 들으니 갈릴리 사람들이 분명했다.

"우리는 지난밤 벳바게에서 묵었어요. 베다니 여인숙에는 모두 손님이 그득 들어서 방이 하나도 남아 있지 않더라고요."

"그래요?"

다른 때 같으면 틀림없이 요한이 나서서 '갈릴리 어디서 왔냐, 우리는 갈릴리 가버나움에서 왔다' 이런저런 말을 붙였을 텐데, 움막마을 사람들이 했다는 말 때문에 속상해서 그런지 시무룩하니 땅만 보고 걸었다.

성문 앞에 이르렀다. 전날과 달리 성문을 경비하는 로마 군인들이 들어가는 문 폭을 반으로 좁혀 놓아 사람들이 한 줄로 들어갈 수밖에 없었다. 경비병들은 한 사람 한 사람 검문했다.

"어어? 저놈들!"

거의 경비병들이 들을 수 있을 만큼 큰 소리를 내며 작은 시몬이 불평했다.

"이놈들을 당장!"

유다도 불끈하더니 얼굴이 험하게 변했다.

"좀 두고 보지 … ."

늘 침착한 야고보가 그들을 다독였다. 자세히 살펴보니, 유대인들은 몸에 이방인이 손을 대는 것을 극도로 싫어한다는 것을 로마 군인들도 아는 듯 보였다. 몸에 손을 대며 더듬지는 않고 들거나 등에 진 짐을 내려놓게 하고 검사했다. 짐에 손을 대고 검사하는 일도 로마 병사가 아니라 성전 경비대가 맡고, 로마 군인들은 날카로운 눈으로 지켜보고 있다. 간혹 수상한 사람으로 보이면 성전 경비대가 몸을 손으로 더듬어 뒤졌다.

"좀 참아요!"

야고보가 다시 유다와 작은 시몬에게 주의를 주었다. 그 두 사람을 빼면 다른 제자들이야 성문을 통과하는 데 문제될 사람이 아무도 없다. 제자들이 앞서거니 뒤서거니 하면서 예수를 가운데에 세우고 보호하면서 성문을 통과했다. 성전 경비대 병사가 여제자 마리아와 요안나를 수색하려고 하자 시몬 게바가 가로막고 나섰다.

"안 되오! 여자를 수색하는 법은 없소!"

"이 로마 군인이 수색하라고 하는데, 안 하면 내가 곤란한데?"

"대제사장 명령이라고 해도 그건 안 되오!"

시몬이 거칠게 거부하자 그 병사가 로마 군인에게 뭐라고 말했다. 그 말을 들은 로마 군인이 그대로 통과시키라는 눈짓을 보냈다. 그 뒤에는 로마군 장교가 허리에 한 팔을 얹고 다리를 다부지게 벌리고 선 채 차가운 눈으로 그 광경을 지켜보았다. 다른 경비병이 그에게 뭐라고 설명하자 그도 고개를 끄덕였다.

다른 문제는 없이 모두 그대로 성문을 통과해서 안으로 들어갔다. 제자들이나 성문을 경비하는 로마 군인이나 성전 경비대에서 나온 경비병이나, 괜히 아침부터 시끄럽게 소란 피울 일은 아니라고 생각해서 그런지 그대로 넘어갔다.

마리아와 요안나가 시몬에게 고개를 숙여 고맙다고 인사했다. 시몬은 쑥스러운 표정을 지으면서도 입을 크게 벌려 웃으며 손을 내저었다. 그 광경을 모두 지켜본 예수는 혼자 여러 번 고개를 끄덕였다.

성문을 통과하여 안으로 들어가니 어제의 반의반도 안 되는 사람들이 나와 예수를 기다리고 있었다. 요한은 거듭 실망했다는 듯 고개를 저었다. 예수는 그들에게 다가가 두 손을 앞으로 가지런히 모아 가슴

위까지 올리며 인사했다.

"쉘라마!"

그들도 인사를 받았다.

"쉘라마!"

예루살렘 사람들은 보통 '샬렘'이라고 인사하는데, 예수가 갈릴리 식으로 '쉘라마'라고 인사하면 그들도 '쉘라마' 하며 인사를 받았다. 마리아는 예수의 그런 인사법이 좋았다. 손바닥을 합쳐 가슴에 올리고 고개를 숙이는 예수의 인사를 받으면 누구라도 그 인사에 대해 공손하게 답하는 것을 여러 번 보았다.

예수는 움막마을 사람들과 예루살렘 아랫구역 사람들의 반응에 대해 조금도 서운하게 생각하지 않았다. 사람 사는 세상은 그러했기 때문이다. 아무런 힘도 없고, 그저 시키는 대로 따라야 빵 한 조각이라도 목구멍에 넘길 수 있는 사람들에게 그걸 물리치고 따라나서라고 말할 수는 없다.

골짜기 옆 언덕을 올라 성전 앞 광장에 이르렀다. 성전 앞 광장에서 큰 계단 올라가는 옆과 성전 서쪽으로 쭉 이어진 기단基壇 아래에 가게들이 문을 열고 손님을 맞았다. 전날 성전 이방인의 뜰 안에서 장사했던 사람들인 듯 몇몇이 예수를 알아보고 자기들끼리 수군거리며 일행을 지켜보았다.

원래 성전 뜰을 북쪽 남쪽 그리고 서쪽으로 크게 확장할 때 헤롯왕은 그렇게 넓힌 뜰 안을 로마나 헬라처럼 시장으로 사용할 생각이었다. 성전 앞 큰 광장과 더불어 성전 뜰 안까지 상인들에게 시장으로 내놓고 세금과 사용료를 걷어 성전과 왕궁 경비에 충당하려는 계획이었다. 그러나 바리새파 사람들의 강력한 반대로 할 수 없이 뜻을 접은 대신, 광장에서 성전 훌다 문으로 올라가는 큰 계단 옆과 광장 일부, 그리고 서쪽 기단 밑, 아치형 다리 아래를 시장으로 사용할 수 있도록 바꿨다. 그런데 몇 년 전부터 성전의 허락을 받고 야금야금 성전 뜰 안까지 들어와 장사하던 사람들을 전날 예수가 내쫓은 셈이었다.

전날과 마찬가지로 훌다 문을 들어간 다음 긴 통로를 지나 이방인의 뜰에 들어서자 로마군의 모습이 먼저 눈에 들어왔다. 동쪽 솔로몬의 주랑건물, 남쪽 왕의 주랑건물, 그리고 서쪽 주랑건물 위에 빼곡하게 늘어서서 내려다보고 있다.

로마 군인들은 머리에 쓴 투구로 계급을 구분할 수 있다. 붉은색 술이 달린 투구는 장교의 상징이고, 일반 병사는 술이 없는 둥근 투구를 쓴다. 로마군이라고 해서 모든 부대가 다 똑같은 복장을 갖추는 것은 아니다. 각 지역을 책임지는 군단마다 약간씩 색깔이 다르기도 하고, 표준화된 복장을 갖출 수 없는 경우도 많다. 일반 병사들에게는 똑같은 무기와 군복이 제공되는 것이 아니고, 자기 조상이나 가족으로부터 물려받은 것을 사용하기도 했다.

주랑건물 위에 늘어선 군인들은 병사든 장교든 모두 붉은색 겉옷을 입고, 가슴을 가리는 갑옷을 입었다. 그리고 붉은색으로 칠한 방패를 든다. 주랑건물 위에 늘어서서 유대인들에게 두려움을 심어 주기 위해 일부러 전투용 군복을 착용한 모양이다. 대충 어림짐작으로 헤아려도 주랑건물 위에 늘어선 간격으로 보아 로마 군인들의 숫자가 전날보다 2배 가까이 늘어난 것 같았다.

로마군 숫자가 늘어나고, 분위기가 더 엄중하게 느껴져서 그런지 이방인의 뜰에 올라온 제자들은 곧 위축된 모습을 보였다. 괜히 목소리까지 낮추어 소곤거리듯 말했다. 제자들을 이끌고 전투를 치를 일이 아니니 담대하고 활기차기를 기대할 수는 없었지만, 갑자기 눈에 띄게 위축된 제자들의 모습을 보면서 예수는 가볍게 한숨을 내쉬었다.

'저들에게 닥칠 그 공포를 어찌 이겨낼까?'

그렇다고 하느님이 보호하고 인도할 테니 모두 용기를 내라고 말할 수도 없다. 그런 일은 없을 것을 예수는 알기 때문이다. 그들은 때가 되면 경황없이 무너져 뿔뿔이 흩어질 것이다. 어찌 그들이 거친 폭력에 대항할 수 있겠는가? 두려운 마음을 누르고 매일 성전에 따라 들어오는 제자들을 예수는 안쓰러운 마음으로 쳐다보았다.

"선생님! 오늘은 '소레그'를 넘어 들어가실 생각이신지요?"

빌립이 물었다. 그가 하는 말을 듣더니 나다나엘이 고개를 가로저었다.

"우리 중 아무도 정결淨潔의식을 치르지 않았는데!"

이스라엘 뜰로 들어가는 통로마다 전날과 달리 성전 경비병이 두 명씩 서 있었다.

빌립과 나다나엘의 말을 듣자마자 제자들은 모두 예수 얼굴을 살폈다. 그중에서도 요한은 갑자기 가슴이 철렁했다. 지난밤 약속으로는 다시는 안 그러겠다고 예수가 말했지만, 그건 모를 일이다. 느닷없이 제자들을 이끌고 경계를 넘어 이스라엘의 뜰로 들어가기라도 한다면 당장 큰일이 벌어질 것이 분명했다. 그럴 경우, 어찌할 것인가? 선생을 따라 소레그 경계를 넘을 것인가? 아니면 이방인의 뜰에 그냥 멈추어 서서 무슨 일이 일어날지 두고 볼 것인가? 그건 전날 이방인의 뜰에서 장사꾼들을 내쫓은 일과는 다르다. 이스라엘이 목숨 걸고 지키는 거룩함을 흔드는 일이다.

'어쩌면 … .'

요한은 갑자기 가슴이 답답했다. 눈앞이 어질어질했다. 소레그 너머 이스라엘의 뜰이 아득히 멀게 보였다. 그 안쪽, 성전은 더 멀리 떨어져 있지만 웬일인지 아주 위압적으로 크게 보였다. 그렇게 크고 높은 성전 앞에 예수와 제자들이 서 있다. 그건 누가 보아도 초라한 도전이다. 이미 승패가 결정된 대결이다. 예수는 성전이 눈도 주지 않을 만큼 작은 존재임에 틀림없다. 전날 예수가 일으킨 소란에 성전이 아무 반응이 없다는 것이 바로 그 증거라고 요한은 생각했다.

'선생님이 이스라엘의 뜰 안으로 들어서는 순간을 성전이 기다리고 있었구나!'

특별히 새로운 절차나 규정을 만들지 않고 성전은 그냥 늘 하던 것처럼 예수를 처리할 수 있다. 정결의식을 치르지 않은 사람이 소레그를 넘을 때 그가 예수든 다른 사람이든 정해진 법에 따라 덤덤하게 처리할 것이다. 왜 그랬는지 이유를 묻지 않고, 그저 정해진 대로 처리하고 손 털고 내려다볼 것이다.

예루살렘 성전과 예수라는 갈릴리 시골 선생, 1천 년 넘게 지켜온 토라와 예수의 가르침, 유월절 명절제사를 드리러 올라오는 수십만 명의 순례자들과 예수를 따라 들어온 겨우 1백 명도 안 되는 사람들, 애초부터 서로 비교할 수 없는 상대였다. 예수가 두 발 디디고 선 사방 한 자가 채 못 되는 땅도 예루살렘 성전 경내 이방인의 뜰 안에 있는 땅이다.

그 땅에 이스라엘의 역사가 쌓여 있다. 처음 성전을 세운 솔로몬왕 때부터 다시 세운 헤롯왕에 이르기까지 차곡차곡 다져진 시간이다.

요한은 견딜 수 없을 만큼 큰 두려움에 휩싸였다. 그는 지금 자신이 어디에 발 디디고 서 있는지 확실하게 깨달았다. 무슨 일을 하려는 사람을 선생이라고 부르며 이곳까지 따라왔는지 깨달았다. 마지막 결단의 순간이라는 것도 깨달았다. 슬그머니 성전을 빠져나가 갈릴리 가버나움, 세베대의 아들 자리로 돌아갈 것인지, 예수를 따라 한 번도 가본 적 없는 곳, 그 끝까지 걸어갈 것인지 결정해야 할 때가 됐음을 알았다. 요한은 자기도 모르는 사이 이상한 소리를 내며 침이 목구멍으로 넘어갔다.

그들 요한 형제만 가버나움으로 돌아가면 다른 사람들은 어쩌고 둘이서만 돌아왔느냐고 묻고 나설 사람들이 눈에 보였다.

'욕을 먹을 텐데 … .'

일이 벌어지면, 목숨을 부지한다면, 시몬 게바와 안드레 형제도, 레위와 그 동생 야고보도 가버나움으로 내달려 도망 올 것이다. 목숨을 겨우 건졌다고 고개를 절레절레 흔들면서도 슬그머니 먼저 사라진 야고보와 요한 형제를 배신자 취급할 것이다.

'내가 선생님을 배신하는 것은 아니잖아!'

'여기서 물러나면 배신하는 거지 … . 그게 그거지!'

'무슨 일을 어찌 한다고 선생님이 미리 우리에게 말해 주지 않았는데? 그냥 덤벙덤벙 따라다니다가 목이 날아갈 형편인데?'

가버나움에서 처음 예수를 따르기로 결정하고 집으로 돌아오던 일이 생각났다. 그때, 왜 불쑥 무릎부터 꿇고 제자가 되어 따른다고 약속했냐고 나무라던 형 야고보에게 그가 대답했던 말이 생각났다.

"이제 할 수 없는 일이야. 그건 되돌릴 수 없는 일이야!"

그렇다. 되돌릴 수 없는 일이다. 무슨 일이 일어나든 어차피 아무 일 없던 것처럼 살아갈 수는 없게 됐다. 다만, 아직도 예수가 앞으로 벌어질 일을 다 얘기해 주지 않았다는 점이 문제였다. 되돌아서지 않고 끝까지 선생을 따르려면, 앞으로의 계획을 반드시 알아두어야겠다. 선생은 무슨 일을 언제 어떻게 할 것이고, 하느님은 언제 어떻게 역사하실지 알아야겠다고 마음먹었다. 고민하는 시간은 길지만, 한 번 마음을 다잡으면 그대로 줄달음치는 사람이 요한이다. 요한은 이미 마음을 정했지만 다른 제자들은 초조한 마음으로 예수의 대답을 기다렸다.

예수가 명확하게 대답했다.

"안 들어갑니다."

제자들 얼굴에 안도하는 표정이 떠올랐다.

성전 뜰에는 장사꾼이 한 사람도 보이지 않았다. 다행이라는 듯 요한이 예수 옆에 다가오더니 꽤 큰 소리로, 다른 사람들도 다 들으라는 듯 말했다.

"선생님! 성전에서도 이제 선생님의 뜻을 알긴 안 모양입니다. 오늘은 장사꾼이 없네요."

예수는 요한을 바라보며 그저 빙그레 웃었다.

이방인의 뜰 남쪽 왕의 주랑건물 안에는 이미 꽤 많은 사람들이 모여 북적였다. 예루살렘에 사는 바리새파 선생들이 그곳에 자리 잡고 앉아서 각 지방에서 올라온 사람들에게 율법과 성전의 역사, 그리고 유월절과 무교절의 유래를 설명하고 가르치는 곳이다. 성전에서 이뤄지는 행사는 크게 보아 두 가지가 있다. 하나는 제사장들이 제사장의 뜰 안에서 희생제물을 잡아 제사드리는 일이고, 다른 하나는 바리새파 선생들이 남쪽 왕의 주랑건물에서 유대인들에게 토라도 가르치고, 성전 제사의 의미를 해설해 주는 일이다.

예수가 제자들을 이끌고 동쪽 솔로몬의 주랑건물로 들어가니 앉아 있던 많은 사람들이 일어나 알은체 인사했다. 그걸 보자 제자들은 속으로 으쓱하는 마음이 다시 생겼다. 예수가 더 이상 갈릴리 시골마을만 돌아다니며 병 고쳐주는 사람이 아니고 이미 예루살렘에서도 알아주는 선생이 됐다고 느꼈기 때문이다. 조금 전까지 소레그 넘어 이스라엘의 뜰에 들어가는 일로 은근히 걱정했던 제자들이지만, 명절까지 앞으로 남은 며칠 동안에 예수가 분명 큰일을 하리라고 믿었다. 드러내 놓고 성전과 부딪치지 않고서도 예수 선생이라면 할 수 있는 일이 얼마든지 있으리라고 생각했다.

왕이라거나 군사를 휘몰아 로마를 쳐부술 장군은 될 수 없어도 예언자와 이스라엘의 선생, 그 두 가지라면 예수보다 더 잘할 수 있는 사람이 없을 것으로 그들은 확신했다.

요 며칠 사이에 제자들이 한 가지 깨달은 것이 있었다. 그건 바로 예수가 이제까지 이스라엘 역사에 이름을 날렸던 어떤 사람과도 다르다는 점이다. 그가 전하는 하느님은 토라가 가르친 하느님과 달랐고, 그가 선언하는 하느님 나라는 이스라엘이 기다리는 하느님 나라와 달랐다. 무엇이 다르고 무엇이 같은지 그들로서는 아직 하나하나 손꼽아 가며 구별할 수는 없지만, 선생의 가르침을 들으면서 사람들이 보이는 반응을 살펴보면 다르다는 것만은 확실하게 알 수 있다.

제자들이 느끼기에 예수는 마치 그런 책임을 맡은 사람처럼 행동하고 가르쳤다. 가르쳐야 할 의무가 있는 사람처럼, 아픈 사람들을 돌보아 주어야 할 의무를 진 사람처럼, 배고픈 사람에게 빵을 마련해서 먹여 줘야 할 책임이 있는 사람처럼 행동했다. 다른 사람이 맡은 일, 성전이 맡은 일, 갈릴리 분봉왕이 해야 할 일, 바리새파 선생이 할 일, 의사가 할 일, 그렇게 구분 지어 맡기지 않고 예수 그가 모두 맡아 해야 할 일인 것처럼 말하고 가르치고 행동했다. 그런 점이 이상하기는 했지만 왜 그러는지 물어보거나 스스로 깨닫지는 못했다.

다만, 마리아는 어렴풋이 알았다. 다른 제자들은 어찌 생각할지 모르지만 그녀는 예수가 그 마음속에 세워 둔 계획에 따라 한 가지씩 일을 치르고 있다는 것을. 걸어가야 할 목적지가 정해져 있으니 걸음을 크게 떼든 작게 내디디든 그건 형편 따라 할 일이다. 큰 목적지를 깨닫지 못했으니 제자들이 예수의 걸음걸이에 놀라고 걱정하는 것은 당연하다고 그녀는 생각했다.

"때가 되었다."

예수는 때가 되었다고 여러 번 제자들에게 얘기했지만 마리아로서는 그 점을 아직 받아들일 수 없었다. 오히려 그녀는 아직 때가 되지 않았다고 생각하는 편이다. 한 1년이라도 좀더 준비하고, 제자들을 좀더 모으고, 더 가르친다면 선생 혼자 짊어져야 할 짐이 그렇게 무겁고 크지 않을 수도 있다고 생각했다. 예수 말대로 이스라엘이 천 년을 기다렸다면 1년 더 못 기다릴 이유가 없다는 생각이다. 이제는 늦었지만 갈릴리로 돌아가자고, 유대 지경地境을 넘기 전에 예수를 설득하지 못했다는 점이 못내 아쉬웠다.

　예수가 성전 뜰에 들어가면 주위로 몰려드는 사람들이 있고, 아예 거리를 두고 물러나는 사람들이 있다.
　성전에 들어온 사람들 중 열 사람에 다섯 사람은 그저 예수를 힐끔 쳐다보고 지나가거나 아예 멀리 피한다. 아무리 많은 사람들이 예수 주위에 모여들어도 결코 끼어들지 않는다. 그들에게는 성전에서 제사 드리는 일이 가장 중요한 일이다. 자기 사는 마을을 떠나 몇 날 며칠 걸려 예루살렘 성전에 올라온 것은 오로지 유월절 명절제사, 그 한 가지 목적이었다. 그렇게 먼 거리에서 벼르고 벼러 명절에 올라온 사람들이라 제물을 마련하고 제사드리는 일 아닌 다른 것에 정신을 팔 형편이 못 되었다.
　매일 성전에 제물을 바치는 형편 좋은 사람들도 있지만 1년에 겨우 3번 명절제사를 드리는 사람들에게도 다른 명절보다 유월절 제사가 가장 중요하다. 그들 바람은 형편이 좀 펴져서 십일조도 제때 내고, 명절마다 올라와 제사드리고, 성전세도 빠짐없이 바치며 사는 일이다. 그들이야말로 이스라엘이 지키고 살아야 할 가르침에서 벗어나지 않으려고 애쓰는 사람들이다. 그들은 예수 곁에 모여들지 않는다. 예수 일행과 섞이지 않으려고 멀리 피한다. 예루살렘 성전에서 인정도 받지 못한 사람이 성전 뜰 안까지 들어와 사람들을 모아 가르친답시고 나서는 일을 절대로 허용해서는 안 된다고 생각한다.
　예수에게 다가오는 사람들은 그가 혹 예언자가 아닌지, 드물게는 메시아일지 모른다는 소문을 듣고 기웃거리는 사람들이다. 그들은 하느님이 개입하지 않으면 곧 굶어 죽을 수밖에 없을 정도로 절박한 사람들이 대부분이다. 돌봐 줄 형제나 친척도 없고, 가정도 무너진 사람들이다. 명절 때 성전에 들어가면 빵도 주고, 명절 당일에는 고기도 나눠 준다는 말을 듣고 온 사람도 있다. 그들은 비둘기 한 마리도 제물로 바칠 형편이 안 되는 사람들이다. 비록 입은 것도 꾀죄죄하고 몰골도 형편없지만 성전 이방인의 뜰까지는 들어올 수 있는 사람들이다.

구걸하는 사람들은 아예 성전 뜰에 못 들어온다. 예루살렘 성문 부근이나 기혼샘, 실로암 연못 그리고 성전 북쪽 '양의 문' 밖에 있는 베데스다 연못 부근에 몰려 있으면서 지나가는 사람들에게 크게 소리 높여 구걸하며 지낸다.

솔로몬의 주랑건물 안에는 예수가 그쪽으로 올 것을 예상하고 벌써 많은 사람들이 기다리고 있었다. 예수를 보자마자 다른 사람들과 달리 제법 잘 차려입은 젊은이가 얼른 예수에게 먼저 다가왔다. 일행으로 보이는 같은 또래의 젊은이 셋과 하인 복장을 한 늙수그레한 사람 하나가 그의 뒤를 따라왔다. 차례를 빼앗겼다는 표정으로 다른 사람들은 한 발 물러났다.

"선생님! 예수 선생님!"

요한이 젊은이 앞에 나섰다.

"무슨 일입니까?"

"예! 선생님께 여쭙고 싶은 것이 있어서요 … ."

그러더니 예수를 향하여 두 손을 가지런히 앞으로 모으고 깊숙이 허리 숙여 인사했다. 차림새나 공손한 태도로 보아 교육을 잘 받고 자란

부잣집 젊은이가 분명했다. 그런 사람들은 대개 뜰 남쪽 왕의 주랑건물 안에 자리 잡은 바리새파 선생들을 찾아가지, 솔로몬의 주랑건물로 들어오는 경우란 거의 없다. 그런 점에서 그는 좀 특별한 젊은이였다.

"그래 무엇을 묻고 싶은가요?"

예수가 미소를 띠며 물었다. 젊은 사람들을 보면 나사렛에 두고 온 동생들이 생각난다. 그 젊은이는 예수의 남동생 중 가장 나이가 어린 시몬 또래로 보였다. 사람들은 처음 만나면 먼저 출신 가문과 지방을 따지고 나이를 묻는다. 다른 아무것도 알 수 없을 때는 언제나 나이가 상대를 대하는 기준이 된다. 연장자가 윗사람 노릇을 하는 것이 보통이다. 그런데 예수는 연장자 티를 내지 않고 그가 궁금하게 생각하는 것이 무엇인지 물었다.

사실 예수 나이 37살이면 더 이상 젊은 사람이 아니다. 유대인의 평균 수명은 20살이 안 되기 때문이다. 전체 아기 중 반은 태어나면서 죽거나 태어나기 전에 죽는다. 다행히 죽지 않고 태어난다고 해도 100명 중 35명 정도는 6살 이전에 죽는다. 15살쯤 되면 태어난 100명 중 60명이 이미 생명을 잃었다. 특히 갈릴리 호숫가 마을이나, 이즈르엘 들판에서 농사짓는 사람들이 몰려 사는 곳에서는 이보다 훨씬 많은 사람들이 열병에 걸려 죽는다. 그곳은 먹고살 만은 하지만 열병 귀신에 들려 빨리 죽는다는 소문이 예전부터 떠돌아 '목구멍 옆에 죽음을 달고 다닌다'는 말도 있다. 나이가 25살쯤 될 때면 태어난 100명 중 20명이나 30명만 살아남고, 40대 중반이 되면 태어난 100명 중 10명 정도만 남는다. 나이 40줄에 들면 대부분 여러 가지 병에 시달리고, 길어야 10년 안에 세상을 뜬다. 결국 태어난 사람이 100명이라면

3명 정도만이 60살까지 살아남는다.

그러다 보니 갈릴리에서나 유대에서나 예수가 만나는 사람들은 거의 모두 예수와 비슷한 나이거나 그보다 젊었다. 예로부터 하느님의 특별한 축복을 받은 사람이 오래 산다고 믿었다. 글을 읽고 쓸 줄 아는 사람이 아주 드문 세상이다. 그러니 지식이나 경험은 글로 쓴 기록이 아니라 입에서 입으로 전해져 내려온다. 당연히 나이 든 사람들은 그런 지식과 경험이 가득 들어찬 살아 있는 창고 역할을 하고, 그가 사는 동네에서 존경과 대우를 받는다.

그 젊은이는 갈릴리의 유명한 선생이 성전에 나온다는 소문을 듣고 배움을 청하려고 아침부터 성전에 올라와 기다렸다. 예수 앞에 혼자 나오기가 거북해서 일부러 또래 동무들과 같이 왔다.

"선한 선생님께 가르침을 청합니다. 제가 어떤 선한 일을 하여야 영생의 구원을 얻겠습니까? 요즈음 낮이나 밤이나 저는 그 일을 생각하며 지냅니다."

"선한 선생님? 선한 일?"

"예! 선한 선생님!"

"선한 일로 영생의 구원을 얻고 싶은가요, 정말? 영생을 무어라고 생각하나요?"

"이 세상 착하게 살다가 죽음을 맛보지 않고 하느님께 불려 올라가는 것 아니겠습니까? 옛 에녹처럼 말씀입니다."

"경전에 무어라 씌어 있던가요?"

"계명에 이르기를 '살인하지 말라, 간음하지 말라, 도둑질하지 말라, 거짓 증언하지 말라, 속여 빼앗지 말라, 네 부모를 공경하라'고 하

108

였습니다. 이것들은 제가 어려서부터 다 지켰습니다."

"잘했습니다. 이제 한 가지 더 하세요."

"무엇입니까? 제가 선생님의 말씀을 꼭 따르겠습니다."

"집으로 지금 돌아가서 가지고 있는 재산, 부모에게 물려받은 것이든, 물려받은 재산으로 늘린 재산이든 모두 다 팔아서, 친척이든 아니든, 한마을 사람이든 아니든, 글을 읽을 줄 알든 모르든, 명절마다 성전에 올라 제사를 드리는 사람이든 아니든, 가난한 사람들을 직접 찾아가서 다 나눠 주세요. 더 어려운 사람에게는 더 나눠 주세요. 그렇게 다 흩어 나눠 주고 난 다음 나를 따르시오."

"예? 다 팔아 나눠 주라고요?"

"가난한 사람들에게 …. 눈을 돌려 주위를 살펴보면 그 재산으로 생명을 살릴 수 있는 사람들이 얼마나 많은지 그대 눈에 보일 거요. 그 사람들에게는 하루치 빵이 하루만큼의 생명이오. 수많은 사람의 생명을 움켜쥔 채 그대가 영원한 생명을 누릴 방법은 없소."

"선생님, 그렇게 말고, 그냥 계명을 지키면서 …. 정 안 되면 제 재산 일부를 친척에게 나눠 주고 …."

그 말을 하다가 젊은이는 고개를 떨구었다. 그의 가슴속에 번개가 번쩍하듯 깨달음이 들었기 때문이다.

"선생님께서는 계명을 지키는 것만으로는 선한 일이 아니라고 말씀하시는군요."

"생명을 살리는 것보다 더 큰 계명이 있겠소? 그 많은 가르침은 한마디로 줄여 말하면 바로 '사랑'이오. 생명을 살리는 마음이 사랑이오. 가서 그리하면 그대는 영생의 문을 두드린 셈이오."

같이 온 젊은이들과 하인이 그에게 눈짓했다. 그는 예수에게 다시 깊이 머리 숙여 인사한 다음 어깨를 늘어뜨리고 떠나갔다. 요한은 떠나가는 그 젊은이에게서 눈을 떼지 못했다. 그의 점잖은 태도와 서두르지 않고 조용조용 얘기하는 말에 호감을 느꼈기 때문이다.

예수가 제자들을 돌아보며 말했다.

"부자가 하느님 나라에 들어가기가 얼마나 어려운지 잘 보여주네요. 마치 낙타가 바늘귀를 통해 빠져나가는 것만큼 어렵지요."

"낙타가 바늘귀를 빠져나가는 것만큼이나요? 아이쿠!"

"그럼 도대체 누가 하느님 나라에 들어갈 수 있겠습니까?"

"어린아이 같은 사람이 들어간다고 하셨잖아!"

제자들이 서로 얼굴을 보며 고개를 흔들었다. 그때 시몬 게바가 말했다.

"선생님! 저희는 정말 모든 것을 다 남겨두고 선생님을 따라나섰습니다. 가족도, 하던 일도 모두 다 놔두고요."

"그래요, 게바! 자기 자리를 떠나지 않고는, '내 것'이라고 손에 움켜쥐고 있는 것을 놓지 않고는 하느님 나라에 들어갈 방법이 없습니다. 특히 재물이 그러합니다. 재물이 있는 곳에 마음도 있기 때문입니다. 하느님 나라는 내가 먼저 들어가는 나라가 아니고, 다른 사람이 먼저 다 들어가고 난 다음에 내가 들어갈 수 있는 나라입니다. 내가 말합니다. 먼저 된 사람이 나중 되고, 나중 된 사람이 먼저가 되는 나라가 바로 하느님 나라이기 때문입니다."

"그 말씀이 어렵습니다."

"오늘 아침, 요한이 산자락에 있는 움막마을 사람들에게서 그런 말을 들었다고 했지요? '말로만 가르치는 선한 선생보다 빵 한 덩어리 내주는 악한 임금이 낫다'고 … . 그런데 그 젊은이는 나를 '선한 선생님'이라고 불렀습니다. … "

"그랬네요."

"한쪽에는 하느님 나라에 대한 복음보다 빵 한 덩어리가 더 급한 배고픈 사람들이 누워 있습니다. 하느님 나라에 들어갈 일은 생각도 못하고 당장 입에 들어갈 빵을 기다리고 있습니다. 그런데, 저 젊은이는 먹고사는 일에는 걱정 없는 사람이 분명합니다. 그러니, 먹고사는 일보다 영생하는 일에 더 마음을 두고 살고 있습니다. 그리고 계명을 잘지키는 일이 선한 일이라고, 선한 일을 쌓으면 죽음을 맛보지 않고 영원한 생명에 들어가리라고 믿어서 나에게 나왔습니다. 나를 '선한 선생님'이라고 부르면서 … . 여러분, 계명 중에 가장 큰 계명이 '네 이웃을 네 몸같이 사랑하라'는 말씀입니다. 배고픈 이웃 놔두고 나 혼자 영생을 누릴 수 있겠습니까?"

그러더니 예수는 두 팔을 벌렸다. 그건 모든 사람을 껴안는 자세다.

"누가 내 이웃입니까? 일가친척, 한마을에 사는 사람, 같이 배를 타고 그물을 내리는 사람, 그 사람들만 내 이웃이라고 생각하지 말고 내가 속한 테두리 밖의 사람들까지 받아들여야 합니다. 나누고 구분하고 구별하는 선을 넘어 손을 뻗고 마음이 닿아야 합니다. 사람들이 죄인이라 부르든 경건한 사람이라 부르든, 하늘 아버지, 아빠 아버지에게 매달려 울부짖는 모든 사람을 내 이웃으로 삼아야 합니다. 내 이웃으로 받아들이고 끌어안는 마음이 사랑입니다."

예수는 말을 끊고 사람들을 둘러보았다. 귀로 들어온 말이 가슴에 내려가서 자리 잡기까지 시간이 걸리는 법이다.

"사랑은 하느님께서 사람의 마음속에 뿌린 씨입니다. 그 씨에 물을 주고, 싹을 틔우고, 열매를 맺고, 그 열매를 배고픈 사람도 먹고, 나도 먹고. 그것이 하느님 나라입니다. 여기 아닌 다른 어느 곳에 따로 있는 나라가 아닙니다. 어느 먼 훗날 이뤄지는 나라가 아닙니다. 지금여기에서 이루는 나라입니다. 그러니 이웃에 눈감고, 내가 가진 것 다누리고, 먹고사는 것 걱정 없으니 '이제 하느님 나라에 들어가는 공부를 좀 해보자'고 말할 수 없는 겁니다. 이미 물이 가득 든 잔을 비워야그 빈 잔에 하느님 나라라는 포도주를 채울 수 있습니다."

그 말을 들으면서 주위에 모여 있던 어떤 사람은 고개를 끄덕였고, 어떤 사람은 어두운 얼굴로 고개를 숙였다. 잔을 비워야 포도주를 부어 채울 수 있다는 말, 사랑이 가장 큰 계명이고 지켜야 할 가르침이라는 말, 다른 사람을 다 들여보낸 이후에 내가 들어갈 수 있다는 하느님 나라는 이전에 누구에게도 들어본 적 없는 놀라운 가르침이었기 때문이다.

"처음 된 사람이 나중 되고, 나중 된 사람이 처음 되는 나라⋯."

한 사람이 예수의 가르침을 혼자 입으로 되뇌었다. 그를 가만히 쳐다보던 예수가 다시 입을 열었다.

"하느님 나라는 이루며 살아가는 나라입니다."

그때 앞쪽 자리에 앉아 있던 한 사람이 물었다. 그는 전날 비둘기를 사려다가 못 사고 성전에 빚을 갚으러 서둘러 자리를 떠났던 사람이다.

"그런데, 선생님! 하느님 나라는 나라지요?"

"그렇지요. 나라지요."

그러더니 예수는 그를 바라보며 물었다.

"어제 성전에 갚을 빚은 갚았나요? 나중에라도 비둘기를 사긴 샀나요?"

그 사람은 예수가 자기를 알아봐 주는 것이 기쁜 모양이었다. 더구나, 성전 빚이니 비둘기니, 전날 나눴던 얘기까지 다시 물어봐 준 일로 크게 감격하는 표정이다.

"예! 어제 제사장을 만나 빚을 갚기는 했는데, 7할은 갚고 3할은 다음으로 넘겼습니다."

"그랬군요."

"대신 선물이 … ."

그는 말을 흐렸다. 토라에서는 돈을 빌려 주고 이자를 받는 것은 금지됐지만 사실 그런 규정 때문에 꼭 급하게 돈을 빌려야 할 사람은 빌려 주는 사람이 제시한 불리한 조건들을 받아들여야 했다. 그것이 바로 중개인을 통하여 '선물'이란 이름으로 바쳐야 하는 돈인데, 아주 높은 선이자를 떼는 것과 마찬가지다. 그가 7할은 갚고 3할은 넘겼다는 얘기는, 빚을 다 갚았는데 이자 때문에 3할이 빚으로 남아 있다는 말이다. 모든 사람이 알고 있는 일이지만, 그 사람은 성전 뜰에서 더 이상 자세히 얘기할 수 없었다. 성전이 토라의 규정을 어겼다고 공식적으로 여러 사람 앞에서 밝히는 셈이기 때문에 그렇게 말을 얼버무릴 수밖에 없다.

"비둘기는 사서 바쳤습니까?"

"어제 선생님 가르침을 듣고 보니 제가 비둘기를 사서 제물로 바치고 싶은 생각이 싹 없어졌습니다. 제물을 안 바칠 생각입니다, 이번 유월절에는 … ."

"내가 그대에게 말합니다. 늘 그대를 아끼고 눈여겨보고 그대의 어려운 형편에 가슴 아파하던 분의 이름으로 말합니다. '그대의 죄는 용서받았습니다. 무슨 죄를 지었든 하느님은 기억하지 않으실 겁니다.' 이제 편안히 지내세요."

그 얘기를 듣자마자 그 옆에 앉아 있던 사람이 외쳤다.

"죄가 용서받았다고 확인해 주는 권한은 오직 성전에게 있습니다."

그러자 예수도 큰 소리로 다시 외쳤다.

"들으십시오! 어떤 권한도 하느님이 주신 권한보다 클 수 없습니다. 묶는 권한보다 풀어 주는 권한이 크고, 모아 움켜쥐는 권한보다 자유롭게 흩어 주는 권한이 큰 법입니다. 밝은 빛이 비추면 희미한 빛은 사라집니다. 풀어 주는 권한에 맞서는 모든 묶는 권한은 하느님의 뜻에 따라 무효입니다."

그러자 많은 사람들이 한목소리로 예수의 말을 받았다.

"아멘! 아멘!"

'아멘'이라는 말은 하느님의 뜻이 그대로 이루어지기를 바란다는 기원이다. 예루살렘 성전, 이방인의 뜰에 서서 초라한 차림의 예수가 외치는 말이 하느님의 뜻이라고 그들이 받아들인다는 말이다.

"하느님 나라는 그런 나라입니다. 여러분이 이루어지리라 믿고 기다리고, 하느님이 보내 주신 메시아가 번뜩 나타나 이 땅위에 세우리라고 생각했던 그런 하느님 나라가 아닙니다. 하느님이 왕이 되어 다스리고, 성을 쌓고, 천사들이 하느님의 군대처럼 세상을 두루 돌아다니는 나라가 아닙니다. 하느님의 나라는 세상입니다. 여러분이 사는

114

세상입니다."

"선생님! 너무 달라서, 말씀하시는 하느님 나라가 저희들이 믿고 기다리던 그 하느님 나라와 너무 달라서 잘 알아들을 수 없습니다."

예수는 사람이 생각할 수 있는 나라 중 가장 강력하고 위대한 하느님 나라를 땅으로 낮추는 일부터 시작했다.

"하느님 나라는 말하자면 겨자씨 같지요."

"예? 겨자씨요? 그렇게 작습니까? 그러면 그 작은 겨자씨 속으로 어찌 이 많은 사람이 들어갈 수 있습니까?"

겨자씨라는 말에 제자들도 놀랐다.

"그래요. 하느님 나라는 겨자씨 한 톨 같지요. 씨 중에서 가장 작은 씨인데, 제대로 된 흙 위에 떨어지면 싹이 트고 큰 풀이 되고 하늘을 나는 새도 날아와 앉아 쉴 만하게 되지요."

제자들도 둘러섰던 사람들도 고개를 갸웃갸웃했다. 하느님 나라가 겨우 겨자씨만 하다니 …. 겨자씨가 싹이 나서 풀이 되는 일이 하느님 나라가 이루어지는 일이라니, 선뜻 받아들일 수 없었다.

"선생님!"

그때, 요한이 손을 번쩍 들며 예수를 불렀다. 역시 가장 질문이 많고 생각이 빠른 요한다웠다. 예수가 요한을 바라보고 빙그레 웃었다. 무슨 질문을 할지, 뭐라고 얘기할지 이미 알 수 있기 때문이다. 사람들이 모두 궁금해 하는 점을 물으리라는 것을 알았다.

"선생님! 분명 그 말씀, 하느님 나라가 겨자씨만 하다는 그 말씀에 깊은 뜻이 있을 줄 믿습니다. 그런데, 레바논의 삼나무, 백향목도 아니고, 하늘 보좌에 닿을 만큼 크게 자라는 나무도 아니고 겨우 겨자씨라고 하시니 그대로 받아들이기가 좀 어렵습니다. 제가 겨자씨를 보았는데요, 그 겨자씨라는 게 씨 중에서 가장 작아 눈에도 잘 안 띄거든요. 게다가 겨자는 아무리 잘 자란다고 해도 한해살이 풀인데, 새가 날아와 깃들 만큼 크지도 못합니다. 하느님 나라가 그렇게 볼품없고, 겨우 한해살이 풀이라면 그건 너무 실망스러워서 … ."

요한이 입에 올린 말이 바로 이스라엘이 이제까지 기다린 하느님 나라다. 하느님이 심고 가꾸는 나무는 겨자씨처럼 작고 가치 없고 1년이라는 짧은 생명을 가진 들풀일 수 없다. 하늘에 닿을 만큼 크고 가지가 무성하여 새들이 깃들이고 들짐승이 나무 그늘에서 살며 열매가 풍성해서 모든 생명이 그 열매를 먹는 나무라고 믿었다.

요한의 그런 불만이 근거 없는 것이 아니었다. 제국의 압제 아래 살면서, 억압이 혹독하면 혹독할수록 옛 예언자들의 예언에 희망을 걸었다. 그중에 다니엘이라는 예언자가 환상 중에 본 커다란 나무에 관한 예언이 유명했다.

"내가 환상 중에 본즉 땅의 중앙에 한 나무가 있는 것을 보았는데 높이가 높더니, 그 나무가 자라서 견고해지고 높이는 하늘에 닿았다. 그 모양이 땅 끝에서도 보이겠고, 그 잎사귀는 아름답고 그 열매는 많아서 만인의 먹이가 될 만하고 들짐승이 그 그늘 아래 있으며 공중에 나는 새도 그 가지에 깃들이고 육체를 가진 모든 것이 그 나무에서 먹을 것을 얻는다."

그뿐 아니라 에스겔이라는 예언자가 하느님이 심은 나무에 대하여 기록했다.

"내가 백향목 꼭대기에서 높은 가지를 꺾어다가 심으리라. 높고 우뚝 솟은 산에 심으리니 그 가지가 무성하고 열매를 맺어 아름다운 백향목이 될 것이요, 각종 새가 그 아래에 깃들며 그 가지 그늘에 살리라. 들의 모든 나무가 나 야훼는 높은 나무를 낮추고 낮은 나무를 높이며 푸른 나무를 말리고 마른 나무를 무성하게 하는 줄 알리라."

다른 모든 나무보다 더 크고 더 견고하고 더 무성한 나무, 그건 영원히 지속될 장엄한 하느님 나라를 의미했다. 이스라엘의 예언자들이 오래전부터 예언을 통해 이스라엘에게 희망을 심어준 비전이었다. 그 나라는 하느님이 예비하여 둔 나라, 세상 마지막 심판의 날에 하느님에게 순종한 백성이 옮겨갈 나라였다. 한 세상이 끝나고, 하느님의 영광이 지배하는 새로운 세상이 나타나면 하느님을 믿는 선택된 사람들이 하느님의 아들을 따라 들어가는 나라라고 믿었다.

그런데 예수가 겨자씨 같다고 비유한 하느님 나라는 모든 사람의 기대를 뒤엎었다.

"저도 요한하고 같은 생각입니다."

요한의 형 야고보가 말했다. 다른 사람들도 예수가 무슨 깜짝 놀랄 만한 뜻을 뒤에 감추고 있다고 믿었다. 분명 속에 또 한 번의 반전反轉이 있으리라고 기대했다.

"언젠가 이뤄지리라고 여러분이 기다리며 생각하던 하느님 나라는 바로 헬라처럼, 로마처럼 크고 강한 제국일 것입니다. 세상을 덮을 만큼 우뚝 크고 강력한 제국, 모든 나라가 재물을 수레에 가득 싣고 시온에 올라와 하느님을 경배하고, 이방인들이 이스라엘의 종이 되는 나라라고 생각합니다. 하느님은 크고 장엄하고 중요한 일, 영원히 계속될 일만 관여하신다고 생각합니다. 그러나 내가 얘기합니다. 하느님 나라는 제국일 수 없습니다. 지배와 복종의 나라가 아니기 때문입니다. 하느님 나라는 겨자씨처럼 작은 씨가 싹을 틔우고 자라나는 나라입니다. 그것이야말로 생명의 신비입니다. 가장 작고, 가장 어리고, 가장 볼품없는 생명도 자기 자리에서, 자기 몫을 누리며 살아가는 세상, 그 세상이 바로 하느님 나라입니다."

예수의 말에 점점 열기가 더해질수록 듣는 사람들 눈에도 그 나라가 어떤 나라일지 조금씩 보이기 시작했다. 아직 완전하게 예수의 말을 이해하지는 못했지만 겨자씨가 흙에 떨어져 싹이 트고 자란다면, 그것이 하느님 나라라면, 등 돌리고 앉아 있던 움막마을 사람들, 지배자들의 눈에 겨자씨보다도 더 작아 보이던 사람에게도 희망이 있다는 말이다. 예수는 세상의 역설逆說을 얘기했다. 황제나 왕이 아니어도, 예루살렘 성전의 대제사장, 제사장이 아니어도, '토라'라고 부르는 율법 613개 조문을 줄줄이 외우고 해설하는 사람이 아니어도 하느님 나라를 이룰 수 있는 귀한 생명이라는 가르침이다.

"하느님 나라는 자라나는 나라입니다. 겨자씨에서 싹이 트듯, 조그만 싹이 자라 큰 풀도 되고 나무도 되는 나라입니다. 백향목도 자라고 삼나무도 자라듯 겨자풀도 자랍니다. 크다느니 작다느니 그 형상보다 싹트고 자라나는 신비에 눈 뜨십시오. 그 신비는 바로 수많은 형상의 본체입니다. 생명의 원형입니다. 바로 하느님이 이루시는 일입니다."

"그럼, 선생님! 하느님 나라는 우리가 들어가는 어떤 나라가 아니고 매일 자라는 나라라는 말씀처럼 들립니다."

한 젊은이가 눈을 반짝이며 물었다.

"예, 아주 잘 생각했습니다. 그렇습니다. 하느님 나라가 자란다는 말은 그 나라에 들어가는 사람이 같이 자란다는 말과 같습니다. 한 사람 한 사람 하느님 나라의 귀중한 백성이니까요. 여러분이 매일 살아가는 일 속에서 이뤄 나가는 나라입니다. 그래서 나는 여러분 사이에 자라나는 나라라고 말합니다. 하늘에서 자라는 나라가 아니고, 제국의 큰 도시에서 자라는 나라가 아니고 들풀이 자라는 곳에서 커가는 나라입니다."

"그런데요 … ."

그 젊은이 옆자리에 앉은 비슷한 나이의 다른 젊은이가 무슨 말을 하고 싶은데 멋쩍은 듯 주저했다.

"말하세요."

"예! 좋기는 한데요, 그래도 삼나무, 백향나무가 겨자풀보다는 더 좋은 것 같습니다. 이왕이면 크고 견고하고 잎도 무성하고 열매도 풍성한 나라가 더 좋지 않습니까? 저는 그리 생각이 돼서요."

"예! 잘 들으세요. 나는 백향나무, 삼나무는 안 좋고 겨자풀이 더 좋다고 말하는 것이 아닙니다. 모든 나무가 다 하느님의 신비 안에서 싹이 트고 자라니까요. 내 말은, 하느님이 돌보는 생명의 세상, 하느님 나라를 그렇게 큰 나무, 굳센 나무, 하늘까지 닿고 나뭇가지가 세상을 덮는 나무처럼 생각하지 말라는 말입니다. 세상을 굽어보며 위엄을 떨치는 나무, 그 나무 밑에 다른 나무가 살 수 없을 만큼 큰 그늘을 드리우는 나무, 바로 제국의 형상이기 때문입니다. 하느님 나라는 제국이 아닙니다. 특별히 사랑해서 어떤 나무를 크고 강하게 우뚝 세우는 나라가 아니고, 겨자풀도 살아가는 세상을 말하는 겁니다."

"예! 그러니까, 우리도, 겨자풀보다 더 볼품없고 가치 없는 우리도 같이 살아간다는 말씀이군요."

"예, 그렇습니다. 깨달은 사람은 복이 있는 사람입니다. 하느님이
베풀어 주시는 한없는 사랑에 몸을 맡긴 사람입니다."

그러나 모두 그런 깨달음을 얻은 것은 아니다. 그건 어쩔 수 없는 깊
은 간극間隙이다. 겨자풀이 품고 있는 신비를 깨달은 젊은이도 있고, 아
직 백향목처럼 크고 높고 장대한 영원한 나라를 기대하는 제자도 있다.

"들으십시오. 때가 되면, 눈이 열리면, 여러분은 하느님 나라가 여
러분 안에서 자라고 있었다는 것을 알게 됩니다. 그건 모든 사람에게
열려 있는 세상입니다. 귀 있는 사람은 들으세요."

사람들을 불러 모으고 가르치는 건 예수가 그들의 눈을 뜨게 해주는
일이다. 그들에게 무슨 엄청난 새로운 지식을 불어넣어 줄 수도 없고,
갑자기 그들 자신을 뛰어넘는 깨달음을 기대할 수도 없다. 그러나 세
상에 눈을 뜨면, 그 눈으로 사물을 보고, 이웃을 보고, 관계를 맺어가
면서 깨달음에 이르리라고 믿었다.

사람은 태어나면서부터 끊임없이 주위를 관찰하고 경험하면서 인
식하는 대상을 구분해 낸다. 예수는 그걸 '눈 뜨는 일'이라고 부른다.
구분이라고 말한다면 그건 반복되는 형태를 알아채면서 반복 속에 나
타나는 같음과 다름을 깨닫는 일이다. 해마다 그 자리에 피는 꽃, 한
달 만에 똑같은 형태로 차고 기우는 달, 변함없이 동쪽에서 뜨고 서쪽
으로 지는 해, 바뀌는 계절과 일기, 끊임없이 바뀌지만 그 바탕에 깔
려 있는 같음을 깨닫는다. 다름이 반복되어 같음을 이룰 때 하느님은
그 같음을 지탱하여 주는 원리라고 예수는 믿었다.

예수가 이제까지 나타났던 예언자와 다르다면 그건 같음과 다름이

손 잡고 서 있다고 본다는 점이다. 다름의 바탕이 같음이고, 각각의 다름은 그 안에 하느님이 심어준 같음을 품고 있다고 생각한다. 같음은 하느님의 형상이다. 생명이다. 예수는 생명의 작용을 사랑이라고 부른다. 그래서 예수에게 아직 눈뜨지 못한 사람은 애달픔일 수밖에 없다. 다른 생명이 애틋하게 부르는 사랑을 아직 알아듣지 못했기 때문이다.

때가 되면, 눈이 뜨이고 귀가 열려 아주 세미한 소리까지 들을 수 있게 되면 내 옆에 자리 잡고 앉아 있는 다른 생명이 얼마나 귀중한 존재인지 깨닫게 되리라. 생명을 지닌 모든 존재를 사랑할 수밖에 없는 날이 온다. 자기가 누구인지, 어디에 서 있는지, 무엇을 해야 하는지 알 수밖에 없는 날이 온다. 밖에서 숲속을 들여다보면 나무나 풀이 서로 제자리를 지키기 위해 싸우는 것처럼 보일 수도 있고, 서로 자기자리를 좁히며 다른 나무와 풀을 받아들여 함께 살아간다고 볼 수도 있다. 어떻게 볼 것인가? 하느님은 모든 생명이 손을 맞잡고 살아가는 세상을 보여주는 분이다.

"내가 여러분에게 얘기합니다. 귀 있는 사람은 들으십시오."

예수가 그렇게 말하면 제자들은 물론 주위에 둘러선 사람들은 좀더 주의를 기울여 듣는다.

"무엇이 어디에 어떻게 있든, 그건 거기에 있을 만한 것입니다. 그럴 권리도 있고, 그만한 가치도 있다는 말입니다. 시간과 공간 속에 그 존재의 몫이 있다는 말입니다. 존재가 누리는 몫, 그건 권리입니다. 그래서 내가 여러분에게 얘기합니다.

'존재해야 할 것은 이미 존재하고, 존재하는 모든 것은 존재할 만한 것입니다.'

하느님은 모든 존재의 원형이기 때문입니다. 어떤 존재라고 이름 붙여 부를 수 없는 하느님은 모든 존재 속에 그분의 정신, 당당할 수 있는 정신을 심어 놓으셨습니다."

그러더니 그는 한 발 앞으로 나섰다.

"어떤 사람도 밀어내지 마십시오. 하느님을 밀어내는 셈입니다. 하느님은 저 성전 안 가장 깊은 곳에서 가장 좋은 것으로 대접받기를 좋아하시는 분이 아닙니다. 성전 밖, 기드론 골짜기 건너 올리브산 자락에 배고파 드러누운 사람들을 품고 가슴 아파하시는 분입니다."

사람들은 움막마을이 불에 타서 무너진 일, 그들이 올리브산 자락으로 밀려나 성전을 바라보고 있는 모습을 떠올렸다. 그렇게 생각하니, 성전에 모신 하느님이 뜰 안 가득한 사람들 너머 올리브산 자락을 바라보고 계신 듯 느껴졌다.

"들으십시오! 하느님은 사람을 통해 일하십니다. 여러분이 손과 발을 내밀어야 일하실 수 있는 분입니다. 여러분을 통해 싹이 트고 자라는 세상, 눈을 뜨면 여러분도 그 안에 들어가 있는 세상, 바로 자라나는 하느님 나라입니다. 하느님 나라는 낮에도 자라고 밤에도 자라는 나라입니다."

그러더니 예수는 주위를 둘러보았다. 솔로몬의 주랑건물, 예수 주위에는 사람들이 너무 많이 모여 있어서 복잡했다. 그는 사람들을 이끌고 뜰 가운데로 나갔다. 가로세로로 수없이 그어진 격자格子의 칸은 더 이상 사람들을 칸 안에 가둘 수 없게 됐다. 많은 사람들이 예수가 움직이는 대로 따라 움직였기 때문이다.

뜰 가운데로 나온 예수는 나다나엘에게 그가 걸치고 있는 겉옷을 벗어 달라고 말했다. 그 겉옷을 받아 바닥에 좌악 폈다.

"여러분, 건너편 산자락에 누워 있는 사람들, 그들은 어른 손바닥만한 빵 한 쪽을 먹고 하루 종일 굶고 있습니다. 할 수 있는 만큼 여기 펴놓은 옷 위에 그들을 위한 마음을 내놓으세요. 빵도 좋고, 마실 것도 좋고, 다른 물건도 좋고, 돈도 좋습니다."

"먹고 마실 것은 뜰 안에 가지고 들어올 수가 없어서 … ."

한 사람이 조그만 소리로 대답했다.

"유다!"

"예, 선생님!"

"남은 돈을 여기 내놓으시오!"

"예! 알겠습니다."

유다는 칼을 사고 남은 돈, 30데나리온을 모두 내놨다. 그의 손이 떨렸다. 그건 그냥 떨리는 것이 아니다. 사람들이 눈치 채지 못하지만, 그 가슴속에 커다란 파도가 일어나고 있었다.

유다가 30데나리온, 장정 30일치 품삯을 내놓는 것을 보면서 제자들은 모두 눈이 휘둥그레졌다. 유다가 그렇게 많은 돈을 가지고 있는 줄은 아무도 몰랐기 때문이다.

"저도 내놓겠습니다."

"저도요."

"이거 너무 적어서 … ."

한 사람 두 사람, 주위에 몰려 서 있던 사람들이 펼쳐 놓은 겉옷 위에 돈을 내놓았다. 나중에는 좀 떨어진 곳에 있던 사람들도 궁금해서 다가와 내놓고 어떤 사람은 돌아갈 노자 빼놓고 다 내놓았다. 세어 보지는 않았어도 꽤 많은 돈이 모였다. 얼추 50데나리온쯤 됐다.

"이거 누가 산자락에 가서 거기 누워있는 움막마을 사람들에게 전할까요?"

"제가 가겠습니다."

"저도요."

유다와 나다나엘이 나섰다.

"그러세요! 가서 전하세요. '선한 선생이든 악한 임금이든, 누구에게서든 빵을 받아먹고 새 세상 이뤄지는 날을 기다리시오. 하느님 나라가 이뤄지고 있습니다.'"

"예, 선생님! 그리 전하겠습니다."

그 광경을 보던 레위는 마음 기둥이 찌르르 찌르르 연거푸 떨리더니, 코가 시큰시큰하더니 눈이 뻐근하게 아팠다. 그리고 주르르 눈물이 볼을 타고 흘러내렸다. 예수는 사람들이 마음 문을 열고 다른 사람을 바라보도록 눈을 뜨게 한다. 마음과 눈은 하나이기 때문이다. 마음을 열면 눈에 보인다. 사람들이 성전 뜰에서 마음을 모으니 그들 모두 건너편 산자락에 웅크리고 있는 사람들을 볼 수 있게 됐다.

돌이켜 생각해 보면 선생이 그를 부를 때, 그 즉시 일어나 따른 일이 그렇게 감사할 수 없다. 같이 일하던 가버나움 세관 동료들은 갈릴리 호수 위에 쏟아진 햇빛이 찰랑찰랑 흔들리는 것을 아직도 그저 무심히 바라보고 있을 것이다. 눈을 뜨지 않았으면, 몸을 일으키지 않았으면 가슴을 채우고 올라오는 이 벅찬 기쁨을 알지 못하고 그도 세관 안에 앉아서 문 앞으로 오고 가는 사람들을 바라보고 있을 것이다. 제자들 중에는 아직도 그를 세리였던 사람으로 은근히 낮추어보는 사람이 있다. 그럴 때면 레위를 헬라식 이름 '마태'로 부른다. 다른 제자들이 마태라고 부를 때, 그는 그저 말없이 웃으며 받아들였다.

레위, 그에게는 가장 낮은 곳에 내려가 본 사람만 느끼는 여유로움이 있었다. 갈릴리에서 예루살렘으로 내려올 때 일이었다. 레위와 예수가 옆에 나란히 걸었던 적이 있었다. 말없이 예수 곁에서 걷던 레위가 입을 열었다.

"선생님!"

"레위!"

예수의 음성은 다정했다. 예수는 언제나 그를 이름으로 불렀다. 가장 밑바닥에 떨어져 이름으로 불리지 못하고 혼자 뜨거운 눈물을 흘리던 그를 손잡아 일으키고 품어 안아주었던 그 마음이었다. 레위도 예수에게 마음을 잇댔다.

"저는요, 선생님!"

"그래요, 레위!"

"저는, 하느님 나라, 선생님이 문 열어 주신 그 나라가 아래로 문이 열려 있다고 생각합니다."

"허허! 레위!"

"훌륭한 사람들로 치자면 저로서는 감히 올려다볼 수도 없는 사람들이 많고요, 힘 있고 재주 있고 능력이 있는 사람으로 말하면 저는 아무리 발버둥 쳐도 그 자리에 낄 수 없고요…."

"그래서요, 레위!"

"그런데 선생님이 하느님 나라가 저에게까지 열려 있다고 말씀하시니, 그 나라 문이야말로 가장 낮은 곳에 내려와 아래로 열려 있는 문이라는 생각이 듭니다. 하느님 나라에 들어가는 그 문, 그 문이 닫히지 않도록 꽉 붙잡고 있는 일, 닫히는 일이야 없겠지만요, 문이 열려 있을 때 사람들이 그 문 안으로 다 들어가도록 문이라도 잡고 있는 일, 그 일이라도 저는 감사합니다. 누구에게 어떤 일을 맡기실 때, 저에게는 그 일을 맡겨 주시면 무슨 일이 있어도 그 문이 언제나 열려 있도록 하겠습니다. 선생님!"

그 말을 하면서 레위는 눈시울을 붉혔다. 앞자리, 큰 자리, 사람들 눈에 띄는 자리를 자기에게 달라고 은근히 부탁하지 않고, 어렵게 붙잡은 하느님 나라의 비전을 끝까지 놓지 않겠다고 그는 말했다.

"레위!"

"예, 선생님!"

"레위에게 그 일이 주어질 것이오. 주어진다는 말도 맞지 않아요. 레위가 그 일을, 지금도 그렇지만, 앞으로도 맡을 것이오."

"선생님! 감사합니다."

그는 정말 기쁘고 감사한 표정이었다.

성전 뜰에 다른 사람들 틈에 서서 남몰래 눈물을 훔치는 레위의 모습을 보면서 예수는 레위야말로 자기 자리를 이미 깨달은 사람이라는 것을 다시 확인했다. 가장 낮은 곳에서 이뤄지는 하느님 나라의 역설을 그는 이미 알고 있었고, 아래로 열리는 문을 보고 있었다. 때가 되면, 열리고 닫히는 문이 아니라는 것, 들어가고 나가는 문이 아니라는 것, 그 안과 밖이 다르지 않다는 것도 그가 깨달을 날이 올 것이다.

　눈을 뜨면 보인다. 그러다보면 눈을 감아도 보인다. 그건 레위만 그런 것이 아니다. 다른 제자들도 그렇고, 예루살렘 이방인의 뜰에 들어찬 사람들도 모두 그렇다. 어떤 사람들은 아침이 되면 눈을 뜨고, 어떤 사람은 깨워야 눈을 뜬다. 길을 걷다 돌부리에 걸려 넘어진 후에 일어나면서 겨우 세상이 눈에 들어오는 사람도 있고, 긴 밤 내내 악몽에 쫓겨 다니면서도 끝내 빛 저쪽에 갇힌 사람도 있다.

　깨닫는 일은 과정이다. 눈을 뜨는 순간을 맞이하기 위해 겪는 일과 걷는 길은 사람마다 다르다. 예수는 제자들을 이끌고 길을 걸으면서 그들이 제각각 다른 때를 만난다는 것을 여러 번 깊게 느꼈다. 제자들이 눈을 뜨고 깨닫는 일을 생각하다가 예수는 지난해 늦가을에서 초겨울로 들어가던 무렵, 막 우기雨期가 시작되던 때의 일을 떠올렸다.

　몇 달 동안 갈릴리 마을들을 돌아다니며 하느님 나라의 복음을 가르치다가 가버나움에 돌아왔을 때였다. 모처럼 만에 야고보와 요한은 아버지 세베대의 집으로 돌아갔고, 예수 바로 옆집에 사는 시몬과 동생 안드레도 식구들을 만나러 집에 갔다. 레위는 동생 작은 야고보와 함께 어머니와 아내가 사는 가버나움 집에 돌아갔다. 예수와 빌립, 도마, 그리고 돌로매의 아들 나다나엘은 원래 예수가 살던 집에 머물고, 유다와 작은 시몬은 세베대의 집 부근에 혼자 사는 어부네 집에 묵었다. 구사의 아내 요안나도 티베리아스 집에 돌아갔다. 마리아는 예수를 따르기 시작한 이후 처음으로 막달라에 갔다.

세례자 요한을 따르다가 예수의 제자가 되기로 마음먹고 찾아온 사람들 중 빌립을 제외한 다른 사람들은 가버나움과 긴네렛에 흩어져 살았다. 때로는 예수를 따라 같이 돌아다니고, 더러는 다른 어부들 틈에 끼어 호수에 나가 고기를 잡으며 예수의 부름을 기다리며 지냈다. 위갈릴리 아래갈릴리 마을 마을, 그렇게 예수를 따르는 사람들이 1천 명도 넘었다.

예수와 함께 빌립, 도마를 비롯한 몇 사람 제자가 비가 내리는 호수를 바라보며 모처럼 집에서 쉬고 있는데, 마리아가 막달라에서 그녀가 머무는 가버나움 집으로 돌아왔다. 예전에 만들어 두었던 약과 향유를 잔뜩 싸 가지고 왔다고 했다. 그녀가 직접 정성을 쏟아 만들었다는 박하유, 그리고 거르고 또 거른 올리브기름에 그녀가 직접 만든 여러 가지 향유를 섞어 만든 물약은 언제나 병자들에게 큰 효험이 있었다. 예수를 따라 길을 떠날 때면 마리아는 늘 조그만 보따리에 그런 약들을 골고루 챙겨 들고 따라나섰다.

그런데 그다음 날, 티베리아스 집에 들렀던 요안나가 돌아왔다. 안티파스의 궁성에서 관리로 일하는 남편 구사에게서 들은 소식을 서둘러 전해주기 위해서였다. 요안나는 마리아에게 그 소식을 전했고, 마리아는 먼저 시몬 게바와 상의한 다음 예수가 사는 집에 다른 제자들과 함께 찾아왔다. 먼저 시몬이 말을 꺼냈다.

그건 뜻하지 않았던 여정, 분봉왕의 군대를 피해 가버나움에서 출발해 카이사레아 빌립을 거쳐 거라사까지 피신하는 길의 시작이었다.

"선생님! 좀 험한 소식이 있습니다."

"그래요?"

예수는 조용히 시몬을 바라보았고, 시몬의 말을 듣자 빌립이 먼저 입을 열었다. 그는 심상치 않은 기운을 느꼈기 때문이었다.

"뭔데 그래요, 게바?"

"응! 요안나가 가져온 소식인데, 선생님이 가버나움으로 돌아오셨다는 소문을 듣고 분봉왕이 곧 군사를 풀어놓을 거라네요. 선생님과 우리를 모두 잡아들이려고 …. 요안나가 그 소식을 듣고 서둘러 돌아왔어요. 오늘 밤이나 내일쯤 군사들이 들이닥칠 것 같다고."

"으에? 분봉왕이 또?"

빌립은 분봉왕 안티파스가 세례자 요한을 처형했던 일을 떠올리며 크게 걱정스러운 얼굴로 예수를 바라보았다. 예수는 아무 말 없이 부슬비 내리는 호수를 내다보았다.

호수는 무겁고 칙칙했다. 곧 큰 파도가 일어날 징조였다. 무거운 침묵이 방안을 짓눌렀다. 아무도 먼저 입을 열지 않았다. 피해야 한다고 말을 꺼내고 싶었지만 어쩐지 누구도 선뜻 나서서 그 말을 꺼낼 분위기가 아니었다.

예수의 표정을 살피던 빌립이 나섰다.

"선생님, 처음부터 예상했던 일이 벌어지는 것 같습니다. 잠시 떠나 있는 것이 좋겠습니다."

"어디로?"

나다나엘이 물었다. 예수는 그래도 말이 없었다. 빌립이 대답했다.

"분봉왕 빌립의 땅으로 가시지요. 예전에 상의했던 것처럼…."

그러자 모두 예수의 입을 바라보았다.

"그럽시다. 아직은 나의 때가 아니오."

예수가 뜻밖에 피신하자는 말에 선선히 동의했다. 그런 일이 생길 경우 갈릴리 호수 부근에 있을 때는 분봉왕 빌립의 영지로, 갈릴리 서쪽에 있을 때는 갈릴리 서북쪽 해안가 페니키아의 두로 쪽으로 피신하자고 미리 정해 놓았었다. 이왕 피신하기로 정해진 이상 우물쭈물 시간을 끌 필요가 없었다. 마리아와 요안나는 가버나움에 남기로 했다. 예수와 빌립, 도마, 나다나엘, 시몬 형제, 그리고 마침 예수 집에 들렀던 레위가 우선 먼저 떠나고, 레위의 동생 작은 야고보에게는 남아서 다른 제자들에게 소식을 전하는 일을 맡겼다.

그쪽 길은 시몬, 안드레, 빌립 등 벳새다 출신들이 잘 알았다. 빌립의 의견에 따라 우선 벳새다를 거쳐 분봉왕 빌립이 새로 세운 도시 카이사레아까지 올라가기로 했다. '카이사레아'는 로마황제에게 바친다는 뜻으로 지은 도시 이름이었다. 헤롯왕이 살아 있을 때 지중해 바닷가에 세운 도시 카이사레아는 바닷가에 있다고 '카이사레아 마리티마'라고 불렀고, 분봉왕 빌립이 20여 년 전에 자기 영지 안에 세운 카이사레아는 빌립이 세웠다는 뜻으로 '카이사레아 빌립'이라고 불렀다.

가버나움에도 비가 왔고, 벳새다에도 비가 왔다. 쫓기는 사람들에게 빗속을 걷는 일은 생각보다 훨씬 더 고달픈 일이었다. 일행은 비를 맞으며 그 밤 내내 걸었다. 초겨울 비는 생각보다 훨씬 더 차가웠다. 비에 흠뻑 젖은 옷을 입고 밤길을 걸으면서 아무도 입을 열지 않았다. 앞날에 대한 불안과 두려움 때문이기도 했지만 그동안 고생하며 살아온 날들이 참 허무하다는 생각이 들어서이기도 했다. 예수를 선생으로 모시고 따르는 길이 늘 신나는 길은 아니었지만 그래도 밤비를 맞으며 멀리멀리 피신해야 하는 처지가 되리라고 생각하지는 않았다.

한참 걷다가 시몬 게바의 동생 안드레가 입을 열었다.

"요한을 데리고 오지 않아서 다행입니다, 선생님!"

"왜 그리 생각해요?"

"아이구, 생각해 보십시오. 이 빗속을 걸으면서 얼마나 불평하고 툴툴댔겠습니까? '선생님 배고파요. 선생님 추워요. 선생님 날 밝을 때까지 어디 들어가서 몸 좀 녹이고 가지요' 그렇게 이것저것 투정할 것이 분명하거든요."

"안드레!"

"예, 선생님!"

"때가 되면, 이보다 더 어두운 밤길을 걷게 될 것이오. 오늘 나와 함께 걷던 사람이든 아니든, 밤길 걸으면서 오늘 생각을 할 것이오."

"선생님, 저는 선생님이 늘 말씀하셨던 그때가 언제를 말씀하시는 건지 알 수 없습니다. 한 달 후인지, 1년 후인지 … ."

"나의 때는 시간이 아니고 벌어질 일을 말합니다. 그 일이 벌어지는 그때입니다."

"그때가 선생님이 영광을 받으실 때 아닙니까? 그렇다면 이 고생은 참고 기다려야겠지요. 그런데, 그때에도 저희가 이렇게 비 맞으며 밤길을 걸어야 합니까?"

"때가 이르면 알게 되리다."

그 말을 끝으로 예수는 그저 묵묵히 걸었다. 비에 젖은 가죽 샌들이 워낙 미끄러워서 자꾸 발에서 벗겨졌다. 예수는 샌들을 벗고 맨발로 걸었다. 미끄럽지 않아 걸음 떼기는 쉬웠지만 울퉁불퉁한 돌 때문에 발바닥이 무척 아팠다.

예수가 샌들을 벗고 걷는 것을 본 다른 제자들도 모두 샌들을 벗어 들었다.

"선생님, 발이 아프기는 하지만 신이 벗겨지지 않아 편하네요."

"그래요? 허허!"

예수가 웃자 제자들도 웃었다.

"예, 정말입니다."

제자들은 깨닫지 못했지만, 그들은 예수를 따라 고통스런 발걸음을 옮기는 일을 그 밤에 시작한 셈이었다.

"우리가 신을 벗으니 여기가 모두 거룩한 땅이네요."

"거룩한 땅이라 하셨습니까?"

"그래요, 신을 벗으니 모세가 호렙산 떨기나무 앞에서 야훼 하느님을 만났을 때 얘기가 생각이 나서요. '거룩한 땅이니 신을 벗으라고 하느님이 명령하셨다'고 전해졌으니까요."

"선생님, 좋은 말씀이긴 한데, 여긴 이스라엘을 벗어난 이방 땅입니다. 우리가 신발 벗었다고 이방 땅이 거룩한 땅으로 바뀔 리가 있습니까?"

"나다나엘! 하느님의 땅에 거룩한 땅, 거룩하지 않은 땅 구분이 없습니다. 하느님 안에 우리가 있으면, 우리가 하느님과 함께하는 어느 곳이든 거룩한 땅이지요."

그렇게 생각하니 비를 맞으며 신을 벗고 돌에 찔리며 걸었던 그 밤 길이 하느님과 함께하는 길이었다는 깨달음이 생겼다. 불안하고 처량했던 걸음이 몸으로 하느님과 함께 걸었던 일로 오래오래 기억됐다.

장정들이 낮에 잘 걸으면 1백 리를 걷는다. 가버나움에서 카이사레야 빌립까지는 110리 길이다. 그런데 비 오는 밤길이라 그런지 걸음이 무척 더디었다. 카이사레아 빌립을 50리쯤 남겨 놓고 마을을 찾아들어갔다. 주인에게 사정하여 지붕이 덮인 양 우리에 들어가 비를 피하고 양들과 함께 몸을 뉘었다.

갑자기 여러 사람이 우르르 몰려들자 놀라 소동을 피우던 양들도 얼마 시간이 지나자 조용해졌다. 비록 양 우리일망정 들어가 쉬면서 비를 피하도록 허락해 준 것은 주인으로서는 크게 호의를 베푼 일이었다. 더구나 그 지방은 다메섹으로 올라가는 길목이어서 대상들이 자주 오가며 들르는 곳이다. 낯선 사람이라면 밤에는 결코 문 안에 들이지 않았다. 특별히 갈릴리 사람들에 대하여 적대감을 지닌 사람들이기 때문에 그런 것이 아니고, 외지인들이 오고가며 주민들에게 상당히 폐를 끼치기 때문에 경계심이 다른 곳보다 훨씬 컸다. 그리고 자기가 잘 아는 사람, 평소에 알고 지내던 사람이 아니면 모두 위험한 사람으로 치며 살아가는 세상이기 때문이다.

그렇지 않아도 좁은 양 우리가 사람까지 몰려 들어가자 꽉 찼다. 사람은 자기에게 불편을 끼치면 으레 몰아내거나 거리를 둔다. 남이 차지한 자리를 빼앗아 차지하면서도 미안하다거나 죄스럽다는 마음을 갖지 않는다. 그에게 주어진 힘과 지위와 역할을 최대한 잘 사용해야 유능한 사람이라고 불린다.

그러나 양들은 그 밤에 우리 속에 들어온 사람들을 내쫓지 않았다. 다리를 접고 입을 오물거리며 앉아 있던 양들이 모두 일어나 우왕좌왕 사람을 피하려고 이 구석 저 구석으로 몰렸지만 곧 같은 공간에 자리 잡는 것을 받아들였다. 그리고 예수 일행이 코를 골며 잠에 떨어지자 양들도 다시 다리를 접고 쉬었다.

비에 젖은 몸으로 양 우리에 누워 예수는 이스라엘을 덮고 있는 힘을 다시 한 번 깨달았다. 그를 뒤쫓는 안티파스는 제국 로마의 속주屬州 갈릴리의 분봉왕으로 그저 탐욕스러운 꼭두각시일 뿐이었다. 예루살렘 성전도 마찬가지였다. 게다가 성전은 로마의 하수인이 되어 정치적 압제와 경제적 수탈을 자행할 뿐 아니라 이스라엘을 찾아 애타게 부르는 하느님을 가로막고 있었다.

예수는 드디어 예루살렘 길에 오를 때가 되었음을 알았다. 예루살렘이 그를 부르고 있었다. 가진 것 모두 압제자들에게 빼앗긴 채 신음하는 불쌍한 사람들이 그의 눈에 먼저 보였다.

'저들, 저 배고픈 배를 어찌하면 채워줄 수 있을까?'

'하늘 식량창고를 다 열어도 굶주린 배를 채워줄 수 없겠구나!'

'하느님이 곡식을 창고에 쌓아 놓고 계신 분 아니시지!'

'그럼 어디에서?'

'땅 위에 있는 그 수많은 창고마다 그득 쌓아 놓은 곡식을 놔두고 어디서 무얼 구해?'

그렇다. 갈릴리 농부들이 농사지어 1년에 거두어들이는 곡식의 양이면 갈릴리 사람들뿐만 아니라 이웃 지방 사람들까지 굶지 않고 먹을 만한 양이다. 원래 농부 한 가족이 모두 달려들어 농사를 지으면 자기 식구와 자기 식구 수만큼의 다른 사람이 먹을 양식을 생산할 수 있다. 더 많이 농사를 지으려면 다른 사람의 품을 빌려야 한다. 그 말은 노예를 사들이든, 일꾼을 사든 추가 노동력이 필요하다는 뜻이다. 그래서 처음 땅을 배분할 때도 한 사람이 자기 힘으로 농사지을 수 있는 만큼의 땅을 골고루 배분했었다.

'땅은 사람들 입을 결코 잊어버린 적이 없건만….'

사람들이 굶주린다는 말은 먹고사는 일에 심각한 왜곡이 일어났다는 말이다. 모든 사람의 입에 골고루 들어갈 수 있는 식량이 어딘가 다른 곳으로 몰려 빠져나갔다는 말이다. 모든 사람들에게 균등하게 배분되었던 땅을 어느 누가 빼앗아 자기 것으로 합쳤다는 말이고, 다른 사람이 땀 흘려 생산한 식량을 땀 흘리지 않은 사람이 가져갔다는 말이다. 그것이 세금이든 공물이든, 무슨 이름으로 불리든 농사지은 사람과 그 이웃이 먹어야 할 식량이 이미 그 마을, 그 지방에서 빠져 나갔다는 말이다. 그런 현실에 눈감고 서로 도우며 살아야 한다고만 말한다면 그건 공허한 가르침이다. 강물이 흘러 내려가듯, 이스라엘이 지니고 살았던 모든 재화, 땀 흘려 거둔 곡식과 생산물은 결국 로마로 빠져나가고 있다는 것을 예수는 절실하게 깨달았다.

"사람들은 제각각 제 먹을 양식을 하늘로부터 받고 태어난다."

어릴 적부터 아버지 요셉에게서 배운 그 얘기를 예수는 결코 잊은 적이 없다. 그 말은 하느님이 모든 생명에게 골고루 먹고 살 만큼의 양식을 처음부터 마련해 주었다는 말이다. 그래서 땅도 햇빛도 물도 바람도 그만큼 마련돼 있다는 말이다.

"그렇게 하느님으로부터 받았는데, 왜 사람들이 굶주리게 됐나요?"

"어디로 흘러갔지. 수레에 실려 마을을 빠져나갔지. 왕궁 창고에 쌓였다가 해마다 철마다 어김없이 로마로 실려 갔고, 나머지는 빚이 되어 다시 풀렸지."

"그러니, 그건 애초 하느님이 마련하신 세상 살아가는 일을 거스른 일이네요."

"그렇단다, 예수야! 나나 너나 그런 세상을 살고 있단다."

아버지의 눈길은 예수의 가슴 깊은 곳에 아픔으로 남아 있다. 자기 식구가 먹어야 할 양식을 빼앗긴 사람들, 예수가 보았던 그 사람들의 눈은 텅 비어 있었다. 아무것도 안 보이는 횅한 눈이었다. 빈 밭을 바라보다 하늘을 바라보고, 그리고 끝내 고개를 떨구는 사람들에게 그래도 살아야 할 이유를 찾게 해주기로, 그때 마음먹었다. 아버지는 예수의 마음속에서 꿈틀거리며 일어나는 생각을 알았는지 고개를 끄덕이며 한참 쳐다보다가 말없이 아들의 어깨를 감싸 안았다.

제자들은 이미 깊이 잠들었고, 양들도 조용히 자고, 예수도 양들과 한 우리 속에서 그 밤을 지냈다. 세상을 바꾸는 일이 하루아침에 이뤄질 수 있는 일은 아니다. 그러나 바꾸려고 일어서지도 않으면 영원히 바꿀 수 없다. 사람들이 깨닫도록 깨우며, 깨달은 대로 살아가도록 손을 잡고 그들을 이끌며 예수는 세상 길을 걸었다. 때로 제자들과 함께, 때로는 세상일에 매달린 제자들을 데리고 혼자 걸었다. 유대 광야에서 나온 이후, 깨달은 길 걷는 일이야 그의 몫이라는 듯, 하느님은 예수에게 다시 말을 걸지 않았다.

세상에 있는 모든 힘은 다른 더 큰 힘과 얽혀 있었다. 그건 서로 떼어 놓을 수 없을 만큼 끈적끈적 엉켜 붙은 힘 덩어리였다. 한 덩어리로 웅크린 어둠 같아서 어느 한 쪼가리를 떼어내도 쪽 떨어진 부분을 어둠이 금방 채웠다. 어느 지방이나 한 마을을 힘껏 두 손으로 밀어보면 꿈쩍도 하지 않았다. 마치 세상 전체의 힘이 하나로 합쳐져 그쪽으로 쏠려온 것 같았다. 힘이란 참 이상해서, 힘이 뻗칠 때는 그 지방에 전개된 힘만 작용하는 것 같아도 힘에 대한 저항이나 도전에는 전체가 한 덩어리가 되어 반응했다.

세상에 뻗친 힘은 결국 로마였다. 갈릴리 분봉왕과 예루살렘 성전도 로마라는 힘이 가진 천 가지 만 가지 얼굴 중 하나였다. 예수는 양 우리 속에서 양들과 함께 누워 결심했다. 우기가 끝나고 봄이 되면 예루살렘으로 떠나겠다고 작정했다. 다음 유월절, 그때에 예루살렘 성전 앞에 서기로 계획했다. 갈릴리에서 분봉왕 안티파스에게 이리 쫓기고 저리 달아나며 때를 기다리기보다 예루살렘 성전과 로마제국 앞에 서기로 마음먹었다. 유대 광야를 걸어 나올 때 예수 눈앞에 보였던 길이 그 길이었다. 하느님 나라 운동을 시작한 곳이고, 결국 하느님 나라가 처음 실현되는 땅이 갈릴리지만, 그러나 하느님 나라는 예루살렘을 거치지 않고서, 로마라는 힘 앞에 정면으로 마주 서지 않고서 이룰 수 있는 나라는 아니었다.

다음 날 아침, 양 우리를 떠나면서 예수는 한편에 쌓여 있던 마른 풀 한 덩어리를 풀어 양들에게 먹였다. 그 모습을 보고 서 있던 주인이 예수에게 말을 걸었다.

"그건 내가 해도 되니 그냥 두시오."

"아닙니다. 지난밤, 우리 때문에 양들이 불편하게 잠을 잔 것이 미안해서 ⋯."

"허허! 양에게 미안하다고 말하는 사람은 처음 만났습니다."

"사람에게 제 잠자리를 내주고 다리를 오므렸으니 귀한 일이지요."

"그래도 그런 생각을 하는 사람은…. 그런데 선생은 누구신가요?"

그는 예수를 '선생'이라고 불렀다. 선생인 사람을 선생이라고 부르는 것은 보통 있는 일이지만, 누가 어떤 일을 하는 것을 보고서 선생이라고 부른다는 것은 생각할 수 없는 일이다. 선생은 선생이라고 불릴 수 있는 자격을 가진 사람을 부르는 명예로운 이름이었다. 호칭이 아니라 자격이었다. 예수 일행에게 하룻밤 양 우리를 내준 그 사람은 비록 작은 마을 이름도 모를 사람이었으나 세상을 보는 눈이 열린 사람이 분명했다.

"예수라고 합니다. 덕분에 비도 잘 피하고, 하룻밤 잘 묵고 갑니다."

예수는 나사렛 사람이라는 말을 하지 않았다. 이미 그는 3년 전에 나사렛 마을에서 추방된 사람이고, 나사렛 사람이라고 말할 수 없는 사람이 되었기 때문이었다. 일행이 모퉁이를 돌아 시야에서 사라질 때까지 주인은 오래오래 예수의 뒷모습을 바라보며 서 있었다.

카이사레아 빌립은 제법 큰 도시여서 마을로 밭으로 사람들을 찾아가지 않아도 거리에서 사람들을 모아 가르칠 수 있었다. 사람들이 모이면 으레 시몬이 먼저 입을 열어 예수를 소개했다. 무슨 생각에서 그러는지 알고 있던 예수는 그가 하는 대로 놔두었다. 그러나 경호하거나 보호한다는 듯 일정한 간격으로 제자들이 예수를 둘러싸는 일은 하지 않도록 막았다.

"카이사레아 형제 여러분! 갈릴리에서 하느님 나라를 선포하시던 예수 선생님께서 형제 여러분을 만나기 위해 카이사레아에 오셨습니다. 자, 모이세요! 말씀을 들어 보세요! 하느님의 아들이 되는 법을 배워 보세요!"

시몬이 길거리에서 목소리를 높여 사람들을 모았다. 그리고 열 명 이상 모이면 그들 앞에 예수를 내세웠다. 어찌 보면 페니키아 지방에 갔을 때, 두로 장터에서 보았던 일이 좋아보였는지, 시몬도 그 나름 따라서 해보는 모양이었다.

카이사레아 빌립 사람들은 갈릴리 사람들과 반응이 좀 달랐다. 갈릴리에서는 예수가 가르침을 시작하면 피식피식 웃는 사람, 아니꼽다는 듯 곱지 않은 시선을 보내는 사람, 가당치 않다는 듯 고개를 흔드는 사람이 으레 한두 명은 있기 마련이었다. 그러나 카이사레아 빌립 사람들은 예수가 어느 마을 사람인지, 누구 아들인지 묻지 않고 그의 말에 귀를 기울였다. 그들은 좀더 자유롭게 각자 자기들 고향에서 믿던 신을 믿고 다른 신에게도 귀를 기울였다.

그 지방 사람들은 어떤 신이든 자기들을 보호하고, 하는 일 잘 되도록 후원해 준다면 굳이 배척할 필요가 없다고 생각했다. 그래서 그런지, 그곳을 다스리는 분봉왕 빌립은 원래 아버지 헤롯왕이 지었던 로마황제를 섬기는 신전도 다시 잘 수리해서 바쳤고, 그 지방 사람들이 원래부터 섬기던 헬라의 신, '판'을 섬기는 신전도 잘 지어 놓았다.

그곳 사람들은 예수의 가르침을 듣고 반응하는 태도도 달랐다. 갈릴리 사람들은 눈물을 흘리며 예수를 따라 나선 몇 사람을 제외하고는 모두 다시 그들의 옛 일로 돌아갔다. 그러나 카이사레아 빌립 사람들은 예수의 가르침을 크게 환영하며 받아들였다. 때로는 박수를 치는 사람들도 있었다. 한 사람이 박수를 치면 어색한 듯 머뭇거리던 사람들 모두 박수를 쳤다. 자기 집에 예수와 제자들을 초대하는 사람, 여비로 보태라며 돈을 내놓는 사람, 자기 친척들을 모아 놓았다고 예수에게 가르침을 베풀어 달라고 청하는 사람도 있었다.

그때마다 시몬은 마치 자기가 모든 일을 결정할 수 있는 사람이라는 듯, 선뜻선뜻 그런 청을 받아들였다. 그리고 어느 집을 방문하고 어디에 가서 가르치자고 자기가 결정하고 예수를 끌고 다녔다. 예수는 웃으면서 시몬의 의견을 따랐고, 그럴수록 시몬은 더욱 신이 났다. 온통 수염으로 덮인 얼굴에 눈이 안 보일 정도로 입을 크게 벌리고 만족한 웃음을 웃었다. 가버나움에서 같이 올라온 제자들이 벳새다 출신으로 모두 시몬 형제와 예전부터 알고 지내서 그런지 그들도 다른 말 없이 시몬이 하자는 대로 따랐다.

카에사레아 빌립에 도착한 다음다음 날, 제자들만 옆에 있을 때 예수가 조용히 그들에게 물었다.

"이제까지 여러분이 알고 있었던 사람들과 나를 비교해 보세요. 그리고 내가 누구와 비슷한지 생각나는 대로 말해 보세요."

예수가 제자들을 시험하기 위해 그렇게 물은 것이 아니었다. 예수는 사람들이 그를 어떻게 받아들이는지 알고 싶었다. 우기雨期가 끝나면 갈릴리를 떠나 유대 지방으로 이동하고 유월절 무렵에 예루살렘 성전에 들어갈 생각을 굳혔기 때문에 사람들의 반응이 궁금했다.

시몬 게바가 대답했다.

"제가 보기에 선생님은 바로 천사 같으신 분입니다."

그러자 뒤이어 레위가 대답했다.

"저는 선생님이 아주 지혜로운 철학자처럼 보입니다."

여러 제자들이 생각나는 대로 대답했다.

"세례자 요한 같으신 분입니다."

"엘리야 선지자요."

"하여튼 이제까지 하느님의 뜻을 전해 준 많은 예언자 중 한 분이 틀림없습니다."

예수는 누구와 비슷한지 물었고, 그들은 각자 자기 생각을 말했다. 그런 중에, 한 제자가 예수를 직접 예언자라고까지 말하기에 이르렀다. 그때, 도마가 한참 무슨 생각을 하다가 힘겹게 입을 열었다.

"선생님, 저는 선생님이 어떤 분인지 도저히 제 입으로는 말할 수 없습니다."

예수는 도마를 바라보며 고개를 끄덕였다. 그리고 그와 눈을 맞추더니 아주 낮고 부드러운 음성으로 불렀다.

"도마!"

"예! 선생님!"

"두려워하지 마시오. 목적지를 알고 있는 사람은 결코 걸음 걷기를 두려워할 필요가 없소. 가다 보면 산도 넘어야 하고 강도 건너야 하고, 때로는 아찔한 절벽을 내려가야만 하오."

그러더니 예수는 도마만 데리고 저만치 따로 떨어진 곳으로 천천히 걸어갔다. 그리고 세 가지를 얘기해 주었다. 도마가 제자들에게 돌아오자 제자들이 우르르 그의 곁으로 몰려들어 물었다. 예수가 제자 한 사람만 따로 데리고 가서 무슨 말을 한 일은 정말 이상하기 짝이 없었다. 이제까지 그런 일이 한 번도 없었기 때문이었다.

"어이! 도마! 우리에게도 말해 줘요! 선생님이 뭐라고 말씀하셨는지 …. 우리도 당연히 알아야 할 것 아니오?"

머뭇거리다가 도마가 입을 열었다.

"나도 선생님이 하신 말씀에는 선뜻 동의할 수 없어요. 그렇다고 선생님이 나에게 해주신 말을 한 마디라도 내가 입에 올리면 몹시 실망한 나머지 그대들은 모두 일어나서 돌을 들어 나를 칠 것이 분명해요. 나를 친 돌에서 불이 퍼져 나와 그대들을 삼킬 만큼 무서운 일이오. 나는 선생님이 직접 그대들에게 말씀해 주실 때까지 입을 다물 수밖에 없소."

그 말을 마친 도마는 굳게 입을 다물었다. 더 물어도 대답하지 않겠다고 결심한 듯 보였다. 그러면서도 그의 얼굴에는 슬픈 기색이 감돌았다.

도마의 말을 들으면서 시몬 게바는 마음이 많이 불편했다. 가버나움을 떠나서 길을 걸어 올라오는 내내, 그가 제자들을 이끌었고 예수를 가장 정성껏 받드는 역할을 했다. 그리고 카이사레아 빌립의 길거리에서 큰 소리로 사람들을 불러 모아 선생이 가르침을 펼 수 있도록 가장 애쓴 사람도 자기라고 생각했다. 그런데 시몬의 그런 수고를 모르는 체 예수가 도마에게만 따로 비밀스런 말을 일렀기 때문이었다. 그렇다고 선생에게 불평하며 항의할 수는 없는 일이었다. 다른 제자들이 자신을 어찌 생각할지 얼굴이 화끈거리고 가슴이 콱 막힌 듯 답답했다.

그때 예수도 천천히 걸어와 제자들 앞에 섰다. 시몬이 한 발 앞에 나서더니 결심이라도 한 사람처럼 드디어 입을 열었다.

"선생님! 아까 선생님께서 물어보셨던 것 있잖습니까? 저는 다른 것을 깨달았습니다."

"어허, 게바! 그랬어요?"

"예, 선생님! 이건 제가 생각한 것이 아니고 제 가슴속에 번개처럼 들어온 깨달음입니다."

"그래요? 어디 얘기해 보세요."

시몬은 한 발자국 더 앞으로 나섰다. 시몬 게바가 무엇을 깨달았다니, 그 깨달음이 번개처럼 그의 가슴속에 들어왔다니, 제자들은 궁금하다는 듯 시몬을 바라보았다.

"선생님은, 예, 선생님은 메시아, 하느님의 아들이십니다. 예! 그건 틀림없습니다."

"아!"

예수가 깊게 숨을 내쉬었다. 탄식하는 한숨인지, 시몬의 말이 맞다는 말인지, 알 수 없는 숨을 내쉬며 제자들을 천천히 둘러보았다. 어떤 사람은 고개를 끄덕였고, 어떤 제자는 그것 보라는 듯 다른 사람을 쳐다보았다. 도마는 고개를 푹 떨구었다.

그때, 레위는 보았다. 예수의 눈이 흔들리고 있었다. 슬픔이 배어 있는 눈이었다. 때때로 갈릴리 호수를 멀리 더듬던 그런 눈빛이었다. 그건 무척 외로운 사람의 눈빛이라는 생각이 들자 레위의 가슴속에 알 수 없는 아픔이 고여 오르기 시작했다. 다시 살펴보니 며칠 사이 예수의 얼굴이 많이 수척했다.

"선생님 … ."

레위가 예수를 불렀다. 눈과 눈이 마주쳤다. 그는 예수가 눈으로 하는 말을 한 마디도 놓치지 않고 알아들었다. 예수가 느끼는 아픔이 떨림이 되더니, 물둘레처럼 번져 밀려오더니, 마지막 한 줄기까지 고스란히 그의 가슴속으로 흘러 들어왔다.

'레위! 이전에 왔던 어떤 사람도 하지 못한 일, 그 일이 내 앞에 기다리고 있소. 나를 따르는 사람 모두 결국 그 길을 걸을 것이오. 그건 메시아가 할 수 없는 일, 세상의 왕들이 할 수 없는 일이오.'

"예! 선생님, 저는, 이 레위는 끝까지 선생님을 따르겠습니다."

불쑥 레위가 그 말을 입 밖에 내자 다른 제자들은 무슨 소리를 하냐는 듯 레위를 바라보았다. 시몬도 그랬다. 선생이 아무런 대답을 하지 않은 채 그저 무거운 침묵만 흘렀기 때문에 내심 그도 당황하고 있던 중이었다.

"레위! 그대는 그럴 것이오. 그대뿐만 아니라 나를 따르는 모든 사람들이, 여기에 있는 그대들이나 이 자리에 없는 사람이나 모두 그 길을 걷는 날이 올 것이오. 하늘 아버지가 이끄는 대로 걷는 그날이 올 것이오."

다른 제자들에게는 알아들을 수 없는 얘기였다. 다만 쌍둥이라는 별명을 가진 도마와, '마태'라는 헬라식 조롱 섞인 이름으로 불렸던 세리 출신 레위에게는 숨이 끊어지는 날까지 결코 잊지 못할 가르침이 되었다.

그날은 예수가 제자들이나 카이사레아 빌립 사람들에게 더 이상 가르침을 베풀지 않았다.

그리고 해 지기 얼마 전에 가버나움에서 나머지 제자들이 찾아 올라왔다. 야고보, 요한, 유다, 작은 시몬, 므나헴, 작은 야고보가 모두 함께 올라왔다. 여자 제자들만 빼고 다 모였다.

요한이 수선스럽게 입을 열었다. 그가 나서서 설명하자 다른 사람들은 모두 그의 말에 동조도 하고, 가끔 빠진 내용을 보충했다.

"선생님이 먼저 떠나신 그 밤에 분봉왕 군사들이 가버나움에 들이닥쳤습니다. 마침 우리들은 작은 야고보가 전해준 소식을 듣고 나름대로 준비하고 있었습니다. 아버지 배를 타고 호수로 나가 피신했습니다. 선생님 집과 시몬 집을 목표로 몰려왔던 군사들은 집 안팎을 뒤지다가 물러갔고, 저희는 호수에서 밤을 지내고 각자 집에 들러 준비해서 부지런히 선생님 뒤를 따라온 겁니다. 아! 므나헴이 하루 늦게 돌아오는 바람에 출발이 하루 늦어졌습니다."

"저 때문에 …. 죄송합니다."

므나헴은 미안하다는 듯 연신 고개를 숙였다.

"그랬어요? 다행이네요."

"그런데, 선생님! 이제 어떻게 하실 생각인지요? 여기 카이사레아 근방에서 좀더 머무르실 생각입니까?"

"아니오. 여기보다는 다시 호수 쪽으로 갑시다. 호수 동쪽을 따라 쭉 내려가 봅시다. 저 아래 데가볼리 지방까지. 그리고 형편 보아 가버나움으로 돌아가면 아마 한두 달 걸리겠지요. 그리고, 다가오는 유월절에는 예루살렘에 갑시다."

"예! 저희는 선생님께서 하자시는 대로 따르겠습니다."

"고맙소."

하루 종일 비가 내리는 날이 많았다. 갈릴리나 그 북동쪽이나 우기
는 대개 대여섯 달 계속된다. 서쪽에서 구름이 몰려오면 틀림없이 비
가 내렸다. 그렇게 비가 내려야 골짜기 사이에 펼쳐 있는 작은 뜰이나
산비탈 밭에 곡식을 심을 수 있다. 그렇게 늦가을 초겨울 내내 오는
비를 '이른 비'라 부르고, 봄에 내리는 비를 '늦은 비'라고 부른다. 이
른 비에 파종하고, 늦은 비가 지나고 얼마 지나면 추수할 수 있다. 무
슨 곡식을 심든 늦은 비를 놓치면 아무것도 심어 가꿀 수 없다. 예로
부터 왕들은 늦은 비가 끝나면 으레 군사를 일으킬 준비를 하고, 곡식
이 익어 추수할 때가 되었을 무렵이면 이웃나라를 쳐들어가 식량을
약탈했다.

만일 갈릴리 분봉왕이 들쑤시지 않았더라면 비가 내리는 우기 내내
가버나움에 머물렀을 텐데, 생각지도 않게 드라고닛 지방을 돌아다니
는 기회가 됐다. 갈릴리의 안티파스와 달리 배다른 형제지만 분봉왕
빌립은 그의 영지를 아주 안정적으로 잘 다스렸다. 세금 거두어들이
고 건축공사를 벌이는 일이야 어느 왕이나 다 마찬가지였지만, 분봉
왕 빌립은 엉뚱한 짓을 벌이지는 않았다. 그는 처음부터 유대 전체,
즉 이스라엘의 왕이 되겠다는 욕심을 버렸다. 하기야 그가 다스리는
지역은 갈릴리에 비하여 인구도 적었지만, 유대인들이 올라와 살지
않는 곳이었다. 로마가 그 지역을 헤롯왕에게 넘겨주기 전에는 역사
적으로 이스라엘의 영토가 아니라 이방인들의 땅이었다.

갈릴리 호수 마을들, 특히 동쪽은 도로가 제대로 건설돼 있지 않아
교통이 불편했다. 그렇게 도로도 불편하고 마을들도 산줄기를 사이에
두고 띄엄띄엄 있어서 우기에 돌아다니기에는 아주 고생스러웠다.

그렇게 고생스러운 길을 같이 먹고 같이 자고 같이 걸으면서 제자들끼리 좀더 가까운 사이가 됐다. 비록 몸은 안티파스에게 쫓겨 피신하는 처지였지만 그들의 웃음소리는 밝고 높았다. 더 이상 쫓기는 사람들이 아니라 서로 깊이 사귀고, 찾아드는 마을마다 앞다퉈 들어가서 하느님 나라를 전했다. 심지어 늘 다른 사람들 뒤로 빠져 말이 없던 므나헴까지 가끔 제자들이 하는 얘기에 끼어들었다.

그러나 므나헴이 글을 읽고 쓸 줄 아는 사람, 토라를 공부한 사람이라는 것을 눈치 챈 사람은 거의 없었다. 예수는 그 므나헴을 처음부터 눈여겨보았다. 그에게 예수가 맡겨야 할 일이 있기 때문이었다.

드라고닛 지방을 떠나 갈릴리 호수 남동쪽 데가볼리 지방에 이르렀다. 그 지방은 갈릴리와 베뢰아를 다스리는 분봉왕 안티파스나 드라고닛과 이투레아를 다스리는 분봉왕 빌립의 영지에 속하지 않고 로마의 시리아총독이 다스리는 직할 영지였다. 셀레우코스제국 때 건설된 도시들을 중심으로 한 헬라의 도시국가 형태라서 헬라 말로 열 개의 도시라는 뜻으로 '데카 폴리스', 데가볼리 지방이라고 불렀다. 데가볼리 도시에는 헬라 사람들이 많이 모여 살았지만 다른 어느 지방보다도 로마의 절대적 영향 아래 있었다. 그리고 헬라 본토에서 그러하듯 로마황제를 가장 높은 신의 아들, 바로 또 하나의 신으로 믿었다.

데가볼리 도시에 사는 사람들과 달리 호수를 따라 이뤄진 마을에 사는 사람들은 호수 건너 갈릴리 지방 사람들과 밀접하게 접촉하며 대부분 갈릴리의 풍습을 따랐다. 예수가 제자들을 이끌고 찾은 거라사가 갈릴리 호수 동쪽에 있는 비탈 마을이었다.

그곳, 언덕 위에는 공동묘지가 있었다. 원래 유대나 갈릴리 지방에서는 사람이 죽으면 매장하여 1년 정도 지난 다음 살이 완전히 썩었을 때 뼈만 추려서 가족 묘지에 다시 안장했다.

"그가 죽어 조상 곁에 누웠다."

그런 기록이 남아 있다면 그건 조상과 후손들이 모두 한 묘지에 장사되었다는 말이다.

살아서나 죽어서나 사람들이 가장 중요하게 생각하는 것이 가족관계다. 왕과 신하의 관계가 아무리 생전에 깊고 친밀했더라도 왕의 무덤에 함께 묻힌 신하는 한 사람도 없었다. 그러나 아버지와 아들과 그 손자가, 아버지의 아버지, 그 위의 아버지와 함께 한 무덤에 눕는 가족관계야말로 어느 사회에서나 그러했듯 이스라엘에게도 가장 중요했고, 모든 관계의 기초였다.

묘지들을 보자 제자들이 주춤 물러섰다.

"어! 여기 묘지들이 있네요! 선생님! 길을 돌아가시지요. 여기저기 무덤이 눈에 많이 뜨입니다."

"그러네, 어쩌다 이 길로 들어섰나? 공동묘지인가 보네. 아이쿠! 선생님, 다른 길로 돌아가시지요."

제자들이 모두 한마디씩 하면서 묘지를 피해 다른 길로 돌아가자고 했다.

이스라엘 사람이 아니더라도, 어느 지방 사람이든 꺼려 피하는 것들이 있다. 그중 죽은 시체는 가장 꺼리는 것이었다. 동물의 시체도 꺼려졌지만 그중에도 사람의 시체는 피해야 할 가장 불결한 대상이었다. 그래서 성전에서 일하는 제사장들은 결코 시체에 다가가면 안 되었다. 죽은 사람이 가족일 경우에는 시체를 만지고 곁에 있을 수 있지만, 토라에서 엄격하게 정해 둔 정결의식을 치르지 않으면 결코 성전 제사에서 순서를 맡을 수 없었다. 그중에서도 대제사장은 가장 거룩해야 할 의무를 진 사람이기 때문에 비록 가족의 주검이라도 결코 가까이하면 안 된다.

어떤 사람이 어떤 수준의 정결을 지켜야 하는지, 혹 불결한 것과 접촉했을 때 어떻게 정결의식을 치러야 하는지, 토라에 아주 엄격하게 규정돼 있다. 토라에 기록돼 있다는 말은 어떤 경우에도 예외가 있을 수 없다는 말이었다. 토라는 토론의 대상이 아니라 복종해야 할 가르침이었다.

아무리 그동안 토라에 규정된 깨끗함과 거룩함에 대하여 눈을 뜨고 마음을 열도록 예수가 가르쳤다고 하더라도, 제자들에게 무덤은 본능적으로 피해야 할 더러움이었다.

"어허!"

제자들의 말을 들으며 예수가 속으로 깊게 탄식하고 있을 때였다. 껄끄러워하는 제자들을 이끌고 일부러 무덤 사이를 지나갈 이유는 없었지만, 그렇다고 무덤 때문에 가던 길을 돌아갈 만큼 스스로 꺼려지지는 않기 때문이었다.

"그렇게 무덤이 더러운가요?"

"아이구, 선생님! 우리가 이 무덤 사이를 지나가다가 혹 못 볼 것이라도 보거나, 모르는 사이에 무덤 위에 올라가기라도 하면 마을에 들어갈 수 없습니다. 동네사람들이 받아들이지 않을 겁니다. 돌아가시지요, 선생님!"

그때였다. 제자들이 꺼림칙하게 생각하는 길을 일부러 지나갈 필요는 없겠다는 생각에 발걸음을 돌리려고 예수가 마음먹었을 때였다. 로마제국의 무력 점령과 통치를 겪으면서 세상이 얼마나 황폐해졌는지 잘 알 수 있는 일이 일어났다. 하늘 아래 모든 땅이 거라사 무덤으로 보인 날이었다. 하늘 아래 모든 사람이 내지르는 고통스런 신음소리를 그날 그곳에서 들었다.

벌거벗은 사내 하나가 후다닥 무덤 뒤에서 튀어나왔다. 그는 자기 키만 한 크기의 작대기 하나를 창처럼 꼬나들고 마치 전장에서 전진하는 병사처럼 한 걸음 한 걸음 다가왔다. 꼴은 민망했지만 기세는 험악했다.

"야, 이 나쁜 놈들아! 너희들이 또 몰려왔구나? 명령을 받들어 이제 내가 너희들을 몽땅 사로잡아 목을 베고, 너희 중 우두머리는 십자가에 매달 것이다. 몸을 버둥거리며 죽지도 못하는 꼴을 내가 끝까지 지켜보겠다. 어디로 도망가려고 하느냐? 꼼짝하지 말고 게 서라! 자! 모두 돌격!"

한 발 한 발 다가오며 그 사내는 계속 외쳤다.

"돌격하라! 한 놈도 살려 두지 마라! 다 죽여라!"

그는 정말 실오라기 하나 걸치지 않았다. 온몸에 거무스름한 진흙이 잔뜩 묻었고, 정강이에서 검붉은 피가 흘러내렸다. 그가 손을 내두를 때마다 오른손에 매달린 쇠사슬이 절렁거렸다. 온통 검은 수염으로 뒤덮인 얼굴에 눈만 번쩍였다. 휑하게 열린 그의 눈에는 뜻밖으로 커다란 공포가 담겨 있었다. 반쯤 열린 입에서 허연 거품이 부글부글 고여 나왔고, 그는 끊임없이 혼잣말로 중얼거렸다. 그가 좀더 가까이

다가오자 코로 맡아본 냄새 중 가장 고약한 냄새가 풍풍 풍겼다.

제자들은 모두 예수 뒤로 물러났다. 무덤에서 나온 벌거벗은 사내를 예수 혼자 마주하고 제자들은 선생 뒤에 숨은 꼴이 됐다.

"돌격! 모두 돌격!"

그 사람은 눈을 무섭게 번뜩이며 예수에게 다가왔다. 실제로 그가 손에 쥔 작대기를 연신 앞으로 내지를 때 잘못 그를 막아서다가는 큰 상처를 입을 만큼 기세가 맹렬했다. 누가 무어라 말할 틈도 없이, 나서서 가로막을 틈도 없이 그는 예수 앞에 바짝 다가섰다.

"어, 어어!"

뒤늦게 사태를 깨달은 시몬 게바, 도마, 작은 시몬 그리고 유다가 그 사람을 밀쳐내려고 나섰다.

"그냥 놔두시오!"

예수가 짧고 단호하게 말했다. 그러더니 오히려 한 걸음 앞으로 내디뎠다. 이제 그 사람과 예수 사이는 다섯 걸음도 안 되는 거리였다.

"그대는 누구냐? 이름과 소속을 썩 밝혀라!"

그가 예수에게 명령했다.

"갈릴리 요셉의 아들 예수입니다."

"예수 벤 요셉?"

"그렇소! 나는 예수라고 하오만 그대는 누구신지요?"

예수는 차분하면서도 정중하게 그를 대했다. 그리고 그의 이름을 물었다. 어떤 경우든 상대의 이름을 묻는 것은 중요한 일이다. 떠돌던 영혼이 그 순간 현실의 한 사람이 되어 자기 자리를 내려다볼 수 있게 된다. 그가 비록 괴기한 모습으로 무덤 사이에서 튀어나왔지만, 처음

귀가 트일 때 부모가 불렀을 이름을 들으면 자기를 다시 깨달을 수 있게 되리라. 그런데 그는 아직 현실 속으로 돌아오지 못했다.

"나는 레기온이다. 우리 숫자가 얼마나 많은지 그대가 알면 놀라 자빠질 것이다."

'레기온'이라는 말은 숫자가 많다는 뜻이면서 한편으로는 로마군의 군단을 일컫는 말이었다.

"왜 그대가 레기온이 됐는지요?"

누가 그를 레기온으로 부르기 시작했는지, 왜 스스로 자기 자신을 레기온이라고 생각하는지, 무덤들 사이에서 살게 된 일을 그는 어떻게 받아들이는지, 예수는 그를 끌어안는 마음으로 차근차근 파고들었다. 이미 레기온은 이름일 뿐만 아니라 그가 맡은 역할이라는 것을 예수는 알아들었다.

"나는 그러할 수밖에 없었다."

"그대가 레기온이 되어서 나는 가슴이 아프오."

"내가 레기온이 아니면 누가 레기온을 할 것인가?"

"레기온으로 너무 고생했소. 이제 좀 쉬어도 좋을 때요. 그대를 레기온이라고 부른 사람들은 이제 모두 물러갔소. 다시 오지 않을 것이오."

"정말? 로마군대가 물러갔다고? 우리 부대 레기온만 남겨 놓고 다른 로마군대는 모두 물러갔다고? 아니야! 그럴 수 없어! 그들은 언제까지나 여기 머물러서 우리 부대를 지켜보겠다고 얘기했어. 내가 여기를 지켜야 한다고 말했어."

그는 횡설수설 혼자 지껄였지만 이미 많은 사연이 그의 말 속에 들

152

어 있었다. 예수는 늘 그러하듯 차근차근 레기온의 가슴 속을 열었다.

"여기서 무엇을 지키고 있었나요, 레기온?"

"죽은 자들을 다시 살아나지 못하도록 지켰지. 무덤 굴속에 가두어 놓고, 누구도 다시는 저 둥근 돌을 굴려 무덤 문을 열지 못해! 죽은 이유를 캐묻지도 못하고 … . 죽은 자는 영원히 잊힐 거야. 내가 많은 숫자의 군대를 이끌고 지키고 있는 이유가 그것이야."

스스로를 '레기온'이라고 부르는 그 사람은 말을 멈췄다. 숨이 가쁜 듯 가슴이 불룩불룩했다.

"죽은 사람이 살아나면?"

"그런 일은 없어. 내가 지키고 있으니까 … ."

"왜 죽은 사람은 살아나면 안 되는가요? 레기온!"

"내가 그의 가슴에 칼을 깊게 박아 넣었으니까! 나는 그 사람이 죽을 때 그의 눈을 보았어. 아침 동산에 떠오르는 해 같던 눈, 갑자기 불이 꺼지고, 아주 깊은 곳, 다시 빠져나올 수 없는 깊은 어둠 속으로 빠져들어갔어. 그래서 레기온이 지켜야 해. 죽은 사람을 가두고 지키는 것이 내 임무라고 그들이 말했어."

"그들은 정말 모두 떠났소. 레기온, 내 말을 믿으시오."

예수가 레기온의 어깨에 손을 얹었다. 그는 갑자기 몸을 움츠렸다. 꼿꼿하게 몸을 폈을 때는 예수보다 한 뼘은 키가 더 큰 사람이었는데 갑자기 몸을 움츠리고 작은 사람이 되었다.

"선생님이 악한 귀신 들린 사람을 이기셨다."

예수 뒤에서 그 광경을 보던 제자들이 수군거리기 시작했다.

"그래! 저 사람은 분명 악령에 사로잡혔던 사람이야. 그러니 저러고 살았지."

"말하는 거는 어땠고!"

사람들은 누가 악한 귀신에 사로잡혔는지 그가 하는 행동과 말을 보고 판단한다. 레기온이 살던 마을 사람들은 그가 하는 말을 듣고 레기온이 귀신에 사로잡혔다고 믿었을 것이었다. 게다가 걸핏하면 작대기 창을 꼬나들고 달려들었으니 그를 질질 끌어다 무덤 사이에 팽개쳤음이 분명했다. 혼자 무덤 사이를 떠돌고, 소리지르며 떠들고 울부짖다가 다시 동네를 찾아들어오면 또 끌어내고, 그러다가 나중에는 무덤에 커다란 말뚝을 박고 쇠사슬로 묶어 놓았음에 틀림없었다. 그는 자기 몸에만 상처를 내지 않고 동네사람들도 상하게 해서, 그 자신에게도 위험하고 마을 사람에게도 위험한 사람이었음이 분명했다.

레기온이 다시 번쩍 고개를 들었다. 그러더니 부풀어 오르듯 키가 커졌다.

"그런데, 예수! 그대는 나와 무슨 상관이 있는가?"

레기온은 눈을 가느스름하게 뜨고 예수를 바라보았다. 눈앞에 서 있는 이 사람이 누구인가? 왜 자기에게 관심을 보이며 조곤조곤 말을 거는가? 예수의 말을 믿어도 좋을지 어떤지 분별하려고 애쓰는 듯 보였다.

"나는 그대에게 소식을 전해 주는 사람이오. 그대에게 레기온이라고 이름 지어주고, 무덤을 지키라고 명령한 사람들은 모두 물러갔소."

예수의 말을 듣더니 드디어 그가 관심을 보이기 시작했다. 말투도 바뀌고 목소리도 부드러워졌다. 그가 예수의 얼굴을 똑바로 바라보며 물었다.

"언제 어디로 물러갔소?"

"저쪽 산비탈에 큰 무리가 있었소. 숫자가 아주 많았소. 그 돼지 떼는 6천 마리는 족히 됐을 거요."

"그래요, 예수! 거기에 분명 군사 6천 명이 있었소."

"그 돼지들이 모두 허겁지겁 떼를 지어 달려 내려갑디다. 그러더니 모두 큰 바다 속으로 들어갔소."

"큰 바다? 그들이 배를 타고 건너온 큰 바다?"

"그래요! 큰 바다! 그 바닷속으로 한 마리도 안 남고 모두 들어갔소. 그러니, 이제 그 누구도 그대에게나 마을 사람들에게 와서 레기온이 무덤을 잘 지키는지 묻지 않을 거요."

"이집트 파라오의 군사가 모두 바닷속에 빠져들 듯, 그렇게 바다로 들어갔소? 정말? 그들이 바로 로마군 제12군단 맞지요? 군단 깃발에 돼지를 그려 붙이고 다니는 레기온 군대?"

"그렇소. 그러니 이제는 그대 이름을 레기온이라고 부를 필요가 없어요. 그대는 지금부터 해방이오."

그 말을 듣고 그는 그 자리에 털썩 주저앉았다. 다리가 녹아내린 듯 그저 무너졌다. 그리고 아무 말도 하지 않고 망연히 언덕 아래 넓은 호수를 내려다보았다. 예수가 옆에 서 있는지, 그의 제자들이 서 있는지 어쩐지 전혀 상관없는 사람처럼 그렇게 앉아 있었다. 갈릴리 호수 서쪽, 산등성이로 해가 지고 있었다.

그날 저녁, 제자들이 낮에 있었던 일로 예수에게 물었다.

"선생님! 오늘 있었던 일은 아무리 생각해도 이상했습니다. 그 사람이, 어떻게 다시 제정신이 돌아올 수 있었습니까? 선생님은 그저 6천 마리 돼지 떼가 큰 바다에 빠졌다고만 말씀하셨는데 … ."

"로마군대가 물러갔다고 생각했지요. 그 사람은 로마군대가 사람들을 학살하고, 잡아다 노예로 팔고, 십자가에 못 박아 죽이는 것을 본 사람이 틀림없었어요. 레기온이라는 말은 로마군단 병력을 뜻하지요. 그렇게 많은 군대가 몰려와서 저지른 일을 보고 무서움에 질린 것이지요. 로마 군인들이 사람 가슴을 칼로 깊게 찔러 살해하는 것도 보았겠지요. 그러니, 미치지 않을 수 없었습니다."

그건 로마가 점령한 세상 어느 곳에서나 일어나는 일이었다. 로마가 저지른 끔찍한 폭력을 경험하면, 마음속에 들끓는 공포와 두려움의 기억에서 도망쳐 차라리 미친 사람으로 살고 싶을 정도였다. 로마의 통치수단 중에서 가장 중요한 '충격과 공포' 정책의 결과였다.

"그럼 레기온 그 사람이 일부러 미쳤다는 말씀인가요?"

"일부러 그러지는 않았지만 미치지 않고 온전한 정신으로 살 수도 없었겠지요."

그때, 쌍둥이라고 불리는 도마가 물었다. 카이사레아 빌립에서 예수로부터 은밀한 가르침을 받은 이후, 그의 가슴 속에는 남모를 두려움이 쌓이고 있었다. 예수가 사람들에게 가르침을 베풀고, 아픈 사람들을 고쳐 주고, 고통받는 사람들을 일으켜 세운 일이 제자들 생각과는 달리 예수에 대한 부정적 소문으로 은근히 커가는 것을 그는 알고 있었기 때문이었다.

"그런데, 그 동네사람들이 선생님과 우리더러 동네에 들어오지 말고 제발 그대로 떠나 달라고 얘기한 것은 왜 그랬습니까? 오히려 기뻐

해야 할 텐데 … ."

"도마! 그건 그들도 모든 사실을 알기 때문입니다. "

"그러니 기뻐할 일 아닙니까?"

"그들도 실상은 레기온과 마찬가지지요. 로마가 저지른 끔찍한 일을 그들도 겪었고 보았을 것입니다. 그런데, 레기온에게 악한 영이 씌었다고 생각하면서 그들은 자기 기억에 눈감고 넘어갈 수 있는 길을 찾았지요. 기억을 밀어낸 셈입니다. 로마군대 때문이라고 생각하면 모두 낫을 들고 칼을 들고 일어나야 할 텐데, 누가 감히 로마군에 대항하러 나설 수 있을까요? 만일 그렇게 대들었다가는 그들이 보고 들었던 일이 또 한 번 일어날 텐데? 눈감고 싶은 일에 눈감고 사는 일, 사람들에게는 그런 일도 필요해요. 살아가려면 … ."

"그러니 더 이상 그 일을 드러내서 고통을 다시 기억해 내지 않도록 선생님이 마을을 떠나 달라고 부탁한 것인가요?"

"맞아요! 로마 때문에 레기온이 악령에 사로잡혔다고 생각하지 않고, 악령이 레기온을 찾아들었다고 생각하며 살았지요. 레기온 자신도 악령 때문이라고 생각하며 그 끔찍했던 기억에서 벗어났고, 동네사람들은 레기온 한 사람이 고통을 겪도록 떠넘기고서 살았지요. 사람들은 보통 누가 악령에 사로잡히는 것은 그 사람의 불행이거나 하느님이 그에게 죗값으로 벌을 내렸다고 믿지요. 그런데 동네사람들은 모두 알았지요, 레기온에게 죄가 없다는 것을, 로마군대 때문이라는 것을 … . 그러니 악령에 사로잡혔다고 말할 수밖에."

"그러면 레기온은 다른 사람들의 고통을 대신 모두 떠맡은 셈이네요?"

"예, 맞아요. 대표 희생자지요. 동네사람 모두 겪은 끔찍한 경험이 모두 그 사람에게 옮겨져 가장 더럽고 외로운 묘지에 내던져졌지요. 가장 더럽다는 동물, 바로 돼지를 치는 산비탈에."

요한이 궁금한 것을 물어보려고 입을 달싹거리며 자기 차례를 기다렸다. 그날 무덤가에서 정신이 돌아온 레기온은 자신의 벌거벗은 몸이 부끄러워 어쩔 줄 모르다가 급히 무덤 뒤로 뛰어가더니 옷을 갖춰 입고 나와 예수 앞에 무릎을 꿇었던 일이 떠올랐기 때문이었다. 레기온은 예수의 제자가 되어 따르겠다면서 받아 달라고 간청했다. 요한은 당연히 선생이 레기온을 제자로 삼을 것으로 믿었었다.

"그런데, 선생님! 왜 아까 레기온을 집으로 돌려보내셨습니까?"

"요한! 그가 있을 자리는 가족과 함께 살아가는 집이오. 이미 그는 너무 큰 고통을 겪었어요. 다른 사람은 눈감고 넘어간 일 때문에 그가 혼자 모든 사람을 대신해서 고통받고 괴로워했지요. 그에게 집으로 돌아가 가족과 함께 지내도록 해주는 것보다 더 큰 일은 없어요."

"선생님 뜻은 저도 잘 알겠습니다만, 그런데 레기온이라고 부르는 그 사람이 우리와 같이 돌아다니면서 '예수 선생님이 악한 귀신에 붙잡힌 나를 구해 주셨다' 그렇게 외치면 사람들이 더 많이 선생님을 따를 텐데요."

"나는 고통받는 사람들을 대표해서 그대들을 제자로 받아들인 것이 아니오. 그런 사람일수록 다른 사람이 겪는 고통을 더 잘 알 수는 있겠지만, 지금 모든 사람들이 더 이상 참을 수 없을 만큼 고통을 겪고 있으니 특별히 가장 고통받는 사람을 골라 뽑을 이유가 없지요. 더구나 그가 겪은 악령은 로마였지요. 로마가 힘으로 지배하는 세상을 살아가는데, 그 한 사람이 특별한 것은 아니지요. 따지고 보면 세상 모든 사람들이 레기온이 되어 살고 있다오."

그때, 레위가 입을 열었다.

"바로 제 아버지 알패오가 겪었던 일이 그런 겁니다."

그는 비 내리는 가버나움 거리를 내달리던 아버지를 생각하며 고개를 숙였다. 레위의 동생 작은 야고보도 아버지 생각에 눈에 눈물이 고였다.

"저도 그랬습니다."

아무 말 없이 한구석에 앉아 얘기를 듣던 마리아가 어렵게 입을 뗐다. 그녀는 며칠 전 약 보따리를 들고 가버나움에서 배를 타고 예수 일행을 찾아왔다. 벌거벗고 내달려온 레기온의 민망한 모습을 보고 놀라기는 했지만 그녀는 눈을 가리거나 돌아서지 않았다. 눈 똑바로 뜨고 바라보아야 할 현실이기 때문이었다. 상태는 달라도 사람들이 그녀를 '귀신들린 여자'라고 부른 적이 있었기 때문이었다.

오가는 얘기를 듣고 있던 유다가 물었다.

"그런데, 선생님! 돼지 얘기는 무슨 뜻이었습니까?"

"산비탈 저쪽에 돼지를 치는 것을 내가 보았어요. 아주 많은 숫자였어요. 돼지가 떠나갔다는 말은 로마군이 물러간다는 얘기지요. 그 사람은 즉각 깨달았어요. 돼지 떼가 '큰 바다', 지중해로 들어갔다는 얘기를 듣자마자 우리 조상들이 이집트에서 탈출하여 갈라진 바다 밑 마른 땅 위를 걸어서 건널 때, 뒤쫓아 오던 이집트 군대가 바다까지 따라왔다가 모두 바닷속에 빠져 죽었다는 얘기를 ···."

"선생님! 그건 야훼 하느님이 우리 조상을 구원하신 역사였지요."

"레기온 그 사람도 그렇게 받아들였어요. 이제 야훼 하느님이 로마군을 바닷속으로 들어가게 하셨다고 …. 제국이 물러나고 우리가 압제에서 해방된다고 믿게 됐지요."

"그런데, 선생님! 정말 그런 일이 일어날까요? 로마가 물러날까요? 우리가 정말 로마에게서 해방을 얻을까요?"

그건 정말 제자들 모두 궁금하게 생각했던 일이었다. 하느님 나라를 이루려면 로마제국의 압제에서 해방돼야 한다는 것을 그들도 이미 모두 받아들이고 있었다.

"들으세요. 로마는 우리 눈앞에서 어느 날 갑자기 사라지지 않습니다. 산 위에 두껍게 쌓였던 눈이 봄이 왔다고 어느 하룻밤 자고 나니 모두 녹아 없어지던가요? 아닙니다. 매일매일 조금씩 녹다가 어느 날 보니 산봉우리를 덮었던 눈이 모두 녹아 사라졌지요? 봄이 왔는데, 어떻게 눈이 그대로 남아 있겠습니까? 때가 되었으니 녹기 시작하지요. 내가 여러분에게 하느님 나라가 이뤄졌다고 얘기한 것도 마찬가지입니다. 이미 하느님 나라가 이뤄지기 시작했는데 제국이, 아무리 로마라고 한들, 하느님의 때를 버텨내겠습니까? 봄이 왔는데, 매서운 바람이 분다고 오던 봄이 발길을 돌려 다시 돌아가는 일은 없습니다."

"선생님! 이번 일을 보고 저희가 해야 할 일은 무엇입니까?"

남달리 이스라엘의 역사에 밝고 로마의 압제에 대해 많이 생각하는 나다나엘이 물었다. '아주 순전한 이스라엘 사람'이라고 예수가 그를 칭찬한 적이 있을 만큼 나다나엘은 꾸밈이 없는 사람이었다.

"봄이 오고 있다고, 문밖을 내다보면 이미 문 앞까지 봄이 왔다고

160

전하세요. 하느님 나라는 그렇게 온다고 알려 주세요."

"아마 레기온도 앞으로 그렇게 하겠지요?"

"그 사람은 그가 겪었던 일에 입을 닫고 살 사람이 아닙니다. 다른 사람들은 로마군의 잔혹한 폭력에 순응하며 눈 감고 넘어갈 수 있었지만 그는 그 일이 고통스러워 악령에게 몸을 맡긴 사람이니까요. 이제 그는 하느님의 은혜를 깨닫고 그 은혜 안에서 살아갈 것입니다. 죽음이 들어 있는 무덤을 지키는 사람이 아니라 산 사람의 길을 따를 것입니다."

밤은 점점 깊어 가는데 제자들은 그들이 낮에 겪었던 일 때문인지 끊임없이 이 사람 저 사람이 번갈아 나서며 질문을 이어갔다. 유다가 입을 열어 예수에게 물었다.

"선생님! 결국 모든 사람들은 지난 날 그들이 겪었던 로마군대의 잔인한 폭력과 분탕질에 사로잡혀 살고 있습니다. 악령처럼 달라붙어 있는 무서운 기억 때문에 모든 사람들이 로마를 앓고 있는 셈입니다. 우리 이스라엘에게 어떤 길이 있겠습니까? 제 생각에는 하느님의 뜻을 받들어 모두 들고 일어나서, 아까 선생님이 말씀하셨듯, 저 로마 놈들을 지중해 바다에 몰아넣어야 하지 않겠습니까?"

유다의 말을 들으면서 예수는 눈을 감았다. 그러면서 나사렛에서의 지난날을 떠올렸다. 그건 갈릴리 지방 여러 마을에서도 마찬가지였다. 세포리스는 나사렛에서 15리 정도밖에 떨어지지 않은 도시였다. 세포리스에서 로마 군인이 저지른 엄청난 살육과 파괴를 나사렛 사람들도 잊지 못하고 살았다. 히스기야의 아버지 유다가 세포리스 성문 앞 언덕에서 십자가에 못 박혀 죽었다. 그렇게 처참하게 죽은 사내의 아내와 아들이 한마을에 살고 있다는 것은, 나사렛 마을 사람들에게는 날마다 세포리스의 기억을 되살려 주는 일이 분명했다.

히스기야의 어머니가 뽕나무에 몸을 걸어 놓고 떠나고, 히스기야마저 나사렛을 떠나자 마을 사람들은 눈앞에 어른거리던 악령에서 놓여난 것처럼 안도감을 느꼈다. 그러나 그건 안도할 일이 아니라 세포리스에서 일어났던 반란에 못지않은 또 하나의 비극이었다. 악령에서 놓여난 레기온이 마을로 돌아와 가족 품에 안겼을 때 거라사 사람들은 그 한 사람의 치유를 보면서 공동체가 치유되는 경험을 할 수 있게 되었지만, 히스기야가 떠난 후 나사렛 사람들은 치유되지 않은 세포리스 비극을 가슴 속에 안고 살아갈 수밖에 없게 되었다.

유다의 뒤를 이어 작은 시몬이 질문했다. 유다는 차분한 목소리로 물었지만 작은 시몬은 감정이 격해졌는지 목소리가 좀 떨렸고, 중간 중간 말이 끊어지곤 했다.

"선생님! 이스라엘이 겪고 있는 고통은 한이 없습니다. 레기온의 경우처럼, 한 사람 한 사람이 겪는 모든 불행의 원인이 결국은 로마제국 때문이라는 것을 깨달으니 무엇보다 먼저 그 로마제국의 앞잡이들을 처단해야 한다는 생각이 듭니다. 세상에, 동족을 이방 제국에게 제물로 바치고, 자기들의 편안과 권력만 누리는 지배자들은 이스라엘을 배신했고, 하느님의 가르침을 배반한 반역자들입니다. 저들 지배자들 때문에 하느님이 이스라엘을 돌보지 않으신다고 생각하니 분통이 터져 죽을 지경입니다. 로마의 앞잡이 성전에게 따끔한 교훈을 안겨 주어야 할 때가 됐다고 저는 믿습니다."

유다와 작은 시몬의 얘기를 들으면서, 그들의 말이 바로 이스라엘이 앞으로 겪게 될 가장 큰 위험 하나를 마주하는 일이라고 예수는 생각했다. 이스라엘이 겪은 제국의 폭력을 어떻게 받아들였는지 하는 경험의 문제, 앞으로 겪게 될 폭력을 어떻게 받아들이게 될지가 모두 하느님 섬김과 관련이 있기 때문이었다.

유다와 작은 시몬이 울분을 토하면서 얘기하는 동안 다른 제자들은 모두 입을 다물고 듣고만 있었다. 그들이 나서서 뭐라고 의견을 밝히기에는 너무 크고 무섭고 두려운 얘기였으리라. 제국 로마가 이스라엘에 드리운 공포와 두려움의 구름을 보았으리라. 늘 나서기 좋아하는 요한마저 아무 말 없이 심각한 표정으로 듣고만 있었다. 갑자기 방 안에는 깊은 침묵이 흘렀다. 누구라도 선뜻 먼저 나서기 어려울 만큼 무거운 침묵이었고, 예수는 제자들의 얘기를 듣기만 할 뿐 아직 입을 열지 않았다.

유대와 로마, 압제, 폭력, 그런 문제라면 역시 하얀리본에 속해 활동하는 유다와 작은 시몬이 가장 큰 관심을 보였다. 다른 제자들은 눈치를 채지 못했어도 예수는 유다와 작은 시몬이 무슨 뜻에서 그렇게 말했는지 잘 알고 있었다.

"선생님! 우리 이스라엘이 비록 정치는 이방 제국 로마의 통치를 받더라도 다른 분야, 그러니까 경제나 종교나 사회 측면에서는 자유롭게 살아가는, 그런 형편이 아니지 않습니까? 선생님께서 늘 말씀하셨던 대로 모든 분야가 정치에 통합돼 있기 때문에, 로마의 통치가 이스라엘이 살아가는 모든 일에서 일어나는 몰락과 붕괴와 해체의 근본 원인이라고 저는 생각합니다."

도마가 차분한 어조로 자기 의견을 말했지만 예수가 그때까지도 입을 다물고 그들의 말을 듣고만 있자 제자들은 무언가 이상하다는 듯 고개를 갸웃거렸다. 유다와 작은 시몬의 얘기가 과격해서 그런가보다 생각하기도 했다.

가르침을 기다리는 제자들의 얼굴을 한 명씩 빠짐없이 바라보다가 예수가 입을 열었다.

"여러분은 이스라엘의 지도층이 입에 올렸다는 이런 얘기를 들었을 겁니다.

'야훼 하느님이 온 나라를 두루 다니며 살피시다가 그 나라들 중에서 돌아가며 제국을 일으키셨다. 그리고 하느님이 세우신 그 제국에게 이스라엘의 죄를 벌할 회초리를 맡기셨다. 이제 하느님은 그 일을 이탈리아 반도에서 일어난 로마에게 맡겨 주셨다.'

심지어 로마의 압제마저 야훼 하느님이 이스라엘에게 내린 회초리라고 보는 사람, 제국에 저항하면 안 된다는 생각을 가진 사람들이 유대의 지배층에 많이 있습니다. 심지어 이런 말을 하는 사람도 있습니다.

'만일 이스라엘이 제국에 대항하여 일어선다면, 특히 마지막으로 회초리를 맡겨 두신 로마에 대항한다면, 그건 로마라는 제국에 대항할 뿐만 아니라 동시에 하느님에게도 저항하는 셈이다. 그러면, 전능하신 하느님께서는 이스라엘의 성소를 벗어나서 이스라엘이 전쟁을 벌이는 상대편에 서실 것이다.'"

이스라엘이 겪는 고통이, 끊임없이 이스라엘을 침략하고 정복하고 압제한 제국의 폭력이 이스라엘이 저지른 죄를 돌이키라고 하느님이 내린 벌이라면, 이스라엘이라 부르든 유대라 부르든 그 운명은 그저 암담할 뿐이었다. 예수는 하느님이 이방제국을 들어 백성을 징벌하는 분이 아니라고 굳게 믿었다. 무엇이 문제였던가?

"여러분! 들으십시오. 이전에 나타났던 예언자들은 이방과 이스라엘이라는 틀로 나눠 세상을 바라보았습니다. 이방 제국을 내쫓기 위해서는 이스라엘을 억압하는 왕일지라도 따를 수밖에 없다고 생각했습니다. 심지어는 이방 제국의 압제를 하느님의 회초리로 받아들였습니다. 그러나 내 눈에는 이방 제국과 이스라엘의 대결이 아니라, 억압하는 지배자 세력과 억압당하는 사람들이 보입니다."

제자들 중 예수의 말을 깨달은 사람, 특히 므나헴이나 마리아는 그 가르침이 얼마나 위험한지 깨닫고 남몰래 몸을 떨었다. 바로 이스라엘이 하느님의 뜻이라 믿는 토라의 가르침에 따라 뒤돌아본 그들의 역사를 송두리째 부정하는 말이기 때문이었다. 그러나 다른 제자들은 대부분 그 말을 깊이 생각하지 않고 덤덤하게 넘어갔다.

겨울 내내, 갈릴리 호수 동쪽 지방을 두루 방문하면서 예수는 그곳 사람들에게 하느님 나라의 복음을 전하고, 병에 시달리는 많은 사람들을 고쳤다. 그러면서 예루살렘 길에 올라야 할 때가 점점 다가왔음을 깨달았다.

거라사를 떠날 무렵, 예수는 제자들에게 얘기했다. 비록 그들이 당장은 알아듣지 못하더라도, 그들이 눈을 뜨면, 어디로 가야 하는지 알아야 하기 때문이었다.

"이제, 이 겨울이 끝나고 봄이 오면, 밀밭에 밀이 패기 시작할 무렵 유월절이 오면, 나는 예루살렘에 갈 것입니다. 예루살렘 성전 앞에, 총독 앞에 설 것입니다."

"선생님! 드디어 계획을 세우셨습니까?"

유다가 기쁜 얼굴로 물었다.

"계획을 세웠습니다. 들으십시오. 예루살렘 성전도 나를 핍박할 것이고, 로마도 총독을 내세워 나를 핍박할 것입니다."

"그렇게 핍박받으시는 중에 결국 하느님이 개입하시고, 이스라엘에 다시 그분의 부름을 받아 일어서고 제국에게는 종말이 옵니까?"

빌립이 물었다. 그건 그가 세례자 요한 공동체에 있을 때 경전 암송하는 사람으로부터 예언자 이사야의 말을 들었던 기억 때문이었다.

"그가 찔림은 우리의 허물 때문이요, 그가 상함은 우리의 죄악 때문이라. 그가 징계를 받으므로 우리는 평화를 누리고, 그가 채찍에 맞음으로 우리는 나음을 받았도다."

빌립은 예수의 '핍박받는다'는 말에 이스라엘이 지은 죄를 대신 지고 가는 속죄양贖罪羊의 의미가 있을지 모른다고 어렴풋이 짐작했다. 다만 이스라엘이 지은 죄를 회개하는 일과 예수가 받게 될 핍박을 어떻게 서로 연관지어 이해해야 할지 아직 알지 못할 뿐이었다. 그건 빌립뿐만 아니라 거의 모든 유대인들이 믿는 하느님의 종국적 심판 얘기였고, 세례자 요한이야말로 하느님의 종국적 심판을 가르친 대표적 예언자였다.

그러나 예수는 달랐다. 사람들은 요한이 벌였던 세례운동에서 예수가 떠난 이유는 갈릴리 분봉왕 안티파스가 요한을 처형했기 때문이라고 믿었다. 그러나 실제로 예수가 떠났던 이유는, 요한이 선포하는 하느님의 심판, 세상의 종말 그리고 죄를 회개하는 세례로 구원을 받을 수 있다는 생각을 더 이상 받아들일 수 없었기 때문이었다. 하느님은 세상을 심판하여 파멸시키는 분이 아니라고 예수는 믿었다.

"그렇지 않습니다. 때가 될 때까지, 제국은 사라지지 않습니다. 이스라엘이 죄라고 부르는 많은 것을 나는 죄가 아니라고 생각합니다. 죄를 회개하고 돌이키면 하느님이 용서해 주시고, 제국을 멸하시고, 이스라엘을 다시 세워 흩어졌던 동족이 다시 모일 것이라는 예언과 기대를 나는 받아들이지 않습니다."

"그러면 선생님께서 예루살렘에, 이번 유월절에 예루살렘에 가셔서 핍박을 받는 일의 의미는 무엇입니까?"

이스라엘의 역사에 밝고, 하느님 나라를 간절하게 기다리는 사람, 돌로매의 아들 나다나엘이 물었다.

"그건 그 길뿐이기 때문입니다. 이스라엘을 위한 일일 뿐만 아니라 로마와 온 세상 모든 사람을 위해, 내가 해야 할 일이 있기 때문입니다. 들으십시오. 오늘날 이스라엘에는 제국의 압제에 대하여 서로 다른 두 가지 생각을 가진 사람들이 있습니다. 그 하나는 하느님이 이스라엘이 지은 죄 때문에 로마를 들어 매를 치신다고 믿는 사람들입니다. 하느님이 로마 편에 서 계신다는 생각, 로마를 하느님의 도구로 사용한다는 생각입니다. 그들은 제국 로마에 협력하면서 그들의 압제를 정당한 것으로 하느님의 회초리로 받아들이라는 사람들입니다. 그들은 이스라엘과 제국 로마가 폭력으로 지배하는 세상에 눈감은 사람들입니다."

그 말에 제자들은 고개를 끄덕였다. 세상에는 언제나 힘 앞에 무릎 꿇는 사람이 있기 마련이다.

"또 다른 하나는 여러분이 오늘 직접 눈으로 보았듯 로마제국의 잔혹한 폭력 앞에 아무런 보호도 없이 몸을 드러냈던 사람들입니다. 개인이라면 레기온처럼 악령에 사로잡혔다고 치고 넘어갑니다. 그런데, 한 나라나 한 민족이, 그리고 넓게는 세상사람들이 로마의 폭력에 노출됐을 때는 어떻게 무엇을 할 수 있겠습니까? 그 민족이나 나라가 몽땅 악령에 사로잡혔다고 생각하며 애써 잊고 살 수 있겠습니까? 악령에 사로잡혔다고 회피할 방법이 없을 때는 어떻게 할까요? 아마 죽기를 각오하고 저항할 것입니다. 온 세상이 다 들고 일어나겠지요.

제국은, 역사상 모든 제국이 다 그러했지만 특히 로마제국은 저항을 용인하고 타협하지 않습니다. 로마는 가장 잔인한 방법으로, 가장 끔찍한 폭력으로 맨 먼저 들고 일어난 나라를 파괴할 것입니다. 우리 이스라엘에게 점점 다가오는 그런 끔찍한 일이 내 눈에 보입니다. 나는 그 일을 막아야 합니다."

"그러면 꼼짝 못하고 제국에게 순종해야 한다는 말씀입니까?"

"아닙니다. 결코 그럴 수는 없습니다. 그러나, 봄이 오고 있다는 것을 알게 해야 합니다. 세상 어떤 제국도 1천 년이고 2천 년이고 제국 노릇을 하지는 못했습니다. 제국 스스로 무너질 수밖에 없기 때문입니다. 무너진 제국의 뒤를 다른 제국이 잇지요."

"선생님, 왜 제국은 스스로 무너질 수밖에 없습니까? 다른 제국의 침략을 받아서 무너집니까?"

"그건 사람이 태어나고 크고 늙고 병들어 죽는 것과 같습니다."

"아하!"

제자들은 고개를 끄덕였다. 그들의 눈에 예수가 바라보는 세상의 흐름과 역사가 들어왔다.

"선생님! 그 말씀은 알겠는데 왜 제국의 압제를 받던 나라들이 일어나고 강성해지면 또 다른 제국으로 변합니까?"

"힘을 신이 주었다고 믿기 때문입니다. 신도 그렇게 힘을 사용한다고 믿기 때문입니다. 그동안 쌓아 두었던 분노와 증오를 스스로 해소하지 못하고 다시 쏟아 갚아야 한다고 믿기 때문입니다."

"그런데 선생님! 그렇다면 지극히 높으신 분, 하느님 그분은 언제 어떻게 개입하십니까?"

"여러분! 해가 뜨고 지고, 봄이 오고 여름이 오고, 구름이 일어나 비가 내리고. 사람이 태어나고, 꽃이 피고 열매가 익고. 모두 하느님의 섭리 안에서 일어나는 일입니다. 여러분이 눈으로 나무가 자라는 것을 볼 수 있습니까? 꽃자리에 열매 맺히는 것을 볼 수 있습니까? 보지 못해도 그 일은 어김없이 일어납니다. 하느님이 시간을 주재하시면서 이뤄 내는 일입니다. 로마황제가 그 큰 권력으로 들백합의 꽃을 피울 수 있습니까? 서쪽에서 몰려오던 구름을 돌려세울 수 있습니까? 사람의 눈으로 하느님의 역사하시는 모습을 볼 수 없더라도 하느님이 역사하신 결과는 볼 수도 있습니다."

그날 낮 거라사 사람들의 묘지에서 만난 레기온이라 불린 사람의 일로 제자들은 희망을 갖기도 했지만, 한편으로는 선생이 예루살렘에서 핍박을 받을 것이라는 말에 놀라고 두렵기도 했다. 그러다가 그들은 곧 나름대로 결론을 냈다.

"핍박받을 것을 미리 아시는 분이니, 핍박을 견뎌내고 마지막 승리를 이룰 방법도 알고 계실 것이다."

그날 밤, 제자들보다 일찍 잠자리에 든 예수는 방 한쪽 끝 벽을 바라보고 모로 누워 깊은 잠에 빠져 있었다. 오랜만에 제자들끼리 여러 의견을 서로 나눴다. 그러는 중에 세례자 요한의 제자였다가 예수의 첫 제자가 된 빌립이 자기 의견을 차근차근 설명했다.

"우리 이스라엘 자손이라는 사람치고, 하느님이 역사에 개입하셔서 잘못된 일을 바로 잡으신다는 사실을 모르는 사람은 한 사람도 없을 겁니다. 우리 조상들이 이집트에서 종살이 하다가 놓여난 일, 바빌론에 끌려가 포로생활을 하다가 풀려 돌아온 일, 바로 하느님이 개입하셔서 일어난 일입니다. 지금 우리는 이방 제국 로마의 잔혹한 압제 아래 신음하며 살고 있는데, 하느님의 개입이 임박했다는 것은 여러 가지 징조와 신호로 보아 알 만한 사람들은 이미 다 압니다. 그때까지, 하느님이 직접 팔을 펴시는 그날까지, 고통을 겪는 사람들이 있기 마련이지요. 그러나, 하느님의 가르침을 따르다가 순교殉教하고 고통받은 사람들, 그 사람들을 하느님이 가장 먼저 직접 신원伸寃해 주시고, 세상을 지배하던 악한 세력은 멸망하게 될 것입니다. 우리 이스라엘이 하느님 앞에 지은 죄를 회개하고 온전히 돌아서는 날, 하느님은 구원의 역사를 시작하실 겁니다."

그의 말을 들으면서 제자들은 눈앞에 순교라는 무겁고 무섭고 끔찍한 고통이 기다리고 있다는 생각에 다리 힘이 빠졌다. 등을 기댄 벽이 갑자기 무너지는 것 같았다. 예수를 따르는 일에 고난도 따르는 정도야 각오했지만, 순교라니 …. 그건 너무 무서운 일이었다. 세상 모든 일이 그렇다. 큰 이문을 보기 위해 어느 정도 투자를 하는 것이야 마땅히 감당할 일이지만, 자기가 가진 재산보다 더 큰 투자는 할 수 없는 법이다. 가장 적은 투자로 가장 큰 이문을 남기려고 노력하는 것이야 사람 사는 세상에 늘 있는 일이지만, 목숨까지 걸어야 한다면 그건 다른 얘기였다.

모처럼 그 자리에 끼어 앉은 마리아는 빌립이 하는 말이 선생의 생각과 크게 다르다는 것을 알았지만 그녀가 나서서 이러니저러니 말할 자리가 아니라는 생각에 그저 잠잠히 듣기만 했다. 그러나 그녀는 요한이 가끔가끔 눈길을 주며 자기를 쳐다보는 것을 알았다. 그 눈은 그녀의 생각을 묻고 있었다.

결국, 빌립은 세례자 요한이 외쳤던 세상의 종말과 하느님의 심판 예언을 예수에게 적용하여 받아들이고 있는 셈이었다. 순교와 신원, 하느님에 의해 높이 들림을 받는 일과 세상 종말의 날에 모든 사람이 거치게 될 심판, 예수는 그 일을 위해 부름받은 하느님의 사람으로 보였기 때문이었다.

순교라는 말에 깊은 충격을 받은 동료들을 둘러보면서 빌립은 이제 그가 정말 하려고 했던 말을 입에 올렸다.

"그런데, 생각해 봐요! 우리 예수 선생님이 우리를 끌고 순교하러 가시는 걸까요? 아닙니다. 선생님은 그런 분이 아니십니다. 만일 우리까지 순교해야 한다면 선생님은 분명 우리에게 미리 얘기하실 겁니다.

'이러이러한 일이 있고 이런 고난을 받고 순교까지 해야 되니, 나를 따를 사람은 따르시오. 아니면 집으로 돌아가도 좋소!'

안 그래요? 우리에게 속마음을 숨기고 위험 속으로 우리까지 끌고 들어가실 분인가요? 나는 절대로 그럴 분이 아니라고 믿어요. 선생님은 다른 계획을 가지고 계신 것이 분명해요, 아직 우리에게 말씀은 안

하셨지만 … ."

그 말을 듣고 보니 그럴싸했다. 그건 지난 4년 가까운 세월 동안 제자들이 예수를 선생으로 모시고 따라다니며 쌓은, 선생에 대한 믿음이었다. 만일 순교의 자리라면 제자들을 뒤로 물리고 그 혼자 그 자리에 나갈 선생이었다. 예수가 속에 감추고 아직 입 밖에 내지 않은 뜻을 찾아내려고 그들은 제각각 깊은 생각에 빠졌다.

잠든 예수를 한번 뒤돌아 살펴 본 후 빌립이 마치 큰 비밀을 얘기해주는 듯 갑자기 목소리를 낮추더니 한 마디 한 마디 천천히 말했다.

"선생님은 하느님 나라를 이루는 다른 순서를 알고 계신 것입니다. 순교, 하느님의 개입, 신원, 하느님 나라, 그런 순서와 다른 하느님 나라를 말씀하시는 거예요. 그 중요한 비밀은 바로 하느님 나라라는 말에 숨어 있어요. 우리더러 하느님 나라를 같이 이루자고 말씀하셨는데 … . 무슨 뜻일까요? 그거는 제자로 가려 뽑은 우리에게 선생님이 베푸는 큰 축복이고 은총이지요, 순교하는 고난을 겪지 않고 하느님 나라를 이루는 일에 참여한다는 사실이."

제자들은 그날 밤 늦도록 둘러앉아 주거니 받거니 의견을 나눴다. 생각할수록 빌립의 얘기가 그럴싸하게 들린 모양이었다.

"그러니, 우리가 예루살렘에 올라가면, 의義의 최후 승리와 영광을 우리 눈으로 직접 볼 수 있을 거예요."

빌립이 확신에 찬 어조로 말하자 요한이 그 말을 받았다.

"선생님은 핍박과 고난이 기다리고 있다고 말씀하셨지만, 그때가 되면 그동안 감춰졌던 최후의 신비가 드러날 수밖에 없겠지요. 빌립 말대로, 우리 눈으로 그 일을 보러 갑시다."

그런데 도마가 불쑥 이상한 말을 내뱉었다.

"자! 우리 선생님을 따라 죽으러 갑시다, 예루살렘으로!"

"죽는다고?"

여러 제자가 도마를 쳐다보며 한목소리로 묻자 그는 곧 입을 다물었다. 그리고 무언가 두려운 것을 본 사람처럼 몸을 부르르 떨며 얼굴이 굳어졌다.

"뭔데? 왜 그래요, 도마?"

그래도 고개만 저을 뿐 도마는 좀처럼 입을 떼지 않았다. 카이사레아 빌립에서 예수로부터 따로 가르침을 받았을 때의 바로 그 표정이었다.

지난겨울 내내 예수가 제자들을 이끌고 걸었던 분봉왕 빌립의 영지와 호수 건너 데가볼리 지방에서 예수는 사실 예루살렘을 미리 겪은 셈이었다. 예수가 걸었던 길은 어차피 예루살렘에 이르는 길이었기 때문이다. 거라사 지방 마을사람들처럼 떠나 달라고 밀어낸 사람들도 있고, 세상을 소란스럽게 하는 사람이라고 비난하며 손가락질 하는 사람도 있고, 예언자 중의 한 사람이거나 심지어는 하느님의 아들이고 메시아가 분명하다고 고백하는 제자도 있었고, 예루살렘에는 '다윗의 자손'으로 부르며 '호쉬아나! 호쉬아나!' 하고 자기들을 구원해 줄 사람으로 환영한 사람도 있었다. 그를 미워하거나 두려워한 사람들은 예수의 위험성을 꿰뚫어보았고, 소리지르며 두 손 들고 환영하는 사람들은 대부분 예수를 잘못 받아들였다.

제자들뿐만 아니라 세상사람들의 기대는 깊은 산속 한 샘에서 각각 다른 골짜기로 흘러내리는 두 줄기 물길처럼 예수의 생각과 점점 멀어진다. 예루살렘 성전 뜰에 함께 서 있으면서도 사람들과 얼마나 서로 멀리 떨어져 있는지 생각하면 예수의 마음은 가뭄에 말라 배를 드러내고 누운 개울바닥처럼 버석거린다.

그가 마주 선 로마와 성전의 폭력과 압제가 앞을 가로막은 장벽이라면, 소망으로 그에게 기대하는 사람들의 목마름은 예수가 극복해야할 또 하나의 도전이다. 그러나 그건 예수만 겪는 번민이 아니다. 예루살렘성 아랫구역 사람들은 자기들이 최소한이나마 누리고 있는 현실의 혜택을 잃지 않고 새 세상을 맞고 싶어 했고, 움막마을 사람들은 세상이 왈칵 뒤집어지는 날을 기다리지만 당장 아침저녁 애들 입에 빵한 조각은 넣어줄 수 있기를 원했다. 가진 것은 몸뚱이 하나뿐이고, 목숨뿐이라고 생각하던 사람도 막상 닥치고 보면 지금 그가 붙잡고 있는 마지막 줄을 놓지 못하고 매달린다.

그러나 예수는 사람들이 기다리는 그런 하느님을 믿지 않는다. 뜻을 속에 감춰두고 지켜보는 그런 하느님이 아니라 한 번도 사람을 버린 적 없고 떠난 적 없는 '아빠 아버지' 하느님이다. 이스라엘에서는 예루살렘 성전이 믿고 섬기는 하느님 외에 다른 하느님을 믿을 수 없다. 절대적 권능자, 만왕萬王의 왕, 만군萬軍의 주, 가장 높고 고귀하신 분, 이방 제국을 들어 회초리 치실 수 있는 하느님일 뿐, 사람들이 살아가는 소소한 일상에 관여하는 하느님, 성문 밖 배고픈 사람을 부여안고 밤을 새우는 분이라고 말하면 하느님 모독이고 불경으로 처벌받는다.

토라에 기록된 하느님 섬김과 다른 예수의 하느님 따름이 바로 예루살렘 성전에서 충돌할 것이라고 그는 내다봤다. 충돌은 그가 겪을 핍박을 불러오리라. 그런데, 제자들은 예수가 예상하는 핍박의 뜻을 깨닫지 못하고 저만큼 뒤처져 해찰하면서 따라왔다.

그의 가슴속에 해를 가리는 구름처럼 때로 암담함이 일어나고 사라지고, 무릎에서 힘이 빠져 후들거리기는 데가볼리 지방을 걷던 그때나, 성전 뜰에 들어온 지금이나 마찬가지다.

성전 뜰에 들어와서도 제자들은 흩어질 줄 모르고 예수 주위에만 몰려 앉는다. 사람들 속에 들어가 가르치지 않고 예수만 따라다닌다. 더구나 그동안의 가르침을 모조리 잊어버린 듯, 두려움에 사로잡혀 떨거나, 아직도 하느님의 신비한 역사役事에만 기대는 그들이 예수는 안타깝다. 사람이 눈을 감으면 눈앞에서 일어나고 있는 일도 모른다. 귀를 막으면 날마다 들려 줘도 듣지 못한다. 그러나 밭에 뿌린 씨처럼 어느 날 때가 되면 흙덩어리를 밀어 올리며 새싹이 나온다. 새싹이 처음 하늘을 보는 날이 온다.

그래서 예수는 아무리 제자들이 느리고 더뎌도 실망하지 않고 기다렸다. 결국 그들이야말로, 지금은 한 줌밖에 안 되는 새싹이지만 곧 밭을 덮고, 들을 덮고, 세상을 덮을 싹이라는 것을 알기 때문이다.

성전 뜰을 내다보고 있는데, 도마가 예수를 다급하게 불렀다.

"선생님!"

예수는 도마가 손으로 가리키는 쪽을 바라보았다. 성전 경비대가 삐리리 삐리릭 날카로운 피리소리에 발을 맞추어 성전 뜰을 가로질러 다가왔다.

"무슨 일이 벌어진 모양입니다."

작은 시몬이 잔뜩 긴장한 모습으로 예수 곁에 바짝 붙는다. 그는 여러 번 말했다, 성전에서 선생을 보호하는 일이 자기 임무라고. 도마도 예수 곁에 한발 더 다가왔다. 시몬 게바도, 그의 동생 안드레도, 야고보와 동생 요한도 예수 곁에 바짝 모여들었다.

"괜찮아요."

예수의 말이 채 끝나기도 전에 작은 시몬이 낮고 짧은 말로 외쳤다.

"모두 선생님 곁으로!"

제자들이, 레위와 작은 야고보와 므나헴까지 모두 예수 곁에 모여들기 시작했다.

"괜찮아요, 시몬!"

"아닙니다. 저놈들이 수상합니다. 똑바로 이쪽으로 몰려오고 있습니다."

"어허! 아직 때가 아니오. 내가 한번 보리다."

그러더니 예수가 그를 에워싼 제자들을 헤치고 앞으로 나섰다.

"선생님! 안 됩니다."

"괜찮아요, 도마!"

성전 경비대 병력 50여 명이 5줄로 예수 일행 쪽을 향해 똑바로 다가오고 있다.

마치 그들을 기다리듯 예수가 맨 앞에 나가서 섰다. 뜰에 들어와 있던 많은 사람들이 갑자기 술렁거렸다. 그들 눈에도 예수 일행과 성전 경비대 사이에 곧 일어날 충돌이 눈에 보이는 모양이다. 예수 일행과 함께 서 있던 사람들이 슬금슬금 흩어졌다. 그런 일이 일어날 경우 어찌해야 하는지, 어느 쪽에 서 있어야 하는지 그들은 너무 잘 알기 때문이다. 일행과 한 열댓 걸음쯤 떨어진 곳에 요안나와 함께 있던 마리아도 바짝 긴장했다. 그녀는 갈릴리에서 내려온 살로메와 또 한 사람의 마리아를 뜰에서 만나, 요안나와 함께 네 사람이 얘기를 나누던 중이었다. 그 두 여자는 갈릴리에서부터 마리아와 요안나를 통해 가끔씩 예수 일행을 돈으로 돕던 사람들이었다.

다른 제자들은 다가오는 경비병들에게 온통 정신이 팔렸지만 마리아는 이방인의 뜰과 이스라엘의 뜰을 가로지르는 소레그 앞에 서 있는 경비대 장교를 주시했다. 그가 경비대 병력을 지휘하고 있음을 보았기 때문이다. 그런데 그는 그렇게 높은 장교는 아닌 듯 보였다. 그 옆에는 깃발로 신호를 내리는 한 사람의 병사만 서 있을 뿐이다. 그 장교가 손짓하면 깃발 든 사람이 깃발을 위로 들기도 하고, 옆으로 눕히기도 하면서 뜰에서 행진하며 다가오는 경비대 병력을 지휘했다.

경비대 병력이 예수 앞 스무 걸음쯤 떨어진 곳에 다가왔다. 다른 사람들은 모두 물러나고, 오직 예수와 갈릴리에서부터 따라온 제자, 그리고 열심히 예수에게 묻기도 하며 가르침을 듣던 몇 사람만 남았다. 더구나 유다와 나다나엘은 움막마을 사람들에게 돈을 전달하러 나가서 아직 돌아오지 않았다.

예수는 눈 하나 깜짝하지 않고, 조금도 자세를 흐트러뜨리지 않고 제자들 앞에 서서 대오를 맞춰 다가오는 병력을 마주하고 섰다. 예수와 열댓 명, 그리고 성전 경비대 병력 50여 명이 대치하고 나머지 사람들은 모두 사라진 듯 갑자기 조용해졌다.

그때, 마리아는 보았다. 깃발 든 사람이 갑자기 깃발을 누이더니 왼쪽에서부터 오른쪽으로 길게 옆으로 휘둘렀다. 그러자 다가오던 경비대 병력 안에서 삐빅 날카로운 피리소리가 들렸다. 그 신호에 5줄로 맞추어 다가오던 50여 명의 병사가 마치 한 사람이 움직이듯 척 뒤로 돌아서서 저벅저벅 걸어가기 시작했다.

"어휴! 저놈들! 이게 뭐하는 짓이야?"

제자들 중 한 사람이 큰 숨을 쉬며 입을 열었다. 무척 다행스럽다는 목소리였다.

"왜 그랬을까? 왜 저놈들이 ···."

작은 시몬은 연신 고개를 갸웃거렸고, 시몬 게바는 알 수 없다는 듯 눈만 끔뻑거렸다.

예수는 그것이 무슨 뜻인지 알았다. 이제 유월절까지 나흘 남겨 놓고 성전이 예수에게 보내는 경고였다. 앞으로 일어날 일을 미리 보여주는 일이었다. 더구나 그 한 번의 시험으로, 성전은 일이 벌어졌을 때 얼마나 많은 사람이 예수를 따르며 보호하려고 나설지 정확하게 짚어낼 수 있게 됐다. 아무 때고 성전이 정한 때에 그들 편한 방법으로 예수를 체포할 수 있다는 것을 확인한 셈이다.

예수는 때가 거의 다 됐음을 느꼈다. 이미 성전이 슬금슬금 올가미를 조이기 시작했다. 두 발로 걸어서 성전에 들어왔지만, 이미 그의 발과 목에는 로마총독과 성전과 갈릴리 분봉왕이 연합하여 걸어 놓은 올가미가 차곡차곡 걸리고 있음을 알았다. 벗어나려는 눈치만 보이면 저들은 언제든지 홱 낚아챌 준비까지 이미 끝냈음이 분명했다.

'하기야 ···.'

예수는 생각했다. 매일매일 성전에 들어오는 사람들 수가 눈에 띄게 늘었다. 성전으로서는 이왕 예수를 제거하기로 마음 먹었으면 더 많은 사람이 들어오기 전에 제거하려고 나설 일이 분명했다. 위협적으로 다가왔다가 뒤돌아간 성전 경비대는 바로 언제든 예수를 체포하여 강제로 끌고 갈 수 있다는 것을 시위했을 뿐이다.

햇빛을 받아 환하게 빛나는 대리석으로 입힌 성전 속에서, 성전이 훤히 건너다보이는 옛 헤롯왕궁, 총독궁에서 하느님 나라를 막으려는 사람들이 머리를 맞대고 있음을 예수는 안다. 이방인의 뜰 주랑건물 위에 늘어서서 감시하는 로마 군인들은 언제든 성전 문을 봉쇄하고 그를 체포할 준비가 돼 있다는 것도 예수는 안다.

성전 뜰을 가득 메운 사람들을 둘러본다. 그들은 방금 전에 일어났던 성전 경비대의 시위가 무엇을 의미하는지 깊게 생각하지 않는다. 성전 뜰에 들어왔다는 벅찬 감동에 몸을 떠는 사람, 뜰에 들어서자마자 곧장 이스라엘의 뜰로 부지런히 발을 옮기는 사람, 왕의 주랑건물과 솔로몬의 주랑건물을 천천히 둘러보는 사람, 어디로 가야 할지 몰라 그저 멀거니 서 있는 사람, 예수 일행을 바라보며 몇 명씩 모여서 수군거리는 사람들, 무슨 사연이든 제각기 다른 사연을 안고 성전에 들어온 사람들이다.

한 뜰에 서 있지만 짊어지고 사는 삶은 서로 다르다. 성전에 오르기 위해 첫걸음을 뗐던 출발지도 다르고, 돌아가야 할 집도 각각 다르다. 무엇이 그들을 성전으로 이끌었는가? 단순히 토라의 가르침을 따라야 한다는 의무감 때문인가? 그건 아니라는 생각이다. 예수는 그들이 안고 살아가는 아픔을 보았다. 그들이 눈을 뜨도록 가르치는 일도 중요하지만 아픔을 쓰다듬고 어루만지며 위로하는 일이 먼저다.

"아!"

예수는 혼자 깊은 한숨을 쉰다. 당장 해야 할 일이 너무 많다는 생각이다. 시간이 얼마 없다는 생각마저 들자 마음이 급했다. 그런데 그 순간 다시 하느님의 말씀이 그의 귀에 들렸다. 그건 분명 이미 광야에서 만난 하느님이 그에게 들려준 얘기였다. 다시 그 말씀을 듣는 순간 예수는 그가 깨닫지 못했던 뜻도 알게 됐다.

"너 혼자 세상을 구하려느냐?"

세상을 혼자 책임질 수 없다는 말이었지만, 세상은 그렇게 해서는 구할 수 없다는 말이기도 했다. '너 혼자'라는 말을 생각하며 예수는 예언자니, 메시아니, 영웅 놀음이 얼마나 부질없는지 깨달았다. '너 혼자' 할 수 있는 일이라면 왜 하느님이 사람에게 맡길까? 하느님이 한 팔 휘두르면 될 일을…. 그것이 예수가 광야에서 깨닫고 나온 말이었다.

하느님이 사람을 깨우치는 방법은 참으로 신비롭다. 그분은 깨우치는 일에도 사람을 참여시킨다. 갓난아기의 손을 잡아 벌떡 일으키는 분이 아니다. 아기가 스스로 두 발로 설 수 있을 만큼 자라는 동안 얼마나 여러 번 엎어지고 넘어지던가? 몸을 뒤집고, 기고, 무언가 붙잡고 일어서고, 그러다 스스로 서고, 첫 한 발을 떼는 그 오랜 시간을 아버지 어머니는 하나하나 기쁜 마음으로 지켜보고 기뻐하고 응원했다. 하물며 부모도 자식을 그리 키우는데, 하느님은 그렇게 할 수 있는 능력이 있는 분이라고 그 모든 과정을 훌쩍 건너뛰는 분이 아니다.

'너 혼자 세상을 구하려느냐?' 그 말은 하느님이 예수가 스스로 깨닫기를 기다리며 남겨둔 다른 뜻도 품고 있었다. 하느님이 그에게 던져준 말은 '혼자 하려고 하지 말고 사람들과 함께' 하라는 말로 끝나지 않았다. 뒤에 있던 나머지 말이 그의 가슴속에 들어와 마음에 녹아들었다. 말이 조금씩 녹고 삭여지자 예수는 천천히 굴려 보았다. 그러자 마음이 차분하게 가라앉았다. 그 마음에 푸른 하늘이 비쳤다. 구름도 흔들리는 나뭇가지도 보이지 않는 모습으로 슬쩍 그를 건들고, 지나간 바람도 그 마음에 담을 수 있게 됐다.

"지금 당장 한 번에?"

예수는 자신이 했던 말, '하느님 나라는 천천히 자라나는 나라'라는 말의 참뜻을 이제 깨달았다. 그러고 보니, 때로는 그 자신도 아직 완전히 깨닫지 못한 말을 가르침이라고 입에 올린 셈이다. 사람의 입에 하느님이 그분의 말씀을 붙였다는 옛말의 뜻을 알 수 있게 됐다. 어떤 사람이 스스로 한 말 같았어도 그건 하느님의 뜻이었다는 말이다.

"하느님 나라는 겨자씨처럼 자라는 나무입니다. 하느님 나라는 빵 반죽에 넣은 누룩처럼 부풀어 오르는 나라입니다."

씨가 싹이 트고, 싹이 자라고, 누룩을 넣은 빵 반죽이 부풀어 오르고⋯. 그 일을 하느님의 신비라고, 시간과 함께 이뤄지는 일이라고 말은 했으면서도 정작 예수 스스로는 날짜가 며칠 남았네, 시간이 모자라네 하며 애를 태웠다.

하느님 나라를 이루는 일과 마찬가지로 깨달음도 시간을 두며 이뤄진다. 어느 날 번뜩 온 세상 일을 다 깨달은 것 같아도, 곡식이 바람에 살랑이며 햇빛에 익듯, 올리브 열매가 잎새에 가려 수줍게 익어가듯,

깨달음도 그렇게 차곡차곡 채워지고 익어간다는 것을 예수는 받아들였다.

모든 사람들과 함께 손잡고 새 나라를 이뤄야 한다면, 그 일이 한순간에 당장 이뤄질 수 있는 일이 아니라는 것은 물어보지 않아도 알 수 있는 일이다. 밭에 뿌린 밀 한 알로 밀밭이 될 수 없는 것처럼, 씨를 뿌리자마자 금방 익어 추수하기를 기원할 수 없다. 밭에 골고루 씨를 뿌려야 밀밭이 되고, 씨를 뿌리고 가꾸고 비를 맞고 햇빛을 쬐면서 자라야 밀이 익는 것을…. 하느님이 정해준 세상 원리를 예수가 나선다고 한순간에 이룰 수는 없다.

'하느님은 세상을 그렇게 창조하지 않으셨다. 하느님이 세상을 창조하실 때 가장 큰 줄기가 시간이었다. 시간이라는 줄 위에 세상을 걸어 놓으셨다.'

세상은 예수 혼자 구할 일이 아니고, 처음부터 끝까지 예수 그에게 주어진 시간 안에 이루어야 할 일도 아니라는 깨달음에 이르자, 뜰에 들어선 사람들이 달리 보였다. 조금 전까지 모두 위로해 주어야 할 사람, 하느님의 뜻을 깨우쳐 주어야 할 사람들로 보였는데, 그들이야말로 같이 손잡고 한 걸음 한 걸음 새 세상을 이뤄 나갈 동료로 보이기 시작했다. 그건 예수가 한 걸음 더 아래로, 낮은 곳으로 걸어 내려갔다는 의미다.

그러면서 예수는 그가 서 있는 자리를 다시 깨달았다. 왼쪽이나 오른쪽 어느 한쪽으로 잘못 걸음을 내디디면 어떤 일이 일어날지 보였다. 그가 성급하게 발을 내딛으면 하느님 나라를 이루어야 할 귀한 생명들이 뜻하지 않게 겪을 고통도 눈에 보였다.

"피! 피 흘리는 일만은 막아야 한다."

"예? 선생님, 무어라고 하셨습니까?"

예수가 혼자 입 밖에 낸 말을 들은 제자들이 놀라 눈을 크게 뜨고 선생의 얼굴을 쳐다봤다.

"어떤 상황에 처하더라도 사람들이 피 흘리며 쓰러지는 일만은 막아야 합니다. 증오와 적의가 번들거리는 눈으로 칼을 맞대고는 결코 하느님 나라를 이룰 수 없습니다. 성전에 모여든 이 많은 사람들이, 모두 놀라 울부짖으며 엎어지고 자빠지고 앞다퉈 성전 문을 빠져나가는 일이 벌어진다면, 그건 이미 하느님 나라를 이루는 일에 실패했다는 말입니다."

"선생님! 누가 피를 흘릴 계획을 세웠는지요? 어찌 그런 말씀을 하시는지요?"

"성전 지도자들과 그들을 앞세운 로마총독이 실패의 길로 우리를 몰고 가려는 계획을 세웠지요. 어제, 내가 희년禧年을 가르치자 벌떡 일어나 즉각 희년을 시행하자고 군중을 선동한 사람들, 바로 나와 우리 모두를 실패로 몰아넣으려고 성전이 꾸민 일이었지요."

예수는 하얀리본이 꾸미는 거사계획만 의미하지 않았다. 하얀리본의 봉기가 없어도, 하느님 나라를 가로막으려는 세력이 꾸밀 일을 말했다.

"선생님! 그러면 우리가 어찌해야 합니까?"

"달아나세요!"

"예에? 선생님, 그 말씀은, 참…."

"세상 모든 사람들이 옳은 일을 위해 목숨을 내놓고 싸우는 것보다 생명을 지키는 일이 더 중요합니다. 밭에서 금방 추수해 온 밀단 보릿단을 활활 타오르는 불 속으로 던져 넣지 마세요. 태울 것이 없으면 불은 꺼지기 마련입니다."

예수의 그 말은 제자들이든 누구든 참 받아들이기 어려운 말이다. 이스라엘에는 하느님의 가르침을 지키기 위해 기꺼이 목숨을 내던진 수많은 순교자들이 있다. 헬라가 믿는 신을 경배하지 않는다고 일곱 형제가 차례차례 고문을 받으며 순교한 역사도 있고, 성전 문에 걸어둔 로마의 상징, 황금독수리를 찍어 내린 일로 산 채로 화형당한 일도 있고, 27년 전에는 세금을 걷기 위해 로마가 실시한 호구조사에 저항한 봉기도 있었다. 그들은 모두 하느님을 따르기 위한 일이라면서 담대하게 죽음을 받아들였다. 하느님이 세상 마지막 날에 그들을 신원해서 다시 살릴 것을 믿었기 때문이었다.

그런데 예수의 가르침은 이스라엘의 전통으로부터 완전히 벗어난 말이다.

"선생님! 그럼 저희들에게 비겁하라고 말씀하시는 겁니까?"

"그건 비겁이 아니오. 하느님이 주신 생명을 지키는 일이오. 밭에 뿌려야 할 종자를 불에 던지지 마시오."

제자들은 모두 당황했다. 좀더 물어보려고 예수 곁에 바짝 모여들었다. 그때, 움막마을 사람들을 만나러 나갔던 유다와 나다나엘이 돌아왔다.

"선생님! '선한 선생이든 악한 임금이든, 누가 주는 빵이든 받아먹고 새 세상이 오는 날까지 견디라'고 선생님 말씀을 전했습니다."

유다가 말을 다 끝내지 못하고 고개를 숙였다. 사람들 앞에서 눈물을 보일 수 없어 고개를 들지 못했다. 남자는 울면 안 되는 사람으로 자랐기 때문이다. 한참을 기다려도 그가 고개를 들지 않자 할 수 없다는 듯 나다나엘이 말을 이었다.

"그 사람들이 모두 울었습니다. 아무 말도 못하고 그저 울었습니다."

"잘했어요. 수고했어요."

유다는 움막마을 사람들에게 다녀온 그 시간에 결코 생각해 본 적 없는 고개 하나를 넘은 셈이다. 하얀리본 거사에 전혀 도움이 되지 않을 움막마을 사람들이었지만, 그들과 마주 앉으니 강퍅했던 그의 마음이 움직였다. 그들 한 사람 한 사람에게도 이름이 있고, 살아온 삶의 주름이 있고, 먹여야 할 아내와 자식들이 있다. 먹여야 할 입 때문에, 빵 때문에 예수 일행을 마주 보지 않고 돌아앉을 수밖에 없는 안타까움이 있다.

넘겨준 돈을 받으며 눈물 흘리던 그들의 눈에서 어쩔 수 없이 받아들여야 할 삶의 현실을 보았다. 그들의 눈물을 보는 순간, 그들이 고개를 숙이던 순간 유다도 사람들이 발 디디고 살아가는 땅을 보았다. 그건 움막마을 사람들의 자리일 뿐만 아니라 그의 자리, 예수의 자리, 다른 제자들의 자리, 성전 뜰에 들어선 모든 사람들이 각자 그 한 몸 세운 자리였다.

움막마을 사람들에게 눈감고서는 하느님 나라를 이룰 수 없다고 생각한 예수나, 마음속에 온통 히스기야를 구출하는 생각으로 가득 찬 그 자신이나 다를 바 없음을 유다는 느꼈다. 무엇을 희생하며 어떤 일

을 이루는 것이 얼마나 허망한 일인지 깨달았다. 고귀한 희생이라고
아무리 칭송해도 희생이란 한 사람의 삶이 가득 기록된 두루마리를 둘
둘 말아 한구석에 밀어 놓는 것과 마찬가지다. 히스기야를 잃으면서
일으키는 하얀리본 거사는 성전 뜰에 일어났다가 스러진 작은 회오리
바람에 불과할 것이라고, 유다는 생각했다.

　성전 뜰에서 예수가 사람들을 가르치는 동안 유다가 슬쩍 므나헴에
게 다가가 은근한 목소리로 말을 걸었다.
　"므나헴!"
　순간 므나헴은 몸을 움찔하며 자세를 고쳐 앉았다. 유다의 표정이
좀 어색하면서도 진지했다.
　"왜 그러시오?"
　"내 하나 꼭 물어보고 싶은 말이 있는데 … ."
　"예, 말하세요."
　"므나헴! 나를 어찌 생각하오?"
　"어찌 생각하다니요? 갑자기 무슨?"
　"그래요. 빙빙 돌리지 않고 말하리다. 나를 어디까지 알고 있소?"
　눈치 빠른 므나헴은 유다의 속셈을 알아챘다. 유다에게 남은 시간
이 얼마 없다는 것을 그도 알고 있기 때문이다.
　"하늘에 떠 있는 구름이 어디 숨을 곳이 있겠소? 올려다보면 누구나
알 수 있지요."
　"그래서?"
　"유다나 작은 시몬, 그대들이 누구인지 나도 알 만큼은 알지요."

186

"그 말은?"

"하늘 위에 떠도는 구름이 왜 사람 눈을 피할까?"

"그럼?"

이제 기선을 잡았다고 생각했는지 므나헴은 유다의 눈을 똑바로 쳐다보면서 일부러 더 천천히, 느릿느릿 한 마디씩 꼭꼭 박아 놓는다는 듯 말했다.

"그럼! 전부 … ."

"므나헴, 하나 부탁합시다."

"무어요?"

"내가 갈릴리 분봉왕을 만날 수 있도록 주선해 줄 수 있소?"

"분봉왕? 안티파스 저하 말씀이오?"

"그렇소!"

"저하야 나 같은 사람이 만날 수 있는 분이 아니고, 어찌어찌 손을 쓰면 알렉산더 공은 연결할 수 있어요."

"그 사람이라도 좋소."

"무슨 이유로?"

"내가 므나헴에게 그걸 지금 얘기할 일은 아닌 것 같소."

"하얀리본, 그래 그 두목 히스기야 때문이오?"

"그것도 있고 … 또 다른 일도 있소. 내가 부탁도 하고 도움 줄 일도 있소."

"그거라면 여기 유대에서는 큰 도움 안 될 텐데 … . 갈릴리에서라면 몰라도."

"그럼 성전 쪽 사람이라도."

"성전? 어느 선을 말씀하시는 게요?"

"그 누구라던가 … , 아, 야손 제사장이면 좋겠는데요."

"그 사람은 내가 손이 안 닿아요. 게다가 그 사람 이름 야손, 그건 헬라 이름이 분명하잖아요? 헬라 이름을 가진 사람이 성전에서 제사장 일을 보며 정보를 총괄한다? 별로 내 마음에 드는 사람은 아니오. 유다가 원하면 알렉산더 공을 만나는 일은 내가 주선할 수 있소. 그런데 내가 내용을 좀 알아야 뭐 얘기를 해보지요."

"여봐요, 므나헴! 내가 그럴 사람이오? 싫으면 그만두시오. 나도 생각이 있소."

"그럼 그만둡시다. 나도 마음으로 꺼려지네요."

그러자 유다는 더 이상 말을 하지 않고 물러났다. 그러더니 무슨 생각인지 걸음을 멈추고 므나헴에게 다시 말을 걸었다.

"없던 일로 합시다. 잊으시오."

"그러겠소. 걱정 마시오."

유다는 남모르게 한숨을 쉬었다.

'아! 어쩐다?'

예수는 하얀리본이 생각하는 것과는 전혀 다른 길을 뚜벅뚜벅 걷고, 새로 하얀리본을 이끌게 된 바라바는 히스기야를 구출하는 일보다 계획한 거사를 이끄는 일에만 매달려 있다. 히스기야를 적의 수중에 남겨둔 채 거사를 포기하고 물러날 수는 없다. 그건 히스기야도 잃고, 예수도 잃고, 빈손으로 가슴이 뻥 뚫린 채 도망치는 일이다. 예수도 성전 뜰에 들어서면서부터 이미 되돌아설 수 있는 경계를 넘었다고 유다는 판단했다. 거사도 물릴 수 없고, 예수도 되돌릴 수 없고. 오직 한 가지 길, 앞으로 나아가야 할 그 길 끝에 커다란 실패가 입을 벌리고 기다리고 있다.

지난 며칠 동안 성전에 드나들면서 유다는 하얀리본이 세운 거사계획이 얼마나 허술한지 크게 깨달았다. 대제사장 가야바는 성전 건물 깊숙이 몸을 숨긴 채 한 번도 군중 앞에 직접 나타나지 않았다. 모르긴 몰라도 유월절이 시작되는 저녁에나 얼굴을 드러낼 모양이다. 게다가 성전 뜰에는 경비대가 이스라엘 뜰로 들어가는 통로를 통제하고, 주랑건물 위에는 전날보다 2배나 많은 로마 군인들이 배치돼 있다.

바라바가 짠 거사계획은 무모하기 짝이 없어 보였다. 하얀리본 결사 5백 명 동지들이 일시에 성전 건물을 공격한다고 해도 보나마나 순식간에 제압당할 것이 뻔했다. 겨우 작은 시카리 칼로 무장한 하얀리본 병력으로는 결코 성전 경비대를 당해낼 수 없다. 오직 한 가지, 예수가 군중을 이끌고 성전을 봉쇄만 해준다면 그 사이 하얀리본이 제사장의 뜰과 그 안쪽 성소에 쳐들어가야 대제사장을 사로잡을 수 있으리라는 것이 그의 판단이다. 군중을 선동하고 이끄는 일에는 예수만 한 사람이 없다. 전날, 1천 명 넘는 사람들을 끌어모았던 예수의 능력이 절대적으로 필요했다.

예수의 마음을 돌려 거사에 끌어들일 수 있는 사람은 오직 히스기야 뿐이다. 그 히스기야가 성전 경비대와 로마 군인들에게 체포되어 있으니 우선 그를 구출하는 일이 유다에게는 거사를 위해 가장 중요한 일이다. 히스기야를 구출하기 위한 계획은 더 이상 바라바와 상의할 일이 아니다. 바라바는 히스기야를 거사에 장애만 될 사람이라고 여기며 일찌감치 포기했다고 유다는 느꼈다.

'어쩐다?'

유다는 마음을 가라앉히고 앞으로 해야 할 일을 단계적으로 구상했다. 가장 중요한 일이 히스기야가 예수를 설득하는 일이다. 예수가 거사에 협력하기로 작정하면 하얀리본과 예수가 어떻게 역할을 나누어 맡을지 합의해야 한다. 예수가 성전을 봉쇄한 틈에 하얀리본이 대제사장을 사로잡으면 성전 경비대는 금방 무력화시킬 수 있고, 다음 순서로는 대산헤드린을 장악하여 로마총독에게 병력의 성전 경내 진입을 중지하라고 요청한다. 대산헤드린이 총독에게 그런 요구를 할 만큼 힘이 생기려면 예수가 예루살렘 주민들과 성전을 찾아온 순례자들을 동원하여 실질적 힘을 확보해야 한다.

로마군을 안토니오 요새와 총독궁 안에 몰아넣고 봉쇄할 수만 있다면 거사에 반쯤 성공했다고 볼 수 있다. 무슨 일이든 시작이 어렵지 마치 돌을 아래로 굴려 내리듯 한번 구르기 시작하면 나중에는 도저히 막을 수 없을 만큼 점점 힘이 커지는 법이다.

'어찌해야 히스기야 동지가 풀려날 수 있을까? 잠시라도 … .'

히스기야를 성전 주랑건물 위에 끌어다 세우는 일을 결정했던 사람, 그를 만나 담판을 지어야 가능한 일로 보였다. 로마 군인들과 성전 경비대 병사들 사이에 히스기야를 세웠다는 것은 그때까지는 성전 경비대가 히스기야를 관할하고 있었다는 의미다. 성전 경비대에 명령을 내릴 수 있는 사람, 유다는 그 사람이 바로 로마군 예루살렘 위수대장이라고 짚었다. 성전 경비대장과 그 윗사람, 로마군 위수대장과 그 윗사람, 그들과 선을 댈 수 있는 사람을 찾기로 했다.

유다가 그런 생각을 하고 있는 동안에도 예수의 가르침은 계속 진행되었고, 성전 뜰에 모인 사람들은 깜짝 놀랐다. 예수라는 사람에 놀라고 그의 가르침에 또 놀랐다.

"이 사람이 누구인가?"

"갈릴리 사람이라는데, 갈릴리 촌구석에서 어찌 이런 사람이 … ."

"이제까지 한 번도 들어보지 못한 가르침이구나!"

"그냥 뭐 좀 안다고 떠드는 사람이 아니고, 그 가르침에 굉장한 권위가 있네."

"저기 토라 선생들보다 훨씬 재미있고 더 깊게 가르치는걸!"

말로 듣는 가르침이란 그 순간을 놓치면 흘러간 물처럼 사라진다. 말을 붙잡아 가슴에 담아 두고 우리에 들어간 양이 되새김질하듯 두고두고 그 말을 씹고 또 씹고 삼켜야 뜻을 깨달을 수 있다. 그런데 예수의 가르침은 달랐다. 지루하게 설명하는 토라 선생들 가르침보다 쉽고 내용도 오래 기억할 수 있을 만큼 재미있었다.

"여러분! 1년은 몇 달이지요?"

"열두 달인 해도 있고, 열세 달인 해도 있습니다."

"맞습니다. 그런데 농사짓고 사는 데는 열두 달, 열세 달이란 말보다 비가 오는 때와 안 오는 때, 꽃피는 때와 과일 익는 계절이 더 중요하지 않던가요?"

예수는 모든 이스라엘 사람이라면 쉽게 알아들을 수 있도록 농사짓는 절기를 예로 들어 설명했다.

"맞습니다. 한 달, 두 달, 열두 달은 매달 무슨 일이 있는 사람이나 달거리하는 여인네한테 중요하지, 우리처럼 농사짓고 사는 사람들이야 늘 계절에 맞추어 일하지요."

예수는 모여든 사람들 중 한 사람과 주고받으며 얘기를 시작했다. 때로는 그 옆자리에 있는 사람이 끼어들기도 하고, 그 뒷자리에 앉은 사람에게 예수가 묻기도 했다. 그렇게 대화처럼 얘기를 시작하면 웅성웅성하던 사람들이 곧 조용해지고 오가는 얘기에 귀를 기울인다. 처음부터 큰 소리로 모든 사람 들으라는 듯 외치지 않고서도 그렇게 조용조용 대화를 시작하면 놀랍게도 사람들은 그 대화에 깊이 빠져들었다.

예수와 대화하던 사람 바로 옆에 앉았던 사람이 말을 받았다.

"예, 그렇습니다, 선생님. 언제 밭을 갈고, 씨 뿌리고 낫을 대야 할지 그런 거는 모두 훤하지요. 흔들리는 나무를 보고, 풀을 보고, 하늘을 보면 알지요. 달이 뜨고 지는 것을 보며 준비하지요."

"그런데 해마다 꽃을 피우고 열매를 맺고 그 열매를 따서 먹는 과일나무가 있다고 생각해 보세요. 집에 그런 나무 있지요? 마당가에 서 있는 오래된 나무!"

그러자 한 사람이 대답했다.

"예, 선생님! 우리 집에 있는 석류나무요. 얼마나 달고 맛있다고요! 우리 동네에서 제일 맛있다고 소문났어요."

"예, 그런데 그 나무는 지난해와 올해만 꽃 피우고 열매 맺었나요?"

"아닙니다. 해마다 어김없이 그럽니다."

"예, 그런데, 언제부터 그 나무가 거기 서 있었어요?"

"제가 어릴 적이었으니까, 30년 가까이 됐습니다. 아버지가 심으셨어요."

"그러니 그 나무에 대하여는 확실하게 아시는군요. 석류나무 심기 이전에 그 자리에는 무슨 나무가 있었어요?"

"저는 잘 모르겠고. 예전에 어머니에게 들으니 무슨 다른 과일나무가 있었다고는 하더군요."

"그럼 어머니가 말씀하신 그 과일나무 이전에는? 그때 무슨 나무가 있었대요?"

"글쎄요…. 그때 우리 집이 거기 있기나 했을까요? 그건 잘 모르겠습니다."

그런 얘기를 주고받으면서 예수는 한쪽으로 한 열 걸음쯤 걸어갔다. 그러면서 오른손으로 허공에 큰 원을 그리면서 발걸음을 옮겨 원래 서 있던 자리로 돌아왔다. 사람들은 예수가 왜 그러는지 이상하다는 듯 고개를 갸웃거렸다.

예수는 때로 사람들이 쉽게 생각하도록 몸동작을 하거나 땅에 그림을 그리거나 목소리를 강하게 약하게, 소리가 높게 낮게 말해서 사람들이 눈으로 보고 귀로 들었던 것을 오래오래 기억할 수 있도록 얘기를 전했다. 아마도, 성전 뜰이 작은 돌로 덮여 있지 않았다면 바닥에 계속 이어지는 커다란 원을 그렸을 것이다. 예수가 움직이면서 허공에 원을 그리니, 그것이 20개쯤 되는 나선형螺旋形 원처럼 보인다고 사람들은 생각했다. 그가 아무 말도 하지 않고 원을 그리는 동안, 마치 굉장히 중요한 일을 하는 사람처럼 팔을 휘둘러 집중해서 원을 그리는 동안, 그가 그리는 원을 따라 사람들은 자기도 모르게 고개를 돌리기 시작했다. 묘한 공명共鳴이다.

"자! 여러분, 내가 무슨 일을 했지요?"

"원을 많이 그리셨습니다."

"20개쯤 됩니다, 원이."

"원이 다 이어져서 마치 나선형 굴레 같습니다."

모두 본 대로, 느낀 대로 대답했다.

"예. 그랬습니다. 여러분이 본 것처럼 내가 그린 나선은 어디에서 끊어지지 않고 저쪽 끝에서 여기까지 이어져 있습니다. 크기도 비슷하고요."

예수가 무슨 말을 하려고 그러는지 알 수는 없었지만 그는 어느새 둘러선 사람들의 마음을 묘하게 하나로 모아 잡았다. 그가 무슨 말을 할지, 무슨 짓을 할지, 꼬투리를 하나라도 더 잡아내기 위해 나온 성전 사람들도 예수에게 빠져들었다. 두고 보자는 마음으로 지켜보다가 어느덧 얘기 속 그가 그려 놓은 나선형 굴레에 빠져 버렸다. 예수가 불경한 짓을 한 것도 아니고 성전 뜰을 파서 밭을 만든 것도 아니다. 겨우 허공에 대고 옆으로 걸으면서 20번쯤 팔을 크게 휘둘렀다.

"여러분 눈에는 이미 그것들이 보이지 않지만, 원이라고 부르든 나선형 굴레라고 부르든 마음속으로 생각해 보십시오. 보이십니까, 그 원들이?"

"예! 안 보이는데 보입니다."

"알기 쉽게 설명하기 위해 원을 그렸습니다. 눈에 보이지 않지만 20개의 원이 있다고 생각하십시오. 시간이란 원래 눈에 보이지 않지만 우리 모두 시간이 흘러간다는 것은 알고 있는 것처럼 … ."

"예!"

사람들은 한목소리로 대답했다.

"원 하나를 한 1백 년쯤으로 잡는다면 20개 그렸으니 모두 다 합하

194

면 2천 년이 됩니다. 이제 여러분은 흘러가는 시간을 한눈으로 볼 수 있고, 2천 년을 이 뜰에서 돌아보고 내다볼 수 있게 됐습니다."

묘한 얘기였다. 아무도 생각 못했던 방법으로 예수는 사람들 눈앞에 시간을 펼쳐 보였다. 그것도 2천 년이나 되는 긴 시간을.

"사람이 살면서 보면, 지난해 겪었던 계절, 비가 오는 때 안 오는 때가 해마다 되풀이되는 것을 알게 됩니다. 거푸거푸 되풀이해 일어나기 때문이지요. 사람 사는 것도 비슷하지요. 갓난아기로 태어나고, 태어난 지 여드레 되면 할례를 받고, 점점 자라 장가가고 시집가고, 자식 낳고, 늙고, 조상의 곁으로 돌아가지요. 아버지도 그러하고 할아버지도 그러했고, 할아버지의 할아버지, 그 할아버지의 할아버지 모두 그렇게 아기로 태어나고 살고 조상 곁으로 돌아가고, 처음 할아버지로부터 아버지 때까지 계속 그런 일이 일어나고 또 일어났지요."

그러더니 집 마당가에 석류나무가 있다고 말한 사람을 돌아보았다.

"아까 집에 석류나무가 있다고 했지요. 그리고 그 이전에 다른 과일나무가 있었고 ⋯ ."

"예! 그건 확실합니다."

"그래요. 그것까지는 확실하게 알아도 그 이전으로 거슬러 올라가면 무엇이 있긴 있었는데 무언지는 잘 모르게 됩니다. 마찬가지로 내가 그린 원이 1백 년이라고 쳤을 때 지금으로부터 거꾸로 세어 보지요. 2개, 3개, 4개 지나갈수록 2백 년, 3백 년, 4백 년이 됩니다. 그렇게 되면 여러분이 알고 있는 일보다는 모르는 일이 더 많아집니다. 여러분이 직접 듣고 만지고 보았던 과거에서 보지도 듣지도 못한 과거로 거슬러 올라갑니다. 두 번째, 세 번째 원부터는 여러분이 잘 모르는 과거가 됩니다. 그러면 그런 과거를 잘 안다는 사람, 지극히 높으신 분에게서 들었다는 사람, 기록으로 남아 있는 것을 믿어야 한다고 말하는 사람이 여러분 앞에 나타납니다. 그리고 그렇게 믿는 것이 옳은 일이라고 말하는 그를 따라서 그가 말하는 대로 믿고 삽니다."

사람들은 시간이 한 줄로 쭉 이어진다는 것을 결코 믿지도 생각하지도 않았기 때문에 예수는 나선형 굴레를 그렸다. 그들은 시간이란 어떤 일이 주기적으로 반복해서 일어나는 과정으로 알며 살았다. 계절의 순환, 사람이 살아가는 삶의 순환, 역사적으로 비슷한 일들이 반복해서 일어나는 역사의 순환, 시간을 그렇게 반복해서 되풀이해 일어난다고 믿는 사람들에게 나선형으로 시간을 설명해 줄 수밖에 없었다. 하나의 굴레는 한 사람이 갇혀 살아가는 경험의 한계였다.

"마찬가지로, 앞으로 일어날 일들도 가까운 날들 안에 확실하게 일어날 일이 있지요. 그런 일들은 누가 믿으라고, 그래야 한다고 일부러 말하지 않아도 여러분은 모두 믿고 알 것입니다. 우리가 그렇게 아는 일들과, 이렇게 많은 나선 굴레를 그려 보면 3개, 4개, 10개, 20개 너머 저쪽에 있는 굴레가 나타내는 미래는 다릅니다. 지난 일이나 앞으로의 일이 마찬가지입니다. 지금 여러분 눈앞에 그려진 굴레든 원이든 한 개 정도는 여러분 모두 확실하게 알고 있는 과거이고, 그보다 숫자가 많은 굴레는 '상상 속의 과거'라고 불러도 됩니다.

앞으로의 일도 그렇습니다. 앞으로 이어서 굴레를 그린다면 굴레하나는 지금 눈앞에 일어나고 있는 일만큼 확실하게 알 수 있지만 그다음, 그 다음다음은 그저 '상상 속의 미래'라고 할 수 있습니다. 내가 중요하게 생각하는 것은 여러분이 땅에 발을 디디고 살고 있는 여기,

우리가 현재라고 부르는 시간 안에 있는 여기의 일입니다."

그러더니 예수는 그 자리에 서서 한 손으로 다시 커다랗게 원을 그렸다.

"보십시오. 내가 한자리에 그대로 서서 원을 그리니, 아무리 많이 그려도 똑같은 원만 그려집니다. 나선형 굴레가 아닌 하나의 원이 반복됩니다. 그런데, 아까처럼 내가 움직이면서 원을 그리니 자연스럽게 움직이는 방향으로 죽 이어진 나선형 굴레들이 생겼습니다. 나는 내가 그렇게 움직인 것을 시간이라고 부르고 싶습니다. 시간이 흐르지 않는다면 우리는 일정 기간 후에 언제나 원래 있던 자리로 돌아오게 됩니다."

예수의 말을 듣던 사람들은 왜 그가 시간에 대해 얘기하려고 했는지 조금씩 알아채기 시작했다. 그때 예수가 사람들을 향해 천천히 두 팔을 벌렸다. 아주 천천히 벌렸다. 그 팔 안으로 시간이, 역사가, 사람들이 살고, 아이 낳고, 죽는 그 모든 일들이 천천히 빨려 들어가는 것 같았다. 적어도 몇 사람은 그렇게 느꼈다.

"내가 여러분에게 얘기합니다. 사람의 역사 속에 시간은 흘러내려 왔습니다. 어떤 때가 되면 모든 것이 되풀이되며 제자리로 돌아온 것 같았어도 시대는 변하고 시간은 천천히 흐릅니다."

사람들의 눈에는 출렁이며 흘러가는 시간이 보였다. 그건 아래로, 아래로 흘러가는 강 같았다. 산을 만나면 다른 길을 찾아 빙 돌기도 하지만 좁은 골짜기에 이르면 갑자기 물살이 빨라지며 소리까지 내면서 급히 흐른다. 둑을 쌓아 강줄기를 막더라도 때가 되면 둑은 터지기 마련이다.

"지배자들은 마치 제자리에 서서 이렇게 팔을 휘둘러 원을 그리는 사람과 같습니다. 그들은 먼저 그린 원이 다음에 그린 원과 똑같다고 말합니다. 상상 속 과거의 원이 현재의 원과 같다고 말합니다. 먼 과거나, 상상 속의 과거가 여러분의 현재를 지배하고 억압하는 셈입니다. 미래도 마찬가지입니다. 과거로 현재를 억압하고, 미래를 현재로 끌어다 놓고 여러분의 현재를 억압하지 못하도록 해야 합니다. 그것이 바로 여러분이 유월절에 이뤄야 할 해방입니다."

그건 유대 사람뿐만 아니라 헬라 사람이든 로마 사람이든 모두 똑같다. 그렇게 명확하게 구분해 보지 않아서 그렇지 사람이 살아가는 데 중요한 때는, 현재라고 부르든 오늘이라고 부르든 내가 부모 모시고 자식 거느리고 살아가는 지금 여기다. 상상 속의 과거나 상상 속의 미래는 그럴듯하게 들리기는 해도 나와 상관없는 때다.

사람들이 느끼는 시간은 생명과 살아가는 일에 관련된 시간이다. 그것만 기억하면서, 기대하면서 살았다. 아내를 맞아들였던 때, 첫 아들을 낳았던 때, 아들을 장가보내고 딸을 시집보내던 때, 늙은 아버지가 숨을 거둔 때, 씨를 뿌릴 때, 김을 매줄 때, 꽃이 필 때, 보리가 팰 때, 과일이 익고 곡식이 영글어 거둬들여야 할 때, 시간이란 그렇게 사건, 일과 연관 지어 이해했다. 해가 뜰 때, 서쪽으로 질 때, 달이 뜰 때, 비가 올 때, 아라비아 사람들이 '함신'이라고 부르는 뜨거운 사막바람이 불어올 때, 그런 현상이 있었던 때로 기억했다.

그건 모두 신이 주관하는 일로 믿었다. 그런 때를 너무 세세하게 나누거나 그 모든 것을 뭉뚱그려서 하나로 묶은 시간이란 그들에게 아무 의미가 없었다. 한 달을 나누어 29일이나 30일로 구분하고 하루를 12

시간으로 나누는 일은, 살아가면서 꼭 필요해서 그런 것이 아니고 아마도 지배자들이 자기들 일을 위해 나눈 시간이라고 생각했다.

식사하는 시간을 정해 놓고 무엇을 먹는 사람들이 아니라 배고플 때, 그것도 참을 수 없을 만큼 배고플 때 무엇이든 먹고 사는 사람들에게는 하루를 12시간으로 나누고 아침 시간을 몇 토막으로 나눌 필요가 없었다. 그들이 경험하는 시간은 때와 때 사이 간격이었고, 그들에게 중요한 것은 어떤 일이 일어났던 때, 즉 시각時刻이었다.

"그런데 여러분, 상상 속의 과거, 상상 속의 미래를 확실하다고 여러분에게 말하고 그때 일을 기억하라고 말하는 사람이 누구입니까? 상상 속의 미래, 먼 훗날을 예비하라고 여러분을 몰아치는 사람들이 누구입니까?"

"글쎄요! 많지요, 당장 저기 … ."

한 사람이 턱으로 성전 쪽을 슬쩍 가리켰다. 그러자 옆에 서 있던 사람이 눈짓을 하며 말렸다. 혹 성전에서 나온 사람이 있을지 모른다는 생각 때문이다.

"이스라엘의 아버지 아브라함이 그의 아버지를 따라 우르를 떠나 하란으로 옮겨갔다고 여러분은 알지요? 거기에서 아브라함이 다시 가나안으로 내려오고, 이집트에 갔다가 돌아오고, 그런 얘기 들으셨지요?"

"그럼요. 그건 우리 모두 너무나 잘 아는 이야기 아닙니까? 우리가 모두 아브라함 자손으로 그건 당연히 알고 있어야 할 얘기지요."

"상상 속의 과거를 오늘로 끌어들이고, 상상 속의 미래를 현재 속으로 끌고 올라와 여러분에게 들이미는 사람들이 있습니다. 그러면서 그들은 그걸 '믿음'이라고 부릅니다."

예수가 갑자기 이스라엘의 조상 아브라함의 얘기를 끌어들이자 성전에서 나온 사람들 눈이 날카로워졌다.

"옛날의 일, 오직 상상 속에만 있는 과거를 오늘로 불러내는 사람들은 신당神堂을 지키는 무당과 다름없습니다. 그들은 과거를 끌어들여 오늘 여러분의 운명을 결정합니다. 그 많은 법과 가르침과 규정들은 여러분을 꼼짝달싹 못하고 묶어 놓는 결박입니다. 그 길에서 한 발자국도 벗어나지 못하도록."

듣기에 따라서는 엄청난 파장을 일으킬 수 있는 말이었다. 성전을 '신당'이라고 부르고, 제사장들을 '무당'이라고 불렀다고 몰아붙일 수 있는 말이었다.

"여러분! 지극히 높으신 분이 어떤 분이십니까? 여러분이 죄를 지으면 엄정하고 무서운 벌을 여러분 머리 위에 곧바로 쏟아 부을 준비를 해두신 분처럼 생각되지 않습니까? 왜 그럴까요?"

"선생님! 하느님이 이미 분명하게 법을 내려 주셨고 그 법에는 축복과 징벌이 붙어 있습니다."

"그렇습니다. 잘 얘기했습니다. 하느님께서 이미 법을 내려주셨으니 우리는 그 법을 지키고 복종해야 한다고 가르칩니다. 성전은 하느님이 정해 주신 법에 따라 예루살렘에 있어야 하고, 그곳에서만 제사를 드려야 하고, 대제사장은 이러이러한 사람만 해야 하고, 여러분은 그 사람들에게 복종하고 공경하고 따라야 합니다. 먼 옛날, 상상 속의 과거를 끌고 나와 여러분의 현재를 억압합니다."

이제 곧 누군가 예수의 얘기를 가로막고 나설 때가 되었다. 아랑곳 하지 않고 예수는 말을 이어갔다.

"상상으로만 생각할 수 있는 미래가 눈앞에 있는 것처럼 확실하다고 누가 얘기합니까? 여러분이 오늘 겪고 있는 고통은, 슬픔은, 억울함 은, 아픔은, 그날이 되면, 언젠가 올 그날이 되면 하느님이 모두 풀어 주고 갚아 준다고 누가 얘기합니까? 지금 고통받고 있는 사람들에게 서 그 사람들 몫을 빼앗아 누리는 사람들이 그렇게 얘기합니다. '하느 님께서 대신 채워 주실 것'이라고. '아무리 현재가 어려워도 언젠가 좋 은 날 오겠지, 내가 살아 있는 동안 그날이 안 오면 내 자식이 살아가 는 동안에 오기는 오겠지' 믿고 기다리라 말합니다.

'가장 어려운 사람, 가장 억눌리는 사람, 지금 아무것도 손에 쥐고 있지 못한 사람이 참아야 한다'고 가르침은 말합니다. 그건 고통의 원 인을 그대로 놔둔 채 나중에 하느님이 대신 갚아 준다고 말하는 겁니 다. 왜 지금 배고픈 사람에게 언제 올지 모를 아득한 미래, 올지 안 올 지 모르는 상상 속의 미래에 배불리 먹을 것이라고 말합니까? 오늘 불 가능한 일이 어떻게 그 먼 미래에는 가능하다는 말입니까?"

그렇다. 이스라엘의 거의 모든 사람이 다음 끼니를 걱정하며 살고 있다. 그런 사람들이 100명 중에 90명이 넘었다. 100명 중 한두 명이 지배계급이었고, 8, 9명은 지배계급에 봉사하면서 궁성이나 성전에 서 일하는 관리였다.

이스라엘만 그런 것이 아니었다. 모든 제국이 그러했다. 왕궁을 세 우는 공사장, 신전을 짓는 공사장, 무너진 강둑을 다시 쌓고, 홍수에 휩쓸린 농토에 엎어져 하루 종일 일하던 메소포타미아의 일꾼들은 빵

접시를 하나씩 옆구리에 차고 지배자들에게 끌려다녔다. 그건 이집트에서도, 바빌론에서도, 앗시리아에서도, 로마제국에서도, 로마제국의 속주 유대에서도 끊임없이 되풀이되는 일이다. 그건 제국이 존속하는 한, 한 사람이 열 사람을 위해 죽든, 열 사람이 한 사람을 위해 죽든, 희생으로 생명을 내놓아야 하는 곳이면 언제나 반복되는 일이다. 희생이라며 생명까지도 거침없이 걸어가는 세상 권세가들이 그보다 가벼운 것이라면 못할 일이 무엇이겠는가?

"여러분, 하루하루 살아가기 힘든 사람들에게 언젠가 그런 날이 오리라고 말하는 사람이 누구입니까? 그렇게 믿고 현재 어려움을 견디며 살라고 말하는 사람이 누구입니까? 사람들을 그렇게 가장 비참하도록 억누르고 빼앗아가면서도 미래 언젠가에는 좋은 날이 올 것이라고 미혹迷惑하는 바로 그 사람들입니다. 그때가 언제입니까?

여러분이 보셨던 것처럼 나선의 굴레를 10개 그린 다음에, 20개 그린 다음에 그런 세상이 온다는 말입니까? 여러분, 내가 얘기합니다. 그런 날은 결코 오지 않습니다. 그건 꿈입니다. 그건 환상입니다. 그건 거짓입니다. 그렇게 말하는 사람들은 상상 속의 과거를 내세워 오늘을 누리며 살고, 오지 않을 상상 속의 미래를 앞세워 여러분을 억압하고 미혹합니다."

해 뜨기 전 아침 이슬에 발이 젖을 때부터 해 떨어진 후에도 껌껌할 때까지 밭에 엎드려 허리도 못 펴고 일만 하며 사는 사람들이지만, 글도 못 읽고 어려운 말 모르는 사람들이지만, 예수의 말은 한 마디도 놓치지 않고 다 알아들었다. 제사장이나 바리새파 선생들이 하는 말은

202

알아듣기 어려웠지만, 예수의 말은 한 마디 한 마디 모두 알아들을 수 있었다. 귀에 쏙쏙 들어왔다. 귀에만 들어온 것이 아니고, 가슴으로 내려오더니 슬슬 분한 마음마저 일어나기 시작했다.

예수가 허공에 그린 수많은 나선을 생각하면서 자기들이 어떤 함정에 빠져 살았다는 생각이 들었다. 벗어날 수 없는 그 굴레 속을 허덕허덕 걸어오다가 그저 어느 굴레 안쪽 어딘가에 쓰러져 사라질 뿐이라는 생각이 들었다. 무언가 크게 속고 살았다는 생각이 들었다. 왜 지배자들은, 선생들은 그렇게 먼 훗날, 상상 속의 미래를 믿고 살라고 가르쳤을까?

"여러분, 오늘 현재를 위해 살아야 합니다. 여러분이 오늘 밤 굶고 잠자리에 들면 미래에 배고픈 것이 아니고 오늘 배가 고픈 겁니다. 오늘 여러분이 배고프면 그건 지난날의 어떤 일, 때로는 어제도 일어났던 일, 여러분이 보고, 듣고, 손으로 만지고, 몸으로 겪었던 어떤 일이 바로 오늘 여러분을 배고프게 한다는 사실에 눈을 뜨십시오. 미래 어느 날로 미루지 말고, 오늘 바로잡아야 할 일입니다. 여러분은 여기에서 오늘 살아가기 때문입니다."

그 얘기를 들으면서 제자들은 정신이 번쩍 들었다. 선생이 다시 위험한 그 선을 훌쩍 넘어 들어가고 있기 때문이다. 그들 생각에 예수는 이제 아슬아슬한 줄타기를 집어치운 사람처럼 보였다. 그가 입에 올리는 말이 한 마디 한 마디 무서운 올가미가 되어 목을 걸어 조이는 것 같고, 이미 몸을 돌이킬 겨를 없이 깊은 골짜기로 미끄러져 떨어지기 시작한 듯 느꼈다. 그런데도 예수는 눈 하나 깜짝하지 않고 군중들 앞에 서서 외쳤다.

"미래 어느 날, 지극히 높으신 분, 하늘 아버지가 누굴 보내 바로잡아 줄 것으로 믿고 그저 참고 기다려야 한다고 배웠던 그 일을 여러분 손으로 오늘 시작해야 합니다. 여러분에게는 그런 권리가 있습니다. 미래를 위해 오늘 고통을 참으라고 말하는 사람에게 오늘 내 고통은 당신들이 나에게 덮어 씌웠던 과거 때문에 일어나는 일이라고 얘기해야 합니다. 그리고 지금 여기에서, 오늘 바로 고통의 원인을 끊고, 오늘부터 새 하늘 새 땅에서 살겠다고 말해야 합니다.

오늘 나를 억누르는 고통을 준 사람들에게, 미래에 좋은 날 올 테니 참고 견디라고 말하는 사람들에게, 오늘 내가 겪는 고통은 바로 당신 때문이라고 말해야 합니다. 내 죄 때문이 아니고 당신이 나에게 지워준 고통이라고 말해야 합니다."

그 말은 선동煽動이다. 성전 지배층과 툭하면 법이니 계명이니 가르침이니 들이대는 율법학자들에게 마주 서서, 당당히 마주 서서 따져 보라는 말이다.

"그리고 그 고통의 원인을 오늘 끊어야 합니다. 왜 그들은 여러분에게 미래 어느 날 좋은 날이 올 테니 참고 견디라고 하는지 아십니까? 오늘 여러분이 들고 일어나 저항하지 못하도록 미혹하는 것입니다. 왜 그들은 자기들에게는 원래부터 과거부터 주어진 권위가 있다고, 그것이 바로 하느님의 뜻이고 하느님이 내려준 법이라고 얘기하는지 아십니까? 여러분이 오늘 그들에게 들고 일어나 저항하지 못하도록 하려고 꾸민 얘기입니다. 과거를 내세우는 사람들이 미래를 앞세워 여러분을 미혹합니다. 여러분이 새 하늘에 눈뜨지 못하도록 눈을 가린 겁니다."

예수가 거침없이 저항抵抗이라는 말을 여러 번 입에 올렸다. 사람들은 조용했다. 저항이라는 말이 얼마나 무서운 말인지 모르는 사람은 하나도 없기 때문이다. 어쩌자고, 이 갈릴리 선생은 다른 곳도 아닌 예루살렘 성전 뜰에서, 성전 경비대가 좌악 깔렸고 로마 군인들이 성전 뜰 주랑건물 위에 촘촘히 늘어서서 내려다보고 있는데, 저항이라는 말을 저리 크게 외칠 수 있단 말인가? 그는 정말 메시아인가, 사람들이 수군거렸듯? 지극히 높으신 분이 그에게 남모를 권능을 부어 주셨단 말인가?

그들은 모두 커다란 충격을 받았다. 처음 듣는 얘기였다. 못 보았던 세상이 눈앞에 활짝 열린 것 같았다. 마치 겨울 어느 날 하늘이 우렁우렁하더니 갑자기 천지를 뒤덮을 듯 비가 쏟아지고, 조금 있다가 언제 그랬냐는 듯 맑고 파란 하늘이 나타난 듯했다. 예수가 입에 올렸던 '새 하늘'이라는 말이 그 얘기를 들은 사람들의 귀에서 맴돌았다.

"갈릴리에서 오신 선생님! 그러면 우리가 어찌해야 한단 말입니까?"

한 사람이 물었다. 그는 예수를 '갈릴리에서 오신 선생'이라고 불렀다. 그 말대로 되면 좋지만 아니면 한발 빼겠다는 마음이 섞여 있다. 아직 내 삶을 예수에게 몽땅 걸 수는 없다는 몸 사림이 배어 있는 말이다. 예수는 말을 끊고 사람들을 천천히 둘러보았다. 그리고 한 걸음 앞으로 나섰다.

"여러분, 이제 내가 여러분에게 하늘 아버지의 뜻을 받들어 말합니다. 그분은 먼 훗날, 까마득한 미래에 일어날 일에 대해 말씀하시는 분이 아닙니다. 언제나 지금 눈앞에서 일어나고 있는 일을 말씀하십니다. 그리고 아버지는 말씀에 조건을 붙이시는 분이 아닙니다. '너희가 이러이러하게 하면 저러저러하게 해주겠다'고 말씀하시지 않습니다. 그분의 말씀은 선언宣言입니다. 선언하시는 분이 선언의 효과를 다음 날로 미루시겠습니까? 선언하신 말씀은 언제나 즉시 이루어집니다. 하느님은 약속이라는 말을 쓰시지 않습니다. 명령이고 확인이기 때문에, 미래로 미룰 수 없기 때문입니다.

명령을 받은 사람은 즉시 자리에서 일어나 따라야 합니다. 하느님께서 확인하는 뜻으로 선언하신 일은 받은 즉시 이루어집니다. 재판장이 '당신은 무죄요. 즉시 석방이오' 판결하면, 즉시 감옥에서 풀려나지 않습니까? 그런데 하느님이 선언하신 일을 어찌 다음 날 다음 달 다음 해로 미룰 수 있단 말입니까?"

하느님의 명령이라면, 즉시 이뤄져야 한다는 말에 사람들은 고개를 끄덕였다. 미루어야 할 이유가 없다는 생각이 들었다.

"그래서 내가 하느님의 뜻을 받들어 얘기합니다."

예수는 거듭거듭 하느님의 뜻을 받든다고 말했다. 이스라엘에는 예로부터 수없이 많은 예언자, 지배자, 지도자들이 하느님의 권위를 빌려 선언했다. 왕들은 하느님의 뜻이라고 내세우며 전쟁을 일으켰고, 제사장들도 하느님의 뜻을 빌려 성전 공사를 벌였다. 예언자들은 하느님의 뜻을 앞세워 왕들과 제사장들, 성전을 꾸짖었다. 그럴 때 듣는 사람들은 혼란을 느낄 수밖에 없었다. 하느님의 뜻으로 다른 하느님의 뜻을 꾸짖는 일이 종종 벌어졌기 때문이었다.

예수의 말을 듣는 사람들도 마찬가지로 혼란을 느꼈다. 하느님의 뜻이라면서 예수가 이제까지 사람들이 믿어왔고 섬겨왔고 지켜왔던 하느님의 뜻, 예루살렘 성전과 가르침을 비난하기 때문이다.

"내가 얘기합니다. 하느님은 누구 한 사람에게만 그 뜻을 밝히시지 않습니다. 하느님을 깨닫고 알고 그 뜻을 받는 일은 누구에게나 열려 있습니다. 여러분에게도 열려 있습니다. 그러니, 하느님의 말씀을 독점했다고 말하는 사람은 누구도 믿지 마십시오. 그건 하느님의 뜻이 아닙니다. 다만 한 가지, 여러분이 분별해야 할 일이 있습니다.

하느님은 누구도 강제하지 않으십니다. 왜냐면 그분은 해방하는 분이기 때문입니다. 그분은 풀어 주시는 분입니다. 그분은 사람을 자유롭게 하시는 분입니다. 그분은 아빠 아버지가 되시는 분이고 사랑이십니다. 사랑은 묶는 것이 아니고 품어 안는 것입니다. 사랑은 떠나지 않고 언제나 여러분과 함께합니다. 여러분을 밖에서 억압하고 옥죈다면 아무리 훌륭한 말을 하고, 아무리 권위에 충만한 말을 하는 사람이라도 말씀을 하느님의 뜻을 전하는 사람이 아닙니다."

그때, 한 사람이 벌떡 일어나 외쳤다. 마치 전날 예수가 희년을 선포할 때 있었던 일과 똑같아서, 제자들은 놀라 그 사람을 그냥 바라보았다. 그런데 그는 전날 사람과 달랐다.

"예수! 그대는 거룩한 성전과 거룩한 일을 맡은 대제사장과 제사장, 지극히 높으신 분이 내려 주신 토라의 가르침을 욕보이고 있소. 내가, 예루살렘 주민을 대표해서 그대를 사로잡아 대산헤드린의 재판정에 세우겠소."

그렇게 크게 외치더니 신호를 보냈다. 그러자 예수 가까이 앞줄에 앉아 있던 사람들, 예수 뒤쪽에 우르르 몰려 있던 사람들이 갑자기 예수를 덮치려 했다. 어림잡아 30명도 넘는 사람들이었다.

이미 유다와 작은 시몬은 무슨 일이 일어날지 예상하고 있었다. 눈치 더디기로 유명한 시몬 게바까지 심상치 않다고 생각하고 도마에게 끔벅끔벅 눈짓하며 예수 주위로 다가가기 시작할 때였다.

"선생님을 보호해라!"

시몬 게바가 다급하게 외쳤다.

"선생님 주위를 둘러싸라! 모두 어서!"

도마도 외쳤다. 마치 잘 훈련된 병사들처럼 모두 몸을 튕기듯 일어나 모여들어 예수를 둘러쌌다. 덤벼드는 사람들 수가 훨씬 많았지만 제자들이 워낙 단단하게 예수를 빙 둘러싸고 버티니 그들도 쉽게 예수에게 손을 댈 수가 없었다.

"저자를 잡아라!"

"잡아서 끌고 가자!"

30여 명의 사람들이 예수를 둘러싼 제자들을 또 밖으로 둘러싸고 빙빙 돌면서 옥죄기 시작했다. 그들 중에는 후다닥 달려들어 제자를 떼어내려는 사람, 제자들에게 발길질하는 사람도 있었다. 그때 유다가 짧게 외쳤다.

"모두 팔짱 껴!"

"팔짱? 팔짱!"

제자들이 어깨를 맞대고 단단하게 팔짱을 꼈다. 그렇게 대치하니 밖에서 에워싼 사람들이 숫자는 많더라도 팔짱을 끼고 예수를 둘러싼 제자들의 보호벽을 허물 수 없었다. 그들도 그저 소리소리 지르고 빙빙 돌며 기회를 노렸다.

그런데 앉아서 예수의 가르침을 듣던 사람들이 우르르 일어나 모여들었다. 그들은 곧 예수를 끌고 가려는 사람들을 에워쌌다. 사람들 숫자는 금방 무섭게 불어났다. 앉아 있던 거의 모든 사람들이 합세했다. 맨 가운데 예수가 서 있고, 그 밖에 제자들이 팔짱을 끼고 원을 이루어 버티고, 그 밖으로 예수를 붙잡아 대산헤드린 재판에 넘기겠다는 사람들이 둘러싸고, 그 밖에 조금 전까지 예수의 가르침을 받던 사람들이 겹겹으로 둘러쌌다.

군중 속의 한 사람이 큰 소리로 외쳤다.

"나는 당신들이 누구인지 알고 있소! 예수 선생님의 가르침을 방해하려고 성전의 명령을 받고 나선 사람들! 만일 선생님에게 손가락 하나라도 댄다면 당신들 30명은 모두 우리 발에 밟혀 죽을 것이오."

그러자 군중 속에서 또 한 사람이 외쳤다.

"이러고저러고 말할 것 없이 저자들 모두 밟아 죽입시다."

"저놈들이 성전 제사장들 하수인이야!"

"이참에 버릇을 고쳐야지. 툭하면 제사장들 힘을 믿고 못된 짓만 골라서 하는 놈들."

예수를 잡아 대산헤드린 재판에 넘기겠다는 사람들이 오히려 군중에 포위되어 해를 당할 형편이 되었다. 그들로서는 한 번도 상상하지 못했던 일이 벌어진 셈이다. 성전에서는 경비대를 직접 내세우기 거북한 상황이면 늘 그렇게 동원할 수 있는 힘센 사람들을 내세워 처리했다. 야손 제사장과 성전 경비대장이 즐겨 쓰는 수법이었다. 그렇게 하면 누구도 직접 성전을 비난하고 나서지 못했다. 성전 경비대가 아니고 성전을 섬기는 예루살렘 주민이 참다못해 나섰다고 둘러댈 수 있었기 때문이다. 심지어 대제사장 가문들은 각각 사설 병력, 가병家兵을 유지하고 있었다. 가야바는 가병만 해도 족히 몇백 명은 된다는 소문도 돌았다.

그런데 뜰 안에 들어와 있던 군중들이 이미 예수의 가르침을 받고 눈을 뜨기 시작했다는 것을, 성전은 미처 생각하지 못했다. 성전 경비대 병력이 예수 앞으로 대오를 맞추어 행진해 들어갔을 때 사람들이 예수를 두고 물러나는 것을 이미 보았기 때문에 아무 저항 없이 쉽게 예수를 체포할 수 있을 것으로 믿었다. 성전 경비대를 시켜 체포하는 대신, 경건한 예루살렘 주민들이 나서서 체포하는 형식을 취하기로 계획을 세웠다.

그런데 예상하지 못했던 일이 일어났다. 성전에서 내세운 사람들이 오히려 군중에게 포위된 난처한 상황이 됐다. 멀리 성전 쪽, 이스라엘의 뜰 안에서 그 광경을 지켜보던 성전 경비대장은 어떻게 처리해야 할지 판단을 내리지 못했다. 경비대를 투입하면 군중들과 충돌할 것이 분명했다. 얼른 부하 하나를 야손 제사장에게 보냈다. 꾀와 술수가 무궁무진한 그에게 좋은 수가 있으리라고 생각했기 때문이다.

"게바! 내 길을 좀 트시오."
예수가 시몬 게바에게 나지막한 목소리로 말했다.
"선생님! 위험합니다."
"괜찮소! 길을 터요!"
시몬은 어쩔 줄 모르고 한 사람 건너 팔짱을 낀 유다를 쳐다봤다.

유다가 고개를 끄덕였다. 그도 언제까지나 이렇게 버티며 대치할 수는 없다고 생각하던 참이다. 조금 더 시간을 끌면 분명 성전 경비대가 개입하고 나설 차례다.

시몬이 팔짱을 풀고 길을 터주자, 예수는 말없이 걸어 나가더니 그를 잡아 대산헤드린에 넘기겠다고 덮쳤던 사람들 앞에 섰다. 맨 처음 예수를 잡자고 선동하면서 신호를 보내 무리를 지휘하던 사람 앞에 예수가 마주 섰다.

예수가 조용히 그의 눈을 바라보았다. 그도 지지 않으려는 듯 예수의 눈을 마주 보았다. 그 사람은 눈에 잔뜩 힘을 주고, 금방이라도 예수에게 덤벼들 자세로 노려보았다. 조금 시간이 지나자, 그가 허물어지기 시작했다. 우선 단단히 버티고 서 있던 두 다리가 가볍게 흔들렸다. 잔뜩 힘을 주고 예수를 노려보던 눈을 자꾸 끔뻑거리고 괜히 주먹을 꽉 쥐었다 펴기를 계속했다. 그런 모습을 보면서 그들 일행도 무엇인가 거북하고 불편한 듯 조금씩 변하기 시작했다.

그때, 예수가 그에게 조용히 말을 걸었다.

"수고했어요. 그러나, 내 때가 아직 며칠 남았소."

그는 아무 말도 못하고 예수가 하는 말을 들었다. 사람들은 보았다. 말은 하지 못했지만, 혼자 무슨 말을 하는지 입을 달싹거리는 그를 볼 수 있었다.

그걸 보면서, 제자들 중 레위나 그 동생 작은 야고보, 빌립, 므나헴, 요한, 요한의 형 야고보, 심지어 눈치가 무디다는 시몬 게바까지 다시 깨달았다. 예수가 그 사람의 마음속으로 쑥 들어가서 그의 마음을 어루만져 주고 있다는 것을. 그 사람인들 예수의 말을 못 알아듣지 않았을 것이다. 그 사람들도 바로 예수가 위로하고 일으켜 세우려는 사람들이다.

그들의 가슴속도 예수의 가르침이 한 번, 두 번, 여러 번 휘저었을 것이다. 살아오면서 누가 그들의 마음을 어루만졌고, 누가 그들의 아픔을 알아주었을까? 누가 그들에게 비 갠 맑은 하늘, 새 하늘을 보여 주었을까? 예수의 눈을 마주 바라보는 사람은 그의 눈에 가득한 한없이 깊고 큰 연민을 거부하고 눈을 돌릴 수 없다. 예수의 눈은 그동안 살아오면서 겪었던 모든 아픔을 부드럽게 어루만져 주는 눈이다. 어머니의 눈이다.

그 광경을 보고 있던 유다가 큰 소리로 외쳤다. 그들을 둘러싼 군중에게 외쳤다.

"여러분! 이 사람들을 그대로 돌려보내 주세요. 손대지 말고 풀어 주세요. 그들은 이제 두려움에서 풀려나 해방을 맛보며 살아갈 사람들입니다. 선생님의 뜻입니다."

예수가 유다를 바라보았다. 그리고 얼굴에 미소를 띠고 고개를 끄덕였다. 제자들 모두 얼굴에 미소를 띠고 군중을 바라보았다. 군중은 예수가 자기를 체포하겠다고 덤볐던 사람들 앞에 마주 서서 오히려 그들을 위로하는 광경을 보았다. 그들 마음속에도 따뜻한 기운이 흘러들었다. 무언가 새로운 일이 시작된다는 희망도 피어올랐다. 그리고 길을 터주었다. 그러더니 다시 예수의 가르침을 받기 위해 각자 앉았던 자리로 돌아갔다.

그런데 놀라운 일이 또 일어났다. 사람들이 전혀 예상하지 못했던 일이다. 조금 전까지 예수를 붙잡아가겠다고 기세등등 나섰던 사람들이 그 자리를 벗어나지 않고, 머뭇머뭇 하다가 군중 맨 뒷자리로 걸어가 조용히 자리 잡고 앉았다. 다시 예수의 가르침을 받겠다고 그들도 군중 속에 남았다. 그건 모두의 가슴속에 뿌려진 부드러운 햇빛 같았다. 지글거리며 한낮을 달구는 햇빛이 아니고, 하늘 아래 서 있는 모든 사람에게 골고루 내리쬐는 햇빛 같았다.

"여러분! 우리가 팔을 벌리면, 사람들은 내 가슴 안으로 들어옵니다. 내가 진심으로 가슴을 열었는데 그 가슴에 칼을 꽂는 사람은 없습니다. 그건 내가 내 손에 아무것도 방비할 것을 가지고 있지 않을 때 그렇습니다. 내가 한 손에 칼을 움켜쥔 채 '네가 칼을 먼저 내려놓으면 나도 칼을 내려놓겠다'고 말할 수 없습니다."

예수의 말을 사람들은 진정으로 받아들였다. 그들 눈으로 조금 전에 일어났던 일을 보았기 때문이다.

"들으십시오. 하느님의 말씀입니다. '누구든 사람이 피를 흘리게 하는 자는, 다른 사람에 의해 그도 피를 흘리게 될 것이다. 하느님의 형상을 따라 하느님이 사람을 지으셨기 때문이다.' 여러분은 이 말씀을 잘 알 것입니다. 하느님이 대홍수로 세상을 멸하신 후, 노아를 통하여 새로운 세상을 이루면서 그에게 해주신 말씀입니다. 하느님은 다시는 물로 세상을 멸하지 않겠다고 약속하셨고, 그 약속의 증거로 무지개를 보여주셨습니다."

앞줄에 앉아 눈을 반짝이며 듣던 젊은이가 물었다.

"선생님! 사람의 피를 흘리게 한 사람을 하느님이 아니라 그 피에 대해 다른 사람이 보복한다는 말처럼 들립니다."

"잘 들었습니다. 바로 그 말씀입니다."

"왜 전능하신 하느님이 보복하고 벌을 내리시지 않고, 다른 사람이 그 사람으로 하여금 피를 흘리게 합니까?"

"그 말씀 뒤에 하느님께서 덧붙이신 내용을 깨달으십시오. '하느님의 형상에 따라 하느님이 사람을 지으셨기 때문'이라는 그 말씀에 깊은 뜻이 있습니다."

"사람은 모두 하느님의 형상을 따라 지음받았기 때문에 다른 사람이라도 하느님을 대신해서 보복할 수 있는 권한을 위임받았다는 말씀인가요?"

"아닙니다. 하느님이 그분을 대신해서 처벌할 수 있는 권한을 다른 사람에게 위임했다는 말이 아니고, 하느님의 거룩한 분노에 의해 살인자가 하느님으로부터 직접 벌을 받는 대신, 그렇게 서로 죽이고 죽는 일이 인간 세상에 벌어진다는 경고입니다. 하느님의 형상에 따라 지음받은 사람들이 서로 죽이고 죽는 세상, 그런 세상은 하느님께서 가장 슬퍼하시는 세상일 것입니다. 누가 그 세상을 바로잡아야 하겠습니까? 다시 하느님이 나서야 합니까? 그럴 수 없습니다. 하느님께서는 다시는 인간 세상을 멸망시키지 않겠다고 약속하셨습니다. 다시는 물로 세상을 멸하지 않겠다고 사람들과 약속하신 하느님이, 물이 아닌 불이나 폭풍이나 지진이나 병이나 흉년으로 사람을 멸하시겠습니까? 아닙니다. 하느님은 그렇게 말장난하시는 분이 아닙니다. 멸하지 않겠다는 약속이 중요하지 수단을 내세운 것이 아니기 때문입니다.

그러면 이제 남은 것은 두 가지 중 하나입니다. 하느님이 약속을 깨뜨리고 다시 세상을 멸망시킬 것인가? 아니면 사람들이 스스로 깨우치고 돌이켜서 하느님의 형상을 받은 사람답게 살 것인가?"

　그건 사람들이 처음 들어본 얘기였다. 그들은 어느 날 하느님이 세상을 심판하고 종말을 가져올 것이라고 믿고 있었다. 심지어 6백여 년 전에 바빌론에 포로로 잡혀갔다는 다니엘의 이름으로 2백여 년 전에 쓰인, 세상의 종말과 심판을 기록한 예언서도 돌아다녔다. 아담의 6대손이자 나중에 대홍수로 살아남은 노아의 증조할아버지 에녹의 이름으로 250년에서 3백 년 전에 기록됐다는 예언서도 세상 마지막 날을 예언하고 있었다. 예언서에 따라 사람들은 하느님이 세상을 멸망시킬 날이 곧 오리라고 믿었다.

　"다시는 세상을 멸망시키지 않겠다고 약속하신 하느님이 때때로 사람 사는 세상에 끔찍한 재앙을 내리시겠습니까? 제국의 군대를 보내 이스라엘을 처벌하시겠습니까? '너희들이 저지른 죄 때문에 내가 이런 벌을 내린다'라고 태연하게 말씀하시겠습니까? 아닙니다. 하느님은 그런 분이 아닙니다. 그러면 여러분이 겪었던 그 숱한 환란患亂과 끔찍하기 짝이 없는 살육과 파괴는 왜 일어났을까요? 하느님은 그렇게 처벌하시는 분이 아닌데 … ."

　한 사람이 한숨을 쉬면서 조용히 말했다.

　"하느님의 뜻이 아니라면 악한 귀신, 세상을 무너뜨리려는 사탄의 힘이 아니겠습니까?"

　하느님의 뜻이 아니라면 오직 남은 것은 한 가지 대답밖에 없고, 그건 가장 상상하기 무서운 일이다. 예수가 대답했다.

　"그렇다면 하느님이 세상을 망치도록, 그렇게 마음대로 파괴하도록 악한 세력에게 세상을 내맡기셨단 말입니까?"

예수의 물음을 듣던 사람들 모두 당황한 표정을 지었다. 그럼 무엇 때문이란 말인가? 하느님의 처벌도 아니고, 악한 영의 역사役事도 아니면 무엇이란 말인가?

"들으십시오. 여러분은 이제까지 결과를 보고 원인을 찾아냈습니다. 그건 바로 여러분이 한 가지 뚜렷한 큰 가르침에 기대어 살기 때문입니다. 하느님의 축복을 받는 일과 저주를 받고 처벌받는 일입니다. 사람이 죄를 지으면 그 사람이 저주받고, 민족이 죄를 지으면 그 민족이 처벌받는다고 믿고 살았습니다. 시간으로 따져보면 먼저 죄를 짓고 그 결과로 처벌받게 됩니다. 과거의 어느 때 지었던 죄 때문에, 여러분의 조상 누군가 지었던 죄 때문에 그 조상이나 조상의 아들이 고통을 받았고, 그리고 여러분도 고통을 받는다고 믿습니다."

"예! 선생님, 그렇습니다. 그렇지 않습니까?"

그들은 죄와 처벌이라는 굴레 속에 갇혀 살아온 사람들이다. 그래서 예수는 끝없이 이어지는 나선형 굴레를 허공에 그렸었다. 그렇게 이어지는 굴레는 개인의 죄와 사회 전체가 저지른 죄를 구분하지 않았다. 토라의 가르침을 통하여 사람이 살아가는 거의 모든 행동이 죄의 굴레 속에 있고, 그 죄를 씻는 의식과 절차가 정해져 있으니 토라가 지켜보는 눈을 벗어날 방법이 없다. 죄와 그 죄에 따른 처벌은, 사람이 어미 몸에서 떨어져 나와 스스로 숨 쉬기 시작할 때부터 마지막 숨을 내쉬고 눈을 감을 때까지 사람 살아가는 모든 일에 따라붙고 덮어씌워지는 운명이 됐다.

"이렇게 본다면 죄는 오늘 짓고, 저주와 처벌은 내일 받는다는 말입니다. 그래서, 세상은 미래를 들이대며 오늘 여러분을 지배합니다. 나중에 처벌받지 않으려면 오늘 이런저런 죄를 짓지 말라고 윽박지릅니다."

사람들은 고개를 끄덕였다. 그들이 사는 세상이 그러했다. 그들이 유월절 제사를 드리기 위해 먼 길 마다하지 않고 예루살렘 성전을 찾은 것도, 이스라엘 남자라면 1년에 3번은 꼭 성전에 올라 제사를 드리라는 명령을 거역하지 않기 위해서다. 축복은 언감생심 바라지 못해도 저주와 처벌만은 피해야 했다.

"그런데 한 가지 더 생각해 봅시다. 여러분은 욥이라는 사람 이야기를 잘 알 겁니다."

"예! 불쌍하게 됐습니다."

"사실 욥은 죄를 지은 것이 하나도 없습니다."

"정말 억울합니다."

"그렇습니다. 욥은 하느님을 섬기는 올곧은 사람이었습니다. 그에게 사람에게 내릴 수 있는 가장 큰 고통과 재앙이 닥쳤습니다. 자식들이 죽고, 가축도 모두 사라지고 욥 그 자신은 몹쓸 병에 걸려 차라리 죽는 것이 낫겠다는 생각이 들 만큼 괴로웠습니다. 그런데 욥의 친구들이 위로한답시고 찾아와서 욥의 죄를 찾아내기 시작했습니다.

'자네가 이런 고통을 당하는 것에는 필경 자네가 남몰래 지은 죄, 스스로도 모르게 지은 죄가 있기 때문일 게야!'

그건 모든 고통은, 재앙은, 하느님의 처벌이라고 생각하며 살았기 때문입니다. 처벌은 죄의 결과라고 믿었습니다. 친구 욥이 지금 겪는 고통은 그가 지은 죄 때문일 것이라고 믿는 것이 모든 사람들의 생각이었습니다. 그렇게 오늘 겪는 고통이 과거에 저지른 죄 때문이라고 말하는 것은, 오늘 여러분이 눈으로 보고 몸으로 겪는 고통의 원인을 과거에 지은 죄의 결과라고 거슬러 올라가는 겁니다. 결과는 오늘이고 원인은 어제가 됩니다. 현재는 과거의 결과라는 겁니다. 현재 이러하니 과거에 저러했겠다고 얘기하는 겁니다."

사람들은 조금씩 깨달았다. 현재가 미래의 처벌을 불러오고, 현재가 과거의 죄를 증명한다는 얘기였다. 그렇다면 예수가 허공에 그려 보여주었던 그 굴레는 영원히 벗어날 수 없는 닫힌 굴레다. 끝없이 이어지는 나선형의 굴레는 그저 끝없이 이어진 선이 아니고, 꼼짝 못하게 가두는 통이다. 빠져나올 수 없는 동굴이다. 어쩌면 끝과 시작이 마주 붙은 커다란 순환일지도 모른다.

"대홍수가 끝나고 하느님이 노아에게 말씀하셨습니다. '내가 너와 네 후손과 너와 함께한 모든 생물에게 언약言約을 세우리니, 다시는 모든 생물을 홍수로 멸하지 아니할 것이라.'"

예수는 하느님이 노아와 그 후손과 생물에게 세운 언약을 암송하고는 입을 닫았다.

사람들은 그의 입에서 다음에 무슨 말이 나올 것인가 기다렸다. 조용히 기다렸다. 그렇게 기다리는 시간은 생각보다 훨씬 더 길게 느껴지는 법이다. 숨을 한 열 번 들이쉬고 내쉴 시간이 때로는 하루 한나절만큼이나 길게 느껴진다. 그 자리가 그랬다. 예수가 하느님의 언약을 암송했으니 분명 그 언약을 들어 무엇을 설명할 텐데 아무 말 없이 침묵을 지키고 있어서 더 그랬다. 모두 조바심이 났다.

왜 그럴까? 왜 예수가 입을 다물고 다음 말을 하지 않을까? 제자들도 궁금했고, 성전 뜰에서 그 앞에 모여 앉은 사람도 궁금했고, 성전이 그들 사이에 심어 놓은 사람들도 궁금했다. 그러면서 그 언약이 무엇을 의미하는지 다시 생각하기 시작했다.

'언약'이라고 부르니 하느님과 사람이 맺은 가장 오래된 약속이라는 생각이 들었다. 보통 약속이라는 말과 하느님이 사람과 세우는 언약은 달랐다. 그건 하느님의 축복과도 달랐다. 하느님은 약속을 철회할 수도 있고, 축복을 취소할 수도 있는 분이다. 그러나 언약은 하느님이든 사람이든 한쪽이 취소하거나 지키지 않는다고 그 효력이 사라지지 않는다. 언약이라고 부르면 하느님 스스로도 그 언약에 구속된다.

"언약?"

"언약!"

사람들은 서로 얼굴을 보며 묻고 대답했다. 이제 그 얘기가 얼마나 엄중한 얘기인지 사람들이 조금씩 깨닫기 시작했다. 살아오면서 수없이 들었던 얘기가 다시 가슴속에서 살아나는 순간이다.

"아까 예수 선생님이 얘기했잖아…. '다시는 물로 세상을 멸하지 않겠다고 언약을 맺은 하느님은 불이나 지진이나 다른 어떤 방법으로도 세상을 멸하지 않는다'고. 그럼 이게 뭐야…. 우리가 겪었던 그 수많은 고통은?"

"그건 하느님이 세상을 멸하지 않는다는 언약이지, 어떤 사람이 잘못한 것까지 죄를 묻지 않는다는 말은 아니지! 안 그래?"

"어떤 사람의 잘못 때문에 민족이 겪었던 재앙과 파멸, 죽음은 어쩌고?"

"아이구! 나는 몰라! 예수에게 물어봐! 그런데, 왜 말을 않고 가만히 서 있지? 얘기가 끝난 건가?"

사람들의 궁금증이 더 참을 수 없을 만큼 커졌을 때 예수가 입을 열었다.

"하느님이 노아와 그 후손과 뭇 생명에게 세우신 언약에 조건을 붙이셨습니까? '너희가 이렇게 하거나 저렇게 하지 않는다면, 내가 다시는 물로 세상을 멸하지 않겠다!' 그런 조건이 있었습니까?"

"아니오! 그런 말씀은 없었습니다."

"아까 얘기했던 것처럼, 물이 아닌 다른 방법으로는 세상을 멸할 수 있다고 언약의 범위를 스스로 제한하시는 분입니까?"

"아닐 텐데요? 아까 선생님도 그렇지 않다고 말씀하셨잖아요."

"그럼 '세상을 완전히 멸하지는 않겠지만, 지은 죄에 따라서 절반은 멸하겠다, 7할은 멸하겠다, 9할은 멸하겠다, 아니면 백에 하나는 멸하겠다'고 말씀하셨나요?"

"그것도 아닙니다. 그런 얘기는 있지도 않았습니다."

"'나라나 민족은 멸하지 않겠지만, 잘못을 저지른 사람에게는 가장 비참한 벌을 내리겠다'고 하셨나요?"

"그것도 아닙니다."

"그러면, 욥에게 재앙과 고통이 내려졌던 것처럼, 하느님과 사탄이 서로 사전에 합의하고, 욥이 얼마나 견디는지 보려고 죄 없는 욥에게 그런 고통을 내리셨을까요?"

"그건 좀 이상합니다. 하기야 하느님이 하시기로 말하면 못 하실 것도 없지만, 욥이 그런 모든 시련을 겪으면서도 끝까지 하느님을 섬기고 충성했다고 칭찬하는 얘기라고 하더라도, 그건 듣고 있기에 많이 불편합니다. 이미 욥의 자식들은 영문도 모르고 죽었잖아요. 그래서 저는 도저히 ….”

“잘 말했습니다. 하느님이 언약을 세우면서 다시는 세상을 멸하지 않겠다고 하셨다면, 그건 하느님도 깨뜨릴 수 없는 언약입니다. 조건을 붙이지 않고 그런 언약을 맺으셨다는 얘기는 그 언약을 맺은 이후부터는 세상을 멸망시키는 일이 일어난다면 하느님의 뜻이 아니라는 얘기입니다. 그리고 세상을 멸망시키지 않겠다는 언약은 개인도 멸망하도록 내버려두지 않겠다는 말씀입니다. 한 사람에게 세상 끝이 닥친다면 세상도 그 끝을 맞이하기 때문입니다. 개인이든 세상이든 고통을 겪는 원인을 더 이상 하느님의 뜻에서 찾지 말라는 말입니다. 하느님은 여러분이 고통받는 것을 두고 보시는 분이 아닙니다. 언약을 맺은 그날부터 하느님은 고통에서, 억압에서, 세상 끝날을 맞은 것처럼 캄캄한 절망에서 여러분을 끌어올리고 일으켜 세우는 분입니다.”

“그럼, 예수 선생님! 지금 이 고통은 누구의 죄 때문입니까? 누가 우리에게 덮어씌운 겁니까? 죄 때문이 아니라면 ….”

그 사람은 말을 하다가 갑자기 멈칫했다. 그의 가슴속에 번쩍 번개 치듯 어떤 생각이 지나갔기 때문이다. 그의 말을 듣고 있던 사람들도 마찬가지였다. 때로는 한자리에 앉은 사람들이 제각각 다른 생각을 하기도 하지만, 어떤 때는 그 자리에 있는 모든 사람이 똑같은 생각을 하기도 한다. 그 자리가 그랬다. 그들도 같은 생각을 했다. 그건 생각하기에 따라서는 더 무서운 일이다. 고통의 원인이 눈앞에 어렴풋이 나타나기 때문이다.

"내가 얘기했듯이 시간에 대해 다시 생각해 봅시다. 오늘 현재는 상상으로만 알 수 있는 먼 과거가 아니고, 상상 속에 있는 먼 미래가 아닙니다. 여러분이 살아가는 오늘, 지금 여기입니다. 여러분이 저질렀다는 죄 때문이 아니고, 여러분이 지금 저지르고 있다는 죄 때문이 아니고, 다른 이유로 고통을 겪습니다. 죄 때문에 하느님이 처벌하신 것이 아니고, 죄 때문에 하느님이 내일이라도 처벌하실 일이 아니라는 말입니다. 여러분이 쓰고 있는 굴레를 벗겨 주시는 하느님, 그분의 형상대로 지음받은 귀한 모든 사람에게 눈 뜨라고 말씀하시는 하느님, 그분이 말씀하십니다. 여러분에게 책임 없는 과거의 죄가 여러분을 지금 억누르지 못하도록, 무언지도 모를 죄 때문에 여러분이 고통 속에서 허덕이지 않도록 하느님은 해방을 선언하십니다. 여러분에게 씌워진 굴레, 여러분에게 던져진 그물을 보라고 말씀하십니다.

'그건 내가 한 일도 아니고, 내가 허락한 일도 아니다.'

그러니, 하느님의 뜻이라고 내세우며, 예전에 하느님이 그들에게 그런 권한을 주셨다고 내세우며, 하느님이 내려주신 가르침은 오직 그 한 가지라고 내세우며 여러분을 얽어매는 그 어떤 것도 하느님의 뜻이 아니라는 말입니다."

사람들은 그 얘기를 들으면서 허리를 폈고, 고개를 들었다. 지배자들은 과거에서 그들의 정통성을 찾고, 사람들이 살아가면서 현재 가지고 있는 불만에 대하여는 언제 이루어질지 확신할 수 없는 미래의 축복을 들어 대답했다. 죄에 따르는 저주와 처벌도 그렇지만 하느님의 축복도 그러했다. 가르침이라는 토라를 보면 죄를 지어 처벌받을 일이 100가지 일 중에 90가지가 넘는다면 축복받을 일은 그 100가지 중에 10가지도 안 된다. 저주와 처벌에 대해서는 모든 것을 확실하게 설명해주던 지배자도, 축복이라는 말을 입에 올릴 때는 언제나 애매하게 얼버무렸다. 더구나 미래의 축복은 그들 지배자의 손에 달린 일이 아니고 그들이 책임질 일도 아니다. 그들은 과거는 확실하다고 말하면서 미래는 하느님의 손에 달린 일이라며 미루었다.

지배자는 언제나 말했다.

"그건, 하느님께서 정한 때에, 그분이 정한 방법으로, 그분이 선택한 사람에게 주어질 축복입니다. 그날을 믿고 기다리며 그분이 내려주신 가르침 토라, 그리고 성전의 지도에 따르시오! 하느님이 축복하실 만한 삶을 사시오!"

결국, 과거가 정통성이라는 옷을 입고 오늘을 지배하고, 그 정통성을 움켜쥔 지배자들은 미래에 대한 책임은 회피하면서도 지배는 유지하겠다는 욕심을 내려놓지 못했다. 율법과 가르침 안에 머무는 것밖에는 다른 희망이 없다는 선언이었다. 문제는 이미 법과 가르침 밖으로 밀려난 사람에게는 어떤 미래도 없다는 것이었다.

예수는 긴 가르침을 정리하고 마무리하기로 했다. 이제 다음 얘기로 옮겨가야 할 때가 됐기 때문이다. 4년 넘는 기간 동안에 갈릴리에서 가르쳤던 내용들을 예루살렘 성전에서 다시 한 번 사람들에게 전해주어야 하기 때문이다. 깨우쳐야 할 사람들은 갈릴리 지방 사람뿐만

아니고, 유대 지방과 사마리아 지방, 그리고 그가 만날 수 있는 세상
모든 사람들이다.

"여러분! 오늘 여러분이 살아가는 세상이 여러분에게 하늘 아버지
가 부어주시는 축복이어야 합니다. 그 축복은 그 누구도 가로막을 수
없고, 가로챌 수 없고, 먼 훗날 어느 때로 미룰 수 없습니다."

예수의 가르침은 그래서 위험하다. 그는 오늘을 살아가는 사람들에
게 그들의 몫, 하느님의 사람과 축복이 있다고 가르치기 때문이다. 현
실적으로 내일을 생각할 수 없는 처지이기도 하지만 제도적으로 미래
를 계획할 수 없는 사람들, 죄인으로 불리는 사람들, 그들에게 미래를
오늘로 앞당겨 손에 쥐여 주는 것이 예수가 해야 할 일이다. 그 먼 미
래가 지금 그들 눈앞에서 이뤄지고 있다는 복음의 씨를 뿌리는 일이
바로 그들에게 미래를 열어주는 일이다. 복음의 씨를 뿌렸으니 싹이
나고 추수할 날이 올 수밖에 없다. 예수에게도, 따르는 제자에게도,
그의 말을 듣는 사람들에게도 그날은 현재의 일부다.

"다시 말하지만 하느님은 벌을 내리시는 분이 아닙니다. 그분이 법
을 정해 놓고 법을 어기는 사람은 가차 없이 잡아다 감옥에 가두는 분
이 아닙니다. 이스라엘에게 법을 내려 주시고 법을 어겼다고 이방 제
국을 끌어들여 칼로 베고 창으로 찌르고 불 지르고 무너뜨리고 잡아가
도록 허락하시는 분이 아닙니다. 하느님이 그런 벌을 내리셨다고 가
르치는 사람이 있다면 그가 누구이든, 어떤 예언자였든 하느님의 사
람이 아닙니다."

그리고 예수는 큰 목소리로 외쳤다.

"우리 조상들, 북왕국 이스라엘은 하느님의 뜻을 어겨서 앗시리아

224

에게 멸망했고, 남왕국 유다도 하느님의 뜻을 어겨서 바빌론에게 망했고, 그렇게 망할 때까지 수없이 이방 나라의 침입을 받았다고 여러분은 들었습니다.

들으십시오. 내가 여러분에게 말합니다. 하느님은 떠난 자식이 돌아오기를 기다리시는 분이지, 끝까지 쫓아가 벌주시는 분이 아닙니다. 세상 어느 아버지가 아비의 뜻을 거스르고 집을 나갔다고 하인을 보내고 군대를 보내 집 떠난 자식을 잡아 죽입니까? 세상 아비도 하지 않을 일을 하늘 아버지가 하시는 분이라고 가르친다면 그 가르침은 거짓입니다."

그리고 예수는 사람들을 이끌고 껑충 뛰어오르듯 가르침의 흐름을 바꿨다.

"여러분, 하느님을 무서운 분처럼, 분노하시는 분처럼 생각하지 마십시오. 그건 지배자들이 파놓은 함정입니다."

"함정이라고 하셨습니까?"

"예, 함정입니다. 세상 어느 왕보다 더 큰 권력자, 번개가 번쩍 가르듯 하늘을 쪼개고, 땅이 꺼져 바다가 되고, 산이 하늘을 날아 바다에 빠질 만큼 무시무시한 힘을 가진 하느님, 하느님이 그런 분이라고 가르친다면, 그건 하느님을 내세워 사람을 억압하겠다는 뜻입니다."

예수는 하느님과 사람 사이에 끼어들어 스스로 하느님의 뜻을 전한다는 매개자들 얘기로 옮겨갔다. 갈릴리에서도 그는 여러 번 그렇게 가르쳤다. 기뻐하고 분노하고 슬퍼하는 하느님, 미워하기도 하고 사랑하기도 하는 하느님. 그런 분이라고 생각한다면 그분이 기뻐하는 일, 그분에게 사랑받을 만한 일을 골라서 하며 살아야 한다. 그런 하느님은 언제나 매개자를 통해 사람들과 만난다.

예언자라고 부르든 왕이라고 부르든 제사장이라고 부르든, 언제나 매개자나 대리인이 하느님의 뜻, 하느님이 기뻐하는 일, 그 뜻을 거스르는 사람에게 쏟아붓는 하느님의 분노를 증거한다. 하느님의 분노는 언제나 폭력의 크기로 표현된다.

"내 말을 들으십시오. 왕들이 얘기한 하느님은 왕의 욕망을 하늘에 비춘 환상일 뿐입니다. 통치를 위해 신이라는 그림자가 필요했을 뿐입니다. 왕들이 얘기하는 하느님 섬김은 지배자를 섬기고 충성한다는 말입니다."

예수는 꿰뚫어 보았다. 지배자들은 하나같이 신을 등에 업었다. 지배자 스스로 신이 되었든, 신에게 선택됐다고 부르든 그건 마찬가지였다. 지배자의 뜻을 신의 입에 연결해 주는 사람들이 있었다. 그들은 모두 신에게도 거주할 집이 필요하다고 믿는 사람들이었다. 지배자는 그렇게 자기에게 순종하는 사람들 중 복종이 몸에 밴 사람을 가려 뽑아 신의 집을 맡겼다.

신이든 왕이든 폭력을 슬쩍슬쩍 내보이면서 복종과 충성을 요구했고, 사람들은 두려움에 떨며 충성하고 복종했다. 왜 그래야 하는지 묻지 못하고 오직 받아들이는 일만 허락됐다. 왕이 분노에 가득 찬 눈으로 굽어 내려다보듯, 신이 한 손에 징벌을 들고 다른 손으로 어느 방향을 가리킨다면 묻지 않고 빨리 그쪽으로 몰려가야 했다.

자연이 일으킨 재해였든 제국이 짓밟으며 펼친 폭력이었든, 폭력에 대한 사후 해석은 그물이었다. 신이 던졌다는 그물은 세상을 덮고, 황

226

제나 왕이 던진 큰 그물은 나라를 덮고, 그보다 작은 지배자가 던진 그물은 지방을 덮었다. 차례대로 그물을 던지면 누구도 벗어날 수 없었다. 퍼덕퍼덕 비늘 싱싱한 물고기가 가득 걸려 올라오는 그물을 던져 본 사람은 늘 자기 그물을 가지고 다녔다. 때를 만나면 들고 있던 그물을 확 펼쳐 던지는 것만으로 충분했다. 재난이 지나간 자리, 제국의 폭력이 휩쓸고 지나간 땅에 사후에 설명할 수 없는 징벌은 없기 때문이다.

"로마나 헬라, 이집트, 그리고 어떤 나라든 도시마다, 지방마다 각각 그들을 보호해 주는 신이 있다고 믿습니다. 전쟁, 농사, 폭풍, 바다, 풍요, 죽음, 질병처럼 사람이 어쩔 수 없는 운명이나 자연을 지배하는 신도 있고, 결혼을 돌보는 신, 먼 여행길을 돌보는 신도 있습니다. 그러면서 인간 세상은 큰 신 작은 신, 높은 신 낮은 신이 다스리는 신의 세계를 땅에 그대로 비춘 세상이라고 믿습니다. 목수의 신, 어부의 신, 농부의 신, 먼 길 돌아다니며 장사하는 상인의 신, 이름 모를 신이라는 신까지 그렇게 여러 신을 모시고 삽니다. 새로운 직업이 생기면 그 직업을 맡은 새로운 신이 나타났지요. 가장 높은 신은 하늘에 있다는 모든 신을 지배한다고 믿습니다. 신의 세계에는 서로 싸우고 충돌하는 대신 각각 정해진 역할과 힘에 따라 복종하고 순응하면서 질서를 이뤘습니다."

이스라엘은 야훼 하느님 오직 한 분만 섬기는 백성이다. 예수가 말하는 그렇게 많은 신은 이스라엘의 얘기가 아니고, 이방의 얘기라고 사람들은 받아들였다. 왜 예수가 갑자기 이방의 신 얘기를 성전 뜰에 끌어들였을까? 무슨 뜻일까? 사람들은 고개를 갸웃거렸다.

"여러분! 이스라엘이 섬긴 하느님 야훼는 원래 전쟁에 능한 분이었습니다. 그런데, 어느 때부터 자기 백성 이스라엘도 보호하지 못하는 분처럼 느껴지기 시작했습니다. 동쪽 제국, 서방 제국이 연이어 이 땅을 점령하고 백성을 줄줄이 묶어 포로로 잡아가도 속수무책 바라만 보시는 것 같았습니다. 더 이상 전쟁할 때마다 승리를 보장한다던 만군의 주가 아니었고, 법궤法櫃를 메고 전쟁에 나가도 적에게 패하는 일도 벌어지고 법궤를 빼앗기기까지 했습니다. 성전 가장 깊은 곳에 모셔두었던 법궤가 유다왕국이 멸망하는 혼란 중에 사라져 버렸습니다. 적군이 철저하게 하느님의 집인 성전을 털어가고 짓밟아도, 그저 속절없이 바라보는 하느님이 되고 마셨습니다."

예수는 도저히 용서할 수 없는 소리를 겁도 없이 성전 뜰에서 입에 올렸다. 야훼 하느님을 그처럼 능멸하고 모독한 사람은 이스라엘 역사에 아무도 없었다. 사람들은 술렁거리기 시작했다. 있을 수 없는 말을 쏟아내는 사람 앞에 그냥 앉아 있다면, 그건 하느님을 욕보이고 배반하는 일이라 생각했다.

"그런데, 여러분! 이스라엘이 섬기는 하느님이 그런 분이십니까? 그렇게 기력 떨어진 노인 같으신 하느님입니까? 그렇게 그분의 백성도 보호하지 못하는 분입니까? 하다못해 뱃사람이나 목수도 각각 맡아 보호하는 신이 있다는데, 천지를 지으신 하느님이 그런 분이십니까?"

"아닙니다! 그럴 수 없습니다."

사람들이 한목소리로 대답했다. 예수가 입에 올렸던 불경스러운 말에 놀라 자리를 뜨려던 사람들도 다시 주저앉았다. 예수의 얘기가 산

모퉁이를 돌아가는 것처럼 들렸기 때문이다. 한 번도 가보지 못한 모퉁이 저쪽을 보여주려는 것 같았다.

"예! 그럴 수 없습니다. 그런데, 실제로 이스라엘이 고통받고 포로가 되어 끌려가고 이방 제국의 압제를 받는 일은 일어났습니다. 이걸 어떻게 설명할 수 있을까요? 왜 일어나지 말아야 할 일이 거푸거푸 일어났을까요? 그래서 설명할 방법을 찾아야 했습니다. 역사를 뒤돌아본 사제들은 이스라엘이 겪는 고통을 설명하려고 방법을 찾기 시작했습니다. 힘 떨어진 하느님, 패배하는 하느님 대신에 그런 역사를 허락한 하느님으로 설명하기로 했습니다. 이스라엘이 겪은 고통은 하느님이 이스라엘을 연단鍊鍛하기 위해 내려준 시련이었고, 하느님의 뜻을 배반한 이스라엘에게 내린 징벌이었고, 사랑하는 자식을 가르치기 위한 아버지의 회초리 매질이라고 설명했습니다."

"아니! 선생님! 그렇게 설명한 것이 아니고, 실제 그런 것 아닙니까?"

"그래서 역사는 해석하는 것입니다. 해석을 해야 뜻을 알 수 있습니다. 이스라엘이 겪은 혹독한 제국의 압제와 파괴와 살육과 방화와 처형과 묶여 끌려가 노예로 팔려 나간 일이 이스라엘이 저지른 잘못에 따른 징벌이라고 말했습니다. 다시 그런 고통을 겪지 않으려면 하느님 품 안으로 돌아와 하느님의 뜻에 따라 살아야 한다고 가르쳤습니다. 이스라엘이 지키고 살아야 할 하느님의 뜻은 그분이 시나이산에서 예언자 모세에게 직접 내려주셨고, 모세가 40여 년에 걸쳐 기록한 토라라고 정했습니다."

"예수 선생님! 그건 이제까지 우리가 배우고 알았던 하느님 섬김과 그분의 뜻, 그 모든 것과 너무 다릅니다."

　예수는 입을 다물었다. 이제는 말로 설명할 단계가 아니다. 그 자리에서 1천 년 넘은 역사를 한 번에 뒤집을 수는 없다. 동녘이 밝아오면 아침이 오고 해가 뜬다는 것을 안다. 아무리 설명해도 조금씩 밝아오는 동쪽을 바라보며 깨닫는 것보다 더 밝히 설명할 방법은 없다. 다만 예수는 곧 날이 밝는다고 말해줄 수 있을 뿐이다.

　"선생님! 그러면 하느님은 어떤 분이십니까? 이제까지 우리가 믿고 섬겼던 하느님은…."

　"들으십시오. 하느님은 그렇게 무서운 분이 아닙니다. 어디 높은 곳에 올라앉아서 사람들이 잘하는지 못하는지, 그 옆에 분노의 불화로를 끼고 내려다보시는 분이 아닙니다. 이방 제국을 들어 그분의 백성을 훑는 분도 아닙니다. 그리고, 하느님은 혼자 배불리 잡숫는 분도 아닙니다. 여러분 모두 하느님을 여러분 안에 모시고 삽니다. 그러니 하느님 찾아 먼 길 걸어 올라가고 내려갈 필요가 없습니다. 여러분이 각자 그 안에 모시고 사는 하느님은 여러분이 만난 하느님이십니다. 그 말이 바로 하느님의 형상에 따라 사람이 지음받았다는 말입니다."

　"그러니 우리가 성전에 나올 필요가 없다, 그 말씀입니까?"

　"온 세상에 가득 찬 분을 만나려고 어디로 찾아갈 것입니까? 내 안에 처음부터 함께 계신 하느님을 만나러 어디를 헤맨다는 말입니까?"

　"그러면?"

　"눈을 뜨면 내가 하느님 안에, 하느님이 내 안에 계신 것을 알게 됩니다. 눈을 뜨면, 내가 하느님에게 세상에서 가장 귀한 자식이라는 것을 알게 됩니다. 하느님이 나에게 그리 말씀해 주시는 것처럼, 나 또한 그런 하느님의 사랑을 깨달은 사람이 됩니다. 눈을 뜨면 내 옆사람도, 내가 이를 갈며 미워하던 사람도 나와 똑같이 하느님께서 사랑하고 아끼는 사람이라는 것을 알게 됩니다."

성전 하늘 위로 구름이 높았다. 비둘기도 푸드득 성전 꼭대기로 날아올랐다. 로마황제 티베리우스 19년 니산월 11일, 예루살렘 성전 뜰에 사람들이 잊고 살았던 하늘 뜻이 밝은 빛 속에 내렸다.

두 번째 어둠

—·—

"예수 선생! 그대는 실패할 수밖에 없소!"

그 사람은 예수에게 다가오더니 천천히 입을 열었다. 머리도 눈썹도 수염도 하얀 노인, 70살 안팎의 나이로 보였다. 그의 목소리에 묘한 울림이 배어 있다. 높지도 낮지도 않고, 날카롭게 모나지도 않고 그렇다고 미끄러지듯 너무 기름지지도 않고, 사람들을 편안하게 해주는 음성이다. 꾸밈이 없는 목소리, 진정이 배어 있는 목소리, 무슨 말이든 귀 기울여 듣고 싶은 마음이 생기는 목소리다.

그는 이전에 한 번도 만난 적 없고, 중간에 사람을 넣어 의견을 나눠 본 적도 없는 사람이다. 그런데 그는 예수를 만나자마자 대뜸 '실패'라는 말을 입에 올렸다. 비난처럼 들리지는 않았지만 그 말은 즉시 예수의 가슴속에 묵직한 파문을 일으켰다.

예수는 진즉부터 그가 다가오는 것을 눈여겨보았다. 소란스럽던 이방인의 뜰이 갑자기 조용해지더니 잔잔하게 술렁였기 때문이다. 그가 서쪽 주랑건물 아래에 모습을 드러내고 뜰을 가로질러 예수가 서 있는 곳까지 꽤 먼 거리를 천천히 걸어 다가올 때 많은 사람들이 그에게 공손하게 인사하며 길을 터주었다. 제자로 보이는 사람들 여럿이 그의 뒤를 따랐다. 예수 주위에 몰려 있던 사람들이 그를 알아보고 소곤거리는 소리를 들었다. 이름만 듣고도 모두 자세를 가다듬을 만큼 이스라엘에서 널리 알려진 선생이다.

그의 말에 무어라고 대답하는 대신 예수는 정중하게 인사했다. 그 사람은 존경받을 만한 사람이다.

"선생님! 저는 갈릴리의 예수라고 합니다."

"알고 있습니다. 나도 갈릴리 사람입니다. 언젠가는 갈릴리로 돌아가서 조상들 옆에 누우리라 마음먹은 사람입니다. 요하난입니다. 자카이의 아들, 요하난 벤 자카이입니다."

"선생님 성함은 일찍부터 익히 들었습니다. 당대 이스라엘에서 제일 훌륭하신 선생님이라고요."

"허허! 그런 정도는 아니고…."

"요하난 선생님께서 어찌 이 예수를 찾아오셨습니까?"

소문으로 듣던 그대로 그는 겸손하고 침착했다. 대뜸 자기 이름부터 들먹이며 누구를 누르려 하지 않는 사람이었다. 나이로 따지면 30살도 넘게 차이가 나지만 아랫사람 예수를 조금도 낮추어보지 않았다. 예수의 얼굴을 정면으로 바라보며 요하난이 말을 이었다.

"어제 이 성전 뜰에서 예수 선생이 했다는 일과 가르쳤다는 내용을 전해 듣고 꼭 만나고 싶어 오늘 이렇게 성전에 들어왔습니다. 나는 나이도 먹고, 게다가 성전에는 그리 자주 올라오는 사람이 아닙니다."

"일부러 나오셨군요. 그런데, 선생님께서 저에게 실패할 수밖에 없다고 말씀하셨는데 … ."

"예! 그랬지요. 그런데 … ."

그는 눈이 부신 듯 손으로 햇빛을 가렸다. 그러자 예수가 청했다.

"선생님! 저기 주랑건물 안쪽, 그늘 아래로 들어가시지요."

"그럽시다. 나이를 먹으니 밝은 햇빛 아래 서면 눈이 아픕니다. 그렇다고 내가 빛을 등지는 사람이라고 생각하지는 마세요. 허허 … ."

요하난은 말이나 행동이 물 흐르듯 부드러웠다. 조금도 덜컹거리는 느낌이 없고, 굳이 자기 단단한 뼈를 드러내며 주장을 내세우는 사람 같지 않았다. 나서기 좋아하고 툭하면 누굴 붙잡고 '이래야 한다, 저렇게 해라' 가르치려고 덤버드는 다른 선생들과는 달랐다.

"선생님! 앉으시지요."

요하난이 먼저 자리에 앉은 다음 예수가 앉았다. 아버지 요셉이 살아 있었더라면 비슷했을 나이다. 그의 눈은 깊고, 이마는 넓고 밝았다. 이스라엘의 지혜를 담은 깊은 눈으로 그는 예수를 바라본다. 사람들이 배우고 지키는 토라가 요하난의 몸에서 하나로 어우러진 듯 사악함도 편협함도 없는, 맑은 얼굴이다.

"내가 대뜸 초면에 실패라는 말을 써서 미안합니다."

"괜찮습니다. 그 말씀을 듣고 싶습니다, 선생님!"

예수는 요하난의 얘기를 듣고 싶었다. 삶의 가장 깊은 곳을 들여다본 사람끼리 자기가 가진 거울을 서로 비춰 주는 일이다.

요하난은 당대의 유대인들이 제일 존경한다는 선생, 토라의 가르침으로부터 그 스스로 한 번도 벗어난 적이 없으면서도 사람들이 그 가르침에 따라 살아간다는 일이 얼마나 어려운지 잘 아는 선생으로 소문이 났다.

그는 원래 랍비 힐렐과 랍비 샤마이, 서로 경쟁하던 당대의 두 유명한 바리새파 선생으로부터 직접 배운 제자지만, 힐렐 쪽에 더 가까웠다. 어떤 사람들은 그를 힐렐 선생의 수제자로 불렀다. 힐렐에게서 직접 배운 제자들 중 나이는 가장 어렸지만 선생이 아주 사랑하며 가까이했던 제자였다.

요하난은 힐렐파에 속하지만 정치활동 대신 토라 연구와 제자들 양성에만 힘썼다. 7년마다 안식년이 되면 빚을 삭치는 제도 때문에 안식년이 가까울수록 빚을 얻을 수 없는 사람들이 어려움을 겪었다. 그 어려움을 해소해 주기 위해, 그의 스승 힐렐이 빚문서를 법정에 맡기면 안식년이 되더라도 빚이 무효화되는 것을 방지할 수 있는 '프로스불 제도'를 세웠다. 그런 제도의 정신을 더욱 확장해야 한다고 주장하는 사람이 요하난이다.

"그 얘기를 하기 전에, 괜찮다면 예수 선생의 뜻을 알아보고 싶은 것이 있습니다."

"말씀하십시오, 선생님!"

"어제, 성전세 바칠 돈을 바꿔 주는 사람들과 비둘기 파는 사람들을 성전 뜰에서 내쫓았다고 들었는데, 그래서 그런지 오늘은 그 사람들이 주랑건물 밖 계단 쪽에 모여서 장사하더군요. 그런데, 그건 무슨 뜻이었습니까? 성전을 부정한다는 의미로 나는 받아들였습니다."

"그러셨습니까? 역시 요하난 선생님이십니다. 그렇습니다. 작은 하나가 전체와 연결된다는 것을 제가 생각했기 때문입니다. 성전 뜰에 들어서자마자 대뜸 성전을 거부하는 말을 쏟아 놓기보다 귀 있는 사람, 눈 있는 사람이 먼저 깨닫도록 그리 했습니다."

"그 뜻은?"

"이 성전은 오로지 제사드리는 일 한 가지만 위해 존재합니다. 이스라엘의 삶에 대해서는 눈감고, 제사 연기가 끊어지지 않는 일에만 매달립니다. 제사로만 하느님을 섬길 수는 없지요. 하느님 섬기는 일은 사람 섬기는 일입니다. 사람을 내팽개치고, 제사에만 매달리는 성전, 그 제사의식을 중단시킨 겁니다."

요하난은 예수의 얘기를 들으면서 한 마디 한 마디에 고개를 끄덕였다. 특히 하느님 섬기는 일이 사람 섬기는 일이라고 예수가 말할 때 더욱 크게 고개를 끄덕였다. 그건 바리새파 선생으로서는 뜻밖의 반응이었다. 그러더니 논쟁을 피하려는 듯 조심스럽게 입을 열었다.

"의식을 중단시킨다⋯. 성전 밖에서는 오늘도 여전히 제물을 팔고, 유월절에는 양을 잡아 제사드릴 겁니다."

"그러겠지요. 그러나, 이미 이번 유월절 제사는 중단된 것이나 마찬가지입니다. 제사의식은, 제단에 희생제물 불사르는 것으로 시작하고 끝나는 것이 아니기 때문이지요. 말씀드리자면, 여러 가지 일과 행사가 이어지며 의식으로 진행돼야 제사라고 부를 수 있겠지요. 연속적으로 쭉 이어진 행사, 그중에는 큰 행사도 있고 작은 행사도 있겠고, 많은 사람이 한꺼번에 참여하는 행사도 있고 참여하는 사람들이 개별적으로 각자 지키는 행사도 있고요. 제사를 드리러 성전에 들어오기 전부터, 집에서부터 몸을 정결하게 하고 마음을 가다듬고 제물을 준비하고⋯. 그런 일들이 쭉 연속적으로 이뤄져 나중에 성전 제사를 드리고, 그리고 각자 자기 집으로 돌아가는 일로 의식이 끝난다고 말씀드릴 수 있습니다."

"그렇지요. 선생 말대로 경건한 제사라면 결국 그 모든 절차와 내용이 제대로 지켜져야 하겠지요."

"제가 특히 연속하는 행사라고 말씀드렸습니다. 유월절 전 마지막 안식일 이후 매일, 첫째 날, 둘째 날, 셋째 날 … 유월절까지 순서에 따라 정해진 일을 해야 합니다. 둘째 날의 일과 넷째 날의 일이 뒤바뀔 수 없고, 셋째 날의 일을 빼고 넷째 날의 일로 건너뛸 수 없습니다. 그러면 의식儀式의 의미가 깨집니다. 저는 그걸 보았습니다. 그래서 니산월 10일에 해야 하는 일을 중단시킨 셈입니다."

"아하! 그런 뜻이었군요 …. 아하! 흠!"

요하난은 바리새파 선생으로 불편하기 짝이 없는 얘기를 들으면서도 마음속에 일어나는 감정을 다스리면서 예수의 말을 중간에 자르지 않고 끝까지 들었다. 그러더니 다시 한마디 물었다. 그저 묻는 것 같아도 그는 예수의 생각을 넓게 짚으며 표 나지 않게 조여들었다.

"예수 선생! 선생이 하려는 일이 결국 무엇인지요?"

"모든 사람이 하느님을 아버지로 모시고 한 가족으로 살아가는 세상, 그런 하느님 나라가 이미 이 땅에 이미 이루어졌다는 기쁜 소식, 복음福音을 선포하는 겁니다."

"그래서 내가 물어본 것입니다. 하느님 나라를 이루기 위해서는 먼저 세상을 바꾸어야 한다고 가르치는 사람으로 나는 선생을 알고 있었는데요?"

"예, 맞습니다. 억압 없는 세상, 해방을 이루어야 모든 사람이 손을 마주 잡고 사는 세상, 하느님 나라를 이룰 수 있다고 믿습니다. 하느님 나라는 해방 이후에 이뤄지는 나라라기보다 해방이 이뤄지는 만큼 이뤄지는 나라입니다. 하느님 나라를 이 땅 위에 이루려면, 체제라고 부르든, 제도, 구조, 뭐라고 부르든, 억압하는 것들을 무너뜨려야 합니다. 억압을 놔두고 해방을 얘기할 수 없고, 해방이 없이 하느님 나라는 가능하지 않기 때문입니다."

"그럼 결국, 억압에서 벗어나는 해방을 이루면 하느님 나라를 이룬다는 얘기입니까? 언뜻 단순하게 생각하면 그렇게 들립니다."

"선생님! 그건 해방을 어떻게 보느냐에 따라 달라집니다. 제국의 압제에서 벗어난다거나, 이방 민족의 노예가 된 상태에서 놓여나는 것뿐만 아니라 사람이 살아가는 삶에도 해방이 이루어져야 하기 때문입니다. 세상을 살아가는 한 사람 한 사람 모두 하느님이 내신 귀한 생명입니다. 그 생명 속에 하느님이 깃들어 있고, 그 생명 속에 하느님 사랑이 작동하고 있습니다.

생명을 억압하는 모든 두려움과 억압에서 한 사람이 벗어나는 일이, 나라나 민족이 제국의 압제에서 해방을 이루는 일보다 결코 작은 일이 아닙니다. 하느님 나라를 이루기 위해서 해방은 꼭 이뤄야 하지만, 해방을 이루었다고 하느님 나라가 당연히 이뤄지는 것은 아닙니다. 하느님 나라는 자유를 누리면서 동시에 사랑으로 하나가 된 가족을 이루는 새로운 세상이기 때문입니다."

"음! 새로운 가르침입니다."

"해방과 함께 새 세상을 이루어야 하는데, 그 새 세상에 대한, 다시 말씀드리면 하느님 나라에 대한 꿈이 없이 해방을 거쳤기 때문에 히브리가 맞이한 이집트에서의 첫 해방은 실패한 해방이 되었습니다. 그걸 깨닫는다면, 이제는 해방과 하느님 나라를 이룬다는 두 가지가 하나로 결합해서 짝을 이뤄 함께 나가야 합니다. 결국 하느님 나라는 압제, 억압, 두려움으로부터 벗어난 해방을 그 품 안에 안은 새 세상입니다."

전날, 예수가 성전 뜰에서 장사꾼을 몰아낼 때, 그는 그 일을 보는 사람들 마음속에 자기가 서 있는 자리에서 세상을 다시 바라보도록 일깨운 셈이었다. 그건 해방의 시작이었다. 그에게 쫓겨 성전 뜰을 벗어난 사람들, 그 광경을 바라보며 예수를 잡아들일 좋은 죄목을 찾았다고 눈을 반짝이는 사람들, 늘 이뤄지던 일이 턱 중단된 듯 당혹감을 느낀 사람들, 또 두려움을 느낀 사람, 막혔던 것이 시원하게 뚫려나가는 듯 느꼈던 사람, 그들은 그 순간 제각각 다른 생각을 했지만 한 가지는 같았다.

'무언가 새로운 일이 시작됐구나!'

그 일은 본 사람이나 들은 사람 모두에게 잊지 못할 경험이다. 당연하게 여기며 지냈던 일이 당연하지 않을 수 있다는 사실에 처음 눈을 떴기 때문이다. 어제 일을 떠올리면서 예수의 말에 열기가 더해졌다. 그의 눈은 확신에 빛났다.

"선생님이 무슨 뜻이었냐고 물으셨던 어제 일, 하느님 나라를 전하려고 성전 뜰에 들어와 보니 제일 먼저 성전의 억압체제가 보였습니다. 성전은 한 사람 한 사람 개인만 억압하는 것이 아니라 제국이라는 가장 강고한 억압체제의 전위前衛 역할을 맡고 있습니다. 억압하는 힘과 싸우는 일은 똑같은 힘으로는 가능하지 않습니다. 그래서, 바로 이제까지 사람들이 두려움의 눈으로 보았던 억압의 민낯을 드러냈습니다. 밝은 하늘 아래, 사람들이 그 억압을 똑똑히 볼 수 있도록 했습니다."

요하난은 성전을 가리고 있었던 휘장을 예수가 휙 벗겨 젖히는 장면을 떠올렸다. 그가 했던 일이 그렇게 여러 가지 뜻이 있으리라고는 생각하지 못했다. 거룩한 성전 뜰을 장사꾼들이 더럽힌다는 분노가 폭발한 것으로만 생각했다. 연속하여 진행하는 의식의 한 고리를 끊어내거나 중단시켰다든지, 억압의 민낯을 드러냈다는 말을 들으면서 그는 예수를 유심히 관찰했다. 자기도 모르게 고개가 끄덕여졌다.

"저는 모든 억압에서 풀려나 자유를 찾는 일을 해방이라고 말씀드렸습니다. 힘으로 억누르는 억압체제, 성전과 제국으로부터, 그리고 억압하기는 마찬가지인 유일한 가르침으로부터 해방하는 일이기 때문에 조직을 만들고 세력을 키우고 눈에 보이는 것을 쌓아서 가능한 일이 아닙니다. 힘으로 이룰 수 있는 해방이 아닙니다."

바리새파 선생으로 토라를 연구하고 가르치는 요하난은 '유일한 가르침의 억압'이라는 말에 움찔 놀랐다. 그는 하느님의 뜻에 따르는 길을 억압과 강제라고 부르는 사내를 만난 셈이다. 그러나 토라를 받들어 섬긴 야훼 하느님이 침묵한다면, 예수처럼 그 하느님에게 다른 방법으로 호소하는 일도 수긍할 만하다는 생각을 했다.

"세상을 바꾸고 하느님 나라를 이루자는 예수 선생의 운동, 그리고 희년을 시행하자고 어제 성전 뜰에서 당당히 외쳤다는 얘기를 듣고 기쁜 마음과 걱정스런 마음으로 이 늙은이가 사전에 서로 약조도 없이 이렇게 불쑥 찾아왔습니다. 그전부터 예수 선생의 가르침을 소문으로 들었고, 기대도 많이 하고 있었습니다. '아! 이스라엘에 지극히 높으신 분이 드디어 은혜의 빛을 비추시나 보다' 생각했습니다."

"예, 요하난 선생님! 그 말씀을 듣고 보니 제 마음이 든든합니다. 선생님을 만나 뵐 수 있어서 참 다행입니다."

"새 세상을 이루고, 하느님이 다스리는 나라를 이루자는 목표에는 누구나 같은 생각이겠지요. 내가 바리새파 선생이라고 해서 지금 우리가 살아가는 현실을 모두 그대로 놔두고 인정하며 살아가자는 사람은 아닙니다. 잘못된 것은 고치고 바꾸고 사람들에게 실질로 도움이 되도록 개선해야 한다고 생각하는 사람입니다. 더구나, 멀지 않은 장래에 밀어닥칠 재앙이 내 눈에도 보이는데 이대로 살 수는 없다고 누구보다 깊이 걱정하고 있습니다."

그가 걸친 하얀 세마 겉옷 가슴 부분이 오르락내리락하는 것으로 보아 그는 약간 숨이 찬 듯 보였다. 요하난은 작은 한숨을 내쉬더니 천천히 입을 열었다.

"그런데, 예수 선생!"

억지로 어떤 생각을 누르는 듯, 그의 목소리는 약간 떨렸다. 예수는 조용히 그의 다음 말을 기다렸다. 오래전에 세상을 떠난 아버지 요셉이 그러했던 것처럼 요하난은 조곤조곤 말하는 사람이다. 예수는 마치 아버지를 만난 듯한 편안함을 느꼈다.

"이 늙은 사람의 괜한 걱정이기를 바라지만 …."

눈빛마저 절절했다. 안타까움이 듬뿍 배어 있다. 예수는 그의 눈빛과 한숨과 말소리에서 그의 마음을 느꼈다. 아버지도 그랬다. 눈으로 하늘 한쪽을 더듬거나 언덕 아래 들판 너머 어디 먼 곳을 바라보며 예수에게 조용히 말을 건넸다. 그래서 예수는 안다. 그런 눈빛은 어쩔 수 없음을 깨달은 사람의 안타까움이다. 차마 그만두라는 말을 입 밖에 낼 수 없는 사람의 마음이다.

험난한 세상을 살아오며 어쩔 수 없이 겪었을 그의 아픔을 눈빛으로 알 수 있다. 그 시대를 살아온 사람이라면 모든 사람이 겪었을 일이었다. 세상이 그러했다.

"선생님! 선생님이 겪었을 일들을 위로합니다. 그리고 하느님의 뜻을 받들어 선생님을 축복합니다."

"어허! 예수 선생! 고맙습니다."

그는 뜻밖에 예수의 축복을 진정으로 고마워했다. 이스라엘의 선생이라고 추앙받는 요하난이 예수를 축복한다면 맞는 일이지만, 거꾸로 예수가 그를 축복하는 일은 있을 수 없는 일이다. 그러나 예수는 그를 축복했고, 그는 그 축복에 감사했다. 더구나 예수가 따뜻한 눈으로 그를 위로할 때, 요하난은 잠시 눈을 감았다. 그가 살아온 날들이 눈앞을 스쳐 지나가는 모양이었다.

예루살렘 성전 이방인의 뜰 주랑건물, 그 자리가 그들의 마음을 붙잡아 둘 수 없다. 그들은 니산월 하늘을 날았다. 더러움과 거룩함의 구분이 없는 하늘이다. 무엇이 무엇으로 무엇을 속박하지 않는, 그리고 매인 것 없는 자유의 영역이다. 그곳에서 성전을 내려다보고, 성전산, 시온산을 내려다보고, 어느 날 하느님 아들이 넘어온다는 올리브산도 내려다보고, 유대 광야를 내려다보고, 굽이굽이 흘러내리는 요단강을 내려다보고, 바람 잔잔한 갈릴리 호수 반짝이는 물결을 내려다보고, 그 너머, 또 그 너머 세상을 내려다보고, 흐르는 시간을 내려다보았다.

역사의 굽이를 함께 내려다보는 사람으로, 하느님이 허락한 자유를 경험한 사람으로, 그리고 동행자가 된 마음으로 예수와 요하난은 마주 앉았다. 상대의 마음을 다 들여다본 것 같고, 자기 마음도 다 드러낸 것 같다. 두 사람은 단번에 각자 발 디디고 살던 층위를 훌쩍 뛰어넘은 셈이다.

"예수 선생, 훗날 누가 오늘 이 자리를 입에 올린다면 '분명 역사적인 일이 일어났'고 말하게 되리다."

"선생님! 그게 무슨 상관이 있겠습니까?"

"허허! 있지요! 바리새파 선생 요하난이 예수 선생을 알았다. 그리고 하느님 나라를 얘기했다!"

"그건 그렇겠습니다. 예수도 바리새파 요하난 선생을 알았다. 허허!"

알았다는 말은 그저 서로 만났거나 이름을 들었다는 말이 아니다. 그건 서로 깊게 사귀었고, 삶 속에 들어갔고, 비전을 함께한다는 뜻이다. 남자와 여자가 서로 알았다고 한다면 그건 한몸이 될 만큼 깊은 사이가 되었다는 뜻이다. 그 짧은 시간에 예수와 요하난은 서로를 그만큼 알게 됐다.

"그런데, 예수 선생! 새 세상, 하느님 나라가 가정家庭이라고 말했는데요 … ."

"예, 하느님을 아버지로 모시고 살아가는 가정입니다. 사랑으로 모두 손잡고 어우러진 세상입니다. 배제하는 사람 없는 세상, 모두 사랑으로 끌어안고 함께 살아가는 세상, 바로 우리가 이루어야 할 세상입니다."

"두 가지 의문이 듭니다."

"예! 선생님, 말씀하시지요."

"첫째, 하느님 나라를 하느님이 아니라 사람이 이룬다는 말같이 들립니다. 둘째, 설사 사람이 이루는 나라를 하느님 나라로 부른다 하더라도 현실적으로 사람이 그런 나라를 이룰 수 있겠습니까?"

예수의 가르침과 선언 전체에 대한 질문이다. 아주 부드러운 표정으로, 조용한 음성으로, 예수에게 물었다. 그건 논쟁하자는 얘기가 아니라, 같이 손잡고 하늘을 높이 날아본 사람으로 묻는 셈이다. 그가 두 가지로 질문했지만 그 두 물음은 결국 한 가지였다.

"요하난 선생님, 그런데, 하느님 나라는 이제까지 한 번도 있어 본 적 없는 새로운 나라가 아니고, 하느님이 사람 속에 심어 두었던 씨가 싹튼 나라입니다. 씨는 큰 정신이 몸을 입은 것이라고 말씀드릴 수 있습니다. 그러니, 말로는 하느님 나라를 이룬다고 하지만 따지고 보면 하느님이 이미 심어 두셨던 큰 정신 안으로 걸어 들어가는 셈입니다. 사람이 처음 떠나왔던 곳으로 돌아가는 것이 아니고, 사람 속에 심어진 씨, 바로 근원으로 돌아가는 겁니다. 돌아간다고 말하지만 어떤 세상으로 들어가는 것이 아니고 여기가 근원이라고 깨닫는 겁니다. 여기가 그곳이라고 깨닫는 겁니다. 원래 그러니까요. 그래서 하느님 나라는 여기에서 지금 이루는 일입니다."

그 얘기를 듣자 요하난은 번쩍 고개를 들었다.

"어허! 예수 선생! 그 말도 새로운 가르침입니다."

"저는 새롭다고 말하지 않습니다. 이미 이루어진 일이라서 눈을 뜨면 내가 그 안에 들어가 있음을 깨닫게 됩니다. 그러니, 애초부터 하느님이 개입해서 이루어 놓으신 나라라고도 부를 수 있고, 사람이 눈을 뜨고 깨닫는 나라라고 부를 수도 있고요. 그래서, 사람이 이루느냐 하느님이 개입해서 이루느냐 나누어 말할 수 없는 나라입니다."

"선생의 그 말을 내가, 이 늙은이가 좀더 깊이 생각해 본 다음 다시 얘기를 나누고 싶습니다."

"저는 언제든지 선생님을 만나 뵙는 일을 기쁜 마음으로 기다리겠습니다. 그러나, 때가 이미 가까워져서 …."

"때! 그래요, 예수 선생! 때가 가까워졌습니다. 그러니, 현실적으로 하느님 나라를 이룰 시간이 있겠습니까? 시간이 있더라도 예수 선생이 얘기하는 하느님 나라를 이뤄낼 수 있을까요? 선생의 말대로라면, 해방과 동시에 이뤄져야 하는데?"

"요하난 선생님! 하느님 나라는 한 사람의 영웅이나 하느님이 보내주신 예언자나, 심지어 사람들이 고대하는 메시아 한 사람에 의해 이뤄지는 나라가 아니고, 모든 사람이 손을 잡고 들어가는 나라입니다. 함께 이루는 나라입니다. 한 사람의 힘으로 이뤄질 나라라면 하느님이 직접 역사하셔서 이룩할 일이지 사람이 나설 일이 아니라고 봅니다."

"음!"

요하난은 깊은 신음소리를 냈다. 그 말 또한 토라의 가르침과 전혀 다르기 때문이다. 요하난은 훌륭한 선생이다. 그가 믿고 따르고 가르쳤던 토라와 다른 예수의 얘기를 끝까지 들어보려고 참고 기다리고 있

246

다. 예수의 깊은 생각을 모두 들어보기 전에 논쟁을 시작하면 더 이상 깊은 얘기를 나눌 수 없다. 들어보지도 않고 거절하는 사람, 들어볼 필요도 없다고 외면하며 오로지 토라의 가르침만 내세우는 다른 선생들과 요하난은 달랐다.

"한 사람이 나서서 이뤄야 할 나라가 아니라는 말은, 하루아침에 이뤄지는 나라가 아니라는 말과도 같습니다."

"어허! 옳거니!"

요하난은 자기도 모르게 탄성을 터뜨렸다. 요하난이 아는 한, 이스라엘에 그런 가르침을 편 사람은 없었다. 이름도 없었던 갈릴리의 선생, 출신 신분도 확실치 않은 예수가 이제까지 어느 누구도 생각하지 못한 가르침을 전했기 때문이다. 그는 예수의 얼굴을 찬찬히 이리저리 뜯어보며 혼자 깊이 생각했다.

'이 사람이 누구인가?'

'누구에게서 이 깨우침을 얻었단 말인가?'

놀라움과 함께 예수에 대한 안타까움이 뭉클뭉클 가슴 속에서 치솟았다.

'비록 이스라엘이 믿고 따르는 토라의 가르침과는 다르지만, 하느님 나라가 그러하다면 그 나라가 이루어지는 일 또한 응당 그럴 수밖에 없겠구나.'

한참 만에 예수의 눈을 똑바로 쳐다보며 요하난이 입을 열었다.

"예수 선생! 하늘로부터 내려오는 하느님 나라가 아니고, 하느님의 개입에 의해 이뤄지는 나라가 아니고, 땅 위에서 자라 오르는 하느님 나라를 얘기하는 것 같군요."

예수는 하느님 나라와 그 실현을 완전히 이해한 요하난을 만난 것이 정말 기뻤다. 비록 의견은 달라도 말의 뜻을 알아듣는 사람을 예수는 처음 만난 셈이다. 그들은 서로 동의할 수 없고 결코 가까워질 수 없을 만큼, 멀리 떨어진 바탕 위에 서 있는 사람이지만 그래서 더욱 상대의 의견을 더 잘 이해할 수 있었다.

"선생님이 그리 말씀하시니 그렇게도 말할 수 있겠습니다. 그런데, 저는 하느님의 개입을 달리 생각합니다. '이미 그분이 우리 모든 사람들 속에 하느님 나라를 이룰 만한 씨를 심어 놓으셨다!' 그러니, 그 씨가 싹을 틔우고 자라고 열매 맺는 일은 하느님이 개입하실 때만 일어날 수 있는 일이 아니고, 때가 되면 그 일에 관여하는 모든 것들이 눈을 뜨고 작용하기 시작하면 이루어지는 일이라고 믿습니다. 그러니, 특별히 하느님의 개입을 촉발시키려고 무슨 일을 꾸밀 필요가 없다는 생각입니다. 그래서 하느님 나라를 이루기 위한 해방도 힘으로 가능한 일이 아닙니다."

"해방을 힘으로 이루지 않는다 ⋯ ."

"예! 그렇습니다. 강제로 한 가정을 이룰 수 없는 것처럼 힘으로 하느님 나라를 이룰 수 없습니다. 그러니, 해방도 힘으로 이룰 수 없습니다. 그래서 저는 무력으로 해방을 이루려는 모든 계획은 실패할 수밖에 없다고 믿습니다. 힘은, 무력은 궁극적으로는 폭력으로 행사되기 마련인데 그건 지배자가 무엇을 지키거나 빼앗거나 확장하려는 목표를 이루려고 손에 쥐고 있는 수단입니다. 그런데, 수단은 목표를 알지 못합니다. 오로지 주어진 일만 할 뿐입니다. 목표하고 임무를 생각해 보시면 왜 무력으로 해방을 이룰 수 없고, 왜 무력으로 하느님 나라를 이룰 수 없는지 쉽게 알게 됩니다."

그러더니 예수는 한 가지 예를 들어 설명하기 시작했다.

"선생님! 농부들은 조금이라도 농사를 더 잘 지으려고 소를 삽니다. 형편이 되면 두 마리, 우선 아쉬운 대로 한 마리라도 사면 소가 식구 같고 집안에 제일 큰 재산처럼 흐뭇합니다."

"그렇지요! 농부들 마음이란 다 그렇지요. 나도 그건 압니다."

"예! 그런데 소는 농사짓는다는 목표를 알지 못합니다. 그 밭에 밀을 심을지, 보리를 심을지 알지 못합니다. 밭을 가는지, 돌을 캐는지 그저 쟁기를 끌고 끄덕끄덕 왔다 갔다 합니다. 이 밭 다 갈고 나면 저 밭을 갈고, 또 다른 밭으로 끌려가 쟁기를 끌고 밭을 갑니다. 소가 쟁기를 끌면, 농부는 밭을 간다는 목표를 이룬 셈입니다. 소는 농사라는 목표와 상관없이 쟁기를 끄는 일, 그 임무만 하면 됩니다."

"그렇지요."

"무력이 그러합니다. 무력에게는 목표가 없습니다. 수단이기 때문입니다. 땅을 파는 괭이나, 쟁기나, 쟁기를 끄는 소처럼, 무력은 그저 죽이고 무너뜨리고 불 지르고 파괴하는 임무만 있습니다. 그러니, 해방이라는 목표에, 하느님 나라를 이루는 목표에 눈멀고 귀먹고 생각 없는 무력을 끌어들일 수는 없습니다. 하느님 나라나 해방이라는 목표에는 무력이 맡을 임무가 없기 때문입니다."

"음! 목표와 수단, 목표와 임무, 그래서요?"

"선생님! 해방을 더 넓게 생각한다면 이방 제국의 압제에서 놓여나는 것뿐만 아니라 사람들이 눌려 사는 두려움과 억압으로부터 풀려나는 것까지 모두 포함해야 합니다. 눈에 보이는 힘과 보이지 않는 두려움, 공포가 세상을 꼼짝 못하게 누릅니다.

보십시오. 햇빛 가득한 성전 뜰에 두려움이 짙게 깔려 있습니다. 권세는 선하거나 나쁘다고 구분 지을 수 없습니다. 본래 악할 뿐입니다. 하느님은 어떤 사람에게 권세를 허락해서 다른 사람을 억누르도록 허락하는 분이 아닙니다. 세상 권세에게 복종하라고 가르친다면, 누가 가르치든, 누구 이름으로 가르치든 모두 거짓입니다. 마찬가지로 하느님을 알게 하는 지식이라며 오직 한 가지 가르침만 믿으라고 한다면 그것도 폭력이고 압제입니다."

"오직 한 가지 가르침만 믿으라고 하면 그게 바로 폭력이고 압제다?"

"그렇습니다."

이스라엘의 선생, 토라를 해석하고 가르치고, 토라를 수호하는 일을 생명처럼 중요하게 여기는 바리새파 선생 요하난 앞에서 예수는 토라에 대하여 거침없이 그의 생각을 말했다. 요하난은 놀랐다. 역시 들었던 대로 예수가 토라에 대해 비판적인 생각을 하고 있는 것을 확인했기 때문이다. 비판을 넘어 부정하는지 확인하고 싶었다.

요하난은 예수를 한동안 말없이 건너다보았다. 나이 40도 안된 사람, 토라를 배우고 연구하는 바리새파의 어떤 학파에도 속하지 않은 사람, 그러나 그는 놀라운 사람이다. 바리새파 학자들처럼 한 줄 한 줄, 한 마디 한 마디 토라를 연구해서 깨달은 지혜가 아니다. 그는 분명 토라를 꿰뚫고 있는 큰 원리를 터득한 사람이 분명했다. 그래서 위험하기도 하고, 이스라엘에게 비추이는 새 빛일 수도 있다. 해가 뜨기 전, 가장 어두운 시간에 동쪽 하늘에서 반짝이는 새벽별 같은 사람일지도 모른다는 생각이 들었다.

"내가 들으니 예수 선생이 하느님이 모세를 통해 이스라엘에게 내려 주신 가르침, 토라를 부정한다던데 사실 그러한 모양이군요."

"토라가 이스라엘을 하느님 앞으로 인도할 수 없게 됐다고 믿기 때문입니다."

"어허! 왜 그렇게 생각하는지요?"

"요하난 선생님께서도 잘 아시는 일입니다만, 억눌리고 하소연할 곳도 없던 히브리, 이집트에서 노예로 살면서 울부짖던 히브리의 울음소리를 하느님께서 들으셨습니다. 그리고, 그분이 손수 나서서 모세를 이끌어 히브리 노예가 이집트에서 해방되도록 역사하셨습니다."

"그랬지요! 그래서 우리가 유월절 명절을 지키면서 하느님의 구원을 감사하고 찬양하지요."

"그런데, 제가 중요하게 생각하는 점은 그때의 해방은 하느님이 이뤄 주신 해방이라는 것입니다. 해방을 위해 히브리가 나서서 한 일은 아무것도 없었습니다. 그저 준비하라는 대로 준비하고, 양의 피를 문설주에 발라 재앙을 피하고, 하느님께서 예언자 모세를 통하여 이끄시는 대로 따라나왔고, 걸핏하면 배고프다, 목마르다, 이집트에 살 때가 좋았다, 광야 생활이 힘들다고 투정하고 불평했습니다."

"그랬지요. 그래서 하느님과 이스라엘이 시나이산에서 언약을 맺었지요."

"예! 아까 선생님이 말씀하신 것처럼, 하느님과 이스라엘의 언약은 하느님을 오직 한 분 하느님으로 섬기고 그분이 내려주신 법을 지키면 하느님의 축복 아래 큰 민족을 이루고 약속의 땅에 들어가 산다는 내용이었습니다."

"그렇습니다. 하느님이 이스라엘과 맺은 언약이 그러하지요."

"저는 두 가지 문제를 생각합니다."

"무엇인지요? 이 늙은이가 오늘 예수 선생에게서 큰 가르침을 받겠습니다. 이제까지 그런 얘기를 한 사람이 없었지요."

"첫째는, 하느님과 직접 만나는 일이 막혔습니다."

"어허!"

"시나이산에서 계명을 받을 때, 하느님을 만난 사람은 지도자 모세였습니다. 백성은 산 밑에서 구름 덮인 산에 천둥이 울리고 번개가 치는 광경을 보며 모두 엎드렸습니다."

"그랬지요. 그래도 여호수아나 이스라엘의 지도자들이 모세를 따라 가깝게 올라갔지요."

"그렇기는 합니다만, 하느님은 모세를 들어 그분의 뜻을 전하셨습니다."

"그랬지요. 그리고⋯. 그런데 그것이 무슨 문제인지요?"

"말씀드린 것처럼, 하느님과 이스라엘, 그때는 이스라엘 민족을 이루기 전 히브리로 불릴 때였지요. 하느님과 히브리가 직접 만나는 일이 끊어졌습니다. 이후에는 하느님을 모신 장막帳幕을 세우고, 말씀이 새겨진 석판을 법궤에 넣어 장막에 모시고. 장막을 짓는 방법, 장막에서 하느님께 제사드리는 절차와 방법, 장막에 드나들 수 있는 사람을 한정하고, 날짜와 시간을 정하고, 제물로 하느님께 드릴 수 있는 짐승과 사람이 먹을 수 있는 음식을 한정하고."

"그건 사람들이 거룩해지도록 지키는 하느님의 명령이지요. '내가

252

거룩한 것처럼 너희도 거룩해라!'"

"그렇습니다. 그래서, 보통 사람은 하느님과 직접 만나 하소연하고 직접 축복받을 수 있는 길이 막혔습니다."

"대신, 하느님은 하느님과 사람이 교통할 수 있는 길을 마련하셨지요. 그 길이 토라지요."

"그로 인해 하느님께 가까이 갈 수 있는 사람과 갈 수 없는 사람, 하느님 말씀을 직접 들을 수 있는 사람과 전해 들어야 하는 사람의 구분이 생기고, 신분이 생기고 계급이 생기고, 권력이 생겼다고 저는 봅니다."

"그렇게 볼 수도 있겠지요. 나는 좀 달리 생각하지만…. 그런데, 또 한 가지는?"

"예, 선생님! 이건 좀 다른 얘기인 듯합니다만 결국은 하나로 연결되어 있어서 말씀드립니다. 시나이 광야에서 지내는 동안 '히브리'라는 말은 사라지고, '이스라엘의 자손'이라는 말이 '이스라엘 민족'으로 바뀌었습니다. 히브리가 이스라엘 민족을 이뤘다는 얘기라고 저는 생각합니다."

"잘 보았네요. 나도 그리 생각합니다. 40년 광야생활을 하면서 가장 낮고 힘없고 비천했던 히브리가 이스라엘이라는 민족으로 성장하도록 훈련받은 셈입니다."

"그래서 말씀입니다. 히브리가 이스라엘 민족이 되고, 시나이산에서 계명을 받고 하느님과 언약을 맺고, 장막에 하느님을 모시기 시작하면서 하느님과 사람 사이의 교통하는 일이 사라졌습니다. 법과 제도 안으로 숨어들어 갔습니다."

"숨어 들어갔다고 말하기보다는 정리되고 확립됐다고 말할 수 있겠지요. 그런데, 예수 선생!"

"예! 선생님!"

예수는 요하난의 얼굴을 바라보았다. 그도 예수의 얼굴을 가만히 바라보고 있었다.

"좀 얘기를 건너뛰어 내가 물어보겠습니다. '토라는 모세가 직접 쓴 것이 아니고, 나중에 그러니까 유대왕국 사람들과 그 후손들이 바빌론 식민지 시대에 기록한 것이다. 유대 지방의 가르침이니, 갈릴리 사람들은 토라를 받아들일 수 없다'고 예수 선생이 직접 그렇게 가르친 적이 있습니까?"

"그건 다른 얘기입니다. 제가 나고 자란 갈릴리에도 오래전부터 입에서 입으로 전해져 내려온 가르침이 있고, 특히 이집트에서 종살이 하다가 탈출한 사건은 많은 사람들이 알고 믿고 또한 지킵니다. 그 계약내용 중 아주 많은 부분을 여기 유대 지방 사람들 못지않게 열심히 지키며 살고 있습니다. 저도 태어난 지 여드레 만에 할례를 받았고, 첫아들이라서 구별되어 하느님께 바쳐졌습니다. 갈릴리에서도 안식일을 지키려고 애쓰고, 안식년도 지키는 사람들이 많습니다. 그건 토라에 따른다고 볼 수도 있지만, 제가 보기에는 토라 이전부터 갈릴리 사람들이 지켜왔던 하느님 섬김입니다."

"어허! 그랬군요!"

"그런데, 제가 사람들에게 분명하게 가르친 것이 있습니다. 그건 토라에서 가르치는 세 가지 큰 원칙에 대한 얘기였습니다. 말하자면, '오직 한 분이신 하느님만 섬겨야 한다. 하느님을 섬기는 제사는 오직 예루살렘 성전에서만 드려야 한다. 하느님을 올바로 섬기고 따르는 길은 오직 토라라는 가르침을 따르고, 법으로 정해진 613개 조항을 지켜야 한다' 그것입니다. '오직 그래야 한다'고 말한다면 다른 어떤 것도 허용하지 않고 한 가지만 받아들여야 한다는 뜻입니다. '섬긴다'는 일마저 한 가지 방법만 허용하고 다른 모든 길은 닫혀 있습니다.

그런 가르침은 하느님 뜻과 달리 사람들을 억압하는 가르침이라는 말입니다. 그래서 이스라엘이 하느님과 언약을 맺었던 시나이산으로 돌아가야 한다고 저는 가르쳤습니다. 성전산 위에 서 있는 이 성전을 통하지 않더라도 하느님을 직접 만나고, 그 하느님을 한 사람 한 사람 가슴에 모시고 하느님과 함께 살아야 한다고 가르쳤습니다.

그건 억압받는 사람으로서는 할 수 없는 일입니다. 억압받던 히브리는 이집트 종살이에서 첫 해방을 경험했지만 이제는 스스로 나서서 두 번째 해방을 이루고, 시나이산을 떠난 이후 겪은 첫 실패를 딛고, 새 세상을 세워야 한다고 가르쳤습니다."

"지극히 높으신 분께서 이스라엘을 내 백성이라고 부르시고 인도하신 뜻이 이스라엘을 들어 세상을 회복하시려는 계획이셨지요. 그런데, 이스라엘이 하느님과 맺은 언약 안에는 하느님과 이스라엘 모두 지켜야 하는 두 가지 조건이 얽혀 있습니다. 이스라엘이 지켜야 할 의무가 그 하나라면 하느님께서 이스라엘에게 내려주신 약속이 다른 하나지요. 오직 한 분이신 하느님을 믿고, 그 하느님이 하느님의 백성으로 선택한 이스라엘과 언약을 맺었다는 사실을 믿고, 이처럼 하느님과 이스라엘이 맺은 언약을 기록한 하느님의 법, 바로 토라를 믿는 것이지요. 하느님은 이스라엘에게 축복받는 선한 삶의 원칙을 가르쳐 주시며, 하느님 백성의 특별한 지위와 특별한 대우를 하느님께서 약속했지요. 이스라엘은 하느님에게 복종할 것과, 하느님의 백성이라는 이름에 걸맞도록 살겠다고 약속한 겁니다.

이런 기본 약속이 하느님이 모세에게 내려주신 법, 토라라는 가르침 안에 들어 있습니다. 토라에는 이스라엘이 죄를 지었을 때 하느님과의 언약이 유효하게 지켜지도록 속죄에 관한 모든 지침들이 기록돼 있습니다."

결국 요하난에게는 하느님을 섬기고 그분의 뜻에 따라 살고 죄를 지었을 때 하느님의 용서를 받고, 하느님이 약속해 준 약속의 땅에서 축복을 받으며 살아가는 일이 이스라엘의 길이라고 믿는 셈이다. 이스라엘 백성을 세상의 회복을 위한 기둥으로 삼으려는 하느님의 계획을 믿는 사람이다. 예수가 무엇을 생각하는지 알아챘다는 듯, 그는 한마디 덧붙였다.

"토라에서는 구원에 관해서는 말씀하지 않으십니다. 구원은 전적으로 오직 한 분이신 하느님의 은총입니다."

그러더니 요하난은 무슨 말을 할까 말까 약간 주저하는 빛을 보였다. 아무래도 그의 설명만으로 예수가 만족하지 못한다는 것을 깨달았기 때문이리라.

"선생님! 하시고 싶은 말씀이 있으면 하시지요. 제가 듣겠습니다."

"그래요! 예수 선생! 세상에 있는 모든 사람들이 각 나라마다 제각각 다른 신들을 섬깁니다. 그런데 우리 이스라엘은 오직 한 분이신 하느님만 섬기기로 그분과 약속한 백성입니다."

"그렇습니다."

"다른 백성들과 마찬가지로 우리 이스라엘에서도 하느님께 제사를

드립니다. 제물로 바치는 짐승을 잡아 희생제사를 드리며 하느님이
이스라엘에게 허락하신 특별한 돌보심에 감사하고, 그런 돌보심이 계
속되기를 기원합니다. 내가 알기로는 나라마다 무엇을 바치고 무엇을
남기는지 제각각이라고 합디다. 어떤 나라에서는 제물로 바치는 짐승
의 전부를 불에 태우기도 하고, 어떤 백성들은 제물로 바치는 고기를
제사드린 사람들이 먹고 나머지를 불사르기도 합니다. 이스라엘이 지
키는 토라에서도 피는 제단에 뿌리고 고기 중 어느 부분은 제단에서
태우고, 어느 부위는 제사장이 먹고, 어느 부위는 제물을 가져온 사람
이 먹도록 정해져 있습니다."

"예!"

"우리 이스라엘에서는 오직 한 곳, 예루살렘 성전산 위에 하느님의
뜻에 따라 세워진 이 성전 한 곳에서만 제사를 드리도록 정해져 있습
니다. 그런데 예수 선생, 성전은 두 부분으로 되어 있습니다. 제사를
드리는 곳, 그리고 지극히 높으신 분을 모시는 곳."

"예! 저도 그리 알고 있습니다."

"지극히 높으신 분을 모신 그 지성소 안에 무엇을 모셨는지 압니까?"

"모르겠습니다."

"아무것도 없습니다. 비어 있습니다. 예전에는 하느님과의 언약을
상징하는 법궤와 아론의 지팡이가 있었지만, 지금은 그저 텅 비어 있
습니다."

"예!"

"다른 나라 백성들은 그들의 신전에 신의 형상을 만들어 모십니
다. 그런데 우리 이스라엘은 하느님과의 언약을 상징하는 법궤, 하느

님의 인도하심을 상징하는 아론의 지팡이를 넣었지만, 지금은 그 마저도 바빌론에게 유다왕국이 멸망당하는 그 난리통에 어디로 사라졌습니다."

"예!"

"그것이 바로 우리 이스라엘이 무엇을 기다리고 있는지 잘 보여주고 있습니다. 텅 빈 지성소 ⋯ ."

그러더니 요하난은 사람들이 부지런히 오가는 성전 뜰을 무심한 눈으로 내다보았다. 그의 얼굴에서 목까지 내려오도록 덮은 하얗고 긴 수염이 떨렸다. 그가 어깨도 아주 미세하게 떨고 있음을 예수는 보았다. 요하난은 그로서는 감당할 수 없는 커다란 흐름 앞에 서 있는 듯 그렇게 한참 망연히 앉아 있다.

"텅 빈 지성소! 하느님의 약속이 공허하게 들리기도 하고 ⋯ . 그런데 하느님은 이스라엘을 들어 '이방인들의 빛'이라고 부르셨습니다. 온 세상사람들이 오직 한 분이신 주 하느님을 믿도록 이스라엘을 하느님의 빛으로 세우셨습니다. 무슨 뜻일까요? 이방인의 빛과 텅 빈 지성소가?"

그러더니 그는 혼잣말처럼 이어갔다.

"우리 이스라엘은 희망을 품고 살았습니다. 하느님이 역사에 개입하셔서 이스라엘을 다시 평화와 자유와 번영의 나라로 일으켜 세우실 것으로 믿습니다. 어떤 사람은 메시아가 나타나서 하느님의 뜻을 실현하리라고 믿고, 어떤 사람들은 대천사 미카엘과 하늘의 군대가 제국과 싸우고 마지막에는 하느님이 직접 개입하실 것으로 믿습니다.

이럴 경우라면 많은 사람들이 믿고 기다리는 메시아라고 해도 큰 역할이 없겠지요. 또 어떤 사람들은, 이 사람들이 매우 위험한 사람들인데, 자기들이 먼저 일어나 로마와 싸우고 나서면 하느님이 그들 편에 서서 개입할 것이라고 믿습니다. 어떤 사람들은 그들이 할 일이란 전혀 없고, 오직 하느님이 전적으로 개입해서 이스라엘을 해방하실 것으로 믿으며 손가락 하나 까딱하지 않고 그때를 기다립니다."

그렇게 길게, 천천히 말을 이어가던 요하난이 예수 얼굴을 똑바로 바라보았다.

"그래서, 나는 예수 선생이 어떤 사람인가, 무슨 계획을 가지고 있는가를 알아보려고 성전에 올라온 겁니다. 하느님의 성전, 텅 빈 지성소에 넣을 무엇을 가져온 것은 아닌지 하고⋯."

그리고 혼자 말했다.

"그래서, 그래서 성전에 올라왔지요, 이 늙은이가. 토라의 가르침을 따르는 사람이라도, 지금 이스라엘이 겪고 있는 이 현실을 보면서 어찌 구원을 이룰 것인지 서로 다른 생각을 할 텐데, 예수 선생은 어찌 생각할까⋯."

"사람들이 고대하는 구원은 세상을 뒤집고 강고하기 짝이 없는 로마 제국을 뒤엎는 구원이기 때문에 결국 하느님이 언제 어떻게 개입하느냐, 하느님만 바라보고 있습니다."

"그렇게 볼 수 있지요."

"선생님께서 궁금하게 생각하셨던 부분인데, 하느님의 역사役事와 개입으로 이뤄지던 역사歷史를 하느님의 본성을 품은 사람이 바꿔 나가는 일입니다. 위에서 내려오는 해방이 아니고, 옆으로 손 벌리며 서로 서로 두려움과 억압에서 놓여나도록 이끄는 해방입니다. 제가 가려는 길이 그러합니다."

요하난 벤 자카이, 역시 그 이름에 걸맞은 큰 선생이다. 유대에서 제일 유명한 바리새파 선생이면서도 그는 놀랄 만큼 마음이 열린 사람이다. 그는 연신 고개를 끄덕이며 예수가 하는 말을 한 마디도 놓치지 않으려는 듯 주의 깊게 들었다. 예수가 말을 마쳤는데도 그는 혼자 고개를 계속 끄덕이고 있다. 예수는 마음속으로 그가 걸어오는 말을 들었다.

'예수 선생! 토라는 이스라엘의 기본이오. 이스라엘은 하느님과 계약을 맺은 토라의 백성이오.'

'알고 있습니다.'

'토라에 대하여 선생처럼 얘기한다면 이스라엘이라는 하느님 공동체가 선생을 배척하고 격렬하게 반발할 것이오.'

'알고 있습니다.'

'선생이 유월절 제사의식의 가장 작은 부분도 전체 의식의 한 부분이고, 그래서 이번 유월절 제사를 중단시키는 뜻으로 어제 장사꾼들을 내쫓았다고 말했던 것처럼 ….'

'예!'

'토라의 가르침, 토라가 지키라고 정해준 613개 조항과, 그 조항을 해석한 장로들의 가르침 중 가장 작은 어느 한 가지라도 선생이 공격한다면 곧 토라 전체를 무력화하려고 나서는 것과 마찬가지요.'

'예! 알고 있습니다.'

'어제 예수 선생이 성전 뜰에서 했던 일을 여기 사람들은 바로 토라와 예루살렘 성전과 로마 총독부와 로마황제에 대한 거부라고 받아들이고 있어요. 토라와 성전 체제와 로마제국이 연결되어 있으니 당연히 그렇게 받아들일 수밖에 없을 겁니다.'

'알고 있습니다.'

'어제 그 일은 메시아나 할 수 있는 일이었습니다. 제국의 압제에 억눌려 사는 우리 민족을 해방하고 새 세상을 이룰 메시아, 지극히 높으신 분으로부터 그 권능을 부여받은 메시아나 할 수 있는 일이었어요.'

'저는 메시아가 아닙니다.'

'그러니 말이오 …. 나도 선생이 그렇게 얘기한다는 말을 들었습니다.'

요하난이 보기에 예수는 정말 위험한 사람이다. 이전의 모든 예언자가 전했던 예언과 다른 말이었다. 그동안 예언자들은 외쳤다.

'이스라엘아! 길을 돌이키라! 하느님에게 돌아와라! 그러면 하느님이 복을 주신다.'

그런데 예수는, 성전의 잘못된 것을 꾸짖으며 돌이키라고, 왕이 죄를 지었으니 회개하고 돌이키라고 얘기하던 예언자들의 전통 위에 선 사람이 아니다. 돌이키면 하느님이 약속했던 축복을 이룰 수 있고, 약속의 땅을 지키고 축복을 누리며 살 수 있다고 말하는 사람이 아니다. 그는 지금 저지르는 잘못을 고쳐야 한다고 말하는 사람이 아니다. 처음부터 잘못 시작했으니 그 시작점, 과거의 어떤 지점으로 돌아가 거기서부터 새 길을 걷자는 사람이다.

요하난의 눈에 보인다. 하느님의 손에 이끌리어 이집트에서 탈출한 히브리가 시나이 광야 산 밑에 모여 있다. 그들은 두려움에 턱을 덜덜 떨며 두 손을 모아 가슴에 올리고 산을 올려다본다. 그 산, 시나이산은 자락에서부터 꼭대기까지 온통 짙은 구름에 휩싸여 있다. 구름 속에서 우르릉우르릉 천둥이 울고, 번쩍번쩍 번개가 몇 바퀴씩 산을 무섭게 휘돈다. 예수는 그 자리로 다시 돌아가야 한다고 말하는 셈이다.

"예수 선생! 내가 짧지 않은 햇수를 살아오면서 숱한 사람을 만나 토론하고 얘기를 나눠 봤지요. 그런데, 선생 같은 사람은 처음 만났습니다. 나는 선생을 하느님이 이 시대에 보내주신 예언자라고 생각하며 한 번 만나보고 싶어 기다렸습니다. 시대를 보는 눈과 세상을 보는 눈과 하느님을 바라보는 눈이 이전의 다른 예언자들과 다르다는 것은 이미 알고 왔습니다. 우리 바리새파 학자들은 토라 속에 하느님이 그분의 뜻을 모두 밝혀 놓았다고 생각하지요. 그래서 토라에 한 점 한 획도 더 보탤 것 없는데, 다만 글로 쓰인 기록이라 시대에 따라 그 뜻을 명확하게 하기 위해 나 같은 사람이 나서서 해석합니다.

그러나, 언제나 기본은 기록된 토라입니다. 지금 우리 이스라엘에 예언자의 소리가 끊어진 지 오래됐지만 예언자들은 토라의 정신에 비추어 하느님의 뜻을 새롭게 깨닫고 예언했습니다. 하느님이 예언자의 입에 그분의 말씀을 붙여주셨다고 믿습니다."

"예! 그렇군요."

"그런데, 예전에 활동하던 예언자들과 후대 바리새파 학자들의 토라 해석이 가끔 충돌하기는 했지만, 그래도 똑같이 토라에 기반을 두었기 때문에 예언자 중에 하느님에게 불경하거나 참람하다고 공격받는 사람은 없었지요. 오히려 예언자들의 가르침이나 예언을 경전으로 받들고 지키지요. 하느님의 뜻이니까 ….

그런데, 예수 선생, 선생이 만일 예언자라면, 예언자 중에서는 처음으로 불경하고 참람한 사람으로 불릴 겁니다. 그러니 당연히 토라를 지키는 쪽에서 선생을 제거하려고 나서지요. 게다가 로마와 우리 유대나 갈릴리 같은 속주의 문제까지 연관됐으니 모든 세력이 힘을 합쳐 선생을 제거하려고 연합하지요."

그의 말대로라면 그는 이미 예수가 이루려는 하느님 나라 얘기를 다 알아들은 사람이다.

요하난은 말을 끊고 예수의 얼굴을 조용히 바라본다. 예수도 그를 마주 본다. 서로 들이쉬고 내쉬는 숨소리를 모두 들을 수 있을 만큼 가까운 거리다. 그렇게 가까운 거리에 앉아 있지만 따지고 보면 가장 먼 거리에 있는 사람들이다. 두 사람은 다시 깊은 침묵 속으로 빠져들어 갔다. 예수는 요하난이라는 바리새파 선생을 만나 그렇게 깊게 얘기를 나눌 수 있어서 무척 기뻤다.

요하난은 다른 생각을 가진 사람을 배척하지 않고 끌어안을 수 있을 만큼 품이 넉넉한 사람이다. 다름을 알기에 오히려 그 다름을 끌어안을 줄 아는 사람이다. 다른 바리새파 선생처럼 대뜸 '죄인'이라고 선언하며 토라가 정한 선 밖으로 밀어내는 사람이 아니다.

사실, 예수는 고독했다. 앞서서 걷다 보면 세상은 저만치 뒤떨어져 길가에 쭈그리고 앉아 무언가 뒤적이고 있었다. 나사렛 독수리바위 앞가슴에 앉아 마을을 내려다보면 마음도 시린 추운 바람이 마을을 돌아 불고 산기슭을 타고 올라왔다. 그런 시린 바람을 맞으며 살아가는 사람들의 아픈 마음을 그대로 놔두고 하느님 나라를 얘기할 수는 없다. 하느님 나라는 그런 사람도 함께 살아가는 나라이기 때문이다.

그러나 예수는 혼자였다. 그의 가르침을 받아들이던 사람도, 그의 가르침을 비난하던 사람도, 그리고 움막마을 사람들처럼 할 수 없이 그에게 등을 돌렸던 사람들도 아직 그에게서 몇 걸음 떨어져 그냥 바라보며 서 있을 뿐이다. 어떤 사람은 그를 하느님 나라를 이 땅에 이룰 한없이 높은 선생으로 보며 따랐고, 어떤 사람들은 그를 뿌리 없는 떠돌이, 가르침을 이룰 수단을 갖지 못한 허황한 몽상가夢想家로 보며 배척했다.

사실 나사렛 어린 시절부터 그는 늘 외로웠다. 마을 사람들은 애써 그를 밀어냈다. 지난 4년 동안 하느님 나라를 가르치며 제자들을 이끌고 갈릴리 마을들을 더듬을 때도 그는 혼자였던 셈이다. 때로 그의 가슴 속으로 불어 들어오는 찬바람을 아무도 눈치채지 못했다. 제자들도, 뜰에 가득 들어선 그 많은 사람들 중 그를 이해하는 사람은 한 사람도 없다. 그도 고민으로 가슴이 쓰리고 아프다는 것을 누가 알랴.

꽤 오랜 침묵 끝에 요하난이 입을 열었다. 아마도 얘기를 할지 말지 망설인 모양이다. 세상사람들이 다 함께 몰려가는 길을 놔두고 다른 길을 뚜벅뚜벅 걸어가는 예수는 그들 눈에 그저 어리석은 사람으로 보일 뿐이다. 예수도 그걸 안다. 그런데, 예수는 요하난에게서 한 줄기 빛을 보았다. 그 빛이 눈앞에 앉아 차근차근 예수가 걸어온 길과 걸어갈 길을 비춰 주고 있다.

"내가 괜히 아는 소리를 하고 나서는 것 같아 말하기가 좀 어색한데, 나는 어떤 목적을 위해 조직이 생기고 커가고, 그러면서 원래 가졌던 목적이 바뀌는 것을 유심히 들여다보며 산 사람입니다."

"그러셨습니까?"

"말하자면 조직이란 자기들이 깨달은 것, 공동체를 이뤄 성취하고 싶은 목표에 동조하는 사람들의 모임이지요. 그건 예수 선생과 제자들만의 얘기가 아닙니다. 세상에 있는 모든 조직, 모임, 파당이 다 마찬가지지요. 성전을 섬기는 사두개파, 나처럼 토라를 연구하고 가르친다는 바리새파, 심지어 소금호수 부근에서 은둔하며 세상 마지막 날 벌어질 한바탕 결전을 준비하고 있다는 에세네파까지 어떻게 이루어지고 어디서 무슨 활동을 하든 다 마찬가지로 조직인 셈이지요.

같은 생각을 가진 사람들끼리 모인다, 그게 조직의 시작이지요. 말하자면 선생의 제자들은 선생이 선포한 하느님 나라와 현실을 비교하다가 당연하게 갈릴리 분봉왕의 폭압성에 눈뜨게 되고 예루살렘 성전의 위선偽善에 눈뜨게 되고, 결국 그 뒤에 버티고 있는 제국 로마의 본체를 보게 되었겠지요."

그는 이제까지 예수와 나눴던 대화를 바탕으로 다른 방향을 바라보고 서 있는 셈이다. 예수는 요하난의 말을 들으면서 속으로 깊이 탄복했다. 바리새파 선생 중에 이런 사람도 있다는 사실이 놀라웠다. 그러면서 요하난이 마음으로 내미는 손을 기쁘게 잡았다. 따지고 보자면 예수에게 토라의 문을 열어주고 광야 수행을 주선해 준 세례자 요한도 요하난과 마찬가지였다. 예수에게 길을 돌려 방향을 바꾸라고 말하지 않고, 그가 가진 바탕 위에서 앞길을 걸어가도록 문을 열어준 선생이었다.

"예수 선생! 내 말을 듣고 생각해 보세요. 저 제자들은 순박하고 열정이 가득하고 선생의 가르침에 따라 죽음도 마다하지 않고 뛰어들 수 있는 사람들이겠지요? 그런데, 저들이 부자와 마주 서고, 성전과 마주 서고, 로마제국과 마주 서고, 갈릴리 분봉왕과 마주 서고, 토라를 연구하는 우리 바리새파 선생들에 마주 서서 이 백성을 이끌고 해방을 이룰 수 있겠습니까? 예루살렘 사람들이, 유대인들이, 갈릴리 지방 사람들이 해방을 이루자고 저들을 따라나서겠습니까? 저들이 이제까지 이스라엘이 지켜왔던 가르침을 대신하는 새로운 가르침, 선생이 펼친 그 가르침으로 백성을 설득하고 바꿔낼 수 있겠습니까?"

예수는 대답하지 않고 그가 하려는 다음 말을 기다렸다.

"선생의 얘기대로라면 해방을 손에서 내려놓고서 새 세상을 세우겠다는 뜻은 모래 위에 집을 세우는 것과 같습니다. 그 둘이 한 짝이기 때문입니다. 하느님이 한 집안의 아버지로 자식들을 돌보는 세상, 예수 선생이 가르쳤던 그 세상을 이룰 수 없다는 말입니다. 선생이 가르치는 하느님 나라는 세상을 압제하는 세력과 함께 설 수 없는 환상幻想이 될 뿐입니다."

예수는 그의 말을 다 알아들었다.

"그런데 … ."

요하난은 말을 끊고 입을 다물었다. 그로서도 하기 어려운 말을 해야 할 때가 됐기 때문이다.

"그런데, 선생이 얘기했던 억압체제, 그 억압으로부터 해방을 이루지 못한 상태에서 선생이 사라지고 나면 저들은 선생이 목표했던 일을 이루지 못할 것으로 봅니다. 그러면, 그때 저들은 무슨 일을 할까요?"

그러더니 요하난은 또 한 차례 말을 끊고 한참 예수의 얼굴을 바라보았다. 예수도 그를 마주 바라보았다. 그가 무엇을 염려하는지 예수는 다 안다. 예루살렘에서 이번 유월절에 어떤 일이 벌어질지 다 안다. 그에게 얼마나 시간이 남았을지 가늠할 수 있다. 예루살렘 길이 그 길이라는 것을 알고 걸었기 때문이다.

요하난이 무슨 말을 하려는지 예수는 알 것 같다. 그건 참 이상한 일이다. 누가 하려는 말을 꺼내기도 전에 이미 가슴속에 들어와 떨림을 일으킨다는 것은. 그리고 때로는 여울목 물결처럼 하얗게 거품을 일으키며 속을 드러내면 그건 두 마음이 이어졌기 때문이리라. 예수도 요하난의 눈길을 따라 제자들을 바라보았다.

"선생! 저들은 자기가 누구인지 깨달았다고 보십니까?"

"그 길 위에 있는 셈입니다."

"내가 보기에 저들은 하느님을 찾기보다 예수 선생을 따를 뿐입니다. 그래서, 내가 주제넘게 다시 말하자면, 하느님을 만나지 못하고, 하느님의 뜻을 깨닫지 못하고, 결국 선생이 열어놓은 길만 알고, 선생의 말만 기억하고, 선생이 누구인지 따지고 생각하는 사람으로 머무를 수밖에 없습니다."

그는 제자들을 바라보다, 성전 뜰을 내다보다 무언가 가늠하려고 애쓰는 듯 보였다. 그러더니 길게 숨을 내쉬었다. 가슴 깊은 곳에서 나오는 한숨이다.

"그러면, 예수 선생! 아까 내가 조직 얘기를 했지요? 선생의 가르침을 따라 세상 속에서 세상과 관계를 맺으며 변화시키는 운동, 해방운동이 아니라, 선생을 따르던 사람의 조직, 그 조직을 확대하는 운동으로 바뀔 겁니다. 압제하는 사람도 없고 압제 아래 고통받아 신음하는 사람도 없는 사회, 온 가족이 한 아버지 한 어머니의 사랑 안에서 함께 살아가는 가정, 그 하느님 나라를 이루겠다는 생각만으로는 압제와 억압과 두려움으로부터 해방을 이룰 수는 없다는 말입니다. 그러니 해방을 포기한 채 관념 공동체, 그걸 공동체라고 부르든 조직이라고 부르든, 내부 규약과 지침과 신조를 따르며 서로 돌보는 운동으로 바뀔 겁니다."

요하난의 말은 점점 핵심을 향하고 있다. 예수는 그 말을 한 마디도 놓치지 않고 주의해서 들었다. 그가 하려는 말을 알아듣기 때문이다.

"다시 말하지만 제자들의 힘으로는 이룰 수 없는 해방입니다. 선생의 제자들은 사람들을 모든 억압에서 풀어주는 해방을 이룰 수 없기 때문에, 그건 하느님의 개입에 의해서 일어날 일이라고 손 털고 뒤로 물러날 겁니다. 저들은 선생과 전혀 다른 땅 위에 서 있는 셈입니다. 선생은 하느님의 직접적 개입이 없이 사람들이 이루는 해방을 얘기하지만, 선생의 제자들은 오직 하느님의 개입이 있을 때에 가능한 해방에 머무를 수밖에 없습니다. 그런데, 히브리가 경험했던 해방처럼 하느님이 개입하실 때에만 해방을 이룰 수 있다고 물러선다면 ….

예수 선생, 저들은 해방을 영영 포기하게 될 것이오. 하느님이 이뤄주실 해방을 준비한다면서 …."

예수는 갈릴리에서 제자들이 얼마나 열성적으로 돌아다녔는지 다 안다. 낯선 마을에 모르는 사람이 찾아 들어가서 사람들을 붙잡고 새로운 가르침을 전하는 것이 얼마나 어려운 일인지 누구보다 잘 안다.

'하느님 나라는 하늘 아버지가 아빠 아버지가 되는 나라입니다. 배고픈 사람 먹여 주고 아픈 사람 고쳐 주고 외롭게 따로 떨어져 우는 사람 눈물을 닦아 주고, 그렇게 한 가족으로 살아가는 나라입니다.'

저들도 갈릴리 마을마다 돌아다니며 아픈 사람 치유해 주고 일으켜 세웠다. 저들도 이제 먹을 것을 나눌 줄도 알고, 눈물 흘리는 사람 곁에 서서 위로해 줄 수 있는 사람으로 바뀌었다. 하느님 나라가 이르렀다는 기쁜 소식을 전했다. 하느님 나라를 설명했다.

그런 제자들이 예수가 사라지고 나면 실패할 수밖에 없다는 얘기는 가르침이 부족했다는 말도 되지만, 한편으로는 예수가 걷는 길이 잘못됐다는 평가였다. 유대 광야에서 나온 이후, 예수는 처음으로 그의 길에 의문을 제기하는 선생을 만난 셈이다.

"히브리라 불리던 그때, 손에 잡은 해방을 얻었지만 새 세상을 이루지는 못했고, 그래서 선생 말대로 실패였다는 그 통찰에 나도 느끼는 바가 있습니다. 그런데, 이제 해방을 이루지 못한 채 새 세상의 꿈을 얘기한다면 나는 그것도 실패라고 봅니다."

예수는 요하난이 무슨 말을 하려고 먼저 결론부터 얘기하는지 이미 짐작했다. 그도 예수도 아직 그 말을 입에 올리지 않고 대화를 나누는 셈이다. 그는 그가 서 있는 토라 위에서 말하는 것이 아니고, 동의했든 거부했든, 예수가 말하는 해방과 하느님 나라에 따라 예수를 일깨우는 셈이다.

"해방이 없다면, 무너뜨려야 할 압제를 그대로 놔두고 새 세상을 얘기한다면, 그건 관념일 뿐입니다. 이제까지 숱한 예언자들이 선포했던 일과 마찬가지로 관념입니다."

예수는 속으로 깊은 숨을 내쉴 수밖에 없었다. 요하난이 정확하게 짚어내고 있다.

"예수 선생, 그 말이 무엇을 의미하는지 잘 알 것입니다. 다시 얘기하지만, 저들은 선생을 분명 메시아라고 부를 겁니다. 이스라엘 사람들이 오랫동안 지녀왔던 메시아, 구원자 사상 때문에 분명 그럴 겁니다. 토라에서 말하지 않은 구원, 세상의 종말과 구원, 예언자들이 전해 주었던 메시아…. 하느님 개입을 촉진하는 메시아, 저들이 이루지 못하고 포기한 해방을 하느님의 뜻에 따라 성취할 해방자, 선생이 끝을 내지 못하고 떠난 해방을 하느님에 의한 우주적 구원 운동으로 바꿀 겁니다.

그러니, 저들은 예수 선생을 다르게 부르고 싶을 겁니다. 이전의 예언자들과는 다른 사람, 가르침과 행동으로 정말 하느님의 개입을 초대한 선생으로 부르겠지요, 저 제자들은… 해방이 이뤄지는 날을 기다리며…. 예수 선생을 하느님의 개입을 불러온 사람으로!"

그러더니 그는 예수 앞에 자기 손을 펴 보였다. 왼손을 쫙 펴서 다섯 손가락이 다 보이게 한 다음, 오른손 검지로 왼쪽 손가락을 하나씩 짚어가며 묻기 시작했다. 마치 제자들 앞에 앉은 선생 같다.

"예수 선생! 첫째로, 선생이 떠나기 전에, 하느님이 직접 개입하시리라고 믿습니까?"

"아닙니다. 그런 일은 없으리라고 생각합니다."

"그럼 둘째로, 선생이 떠나고 나면, 바로 그분의 개입이 일어나 억압과 압제를 해방하는 일이 일어난다고 믿습니까?"

"아닙니다. 그런 일은 없을 겁니다."

"셋째, 선생은 그분의 개입 없이 해방을 이룰 수 있다고 믿습니까?"

"예! 그 일이 제가 시작한 일입니다."

"말하자면, 사람의 힘으로 이뤄지는 해방이군요."

"그렇습니다."

"예수 선생! 그런데 왜 그리 서두릅니까? 어차피 세상은 그렇게 하루아침에 바뀌지 않는 것을 알면서 … . 사회를 변혁할 수단을 아무것도 가지지 못한 사람들에게 맡겨 놓고 그리 서두를 필요가 있습니까? 나는 사람들이 입에 올리는 메시아를 얘기하는 것이 아닙니다. 다만 이스라엘이 기다렸던 큰 가르침, 밝은 깨달음이, 이렇게 빨리 저무는 것을 두고 볼 수 없는 안타까운 마음입니다.

그런데, 선생이 떠나면 저 제자들은 해방과 새 세상이 한 짝이 되어야 가능한 선생의 가르침 중에 해방을 손에서 놓을 것입니다. 저들의 힘으로 이룰 수 없으니까요. 압제에 대항해 사회를 변혁하는 해방운동에서 떠나 새 세상을 이루려는 운동으로 물러날 것입니다. 나 같은 늙은 사람도 충분히 내다볼 수 있는 일입니다."

예수 스스로도 그럴 수 있으리라고 생각했던 문제였다. 조직의 생성과 발전을 깊이 생각한다는 요하난이 예수와 제자들이 걷는 길을 나름 정확하게 짚어낸 셈이다.

그건 바로 이스라엘의 예언자들이 전한 예언과 가르침 때문이다. 하느님의 심판, 세상의 종말, 하늘에서 내려온 메시아, 이스라엘의 구원 모두 사람들 마음속에 깊게 새겨진 구원의 순서였다.

처음 예수가 요단강으로 찾아갔던 세례자 요한의 가르침도 그러했다. 마지막 심판의 날이 가까웠으니 죄를 회개하고 돌이켜 곧 들이닥칠 심판에서 구원받으라는 가르침이었다. 이스라엘의 전통과 예언과 기다림을 알고 있는 사람이라면 누구라도 그 틀에서 벗어날 수 없을 만큼 깊게 뿌리를 내렸다.

그런데 요하난은 정말 놀랍다. 예수가 세례자 요한을 떠올리고 있을 때 그가 예수의 얼굴을 똑바로 쳐다보며 물었다. 똑같은 시간에 똑같은 사람을 생각하고 있었다니 ….

"예수 선생, 처음에는 세례자 요한을 따랐다고 들었습니다."

"예! 그랬습니다. 선생님!"

예수는 요하난을 꼬박꼬박 '선생님'이라고 불렀고, 예수보다 훨씬 나이가 많은 그도 예수를 계속 '선생'이라고 불렀다.

"세례자 요한이 예수 선생에게 하느님을 만나게 해주었습니까?"

그건 듣기에 따라 여러 가지로 대답할 수 있는 질문이지만 예수는 그가 묻는 뜻을 벌써 깨닫기 시작했다.

"광야에서 수행을 시작하도록 주선해 주고 안내해 주셨습니다."

"결국 광야에는 예수 선생 혼자 나간 셈이네요. 세례자 요한이 옆에 있으면서 이끈 것이 아니고 …."

"예에!"

"선생은 하느님을 만났지만, 제자들은 오직 선생 예수만 만났을 뿐입니다."

요하난의 마지막 말이 철렁 예수의 가슴속에 떨어졌다. 예수는 작은 한숨을 쉬었다. 하느님과 사람의 관계는 결국 사람과 사람 사이의 관계라는 점을 제자들이 깨닫지 못했기 때문이다. 아마 영원히 알지 못하고 넘어갈 일이다. 큰 깨달음 저쪽에 신비로 남아 있을 문제다. 아무리 여러 번 일깨워도 그들의 눈은 하느님에게 고정되어 있기 때문이리라. 사람에게서 하느님을 보지 못한다면 그들은 결국 실패할 수밖에 없다.

위에 있는 하느님, 사람 사는 세상을 내려다보며 개입할지 말지 때를 기다리는 하느님으로 생각한다면 이르든 늦든 정치제도에 편입될 수밖에 없는 운명이다. 역사에서는 언제나 정치가 하느님을 독점하기 때문이다. 하느님 섬김을 정치가 삼킨다. 가슴이 막막하고 답답했다.

요하난의 얼굴을 바라보고 앉아 있자니 예수의 가슴속에 조금씩 아픔이 고인다.

'아! 요하난에게 맡겨 주신 하느님의 일도 가볍지 않구나 … .'

그가 겪을 일, 그가 손 붙잡고 이끌어야 할 사람들의 모습이 보인다.

"선생님!"

예수가 그를 불렀다.

"예!"

"이스라엘에게 닥칠 일을 선생님이 정확하게 보셨습니다."

"예! 안타깝게도 그렇습니다."

그는 짧게 대답하더니 고개를 돌려 뜰 북쪽에 서 있는 성전을 바라보고, 성전 너머에 우뚝 서 있는 안토니오 요새를 바라보고, 성전 뜰을 둘러싼 주랑건물 위를 눈으로 더듬었다. 그러나 눈에 보이는 것을 넘어 다른 날, 다른 때를 보는 듯 망연한 표정이더니 한참 만에 입을 열었다.

"그걸 내 눈으로 봐야 한다면, 할 수 없지요, 감당할 수밖에 …. 예수 선생이 하려는 일이 앞으로 벌어질 일과 어떤 상관이 있을지 …. 어떤 사람은 하느님이 개입하셔서 우리를 구원해 주실 것으로 믿겠지만, 나는 하느님이 세상 역사에서 떠나신 것으로 생각됩니다. 그러나, 아주 세상에서 손 놓고 떠나신 것이 아니고, 그게 무엇이든 사람들이 위로를 받으며 살아갈 수 있는 밧줄 하나는 남겨 놓을 거라고 믿습니다. 토라가 그럴 수 있으면 다행이고요."

"예!"

"나는 가끔 그런 생각을 합니다. 우리 이스라엘은 이집트 땅에서 광야로 나온 이후, 점점 굳어졌다고요. 광야를 떠돌던 사람들이 땅을 차지하고, 나라를 세우고, 나라가 망하고, 흩어지고 다시 돌아왔지요. 하느님 섬기는 일도, 광야시대에는 어느 곳에 머물면 거기 장막을 세워 모시고, 그 자리를 떠나 옮길 때면 장막을 걷어 떠메고 옮기고 …. 그렇게 장막을 세워 모시며 떠돌다가, 이 땅에 들어와서 3백 년 만에 성전을 세웠지요. 아까 예수 선생이 얘기했던 것처럼 하느님을 직접 만나는 일에서 멀어졌지요, 점점 ….

우리 옛 조상들 옆에 서서, 시원한 나무 그늘 아래에서 저물어 가는 해를 바라보며 얘기를 나누던 하느님을 장막에 모시기 시작하면서부터 쉽게 만날 수 없는 하느님으로 어려워하기 시작했지요."

"예!"

"장막 안에 제단을 세워 모실 때는 우리가 광야 어디로 이동하든 하느님도 우리와 함께 옮겨 다니셨는데, 성전산 위에 성전을 세우니 하느님이 거기에만 머무신다는 생각을 하게 되었고요. 그래서, 바빌론에 끌려갔던 선조들은 그발강가에서 하느님 모시고 살던 시온, 예루살렘 성전을 그리워하며 울었고, 다시 예루살렘에 돌아오게 되자 성전부터 세웠지요."

"예!"

"지금 이 성전이 몇 번째 성전입니까? 솔로몬왕이 세웠다는 성전은 바빌론의 침공으로 불타 무너졌고, 그다음에 세웠던 성전은 얼마나 여러 번 이방인들의 말발굽에 무너지고 약탈당했습니까? 유대를 침공한 모든 제국들은 언제나 성전을 점령하고 약탈하는 것을 최종 목표로 삼았지요."

"예!"

"성전이 적에게 점령당하면 우리는 속절없이 무너졌습니다. 이미 더 이상 칼을 들고 활을 쏘며 싸울 의미가 없어진 셈이었지요. 우리 하느님이 적에게 수치를 당하신 셈입니다."

"예!"

예수는 요하난의 얘기를 그저 들었다. 그에게서 이런 속 깊은 얘기를 들을 수 있으리라고 생각하지 못했다.

"그러나, 우리가 모신 야훼가 적이 섬기는 신보다 힘이 약하고 능력이 부족해서 정복됐다고는 할 수 없었지요."

"그렇습니다."

"그러니, 야훼의 뜻을 거역하며 살았기 때문에 하느님이 진노하셔서 적을 들어 이스라엘을 치셨다고 해석했습니다. 하느님이 우리더러 돌이키라고, 정신 차리라고 회초리를 치신 것으로 믿었습니다."

"예!"

"예수 선생! 하느님이 그러신 분입니까? 그러실 수 있는 분입니까?"

"아니시지요."

"하느님 섬기는 일이 하느님께 제사드리는 일로 끝날 수는 없습니다. 제사를 받으셔야 하느님이시고 성전에 모셔야 하느님이라면, 그리고 성전이 있는 예루살렘에 올라와야 하느님을 뵙는다면, 예수 선생 말대로 잘못됐다고 말할 수밖에 없습니다. 마치 물이 가득 들어 있는 큰 항아리를 아가리 좁은 작은 항아리에 억지로 밀어 넣으려고 하는 일과 같지요."

예수는 요하난이 하려는 얘기를 알았다. 그가 조용조용 하는 말에 가슴이 시렸다. 그가 누구인가? 그는 그런 깨달음을 안고 사는 사람이었다. '이스라엘의 선생'이라고 불리는 바리새파 학자였다.

"저 성전이 사라지면, 어느 날 다시 불타 무너지면, 그래서 더 이상 하느님께 제사드릴 수 없는 날이 온다면, 그러면 하느님은 이스라엘을 버리신 것일까요? 그러면 하느님은 이 백성을 놔두고 어디 다른 곳으로 가실까요? 아니지요. 성전을 세우기 전, 장막에 모시기 전, 그때 이스라엘과 함께하셨던 하느님께서 이 백성을 어찌 놔두시겠습니까?"

"예!"

"그래서, 나는 … ."

그는 한동안 말을 멈추고 다시 뜰을 내다본다. 눈에 뜰에 가득 들어선 사람이 보이지 않는 듯하다. 성전 뜰에 그어진 수없이 많은 격자도, 주랑건물도, 그 위에 늘어선 로마군 병사들도 보이지 않는 듯하

다. 그는 분명 그 너머에서 일어나는 어떤 일을 보고 있다. 그 너머 너
머에서 손을 이끄는 하느님을 보고 있음에 틀림없다.

"그래서, 나는 성전에서 하느님을 모시지 않고도 살아가는 이스라
엘을 꿈꿉니다. 희생제사를 드리지 않고도 하느님 안에서 살아가는
이스라엘을 꿈꿉니다. 어디로 끌려가서 살든, 어떻게 흩어졌든, 그
자리에서 하느님 만나고 살아가는 이스라엘을 꿈꿉니다. 그러니, 예
루살렘을 떠나고, 유대를 떠나고, 이스라엘을 떠나고, 성전을 떠나도
살 수 있으려면, 하느님과 만나면서 살아가려면, 우리 한 사람 한 사
람 마음속에 하느님을 모셔야 하겠지요."

"예! 선생님!"

"그러니, 지금 우리가 받은 토라, 하느님께서 우리 조상에게 내려
주셨고, 우리 시대까지 전해 내려온 그 가르침에 따라 살면 하느님 뜻
안에서 사는 게지요. 나는 하느님이 직접 개입해서 제국을 몰아내
고 이 땅에 하느님 나라가 세워진다고 생각하지 않는 사람입니다."

예수의 가슴 깊은 곳에서 쏴아쏴아 소리를 내며 바람이 불어왔다.
해 질 무렵이면 광야를 훑고 지나가던 바람 같기도 하고, 갈릴리 호수
동쪽 높은 지대를 넘어 비탈을 달려 내려와 거침없이 호수를 건너던
바람 같기도 하고, 비가 쏟아지기 전 흙냄새를 싣고 휙 불어오던 바람
같기도 하고 … .

"선생님이 지고 가야 할 짐이 무겁군요."

"그거야 예수 선생도 마찬가지지요."

요하난과 예수는 서로 눈길을 마주쳤다. 요하난의 눈에 참 여러 가
지 빛깔이 들어 있다. 그 눈은 예수를 비난하거나 실망했다고 책망하

지 않았다. 그렇다고 나와 상관없는 일이라고 무심히 흘려보내는 눈도 아니다. 그의 눈길은 안타깝게 부드럽고 깊었다. 이미 모든 것을 내다본 눈이었다. 그에게는 그의 길이 있고, 예수에게는 예수의 길이 있다. 예수는 토라가 하느님을 섬기는 오직 한 길이라고 생각하지 않은 것처럼, 자신이 걷는 길이 오직 하느님 뜻에 따르는 유일한 길이라고는 믿지 않았다. 하느님에게 이르는 길이라면 동쪽 길이든 서쪽 길이든 일어나 첫 발을 떼는 것이 더 중요하다고 생각했다.

안타까움 가득한 요하난의 눈을 바라보면서 예수는 문득 해 저문 갈릴리 산길을 떠올렸다. 어디든 찾아들어가 그 밤을 보내야 하는데, 두런두런 얘기를 나누면서 뒤따라오는 제자들을 이끌고 앞장서서 걸을 때, 그때 자신의 마음을 요하난의 눈이 담고 있었다.

요하난은 해방을 얘기하지 않아도 이스라엘에서 잘 살 수 있는 사람이다. 그는 새 세상을 이루든 못 이루든 여전히 이스라엘, 유대의 유명한 선생으로 살아갈 수 있는 사람이다. 앞으로 살아갈 남은 날들은 알 수 없지만 현실 속에서 지금 누리는 명예를 계속 누리며 살 수 있는 위치에 있다. 그런데 무엇이 안타까워 성전 뜰에 들어왔을까?

그가 성전에 오른 그때부터, 뜰을 건너 예수에게 다가오고, 예수를 만나 주랑건물 안에 앉아 오래오래 얘기하는 그 모든 일이, 그의 말 한마디, 손짓 하나, 걸음걸음을 세상이 지켜보고 있을 것이다. 왜 그는 세상사람들이 지켜본다는 사실을 알면서도 굳이 예수를 찾아왔을까? 그가 예수와 앉아 대화를 나누고 있다는 사실은 분명 대제사장에게 즉각 보고되고도 남을 사건이다. 왜 그럴까? 예수는 그의 눈에서 이스라엘을 생각하는 안타까움을 보았다. 희망의 불꽃을 지키려는 간절함을 보았다.

"예수 선생! 선생의 말을 듣고 나니 한편으로는 기쁘고, 한편으로는 슬픕니다."

그 말끝에 요하난은 깊은 한숨을 내쉬면서 주랑건물 저쪽에 따로 모여 있는 제자들을 바라보았다. 그러더니, 아주 느릿느릿, 말을 이었다. 그가 하는 말의 내용은 무겁고 목소리는 낮았다. 그러나 쇠줄을 질질 끌면서, 피할 곳 없이 온갖 길을 막으면서 한 발 한 발 다가오는 운명처럼 들렸다. 뜰에 환하게 비추는 햇빛도, 서둘러 이스라엘의 뜰로 들어가거나 나오는 사람들의 분주한 발걸음도, 성전 뜰 곳곳에 대기하며 감시하는 성전 경비대 병력도, 주랑건물 위에 올라서서 내려다보는 로마군 병사들도, 그의 눈에 들어오지 않는 것 같다. 그는 이미 시간의 흐름을 타고 저 아래로 내려가 있는 사람처럼 보였다.

"이 땅이 어찌될지 알 수 있어요. 나는 이스라엘이, 이 유대가 무너지는 날을 눈으로 봅니다. 세상 끝까지 뿔뿔이 흩어지는 모습도 보입니다. 그런 운명이 이스라엘 앞에 입을 벌리고 기다리는데 내 동족을 내버려두고 내가 어찌 눈을 감을 수 있겠습니까? 내가 눈을 감기 전에 그날이 올 겁니다. 지난번 끔찍한 일이 벌어졌던 때부터 지금까지의 시간이 지금부터 앞으로 남은 시간이 되리라고 나는 생각합니다. 예수 선생이나 나는 지금 그 중간에 서 있는 셈입니다."

"예!"

예수는 다른 어떤 말도 할 수 없다. 그건 그가 나선다고 바뀔 수 있는 일이 아니다. 그나 요하난이나 그 시간의 흐름을 똑같이 보고 있지만, 두 사람이 나서서 예전의 예언자들처럼 외친다고 해결될 일이 아니다.

"오래 산 것이 죄라고, 지난 70여 년 동안 일어났던 그 비참한 광경들을 나는 내 눈으로 모두 보았어요. 헤롯왕이 죽었을 때 도성 예루살렘 주변에 숲처럼 빼곡히 들어섰던 십자가를 보았지요. 헤롯의 아들 아켈라우스가 쫓겨나고 성채가 불타던 광경도 보았고. 그런 일이 어떻게 일어나고, 어찌 커져 가고 결국 어떻게 끝나는지 모두 지켜보았습니다. 얼마나 여러 번 이 성전이 불에 탔습니까?

내 생각에 그 일, 그 무서운 일이 또 벌어집니다. 제국이 성을 둘러싼 광경도 내 눈에 보입니다. 한 번이 아니고, 파도가 바닷가 바위를 때리듯 몰려오고 또 몰려옵니다. 그건 이 땅에 살고 있는 우리 민족에게는 피할 수 없는 일입니다. 로마제국과 한 시대를 살아가는 우리에게 다른 길이 안 보입니다. 캄캄하네요, 마치 달도 없고 별도 숨은 그믐밤처럼 … ."

예수는 잠잠히 요하난의 말을 들었다. 이스라엘의 운명, 유대의 운명을 그도 역시 보고 있기 때문이다. 불에 타서 무너지는 예루살렘 성전을 보기 때문이다. 성안에 갇혀 울부짖는 유대인들의 울음소리를 듣기 때문이다. 이스라엘은 눈도 못 감고 쓰러지면서, 줄줄이 묶여 노예로 끌려가고 팔려가면서 하늘을 올려다보며 눈물 흘린다. 하늘은 늘 닫혀 있다.

"나는 말이에요 … ."

한참 말을 끊고 성전 뜰을 내다보고 그 하늘을 바라다보던 요하난이 힘들게 말을 이었다.

"나는, 생명을 유지하는 일이라면, 우리 민족의 숨이 끊어지는 것을 막는 일이라면, 무슨 일이든 하려고 생각합니다. 어느 하늘, 어느 땅, 어느 구석에서, 무엇이라 불리며 어떻게 살더라도 숨을 이어가도록 터주는 일이 내 일이라고 믿고 있어요."

"귀한 일입니다. 그건 바로 선생님이 하셔야 할 일이지요."

"그러게요. 그래서 말인데, 만일 누가 '여기 메시아가 나타났다' 알려 주고, 모든 사람들이 메시아를 만나겠다고 자리를 떨치고 일어나 우르르 몰려가더라도, 나는 내 손에 들려 있는 묘목, 한 그루 작은 나무를 먼저 심을 생각입니다. 그렇지 않으면 우리 이스라엘에게 미래가 없지요. 내가 살아온 뿌리, 지킬 것을 지키는 것이 새 세상 이루는 것보다 작은 일이라고 말할 수는 없을 겁니다."

"선생님! 귀한 일입니다."

"예수 선생! 아마 선생의 제자들과 내 제자들은 영원히 합치지 못하고 마주 설 거요."

"그렇겠지요."

"선생의 제자들은 이미 메시아가 왔다고 외치고 내 제자들은 오리라는 희망으로 기다리겠지요. 그들 중, 누가 이 험한 세상을 더 잘 살아갈 수 있겠습니까?"

"무슨 말씀인지 알겠습니다."

"예수 선생은 돌도 쪼고 나무도 키우고, 호수에서 그물도 내렸다면서요? 어부에게 돌을 쪼는 일을 맡긴다면 그걸 말로 배울 수 없는 것처럼, 예수 선생이 이루려는 하느님 나라는 말로 설명해서 넘겨받을 수 있는 나라가 아니지요. 말로, 가르침으로 들어갈 수 있는 나라라면 그건 관념의 세상이지요. 선생은 토라, 율법의 그 많은 조항과 조문에 대해 들어 알고 있을 겁니다. 들어서 아는 것과 율법을 지키는 것은 다른 일입니다. 지키는 일은 몸이 하는 일입니다. 관념이 아닙니다.

말하자면, 선생이 이루려는 세상은 선생이 먼저 경험한 일과 제자들이 관념으로 받아들인 가르침이 몸을 입어야 합니다. 안타깝게도, 이 늙은이가 보기에 … ."

요하난은 말을 끊고 다시 예수의 얼굴을 들여다봤다. 그의 눈이 많은 얘기를 건넸다. 예수는 그의 입에서 나오지 않은 말을 모두 알아들었다.

"예!"

예수는 요하난이 하려는 그 얘기를 끝까지 들어보겠다고 마음먹었다. 무엇이 아쉬워서 요하난이 성전까지 찾아 올라와 오랜 시간 예수를 붙잡고 설득하겠는가? 무엇보다 명예를 가장 귀중하게 생각하는 세상에서 요하난쯤 되는 선생이 예수를 찾아와서 만난다는 것을, 사람들은 별일 중의 별일로 여길 것이다. 오히려 예수가 그를 찾아가 가르침을 청해야 맞다고 세상사람들은 생각할 것이다.

"예! 그렇게 선생님께서 밝히 말씀해 주시니 감사합니다. 저도 그 점을 잘 알고 있습니다."

예수가 잠잠히 그의 얘기를 듣고 앉아 있자 요하난은 참 답답하다는 듯 말을 이었다. 그러면서도 그는 왜 자기가 이렇게 적극적으로 예수를 설득하려고 나서는지 스스로도 알 수 없었다. 성전에 오를 때는 그가 걱정하는 일을 얘기해 주고, 예수에게서 몇 가지 궁금했던 점을 확인하고 싶었을 뿐이었다. 그에 대하여 들었던 소문도 소문이지만, 전날 성전에 들어와 예수가 했다는 일이 너무 다른 예언자들과 달랐기 때문이었다.

요하난은 짧게 한숨을 쉬었다. 아마 얘기가 자꾸 맴돌고 있다고 느꼈기 때문이리라. 그러면서 저쪽에 따로 떨어져 앉아 있는 제자들을 눈으로 다시 훑어본다. 마지막으로 남아 있는 가능성을 찾기 위해 더듬는 눈빛이다. 그 눈길 따라 예수도 제자들을 바라보았다.

처음 가버나움에서 제자로 불러 모았던 사람, 중간에 끼어든 사람 …. 예수를 따라나선 시기가 다르듯, 따르게 된 이유도 각각 달랐다. 그들 마음속에 간직한 욕망도 달랐다. 그들이 간직한 것이 무엇이든, 그들이 세상을 어떤 눈으로 보든 그들에게 예수는 그들이 꿈꾸던 것을 이루어 줄 수 있는 사람으로 보였음에 틀림없다.

"후우 …. 후!"

숨이 가쁜 듯 요하난이 거푸 한숨을 쉰다. 유월절 무렵이 되면 예루살렘에 사는 사람들 중 어느 정도 나이 먹은 사람들은 점점 건조해지는 공기에 숨이 가빠지기 마련이다. 그러나 요하난의 숨결은 비단 그렇기 때문만은 아닌 듯 보였다.

그때, 성전 뜰을 가로질러 성전 경비대 병력이 달려갔다. 예수는 그들이 대오를 이뤄 그에게 다가오던 광경을 떠올렸다. 성전 뜰에서 발맞추어 행진하는 소리가 들리거나, 삑삑 날카로운 피리소리가 울려 퍼지거나, 병사들이 후다닥 달려가는 소리를 들으면 사람들 마음은 공연히 불안해지고, 두려운 일을 기억하며 어깨를 움츠리게 된다. 일부러 그런 두려운 분위기를 조성하는 성전의 뜻을 예수는 잘 안다.

두려움은 이스라엘, 유대, 예루살렘을 무겁게 덮어 누른다. 그런데, 때로는 아무리 밀어내려고 해도 예수의 마음에도 쉽게 걷어낼 수 없을 만큼 두껍고 무겁고 어두운 두려움이 몰려든다. 이스라엘에 드리운 두려움은 로마와 성전이 드리웠다면 예수가 느끼는 두려움은 하느님의 침묵이다. 무릎 꿇었던 유대 광야에서 일어나 하느님 나라의 길을 걸으라고 예수에게 명령했던 하느님이, 히브리를 놓아줄 때까지 열 가지 재앙을 이집트에 퍼부으며 모세를 이끌었던 하느님이 야속하게도 예수에게는 아무것도 마련해 주지 않았다. 바다를 가를 권능도 그에게 부여하지 않았고, 구름기둥 불기둥을 앞세워 그를 인도하지도 않았다.

하느님이 그런 권능을 부어주어 기적을 일으키지 않을 것을 예수는 안다. 하느님의 뜻을 따르는 일이라고 고통과 아픔, 비난과 수치가 비켜가지 않는다는 것도 안다. '가라 하시니 가겠습니다' 오직 그 한 마디 하고 일어섰던 그였다. 때때로 뒤를 돌아다보아도, 산마루턱에 올라 갈 길을 내려다보아도 하느님은 보이지 않았다.

'지켜보고 계시겠지!'

그 믿음 하나 붙잡고 한 걸음 한 걸음 걸었다.

역시 요하난은 놀라운 사람이다. 사람들은 나이 들어가면서 수도 없이 넘어지고 또 넘어져 무릎에 난 상처 위에 딱지가 생기듯 단단한 딱지가 마음을 덮기 마련이다. 다른 사람의 마음을 느끼는데 무디어질 수밖에 없는 법이다. 그런데, 요하난의 섬세함은 이미 예수 마음속에서 무언지 모를 번민과 두려움이 일어나고 스러지는 것을 느꼈다. 아마도 앞으로 겪을 고난 때문에 예수가 고민하고 있는 줄 알고 있었던 모양이다.

"예수 선생! 선생이 앞으로 겪을 일을 생각해 봤는지요?"

"예, 선생님!"

"선생이 한 일과 가르친 내용이 꼼짝할 수 없도록 선생을 옭아맬 겁니다. 성전을 부정했고, 성전 제사를 중단시켰고, 토라가 하느님의 유일한 가르침이라는 오랜 믿음과 그 전통을 부인했습니다. 대산헤드린 앞에 서서 재판을 받게 될 때, 선생이 어떤 판결을 받게 될지 나는 짐작할 수 있습니다."

"그럴 겁니다."

"또 한 가지, 선생은 로마황제에게 세금을 바치면 하느님의 뜻에 어긋난다고 얘기했습니다. 말이야 어떻게 했든 말뜻은 그랬습니다."

"예, 그랬습니다."

"세금을 바치지 않으면 로마는 황제에 대한 반란으로 간주하고 처벌하는 것을 알면서도 선생은 그렇게 얘기했습니다. 그리고 또 한 가지, 총독의 포고령을 정면으로 위반하여 희년을 실시해야 한다고 선동했다는 죄목도 더해질 겁니다."

"예, 잘 보셨습니다."

"내가 지난밤, 불을 끄고 누워 가만히 생각해 보니 아무리 해도 벗어날 수 없는 커다란 위험 속으로 예수 선생은 두려움 없이 스스로 걸어 들어왔습니다. 예루살렘 성전 뜰에 …. 그런데, 선생이 보는 것처럼 성전 뜰은 그냥 성전 경내에 속한 뜰이 아닙니다. 예루살렘, 유대의 정치가 이뤄지는 자리입니다. 마치 헬라나 로마에 있는 광장과 같습니다."

"그렇습니다."

"로마 군사가 성전 뜰을 둘러싼 주랑건물 위에 저리 빽빽하게 늘어서서 눈을 부릅뜨고 감시하는 광장입니다. 로마에서도 헬라에서도 광장에서 사람들에게 두려움 없이 연설하고 가르친 사람들이 지배자들에게 잡혀가 추방되거나 감옥에 갇힙니다. 그런데, 예루살렘 성전 뜰은 이제 앞으로 처형당할 사람이 자기 증거를 쏟아 놓는 광장이 되었습니다. 선생이 로마에 마주 섰기 때문입니다."

"그럴 겁니다. 알고 있습니다."

"선생은 하느님 나라, 그 새 세상을 이루기 전에, 해방을 이루기 전에 제거될 것입니다. 로마와 로마의 명령을 받은 성전에 의해서 … ."

"예!"

"아마, 성전은 죄목을 하나 더하려고 할 겁니다. 바로, 예수 선생이 메시아인지 물을 겁니다."

"이미 저는 여러 번 제자들과 사람들에게 일러두었습니다. 메시아가 아니라고."

"그랬을지라도, 메시아라는 죄목을 씌울 것은 분명합니다."

"그럴 겁니다."

"그건 성전이나 총독이나 모두 선생에게 사형을 내릴 죄목이 될 겁니다. 다윗의 자손, 이스라엘의 독립을 이뤄 낼 사람으로 군중이 선생을 부르며 따랐기 때문입니다. 성전이 처형을 주관하면 하느님과 성전을 모독한 죄를 씌워 돌로 칠 것이고, 총독이 재판하면 십자가 처형이 내려질 겁니다. 십자가 처형에 해당하는 죄목입니다."

"예!"

예수는 요하난과 대화를 나누면서 참 이상하다는 생각을 떨칠 수 없었다. 이스라엘의 선생, 바리새파 중에서 가장 유명한 선생이 예수를 설득하고 있다. 예수가 무너뜨리려는 체제를 뒷받침하는 사람이 어떻게 해야 그 체제를 무너뜨릴 수 있는지 상의하는 셈이었다.

예수가 무어라 말을 하려고 하자 요하난이 처음으로 손을 저었다. 끝까지 들어보라는 뜻이다. 그만큼 안타깝게 생각한다는 표시다. 요하난은 예수를 만나러 성전에 올라오기 전, 지난 며칠 동안 예루살렘 성 안에서 벌어진 모든 일들을 다 알고 있었다. 성전 대제사장 가야바의 집에 밤마다 모여 예수를 제거하려고 모의하는 사람들, 같은 힐렐파 바리새 사람들이지만 현실 정치에 개입하고 있는 사람들이 랍비 시몬, 랍비 가말리엘의 집에 모여 회의를 한 후 어떤 결정을 내렸는지, 성전을 뒤집겠다고 몰려든다는 하얀리본 도적떼의 얘기, 로마 총독이 포고령까지 내리면서 예루살렘을 옥죄는 그 모든 일을 들었다. 예수가 갈릴리 마을마다 다니면서 가르쳤던 내용들도 거의 모두 들어 알고 있다.

"예수 선생!"

"예! 요하난 선생님! 제가 듣겠습니다."

"늙은이가 돼서 한 말 또 하고 금방 또 하는 것 같은데, 들어주세요."

"예! 선생님, 감사합니다. 듣겠습니다."

"로마가 나서는 일이 벌어지고, 선생이 십자가에서 처형되어 사라지면 저 남은 제자들이 그 공포를 이기고 해방운동을 끌고 나가 사회

변혁을 이뤄내겠습니까? 선생이 그 일로 처형됐는데? 저들은 압제와 대항할 수 있는 힘도 없고, 그걸 이뤄낼 수 있는 훈련마저 부족하고, 압제에서 놓여나는 해방운동, 그건 세상을 바꾸어야 하니 정치운동입니다. 저들은 그 일을 감당할 수 없는 사람들입니다.

오로지 해방이 이뤄지고 새 세상, 하느님 나라가 오면 어떤 세상이 되고 어떻게 살아야 한다는 것은 알겠지요, 그건 선생이 궁극적으로 이루려고 한 하느님 나라니까요. 더구나, 하느님 나라 운동은 사회를 바꾸고 압제에서 해방하자는 운동만큼 위험하지 않지요. 위험한 일을 피하면서 새 세상을 이루자는 운동으로 저들은 방향을 바꿀 겁니다."

무어라 반박할 수 없는 말이다. 예수 눈에도 그렇게 보였다.

"선생이 떠난 다음, 저들 중에 선생에게서 직접 가르침을 받은 사람들 중에 선생의 뜻을 끝까지 지키려는 사람이 남아 있게 될지도 모르겠습니다. 내 말은 선생의 뜻을 이어받아 운동으로 이끌고 나갈 사람이 저들 중에서 나오지 않는다는 말입니다. 저들은 논리를 세울 능력이 없고, 선생이 했던 일을 체계적으로 설명할 수 없기 때문입니다. 해방을 이루지도 못하고, 그렇다고 선생이 선언했던 하느님 나라가 당장 저들 눈앞에서 이뤄지지 않을 때, 그때 저들이 무슨 능력으로 그런 상황을 감당하겠습니까? 그러면 두 가지 중에 하나지요. 그냥 없던 일처럼 사라지거나, 선생의 가르침에 마음이 움직인 사람들이 계속 그 뜻을 이어가겠지요. 그리고 아마 선생을 만나본 적도 없고 가르침을 직접 받아본 적도 없는 말 잘하는 사람들이 나설 것입니다.

이상하게 들리겠지만 그건 어떤 조직이나 마찬가지입니다. 행동으로 이끌던 지도자가 사라지면 이론을 위한 이론을 세우는 사람들이 나타나기 마련입니다. 그런 사람들은 선생을 직접 따랐던 사람들의 말과 전해들은 말을 전해듣고 선생이 했던 일을 그들 나름대로 해석할 수 있는 방법을 찾을 겁니다. 저들은 예수 선생을 따른다는 운동의 주도권마저 곧 빼앗기고 말 겁니다."

"그럴 수 있겠습니다."

"왜 선생이 그렇게 처참하게 십자가 처형을 받았는지, 저들과 선생을 따른다는 사람들이 두고두고 생각하겠지요. 무서워 도망갔던 사람들이 어느 날 다시 그 현장으로 몰래 돌아와 선생의 뜻이 무엇이었는지 생각하겠지요. 생각하고 또 생각하고, 선생을 따르던 사람끼리 모여 서로 의견을 나누며 생각하고, 혼자 누워 생각하고, 혼자 걸으며 생각하고 ⋯. 선생의 가르침을 생각하고, 선생이 옳은 일을 하다가 처형당했던 일을 생각하고, 왜 옳은 일을 한 사람이 가장 수치스러운 십자가 처형을 당했는가, 하느님의 뜻이 무엇인가 생각하고 ⋯. 그러다가 십자가에 못 박기 위해 성전과 로마가 내걸었던 죄목을 생각하다가 선생을 메시아, 하느님의 뜻에 따라 고난받은 메시아라고 확신할 겁니다."

요하난의 얘기를 들으며 예수는 고개를 돌려 제자들 쪽을 바라보았다. 그들은 선생의 눈길을 받자 무슨 일이냐는 듯 모두 엉거주춤 일어났다. 예수는 그대로 앉아 있으라는 손짓을 보냈다. 제자들은 제자들대로 슬슬 걱정스러운 마음이 들었던 모양이다. 처음에는 화기애애하게 웃기도 하고 손짓을 하며 얘기를 나누던 두 선생이 점점 어두운 표정, 굳은 표정, 근심스러운 모습을 보였기 때문이다.

요하난이 다시 말을 이었다.

"그래서 하는 말인데, 예수 선생! 여기서 끝내지 말고, 다시 시작하라고 권하고 싶습니다. 다른 방법으로 다시 시작할 길은 없을지요? 심지어 예언자 엘리야도 아합왕과 이세벨 왕비가 그를 죽이려고 하자 달아나 숨어 지내면서 때를 기다리지 않았습니까? 달아난다는 말이 싫으면 물러나 때를 기다린다고 생각하세요."

"그 말씀은?"

"잠시 갈릴리로 물러나 때를 준비하는 것이 어떻겠소? 내 생각으로는 선생이 남겨 놓는 제자들이 선생에게 맡겨진 귀한 일을 이루지 못할 것으로 보여 자꾸 이렇게 얘기하고 또 얘기하는 겁니다. 선생이 저들과 끝까지 함께 있지 않아도 저들이 그 길을 걷도록 훈련할 시간이 필요할 겁니다. 저들도 자기 스스로 하느님을 만나는 일을 경험해야 할 겁니다. 선생이 가르친 대로 하느님이 그들과 함께 계신다는 것을 깨달아야 할 것입니다. 예수 선생을 만난 것보다 하느님을 만나야 합니다."

예수는 오스스 소름이 돋았다. '하느님을 만나야 한다'는 말은 백 번천 번 옳은 말이다. 그 말을 듣고 보니 제자들의 걸음길이 보였다. 그러나 요하난이 한 가지 크게 잘못 생각하고 있는 점이 있다. 한동안 입을 다물고 스스로 추스르다가 무겁게 입을 떼었다.

"요하난 선생님의 말씀이 참 무겁게 받아들여집니다. 그러나 한 가지, 세상사람들이 생각하듯, 하느님이 정의의 팔을 펴고 악을 쓸어버린다고, 하느님이 심판하는 그날이 온다고 믿는다면 그 일을 준비하고 기다리기에 부족한 점이 많이 있겠지요, 제자들이 … ."

"그러면?"

"저는 세상 종말을 기다리지 않습니다. 예언서에 기록된 종말의 날은 오지 않는다고 생각합니다. 악한 제국은 여전히 강력하고 악한 제국으로 남아 세상을 억누르고, 지금 손에 움켜쥐고 있는 사람들은 결코 그 손을 펴지 않을 것입니다."

"그러면?"

"악한 제국, 그리고 사람들을 억누르는 권세에 대해 생각해 보면 우리가 어떻게 해야 한다는 것을 알 수 있지요."

"선생 생각은?"

요하난은 아주 큰 관심을 가지고 물었다.

"사람들은 네 가지 중 한 가지, 아니면 그중 몇 가지를 섞어 반응하지요. 첫 번째는 아예 아무 생각도 안 하고 그저 주어진 대로 살아가는 일입니다. 무시하고 싶다고 무시할 수 있는 일은 아니지만 그저 생각하지 않고 주어진 대로 명령에 따르며 복종하며 삽니다. 두 번째, 사람들은 그런 악한 세력, 권세, 제국에 적극 협력하면서 자기의 자리를 잡겠지요. 권세에서는 언제나 조금씩 꿀이 흘러나오니까요."

"그리고?"

"세 번째로는 제국의 통치와 권세의 억압에 폭력으로 대응하여 물리치려고 할 겁니다. 제국은 그리고 그 권세의 본성은 폭력이지요. 그러니 따지고 보면 폭력으로 폭력에 저항한다는 말입니다. 하느님이 세상 종말에 악한 권세와 제국을 심판한다는 생각도 이와 다르지 않습니다.

'정의는 이긴다, 정의를 억압하던 불의는 언젠가 정의를 일으켜 세우시는 하느님의 역사에 따라 무너질 수밖에 없다.'

아까 선생님 말씀처럼 그렇게 믿으면서 그날을 기다리고, 그날을 준비하고, 그런 세상 심판의 날에 하느님 편에 서서 싸우리라고 준비하지요. 때로는 사람들이 겪는 수난, 하느님을 믿고 따르면서 죽음까지 두려워하지 않고 싸우면 세상 끝날 마침내 하느님이 그렇게 순교한 사람들을 불러 일으켜 세우리라고 믿지요. 이스라엘이 믿고 기다리는 메시아를 통한 하느님의 개입이나, 그런 일이 실제 있었다고 믿는 이집트 탈출의 역사가 다시 눈앞에서 실현되리라고 믿지요."

"흐음…."

요하난은 깊은 숨을 쉬었다. 바로 그 세 번째가 많은 이스라엘 사람들이 기다리는 하느님의 개입이기 때문이다.

"그러나, 폭력에 폭력으로 대응할 수 없습니다. 그건 하느님의 뜻이 아닙니다. 폭력에 대해 비폭력으로 저항하는 일이야말로 가장 큰 저항입니다. 폭력을 녹이는 부드러운 힘입니다. 제국이 무너지는 것은 다른 제국에 망할 때도 그러합니다만, 사실은 제국이 이미 스스로 무너지기 시작했기 때문입니다. 높은 산을 덮은 눈도 언젠가는 녹는 법이지요."

"제국이, 권세가 스스로 무너질 때까지 기다린다는 말인가요?"

"아닙니다, 요하난 선생님! 스스로 무너질 때까지 기다리는 것이 아니라 비폭력으로 저항하는 겁니다. 녹이는 겁니다."

"그래서야 언제…. 그러니 지금은 아직 예수 선생의 때가 아닙니다. 갈릴리에 내려가서 힘을 기르세요."

"아닙니다. 이뤄지기 시작했습니다. 이미 때가 되었습니다. 그리고 되돌아가기에는 너무 멀리 떠나왔습니다."

"어허!"

292

요하난은 깊은 한숨을 쉬었다. 물 흐르듯 조용하고 담담한 그의 표정 아래, 커다란 동요가 꿈틀거리고 일어나고 있음을 예수는 놓치지 않고 보았다.

"예수 선생의 뜻을 알 듯도 합니다. 제국의 폭력과 압제에 비폭력으로 저항한다는 말을 나는 동의할 수 없습니다. 나는 내가 할 수 없는 일 때문에 내가 해야 할 일을 내던지지는 않습니다. 그래서, 나무 한 그루를 마저 심고 일어나겠다고 말했습니다. 그러나, 무슨 일이 어떻게 일어나든, 이스라엘을 위해 남겨둘 것을 남겨두고 지키는 일이 내 일이라고 생각합니다. 그건 이 시대에 사는 이 늙은이에게 맡겨진 일이니까요."

"귀한 일을 하시는 겁니다."

"그런데, 정녕 선생의 제자 중에 선생 뜻을 제대로 아는 사람이 한 사람도 없습니까?"

"아직은 없습니다. 그런 일을 겪고, 온 세상 빛이 모두 사라진 듯 캄캄한 때를 지나야 씨에 숨어 있던 생명이 눈을 뜨게 됩니다. 씨를 뿌렸으니 싹이 나고 자랄 겁니다."

"그런데, 지금은?"

"한 사람에게 근원으로 돌아가라고 일러두었습니다. 그건 위로하고 사랑으로 품으면서 생명과 영혼에 눈뜨는 일이겠지요. 그런데 그녀는 근원에 이르는 길을 찾으려 세상을 한 바퀴 돌고 나서야 돌아올 것입니다."

"근원이 여기라는 것을 알면 …. 그런데, 어허! 여자인가요?"

탄식하듯 그가 물었다.

"예! 여자입니다."

"아깝다! 아, 아깝다!"

예수가 언뜻 제자들 모여 앉은 곳을 쳐다보니 그때 마침 마리아가 예수와 요하난을 바라보고 있었다.

이미 두 사람은 말로, 가슴속으로 충분히 대화를 나눴다. 서로 안타까운 눈으로 얼굴을 바라보고 한동안 앉아 있다가 요하난이 조용히 자리에서 일어났다. 그리고 두 팔을 벌려 예수를 껴안았다. 예수도 그를 안았다.

"그럼 … ."

요하난이 예수에게 다시 목례를 하면서 얘기했다.

"기회가 되면 다시 만나기를 … . 내 마음속에 몇 가지 더 물어보고 싶은 것이 생길 거요, 오늘 밤에 … . 불을 끄면 늘 정신이 깨어납디다. 허허! 늙어서 그렇겠지요."

예수도 깊숙이 고개 숙이며 그를 배웅했다."

"예! 선생님! 저도 다시 뵙고 싶습니다. 때가 되기 전에 … . 쉘라마!"

예수가 손을 앞으로 모아 깊게 허리 숙여 인사했다. 요하난도 예수에게 갈릴리 말로 인사했다.

"쉘라마!"

요하난은 햇빛 가득 쏟아지는 뜰로 나갔다. 그의 제자들이 그의 뒤를 따랐다. 뜰에 서 있던 사람들 중 요하난을 알아보는 사람들이 모두 공손하게 인사했다. 그를 모르는 사람들도 덩달아 인사했고, 그는 그 모든 사람들의 인사를 한 명씩 일일이 다 받으며 응대했다.

요하난을 만나 인사한 사람들은 예외 없이 솔로몬 주랑건물을 바라보았다. 그들이 존경하는 선생과 예수가 오랫동안 한자리에 앉아 대화한 일이 잘 납득되지 않는 듯, 옆에 사람들과 수군거리는 사람들도 있었다.

예수는 그렇게 차츰 멀어지는 요하난의 뒷모습을 한동안 바라보았다. 어찌 생각하면 충분히 얘기를 나눈 것 같고, 다시 생각해 보면 나눠야 할 얘기를 겨우 시작하다 그만둔 것처럼 아쉬웠다.

사람의 뒷모습을 지켜보는 일은 언제나 고통스러운 일이다. 떠나가는 사람의 어깨를 보면 다시 만날 수 있을지 없을지 가늠할 수 있다. 얼굴이 하지 않는 말을 어깨는 하기 때문이다. 햇빛을 받으며 걸어가는 요하난의 어깨는 무척 무거워 보였다. 예수만큼이나 무거운 짐을 지고 가는 사람의 어깨다.

70살이나 되는 그의 어깨에 올려진 이스라엘의 운명은 막을 수도 없고, 힘들다고 그냥 내려놓을 수도 없다. 요하난은 그 무게를 감당하기로 작정한 사람이다. 비록 나이는 먹었지만 그는 이스라엘의 운명만큼이나 질긴 사람이 분명했다. 예수와 그가 다른 점이 있다면 그는 주어진 현실을 운명이라 믿고 그 현실 속에서 살아갈 길을 찾으려는 사람이라는 점이다. 그가 예수에게 남긴 당부는 누구보다 철저하게 현실을 인정하는 사람의 깊은 충정이다.

얼굴도 서로 알아볼 수 없을 만큼 먼 거리에서 요하난은 걸음을 멈추었다. 천천히 몸을 돌려 예수가 서 있는 곳을 바라본다. 그의 걸음걸음을 놓치지 않고 바라보던 예수가 그에게 마음속으로 인사했다. 그 많은 사람들이 들어와 있는 성전 뜰이지만, 요하난과 예수가 서로 바라볼 수 있도록 길을 터준 듯, 중간에 시선을 가로막는 사람이 아무도 없다.

'선생님! 축복합니다.'

'예수 선생! 고맙소! 나도 선생을 축복합니다!'

'너무 늦기 전에 또 뵙고 싶습니다.'

'그럽시다. 허허!'

다시 돌아서서 걸음을 옮기더니 그는 햇빛 속에 하얀 점이 되어 가물가물 사라졌다.

✠

"이미 실패했다."

요하난이 떠나고 난 후, 예수는 요하난이 남겼던 말을 한 마디 한 마디 되짚어 깊이 생각했다. 요하난이 굳이 말하지 않았더라도 예수는 안다. 제자들이 세상 변혁의 씨가 되고, 씨 뿌리는 사람이 되고, 그 씨가 자라는 밭이 되리라는 희망이 가뭄에 개울물 말라가듯 버쩍버쩍 마른다. 해방을 이루는 일과 하느님 나라를 이루는 일이 동시에 이뤄져야 한다고 믿지만, 제자들이 해방을 이루는 일 앞에서 몸을 움츠릴 것도 충분히 예상한 일이다.

유월절이 시작되기 전에 그에게 닥칠 일도 예수는 안다. 성전이든 총독궁이든, 예수를 성전 뜰에 그대로 놔둔 채 아무 일 없다는 듯 태연하게 유월절을 기념할 수는 없을 것이다. 예수가 움직이든 않든 이미 그들은 예수를 치우기로, 그리고 역사에서 지우기로 결정하고 준비하고 있을 것이다. 그는 건널 수 없는 깊은 계곡을 만난 듯 막막했다.

그건 예수가 겪는 두 번째 어둠이다. 몇 년 전, 갈릴리에서 제자들을 이끌고 나사렛 집에 찾아갔을 때, 안식일 아침 회당에서 겪었던 마을 사람들의 배제와 거부가 처음이었다면, 요하난이 조심스럽게 입에 올린 경고가 두 번째다. 나사렛에서는 그와 세상 사이에 벌어져 있는 틈을 확인했다. 이제, 요하난은 예수 스스로 걸어온 길을 뒤돌아 들여다보라고 일깨운 셈이다. 예수는 가슴을 슬금슬금 기어오르는 서늘한 기운을 느꼈다. 광야 수행 때 그를 찾아왔던 시험자들은 사라졌지만 그 시험은 마음 깊은 바닥에 가라앉아 있었던 모양이다. 언제든지 때가 되면 다시 떠오를 준비를 하고 기다렸던 모양이다.

그늘 없는 뜨거운 광야에 혼자 남겨진 느낌이 든다. 속이 메슥메슥하다. 어찌 바꿀 수 없는 막다른 길에 막혀 있을 때는 늘 그렇게 메슥메슥했다. 예수는 조용히 자리에서 일어났다. 그가 일어나는 모습을 본 제자들이 다가오려고 우르르 일어났다.

"거기, 그냥…."

예수의 입에서 말이 나오지 않는다. 무엇이 목구멍을 꽉 막았고, 혀를 굳게 만들었다. 마치 돌돌 말아 입천장에 딱 붙여 놓은 듯, 혀가 무거워져 도저히 말을 할 수 없다. 할 수 없이 손으로 제자들을 제지했다. 그냥 거기 있으라는 손짓, 아직 다가오지 말라는 몸짓, 내가 좀 따로 떨어져 있고 싶다는 표정. 제자들은 알아챈 모양이다. 그들은 거기 그냥 다시 주저앉고, 예수는 천천히 뜰로 걸어 나가 성전 건물 쪽으로 걸었다. 성전과 동쪽 성벽 사이에 뻗어 있는 이방인의 뜰을 지나 건물 북쪽에 있는 뜰로 걸어갔다.

"아!"

깊은 곳에서 참았던 한숨이 올라왔다. 햇빛은 정말 따갑게 성전 뜰에 내리꽂혔다. 나사렛 언덕마을에서도 그러했던 것처럼 있는 듯 없는 듯 조그만 그림자가 그를 따라다닌다.

뒤돌아보지 않아도 둥그렇게 뜬 제자들 눈이 보인다.

'웬일일까? 선생님이 웬일일까?'

놀랐으리라. 당황할 수밖에 없으리라. 그들은 예수의 그런 모습을 한 번도 본 적 없기 때문이다. 선생은 언제나 의젓하고 침착하고 조용하고 잔잔해야 한다고 생각하는 그들이다. 갈릴리 호수에서 갑자기 거친 풍랑이 일어나듯 예수의 가슴속에 격정의 파도가 일어나는 것을 그들은 한 번도 본 적이 없었다.

예수는 조용한 곳을 찾고 싶다. 아무의 눈에도 띄지 않는 곳, 유대 광야 같은 곳, 하늘과 바람과 눈앞에 아무렇게나 놓여 있는 돌과, 때로 하늘을 호로로 날아오르는 이름 모를 새만 있는 곳. 도성 예루살렘, 성전 뜰에는 어디에도 그런 곳이 없다.

천천히 걸음을 옮겨 성전 뜰 북쪽 '양의 문'을 지나 밖으로 나갔다. 눈앞에 올리브산이 턱 버티고 서 있다. 그 아래 기드론 골짜기가 보인다. 골짜기는 언제나 낮아서 골짜기다. 산봉우리는 모든 사람의 눈에 띄어도 골짜기는 늘 저만치 아래 조용히 숨어 있기 마련이다. 무엇을 잃어버린 사람 아니고서야 골짜기를 내려가 들여다보는 사람은 없다.

'양의 문' 밖에 베데스다 연못이라고 부르는 저수조가 있다. 헤롯왕은 성전을 건축하면서 성전산 여기저기에 저수조를 만들어 비가 올 때 빗물이 고이도록 설치해 두었다. 그 저수조 옆에 기둥만 세우고 지붕을 덮은 초라한 행각行閣이 여럿 서 있다.

예수가 그곳을 지나 골짜기로 내려가려고 하는데 구걸하느라고 그곳에 앉아 있던 사람 중 한 사람이 예수를 불러 세웠다. 그는 다리를 못 쓰는 사람이었다.

"어르신! 저를 좀 저 연못 속에 넣어주고 가시면 … ."

예수가 그를 안고 천천히 걸음을 옮겨 저수조로 걸어 들어갔다. 저수조 안에는 이미 여러 사람이 들어앉아 몸을 닦고 있었다. 그리고 서두르지 않고 천천히 몸을 닦도록 기다려주었다. 예수는 그동안 그가 만났던 사람 중에서 가장 가난하고 불쌍한 사람을 만난 셈이다. 연못 속에 앉아 몸을 씻는 한 사람 한 사람의 얼굴을 바라보자니, 그들은 모두 배가 고픈 사람들이다. 배고픈 사람들을 먹여야 한다고 수없이 외쳤지만, 당장 그들에게 먹일 한 조각 빵도 없고, 가진 것이 없으니 돈한 푼 보태 줄 수도 없다. 하느님 나라가 어떻다고 얘기하기에도 민망한 형편이다. 예수는 조용히 기다렸다가 몸이 불편한 사람 여럿을 한 사람씩 안아 행각에 다시 데려다주었다. 그가 할 수 있는 일은 지금은 그것뿐이다.

요하난이 차근차근 짚어주고 떠난 얘기들이 예수의 가슴을 무겁게 눌렀다. 예수는 이름을 남기려는 사람이 아니다. 앞장서서 하느님 나라를 선포하며 세상을 뒤엎으려는 사람도 아니다. 그는 혼자 성큼성큼 열 걸음을 앞서 걷는 대신 천천히 모두의 손을 잡고 한 걸음씩 걸으

려는 사람이다. 그런데 예수가 손잡고 걸어가려고 불렀던 사람들이
예수가 걷는 방향이 아니라 다른 쪽을 보게 될 것이라고, 요하난은 지
적했다. 예수 눈에도 이스라엘의 역사와 이스라엘의 가르침에 비춰볼
때 그건 부인할 수 없는 일로 보였다.

　예수는 더 낮은 곳으로 내려가야 했다. 그가 걸어온 길을 그곳에서
다시 뒤돌아보고, 하느님을 만나야 했다.

　예수는 다시 천천히 골짜기를 걸어 내려갔다. 예루살렘에서 가장
낮은 바닥을 찾아갔다. 그런데 한순간도 놓치지 않고 그를 지켜보는
여러 눈길을 느꼈다. 고개를 으쓱하든지 갸웃하든지, 서로 얼굴을 마
주 보고 비죽거리며 그들은 예수를 지켜보았다.

　마리아도 '양의 문' 밖까지 나와 그 모든 것을 지켜보았다. 그리고 예
수가 골짜기를 다 걸어 내려갈 때까지 한 걸음 한 걸음 마음으로 그를
따라 걸었다. 그가 하려는 일을 그녀는 짐작했다. 예수는 가장 낮은 곳
에서 다시 하늘 아버지를 만나리라. 하느님이 거기에서 그를 기다리고
있으리라. 예수는 하느님에게 묻고, 대답을 들어야 올라올 것이다.

　'선생님!'

　그녀가 마음으로 예수를 불렀다. 뒤돌아보지 않고 그가 대답했다.

　'내가 더 내려가야 하오. 내 서 있던 자리가 아직 제일 낮은 곳보다
높았소.'

　'그런데, 왜?'

　'또 하나의 눈을 떴소.'

　'선생님은 이미 모든 것을 알고 계신 분 아니던가요?'

　'하느님 나라는 이루어지는 나라지요. 과정이지요. 걸어갈 길이지

요. 발을 내디디면 계속 길을 걸어야 하는 나라지요. 한 번으로 끝에 이르는 완성이 아닙니다. 겨자나무가 자라듯, 누룩이 부풀듯, 기다려야 하지요. 단번에 누구 손에 쥐여 줄 수도 없고, 누구도 와락 움켜잡을 수 없지요.'

예수가 걸친 옷 위로 햇빛이 쏟아졌다. 해어진 옷을 꿰매기 여러 번, 원래 하얀색이었는데 흙이 묻고 또 묻어 아예 색깔이 누르스름하게 변한 옷, 그 위에 하얀 햇빛이 쏟아졌다. 조금 전 무릎까지 물에 젖었던 옷도 마리아가 보고 있자니 곧 햇빛처럼 하얗게 변했다.

골짜기 바닥으로 걸어 내려가는 동안 예수는 아버지 요셉을 떠올렸다. 아버지는 굽이굽이 돌아가는 길목에서 기다리고 있다가 예수가 가슴 아플 때면 어김없이 나타나 그를 위로했다. 언제나 그랬다.

"애야! 울어도 된다."

아버지 요셉은 어린 예수의 머리를 끌어안아 주었다. 그리고 부드럽게 등을 쓸어 주고 머리를 어루만져 주었다. 아버지의 큰 품에 안겨 있을 때, 예수는 마음 놓고 울 수 있었다.

"울음 속에, 하느님의 음성이 떨림으로 배어 있다. 눈물 가득한 눈으로 세상을 바라보면 사람들에게 마음이 열린다. 그런 눈으로 사람들을 바라보면 어느 한 사람 미워할 사람이 없는 법이다. 소리 죽인 울음소리를 타고 하느님이 네 마음속에 들어오신다. 그럴 때는 그저 너를 내려놓고 그분 손에 맡겨라."

아버지의 타이름이 새삼 떠올랐다.

"울음을 잃은 세상은 슬픈 세상이다. 울지 못하기 때문에 다른 사람의 울음소리를 못 듣는다."

그런 점이 있었기에 아버지 요셉이 예수에게는 다른 누구보다 가장 큰 선생이었다. 마음 여는 법을 알려주었기 때문이다. 마음은 아픔을 나누는 자리다. 마음은 어떤 사람이라도 그 안에 품을 수 있고, 위로할 수 있고, 일으켜 세울 수 있는 신비로 가득한 하늘이다. 하늘이 가슴에 들어오면 마음이 된다.

예수는 골짜기 가장 낮은 곳, 그곳에 있는 바위 하나를 찾아 등을 기댔다. 하늘을 올려다보았다. 파랬다. 구름 한 점 없다. 이미 해는 하늘 한가운데에서 서쪽으로 한 뼘도 넘게 옮겨갔다. 올리브산이 가슴 답답하게 버티고 서서 골짜기를 내려다본다. 등진 바위 뒤쪽으로 예루살렘 성전이 허옇게 이를 드러낸 채 웃고 서 있다. 자리를 잡고 앉으니 거기가 원래부터 예수의 자리였던 것 같다.

'하늘 아버지…….'

'아빠 아버지…….'

부른다고 금방 득달같이 달려와 그를 가슴에 끌어안고 등 토닥거릴 하느님은 아니다. 그러나 점점 눈물이 번져 가는 그의 눈을 지켜보고 있으리라. 가슴속에 잘름잘름 차오르는 슬픔을 그분은 알고 있으리라. 심장에 썩썩 칼질하고 덤벼드는 고통을 그분은 느끼고 있으리라. 입을 열어 말하지 않아도, 하느님은 예수가 무엇 때문에 죽을 만큼 고민하고 절망하고 가슴 아파하는지 이미 알고 있으리라. 슬그머니 하느님의 마음이 가슴속에서 그를 어루만지기 시작했다.

'얘야! 예수야!'

'아버지!'

'누구도 너를 이해하지 못하리라.'

'그건 각오했습니다.'

'네가 이루려 한 것을 너는 이루지 못하리라!'

'왜 그런가요, 아버지?'

'그건 때가 이르지 못했음이라.'

'이제 때가 되었다고 생각하고 저는 예루살렘에 들어왔습니다.'

'그건 너의 때이고, 이루려는 일은 때를 겪어야 한다.'

마치 예수가 제자들에게 '때가 되면 알리라' 했던 것처럼 하느님은 예수에게 또 다른 때를 가리킨다.

'예수야! 겪어 보지 않고 어찌 알리? 눈을 뜨지 못하는데 어찌 볼 수 있으리?'

'제가 겪는 때로는 아니 됩니까?'

'세상이 어찌 하루아침에 바뀌겠느냐? 수천 년 굳게 눈 감고 살았는데 어찌 한순간에 번쩍 눈이 떠지겠느냐? 겪으며 살아온 시간만큼 지나야 될 것이다.'

그건 이미 예수가 아침나절에 깨달았던 내용이었다. 이제 하느님의 입으로 그에게 분명히 확인해 주는 말이 됐다.

'아버지는 왜 한 번에 주시지 않습니까? 왜 꿈속을 헤매도록 두고 보십니까?'

'내가 할 일은 내가 했다. 그리고 앞으로도 내가 한다. 그러나, 때가 되면 일어날 그 일은 눈을 떠야 알 수 있는 일이다. 네가 사람들을 깨우면 어느 날 그들 스스로 자기를 보는 날이 올 것이다. 자기 자신을 보아야 다른 사람을 바라보지 않겠니? 다른 사람이 나와 어찌 다른지,

어떻게 같은지.'

'물에 들어가면 물을 아는 것이 아니던가요?'

'그렇지. 그것이 신비지. 내 몸 담근 물로 갈릴리 호수를 모두 경험하듯, 철썩이며 바닷가를 넘나드는 큰 바다를 경험하듯 … . 그런데, 예수야! 너는 물 한 방울로 세상 물을 경험하지만, 모든 사람이 다 그럴 수 있는 건 아니란다. 물 한 방울 마시는 것이 세상 물을 모두 맛보는 것은 아니란다. 그들에게는 그들의 때가 있단다.'

하느님은 예수의 마음 갈피갈피 뒤적이며 골고루 어루만졌다. 그렇게 하느님이 펼쳐준 마음에 예수는 눈물을 채웠다. 사회를 변혁하고, 이스라엘이 기뻐하며 해방을 맞이하고, 배를 타고 강을 건너 새 세상으로 들어가는 일이 한 번에 이뤄지는 일이 아니라는 말을 이제 예수는 정녕 받아들일 수밖에 없다. 처음부터 그렇게 깨닫지 못한 것을 두고 하느님을 원망할 수 없는 일이다. 그건 예수가 진즉 깨달았어야 하는 일이다. 그에게 다가오는 고난을 겪으면 그 앞에 새로운 세상이 금방 펼쳐지는 것이 아니라는 것을 그대로 받아들여야 한다. 마음 저쪽으로 억지로 밀어낼 일이 아니다. 요하난 벤 자카이의 눈에도 보인 일, 예수도 보고 깨달았다.

언제까지 기다려야 할까? 그건 예수가 가늠할 일이 아니다. 그건 제자들을 가르치고 채근한다고 앞당길 수 있는 일이 아니다. 예수 눈에 보인다. 헤르몬산에서 흘러나온 샘물이 개울이 되고, 큰 시내가 되고, 강이 되고, 호수에 이르고 다시 강이 되어 흘러 내려간다. 그리고 그 강물이 소금호수로 흘러든다. 소금호수에 이르면 강물은 더 이상 흘러가지 못하고 그곳에서 소금이 된다. 소금이 될 강물에게 물이 어떻다느니, 흐른다느니 멈춘다느니, 생명을 그 안에 품어 살려야 한다는 말, 더 아래로 흐르라는 말은 아무 의미가 없다. 가장 낮은 곳으로 흘러든 물이 어디로 더 흘러내릴 것인가? 그건 빠져 나올 수 없는 깊은 웅덩이 속 바닥이다.

'얘야! 예수야! 그건 피할 수 없는 일이다.'

한참 침묵하던 하느님이 예수에게 다시 부드럽게 말을 건다.

'한 번이 아니라 열 번, 열 번이 아니라 백 번, 그래도 모자라면 또 백 번, 너는 돌을 쪼아 보지 않았더냐? 하물며 돌을 다듬는 일도 그러한데, 이 일이야 더 말해 무엇하리?'

'그다음에는 어떤 일이 있습니까?'

'샘을 떠난 물이 어디 곧바로 흘러가더냐? 굽이굽이 돌고, 낮은 곳을 만나면 채우고, 웅덩이를 다 채워야 또 흐르고, 낮은 곳으로 더 낮은 곳으로.'

'제가 실패한 것 같습니다, 아버지!'

그가 떠난 이후에 벌어질 일을 예수는 생각해 본다. 생각하기에 따라서는 갈릴리에서 시작했던 일이 송두리째 무너지는 일이다. 일일이 뽑아 이끌었던 제자들 훈련과 교육에 실패했음을 의미한다. 하느님이 이루어 주실 일, 하느님 손에 맡겨 둘 일이라고 생각했는데 그렇게 되지 않으리라는 깨달음이다. 그건 제자들이 실패한 것이 아니고, 예수가 실패한 것이 아니고, 하느님이 실패한 것도 아니고 그저 '때의 문제'다. 그가 늘 제자들에게 얘기했던 때의 문제, 그때가 한 번이 아니라 두 번 세 번 겪어야 하는 때라는 것을 깨닫지 못했기 때문이다.

한 가지 일이 일어나는 때는 정해져 있으나 그 뒤에 이어지는 다른 때는 그로부터 시작된다. 정해진 때라고 처음부터 모두 정해지지는 않았다는 역설逆說을 인정할 수밖에 없다. 그리고 그건 오랜 세월을 두고 천천히 하나씩 이뤄진다는 것을 예수는 깨달았다. 그 깨달음에 이르도록 요하난 벤 자카이가 예수를 슬쩍 밀어 굴린 셈이다. 요하난의 말이 생각난다.

"예수 선생! 그대는 실패할 수밖에 없소."

그건 이미 실패했다는 말과 다르지 않다. 실패는 이루지 못했음이다. 실패는 넘어졌음이다. 실패는 너무 이르거나 너무 늦었다는 말이다.

"하늘 아버지가 이미 손길을 펴서 저들을 이끌 겁니다."

"선생은 저들을 놔두고 그냥 떠나는데? 선생이 떠나면, 다시 얘기하자면, 저들은 관념 속으로 빠져들어갈 뿐입니다."

예수는 요하난의 말을 받아들일 수밖에 없지만 그렇게라도 시작해야 한다. 시작도 하지 않으면, 길을 떠나지 않으면, 가야 할 곳에 이를 수 있는 방법은 없다. 예수가 이 땅에 이루려는 것은 하느님 나라다. 하느님 나라는 이스라엘이 경험해 보지 못했던 새로운 세상이다. 그 나라는 하느님이 아버지로 집안을 다스리는 나라다. 이스라엘의 지배세력, 분봉왕 안티파스나 예루살렘 성전이나 권세가들은 동족 이스라엘 사람의 후원자가 되기를 거절하며 손을 뺐다. 동족의 손을 잡아 주는 대신에 안티파스는 왕국만 강화했고, 예루살렘 성전은 제국의 앞잡이가 되어 가난한 농부들을 착취하여 가난하고 온순하고 착한 농부들을 막다른 골목으로 몰아넣었다.

그동안 예수는 '가난'이란 말을 단순하게 경제적으로 궁핍한 상태라고 말하지 않았다. 자기들에게 주어졌던 것을 지키지 못할 만큼 힘없는 상태가 가난이라고 말했다. 따라서 그런 세상을 바꿔 나가는 것은 정치의 문제였다. 새로운 형태의 정치체제를 세워야 할 이유였다.

갈릴리 호수 마을을 돌아다니면서, 끌어들였던 제자들은 모두 예수가 가진 비전을 자기들 비전으로 받아들였다. 예수가 이루려는 세상, 하느님이 다스리는 하느님 나라, 하느님이 아버지가 되는 나라, 그 나라를 이루자고 예수를 따라나섰다. 하느님 나라를 이루자고 외치고 다녔다. 그들에게 가장 중요한 문제는 하느님이 예수에게 부여한 신분이었다.

"때가 되면 선생님 스스로 하느님이 세운 메시아라고 선언할 날이 온다."

제자들 모두 그렇게 믿었다. 예수가 성전과 로마제국으로부터 핍박받으리라고 얘기했어도 한동안 고난을 받은 다음에는 마지막으로는 선생이 큰 승리를 이루리라고 믿었다. 승리는 영광을 의미했다. 제자들은 매일 올리브산을 넘어 오가면서 메시아가 올리브산을 넘어 시온에 들어온다는 예언을 되새기고 또 되새겼을 것이다. 그가 걸어 넘어가고 넘어온 길을 따랐던 제자들은 몸으로 길을 걷는 대신 의미를 해석하려고 할 것이다.

제자들에게 남기고 떠나야 할 날이 다가온다. 마음이 초조하고 답답했다. 예수는 기댔던 바위에서 등을 떼고 무릎을 꿇었다.

"아버지! 그때가 언제입니까? 저의 때로 그 일이 이뤄지지 못함을 이제는 알았습니다."

대답을 들을 수 없다. 하느님인들 어찌 알 수 있으랴? 사람에게 달린 일을…….

예수는 그날 오후 내내 골짜기에서 올라오지 않았다. 번갈아 '양의 문' 밖에 나가 골짜기를 내려다보아도 선생은 내내 그 자리에 앉아 있었다. 어떤 제자들은 거기서 선생이 운다고 말하고, 어떤 제자는 바위에 등을 기댄 채 쉬고 있다고 말했다.

✝

그날, 성전을 나와 성문 쪽으로 걸어 내려가는 동안 제자들은 누구도 입을 열지 않았다. 예수도 입을 다물었다. 제자들에게 그건 참 당혹스러운 일이었다.

그런데 성문에 거의 이르렀을 때였다. 나다나엘과 요한이 예수 옆에 슬그머니 다가오며 말을 걸었다.

"선생님! 제 생각에는……."

"무슨 일인가요, 나다나엘?"

"예, 제 생각입니다. 움막마을 사람들 만나시면…….'"

"알겠어요. 나도 그리 생각하고 있어요."

"예?"

예수는 오랜만에 빙그레 웃으며 그들의 얼굴을 쳐다보았다. 예수가 웃는 얼굴을 보이자 안심이 되는 듯 요한도 환하게 웃었다. 아마 그는 움막마을 사람들에게 다정한 가르침을 주십사 예수에게 부탁하고 싶었을 것이다.

성문을 나서려니 로마군 경비병 두 사람이 길을 막았다. 아침에 성문을 통과해 들어올 때처럼 다시 레위가 앞에 나서서 물었다.

"무슨 일입니까?"

"확인할 일이 있소."

"무엇입니까?"

레위는 끝까지 정중하게 물었다.

"누가 예수요?"

"무슨 일입니까?"

"네가 나에게 되물을 일 아니고, 누가 예수야?"

"왜 그러십니까?"

"레위! 뒤로 물러서시오."

예수가 레위를 뒤로 잡아끌며 앞에 나섰다.

"나요!"

예수가 하는 말을 통역하려고 레위가 다시 예수 옆에 섰다. 그때 성전 경비대 소속 경비병이 슬그머니 귀띔했다.

"선생님! 별일은 아니고, 다만 선생님이 확실히 예루살렘성을 나가시는지 확인하라는 지시가 내려왔답니다."

예수는 미소를 띠고 성전 경비대 경비병을 바라보았다. 그러자 그는 로마군 경비병이 보지 못하도록 슬그머니 눈으로 예수에게 인사했다.

"예수 맞아?"

"나요!"

로마군 경비병은 성전 경비대 경비병에게 물었다.

"이자가 스스로 나섰는데, 예수 맞는가?"

"예, 그분입니다."

로마군 경비병은 한참 예수 얼굴을 째려보더니 오른손 손바닥은 그대로 둔 채 손가락 몇 개만 까딱 구부려 나가라는 신호를 보냈다.

"이 나쁜 놈들이 선생님한테, 이거 그냥!"

작은 시몬이 불끈하며 나서려는 걸 시몬 게바가 말렸다.

"다 끝났는데, 시몬! 그냥 조용히 나갑시다."

로마군 경비병은 일행에 섞여 있는 여자 제자들을 보면서 눈을 번들거렸다. 특히 마리아가 지나갈 때는 아예 입을 반쯤이나 벌리고 눈을 굴리며 여러 번 그녀를 위아래로 훑어보았다. 마리아는 나이가 이미 40이 넘었지만 아직 고왔다. 꽃으로 치자면 활짝 핀, 화려하고 예쁜 꽃이 아니라 꽃잎 넓은 꽃 같았다. 짙은 향기에 벌과 나비가 꼬여드는 꽃이 아니라, 그 은근한 향기에 지나가던 사람이 걸음을 멈추고 그윽이 바라보는 꽃이다. 마리아는 그런 여자다.

로마군 경비병의 이상하고 끈적한 눈길을 알아챈 므나헴이 일부러 흠흠 헛기침도 하고, 몸 동작을 크게 하면서 그 경비병의 시선을 돌리려고 애를 썼다.

'내일은 성전에 따라오지 말라고 마리아에게 일러야겠군. 저놈들이 혹 이상한 짓을 할 수도 있어. 오늘 눈독을 들였으니 ….'

'알렉산더 공의 말도 안 듣는 여자니 내 말도 안 들을 텐데!'

알렉산더를 생각해서 그런지, 그는 마리아를 자기가 보호해야 한다고 생각했다. 마리아는 로마군 경비병의 그런 이상한 눈길을 못 보았는지 태연한 표정으로 일행을 뒤따랐다.

예수와 일행은 남동쪽 성문을 나와 천천히 골짜기로 내려갔다. 골짜기를 따라 장정걸음으로 1천 걸음 넘게 북쪽으로 올라가면 올리브 산으로 올라가는 길이 나온다. 그 길에 들어섰을 때 요한이 뒤를 돌아보며 무척 밝은 목소리로 일행에게 말했다.

"저 사람들이 다 나와 있네요. 다 나왔어요."

첫날 그랬던 것처럼 움막마을 사람들이 모두 길가에 나와 서 있었다. 어린애들은 벌써 손을 흔들고 예수를 기다렸다.

"쉘라마!"

예수가 먼저 그들에게 인사했다. '쉘라마' 하고 인사할 때면 그는 언제나 두 손바닥을 합쳐 가슴 앞에 모으고 머리 숙이고 허리도 숙인다. 그건 상대에게 할 수 있는 가장 큰 인사다. 사람들은 왕 앞에 나서거나 큰 선생 앞에 나설 때는 무릎을 꿇어 인사한다. 그보다 좀 낮은 사람에게는 깊게 허리를 숙이고, 그보다 더 낮으면 고개를 숙이고 더 낮으면 눈을 내리깔고 고개를 쳐든다. 그때부터는 인사란 하는 것이 아니고 받는 것이 된다. 허리도 굽히고 머리도 숙이며 합장한 손을 가슴에 붙이고 예수가 깊게 인사할 때면, 그가 상대를 무척 공경한다는 것을 누구나 느낄 수 있다. 태어나서 한 번도 그런 인사를 받아본 적 없는 사람은 그만 덜컥 마음 문을 열 수밖에 없다.

"쉘라마! 예수 선생님!"

"쉘라마! 선생님!"

그들도 모두 예수를 따라 똑같은 자세로 인사했다.

그 광경을 보자 마리아는 가슴이 저릿저릿했다. 기드론 골짜기에 내려가서 한나절 내내 고민하던 예수였다. 그는 어떤 고통과 고민을 가슴에 품고 있어도 한 번도 제자들이나 다른 사람들에게 내색한 적이 없었다. 아무리 그에게 힘든 일이 있어도 어려운 사람들을 만나면 마치 그런 의무가 있는 사람처럼, 그런 일을 맡은 사람처럼 자기의 고통을 뒤로 감추고 그들을 먼저 위로했다. 어쩌면 다른 사람을 위로하면서 스스로 겪는 고통을 치유하는 것처럼 보이기도 했다. 그녀는 예수가 움막마을 사람들에게 내친 김에 가르침도 펼 것이라고 예상했다. 그러고도 남을 사람이다.

예수는 움막마을 사람들에게 재물을 풀어 돌볼 수 있는 사람은 아니었다. 낮에 성전 뜰에서 거둬 그들에게 보내준 돈과 물건들은 움막마을 사람들에게서 환심을 사려는 목적이 아니었다. 그들이 예수에게 기대한 것도 빵이 아니었다. 그들이 처음 예수를 만났을 때 입에 올린 첫마디는 억울하다는 말이었다. 억울함을 풀어줄 수 있는 사람, 잘못된 세상을 바꾸자고 나설 사람, 그건 예언자의 일이고 예수의 일이라고 믿었다.

한 조각이라도 목구멍으로 넘겨야 할 빵과 예수가 가르친 하느님 나라, 그 둘 중에서 하나를 선택하여야 한다면 그들은 빵을 선택할 수밖에 없는 사람들이다. 배가 고파 눈도 제대로 못 뜨고 자꾸 까라지는 자식을 보면서 어느 누가 빵을 외면할 수 있겠는가? 먼 훗날 하느님이 그들의 배를 채워줄 것이라 말한다면 그건 잔인한 거짓말이다. 악한 뜻을 가슴에 숨긴 기만欺瞞이다.

인사를 마친 예수와 움막마을 사람들이 서로 얼굴을 마주했다. 그들 중에는 어색한 듯 고개를 숙인 사람도 있고, 불만 어린 표정을 짓고 서 있는 사람도 있다. 다만 여자들은 모두 밝은 표정으로 예수를 쳐다보았다.

312

"내가 경전 한 부분을 여러분에게 들려주겠습니다."

그러더니 예수는 움막마을 사람들 앞에 서서 경전을 암송했다. 제자들은 선생이 경전을 암송하는 모습을 처음 보았다. 경전 기록을 가르침 속에 인용도 하고 해설도 했지만, 어느 한 부분을 통째로 암송하기는 처음이었다. 제자들과, 베다니로 넘어가는 사람들과 움막마을 사람들이 모두 예수의 암송에 귀를 기울였다.

"주님께서 엘리야에게 말씀하셨다.

'이제 너는 시돈에 있는 사르밧으로 가서, 거기에서 지내도록 하여라. 내가 그곳에 있는 한 과부에게 명하여서, 네게 먹을 것을 주도록 일러두었다.'

엘리야는 곧 일어나서, 사르밧으로 갔다. 그가 성문 안에 들어설 때에, 마침 한 과부가 땔감을 줍고 있었다. 엘리야가 그 여인을 불러서 말하였다.

'마실 물을 한 그릇만 떠다 주십시오.'

그 여인이 물을 가지러 가려고 하니, 엘리야가 다시 여인에게 말하였다.

'먹을 것도 조금 가져다주시면 좋겠습니다.'

그 여인이 말하였다.

'어른께서 섬기시는 주 하느님께서 살아 계심을 두고 맹세합니다. 저에게는 빵이 한 조각도 없습니다. 다만, 뒤주에 밀가루가 한 줌 정도, 그리고 병에 기름이 몇 방울 남아 있을 뿐입니다. 보시다시피, 저는 지금 땔감을 줍고 있습니다. 이것을 가지고 가서, 저와 제 아들이 죽기 전에 마지막으로, 남아 있는 것을 모두 먹으려고 합니다.'

엘리야가 그 여인에게 말하였다.

'두려워하지 말고 가서, 방금 말한 대로 하십시오. 그러나 음식을 만들어서, 우선 나에게 먼저 가지고 오십시오. 그 뒤에 그대와, 아들이 먹을 음식을 만들도록 하십시오. 주님께서 이 땅에 다시 비를 내려 주실 때까지, 그 뒤주의 밀가루가 떨어지지 않을 것이며, 병의 기름이 마르지 않을 것이라고, 주 이스라엘의 하느님께서 말씀하셨습니다.'

그 여인은 가서 엘리야의 말대로 하였다. 과연 그 여인과 엘리야와 그 여인의 식구가 여러 날 동안 먹었지만 뒤주의 밀가루가 떨어지지 않고, 병의 기름도 마르지 않았다. 주님께서 엘리야를 시켜서 하신 주님의 말씀대로 되었다."

예수는 암송을 끝내고 아무 말 없이 사람들을 바라보았다. 움막마을 사람들 얼굴에 불편한 기운이 돌기 시작했다. 제자들도 알아챘고 예수와 함께 베다니로 넘어가려고 성전에서부터 따라나섰던 사람들도 그런 기운을 눈치챘다. 요한과 나다나엘은 움막마을 사람들과 다시 사이가 틀어질까 봐 마음속으로 불안한 생각이 들었다. 요한이 나다나엘을 슬그머니 돌아보며 낮은 소리로 불평을 했다.

"이러면 모두 헛일이 되는데……."

"그러네. 근데, 좀 두고 봐요. 내 생각에는 선생님께 무슨 다른 뜻이 분명……."

나다나엘이 채 말을 끝내기 전에 예수가 입을 열었다.

"여러분! 경전에 나오는 이 이야기를 들어본 적 있습니까?"

몇 사람만 고개를 끄덕이고 나머지 많은 사람들이 고개를 저었다. 제자들 중 예수가 갈릴리에서 사람들을 모아 가르치면서 일부 내용을 인용했던 일을 떠올린 사람은 있다. 마리아가 그러했다.

"이 얘기를 듣고 마음이 어땠습니까?"

그러자 나이가 제일 많아 보이는 사람이 입을 열었다.

"선생님! 솔직하게 말씀드리자면 좀, 아니 많이, 예, 마음이 많이 불편합니다."

그렇게 한 사람이 처음 입을 열자 다른 사람들도 한 명 두 명 자기 의견을 얘기하고 나섰다.

"저도요. 그 과부가 겨우 한 끼 해 먹고 죽을 밀가루 한 줌, 기름 몇 방울밖에 없다는데, 아무리 하느님의 사람이라고 해도 그걸 가지고 나 먹을 것부터 만들어 오라고 한다는 건 너무 염치도 없고, 하여튼 말이 안 된다고 생각합니다."

"어, 그건 말이야, 하느님께서 밀가루와 기름이 떨어지지 않고 마르지 않도록 해주신다고 약속하셨다잖아?"

움막마을 사람들끼리 의견이 오고갔다. 지금 그들이 서 있는 자리는 같아도 서 있었던 자리는 조금씩 달랐기 때문이리라.

"그래도 그렇지! 그럼 먼저 뒤주도 채워 주시고 기름병도 가득 채워 주셔야지! 왜 불쌍한 과부에게 먼저 가슴 두근거리게 하시냐고?"

"가슴 두근거렸어?"

"그럼! 조마조마했지. 만일, 엘리야인가 누군가 그분에게 먼저 음식을 만들어서 떠억 바쳤는데, 막상 과부와 아들이 음식을 해 먹으려고 보니 밀가루니 기름이 안 채워지고 떨어질 수도 있잖아. 어디 그런 일이 한두 번인가? 사람들이 말이야, 불쌍한 사람을 불쌍하게 생각할 줄 알아야지, 왜 '믿음이 좋은지 나쁜지 어디 좀 두고 보자' 하는 식으로 시험하냐고, 내 말은!"

"그래도 결국 밀가루와 기름은 떨어지지 않고 계속 나왔다잖아!"

"그건, '여러 날 먹었는데 안 떨어졌다' 그 얘기지. 엘리야가 그 과붓집을 떠난 다음에도 안 떨어지고 계속 채워졌겠어? 그건 아닐 거 아냐?"

"비가 올 때까지는 계속 채워진다고 했으니까 …."

"비 오면 뭐해? 내가 가만히 보니 과부는 땅이 없는 것 같은데."

그렇게 한참 그들끼리 얘기를 주고받는 동안 예수는 아무 말도 하지 않고 듣기만 했다. 세상사람 아무도 눈을 주지 않던 사람들, 예루살렘 성벽에 겨우 움막을 짓고 살다가 화재로 집과 세간을 잃고 겨우 몸만 빠져나온 사람들, 기드론 골짜기 건너 올리브산 자락에 겨우 성전에서 내준 천막 몇 개로 하늘을 가리고 사는 사람들, 그들이 하느님 섬기는 일의 가장 중요한 점을 얘기하고 있다. 바리새파 선생들이 개설한 어느 토라 학당보다 더 진지하게 얘기를 나눈다.

"예수 선생님! 그런데, 제가 기억하기로는 엘리야가 그렇게 과부 여인이 해준 음식을 먹으며 지냈는데, 그 집 아들이 덜컥 죽었다, 뭐 그런 얘기를 들었던 생각이 납니다."

그러자 옆에 있던 사람이 나섰다.

"하느님이 살려 주셨대. 엘리야가 하느님에게 부탁해서."

"부탁을 받고 살려 주실 거면 애당초 죽지 않도록 돌봐 주시지, 죽였다 살렸다 하시니 …."

성전에서 일을 맡은 사람이나 바리새파 선생한테라면 결코 입에 올리지 않을 말을 움막마을 사람들이 거침없이 예수에게 털어놓았다.

316

깜짝 놀랄 만큼 불경스런 말이다. 만일 성전이 그 말을 들었더라면 그들은 성벽에 다시 움막을 짓고 돌아가지 못하고 멀리멀리 내쫓길 것이 분명했다. 마을 사람들 중에는 성전과 좀 연결된 사람도 있다. 그는 성전에서 이런 얘기를 들으면 큰일이라고 생각했다. 성전에서 내려주는 빵을 받아먹으며 명절기간을 조용히 보낸 다음, 기드론 골짜기를 다시 건너 움막마을이 불타서 무너진 옛 마을 자리로 돌아가겠다고 생각했기 때문이다. 그가 입을 열었다.

"흠! 에, 그렇게 말하지들 말고…. 우리가 그래도 이만큼 명절에, 빵이라도 받아먹고, 또 움막도 다시 지어야 하니…."

그 말에 입을 다무는 사람도 있고, 낙담하는 표정을 짓는 사람도 있고, 이왕 나온 얘기이니 좀더 내지르고 싶은 사람도 있었다. 그들이 내뱉듯 툭툭 하는 얘기야말로 이스라엘 사람이라면 한 번쯤 속으로 가졌을 의문이다.

그들이 살다 떠나온 유대 지방의 마을 어른들은 경전으로 전해진 얘기는 모두 그대로 믿고 따라야 한다고 가르쳤다. 가르침에 대하여 의문을 가지거나 가르침 밖의 일에 대한 호기심은 그들이 살아왔던 공동체에 해를 끼치고 삶을 흩뜨리는 일이라며 경계했다. 오직 지혜에 대한 호기심만 허락됐지만, 지혜의 근원은 하느님이라고 믿었기 때문에 결국 토라의 가르침 안에 갇힐 수밖에 없었다.

그들은 토라를 공부하는 사람들이 아니라 토라에서 가르친 내용을 지켜야 하는 사람들이다. 토라를 해석하는 일은 배웠다는 사람들 몫이고 땀 흘려 일하지 않아도 먹고살 방편이 있는 사람들 얘기다. 움막마을 사람들은 해 뜨기 전부터 해 지고 깜깜할 때까지 땅을 파고 밭을 갈고, 밤새 호수에 나가 그물을 내리며 살던 사람들이었다. 세상이 그물이라면 가장 작고 촘촘한 그물에 걸린 사람들이었다. 손에서 괭이를 놓고 그물도 놓고 올리브산 산자락으로 떠밀려온 사람들이다.

　서쪽 하늘로 나지막하게 해가 기울면서 하늘이 점점 붉어졌다. 성전도 해를 등진 쪽은 점점 빠르게 어두워졌다. 예수가 조그만 바위 위로 올라갔다. 사람 무릎에 닿을 높이지만 그곳에 올라서면 천막 끝까지 다 보인다.

　"여러분! 예언자 엘리야의 얘기로 마음이 불편할 줄 압니다. 8백여 년 전 먼 옛날, 북왕국 이스라엘의 아합왕과 이세벨 왕비 때 활동했던 예언자 엘리야 얘기지만, 바로 똑같은 일을 여러분이 직접 겪고 눈으로 보며 살아가고 있기 때문입니다. 세상 우선순위에 대한 얘기라서 더욱 그렇습니다."

　"선생님! 우선순위라고 말씀하시면?"

　"마지막 남은 밀가루로 빵을 만들어 하느님의 사람에게 먼저 먹였다는 얘기를, 무슨 뜻으로, 왜 기록에 남겼을까요?"

　"아하!"

　사람들은 고개를 끄덕였다.

　"만일, 온 세상에 큰 흉년이 찾아왔을 때, 그때도 하느님 섬기는 일이 지금처럼 가능하겠습니까? 세상 모든 사람들이 병에 들어 쓰러질 때 하느님 섬기는 일과 제사드리는 일과 토라를 지키는 일을 계속할 수 있을까요?"

　그중에 한 사람이 대답했다.

"하느님이 벌로 그런 큰 재앙을 내리셨으니 더욱 하느님 섬기고 제사드리는 일에 온 정성 기울여야 한다고 믿습니다. 제가 어려서부터 외우던 가르침이 있습니다.

'오 이스라엘은 들으십시오. 주님은 우리의 하느님이시오, 주님은 오직 한 분뿐이십니다. 당신들은 마음을 다하고 뜻을 다하고 힘을 다하여, 주 당신들의 하느님을 사랑하십시오.'

제가 고향에서 가족들과 살 때, 아침저녁으로 이 가르침을 외웠고, 띠로 만들어 손에 감았고, 문설주와 대문에도 써서 붙였습니다. 그런데 … 그런데 … ."

그는 갑자기 더 말을 잇지 못하고 더듬더니 고개를 떨구었다. 처음에는 왜 그러는지 이상하다는 듯 그를 돌아보던 사람들도 한 사람 한 사람 모두 입을 다물었다. 그들이 매달려 살았던 날들과 세상 끝에 밀려난 현실에 눈을 떴기 때문이다. 그건 눈을 감는다고 안 보이는 것이 아니다. 세상에는 눈을 뜨고도 못 보는 사람이 있지만 아무리 눈 감아도 보이는 것에서 멀리 도망칠 수 없는 사람도 있다.

아침저녁 성전에서 내려주는 빵 한 조각에 온통 마음을 두던 사람들이 그 순간 그동안 믿고 살았던 세상을 뒤돌아보는 자리에 올라서게 되었다. 그건 꼭 산꼭대기에 올라가서 발꿈치 들고 멀리멀리 내다보아야 뒤돌아볼 수 있는 삶이 아니다. 목이 아플 만큼 고개를 휙 뒤로 돌려야 볼 수 있는 날들이 아니다. 그저 지금 앉아 있는 자리가 눈에 들어오면 언제든 깨달을 수 있는 일이다.

"내가 여러분에게 얘기합니다."

그 말을 듣는 순간, 사람들은 예수가 마치 '들으십시오. 오 이스라엘!'이라고 외치는 것처럼 들렸다.

"하느님은 섬김을 받으시는 분이 아니고, 여러분을 돌보시는 분입니다. 하느님은 성전 깊고 깊은 곳에 머무시는 분이 아니고, 여러분이 잠든 사이 머리맡에 앉아서 숨소리를 들으시는 분입니다."

예수가 목소리를 높였다.

"하느님께서는, '너에게 있는 것을 먼저 나에게 바쳐라. 그다음은 성전 제사장을 먹여라, 그다음에는 성전에서 일하는 사람을 먹여라, 그다음에는 예언자들을 먹여라, 그다음에는, 그다음에는, 그리고 또 그다음에는 …' 하시고, 여러분이 먹기 전에 '그다음, 또 그다음, 누구, 누구 먼저 먹이고 그다음에 남은 것이 있으면 그때 네가 즐겁게 먹어라' 하시며 성전 사람 다 먹일 때까지 여러분을 뒤로 물리고 늦추시는 분이 아닙니다.

내가 여러분에게 말합니다. 배고픈 사람이 먼저 먹어야 합니다. 어린 사람이 먼저 먹어야 합니다. 늙은 아버지 어머니부터 먹여야 합니다. 젖 빨리는 아기 엄마부터 먹여야 합니다. 여러분도 요 며칠째 성전에서 나눠 준 빵을 받아먹으며 살고 있습니다. 배고파서 하루 종일 눈 빠지게 빵을 기다리던 어린 자식 제쳐 두고, 어른이 먼저 덥석 빵을 입에 넣었습니까? 그랬습니까?"

"에이! 어찌 그런 … ."

"나는 못 먹어도 자식새끼 입에 넣어 줘야지요!"

"그렇습니다. 그게 바로 부모의 마음입니다. 그래서 내가 여러분에게 얘기합니다. 하느님은 그렇게 순서 따지고, 높은 사람 낮은 사람 따지고, 성안에 사는 사람, 성밖에 밀려나 사는 사람 따지고, 대제사

320

장, 제사장, 맨 마지막에 움막마을 여러분 따지는 분 아닙니다!"

"옳습니다!"

손뼉까지 치는 사람이 있었다.

"내가 여러분에게 얘기합니다. 하느님은 끊임없이 뒤주에서 밀가루가 나오고, 병에서 기름이 나오도록 하시는 분이 아닙니다. 하느님을 열심으로 믿고 섬기면 그런 기적이 일어난다고 누가 가르친다면, 그는 하느님을 섬기는 것이 아니라 마술사魔術師를 섬기는 사람입니다."

"그래도 경전에는…."

"누가, 왜, 경전에 그런 글을 기록해 넣었는지 생각해야 합니다."

"아하! 그렇구나…."

"그리고 또 한 가지, 하느님을 섬기는 일은 특별히 어떤 사람이 맡아야 하는 일이 아닙니다. 제사드리는 일은 제사장, 제물로 바칠 양이나 염소 잡는 일은 제사장과 레위인, 하느님의 말씀을 가르치는 일은 선생, 그렇게 나눠 할 수 있는 일이 아닙니다."

"선생님! 그래도 토라에는 그렇게 하라고 정해져 있지 않습니까?"

"그렇지요. 제사드릴 제물로는 어떤 짐승을 바쳐라, 첫배 짐승과 곡식과 과일을 바쳐라, 십일조는 무엇이고, 성전세는 얼마이고, 짐승은 어떻게 잡고, 피는 얼마나 어떻게 제단에 뿌리고, 가죽은 제사장에게 주고. 제물로 바친 짐승의 고기 어느 부분은 제사장이 먹고, 뭐는 태우고…."

"예! 그렇게 정해져 있지 않습니까? 저희 형편으로는 성전에 그런 제물 바치는 일은 꿈도 못 꾸며 살지만."

"토라에, 하느님을 섬기는 일과 사람이 사람끼리 서로 어떻게 대하며 살고, 살다가 문제가 생기면 어떻게 해결하라는 법이 있지요. 하느님과 사람의 관계, 그리고 사람과 사람의 관계를 토라가 가르치는데, 하느님과 사람 사이의 관계에 성전과 성전에서 일하는 사람에 대한 규정들이 들어 있습니다. 대제사장도 제사장도 사람이지만 하느님을 모시는 일을 하는 사람이라고 가려 뽑힌 후 대를 이어 그 일을 맡습니다. 그들은 밀을 심고 가꾸거나 보리를 베고 타작하거나 올리브 열매를 따고 기름 짜거나 무화과 열매를 말리지도 않습니다. 포도를 따고, 포도주 틀에 넣어 밟고, 술을 거르지 않으면서도 가장 좋은 포도주를 마십니다. 양을 끌고 들을 건너고 산비탈을 오르지도 않으면서 성전 제사 제물로 드린 양의 고기를 먹습니다."

"맞습니다. 옛날 옛날에 제사장 가문이 됐다고 아들에 손자에 손자의 손자에 대를 이어 그럽니다."

"여러분, 우리의 조상 아브라함은 가족을 끌고 가나안 땅에 들어왔을 때, 스스로 제단을 쌓고 양을 잡아 하느님께 제사드렸습니다. 그럼 그건 잘못된 일이었습니까?"

"그럴 수는 없습니다. 그때는 하느님에게서 토라를 받지 못했을 때니까요."

"아브라함의 제사를 받으시던 하느님이 토라를 내려주시고 난 이후에는 오직 제사장이 드리는 제사만 받으시고 여러분이 드리는 제사는 제사장을 통해 받겠다며 물리치십니까? 그리고, 제사장이 자기 양을 바칩니까? 사람들이 하느님께 드린다고 가져온 양을 대신 바치는 것 아닙니까?"

"그렇습니다. 선생님, 모두 사람들이 성전으로 가지고 올라간 것입니다."

"들으십시오. 하느님이 때에 따라 이리하라 하시고, 저리하라 하시는 분입니까?"

"하느님께서 그러실 리가 없지요."

"예! 여러분이 잘 말했습니다. 한 가지 더 묻겠습니다. 하느님은 배고프신 분입니까?"

"아니오! 하느님인데 배고프실 리가 있겠습니까?"

"추위에 덜덜 떠는 분이십니까?"

"아닙니다."

"여러분! 하느님도 배고프고 추위하시는 분입니다. 아들딸이 배고파 굶주리면 하느님도 배고프시고, 딸과 아들이 추위에 떨면 하느님도 추위에 떠십니다. 여러분이 추우니 하느님도 추우시고, 여러분이 배고프니 하느님도 배고프십니다. 그건, 여러분 속에 하느님이 함께 계시기 때문입니다. 성전에서 아침저녁 제사는 받으시지만, 여러분이 배고프면 그분도 배고프다는 사실을 잊지 마십시오."

한 사람이 고개를 숙이면서 말끝을 흐렸다.

"저희는 거지나 마찬가지인데 … ."

"뭘 마찬가지여? 거지지! 우리 거지 아녀? 안 그래?"

옆에 있던 사람이 다른 사람들을 둘러보며 큰 소리로 말했다. 그러자 예수 얼굴을 빤히 쳐다보던 나이 먹은 사람이 힘없이 말했다.

"그래도, 거지라고 말하기는 … 하긴 … . 우리는 거지네 … ."

그들은 자기들 처지를 얘기하지만 그들 때문에 하느님이 춥고 배고프다는 것에 생각이 미친 사람들이다.

"유월절입니다. 하느님은 이집트에서 종살이하던 우리 조상 히브리를 끌어내셨습니다. 예언자 모세를 이집트 임금에게 보내 '내 백성을 풀어줘라!' 명령하셨습니다. 이집트에서 살던 히브리는 여러분이나 마찬가지로, 어디 기댈 곳도 없고, 돌보는 사람도 없고, 그저 일만 하는 노예였습니다."

예수는 갑자기 얘기를 유월절로 끌고 갔다. 그랬다. 때가 유월절이다. 히브리, 세상에서 가장 미천한 사람이라고 불리던 히브리, 그들을 하느님이 이집트에서 해방시켰다. 1천 3백 년 전 일이었다.

"하느님은 히브리를 '내 백성'이라고 부르셨습니다. 움막이 모두 불에 타 없어지고, 이 올리브산 자락에 떠밀려 와 머무는 여러분도 하느님은 내 아들딸이라고 부르십니다. 유월절 날, 성전에서 하루 종일 불살라 올리는 양고기, 소고기, 염소고기를 흡족하게 받아 잡수시는 하느님이 아니라, '여기 이 집, 여기 배고픈 이 아기 빵 한 쪽 더 주어라' 손수 챙기시는 하느님이십니다."

"그럼, 우리가 성전에서 받은 보리 빵이 하느님이 주신 겁니까, 선생님?"

"들으십시오. 누구 손을 통하여 여러분 손으로 전달됐든 빵은 하느님이 생명을 살리기 위해 마련하신 젖입니다. 받아먹으십시오. 누가 주는 빵은 거절하고, 누구 빵은 받을 일이 아닙니다. 받아먹고, 생명을 보전하는 것보다 하느님 뜻을 더 잘 따르는 일은 없습니다. 그리고, 성전이 됐든, 예루살렘 성안에서 거드름 피우며 사는 부자가 됐든, 그들에게 요구하십시오.

'내가 매일 먹을 빵을 주든지, 내 손으로 빵 만들어 먹을 테니 일거

리를 내놔라.'

그건 부탁이 아니라 요구입니다. 성전은 여러분의 요구에 따라야 할 의무가 있습니다. 그 사람들은 자선을 베푸는 것이 아니고, 여러분 몫을 돌려주어야 할 의무가 있습니다. 성전이 창고에 쌓아 놓은 재산, 썩어 가는 밀과 보리와 기름과 포도주는 굶주리는 사람에게 다시 나눠 주어야 할 하느님 몫입니다. 하느님이 그분의 몫을 여러분에게, 가장 어려움에 처한 여러분에게 나눠 주시는 겁니다."

"그런데, 선생님! 그렇게 말하려면, 예, 요구하려면 어디 그런 근거가 있어야 할 텐데요?"

"예! 하느님이 이미 선언하셨습니다. 땅의 주인은 하느님이시라고!"

"그건 그렇습니다."

"주인이신 하느님이 땅의 소출을 그분이 돌보시는 자식에게 나눠 주시는 겁니다."

"그래서 아까 낮에 선생님께서 돈과 물자를 보내주셨습니까?"

"여러분이 여기서 굶고 앉아 있는데 성전에서 엎드려 입으로 하느님 찬양하는 일은 옳지 않다는 것을 보여주려고 그랬습니다."

"선생님! 감사합니다. 정말 감사합니다. 저희는 그런 것도 모르고 빵 한 장 얻어먹자고 선생님에게 등을 돌렸습니다. 죄송합니다."

예수는 그의 눈을 쳐다보았다. 정말 미안함이 가득하던 그의 눈이 벌게지면서 그는 결국 고개를 숙였다. 그 옆에 있는 사람도, 어린 애기를 가슴에 안고 열심히 귀를 기울이던 여자도 고개를 숙였다. 갑자기 모든 사람들이 숙연해졌다.

"그렇게 말해 주니 고맙습니다. 그러나, 들으십시오. 나에게 돌을 던져야 빵을 얻을 수 있다면 돌을 던지세요. 등을 돌려야 빵을 준다면 등을 돌리세요. 하루치 빵은 여러분과 자식들의 하루 생명입니다. 그 빵을 먹고 생명을 이어가라는 것은 하느님의 엄숙한 명령입니다. 그 걸 막는 사람이나 제도는 하느님 앞에 마주 서는 악입니다."

"선생님! 으흐⋯."

한 사람 두 사람 눈물을 흘리기 시작했다. 등을 돌려도 된다니, 돌을 던지라면 던지라니, 그렇게 해서라도 빵을 받아먹으라니, 예수 그는 누구인가?

"그러나, 내가 여러분에게 하느님의 뜻을 받들어 말합니다. 빵이 생명입니다. 그러니, 빵을 가지고 사람을 농락하면, 빵을 가지고 사람을 억압하고 강제하면, 생명을 내신 하느님을 농락하고 업신여기고 감히 하느님 앞에 가슴을 내밀고 나서는 겁니다. 그는 하느님을 대적한 사람으로 불릴 것입니다."

그때 몇 사람이 쭈뼛쭈뼛 자리에서 일어났다. 이미 해는 서쪽 산에 걸렸다.

"선생님! 저희는 성문 쪽으로 가봐야 해서⋯."

"빵 나올 시간이 돼서요. 말씀 중에 죄송합니다."

요한이 나서서 무어라고 말하려고 하자 예수가 눈짓으로 말렸다.

"그러세요. 어서 가보세요."

일어나 자리를 빠져나가는 그 사람들의 뒷모습을 바라보던 예수가 말했다.

"곧 해가 지면, 곧 사방이 어둠에 잠길 시간입니다. 예고 없이 어둠에 덮인다면 사람이 감당하기 어렵겠지만, 하느님은 어둠의 시간과 빛의 시간을 미리 정해 두셨습니다. 어둠은 쉼의 시간입니다. 쉼은 속으로 영글어 가는 일입니다. 내일 아침, 밝은 얼굴로 여러분을 다시 만날 기쁨을 안고 나는 산을 넘어가겠습니다."

그 말끝에 예수는 바위에서 내려왔다. 몇 번씩 먼발치에서만 예수에게 손을 흔들던 아이들이 예수 옆으로 모두 모여들었다. 어떤 아이는 예수의 옷자락을 살그머니 붙잡고 이번은 제 차례라는 듯 예수 앞에 서서 두 팔을 벌리는 아이도 있었다. 예수는 제일 작은 여자아이를 한 손으로 안고, 두 팔 벌린 아이도 안아 올렸다. 아이들은 예수의 품 안에서 무엇이 그리 좋은지 까르르 웃었다. 추썩추썩 추스르던 아이들을 내려놓고, 그 옆에 수줍은 듯 서 있던 아이들도 빼놓지 않고 모두 안아 주고, 쓰다듬어 주고, 어깨를 부드럽게 끌어안아 주었다.

"가시지요, 선생님!"

그 말을 듣자 예수는 두 손을 모아 가슴 높이까지 올리고 움막마을 사람들에게 인사했다. 앉아 있던 사람들이 모두 일어나고, 천막 뒤쪽에 몰려 있던 여자들도 모두 한 걸음 앞으로 나서면서 예수에게 똑같은 자세로 인사했다.

일행과 함께 올리브산 산자락을 걸어 오르던 마리아는 뒤돌아서서 예루살렘성을 내려다보았다. 그날 하루에도 참 여러 가지 일이 일어났다. 어디 깊은 굴속에 들어갔다 나온 것처럼 느껴졌다. 예루살렘은, 그리고 성전은 한쪽 끝이 막혀 있는 동굴이다. 새로운 세상으로 나가기 위해 통과하는 길이 아니다. 들어갔다가 다시 돌아 나와야 한다.

그날 낮, 예수가 요하난 벤 자카이와 솔로몬 주랑건물에서 한나절 단둘이 얘기하고 있을 때였다. 평소와 달리, 므나헴이 슬금슬금 눈치를 보면서 마리아에게 다가왔다. 마리아와 요안나는 여자의 몸으로 남자 제자들과 섞여 앉는 것이 거북해서 열 걸음쯤 떨어져 앉아 있었다.

"마리아!"

"예?"

"잠깐 … ."

그는 눈짓으로 자기를 따라오라는 신호를 했다.

"왜요?"

"잠깐!"

요안나가 이상하다는 표정으로 두 사람을 번갈아 바라보았다. 더이상 버틸 수가 없어서 마리아는 자리에서 일어나 므나헴을 따라갔다. 그는 성전 뜰 남쪽, 왕의 주랑건물로 걸어갔다. 되돌아서기도 이상해서 그녀는 몇 걸음 뒤에서 그를 따랐다.

비록 성전 뜰에 들어왔다고는 해도, 남자들은 남자들이었다. 그녀가 지나가면 많은 남자들이 흘깃 한 번 쳐다보고 또 쳐다보고 아예 목을 빼고 쳐다보는 사람도 있었다. 남자들에게는 여자 나이가 몇 살이든 그저 여자로만 보이는 모양이었다.

"어? 저 여자?"

"왜?"

"예수라나 그 사람 여자인데?"

마리아는 사람들이 수군거리는 소리를 뒤로하고 므나헴의 뒤를 따랐다. 왕의 주랑건물은 장정이 한 팔로도 안을 수 없을 만큼 커다란 기둥이 40개씩 4줄로 죽 늘어서서 받치고 선 건물이다. 곳곳에 바리새파 선생들이 지방에서 올라온 유대인들을 모아 놓고 토라와 경전을 가르 친다. 특별히 예루살렘 대산헤드린 의원들을 만나기 위해 찾아온 사 람들을 접견하는 장소도 있다.

어느 기둥 옆에 이르자 므나헴이 걸음을 멈췄다. 기둥 뒤에 몸을 기 대고 서 있던 사람이 걸어 나왔다. 므나헴은 자기 할 일은 끝났다는 듯 획 몸을 돌려 사라졌다.

"마리아!"

"아니 … 왜? 왜 또 그래요?"

"마리아!"

"나는, 절대로, 절대로 안 돌아가요!"

"마리아!"

"왜 또 그르느냐고요?"

"알렉산더 공의 명령이오."

"그 사람은 나에게 명령으로 이래라저래라 할 수 없는 사람이에요."

"아니오! 마리아, 내 말을 들어봐요. 마리아는 지금 엄청난 위험 속 에 빠져 있어요. 어떻게 해서라도 마리아를 위험에서 벗어나게 해주 고 싶어 하는 알렉산더 공의 마음을 생각하시오. 이제 더는 지체할 수 없어요. 저 사람들 생각하고 뒤돌아보고 할 겨를이 없어요. 그대로 여 기서 바로 떠나시오. 돌아가시오, 갈릴리로! 알렉산더 공이 명절 끝 나면 마리아를 찾아가겠다고 하셨소."

"똑바로 전하세요. 이 말, 한 마디도 빠뜨리지 말고 전하세요. '나 마리아는 예수 선생님의 가르침에 따라 하느님 나라가 이 땅에 이뤄지는 그때까지 선생님을 따릅니다. 그대 알렉산더의 말을 따를 이유도 없고, 마음도 없습니다.' 이대로 전하세요. 내가 살아 있는 한, 절대로 알렉산더를 다시 만날 일은 없어요."

　주위에 있던 사람들이 무슨 일인가 흘깃흘깃 두 사람을 쳐다봤다. 성전 경내에서 남자와 여자가 그런 심각한 표정으로 말을 주고받는 일은 드문 광경이기 때문이다. 하고 싶은 말을 마치자 그녀는 휙 돌아서서 건물 밖으로 나가려고 했다. 그러자 알렉산더의 하인이 다급하게 앞길을 막아섰다.

　"마리아! 잠깐…."

　"비키세요! 귀신 들렸던 여자 앞길을 막아요?"

　"그런 떠돌던 얘기는 알렉산더 공이 마음에 담아 두신 적이 없어요. 지금 이 자리에서 돌아서서 떠나기 어려우면, 내일이든 모레든, 더 늦기 전에 떠나시오. 13일 해가 지고 14일 새 날이 시작되기 전에 떠나요. 떠날 수 없는 사정이 생기면 알렉산더 공을 찾아오시오. 성전 서쪽 문으로 나가 다리를 건너면 옛 왕궁이 보이오. 안티파스 저하가 묵고 계신 궁, 거기로 알렉산더 공을 찾아오시오. 명심하시오. 14일이 시작되기 전, 성전에서 나팔이 울리기 전, 성문이 닫히기 전. 알겠소? 그날 성문이 닫히면 도성 출입이 막혀요. 꼭! 아니면 늦어요."

　마리아는 그를 피해 걸어갈 마음이 없었다. 그가 가로막은 앞길을 그대로 걸어갔다. 할 수 없다는 듯, 그는 옆으로 비켜섰다. 그를 쳐다보지도 않고 똑바로 뜰로 걸어나간 다음 동쪽 끝 솔로몬의 주랑건물로 갔다. 예수와 요하난 벤 자카이는 여전히 대화를 나누고 있었다. 제자들 무리에 끼어 앉아 있던 므나헴이 유심히 그녀를 쳐다보고 있고, 요

330

안나는 무슨 일이냐는 듯 턱을 약간 쳐들며 그녀를 올려다봤다.

"아니에요."

그녀는 아무 일도 없었다는 듯, 자리에 앉았다. 뜰을 내다보았다. 그렇게 보아서 그런지, 뜰에 가득 들어선 사람들이 모두 성전에서 풀어놓은 사람들처럼 보였다. 멀리서 지켜보는 사람, 주랑건물 앞을 왔다 갔다 하며 동정을 살피는 사람, 끼리끼리 모여 수군거리며 가끔 고개를 돌려 쳐다보는 사람들. 마리아에게는 그들이 모두 모두 수상하게 보였다.

마리아는 알렉산더가 하인을 보내서 전한 얘기를 예수에게 전해야겠는데 성전 뜰에서는 도무지 기회를 잡을 수 없었다. 하인이 했던 말 중, '니산월 14일이 시작되기 전'이라고 여러 번 되풀이했던 말이 심상치 않았다. 그건, 늦어도 그때가 되면 저들이 손을 쓰겠다는 통보라고 받아들였다.

'왜 알렉산더가 나를 선생님 일행과 떼어놓으려고 할까?'

그녀는 알렉산더가 다시 찾아오겠다고 했다는 말을 믿지 않았다. 그럴 사람도 아니고, 그럴 일도 아니라는 것은 그녀나 알렉산더나 모두 잘 안다.

'내가 선생님 옆에 있으면 알렉산더가 세운 계획에 차질이 생기나?'

'무슨!'

'왜? 그럼 도대체 왜?'

잘생긴 얼굴과 달리 알렉산더는 한없이 냉혹한 사람이다. 그녀도 한때 마음이 흔들릴 만큼 그는 잘 대해 줬다. 빚으로 종살이 온 여자로만 생각하지 않고 아껴 주었다. 그러나 그뿐이었다. 그를 떠난 일에 아쉬움이 없고, 그도 철 지난 옷을 갈아입은 듯 마리아가 떠난 일에 미련을 두지 않았다.

'그런데 왜 ….'

'혹시?'

그러다가 그의 생각을 읽었다. 그러면 능히 그럴 사람이기 때문이었다.

'예수의 여자, 예전에는 알렉산더의 여자.'

예수와 함께 마리아가 체포되어 사람들 앞에 끌려나오고, 한때 알렉산더의 여자였다는 사실이 알려지는 것을 그가 견딜 수 없기 때문이라고 마리아는 판단했다. 그런데 성전과 갈릴리 분봉왕과 로마총독이 모두 손을 잡고 예수를 제거하는 일에 협력하는 이유가 궁금했다.

'그건, 유대의 정치 문제. 선생님은 그 모든 사람들에게 커다란 위협이 되신 게야. 꼭 제거해야 할 만큼 ….'

생각해 보면 성전과 갈릴리 분봉왕과 총독이 예수를 제거하는 일에 손을 잡고 모두 함께 나설 수밖에 없다. 지난 이틀 동안, 예수는 성전을 완전히 뒤흔들었다. 적어도 성전 이방인의 뜰을 드나든 사람이라면 예수 일행과 한두 번은 마주쳤을 것이다. 예수 주위에는 늘 최소한 몇백 명의 사람들이 따라다녔으니 사람들 눈에 띌 수밖에 없었다. 예수가 솔로몬의 주랑건물로 들어가면 그곳으로, 뜰에 나오면 뜰로, 성전 건물을 돌아 성전과 안토니오 요새 사이에 있는 북쪽 뜰로 가면 그쪽으로 몇백 명이 우르르 따라다녔다.

그녀는 그날 낮에 대오를 맞춰 예수에게 접근하던 성전 경비대의 모습을 떠올렸다. 그건 분명 과시였다. 성전 뜰에서 예루살렘 주민이라는 사람들을 내세워 예수를 체포하겠다고 나섰던 일도 생각해 보았다. 예수가 군중의 지원을 받지 못하는 것을 확인하고 쉽게 체포할 수 있으리라던 계획이 통하지 않았으니, 이제 남은 길은 다시 성전 경비대가 나서는 것이었다.

'요하난 선생이 나타나지 않았으면 오늘 위험할 뻔했네.'

'뜻밖에 요하난이 선생님을 오늘은 보호한 셈이 됐고…….'

요하난 벤 자카이가 예수를 찾아 올라와 오랜 시간 마주 앉아 얘기를 나누는 바람에 성전이 계획을 변경할 수밖에 없었으리라. 아무리 성전 경비대라도, 요하난과 마주 앉아 대화를 나누는 중에 예수를 체포할 수는 없고, 요하난이 자리를 뜬 다음에 바로 체포할 수도 없었으리라. 그건 생각하기에 따라서는 요하난에게 성전이 수치를 안겨 주는 것이고, 모든 바리새파 사람들을 격동하는 일이 될 것이 분명했다.

'아무리 늦어도 13일이 끝나고 14일이 시작되는 무렵에는 선생님을 체포하기로 계획했음이 분명해!'

'그럼 겨우 이틀 남았는데…….'

'선생님에게 이 얘기를 전해 드려야 할 텐데, 저렇게 제자들이 늘 붙어 있으니……. 제자들은 이런 내용을 알면 두려워 벌벌 떨면서 우왕좌왕 큰 소란을 피울게 분명하고, 어쩐다?'

예수는 제자들 앞에 서서 천천히 올리브산 중턱으로 걸어 올라갔다. 그 뒤로 제자들과 베다니에 숙소를 잡은 사람들이 모두 50명 정도 뒤따랐다.

'오늘 밤에 그 일을 치르자! 이제 날짜가 없어!'

선생의 뒷모습을 바라보던 마리아는 오래전부터 마음속에 담아 두었던 일을 그 밤에 실행하기로 마음먹었다.

서쪽 산에 해가 반쯤 걸렸을 때 올리브산 중턱까지 올랐다. 떠오르는 해도 마찬가지지만 지는 해는 금방금방 쑥쑥 내려간다. 그래서 사람들은 서쪽에 있는 알 수 없는 엄청난 힘이 숨어 있어 저녁 해를 잡아당긴다고 믿었다.

아침에 내려다보는 예루살렘과 저녁에 보는 예루살렘이 달랐다. 더이상 활기차고 시끄러운 도시가 아니라, 다소곳 고개 숙인 도시다. 기드론 골짜기, 힌놈 골짜기, 예루살렘을 동서로 나누는 튀로포에온 골짜기 아래쪽은 이미 눈으로 무엇을 분간할 수 없을 만큼 어두워졌다. 성전 건물의 동쪽도 어둡기는 마찬가지다.

예수는 중턱에 있는 조그만 바위 위에 앉았다. 지금부터 예루살렘 곳곳에서 벌어질 일들이 그의 눈에 보이는 듯 선했다. 성전은 성전대로, 총독궁은 총독궁대로, 그리고 바리새파 선생들까지도 제각기 어딘가에 모여 예수가 던진 문제들을 따져보고 상의할 것이다.

"선생님!"

제자들 몇 명이 주춤주춤하며 예수 옆에 모여들었다.

"먼저들 내려가세요. 나는 여기서 조금 더 앉아 있다 내려가리다."

"날이 곧 어두워질 텐데요?"

"괜찮아요."

"시장하실 텐데 …."

"괜찮아요."

아침에 마르다네 여인숙에서 빵 몇 조각 먹은 이후, 하루 종일 아무것도 입에 넣지 못했다. 때맞춰 식사하며 살 수 있는 사람은 별로 많지 않다. 하루 한 끼를 먹든 두 끼를 먹든 사람들은 그저 배고플 때 먹고, 먹을 것이 없는 사람들은 먹을거리 생길 때까지 굶었다. 농사짓는 사람들은 아침 일찍 밭에 나가 한참 일하고 들어와 식사하고, 하루 종일 다시 일하고 들어와 굶든지 먹든지 형편대로 하며 산다. 마르다네 여인숙에서는 예수 일행을 극진하게 대접한다고 아침과 저녁에 꼭 식사를 마련했다. 사실, 하루 종일 성전에서 사람들을 모아 가르치고 저녁 무렵 산길을 걸어 올라올 때면 시장기에 모두 발이 무거웠다.

"선생님, 그럼 먼저 내려가겠습니다."

"예!"

므나헴이 무언가 말을 하려는 듯 주춤거리다가 일행을 따라 내려갔다. 마리아는 여러 번 뒤를 돌아보며 일행 맨 뒤를 따라갔다.

"아!"

예루살렘성을 내려다보면서 예수는 가볍게 한숨을 쉬었다. 한 가지 부족한 부분이 그의 마음속에 묵직하게 매달려 있었다.

예수가 제자로 받아들인 사람들은 대부분 갈릴리 호숫가 마을들을 돌아다닐 때 불러들인 사람들이었다. 갈릴리에서나 유대 지방에서나 분봉왕 빌립의 영지에서 만난 사람들, 그들에게도 하느님 나라를 가르쳤다. 지난 이틀 동안에도 성전 뜰에서 하느님 나라 복음을 전했고, 하느님 나라를 이루려면, 그리고 그 나라에서는 어떻게 살아야 하는지 가르쳤다.

그런데 예수는 그것만으로는 충분하지 않다는 것을 받아들일 수밖에 없게 됐다. 그가 전하는 하느님 나라를 눈물 흘리며 받아들이는 사람들, 그의 가르침에 무릎을 꿇고 제자가 되어 따르기로 작정한 사람들, 그들은 하느님이 아빠 아버지로 그들을 돌본다는 사실을 큰 기쁨으로 깨달았다. 그러나 세상 앞에 서면 그들은 아주 작은 사람들일 뿐이다.

"빵을 나누라!"

"빚을 취소해 주어라!"

"가난하고 눈물 흘리는 사람을 돌보라!"

"빼앗은 것을 돌려주어라!"

예수의 가르침은 그들이 실천할 수 있는 일이 아니다. 그들에게는 다른 사람과 나눌 한 조각 빵도 없다. 그들은 빚을 지고 살지 빚을 주는 사람들이 아니다. 그들이야말로 가난하고 자기 몫을 빼앗긴 사람들이다. 세상 끝까지 밀려나고, 내던져지고, 그래서 외롭고 아프고 눈물 흘리는 사람들이다. 이루어진 하느님 나라에서라면 서로 돌보며 살 수 있겠지만 하느님 나라가 이뤄질 때까지 제대로 버틸 수조차 없는 사람들이다. 그들에게 아무리 나눠 주라고 얘기한들, 마음이 없어서가 아니고 실제 나눌 것이 없어 못 나누는 사람들이다. 사람들이 먹지 않고도 배부를 수 있는 법을 예수는 알지 못한다. 먹지 못하면 배고프고, 그렇게 배고픔을 견디고 견디다 마지막에는 굶어 죽는다는 사실을 뒤집을 방법을 그는 알지 못한다.

사람들이 세상에서 살아가는 데 필요한 것들 중 무한정 쓸 수 있는 것은 아무것도 없다. 그리고 대부분 누가 땀 흘려 일해야 사람들 손에 들어간다. 하다못해 호수에 물이 가득해도 아침저녁 길어 항아리에 부어야 마실 수 있고, 들에 누렇게 밀이 익어도 베어들이고 타작하고 밀 알갱이를 갈고 빻고 고운체로 쳐서 화덕에 구워야 빵이 입에 들어간다. 자기 손으로 농사짓거나, 물을 긷거나, 기름을 짜지 않아도 되는 사람이 많으면, 그리고 그들 곳간에 자기들이 생산하지 않은 것이 그득하다면 누군가 배곯을 수밖에 없다.

따지고 보면, 예수 자신도 지금은 농사짓는 사람도 아니고, 호수에서 밤새 그물질하는 사람도 아니고, 다른 사람이 땀 흘려 만들어낸 빵을 먹는 사람이 되었다. 생각할수록 두려운 일이다.

움막마을 사람들처럼, 하루 종일 오직 한 조각 빵만 생각하면서 살수밖에 없는 사람들을 그대로 놔두고 하느님 나라를 이룰 수 있는 방법은 없다. 빵 한 조각을 위해 예수에게 등 돌리고 앉을 수밖에 없는 사람들, 그런 사람들이 갈릴리에서도, 유대에서도, 가보지 못한 세상 땅 끝에서도 허기진 배를 안고 저물어 가는 해를 바라보고 있을 시간이다. 예수는 그런 사람들과 시간으로 연결되어 있음을 알았다. 그리고 그렇게 시간으로 연결된 줄이 마치 핏줄처럼 예수의 마음을 끌어당겼다.

"하늘 아버지! 아빠 아버지! 저 지는 해를 바라보며 눈물짓는 사람들을 불쌍히 여기소서. 제가 저들의 빵이 되게 하소서!"

잔인한 평화

예수의 동생 야고보는 어머니 마리아와 함께 해가 지기 전에 여리고 성안에 들어올 수 있었다. 그런데 어머니는 내처 예루살렘 길에 오르고 싶어 했다.

"얘야! 한 걸음이라도 더 가자. 예루살렘 쪽으로 … ."

며칠 동안 먹는 것도 부실하고, 애를 태우며 먼 길 걸어서 그런지 어머니는 한 걸음도 더 걸을 수 있는 상태가 아니다.

"어머니, 지금 형편으로 더 걸으시면 내일 못 일어나세요. 여리고에서 예루살렘 길이 장정걸음으로도 하룻길이래요. 게다가 이제부터는 내내 산을 오르는 가파른 산길이고요. 여기서 하루 쉬고 몸을 추스른 다음 내일 아침에 떠나는 것이 좋겠어요. 제 말을 좀 들으세요."

"그래도 … 한시가 급하다. 네 형을 만나는 일이 … ."

"어머니 마음은 알겠고요, 저도 형이 많이 걱정돼요. 그렇지만 오늘 더 걷는 것은 무리예요. 어머니 발도 퉁퉁 붓고 부르텄잖아요? 저도 오늘은 더 못 걷겠어요."

절룩거리며 걷기 시작한 지 이미 며칠이 됐지만, 어머니는 이를 악물고 참으며 걸었다.

"그러자, 그럼. 그런데 아침에 눈 뜨면 바로 길 떠나자. 내일 해 지기 전에는 예루살렘성에 들어갈 수 있겠지? 그렇지?"

"예! 그럴 수 있을 거예요."

어머니를 위로하며 여인숙을 찾아들었다. 야고보는 형이 올라갔다는 예루살렘과 거리가 많이 가까워져서 그런지 예수의 얼굴이 눈앞에 어른거렸다. 그럴 때면 왜 꼭 나사렛 언덕에 서서 멀리 하늘을 쳐다보는 모습으로 형이 떠오르는지 알 수 없는 일이다.

사실 누가 설명하지 않아도 야고보는 어려서부터 알았다. 동네사람들이 형 예수와 동생 야고보를 서로 다르게 대하는 것이 어린 그의 눈에도 띄었기 때문이다.

한번은 동네 어른이 형은 아예 없는 사람 취급하면서 야고보만 쳐다보며 얘기한 적이 있었다. 너무 햇빛이 밝은 한낮, 마당 한가운데에 형제가 나란히 서 있었다. 형은 멋쩍은 듯 발끝을 내려다보고 서 있었다. 없는 사람처럼 대우받는 형이 너무 안쓰러워 그 발끝을 내려다보니 형의 그림자는 있는 듯 없는 듯 아주 작았다. 그런 광경은 형을 생각할 때마다 아픔으로 되살아난다.

어느 이른 봄날, 형을 따라 뒷산 독수리바위 앞가슴에 같이 앉아 저 아래 들녘을 바라보았다. 그때 예수가 입에 올렸던 몇 마디 말을 지금도 야고보는 잊을 수 없다. 그 말은 아버지가 돌을 쪼거나 다듬을 때

쓰던 끌로 새겨 넣은 듯 야고보 가슴에 새겨져 남아 있다.

"하늘나라 아버지와 끈으로 이어지려는데, 닿을 듯 말 듯, 아직은 못 붙잡았다."

하늘나라 아버지라니, 아버지 요셉은 나귀를 끌고 일 나갔는데 형이 엉뚱한 소리를 한다고 생각했다. 뜬금없는 소리에 피식 웃으며 야고보가 말했다.

"끈을 내려주십사 하고 기도해 봐!"

"그래 볼까?"

"그런데 끈이 내려오면?"

"그 끈에 매달려 멀리멀리 가려고 …."

눈으로는 저 멀리 이즈르엘 벌판 들녘을 내려다보지만 형은 들판을 보고 있는 것 같지 않았다. 산등성을 타고 부는 차가운 바람이 형제의 남루한 옷자락을 들추며 몸으로 파고들었다. 그날 아침 아무것도 먹지 못했다. 어머니는 무엇이라도 끓이든 튀기든 식구들에게 아침만은 꼭 먹이려고 애를 썼지만, 그 무렵부터 아침에 아무것도 못 먹는 날이 많아졌다. 아버지가 빈손으로 집에 돌아오는 일이 잦아지면서부터 그랬다.

그렇게 대책 없이 가난한 집이 싫어 예수가 집을 나가려는 모양이라고 야고보는 생각했다. 야고보 생각에 그건 옳지 않은 일이었다. 가난은 도망치지 말고 견디며 살아야 할 일이었다. 예수가 아버지와 같이 돌아다니든 혼자 일거리를 찾든 무엇이든 일을 찾아 얼마라도 벌어 와야 살 수 있었다. 아버지 혼자 벌어 오는 것 가지고는 아무리 어머니가 알뜰하게 살림해도 근본적으로 부족했다. 어머니가 그나마 몇 마리

양을 치고, 집 뒤 비탈 밭에 몇 가지 채소를 심어 살림에 보태지만, 그것으로는 턱없이 모자랐다.

그 전까지는 꼬박꼬박 아버지를 따라 일을 다니던 형이 어느 때부터 변했다. 마음이 내키면 한 달이고 두 달이고 아버지를 따라 일거리 찾으러 다녔지만, 무슨 생각이 들면 며칠이고 꼼짝하지 않았다. 형이 그렇게 꼼짝 안 하고 집에만 처박혀 있으면 동네사람들이 끌끌 혀를 차며 걱정하는 형편이었다. 아버지나 어머니는 아무 말 없이 형을 지켜보기만 했다.

하기야 무작정 돌아다닌다고 일거리가 생기는 것도 아니었다. 예수네 일이란 그랬다. 생각 없이 계획 없이 집을 짓고 지붕을 고치고 문짝을 새로 만들어 다는 사람은 아무도 없었다. 설사 그런 일이 있다고 해도 날마다 있는 일은 아니었다. 열흘은 매일 일거리가 있다가 그다음에는 두 달도 넘는 동안 하루 일거리도 없는 날이 많았다.

형이 처음 집을 나가던 날도 그랬었다. 야고보는 속이 부글부글했는데, 어머니는 큼직한 빵 덩어리와 볶은 보리를 한 자루 슬그머니 형 보따리 속에 넣어주었다. 손 흔들며 예수를 배웅하던 아버지 어머니는 예수가 길모퉁이를 돌아 시야에서 사라진 이후에도 마당 끝에 서서 빈 길을 오랫동안 내려다보았다. 슬쩍 올려다본 아버지 어머니의 표정을 야고보는 잊을 수 없었다. 남아 있는 자식들 다 떠나보내는 사람보다 더 안타까운 표정이었다. 그 표정을 보자 알 수 없는 섭섭함과 묘한 분노가 가슴속에 들어와 앉았다. 그건 형에 대한 감정일 수도 있었고, 아버지와 어머니에 대한 서운함일 수도 있었다.

아버지 요셉이 마지막 숨을 거두던 때를 생각하면 야고보는 가슴이 너무 답답하고 무겁다. 그건 아버지와 형을 생각할 때마다 잊을 수 없는 아픔으로 가시처럼 마음속에 박혀 있다. 끝없이 손을 허우적거리며 무언가 잡으려고 애쓰던 아버지의 마른 손이 슬펐다. 가쁜 숨을 몰아쉬며 괴로워하다 조금 숨이 진정될 때면 아버지는 어김없이 예수를 찾았다. 집 떠난 형을 그렇게 찾는 아버지가 밉고 불쌍했다.

"예수 왔나?"

"기별했어요!"

힘없는 눈으로 천장을 바라보던 아버지는 얼마 지나지 않아 다시 물었다.

"올 때 됐지?"

"예. 곧 들어올 거예요."

아버지는 마지막 숨결을 붙들고 예수를 기다렸다. 요셉이 운명하기 이틀 전쯤 예수가 집에 돌아왔다. 그제야 나타난 예수를 보면서 동네 사람 모두 고개를 꼬며 입을 비죽거리고 수군거렸음이 틀림없었다. 아무리 밭 한 뙈기도 없다지만 맏아들이 집을 떠나 외지로 나가 아버지 임종도 놓칠 뻔했다고 두고두고 입줄에 오르고도 남을 일이었다. 각자 자기네 집에 살지만 시골 마을에서는 모두 담 없고 벽 없는 집에 사는 것이나 마찬가지였다. 모든 일을 모든 사람이 알았다.

예수를 기다리던 아버지는 다른 식구들은 다 나가고 예수만 남으라고 손짓했다. 얼마 후 야고보가 슬쩍 들여다보니 힘겹게 숨을 몰아쉬면서 아버지는 형에게 무언가를 당부하고 있었다. 가슴이 오르락내리락하도록 거친 숨을 몰아쉬며 아버지는 힘겹게 무슨 말인지 이어갔다.

예수는 앙상한 요셉의 손을 잡고 아무 말 없이 그렇게 오래오래 그림자처럼 앉아 있었다.

한참 후 식구들이 모두 다시 방 안에 들었을 때 형은 한 손으로 아버지의 머리를 짚고 다른 한 손은 아버지의 손을 잡고 앉아 있었다. 아버지 숨결은 한결 고르고 얼굴은 무척 평화롭고 조용해 보였다. 아버지의 당부를 형이 받아들였고, 그래서 아버지가 편안해진 듯 보였다.

아버지는 이제 떠날 준비를 마친 사람처럼 정말 얼굴이 편안했다. 온 식구가 그렇게 아버지 곁에 모여 앉아 있었다. 무슨 일이 일어날지 안다는 듯, 어린 동생들도 연신 눈물을 닦으며 훌쩍였다. 아버지가 야고보를 불렀다.

"야고보!"

그르렁그르렁 가래 긴 소리로 야고보를 부르며 손을 잡았다. 굳은 살이 딱딱하게 박인 아버지 손이 그렇게 슬프고 마음 아플 수 없었다. 그 손으로 돌을 쪼고 나무를 켜고, 이제는 힘없이 말라붙은 두 다리로 돌아다니며 자식들을 먹여 살린 아버지였다.

"얘야, 내 아들아! 고맙다!"

그 얘기를 듣자 뜨거운 눈물이 주체할 수 없이 흘러내렸다. 누구라도 큰 소리로 울면 안 된다고, 편안하게 보내드리자고 어머니가 미리 단단히 일러두었기 때문에 그는 그저 어깨를 들먹이며 눈물을 흘릴 수밖에 없었다.

"동생들 네가 잘 돌보아 주어라. 특히 어린 여동생들 많이 아끼고 사랑해라. 여자로 사는 일은 참 슬프단다."

무슨 뜻으로 그렇게 말하는지 알 수는 없었지만 그 말이 가슴 깊이

344

받아들여졌다.

"얘야, 내 아들 야고보야. 네 어머니 마리아, 마음 아프게 하지 말아라!"

그 말이 아버지가 야고보에게 남긴 유언이었다. 야고보 등 뒤에 예수가 조용히 서 있었다. 두 손을 앞으로 가지런히 모으고 아버지를 내려다보는 형의 모습을 느낄 수 있었다

그렇게 하루가 지난 다음 날 아침, 어머니가 야고보를 불렀다.

"얘야, 들어와 봐라."

방 안에 들어가니 참으로 고약한 냄새가 진동했다. 처음 맡아보는 냄새였다. 그 냄새 때문에 무언가 뱉어내려고 야고보 배 속이 꾸물꾸물 움직이기 시작했다.

"얘야, 아버지 아랫도리를 좀 들어다오."

"예?"

"이거 치워야 하겠다."

더 묻지 않고 아버지의 다리와 허리를 약간 들어 올렸다. 그 순간 더 짙은 냄새가 고약하게 풍겨 올라왔다. 아버지가 아래에 걸쳤던 허연 옷에 검고 질척한 똥을 쌌다. 냄새는 그 똥에서 났다.

"배내똥이다."

무슨 소린지 알 수 없지만 야고보는 묵묵히 어머니를 거들었다. 어머니는 물 항아리에서 물을 흠뻑 따라 천에 적신 다음 아버지 아랫도리를 꼼꼼하게 닦았다. 한 번도 본 적이 없는 아버지 아랫도리를 보았다. 아버지 배와 엉덩이와 다리는 검고 누리끼리했다. 살이 뼈에 붙어 있지 않고 힘없이 그냥 제각각 다리와 엉덩이에 걸쳐 있는 듯 보였다.

"배내똥을 싸게 되면 이제 마지막이 된 거다. 태어나면서 배내똥을 싸고 마지막에도 배내똥을 싼다."

언뜻 아버지 얼굴을 바라보니 건조하고 뻑뻑하던 눈에서 눈물이 흘러 귀를 적셨다. 야고보는 얼른 한 손으로 그 흘러내리는 눈물을 닦았다. 아버지와 눈이 마주쳤다. 아무 소리도 들리지 않지만 달싹이는 입모양으로 보아 고맙다고 말하는 듯했다.

그다음 날 아버지는 숨을 거두었다. 점점 싸늘하게 식어가는 아버지 손발을 붙잡고 주무르면서 식구들 모두, 그리고 지치고 지친 마리아는 남편 요셉을 떠나보냈다. 예수는 아버지의 손을 잡고 조용히 눈을 감고 앉아 있었다.

아버지는 남은 자식들에게 아무런 축복을 남겨 주지 않았다. 아버지 요셉다웠다. 그는 모든 일에 감사했지만 어찌해 달라고 하느님께 무릎 꿇고 기도하는 모습을 한 번도 보인 적이 없었다.

아버지의 장례를 치르고, 아버지가 누워 있던 그 자리가 너무나 허전하게 느껴지던 그날 밤, 말없이 벽에 기대어 한숨만 쉬고 있던 어머니에게 형은 참 야속한 말을 했다. 어머니는 나이 어린 여동생들의 어깨를 껴안고 마치 정신 나간 사람처럼 그렇게 앉아 있었다. 예수를 끔찍이 따르는 막내 요한나는 그 경황에도 오랜만에 집에 돌아온 오빠 곁에 앉아 보려고 눈치를 보고 있었다.

"내일 아침에 저는 다시 떠납니다."

"예수야, 또 떠난다고?"

어머니는 깜짝 놀랐다. 듣고 있던 야고보가 불쑥 대들었다.

"형! 나는 형이 생각하는 일이 무엇인지, 옳은지 그른지 판단할 수는 없어. 그런데 한 가지는 분명하게 말할 수 있어. 형은 맏아들이 해야 할 일을 하지 않았어!"

야고보가 모처럼 마음속에 담고 있던 말을 마구 쏟아 놓는데 예수는 그저 담담했다. 할 말이 없을 만큼 미안하다는 표정도 아니고, 할 말을 참는 표정도 아니고 그냥 덤덤하게 앉아 있었다. 동생이라고 아예 무시한다는 생각이 들어 야고보는 점점 목소리를 높였고 그러다 보니 격해지고 커졌다.

"형은, 형은 그러면 정말 안 돼!"

어머니는 연신 눈짓으로 야고보를 말렸다. 어찌 생각하면 그런 어머니가 더 야속했다. 그러면 안 된다고, 동생들을 생각해 보라고 형을 붙잡고 나서야 할 사람은 정작 어머니였기 때문이었다. 그건 정말 알 수 없는 일이었다. 아버지나 어머니가 형에게는 늘 그렇게 한없이 관대한 이유를 야고보는 알 수 없었다. 형에게는 싫은 소리 한 번, 안 된다는 말을 한 번도 하지 않았던 아버지 어머니였다.

겨우 아버지 장례를 치르자마자 다시 떠나겠다고 나서니 정말 형이 밉고 답답하고 한심했다. 생각할수록 야속했다. 또 집을 나간다니, 큰아들이, 가족을 떠나 집을 나가다니, 있을 수 없는 일이었다. 처음 형이 집을 나갔을 때도 동네사람 모두 고개를 저었다. 입 있는 사람들은 모두 큰아들이 그러면 안 된다고 혀를 찼다. 몹쓸 사람이라는 듯 몸을 털어내는 시늉을 하는 사람도 있었다. 집 떠난 형 대신 야고보는 열심히 집안을 돌보며 살았다. 언덕을 올라올 때 몇 번씩 멈춰 서서 숨을 헐떡이는 아버지를 부축하며 살았다. 그런데 형은 겨우 아버지 장례를 치르자마자 또 떠나겠다니 ….

야고보는 무어라 막 소리치고 싶었다. 그래야 속이 풀릴 것 같았다. 그런 야고보 마음을 아는지 모르는지, 그가 한 말을 들었는지 말았는지, 혼잣말인 듯 어머니에게 하는 말인 듯 예수는 다시 말을 이었다.

"예, 길을 걷다가 돌아설 수는 없습니다."

어머니가 나섰다. 야고보가 하고 싶었던 말을 대신하고 나섰다.

"예수야, 이 동생들은?"

"제가 힘닿는 대로, 돈을 버는 대로 얼마라도 보내 드릴게요."

"집에 있으면서, 네 동생 야고보랑 함께 아버지 하시던 일 하면 안 되겠니?"

"그럴 수 없습니다."

"그러면?"

"어머니, 제가 가는 길, 그 길은 아직 다른 사람이 갈 수 있는 길이 아닙니다. 그러나 곧 모든 사람이 그 길을 걸을 수 있게 될 것입니다."

"그런데 도대체 너는 지금 어디에 있는 거냐?"

예수가 채 대답하기 전에 야고보가 먼저 불쑥 말했다.

"갈릴리 호숫가를 더듬고 있겠지 뭐 … ."

동생의 얼굴을 말없이 바라보더니 예수가 한참 만에 입을 열었다.

"하늘 아버지를 찾고 있습니다."

"하늘 아버지?"

"모르셨습니까? 제가 그리해야 한다는 것을?"

"그래도 지금 이 형편에 … ."

마리아는 더 말을 잇지 못하고 입을 다물었다. 어머니의 눈짓에 뒤로 물러났던 야고보는 오가는 이야기를 듣다가 다시 울컥 속에서부터 부아가 치밀어 올랐다.

예수는 변한 것이 하나도 없었다. 여전히 자기 생각만 하며 살았다. 맏아들이 해야 하는 일, 아버지를 잃은 동생들, 남편을 떠나보내고 홀로 된 어머니에 대한 생각은 조금도 없었다. 그렇게 하면서까지 찾는 길이 무엇이란 말인가? 도대체 왜 예수는 자기가 그런 일을 해야 할 사람으로 생각한단 말인가?

무어라 큰 소리가 나올 눈치가 보였는지 어머니가 다시 야고보에게 눈짓을 보냈다. 그 눈짓은 도저히 거역할 수 없는 간절한 부탁이었다. 큰아들과 작은아들의 얼굴을 번갈아 바라보면서 진정시키려는 어머니가 너무 안쓰러웠다. 할 수 없이 야고보는 입을 닫았다. 아버지 요셉이 운명하기 겨우 이틀 전에 집에 돌아왔던 예수는 장례를 치른 다음 날 다시 집을 떠났다.

"하늘 아버지 … ."

그때는 예수가 세례자 요한을 만나기 훨씬 이전, 갈릴리 호수에서 어부 노릇을 할 때였다. 그렇게 집을 다시 떠난 예수는 그 후로는 1년에 몇 번씩은 나사렛 집에 다녀갔다. 집에 올 때면 식량 팔 돈도 가져오고 식구들에게 나눠 줄 선물을 골고루 사 들고 왔다. 그러나 몇 년전 안식일 아침에 나사렛 마을 회당과 마을 사람들로부터 쫓겨난 이후 형은 한 번도 마을에 돌아오지 못했다.

야고보는 그 후 조금씩 깨달았다. 형에게 무슨 일이 일어나고 있는지 느낄 수 있었다. 형이 걸어가는 길이 보였다. 그건 참으로 생각하기에도 두려운 길이었다. 형이 예루살렘 길에 올랐다는 소식을 듣자

마자 허둥대는 어머니를 보면서, 예감은 야고보에게도 점점 현실이 되어 눈앞으로 다가왔다.

여리고 여인숙에 누워 억지로 잠을 청해 본다. 어머니는 밤마다 악몽에 시달리며 형을 부른다. 입을 굳게 다물고 먼 하늘을 바라보던 형의 모습이 떠오른다. 아마 그때 형의 가슴속에는 차가운 겨울비가 철철 내리고 있었음이 틀림없다. 형이 걸어갔을 그 길을 비틀거리는 어머니를 부축하며 뒤따라 걸으면서 야고보는 형이 바라본 하늘에 대해 조금씩 눈이 열렸다. 아버지와 형 사이에 무슨 얘기가 오고 갔을지 조금씩 알 수 있게 됐다.

✠

히스기야가 따져보니 성전 지하감옥에서 위수대 감방으로 끌려온 지 벌써 만 하루가 다 됐다. 지난밤에 로마군 병사 3명이 그 방에 찾아왔던 것을 빼면 하루 종일 그저 내팽개친 것이나 마찬가지였다.

지난밤에 그를 찾아왔던 로마군 병사 세 사람을 생각하니 절로 웃음이 나왔다. 영악하고 거친 성전 경비대 병사보다 뜻밖으로 훨씬 더 부드러웠다. 로마군 병사들은 우선 히스기야 머리에 덮어씌워 놓았던 자루를 벗기고 입에 채웠던 헝겊 뭉치도 빼주었다. 그리고 조그만 의자에 억지로 끌어다 앉혔다. 그들이 하는 꼴을 보니 히스기야를 심문하겠다는 것 같았다. 그중 한 사람이 어느 정도 대화는 할 수 있을 만큼 유대 말을 했다.

조금 있다가 병사가 하얀 밀가루 빵 몇 조각, 잘게 찢은 말린 육포

대여섯 조각, 올리브 절인 것, 무화과 말린 것, 그리고 무언지 모를 거무스레한 덩어리를 조그만 나무 광주리에 담아왔다. 물도 한 자루 가져왔다.

히스기야는 오랜만에 비교적 편안한 자세로 빵과 고기를 먹었다. 무화과와 올리브도 먹었지만 거무스레한 것은 도저히 무엇인지 알 수 없었다. 킁킁 냄새를 맡아보니 의외로 고소한 냄새가 났고, 혓바닥을 대보니 달콤하면서도 끈끈했다. 오랜만에 단 것이라 한입에 넣었는데 끈적끈적 온통 이빨에 달라붙었다. 맛은 좋았다.

그리고 오랜만에 정말 편안한 자세로 바닥에 몸을 뉘였다. 족쇄 때문에 다리를 맘대로 벌릴 수는 없었지만 두 손은 자유로워서 팔베개를 베고 잠을 청했다.

얼마나 잤는지, 깨어 보니 아마 거의 하루 종일 잠에 곯아 떨어졌던 것 같았다. 그렇게 먹을 것을 가져다주고 나간 병사들은 아직 다시 오지 않았다. 내일 저녁에 온다면서 나갔는데 아직 모습을 드러내지 않은 것으로 보아 아마 아직 만 하루가 지난 것은 아닌 것 같았다. 히스기야는 이런 때 더 자 두자고 마음먹고 다시 잠에 빠졌다.

"야! 벤 유다, 히스기야! 일어나라!"

그를 부르던 소리가 점점 크게 들리더니 옆구리가 아팠다.

"대장님 오셨다!"

눈을 떠 보니 어린애처럼 말하던 로마군 병사가 내려다보고 서 있다. 꽤 많은 사람들의 얼굴도 보였다. 평소 같으면 문밖 1백 걸음 안쪽으로 누가 접근하면 대번에 깨어 일어났을 것이다. 그러나 감옥에 갇힌 몸이 무어 그럴 필요가 있나 생각하며 모두 다 내려놓고 풀어놓고 꺼놓은 채 깊이 잠들었던 모양이다.

"대장님 오셨다니까! 인사해라!"

그가 다시 옆구리를 툭툭 찼다. 하필 성전 경비대가 채워 놓은 기구 쇠꼬챙이에 찔리고 또 찔렸던 부위를 그가 발로 찼다. 이미 상처가 깊은지 그 자리에서 시작한 통증이 온몸으로 퍼져 나갔다.

히스기야가 일어나 앉자 병사 한 사람이 그의 얼굴을 대장에게 확인시키려는 듯 들고 있던 횃불을 들이댔다. 뜨거운 기운과 함께 역한 횃불냄새가 훅 코로 들어왔다. 눈을 찌푸리자 다른 사람이 무어라 지시하는 목소리가 들리고 병사는 횃불을 들고 물러났다. 다른 병사가 히스기야를 문 쪽으로 돌려 앉혔다. 그러느라 발에 채운 족쇄가 바닥에 긁히는 소리, 드르륵 쇠사슬 끌리는 소리가 났다.

이제 정신이 로마군 위수대 감옥으로 돌아와 자리를 잡았다.

고개를 들어 보니 다부지게 생긴 로마군 장교가 버티고 서 있었다. 붉은 술이 옆으로 흘러내린 투구를 옆구리에 낀 것으로 보아 꽤 높은 장교 같았다. 무릎 조금 위까지 내려온 붉은 색 겉옷에 가슴에는 잘 닦아 번들거리는 가죽갑옷을 입었다. 나이는 35살에서 40살쯤. 제법 여러 개 구리장식을 둘러 박은 가죽팔찌가 멋지게 어울렸다. 적당히 벌리고 선 튼튼한 두 발을 보니 정말 보통 다부진 사람이 아니었다. 일렁이는 불빛에 그의 수염이 검게도 보이고 붉게도 보였다.

히스기야가 대장이라는 장교에게 눈으로 인사했다. 따지고 보면 모든 로마군이 아버지의 원수였지만, 그를 만나러 일부러 감옥까지 찾아온 대장에게 눈부터 부라릴 필요는 없다고 생각했다.

"너 도적 소굴이 어디냐?"

"왜?"

"소굴이 갈릴리에 있나? 유대에 있나? 산속에 있나, 굴속에 있나?"

통역하는 병사가 어린애처럼 우습게 얘기한다고 우습게 대할 일이 아니라는 생각이 들었다. 히스기야는 대답하지 않고 그들의 뜻을 살피려고 잠시 생각했다.

'왜 나를 예루살렘 성전 경비대 관할 지하감옥에서 로마군 위수대 감옥으로 이송했을까? 왜 먹을 것을 달라고 했을 때 순순히 가져다주고, 게다가 하루 종일 푹 쉬도록 대우했을까? 성전 경비대가 내 등에 채워 놓았던 기구를 왜 풀어줬을까? 왜 대장이라는 장교가 밤중에 감옥까지 찾아와 하얀리본의 소굴을 물을까?'

대장이라는 장교는 분명 로마군 예루살렘 위수대장으로 보였다. 그렇다면 사실상 평상시 예루살렘을 통제하는 로마군 최고 책임자다. 성전도 그의 말을 따라야 할 만큼 강력한 권위를 가졌다는 사람이다.

'위수대장으로 하얀리본의 거사계획을 묻는다면 당연한 일인데, 왜 하얀리본 두목에게 소굴을 물어? 무슨 이유로? 소굴에 재물을 쌓아 놓았을 것으로 믿고 그걸 몰래 차지하려는 계획인가?'

언뜻 그런 생각이 들었다.

'그럴 수도 … . 성전 경비대가 나를 이자에게 넘겼으니 … 그럼 이제부터는 이자가 내 목숨을 쥐고 있는 셈인가?'

"히스기야 벤 유다! 나 묻는 말에 빨리빨리 대답하라! 너무 생각 많이 한다!"

'흠! 소굴이 유대에 있다고 하면 금방 들통날 테고, 갈릴리라고 대

답하면 안티파스나 부하에게 물어서 확인할 테고 ⋯ .'

"말 못 한다! 안 한다! 그건 더 묻지 마라!"

"그 얘기하면 잘해 줄 수 있다. 고통 적게 죽을 수 있다."

생각했던 대로 그는 협상을 걸어온 것이다. 하얀리본의 소굴을 알려주면 그들이 할 수 있는 범위에서 재량을 발휘하겠다는 제안인 것처럼 생각됐다. 그건 하얀리본의 봉기에 대한 대비책은 완전히 세워 놓았다는 의미였다. 거사계획은 모두 파악해서 대비도 철저하게 해놓았고, 하얀리본의 반응을 떠 보기 위해 성전 주랑건물 위에도 끌어올려 봤고, 이왕 처형할 히스기야를 이용하여 은밀하게 재물을 찾아내자는 생각이라고 믿었다. 그런 계획이라면 로마총독이나 성전의 대제사장 선에서 나온 생각이 아니고, 성전 경비대장과 로마군 위수대장의 선에서 꾸며낸 계획임이 분명했다.

전날 주랑건물 위에서 성전 뜰을 내려다봤을 때, 비록 바라바를 보지는 못했지만 은밀하게 잠입한 몇 사람의 동지를 눈으로 확인할 수 있었다. 더구나 유다와 시몬이 예수를 따라 성전 뜰에 들어온 것도 보았다. 바라바가 지휘하지 않거나 하얀리본 지도부가 모두 무너졌다면 동지들이 성전 뜰에 들어올 이유가 없었다. 그것으로 미뤄 보아 하얀리본 지도부는 모두 무사하다고 생각했다. 정상적으로 지도부가 기능하기 때문에 동지들이 성전 뜰에 들어왔고, 그날 계획했던 거사를 중지했을 것이었다. 로마군과 성전 경비대나 하얀리본이나 모두 서로 상대의 능력과 수를 빤히 파악하면서 조금씩 눈에 띄지 않을 만큼 움직이고 있음이 틀림없었다.

히스기야는 곧 결정했다. 위수대장이 내민 협상의 손을 밀쳐낼 이유가 없다. 얘기를 나누고 협상을 끌고 가다 보면 뜻하지 않은 기회를 잡을 수도 있고, 그들이 하얀리본의 거사에 어떻게 대비하고 있는지, 그리고 최소한 하얀리본이 현재 어떤 상황에 처해 있는지 파악할 수 있으리라 믿었다.

위수대장의 말대로라면, 히스기야에 대한 처리 권한을 그가 가졌다는 뜻이다.

"나는 내가 죽는 방법 걱정 안 한다. 나는 마음먹으면 지금이라도 이대로 여기 앉아 죽을 수 있다. 그런 방법을 나는 배웠다. 그런데, 왜 하얀리본의 근거지를 알고 싶어 하느냐?"

"그럼, 근거지가 어디냐?"

"멀다!"

"먼 산속에서 또 더 산속, 굴속에 있다."

"얼마나 걸리나? 말을 타고 가면?"

"산속이라 말을 타고 못 간다. 걸어야 한다."

"뭐? 그럼 훔친 물건을 어떻게 먼 산속 굴에 감추었나? 짊어지고 갔나? 나 그거 안 믿는다."

"훔친 것 아니다. 백성들에게서 빼앗아간 재물을 다시 찾은 거다. 그래서 우리가 다시 찾아간다는 표시도 남겨 놓았다. 하얀 리본을!"

말이 좀 어려웠는지 그 병사는 한참을 끙끙대며 대장에게 설명했다. 병사가 통역을 채 끝내기도 전에 대장이 다시 물었다. 이미 그는 일부의 통역만 듣고도 무슨 뜻인지 알아들은 것처럼 보였다.

"훔친 거, 빼앗은 거, 다시 찾은 거 어디에 감추었나? 근거지에, 소굴에 감추었나, 아니면 수레에 싣고 갈 수 있는 곳에 숨겼나?"

"모두 다 나눠 주었다, 빼앗겼던 사람들에게. 그리고 나눠 주는 표시도 남겨 두었다. 하얀 리본으로 표시했다."

"그건 나도 들었는데, 그래도 너 어디 감추어 두었을 거다. 거기 어디냐?"

"멀다! 예루살렘에서 가고 오고 열흘은 걸린다. 그리고 안 알려주겠다."

"안 알려주면 나 너를 고문한다. 너 우리 고문 견디지 못하고 바로 죽는다. 빨리 대답하라!"

"하룻밤 시간을 다오. 그리고 하얀리본 내 부하 한 사람을 여기 불러와라! 그래야 내가 협력할지 말지 부하와 상의할 수 있다."

"시간은 하룻밤 주겠다. 그러나 너, 너 결정해라. 부하 불러오는 거나 허락 안 한다."

"그럼 그만두어라. 나는 좀더 자겠다. 잘 가라!"

그는 일부러 눈을 꾹 감고 픽 옆으로 쓰러졌다. 대장이 화가 나서 뭐라고 소리를 지르고, 통역하던 병사가 히스기야의 옆구리를 사정없이 걷어찼다. 또 아픈 그 자리였다. 어리숙하고 말은 아기처럼 해도 그자는 그런 면에서는 아주 경험이 많은 듯 가장 아픈 부위를 한두 번 더 걷어찼다. 그래도 히스기야는 눈을 뜨거나 비명을 지르지 않았다. 그것이 작은 고문이라고 생각했다. 그리고 일부러 코 고는 소리까지 냈다.

"허허!"

대장이라는 자가 웃었다. 히스기야가 일부러 코 고는 소리를 내자 어이가 없는 모양이다.

"하룻밤 시간 준다. 아침에 온다. 그때까지 생각해라."

356

그러더니 그들은 물러갔다. 문을 나가다가 대장이 무어라고 하자 병사가 다시 그에게 다가왔다.

"너 부하, 누구냐? 누구를 불러 오냐? 부하 어떻게 만나냐?"

"내일 아침 성전 이방인의 뜰에 나가서, 예수 선생을 몰래 따라 들어온 유다를 찾아 데려와라."

"유다라고만 하면 …. 유대에 유다 많다."

"예수를 따라 들어온 유다. 그 사람을 찾아 데려와라."

"너 부하 데려올지 나 오늘 밤에 생각해 보고 결정한다. 너, 너 생각할 것 해라."

그리고 그는 나갔다. 감옥 문을 또 철커덕 잠갔다. 깊은 어둠과 깊은 정적이 다시 찾아왔다.

말이란 참 이상했다. 위수대장이 하는 말은, 비록 그 내용은 못 알아들어도 그의 억양이나 말의 속도로 말에 실려 있는 감정을 고스란히 느낄 수 있었다.

'이제 다시 위수대장이 찾아오면 그의 눈을 보고 대화하리라. 앉은 채로 올려다보고 말하지 않고, 나도 마주 서서 얼굴을 맞대고 대화하리라.'

소리 외에 말하는 사람의 표정이나 몸짓이나 눈동자를 굴리는 행동이나 시선을 보면 그가 얼마나 진지한지, 하는 말과 달리 무엇을 원하는지 알 수 있다. 말과 표정, 시선, 몸짓이 다르면 말보다 그런 몸의 표현을 더 믿어야 한다. 그건 예수를 지켜보면서 그도 터득한 일이었다. 예수는 사람들의 마음을 잘 읽었다.

"예수! 어찌 사람의 마음을 그리 잘 알아채나? 나는 놀랐다."

"아버지가 늘 말씀하셨어. 입으로 하는 말과 몸으로 하는 말을 다 잘 들으라고."

"몸으로 하는 말?"

"그래! 눈으로 입으로 표정으로 몸짓으로 행동으로 … . 그건 눈으로 듣는 일이지."

"듣는 건 귀로 들어야지."

"귀는 소리를 듣지만 눈도 듣는다. 뭐 좀 이상한 말처럼 들린다면 내용을 본다고 말할 수 있을까?"

"눈으로 소리를 듣는다 … , 눈으로 듣는다."

"그럼!"

하기야 예수는 모든 것을 한 번에 쓱 훑어보고 아는 사람이었다. 있는 자리와 있던 자리와 있어야 할 자리를 아는 사람이었다. 그건 모든 것을 허투루 보아 넘기지 않기 때문이었다. 그는 아침 새소리와 저녁 새소리를 분간했다. 끄덕끄덕 언덕길을 오르던 나귀 숨소리를 듣고 슬그머니 그 등에 실렸던 연장통 하나를 끌러 내려 자기 어깨에 멜 줄 아는 사람이었다. 아침에 일 나올 때 히스기야가 굶고 나왔으면 그가 어김없이 알아챘다. 그런 날이면 그날 저녁에 예수의 어머니가 보리든 밀이든 얼마 들고 내려와 어머니 손에 쥐여 주고 올라갔다.

예수 생각을 하니 그가 무척 보고 싶다. 그가 잔잔하게 하는 말을 듣고 싶다. 그의 깊고 부드러운 눈을 들여다보고 싶다. 그는 분명 얘기해 줄 것이다. 마치 어린 시절처럼 친근한 말씨로, 그가 자신에게 조곤조곤 말을 거는 듯 느껴졌다.

"히스기야! 네 잘못이 아니야! 너무 스스로 괴로워하지 않아도 돼!

불에 타 무너지는 집을 보면서 울부짖는 움막마을 사람들, 그들 앞에서 마음이 움직이지 않는 사람이라면 그건 너무 불쌍하고 슬픈 사람이야. 동지들 걱정에 마음이 눈으로만 쏠린 일은 비난받을 일이 아니고 오히려 바로 너다운 일을 했던 거야. 걱정하지 마! 그건 누구라도 그럴 수밖에 없어. 나라도 그랬을 거야!"

예수는 누구를 비난하기보다 끌어안고 위로해 주는 사람이다. 그의 눈을 들여다보면 그를 찌르려고 높이 들었던 칼도 내려놓을 수밖에 없을 것이다. 그를 속이는 사람은 스스로 부끄러워해야 할 사람이다. 그는 사람의 마음을 읽고도 속아 주는 사람이기 때문이다.

'예수! 우리 한 번 더 보자!'

'그럴 거야, 히스기야! 나는 너를 잊은 적이 없어 … .'

'나도 그래!'

마음이 많이 풀렸다. 이상하게도 예수를 생각하거나 마음으로 대화를 하게 되면 그가 슬그머니 마음속에 들어와 위로하는 것을 느꼈다. 아픈 마음에 기름을 붓고 싸매 주고 쓰다듬어 주는 것 같았다.

자리에 벌렁 누웠다. 등을 파고들어 오는 차가운 기운이야 몸속 더 깊은 곳으로 들어오지 못하도록 밀어낼 수 있다. 이투레아 눈 덮인 산속, 바위 위에서 사흘이나 수련한 적도 있었다. 추위와 몸속으로 스며들어온 찬 기운을 그가 버텨낸 것이 아니고 이겨낸 것이었다. 바위를 덮었던 얼음이 녹아내린 것을 보면서 현인마저 고개를 저었다.

'이투레아에 하얀리본의 소굴이 있다고 해야겠군. 현인이 있는 곳과 너무 가까운 곳이면 오히려 현인에게 번거로운 일이 될 테니, 북동쪽 다섯 골짜기 너머, 그래 거기에 굴이 있지. 거기가 좋겠군.'

금붙이 은붙이는 고사하고 밀 한 톨, 보리 한 톨도 위수대장에게 넘겨줄 것이 남아 있지 않다. 그러나 그의 입이 딱 벌어지고 가슴이 벌렁거리며 두근거릴 만큼 큰 재물이 숨겨져 있는 것처럼 말하리라고 마음먹었다.

이런저런 생각을 하다 보니 눈꺼풀이 무거워졌다. 아무것도 보이지 않는 어둠 속에서 잠을 잘 때도 왜 눈을 감아야 하는지 알 수 없는 일이다. 눈을 감는 것은 문을 닫고 침상에 눕는 것과 마찬가지인 모양이다. 눈만 감으면 떠나온 나사렛 언덕마을이 나타나고, 이투레아 눈 덮인 산속, 부드럽기도 하고 무섭기도 했던 현인과 히스기야를 받아주었던 동료들도 생각나고, 늘 가슴 두근거리는 마리아의 모습도 떠오른다. 그래서 눈 감고 잠에 드는 것은 언제나 가장 기분 좋은 일이다.

✚

그날 저녁 늦은 시간, 알렉산더는 총독궁에 머무르고 있는 아레니우스의 처소를 찾아갔다. 전날처럼 3, 4백 걸음쯤 거리를 두고 누군가가 여전히 뒤를 밟고 있었다. 총독 아니면 성전의 야손 제사장, 두 사람 중 한 사람이 미행자를 붙여 그를 감시하고 있음이 분명했다. 총독이 붙인 미행자라면 아레니우스의 처소까지 뒤따를 것이고, 성전에서 붙인 사람이라면 총독궁 앞까지만 따라오고 안으로는 못 들어오리라 생각했다. 그는 부하 두 사람을 거느리고 눈치 못 챈 척 일부러 휘적휘적 걸었다. 총독궁 안으로 들어와 잠시 뒤를 살펴보니 평복을 입은 사람이 정문을 통과해 그를 멀찌감치 따라 들어왔다.

"알렉산더 공! 이렇게 찾아 주셔서 고맙습니다."

"아레니우스 공! 저도 한번 뵙고 싶었습니다. 그래, 예루살렘은 좀 둘러보셨는지요?"

그는 일부러 천천히 인사말을 건넸다. 아무리 끈기 있는 사람이라도 문밖에서 엿듣는 모든 얘기를 다 기억할 수는 없는 법이다. 총독과 분봉왕 사이에 문제가 생겼을 때를 대비해서 책잡힐 얘기는 일부러 피하기로 마음먹었다. 두 사람의 만남을 총독이 감시하고 있다는 사실을 모르는 아레니우스는 편안하게 말을 받았다.

"예, 여기 왕궁은 다 둘러보았고, 성전에는 아직 못 올라갔습니다. 총독 각하 말씀으로는 유월절 시작하는 저녁이 좋겠다고 하셔서요."

"총독 각하께서는 정말 생각이 깊으시군요. 그 말씀대로 하시지요. 성전에서 드리는 제사 중에는 유월절 저녁제사가 제일 볼 만합니다. 이왕 그렇게 말씀하셨다면 가까이에서 잘 구경할 수 있도록 총독 각하께서 아마 모든 것을 잘 준비해 주실 겁니다."

"예! 그렇지 않아도 성전 측에 잘 말씀해 두시겠다고 하셨습니다. 그리고, 갈릴리 분봉왕 저하도 예루살렘에 올라오셨다고 들었습니다만…."

분봉왕에 대한 질문에는 일부러 대답하지 않고 알렉산더는 얘기를 딴 방향으로 이끌었다.

"왕궁 보시고, 성전 둘러보시면 사실 예루살렘에는 로마에서 오신 공이 흥미를 느끼실 만한 장소는 별로 없습니다. 혹 시간이 되시면 가보실 만한 곳으로, 동쪽으로 하루 한나절 거리쯤 떨어진 곳에 '얌 하멜라흐'라고 부르는 소금호수가 있습니다. 그곳이 꽤 흥미로운데…."

"소금호수라고 말씀하셨습니까? 호수가 소금이라는 말씀인지요?"

소금호수. 물이 너무 짜서 물고기도 못 살고 물풀도 살지 못한다고 해서 사람들이 '죽음의 바다', '죽음의 호수'라고 부르는 곳이다. 바닷물보다 10배는 더 짜다는 소문이 있다.

"그런데, 분봉왕 저하께서는 … ."

알렉산더는 아레니우스의 말을 못 들은 체 다시 말머리를 돌렸다.

"예전에 헤롯대왕께서 그 호수에 휴양시설을 만들었고, 지금도 그 시설이 남아 있습니다. 그리고 옛날에 이집트의 왕들이 죽으면 부패하지 않도록 시신을 보관하는 풍습이 있었다지 않습니까? 미라를 만든다고 … . 그때 얌 하멜라흐에서 나오는 진흙과 소금을 사용했다고 하던데, 더 자세한 것은 제가 모르겠습니다."

"분봉왕 저하께서는 언제까지 예루살렘에 계실 예정입니까?"

"아하! 생각났습니다. 시신을 70일 동안 탄산수에 담가 두었다고 합니다. 그때 쓰는 건가? 아니면 포장할 때 쓰든지 … ."

그제야 아레니우스는 알렉산더가 일부러 얘기 방향을 돌리고 있다는 것을 눈치챘다. 그는 눈으로 물었다. 알렉산더가 그렇다고 눈짓으로 신호를 보내자 그도 알아듣고 고개를 끄덕이더니 알렉산더의 얘기를 이어받아 물었다.

"예전에 로마군대가 이집트를 정벌할 때 그런 얘기를 들었다는 기록이 있습니다. 그런데, 그 소금을 사람이 먹을 수 있습니까?"

"예, 먹습니다. 갈릴리 호수에서 잡은 생선을 절이는 소금이 바로 그 소금입니다."

"아! 생각났습니다. 공이 갈릴리 호수에서 나오는 물고기를 전부 관장하신다고 총독 각하께서 말씀하셨습니다. 로마에서 먹는 유대 생선, 햇볕에 말렸거나 소금에 절였거나, 모두 공이 로마로 보내주시는 거라고. 생선으로 만든 양념, '가룸'이라고 부르는 그 양념은 제가 아주 좋아합니다. 그것도 공이 갈릴리에서 만들었군요."

그렇게 두 사람은 별로 중요할 것도 없는 얘기를 한동안 이어갔다. 누가 들어도 그저 평범하지만 조금씩 뜻을 실은 말을 주고받았다.

"저도 어릴 적에 로마에서 살았습니다."

"그러셨군요. 어쩐지 공이 로마 말을 하실 때 꼭 로마 귀족, 황실에서 사용하는 것처럼 아주 고상하고 품격이 있는 말을 사용하셔서 놀랐습니다. 그때 황실과도 교유가 있었습니까?"

"예, 좀…. 저는 로마를 생각하면 마치 제 고향 같은 생각이 듭니다. 로마도 좋아하고, 황제 폐하도 존경하고, 원로원 의원님들도 많이 그립습니다. 원로원 의원님들이 유대에서 온 젊은이, 보잘것없는 이 알렉산더를 아주 잘 대해 주셨거든요. 그래서 그런지 분봉왕 저하나 저는 뼛속으로부터 황제 폐하께 충성하며 삽니다. 몸은 갈릴리에서 살지만 마음은 로마 사람입니다. 로마 시민권도 가지고 있습니다."

그런 알렉산더를 지그시 지켜보던 아레니우스가 입을 열었다.

"알렉산더 공! 제가 혹 도울 일이 있는지요? 어쩐지 공을 도울 수 있는 일도 있고, 제가 공에게 도움받을 일도 있을 것 같은 생각이 듭니다. 허허! 이런 생각은 처음입니다."

그 말을 듣고 잠시 무언가를 생각하던 알렉산더가 목소리를 낮추고 물었다.

"카프리섬 구경은 하셨는지요? 아주 천하에 둘도 없을 만큼 아름다운 곳이라는 말을 들었습니다."

주의하느라고, 카프리섬이란 말을 입에 올릴 때 알렉산더는 목소리로 아주 낮추어 물었다. 그건 티베리우스 황제의 근황을 묻는 질문이다. 황제는 로마에는 나오지 않고 카프리섬에 들어가 은퇴한 사람처럼 지내고 있었기 때문이다.

"예! 저번에 구경하려고 유대로 떠나오기 전에 거기 계신 분을 뵈었는데 혹 갈릴리 분을 만날 일이 있거든 잘 지내는지 살펴보라고 하셨습니다. 그저 살펴보라고."

알렉산더는 비록 분봉왕 안티파스의 신하가 되어 갈릴리에 살고 있지만, 로마에서 일어나는 모든 일과 나도는 모든 소문을 다 듣고 있었다. 그와 그가 섬기는 분봉왕 안티파스의 안위와 미래가 로마 정치에 달려 있기 때문이다.

"아레니우스 공을 총독 각하의 군영에서 뵙게 되었을 때, 처음 뵙는 분이지만 '친구로 사귀고 싶은 분이구나' 생각했습니다."

그로서는 아레니우스 같은 사람과 친분을 맺는 일이야말로 더없이 중요한 일이다. 친구가 아닌 모든 사람은 적으로 간주해야 살아남을 수 있는 세상이기 때문이다.

"알렉산더 공처럼 경험 많고 세상 이치에 밝으신 분을 친구로 모신다면 저야 더 말할 수 없을 만큼 영광입니다. 저는 이제 37살입니다. 그저 두루 구경하려고 나온 사람이니 특별히 더 말씀드릴 것은 없습니다. 이 정도로 양해해 주십시오. 앞으로 공이 잘 지도해 주십시오. 언제 기회가 되면 갈릴리도 한번 구경해 보고 싶습니다."

"지도라니요? 로마에서 오신 귀한 분인데 … ."

"허허허!"

그들은 서로 흐뭇한 듯 한바탕 웃었다. 그러면서 두 사람은 서로 만나 상의하고 싶었던 일을 얘기할 기회를 노렸다. 그때 아레니우스가 무슨 생각인지 벌떡 자리에서 일어나 문을 열고 밖으로 나갔다.

"어! 자네 누군가?"

아레니우스가 큰 목소리로 누군가에게 묻는 소리가 들렸다.

"마침 이 앞을 지나가고 있었습니다."

"자네, 어디 소속이야? 내가 총독 각하께 직접 경비를 좀 강화하여 주십사 말씀드려야겠네. 누가 감히 내 거처 문 앞을 어슬렁거려?"

"아닙니다. 저는 일 다 보고 막 지나가는 중입니다."

문밖에서 귀를 기울이고 있던 미행자는 갑작스럽게 아레니우스를 만나자 당황한 듯 어물어물하면서 재빨리 사라졌다.

아레니우스는 문을 닫고 들어오며 빙그레 웃었다. 알렉산더는 미소를 지으며 고개를 끄덕였다. 생각했던 대로 아레니우스 그는 보통 사람이 아니었다. 그저 예루살렘 유월절 구경을 하러 온 사람이 아니라는 것을 알 수 있었다. 자리에 앉자마자 아레니우스가 먼저 입을 열었다.

"제가 공을 뵙자고 한 것은…. 어떻게 들으실까 염려는 됩니다만, 달리 생각 마시고 공의 의견을 말씀해 주시면 고맙겠습니다."

"그러겠습니다."

"제가 듣기로 이번 유월절에 예루살렘 성전에서 소란을 피우려고 몰려드는 무리가 모두 분봉왕 저하가 다스리는 갈릴리 사람들이라고 들었습니다."

"예, 맞습니다."

"무슨 특별한 이유가 있는지요? 아무래도 저는 그들이 모두 분봉왕 저하와 공이 경영하시는 갈릴리 지방 사람들이라는 점이 마음에 걸립니다."

"예! 보시기에 따라서는 그럴 수도 있습니다."

그렇게 말하면서 알렉산더는 이 만남이 무척 중요한 일이라는 것을 새삼 깨달았다. 아레니우스가 물은 질문이야말로 로마가 물을 질문이다. 로마는 분봉왕에게도 그렇게 묻고, 유대총독 빌라도에게도 그렇게 묻고, 예루살렘 성전에게도 똑같은 질문을 던질 것이다. 그들의 눈에는 분봉왕의 갈릴리를 잘못 다스려 그런 소란이 일어난 것으로 보일 것이다.

알렉산더는 어떻게 대답해야 할지 잠시 망설였다. 그럴 경우에는 결론을 가급적 뒤로 미루고 상황을 분석하면서 차근차근 목표를 찾아가는 것이 유리하고 덜 위험하다는 것을 그는 경험으로 안다. 결론부터 불쑥 던져 놓으면, 때로 그런 결론에 이르는 설명이 궁색해질 수 있다. 특히 어떤 명백한 사건이나 사실에 대한 진술이라면 몰라도, 원인에 대한 해석이 보는 입장에 따라 달라질 수 있는 경우에는 더욱 그러했다.

"아까 제가 공에게 갈릴리 지방에 있는 호수에 대해 잠시 말씀드렸습니다."

"예, 호수에서 잡은 물고기를 소금에 절이고 햇볕에 말리고 양념 만들고, 그런 일이었지요. 소금호수에서 나오는 소금을 쓴다고. 그리고 그런 모든 일을 분봉왕 저하의 명을 받들어 공이 관리하신다고 말씀하셨지요."

"맞습니다. 그런데 한 15년 그 일을 경영하다 보니 참 이상한 것을 알게 됐습니다."

"그렇습니까?"

"예, 원래 고깃배를 가진 사람들에게 그물을 내리든 낚시를 하든, 고기를 잡는 구역을 정해 줍니다. 그리고 그 구역 안에서 잡은 고기 중 얼마는 황제 폐하께 바치는 세금으로, 얼마는 왕궁에 바치는 세금으로, 그리고 남는 물고기 중에 얼마는 어부들이 먹거나 팔고, 나머지는 공장에 넘겨서 절이고 말리고 기름을 짭니다. 공장에 넘긴 물고기는 값을 쳐서 돈으로 어부에게 주기도 하고, 아니면 어부들이 그렇게 가공한 고기나 양념을 사서 자기들이 필요한 대로 쓰기도 합니다."

"그거 쉬운 일이 아니겠습니다."

"예! 사람 품도 많이 들어가고, 때로는 물고기를 걷거나 사들이는 사람과 어부들 사이에 옥신각신하는 일도 많습니다."

"그렇겠습니다."

"그런데, 옥신각신하는 일 중에서 참 이상한 것이, 똑같은 사람들이 똑같은 배를 타고 똑같은 구역에 가서 그물질을 했는데, 매일 싣고 들어오는 물고기가 다르다고 합니다. 큰 놈 작은 놈, 이런 고기 저런 고기, 때로는 밤새 그물질 하고도 빈손으로 들어오는 수도 있고."

"왜 그런가요?"

"그래서 저도 그게 궁금해서 그런 일을 관리하는 사람을 닦달했습니다. 아주 심하게 꾸짖으며 말했지요.

'이 사람아! 왜 이렇게 날마다 달라져? 조금 많고 적고, 조금 크고 작으면 몰라도 고기가 이렇게 매일매일 다르면 어떻게 해? 일정해야

되는 것 아냐?'

그랬더니 그 사람이 아주 싱겁게 대답했습니다.

'물고기가 가만히 안 있고 돌아다녀서 그렇습니다. 그건 어쩔 수 없습니다.'

그 얘기를 듣고 나니 저는 더 할 말이 없었습니다."

"예? 아니 알렉산더 공, 그건 ···. 허허허! 으허허, 으허허!"

그러더니 아레니우스는 웃기 시작했다. 처음에는 웃으면서도 좀 체면을 차리더니 나중에는 눈물까지 찔끔거리면서 웃었다. 알렉산더도 싱그레 웃다가 실실 웃다가 소리 내어 웃었다. 혼자 웃다가, 웃고 있는 상대방 얼굴을 보고 웃다가, 고개를 돌리고 입을 다물면서 참으려고 애쓰다가 다시 웃음을 터뜨리기 여러 번이었다. 그런데 웃는다고 생각까지 못하는 것은 아니다. 아레니우스는 알렉산더가 하려는 말을 다 알아들었다.

그리고 알렉산더는 차근차근 설명하기 시작했다. 아레니우스에게는 농담처럼 눙쳐서 될 일이 아니라는 것을 알기 때문이다. 어떤 임무를 띠고 왔든 그는 로마에 정식으로 보고해야 할 사람이라는 것을 알렉산더는 이미 파악했다.

"세상일 중에는 그저 자연스럽게 받아들여야 할 일도 있고, 꼭 그렇게 될 수밖에 없는 일도 있다고 저는 생각합니다. 저는 그걸 우연과 필연이라는 말로 생각합니다. 우리 유대인들은 그 우연과 필연의 뒤에 야훼 하느님의 섭리가 있다고 믿는 사람들입니다. 필연은 어떤 일이 발생하고 그 일이 발전하여 다른 일과 관련되고 결과에 이르는 피할 수 없는 과정과 그 원리겠지요. 그런데, 우연은 정말 누구도 예상하지 못한 시간과 장소에서 처음 탁 일어나는 일이라고 부를 수 있겠습니다."

"예, 그런 일이 있지요."

"우연히 어떤 일이 벌어지면 그 다음에는 누가 미리 잘 계획해 놓기라도 한 것처럼 필연적인 일들이 차례로 벌어집니다. 들판이 있는데, 그 들판에 수북하게 자랐던 풀들이 뜨거운 사막 바람에 바짝 말랐는데, 일부러 그랬든 실수로 그랬든 누가 불씨를 떨어뜨린다면 곧 불이 일어나고 들판 전체를 다 태워야 꺼질 것입니다."

"그렇지요."

"지금 이 땅이 그렇습니다. 무엇이 먼저이고 어떤 일이 나중인지 알 수 없을 만큼 서로 뒤엉켜 있습니다. 다만 한 가지 확실한 것은, 어떤 계기만 있으면 들불, 산불이 걷잡을 수 없이 번질 만한 형국이라는 것입니다. 누가 잘했다 잘못했다 따져보기 전에 엄중한 현실을 인정하고 대책을 세워야 합니다. 그런데, 공께서 굳이 그 원인을 알고 싶어 하신다면 이 나라 역사에서 찾아야 할 것 같습니다. 원래 유대 지방 사람들은 예루살렘 성전을 섬기고 남왕국 유다를 다스리던 다윗 왕조에 충성하며 살았습니다. 그런데 북왕국 이스라엘을 이룬 사마리아 지방과 갈릴리 지방은 달랐습니다."

"예, 총독 각하로부터 유대와 사마리아에서 어떻게 유월절을 지내는지, 어떻게 성전 제사를 드리는지, 토라라는 가르침을 서로 어떤 경전에 따라서 지키며 사는지, 그 얘기를 들었습니다."

"그러셨군요. 그럼 아시겠습니다만 갈릴리 지방과 유대 지방 사이에는 지난 1천 년 동안에는 서로를 연결하는 커다란 공통의 맥이 없었다고 보시면 됩니다. 갈릴리 지방과 유대 지방을 연결하는 안전한 도로가 없다는 것이 중요한 증거입니다. 지형적으로 남과 북을 연결하는 도로를 건설하기 어려운 제약도 있었습니다."

"저는 유대의 지리는 잘 모릅니다만, 갈릴리에서 총독궁이 있는 카이사레아를 바닷가로 죽 따라 내려오는 길은 없습니까? 그 길이 가장 편할 것 같은데요."

"없습니다. 아래갈릴리와 사마리아의 산간지방 사이에 펼쳐진 이즈르엘 들판에서 남서쪽으로 뻗어 있는 골짜기를 따라 내려가야 바닷가 카이사레아에 이릅니다. 바닷가에서는 남쪽으로 쭉 해안가 길을 타고 내려가다가 욥바 부근에서 동쪽으로 길을 잡고 골짜기를 따라 올라가야 유대 예루살렘에 닿습니다. 그러나 그 길은 멀기도 하고, 또 유대 산지를 서쪽 해안가에서부터 올라가야 하기 때문에 갈릴리 사람들은 결코 그 길을 택하지 않습니다."

"그렇더군요. 이번에 카이사레아에서 총독 각하와 예루살렘에 들어올 때 그 길을 따라 이동해 온 것 같습니다."

그러면서 아레니우스는 속으로 궁금했다.

'왜지? 왜 자꾸 갈릴리에서 유대에 이르는 길이 험하고 멀다는 뜻으로 얘기하지? 호수 속에 물고기가 자유롭게 여기저기 돌아다닌다더니···. 그건 또 무슨 얘기인가?'

알렉산더는 아레니우스의 마음을 정확하게 짚으며 말을 덧붙였다.

"제가 왜 이렇게 지형을 설명해 드리는 이유는, 서로 왕래하는 것이 어려웠던 만큼이나 갈릴리와 유대의 역사가 다르다는 것을 말씀드리기 위해서입니다. 분봉왕 저하가 다스리는 갈릴리 지방과 총독 각하가 통치하는 유대 지방은 지난 1천 년 동안 정치적으로 완전히 별개의 나라였습니다. 그나마 서로 왕래한 지 이제 겨우 150년도 안 됐습니다."

"예, 그 얘기도 총독 각하에게서 들었습니다."

그 순간 알렉산더는 속으로 아차 하는 생각이 들었다. 총독이 유대와 사마리아, 갈릴리의 역사를 이미 아레니우스에게 얘기했다면 무슨 뜻으로 그랬는지 미루어 알 수 있기 때문이다. 그는 갈릴리 지방만 따로 떼어서 분봉왕이 다스리는 현실이, 이스라엘 전체를 아우르며 통치해야 하는 로마의 정책에 적합하지 않다고 말했을 것이 분명했다. 그렇다면 이스라엘 전체를 한 덩어리로 얘기하기보다는, 유대와 갈릴리의 다른 점, 두 지방이 서로 적대감을 가지고 대립한다는 점을 좀더 앞세워서 설명하는 것이 좋겠다고 알렉산더는 판단했다.

"그런데, 총독 각하의 위임을 받아 유대를 통치하는 예루살렘 성전이, 정치적으로 다른 나라인 갈릴리 지방에 사람을 내려 보내 성전세, 십일조, 성전 제사용 제물을 어김없이 걷어갑니다. 그뿐만 아니라 이스라엘 사람은 모두 성전을 섬겨야 한다고 주장합니다. 그리고 토라에 정해졌다면서 1년에 3번, 명절 때마다 예루살렘 성전에 올라와 제사드려야 한다고 강요합니다."

"조금 억지스러운 면이 있군요."

"예! 공이 정말 잘 보셨습니다. 작은아들이 큰아들 섬기듯, 신하가 왕을 섬기듯, 갈릴리 지방이 유대 지방을 섬기고 특별히 도성 예루살렘에게 복종해야 한다고 말합니다. 공도 아시겠습니다만, 어느 지방이 다른 지방을 섬긴다는 말은 사실상 섬김을 받는 지방으로 재물이 흘러간다는 의미입니다. 비록 두 지방이 모두 황제 폐하의 영토입니다만 ⋯."

"아레니우스 공이 하시고 싶은 말씀은 '갈릴리는 엄연히 분봉왕 저하가 통치하는 지역이지, 유대에 매여 있는 종속 지역이 아니다!' 이거로군요. 이제 제가 좀 알 것 같습니다. '역사적으로는 오래전에 남북 왕국으로 분리되어 서로 대립하며 살았고, 지리적으로도 왕래가 불편한 갈릴리 지역으로부터 예루살렘 성전과 유대가 성전세나 십일조 명목으로 수탈해 간다. 그래서 갈릴리 사람들의 불만이 점점 커졌는데, 유대나 성전에서는 오히려 갈릴리 사람들에게 유대와 성전을 섬기도록 강요한다' 이런 말씀 같은데요?"

"예, 잘 보셨습니다. 그중에 한 가지 더 말씀드리자면 한 호수에 살아가는 물고기처럼 …."

"예! 그 말씀도 알겠습니다. '갈릴리 지방 사람들이 교통이 불편함에도 불구하고 유대, 예루살렘에 드나드는 것은 늘 있는 일이다' 그런 말씀이지요?"

알렉산더가 빙빙 돌리며 하고 싶었던 얘기를 아레니우스가 정확하게 짚어 냈다.

"공이 정말 우리 유대와 갈릴리 두 지방의 문제를 잘 파악하셨습니다. 그런데, 따지고 보면 분봉왕 저하나 저나 원래 뿌리는 유대 사람입니다. 갈릴리 지방 출신이 아닙니다. 그런데, 분봉왕과 그 신하로서 갈릴리 지방을 다스리다 보니 그 주민들의 어려움과 불만을 이해하게 되었습니다. 이번 유월절에 갈릴리 출신의 무리들이 도성에 올라와 소란을 피울 때 그 점을 눈여겨보셔야 할 겁니다. 갈릴리 문제라면 그자들이 굳이 먼 길 올라오지 않고 갈릴리의 왕도王都 티베리아스에 모여 시끄럽게 굴 것입니다. 그런데, 문제의 근원이 바로 여기 예루살렘에 있다고 생각하기 때문에 여기로 몰려오는 것이 아니겠습니까?"

"그렇군요. 그 지방을 다스리는 분봉왕 저하의 마음을 알 것 같습니다. 주민들이 유대 지방과 예루살렘에 가진 반감 때문에 얼마나 저하나 공의 고충이 클지 알 것 같습니다."

"그리고, 빌라도 총독 각하가 유대와 사마리아, 이스라엘의 역사와 상황을 잘 파악하고 있더라는 공의 말씀을 듣고 보니 제가 한결 마음이 놓입니다. 더 이상 유대인들과 불필요한 마찰과 충돌이 없겠구나 싶어 안심이 됩니다."

역시 알렉산더는 노련한 사람이다. 아레니우스와의 면담을 통하여 갈릴리에서 시작된 불온한 움직임의 원인을 유대 쪽으로 떠넘겼다. 게다가 마지막으로 슬쩍 덧붙인 말로 빌라도 총독을 은근하게 한 번 흔들어 놓았다.

알렉산더의 얘기를 들으면서 모두 다 동감하는 것처럼 고개도 끄덕이고 그가 하고 싶은 말을 짚어 내며 얘기를 이끌었지만, 아레니우스 나름대로 짐작하는 점이 있다. 예루살렘 입성 전날 밤 위수대장이 총독에게 보고했던 말을 그는 기억했다. 갈릴리 분봉왕의 세금이 과도하게 무거웠고, 짧은 기간 안에 왕궁을 둘이나 지으면서 갈릴리 경제를 어렵게 했다는 점이었다. 아레니우스는 속으로 상황을 정리했다.

'음! 보고할 내용은 이 정도면 되겠군. 내가 갈릴리에서 나온다는 수산물에 좀 손을 댈 실마리를 마련한 셈이군. 서로 주고, 또 받고 …. 좋은 일이지.'

두 사람은 서로 기대를 키울 수 있을 만큼 적당히 정보를 주고받았다. 다만 아레니우스의 진정한 신분이 무엇인지, 무슨 목적으로 유대에 건너왔는지, 아직 그 부분은 알렉산더도 알 수 없었다. 그 점은 알렉산더뿐만 아니라 예루살렘까지 동행한 총독 빌라도에게도 마찬가지였다.

✠

마티아스는 가야바와 단둘이 얘기할 시간을 잡느라고 여러 번 대제사장 방을 드나들었지만 늘 누군가가 그 방에 있어 좀처럼 기회를 잡지 못했다. 그러다가, 저녁제사를 드리고 난 다음 집으로 돌아가기 전에 잠시 틈이 생겼다.

"아버지! 중요한 얘기라서 … ."

"집에 들어가서 얘기하지?"

"먼저 말씀을 드리는 것이 좋을 것 같아서 … ."

"그래? 알았다. 무슨 일인데 그러냐?"

마티아스는 문밖을 내다보며 별도로 지시할 때까지 누구도 대제사장 방에 들이지 말라고 경비병에게 단단히 일러두었다. 그러고서도 못 미더워 안에서 문을 잠갔다. 이전에 안 하던 짓까지 하며 조심스러워 하는 아들의 모습을 가야바는 물끄러미 바라보았다.

"아버지! 제가 아까 잠깐 위수대장을 만났습니다."

"위수대장? 여기 요새에 있는 대장?"

"예. 중요한 얘기를 하자고 해서 잠깐 만났습니다."

마티아스는 그날 낮에 있었던 일을 가야바에게 보고했다. 다른 때와 달리 위수대로 그를 부르지도 않았고, 더구나 위수대장 혼자 성전과 위수대를 연결하는 비밀 지하통로에서 만나자고 연락이 왔을 때부터 그는 이상한 예감을 느꼈다. 보통 위수대장은 성전에서 정보를 담당하는 야손 제사장이나 성전 경비대장을 통해서 의견을 전달하지, 그를 직접 만나는 일은 없었다. 제사장 반열에 있는 사람이라지만 마티아스는 현직 대제사장의 아들이고 성전 관리와 재물 운영을 도맡고 있어서 실질적으로는 성전에서 2인자쯤 되는 사람이기 때문이다.

처음 위수대장을 만나러 약속장소로 걸어 내려가면서 그는 이번 유월절 명절 끝에 총독에게 보내줄 선물 얘기를 하려는 줄로 알았다. 그러나 그것도 곧 이상하다는 생각이 들었다. 총독에게 바치는 선물이든 뇌물이든, 모두 은밀하게 총독과 직접 교섭하여 바치는 것이 관행이어서 위수대장이 끼어들 일이 아니었다.

'그럼? 대제사장과 제사장들이 명절에 입을 예복 얘기인가?'

'야손이 아버지나 성전에 관해 무슨 비밀스러운 일을 꼬아 바쳤나?'

그는 이런저런 생각을 하며 위수대장을 만나러 갔다. 그런데, 위수대장의 말이 전혀 뜻밖이었다. 대제사장과의 비밀회동을 주선해 달라는 얘기였다. 누가 만나자고 하는지 말해줄 수 없고, 왜 만나는지도 말할 수 없고, 그저 대제사장 가야바를 만나겠다는 사람이 있다는 말만 되풀이 했다. 그것도 남의 눈에 띄지 않도록 비밀리에.

마티아스의 보고를 다 듣지도 않고 가야바는 대뜸 고개를 흔들었다.

"내가, 예루살렘 성전 대제사장 가야바가 누군지 모르는 상대를 만나? 허허! 그럴 수는 없지 … . 유대총독이라고 하더라도 서로 절차를 밟아 만나는데 … ."

"저도 처음에는 그렇게 대답했습니다. 그랬더니 좀 이상한 말을 해서요. 이 만남은 절대로 빌라도 총독 모르게, 은밀하게 추진하는 일이랍니다. 그리고 어떤 경우라도 이 일은 끝까지 비밀을 지켜야 한다는 조건입니다."

"그런 조건으로, 누군지 모르는 사람이 예루살렘 성전 대제사장을 만나겠다고? 나는 안 만나겠다!"

말은 그렇게 하면서 가야바도 속으로는 이리저리 생각을 굴렸다. 말을 듣고 보니 무언가 심상치 않은 일이 분명했다. 더구나 총독도 모르도록 은밀하게 만나야 한다는 말에 불길한 생각이 들었다. 마치 어둠 속에 커다란 함정이 입을 벌리고 있는 듯 기분이 좋지 않았다.

그런데, 마티아스가 바짝 다가서며 목소리까지 낮추고 말을 이었다. 가야바는 아들의 눈이 이상하게 번들거리는 것을 보았다.

"아버지, 위수대장이 은근하게 덧붙인 말이 중요하게 들렸습니다. 그 사람이 말하길, '어쩌면 대제사장 가야바 각하의 일생에서 가장 중요한 만남일 수도 있다'고 하더라고요. 그러면서 자기 생각으로는 절대로 아버지에게 해가 될 일 같지는 않답니다."

"야야! 내가 총독 눈에 안 띄게 누굴 만날 수 있다고? 입성한 첫날 저녁부터 총독이 웬만한 사람들 집은 다 감시하고 있다며? 게다가, 생각해 봐라. 내가 빌라도 총독 모르게 누구를 만나 무슨 얘기를 나눴다는 사실을 나중에 총독이 알게 되면, 그 다음에 무슨 일이 벌어질지 뻔하지 않으냐?"

마티아스도 그 점이 염려스럽기는 했다. 대제사장 자리는 로마의 유대총독이 마음먹기에 따라 언제든지 교체할 수 있는 자리다. 형식적으로는 예루살렘 대산헤드린이 성전 대제사장을 뽑는다지만, 그들은

376

한 번도 왕이나 총독이 지명하는 대제사장을 거부한 적이 없었다. 말하자면 대제사장 자리는 철저하게 총독의 신임에 의지한 자리였다. 또한 가지, 총독이 도성에 들어온 첫날 밤부터 예루살렘의 모든 유지들과 관리들은 철저하게 감시당하는 형편이다. 그런 상황에서 임면권자인 빌라도 총독의 눈을 피해 대제사장은 단 한 발자국도 문밖으로 나갈 수 없었다. 그럴 수도 없을뿐더러 그러면 안 되었다.

"제가 이리저리 생각해봤는데, 위수대장이 좀 흔들리는 것 같았습니다. 처음부터 그 사람은 총독의 가장 충직한 부하였지 않습니까? 그런 사람이, 총독 몰래 다른 사람과 만남을 주선한다? 그러면, 만나자는 그 사람은 총독에 버금가는 위치에 있는 사람 아닐까 생각이 들고요."

"유대에 그런 사람이 누가 있어?"

"제 생각에는 유대인이 아니고 로마 사람 같습니다. 로마에서 온 사람이 아니라면 왜 위수대장이 나섰겠습니까? 그것도 총독 몰래?"

"그건 그렇겠구나. 그런데, 그런 로마 사람이 지금 예루살렘 성안에 들어와 있다고? 그럼 왜 야손 제사장이 아무 보고도 안 했지?"

"위수대장이 야손 제사장에게 얘기 안 한 것 같습니다. 위수대장과 야손 제사장 사이를 생각해 보면, 야손에게도 말하지 않을 만큼 정말 중요한 일 같습니다."

그들 부자는 대제사장 방문을 걸어 잠가 놓고 한참 이리저리 상황을 분석했다. 돌다리도 두드려 보고 건너야 할 만큼 엄중하고 위험한 시기였다. 게다가 총독이 아직 대제사장 예복을 내주지 않은 상황이다. 자칫 잘못되면 크게는 대제사장 자리가 위태로워질 수도 있고 작게는 총독의 노여움을 사서 유월절에 입어야 할 예복을 내려 받지 못하는 일이 벌어질 수도 있다. 아무리 중요한 사람이 어떤 중요한 문제로 만나자고 하더라도 대제사장 자리가 위태롭거나 명절제사에 영향을 미칠 위험한 일은 하지 않겠다고 가야바는 마음먹었다.

"명절 이후로 만남을 미루는 것도 방법이긴 합니다. 그런데, 위수대장이 저렇게 은밀하게 나서며 서두르는 것을 보면 총독도 관련된 일이 아닌가, 그런 생각이 듭니다."

"대제사장과 총독 두 사람에게 모두 상관이 있는 일이다?"

"위수대장 말로, 지시를 받은 지 이미 며칠 됐답니다. 그동안 혼자 이리저리 방법을 생각하다가 오늘에야 저에게 얘기한다면서 이 밤 안으로 가부간 답을 달라고 합니다."

"무슨 일을 그리 급하게 … ."

"지시를 그렇게 받았답니다."

"지시라고?"

"예, 분명 지시라고 말했습니다."

가야바는 마티아스를 좀더 가까이 불렀다. 방 안에는 그들 두 사람밖에 없는데도 그는 대단히 조심스럽게 속삭이듯 말했다.

"이건 잘못하면 큰일 날 일 같다. 총독하고 먼저 상의해 보자."

"절대 총독에게는 비밀로 해야 한다고 그가 몇 번씩 얘기했습니다."

"그래서 상의해 보자는 얘기야. 총독은 군대를 끌고 도성에 들어왔다. 그런데 다른 때와 달리 포고령을 내렸고, 게다가 어느 쪽 군대이든 총독의 허락 없이 총독 관할영지로 들어오면 황제에 대한 반란으로 간주한다는 내용을 포고령에 포함시켰다. 그 '어느 쪽 군대'라는 말이 무엇이겠느냐? 이상하지 않으냐? 분봉왕 안티파스의 군대 얘기가 아니라 총독을 반대하는 로마 쪽 다른 군대 얘기일 수도 있어! 우리가 알지 못하는 어떤 일이 벌어지고 있음에 틀림없다. 조심해야 한다."

"그럼 위수대장에게는 뭐라고, 어떻게?"

"혹 연락이 오면 아직 나에게 얘기 못 했다고 해라. 그리고 조심해라! 누가 적이고 누가 친구인지 알 수 없을 만큼 얽히고설킨 일 같다. 잠깐, 잠깐! 네가 저번 총독 군영에서 로마 사람을 만났다고 했지?"

마티아스는 총독의 군영에서 총독 옆에 앉아 있던 아레니우스의 얼굴을 떠올렸다. 일렁이는 불빛을 받은 그의 모습에서 왠지 모르게 범상치 않은 기운을 느꼈었다.

"예, 그런데…. 그 사람이면 왜 총독 모르게?"

"그거야 모르지. 그러면 네가 만나 봐라. 너에게 내가 전권을 위임할 테니."

"그렇게 해도 될까요? 아버지를 만나자고 은밀히 연락이 왔는데…. 요청이 아니고 명령 같은데요."

"괜찮아! 나한테 명령을 내릴 수 있는 사람은 총독 한 사람이고. 내 말대로 그렇게 말하고 밀어붙여! 내가 직접 움직이기는 너무 위험해!"

"예, 그럼 그렇게 연락하겠습니다. 아버지 먼저 들어가세요. 오늘 밤에도 사람들이 집으로 모여들 시간이 다 돼갑니다. 저는 위수대장 만나고 뒤따라가겠습니다. 이따가 다시 조용히 보고드리겠습니다."

마티아스는 위수대와 통하는 비밀통로에 들어가기 위해 성전 지하로 내려갔다.

그날 밤에도 늘 모이던 사람들이 대제사장 가야바의 집에 모여 유월절 명절 준비를 점검했다. 명절 준비야 해마다 절기마다 늘 하던 일이니 담당 제사장 위주로 처리하자는 건의에 따라 그런 일들을 모두 제사장들에게 위임하면서도, 가야바는 마티아스가 전체를 통합하고 조정하도록 지시했다.

"자, 그럼 이제부터 몇 가지 중요한 일을 집중해서 상의합시다. 아시는 분은 아시겠지만 어제오늘, 일이 생각보다 심상치 않고, 도성 안에 긴장이 점점 높아지고 있다는 보고를 내가 받았소. 게다가 총독 각하의 움직임도 이번에는 예사롭지 않아 보이는 데다 갈릴리에서 올라왔다는 무리들을 저대로 하루라도 더 놔두면 자칫 큰일을 저지를 것 같소."

가야바가 다른 대제사장 가문과 제사장들을 둘러보며 입을 열었다. 그러자, 아니나 다를까 바이투스 가문의 시몬 칸데라스가 약간 불만 섞인 목소리로 말을 받고 나섰다.

"어제 모였을 때는 대제사장 각하께서 담당 제사장들과 잘 상의해서 적절하게 처리하겠다고 말씀하셨는데, 오늘은 특별히 우리와 함께 상의하실 일이 있는지요?"

그의 어조는 까칠했다. 전날에는 대제사장의 명령이니 어쩌니 하면서 전권을 행사하겠다는 의사를 표시하더니, 큰일이 벌어질 위험이 있다면서 상의하자고 나서는 것을 보면서 불편한 생각이 들었기 때문이다. 다른 가문이나 제사장들에게 책임을 공동으로 지자는 말이라고 그는 느꼈다.

"칸데라스 제사장님, 뭐 다른 뜻이 있어서 대제사장 각하께서 그리 말씀하시는 것은 아니라고 봅니다. 다만 … ."

웬일로 야손 제사장이 스스로 먼저 대제사장의 말을 옹호하고 나섰다. 야손이 나서면 칸데라스는 으레 한발 물러난다.

"다만? 그래 상황이 어떻다는 겁니까? 야손 제사장!"

야손은 이왕 자기가 나섰으니 설명하는 일도 맡겨 달라는 듯 가야바를 쳐다보았다. 가야바는 몸을 뒤로 젖히며 야손에게 고개를 끄덕였다. 바이투스 가문을 견제하는 데는 성전에서 정보를 총괄하는 야손만 한 사람이 없다.

"갈릴리에서 몰려온 도적떼 하얀리본은 그 두목을 잡아 가두었기 때문에 크게 염려하지 않아도 될 만큼 기세가 많이 수그러들었습니다. 그리고 위수대의 요청에 따라 그자의 신병을 이미 로마군에게 인계했습니다."

"그건 왜 그랬습니까? 왜 로마군이 그자를 넘겨받겠다고 합니까?"

"칸데라스 제사장님, 로마 위수대의 속셈이야 제가 잘 모르겠고, 명절기간 치안에 대한 일차 책임기관이 위수대라서 그쪽의 요청을 따랐을 뿐입니다. 미루어 짐작하기로는 로마법에 따라 처형하는 것으로 결정한 듯합니다."

"그리고?"

그렇게 묻고 나서는 칸데라스 또한 만만한 사람이 아니다. 다음 대제사장 자리를 노리는 사람이니 그 나름 위엄과 기를 세울 필요가 있기 때문이다. 더구나 여러 사람이 그가 대제사장과 어찌 맞서는지 늘 주목하고 있어서 그로서도 쉽게 물러날 처지가 아니다.

"예! 갈릴리 예수 도당의 문제가 조금 더 심각하게 변했습니다. 낮에 요하난 벤 자카이 선생이 성전 뜰까지 일부러 찾아 올라와 오랜 시간 예수 그자와 얘기를 나누고 내려갔습니다."

이미 그 얘기는 도성 안에서 알 만한 사람은 모두 알 만큼 두루 소문이 퍼졌고, 대제사장의 저택을 찾아오기 전에 그들도 자세한 내용을 파악했다. 그러나 마치 처음 듣는 얘기라는 듯 방 안은 곧 웅성거리는 소리로 가득했다. 알고서도 모르는 척, 모르면서도 아는 척, 그들은 이런 경우 어떻게 처신해야 자기들의 명예를 지키고, 책임에서 벗어날지 잘 알았다.

그 자리에 성전 경비대장이 참석하지 않았기 때문에 늘 그랬듯 야손이 나서서 설명했다.

"사실, 낮에 성전 뜰에서 예수를 체포할 계획이었습니다. 하루하루 지나면 긴장이 더 높아지고 대제사장 각하께서 염려하셨듯 뜻하지 않은 불상사가 일어날 위험이 커지기 때문입니다. 그런데, 예루살렘 주민들이 자발적으로 나서서 처리하려던 일이 원활하지 않았고, 성전 경비대를 투입하려던 순간에 뜻밖에 요하난 선생님이 성전에 올라와 예수 그자를 찾았습니다. 그래서 손쓰는 일을 다음 날로 미뤘습니다."

그랬다. 요하난이 예수를 만난 그 무렵 성전 경비대에서는 예수와 제자들을 덮치려고 준비하고 있었다.

"왜 하필 요하난 선생이?"

"예수 그자와 도대체 바리새파 선생이 무슨 할 말이 있단 말입니까?"

그 일로 방 안에 모인 사람들이 여러 말이 나올 낌새가 보였다. 가야바가 얼른 나서서 분위기를 바로잡았다.

"다음 날로 미룬 것은 잘 판단한 일이오. 더구나 요하난 선생까지 개입된 형편이었으니 …. 허, 참!"

　그의 말투가 묘했다. 요하난이란 이름 높은 선생을 대제사장이 직접 거론하며 비난하는 일은 정치적으로 아주 민감한 일이다. 가야바처럼 노회한 사람이 그런 점을 모를 리 없다. 요하난이 한 일은 바리새파 선생들과 사전에 상의가 없었던 듯, 바리새파를 대표한 산헤드린에서 의원 몇 사람이 그 자리에 참석했지만 모두 입을 다물고 있었다.

　가야바는 요하난에 대해 그 정도만 언급하고 입을 다물었다. 대제사장 집에서 있었던 일은 날이 새기 전에 윗구역 모든 사람에게 퍼진다. 요하난 선생의 체면을 생각해서 성전이 갈릴리의 예수를 체포하려던 계획을 미뤘다는 소문이 난다면 가야바로서는 결코 손해 볼 일이 아니다. 더 이상 요하난과 관련하여 이러쿵저러쿵 말을 이어가는 것은 삼가는 것이 좋겠다고 생각했는지 모두 다른 말 없이 서로 눈치만 보았다.

　"자! 그 일은 이왕 그리 됐고 …. 그럼 미뤄둔 그 일을 다음 날 처리하면 어떻겠소, 야손 제사장?"

　"예, 각하! 그러지 않아도 하루만 미루려고 했는데, 위수대 쪽에서 조금 더 두고 보자고 합니다."

　"왜? 언제는 독촉하는 눈치더니?"

　"그러게 말입니다."

　야손은 마치 남 말하는 것처럼 느릿느릿 대답했다. 야손의 태도로 보아 총독궁이나 로마군에게 무슨 사정이 있는 모양이라고 가야바는 미뤄 짐작했다. 사실이었다. 야손은 그날 낮에 위수대장으로부터 남몰래 통보를 받았다. 카이사레아에 잔류하고 있던 부대가 다음날 도성에 도착한다는 귀띔과 함께, 절대로 사전에 발설하지 말라고 단단히 주의를 받았다. 예수를 체포해서 위수대에 넘기는 일과 새로 투입되는 로마군의 배치 및 개편이 서로 뒤엉키지 않도록 날짜를 조정하려는 것이 분명했다.

"어차피 총독 각하께서 처결하실 일이니 야손 제사장과 성전 경비대장은 그쪽과 잘 상의해서 처리하시오."

그러자 제사장 한 사람이 나서서 야손에게 물었다.

"야손 제사장! 내가 듣기로는 그자가 올리브산 너머 베다니 마을 여인숙에 묵으면서 도성을 들락거린다고 하던데…. 왜 밤에 경비병력을 보내 체포해 오지 않고 시일을 끄는지요? 그러다가 눈치를 채고 달아나기라도 하면 어쩌려고?"

"그런 생각도 안 해본 것은 아닙니다만, 좀 꺼려지는 일이 있습니다. 그자들도 우리 경비대의 움직임을 지켜보고 있을 것이고, 하얀리본이라는 도적 떼도 도성 주위에 몰려와 몸을 숨기고 있습니다. 여러 가지 상황을 고려한 결과 그자가 성전 뜰에 들어와 있을 때 잡아들이는 것이 가장 안전하다고 판단했습니다. 더구나 위수대 쪽의 의견도 그러하고…. 그리고 그자와 그 무리의 움직임은 이미 모두 속속들이 파악하고 있습니다."

그 말을 듣고 있던 다른 사람이 입을 열었다.

"그자를 잡아들여 산헤드린 재판에 넘긴다는 계획은 좀 다시 생각할 일이라고 봅니다. 제 생각으로는 우리가 그자를 체포하더라도 성전에서 끌어안고 있는 것은 지극히 위험한 일이니 즉시 위수대로 넘기는 것이 좋겠습니다. 생각해 보십시오, 그자가 제멋대로 대산헤드린에서 떠들어 대면… 그리고 성전 재판으로 그자를 처형한다면, 혹시 그 일을 문제 삼아 비난하고 나선다면, 온통 성전이 뒤집어 쓸 것입니다. 대산헤드린 재판 끝에 총독궁에 넘겨 형식은 로마 총독 빌라도가 처형하는 것으로 한다고 해도, 그건 마찬가지입니다. 누가 감히 로마를 비난하고 나서겠습니까? 아마 로마에게 책임을 묻는 대신 두고두고 예루살렘 성전과 대제사장 각하와 대산헤드린, 그리고 예루살렘에 사는 유대인들이 그자를 처형했다는 비난을 받을 것입니다. 그러니 잡아들이면 바로 총독궁으로 넘기시지요."

"그건 그렇네요. 좀 시끄럽기도 하고, 위험하기도 하고."

"자자! 그건 이미 결정됐어요. 누가 그따위 떠돌이 허풍쟁이 선생 일을 기억이나 할 것이며 감히 누가 나서서 토라를 지키려는 성전을 비난한단 말이오? 예수 그자가 이미 지극히 높으신 분의 가르침 토라에서 얼마나 벗어났는지, 그리고 모든 사람이 보는 앞에서 어떤 말로 거룩한 성전을 모욕했는지 생각해 보시오. 이스라엘 사람이라면 그 어느 누구도 그자를 처형했다고 성전을 비난하지 못할 것입니다. 오히려 성전이 신속하게 처리한 일을 두고두고 칭송할 일이지요 그리고, 총독궁에 그자를 넘기기 전에 우리가 우선 그자의 죄를 밝혀 확정해야 합니다. 그렇지 않으면 총독궁에서 어떻게, 무슨 근거로 그자가 토라를 위반하고 성전을 모욕한 죄를 심판한단 말이오."

가야바가 강경한 어조로 말을 쏟아내자 사람들은 다시 쑥 들어갔다. 그럴 때 다시 또 한마디 하고 나선다면 대제사장과 정면으로 충돌할 수밖에 없게 된다.

"빌라도 총독이 아닌 다른 어떤 총독이라도 그자를 처형할 수밖에 없었다는 확실한 죄목을 붙여 넘겨야 해요. 이 문제는 여기서 더 이상

이러쿵저러쿵 의논할 일이 아닙니다. "

사람들은 대제사장의 기세에 눌려 눈치를 보며 물러났지만 시몬 칸데라스는 자기가 이런 기회에 한마디 해두어야 한다는 듯 은근히 오금 박는 소리를 했다.

"대산헤드린에서 재판한 후에 총독에게 넘기자는 의견에 반대하는 것은 아닙니다. 다만, 일이란 어떤 방법이 더 좋은지 서로 상의해서 결정하는 것이 좋지 않겠습니까? 대제사장 각하께서 신중히 생각하셔서 결정했겠지만, 성전에서 재판이니 뭐니 꾸물거리지 말고 즉시로 총독궁에 넘기자는 말도 일리가 있는 것 아닙니까? 더구나 그런 일을 서로 상의하려고 우리를 불러 모으신 대제사장 각하께서 다른 의견 내는 것 자체를 막으시니 제가 듣기에 꽤 불편합니다. 그런 일 빼놓고, 그럼 무얼 상의하자는 말씀인지요? 이 일 말고 더 중요한, 다른 특별한 안건이 있으면 아예 이렇게 모인 자리에서 말씀해 주십시오. "

가야바로서는 입맛이 쓴 일이다. 이미 대산헤드린 재판을 염두에 두고 지난밤에 그만큼 지시했건만 그런 절차를 생략하자는 의견 또한 만만치 않음을 느꼈다. 예수를 체포하는 것은 성전 경비대가 나서고, 곧바로 총독궁으로 이첩하는 결정은 대제사장의 몫이다. 그러면, 성전에서 일을 맡은 기관과 대제사장에게만 비난이 쏠리고 다른 사람들은 모두 시치미 뚝 떼고 뒤로 빠져 있게 된다. 더구나 바이투스 가문의 수장인 칸데라스까지 은근히 그런 뜻을 풍기니 일이 좀 난감하게 됐다. 시몬 칸데라스, 그는 비록 가야바보다 나이는 아래였지만 예루살렘 정치에서는 안나스 가문의 대제사장 가야바에 버금가는 권위를 누릴 뿐만 아니라 눈에 띄지 않는 상당수의 추종자들을 거느린 사람이다.

386

누가 권력을 가졌는지, 그가 어찌 권력을 유지하는지, 누가 나서서 그 권력을 빼앗는지, 그 모든 행위가 정치다. 예수가 일으킬 소란을 통하여 권력을 강화하려는 사람, 권력의 둑에 어떻게 하든 구멍을 내보려는 사람, 유대에서 가장 강력한 두 정치권력이 가야바의 집 접견실에서 불꽃도 연기도 없이 은근히 불붙고 있었다.

다시 야손이 나서려는 것을 가야바가 손을 들어 제지시켰다.

"그래요! 내가 얘기하리다! 시몬 칸데라스 제사장의 의견도 옳소. 내가 미처 생각하지 못했던 부분까지 의견을 내주어 고맙습니다."

그 한마디 말로 다시 판세가 바뀌었다. 대제사장이 그렇게 말하는데야 아무리 바이투스 가문이라도 더 물고 늘어질 일은 아니다. 겉으로 보기에는 칸데라스 의견을 존중하는 것 같아도, 큰 틀에서는 가야바가 자기 의견대로 끌고 갈 수 있게 되었다.

"지금 얘기를 들어봐서는 날이 밝는 대로 처리하기는 어렵겠고, 조치해야 할 날짜는 이제 며칠 안 남았습니다. 신중하게 생각해서 처리하겠습니다. 특별한 일이 있으면 여러분에게, 특히 바이투스 가문의 여러분에게 늦지 않도록 통보드리겠습니다."

"그렇게 말씀하시니 감사합니다."

칸데라스가 한발 물러났다. 그 기회를 잡아 가야바는 자기가 하고 싶은 말을 다시 길게 늘어놨다. 사실 가야바는 누가 뭐라고 한다고 마음을 바꿀 사람이 아니다. 다만, 다른 때와 달리 대제사장이라고 막무가내 자기 마음대로 끌고 가지 않고 다른 가문과 제사장들의 의견을 듣는 형식을 취할 뿐이다.

그건 며칠 전에 꾸었던 꿈 때문이다. 성전이 온통 물에 잠긴다면 대제사장 혼자 온전할 수는 없다는 사실을 그는 점점 깨달았다. 비상한 위기감을 그는 느꼈다. 안나스 가문과 그가 이끄는 성전 관리들만으로는 이번 위기를 무사히 넘길 수 없음이 분명했다. 그런 상황이라면 모든 정파를 끌어들여 위기를 넘기면서 대제사장의 권력과 지도력을 강화하는 방안을 찾기로 마음을 굳혔다.

원래 유월절 무렵 예루살렘은 낮에는 햇빛이 따가워 덥게 느껴지지만, 해가 떨어지고 밤이 되면 온도가 급격히 떨어진다. 사람들이 많이 모이는 경우라면, 뜰에는 화톳불을 피우고 방안에 있는 사람들에게는 커다란 질화로에 불을 담아 들여놓는다. 그렇게 질화로불이 나오면 방 안의 추위는 좀 가시지만 얼마 지나면 모든 사람이 두통을 겪게 되면서 몽롱해지기 마련이다. 그러면 특별히 중요한 얘기가 남아 있지 않은 경우 자연스럽게 모임을 끝내고 사람들이 자리를 뜬다.

그날 밤도 그랬다. 사람들이 모두 돌아간 다음 마티아스와 가야바 단 두 사람만 남았다.

"아버지! 오늘 밤 모여들었던 사람들에게 정말 말씀 잘하셨습니다. 저들도 이제는 얼마나 일이 엄중한지 알았을 겁니다."

"그래서 내가 그리 말한 것이다. 누구 책임이니 어쩌니 따지지 말고, 성전에 속한 사람이라면 모두 한마음으로 이번 위기를 넘기자고. 그리고 이왕 벌어질 일이라면 우리가 차근차근 대비해서 실수 없이 처리해야지."

"예! 아마 야손 제사장 책임 하에 아버지가 말씀하셨던 일을 준비할 것입니다. 아버지의 뜻이 확고하니 대산헤드린 재판에 넘기는 일에

388

대해 이제부터는 별말 없을 겁니다. 다만 바이투스 가문에는 미리미리 상황을 통보하겠습니다."

"그래라. 내가 칸데라스에게 그리 얘기했는데도 나서서 반대한다면 이제부터는 다른 사람들이 그를 비웃을 것이다. 그리고, 네가 대산헤드린 나시를 좀 찾아뵙고 내가 협조를 부탁드린다고 미리 얘기해 두어라. 랍비 가말리엘이 예전에 나시를 맡았던 랍비 샤마이만큼 뻣뻣하지는 않지만 그래도 우리가 대산헤드린 의장에 대한 예의는 정중하게 갖추어야 한다. 너 혼자 가지 말고 다른 제사장, 특히 야손과 같이 가거라."

"예, 그리고 대산헤드린에서 사형 판결로 몰고 갈 수 있는 조건들을 미리 좀 몇 가지 얘기 나눠 보겠습니다."

그럴 필요가 있었다. 랍비 가말리엘은 그 부친인 랍비 시몬이나 마찬가지로 아주 신중한 사람이다. 아무리 명분이나 죄목이 확실해도 쉽게 사형 판결을 내릴 사람이 아니다. 예수에게 사형을 선고할 경우 벌어질 일에 대해 이것저것 두루 걱정하며 머뭇거릴 것이 분명했다. 자칫 시간만 끌면서 재판이 마냥 늘어지면 유월절 무교절 다 넘길 위험도 있었다.

끝으로 마티아스는 위수대장을 다시 만난 일을 보고했다.

"아버지가 성전을 떠나신 후 위수대장을 바로 만났습니다. 그리고 유대 예루살렘 성전 대제사장으로서 토라에 맞추어 처신하는 일이 얼마나 어려운지 말해 주면서 아버지 위임을 받아 그가 누구이든 제가 만나겠다고 말했습니다. 그 말을 듣더니 위수대장은 자기도 같은 생각이라면서 사정을 보고하고 그분의 결심을 받아오겠다고 했습니다."

대제사장 저택을 경비한다는 명목으로 로마군 경비분대가 가야바의 집을 둘러싼 지 이미 며칠이 됐다. 어떤 사람도 로마군의 눈에 띄지 않게 몰래 대제사장 저택에 들어올 수도 없는 형편이다.

"잘했다. 그런데, 로마에서 왔다는 그 사람, 아레니우스? 네 생각에 어떻던?"

"제가 직접 얘기를 나눠 보지는 못했고요. 위수대장의 말을 듣고 여러 가지로 생각해 보니 황제나 원로원의 은밀한 명령을 받아 총독을 감찰하러 온 사람 같습니다."

"빌라도 총독을 감찰하는데 왜 나를 만나겠다고⋯."

"저도 잘 모르겠습니다만, 혹시⋯ 로마에서 정치적 결정을 하기 위해서 그럴지 모른다는 생각이 들었습니다. 그렇다면 너무 중요한 일입니다. 제가 내일 만나보고, 만일 그 일 때문이라면 성전과 위수대지하통로 중간에 있는 조그만 방에서 아버지가 다시 그 사람을 직접 만나시도록 주선하겠습니다."

"로마에서, 황제 폐하나 원로원이 결정할 일이 있다⋯ 음! 그건 분명 유대의 왕을 세우는 일, 그 하나뿐일 텐데⋯. 어허! 너무 민감한 문제다. 일단 네가 먼저 만나 그의 의중을 알아보고, 얼마나 확실한 일인지 우리도 나름대로 깊게 생각해 보고 나서 다시 이야기하자."

"예, 알겠습니다. 아버지!"

사람들은 '역사란 돌고 돈다'거나 '역사에 한 번 일어났던 일은 반드시 다시 되풀이 된다'고 믿는다. 대제사장 가야바가 입에 올린 '유대의 왕'이란 말은 그가 속한 안나스 가문뿐만 아니라 대제사장 자리를 놓고 경쟁하는 다른 가문들까지 은근하게 꿈꾸던 일이다. 유대 역사에 대제사장이 왕의 자리까지 겸했던 시대가 있었기 때문이다.

　총독이 임명한 대제사장이 아니라 로마황제의 임명을 받은 유대의 왕이 되어 유대 최고 통치자가 되고 싶다는 욕망을 가슴에 품고 가야바는 기회를 노리며 살았다. 때로는 대제사장 직위에 만족하며 좀더 오래 그 자리를 지키기만 바란 적도 있지만, 기회가 온다면 왕의 자리를 마다할 가야바가 아니다. 그러나 엄연히 대제사장 임면권을 가진 총독의 지휘를 받는 처지였기 때문에 그가 먼저 나서서 움직일 일은 아니었다. 이제 15년이라는 오랜 세월 대제사장 자리를 지키면서 권력을 쌓다 보니 마지막으로 한 번 큰 승부를 걸어보고 싶은 야망이 불쑥불쑥 일어났다. 은근히 손을 뻗쳐온 아레니우스의 유혹을 전해 듣고 가슴이 설렜다.

　"아버지! 아레니우스 공을 만나는 일을 생각하면 제 가슴이 떨립니다."

　마티아스가 눈을 반짝이며 기대에 가득 찬 목소리로 말을 잇자 가야바가 눈치를 주며 말을 막았다. 그 역시 흥분되기는 마찬가지지만, 그래도 눈앞에 던져진 일의 뒷면을 들여다볼 수 있는 눈이 그에게는 있었다.

　"조심해라! 자칫 잘못 발을 들여놓아 혹여 빌라도 총독의 눈 밖에 나면 그날로 우리는 끝이다. 만에 하나, 아레니우스가 우리에게 기회를 가지고 왔다 해도 그게 이뤄지기는 한참 훗날의 일이지만, 빌라도 총독은 당장 오늘 밤이라도 내 자리를 빼앗을 수 있다. 대제사장이 유대의 왕까지 된다면 우리가 할 수 있는 일이 얼마나 많겠냐? 그러나 그만큼 넘어야 할 산과 돌파할 장애물이 첩첩으로 가로막고 있다. 절대

가볍게 처신하지 말고 조심해라!"

아무리 큰 권력을 가진 대제사장이라고 하더라도 왕의 권력과는 질적으로 다르다. 왕이 행사하는 권력은 군사력 경찰력처럼 제도에 의해 정당하다고 인정받은 힘, 바로 무력武力으로 불리는 물리력을 바탕으로 한다. 신이 왕에게 그런 무력을 부여했다고 믿으면 왕은 신의 뜻을 살피고 스스로 그 힘을 쌓았다고 믿으면 스스로 신의 자리에 앉고, 백성들의 충성이 힘의 근원이라고 생각하면 민심을 살피지만, 황제가 부여했다고 하면 당연히 황제에게 충성해야 한다. 유대 예루살렘 성전 대제사장이라지만 이미 황제를 정점으로 한 로마의 통치기구 한 단계를 맡은 자리가 바로 그 자리다.

성전과 왕궁은 기능면에서 묘하게 서로 닮았다. 왕이 무력을 담보로 권력을 행사하며 다스리듯, 이스라엘이 섬기는 하느님도 그분의 뜻이라는 토라를 통해 역사役事한다. 토라에서 가르친 하느님 섬김을 사람들이 눈으로 보고 귀로 듣고 살아가는 생활 속에서 경험할 수 있도록 드러낸 형상이 성전이며, 하느님 섬김을 행동으로 표현하는 곳도 역시 성전이다. 왕에게 충성하지 않는 사람을 왕이 처벌하듯, 토라에 밝혀 둔 하느님의 뜻을 따르지 않으면 하느님도 이스라엘에게 모든 혹독한 처벌을 내릴 수단을 가지고 있다고 믿었다.

그러나 성전의 대제사장이 갖지 못한 것을, 왕궁에 있는 왕은 지녔다. 만일 그 두 자리가 하나로 통합된다면 못할 일이 없게 된다. 왕은 그의 뜻에 따라 언제든지 즉각 무력을 행사할 수 있지만, 대제사장이 가진 권력은 폭력을 예고하며 위협하거나 이미 벌어진 폭력을 해석할 수 있을 뿐이다. 왕이 된다면 즉각 행사할 수 있는 현실적 폭력의 수단

392

을 손에 쥐게 되는 셈이다.

"제가 아레니우스 그 사람 만날 때 줄 선물을 좀 준비할까요?"

마티아스가 설레는 목소리로 물었으나 가야바는 점차 평소처럼 냉정하고 침착하고 그 깊은 속을 미뤄 짐작할 수 없는 사람으로 되돌아갔다.

"아니다! 먼저 만나보고 나서 주어도 늦지 않다."

"휴! 유대인의 왕! 만일 아레니우스가 정말 황제와 원로원의 뜻을 받아 내려온 사람이라면, 예, 그야말로 아버지와 저의 운명뿐만 아니라 이스라엘과 유대도 새로운 운명을 맞이하는 셈입니다."

"좀더 찬찬히 차근차근 따져보자. 그리고 아무리 좋아 보이는 제안이라도 덥석 받아들이지 마라. 유대에 왕을 세운다는 말은 빌라도 총독의 운명이 끝난다는 말이다. 우선은 총독이 끌고 들어온 군사력으로 성전을 덮치는 일만은 무슨 수를 써서라도 피해야 한다. 내가 대제사장으로 있으면서 그런 빌미를 줄 수는 없다."

그에게 기회와 위기가 한꺼번에 주어진 셈이다. 왕이 될 기회가 보인다지만, 잘못 처리하면 안나스 가문이 몰락할 수 있는 위험도 있다. 때는 유월절이고, 성전의 권위와 토라에 따른 하느님의 징벌을 정면으로 부정하는 사람, 예수가 성전 뜰에 들락거리기 시작해서 더욱 그랬다. 예수가 했다는 말에 따르면 성전과 대제사장은 가장 하느님으로부터 멀리 떨어져 있기 때문이다.

어느 새, 사람들이 가장 많이 모이는 때에 가장 많이 모이는 장소를 예수가 먼저 차지했다. 그리고 그 갈릴리 예수가 하루에도 몇 번씩 예루살렘 성전을 흔들었다. 그의 말에 점점 무게가 더해졌고 따르는 사람도 늘어났다. 게다가, 어쩌자고 유대의 선생으로 불리는 요하난까지 예수와 얼굴을 마주하고 앉아 대화를 나눌 정도로 일이 커졌다.

"랍비 가말리엘에게 바리새파의 입장이 어떤지 알아보아라! 요하난 선생의 움직임이 마음에 걸린다."

"날이 밝고 대산헤드린이 열리기 전에 별도로 제가 확인해 보겠습니다. 요하난 선생의 독단적 행동 같습니다."

"나도 그런 생각이 들기는 하지만 짚어볼 일이다. 요하난 선생이 예수 그자를 성전 뜰까지 찾아 올라와 만났다는 일이 보통 일은 아니다. 그 한 가지 일만으로도 예수는 손쉽게 다룰 수 없는 사람이 되었다. 왜 바리새파 선생이 그자를 그런 방식으로 지원하고 나섰을까? 심상치 않다. 게다가 요즈음 매일 저녁 모임에 빠지지 않고 참석하는 바리새파 선생 니고데모 의원 있잖으냐? 다른 때 같으면 여러 번 부르고 또 불러도 오지 않던 사람인데, 웬일인지 요새는 매일 밤 스스로 참석하더구나. 그러면서도 한 마디도 하지 않고 그저 눈만 굴리며 다른 사람들 하는 얘기를 듣고 있더라. 이상하지 않으냐?"

"예! 저도 니고데모 의원 일이 좀 이상하다고 느꼈습니다. 웬일인지 바리새파 일부에서 은근하게 예수 그자를 돕는 것이 아닌가 그런 생각이 듭니다."

"이건 다른 얘기인데, 베다니 마을은 잘 지켜보고 있겠지?"

"야손 제사장이 꽤 많은 인원을 풀어 지켜보고 있습니다. 아직 누구 특별한 사람이 예수를 찾아가 은밀히 만났다는 보고는 없습니다."

"저기 산자락에 있는 움막마을 사람들도 잘 단속하고. 그 사람들, 잘못 다루면 어디로 휩쓸려 갈지 모를 사람들이다."

"만일 또 예수를 따라 줄줄이 성안으로 들어오고, 더욱이 성전 뜰에 얼씬거리면 큰일 날 줄 알라고 단단히 일러두었답니다. 우선은 먹을 빵을 내려주는 일 하나 가지고도 통제가 됩니다. 정 안 되면 옛 움막마을 자리에 다시 돌아가는 일을 내세워 보겠습니다. 어쨌든 그 사람들 걱정은 안 하셔도 됩니다. 야손 제사장이나 경비대장이 아주 잘 다루고 있습니다."

가야바와 아들 마티아스가 수군거리며 상의하는 그 시간에도 예루살렘 윗구역 아랫구역 길목마다 골목마다 로마군이 순찰을 돌았다. 큰 길목 입구에는 길바닥에 아예 화톳불까지 활활 피워 놓고 지켰다. 불빛에 비쳐 커졌다 작아졌다 어른거리는 로마군의 모습을 문틈으로 내다본 사람들은 커다란 맷돌을 가슴에 매단 것처럼 무겁고 암담한 마음으로 잠을 청했다.

그들은 밤마다 헤롯왕의 도시 예루살렘에서 막다른 골목으로 쫓겨 달아나는 무서운 꿈에 가위눌려 밤새 식은땀을 흘린다. 푸른 달은 몸이 시리도록 차가웠다. 때로는 달을 가린 구름이 마치 조용히 날개를 펼친 커다란 검은 새처럼 예루살렘 밤하늘을 덮었다.

✠

갈릴리에서부터 예수를 따라 내려온 제자들 중 므나헴, 그리고 하얀리본에 속한 유다와 작은 시몬을 제외한 대부분 사람들에게 처음 본 예루살렘은 놀라움 그 자체였다. 하기야 그들은 갈릴리의 도성 티베리아스조차 제대로 구경해 본 적 없던 사람들이었으니 그럴 만도 했다. 선생의 뒤를 따라 매일 예루살렘을 드나들면서 올리브산 중턱에 서서 건너다본 예루살렘은 감히 그들이 끼어들 수 없는 다른 세상이었다. 그러나 한편으로는 두려움과 함께 호기심을 불러일으키기에 충분했다. 묘하게 사람들의 마음을 끌어당기면서도 거부하는 곳, 왕궁, 성전, 경기장, 대저택, 시장과 광장이 성곽으로 둘러싸인 곳, 3만 명이나 되는 주민들이 모여 사는 큰 도시, 바로 예루살렘이다.

제자들 중에서 제일 나이가 어린 요한은 어떻게 해서라도 짬을 내서 예루살렘을 두루 구경하고 싶었다. 벌써 며칠 동안 예루살렘을 드나들었지만 겨우 성전 뜰까지만 들어갔다가 나오기를 거듭하니 은근히 실망도 됐다. 말을 안 해서 그렇지 요한뿐만 아니라 다른 제자들 마음도 마찬가지다. 선생 예수가 혼자 얼마나 깊은 번민 속에 빠져 있는지 그들은 전혀 알지 못했다.

"형! 이왕 예루살렘까지 왔으니 좀 구경해야 하는 것 아녀요?"

그날 아침, 예루살렘에 들어갈 때 요한이 은근 슬쩍 형 야고보에게 말을 건넸다.

"야! 지금 그럴 정신이 어디 있냐? 선생님 따라 성전에 드나드는 일만 해도 얼마나 조심스러운 일인데 …. 나는 매일매일 가슴이 조마조마하다."

"성전에서 벌어지는 일이야 모두 선생님이 알아서 처리하실 텐데요, 뭐 …. 나는 사람들이 왜 거룩한 도성 예루살렘을 '헤롯왕의 도시'라고 부르는지 직접 눈으로 보고 싶어요. 헤롯 왕궁이 있는 윗구역도 올라가보고 그리고 성전도 자세히 둘러보고 …. 이거야 어디, 가버나움에 돌아가서 사람들에게 자랑 좀 하려고 해도 도대체 뭐 본 게 있어야지요? 그리고, 아무 구경도 못하고 그냥 돌아왔다고 하면 형이나 나나 못난 놈들이라고 아버지가 크게 야단치실 거예요."

"그래도 지금은 그럴 형편 아녀! 며칠 지난 다음 짬이 나면 그때 둘러보자!"

야고보는 동생을 타일렀다. 그런데 요한은 어디서 들었는지 '헤롯왕의 도시'라는 말을 천연덕스럽게 입에 올렸다. 다른 나라 사람들은 예루살렘을 으레 그렇게 불렀다. 헤롯이 지은 성전, 헤롯이 지은 왕궁, 극장과 원형경기장을 보면 그렇게 부를 만도 하다고 고개를 끄덕일 수밖에 없다. 유대 산간지방 그 좁은 땅 예루살렘, 성곽으로 둘러싸인 6만 7천 평 도시 안에 눈에 띄는 웅장한 건물은 모두 헤롯이 세운 건축물들이다. 그러나 경건한 사람은 거룩한 도성 예루살렘을 결코 '헤롯왕의 도시'라고 부르지 않는다. 야훼 하느님의 손에서 헤롯이 도성을 빼앗아갔다는 말처럼 들리기 때문이다.

성안 윗구역에서 제일 크고 유명한 건물은 요새로 둘러싸인 헤롯 왕궁이다. 본 건물 양쪽으로 독수리가 날개를 활짝 편 듯 부속건물이 뻗어 있다. 헤롯왕은 그 날개 한쪽에는 로마황제 아우구스투스, 다른 쪽 날개에는 황제가 후계자로 마음에 두었던 아그리파의 이름을 붙였다. 북쪽으로 뻗은 날개 건물에는 왕궁을 지키는 탑 3개가 서 있다. 그 탑에도 헤롯왕은 그가 가장 사랑했던 여인이며 하스몬 왕조의 공주였던 두 번째 아내 마리암네 왕비, 이두매 총독이었던 아버지 안티파테르를 도와 헤롯과 함께 헤롯 가문을 일으켰던 형 파사엘, 그리고 헤롯의 친구 히피쿠스의 이름을 붙였다. 이름을 붙인다는 말은 늘 마음속에 간직하며 잊지 않고 살겠다는 다짐이다. 그가 마리암네 왕비를 얼마나 애틋하게 그리워하고 사랑했는지, 그 탑을 올려다본 사람들은 알 수 있었다.

헤롯왕은 아침에 눈 비비고 일어난 사람들 눈에 무엇을 맨 먼저 보여주어야 할지 잘 아는 사람이었다. 그는 사람들이 무슨 생각으로 하루를 시작해야 하는지 아는 사람이었다. 그런 목적으로 헤롯은 모든 건축물들을 세웠고, 제도를 만들고 실시했다. 따지고 보면, 그는 유대가 야훼 하느님 대신 현실세상을 다스리는 새로운 신 로마황제를 섬기고 두려워하도록 정교하게 잘 계획한 사람이었다.

하느님의 가르침 토라가 사람 눈에 보이는 형상으로 나타난 곳이 바로 성전이라 믿는 유대인들과, 세상을 덮은 로마황제의 위엄이 뻗친 곳이라고 생각했던 헤롯의 생각이 이중으로 겹친 곳, 예루살렘 성전이 그러했다. 로마황제가 다스리는 로마의 세상에 아우구스투스 황제에게 속하지 않은 것이 단 한 가지도 없다고 믿었던 헤롯이 성전을 지었다. 그래서 사람들은 예루살렘 성전을 헤롯이 지었다고 '헤롯 성전'이라고 부르기도 한다. 성전을 바라보면 헤롯을 생각하고, 헤롯을 생각하면 헤롯왕의 주인 로마황제를 떠올릴 수밖에 없고, 로마황제가 펼친 날개 아래에서 세상과 유대가 평화를 누린다고 사람들은 생각한다.

헤롯왕은 그가 로마 원로원에 의해 유대의 왕으로 임명받은 지 19년, 실질적으로 이스라엘 전체를 통치하기 시작한 지 16년 되던 해에 여러 가지 목적을 한 번에 이루는 수단으로 성전 건축을 시작했다. 그는 자기가 다스리는 나라의 도성 한쪽 산꼭대기에 초라하게 서 있는 옛 성전을 그대로 두고는 얼굴을 들고 살 수 없었다. 마치 성공한 자식이 훗날 고향에 돌아와 보니 오래전에 돌아가신 부모가 초라한 무덤에 모셔져 있는 것과 마찬가지로 느꼈다. 토라의 가르침대로 야훼 하느님을 지극한 마음으로 공경하고 섬겨야 한다는 마음이 아니었다. 헤롯에게는 이미 5백 년이나 된 초라한 성전을 매일 눈으로 보아야 한다는 일은 얼굴 화끈거리는 부끄러움이었다.

헤롯왕이 성전 건축을 하겠다고 나서자 처음에는 궁정 모든 신하들이 반대하고 나섰다.

"대왕 폐하, 지금 성전을 지을 만큼 재정이 충분하지 않습니다."

"걱정 마오! 내가 내 재산을 바치겠소."

"성전을 지을 동안 지금 성전은 어찌한단 말입니까? 성전 제사는 하루도 거를 수 없습니다."

"걱정 마오. 내가 다 생각해 둔 일이 있소."

"설계도 해야 하고, 제사장들의 의견도 들어야 하고, 예전 기록들도 살펴봐야 합니다."

"걱정 마오. 내가 준비해 둔 것이 있소."

"스룹바벨이 지은 지금 성전 터가 워낙 좁아서 폐하가 생각하시는 그런 규모의 건물을 세울 자리가 없습니다."

"걱정 마오! 내가 미리 계획을 세워 두었소. 자, 이제 그만!"

신하들이 번갈아 나서서 걱정하는 말을 들으면서도 헤롯왕은 눈 하나 깜짝하지 않고 밀어붙였다. 성전을 다시 번듯하게 크고 화려하게 짓는다면 단번에 유대인들의 마음도 휘어잡을 수 있다는 것을 그는 너무 잘 알았다. 예루살렘을 점령할 때 로마군의 성전 약탈을 막은 일,

대가뭄 때 세금을 3분지 1로 낮추어 주었을 뿐만 아니라 왕 개인 재산으로 이집트에서 식량을 사와 백성들에게 나누어 준 일로 그가 이미 유대인들의 신망을 어느 정도 얻은 뒤였다.

헤롯왕이 보기에 유대의 역사는 사람들이 야훼의 역사役事라고 믿었던 사건들의 연속이었다. 하느님의 역사는 언제나 애매하기 마련이고 해석하기 나름이었다. 그렇지만 성전을 지어 바치면 '하느님이 헤롯을 통해 역사했다'고 사람들이 두고두고 그를 우러러 떠받들 것이 분명했다. 이스라엘과 유대의 역사에 커다란 한 획을 긋는 일이었고, 솔로몬왕이 그러했듯 헤롯의 이름도 1천 년 동안 기억될 일이었다. 헤롯은 관념을 형상화하고 현실로 이끌어내는 데 뛰어난 능력을 보였다.

야심 가득 찬 성전 건축계획을 들은 제사장들이 헤롯의 속셈도 모르고 모두 나서서 그의 결정을 칭송했다. 더구나 왕은 로마황제를 섬기는 신전을 예루살렘에는 짓지 않겠다고 약속했다. 그 대신 하루에 2번, 황제를 위한 성전 제사를 하루도 빼놓지 않고 드려야 한다는 조건을 붙였다. 제사장들은 감격했다. 황제를 섬기는 제사와 황제를 위해 야훼 하느님에게 제사드리는 것은 다르다고 믿기 때문이었다. 어떤 제사장은 벌써 헤롯을 첫 번째 성전을 세웠던 솔로몬왕에 빗대어 칭송하고 나섰다.

그런데 건축양식이 문제가 됐다. 왕이 로마와 헬라의 건축가들을 끌어들여 이스라엘의 옛 건축양식 대신 로마식으로 성전을 건축하려고 계획할 때, 성전 측에서 이의를 제기하고 나섰다.

"대왕 폐하! 성전은 지극히 높으신 분께서 토라에 밝혀 알려주신 방법으로 건축해야 합니다."

"나도 그런 가르침에 따를 생각이오."

"지금 폐하께서는 헬라식, 로마식 건축을 염두에 두시고 그 사람들을 불러들이지 않으셨습니까?"

"보시오! 토라에는 성소를 어떻게 짓고 꾸미라는 규정은 있지만, 성소 밖이나 뜰이나 경내를 어떻게 하라는 말은 없지 않소?"

"그래도 성소에 외관이라는 것이 있습니다."

"외관? 그런 소리 마오. 처음 성전을 건축한 솔로몬왕도 페니키아 두로의 왕이 보내준 기술자들 지원을 받아서 페니키아 지방 신전 모양을 본떠 성전 외관을 지었는데, 내가 그걸 모를 줄 알고?"

"그래도 …."

"성소 안 건축은 내가 정확하게 토라의 가르침을 따르겠소. 그러나, 건물 외양이나 배치, 뜰과 뜰을 둘러싼 주랑柱廊건물은 내가 다 생각해 둔 것이 있으니 다른 소리 마오. 그만!"

성전 사제들은 헤롯이 솔로몬왕의 성전 건축까지 알아보았고, 그렇게 오랫동안 성전 건축을 차곡차곡 준비했다는 사실을 알고 깜짝 놀랐다. 로마식 건축양식은 건물이든 뜰이든 외곽이든 거의 모두 좌우 대칭이 되도록 건물을 배치한다. 헤롯은 건물을 좌우 대칭으로 배치하기 위해 어떻게 터를 확장할 것인지 이미 구상해 놓았다. 성전산 꼭대기 좁은 공간을 넓혀 그만한 넓이의 터를 마련할 계획도 세워 놓았다. 기단을 쌓고 성전 터를 남쪽과 북쪽, 서쪽으로 확장하고, 확장한 부분을 성전 본 건물바닥 높이와 비슷할 만큼 돋우는 공사와 그에 필요한 예산까지도 다 계산해 두었다. 왕이 계획한 대로 건축이 끝나면 성전은 로마제국에서 가장 크고 웅장하고 화려한 모습을 세상에 드러낼 것이었다.

"대왕 폐하! 이런 엄청난 공사를 하기 위한 준비를 하는 데도 10년은 걸리겠습니다."

"걱정 마오."

"성전 측에서 가장 걱정하는 것은 두 가지입니다. 첫째는 건축을 한다고 성전 제사를 중단할 수 없다는 점입니다."

"그건 내가 생각해 두었소. 하루도 성전 제사가 중단되는 날이 없을 거요. 걱정 마오."

"또 한 가지는, 막상 이런 어마어마한 공사를 시작했다가 끝을 맺지 못하고 중단하는 경우를 염려합니다."

"그것도 걱정 마오. 모든 자재나 설계나 공사계획이 준비되기 전에는 성전 건축을 시작하지 않겠소. 물론 건설에 들어가는 경비도 다 미리 준비해 놓겠소. 그리고 준비가 끝나면 성전에 연락할 테니 그대들이 직접 눈으로 점검하고 이만하면 됐다 싶을 때에 시작하겠소."

"그러면 저희야 더 말할 나위 없이 좋겠습니다."

"자! 됐지요?"

헤롯의 신하들은 물론이고 성전의 제사장들도 모두 벌린 입을 다물 수 없었다. 믿을 수 없는 일이었다. 그 자리에 참석한 신하들 마음속에는 끝없는 의문이 떠올랐다.

'언제? 도대체 폐하가 언제 이렇게 준비하셨단 말인가? 이런 정도로 미리 준비하신 계획인데, 내가 더 이상 이러쿵저러쿵 잘못 말하다가는 목이 달아나겠구나….'

모든 자재와 경비가 준비된 다음 시작하겠다고 하니 성전 측은 그들

대로 반대할 이유가 없었다. 게다가 성전은 헤롯을 고마운 왕으로 생각한 지 오래됐다. 원래 유대인이 아니라 이두매 사람이라고 끊임없이 비난받던 헤롯 가문이 어느 새 예루살렘 성전의 보호자라고 인정받고 있었다.

헤롯은 모든 준비를 마친 다음 성전 사람들을 불렀다.

"자! 보오. 다 준비가 됐소. 이제 그대들이 좋다고 하면 내일이라도 착수하겠소."

성전 사람들도 그동안 왕이 어떻게 준비해 왔는지를 보았다. 산더미처럼 쌓아 놓은 돌과 나무와 흙을 보았고, 로마와 헬라 사람들을 끌어들여 꼼꼼하게 제작한 건축설계를 보았고, 어떻게 인력을 동원할 것인지 계획도 보았다.

"폐하! 놀랍습니다. 지극히 높으신 분의 큰 팔이 폐하를 부축하고 있음을 보는 듯합니다."

"고맙소. 그럼 시작합시다. 이대로 기단을 쌓고 터를 확장하는 공사만 해도 2년은 걸릴 거요."

산꼭대기에 헤롯왕이 생각하는 건물을 모두 세울 수 있는 터를 마련하기는 쉬운 일이 아니었다. 성전산이라 불리는 모리아산 북쪽에 있던 산봉우리를 깎아 성전 터 북쪽을 가로지르는 베데스다 골짜기를 메웠다. 성전 남쪽과 서쪽 기단을 새로 쌓아 올리는 곳에 엄청난 양의 흙과 돌을 끌어다 쏟아부었다. 헤롯이 준비하고 미리 끌어다 놓은 돌과 흙은 필요한 양의 3분지 1 정도였다. 공사를 시작한 지 얼마 후, 성전산 북쪽에 있던 산 하나가 모두 깎여 사람들 눈앞에서 사라졌다.

북쪽 산에서 떠온 돌을 깎고 다듬어 단단한 기단을 쌓은 다음 터를 높이고 넓히는 일이 가장 큰 공사였다. 기단 축조에 쓰인 어떤 돌은 그때까지 땅 위에 세운 어느 나라 어느 건축에서도 사용한 적 없을 만큼 크고 무거운 돌이었다. 기단 바깥쪽으로 드러나는 사각형 면은 언제나 일정한 폭으로 가장자리를 다듬었고, 그렇게 매끄럽게 가장자리를 다듬은 사각형 안 부분도 부조처럼 일정한 높이로 약간 도드라지도록 다듬었다. 성전산 바위 위에 차곡차곡 그렇게 다듬은 장방형 돌을 쌓았는데, 아랫돌 위에 치밀한 계산에 따라 조금씩 안쪽으로 들어가도록 윗돌을 세웠다. 그렇게 돌을 쌓아 바깥 외벽을 만든 다음 그 안쪽에는 북쪽 산에서 끌어온 돌과 흙으로 단단하게 채워 다졌다.

원래 모리아산에 서 있던 성전은 유대인들이 바빌론에 포로로 끌려갔다가 돌아온 후 옛 솔로몬왕이 지은 성전 터에 세운 초라한 성전이었다. 하스몬 왕조 때 그 성전 터를 남쪽, 서쪽으로 조금 넓히고 성전 뜰 남쪽 끝에 건물을 세웠는데, 헤롯왕은 하스몬 왕조 시절에 확장했던 성전 터를 확 넓혀서 전체 면적을 2배로 키웠다. 터만 넓힌 것이 아니고, 뜰 남쪽과 서쪽 낮았던 곳을 거의 성전 건물 터만큼 높였다. 동쪽은 가파른 비탈 아래 기드론 계곡이 있어서 그쪽으로는 더 확장할 수가 없었지만 남쪽으로 터를 확장하면서 예전 하스몬 왕조 시절 있었던 기단을 남쪽으로 길게 뽑아 늘였다.

성소와 지성소 건물은 기존 건물을 그대로 놔두고 처음에는 밖에서부터 확장했다. 그리고 성소 동쪽에 바로 이어서 제사장의 뜰과 이스라엘의 뜰, 여자들의 뜰을 마련하고 그 뜰 모두를 크게 둘러싼 장방형 건물을 지었다. 그 건물 중 제사장의 뜰 남쪽 부분에 성전 건물 중에서는 유일하게 다듬은 돌을 사용한 큰 방을 하나 만들어 예루살렘 대산헤드린 회의실로 사용하도록 했다. 제사장의 뜰을 내려다보는 성소는 대리석으로 지었고 금판, 은판을 입혀 화려하게 장식했다. 나중에 성소 내부를 건축할 때는 연 인원 1만 명에 달하는 제사장들을 뽑아 석공 일을 가르친 다음 그들 제사장들이 스스로 지성소를 비롯한 내부공사를 담당하도록 했다.

약 10년에 걸친 공사 끝에 예루살렘 성전은 세상에서 가장 크고 넓고 아름다운 건축물로 모습을 드러냈다. 햇빛을 받으면 하얀 대리석 성전은 눈부시게 빛났다. 군데군데 금으로 치장한 성전 벽이 햇빛을 반사하며 번쩍일 때, 성전을 바라보는 유대인은 헤롯왕을 좋아하든 싫어하고 미워하든 그 누구라도 손을 높이 들고 헤롯을 통해 역사한 야훼 하느님의 영광을 찬양했다. 원래 성전 경내에 속했던 뜰과 새로 확장하여 조성한 뜰 사이에 사람 가슴에 닿을 만큼 3큐빗 높이로 '소레그'라고 부르는 경계의 담을 쌓았다. 이스라엘 사람들이 불편 없이 드나들 수 있을 만큼 그 경계 군데군데 통로를 터놓았다.

새로 확장한 뜰은 이전과 달리 이방인도 들어와 구경할 수 있도록 허락했기 때문에 '이방인의 뜰'이라고 불리기 시작했다. 그러나 이방인이 들어올 수 있도록 일부러 만든 뜰은 아니었다. 원래의 성전 터는 거룩한 곳이라고 생각했고, 그 밖으로 새로 확장한 공간은 거룩하지 않다는 구분이었다. 거룩하지 않은 곳이라서 거룩하지 않은 이방인이 들어갈 수 있게 된 셈이었다. 이방인의 뜰 남쪽, 왕의 주랑건물은 로마의 공공광장에 세워진 건축물의 양식을 그대로 적용한 건물이었다. 원래 그 자리는 성전을 처음 지어 바친 솔로몬왕의 궁전이 있던 자리였다.

입이 벌어질 만큼 크고 화려한 헤롯의 건축물을 보려고 로마 각지에서 예루살렘으로 관광객들이 모여들었다. 지중해 연안에 흩어져 살던 이스라엘의 자손들도 모여들었다. 이방 제국의 혹독한 지배를 받으며 가난하게 살던 땅을 기억하며 찾아온 그들은 고국의 도성 성전산 위에 들어선 아름다운 성전을 보면서 눈물을 흘리며 감격했다. 무릎을 꿇고 울면서 하늘을 우러러 보았다. 그들은 하느님을 찬양하고 헤롯왕을 칭송했다.

"지극히 높으신 분이 드디어 헤롯왕을 통하여 유대에 팔을 펼치셨구나!"

애써 찾아온 유대의 도성 예루살렘에 들어와 새로 지은 성전에서 제사드리고, 헤롯 왕궁을 밖에서 구경하고 헤롯 경기장과 헤롯이 지은 극장을 둘러본 다음에는 가슴과 어깨를 쫙 펴고 커다란 자부심을 안은 채 그들이 살던 곳으로 돌아갔다. 흩어져 돌아간 유대인들은 예루살렘 성전이 얼마나 크고 아름다웠는지 침이 마르도록 자랑하고 칭찬하며 살았다. 성전을 보고 돌아온 것만으로도 하느님이 이스라엘의 역사에 다시 개입했다고 믿을 수 있었다. 그들은 이방생활 고단한 하루를 보내고 잠자리에 들 때마다 예루살렘 성전산 위에 우뚝 선 성전을 기억하며 잠을 청했다. 언젠가 돌아가 헤롯 성전을 아침저녁으로 바라보며 살 날을 기다리며 살았다.

헤롯왕이 성전을 지어 바친 이유는 그가 야훼 하느님을 섬기기 때문이라고 사람들은 믿었지만, 그중에서도 역사를 꿰뚫어 보는 사람은 고개를 흔들었다. 그럴 사람이 아니라는 것을 알기 때문이었다. 헤롯왕은 유대를 다스리는 33년 동안 성전뿐만 아니라 손으로 꼽을 수 없을 만큼 숱하게 많은 건물을 이스라엘 땅에 지었다. 그가 지은 건물마다 사람들은 그 크기와 아름다움에 벌린 입을 다물지 못했다.

지중해 해안가에 카이사레아를 새로 세웠고, 사마리아의 옛 수도에 새로 세바스테를 지어 두 도시를 모두 황제에게 바쳤다. 더구나 그 도시에는 황제를 위한 신전도 지었다. 예루살렘에 지은 헤롯 왕궁 외에 여리고의 왕궁, 마사다 요새와 왕궁, 헤로디움에도 왕궁과 요새를 건설했고, 옛 하스몬 왕조의 요새 마케루스를 증축했다. 건축물뿐만 아니라 헬라에서 열리는 올림픽에도 황제의 이름을 드높이는 후원금을 보냈다. 헤롯왕이 세운 건축물들은 유대 고유의 양식이 아니라 전형적인 로마식 건축이었다. 건물마다 황제를 찬양하는 명문銘文이나 상징물들을 세웠다. 예루살렘 성전 정문에 세웠던 황금독수리가 그 대표적인 예였다.

그는 야훼 하느님의 백성을 헤롯왕의 백성으로, 이스라엘을 헤롯의 나라로 바꾼 사람이다. 그가 주님이라고 부르며 무릎 꿇는 신은 로마 황제 아우구스투스였다. 예루살렘 성전에서 형식상 어떤 하느님을 섬겼든, 헤롯에게 성전은 로마제국의 살아 있는 신 아우구스투스 황제에게 봉헌한 신전이었다. 나약하고 힘 떨어지고, 자기 백성도 보호하지 못하고 심지어 자기의 거처인 성전마저 지키지 못하는 신, 야훼 하느님 대신에 로마라는 신전과 황제라는 새로운 신을 이스라엘에 모셔 온 사람이 헤롯이었다.

'야훼 하느님! 내가 좋은 집 지어 드릴 테니 그 안에서 편히 쉬세요. 세상은 많이 변했습니다. 하느님이 역사하실 시간과 공간은 이미 모두 사라졌습니다.'

성전을 세우면서, 헤롯은 늘 남몰래 혼잣말로 하느님을 타일렀다.

그러나 헤롯이 이스라엘 사람들에게 길이 기억될 왕인 것은 비단 성전을 건축했기 때문만은 아니다. 세상이 '유대'라고 부르는 이스라엘의 왕이었던 헤롯, 그는 그저 37년 전에 죽어 사라진 과거의 인물이 아니다. 유대, 사마리아, 갈릴리, 이두매까지 그의 통치 아래 살았던 모든 사람들의 일상 속에 깊게 뿌리 내린 채, 현재까지 생생하게 영향을 미치는 인물로 남아 있다. 이스라엘 역사에서 그 땅에 사는 모든 사람들의 삶을 결정지은 사람, 그가 바로 이두매 출신 헤롯왕이다.

비록 그의 아들이 유대와 사마리아를 다스리다 10년 만에 축출되고 이제는 그 땅을 로마총독이 다스린 지 27년이 됐지만, 로마제국과 속주 유대 이스라엘의 관계는 그가 생전에 심혈을 기울여 쌓아 놓은 관계의 연장이었다. 헤롯이 평생에 걸쳐 수립해 놓은 그 관계가 조금이라도 뒤틀릴 때면 유대는 언제나 로마군의 창칼 앞에 피를 흘리며 거꾸러졌다.

그는 이스라엘 역사상 가장 큰 영토를 다스렸고, 격랑의 시대에 이스라엘을 이끌었다. 그는 자기 운명을 쥔 사람에게는 언제나 주저 없이 무릎 꿇었고, 그에게 허용된 기회는 틀림없이 잡았고, 앞길을 가로막는 사람은 누구라도 무너뜨렸다. 아내와 자식들도 가차 없이 처형할 정도로 잔인했다. 성전 제사를 한 번도 거르지 않고서도 성전을 새로 지을 만큼 치밀했고, 당시 세계에서 가장 큰 건축공사를 벌일 만큼 대담했다.

혈기왕성한 젊은 시절부터 그는 세계 역사를 이끌던 숱한 인물들과 어울렸다. 율리우스 카이사르, 폼페이우스, 카시우스, 크라수스, 훗날 아우구스투스 황제가 된 옥타비아누스, 그리고 천하를 놓고 옥타비아누스와 다투던 안토니우스와 클레오파트라, 그들과 얽히고설키면서, 마침내 그 자신도 이스라엘에게는 결코 잊을 수 없는 역사가 되었다. 헤롯이 지은 성전이 굽어보는 예루살렘, 헤롯 왕궁이 내려다보는 예루살렘, 헤롯이 지은 경기장에서 극장에서 울고 웃고 소리 지르며 뛰는 사람들이 있는 한 예루살렘은 헤롯의 도시였다. 세상을 떠났지만 헤롯의 형상이 곳곳에 남아 살아 숨쉬기 때문이다.

정식으로 왕위에 올라 통치한 33년의 재위기간 동안 그가 이룩한 일들은 지난 1천 년 동안 이스라엘 남북왕조와 제국들이 남긴 상처를 씻어내고도 남는다고, 많은 사람들이 입을 모아 칭송했다. 유대의 왕으로 헤롯이 이룬 공로는 그가 저질렀던 숱한 잔혹행위와 폭정을 덮고도 남는다고 사람들은 믿었다. 그가 있었기 때문에 이스라엘이 살아 연명할 수 있었고, 그가 설정해 놓았던 길에서 벗어나면 유대는 땅 위에서 영원히 사라지리라고 믿는 사람들이 있다.

사람들은 헤롯왕을 마치 사막에서 불어닥치는 뜨거운 폭풍 같은 사람이라고 기억했다. 그의 감정이 출렁이기 시작하면 '샤라브'라 불리기도 하고, 아라비아 쪽에서는 '함신'이라 부르는 사막폭풍이 휘몰아 덮친 듯, 궁정은 한 치 앞도 내다볼 수 없을 만큼 혼돈에 휩싸였다. 그럴 때면 아무도 움직이면 안 되었다. 그저 몸을 최대한 낮추고, 귀를 열어 놓은 채 하루 빨리 지나가기만 기다릴 수밖에 없었다.

그러나 깜짝 놀랄 만큼 현명하고 사리판단에 빠른 사람이 헤롯왕이었다. 질투에 눈이 멀어 미친 사람처럼 날뛸 때를 제외하고는, 그리고 말년에 늙고 병들어 왕 스스로 무너지기 전에는 누구도 감히 왕을 속일 수 없었고, 뒤에서 수군거리며 음모를 꾸밀 수 없었다. 조용히 내려다보는 왕의 차가운 눈길을 받으면서 태연할 수 있는 사람은 아무도 없었다.

헤롯을 인자한 왕으로 기억하는 사람은 아무도 없다. 하기야 인자한 왕이란 왕궁 문과 침실 문을 활짝 열어놓고 잠자리에 드는 어리석은 사람이라는 말과 같다. 어느 때, 어느 나라, 어느 지역에서도 지배자가 인자했던 적은 없다. 지배는 공포와 두려움을 본성으로 하기 때문이다. 폭력이 형상으로 나타나 사람의 몸을 입었기 때문이다. 왕이란 인자함으로 다스리지 않고 두려움과 공포로 다스리는 자리였다.

유대 역사에서 헤롯의 대담함과 비범함에 비교할 만한 사람을 찾을 수 없다. 사람들은 로마 원로원에 의해 유대의 왕으로 임명받은 헤롯이 왕위에 오르기까지 3년간 벌였던 갈릴리 정복전쟁과 이스라엘 통일전쟁을 통해 그가 어떤 사람인지 잘 알게 됐다. 그러나 놀라운 일들은 그 전쟁의 끝에 예루살렘을 점령하면서부터 일어나기 시작했다. 그는 이스라엘의 역사를 통째로 뒤집고 새로운 역사를 쓰기 시작한 사람이 됐다.

70년 전, 그가 이스라엘 다른 지방은 모두 평정하고 그를 지원하는 로마군과 함께 예루살렘 점령을 위해 마지막 전투를 치열하게 벌였다. 그 전투가 끝나면 로마에 의해 유대의 왕으로 임명받은 지 3년 만에 정식으로 왕위에 오를 수 있었다. 그런데 그 마지막 전투가 끝나고 성안으로 진입했을 때 로마의 시리아총독, 가이우스 소시우스 장군이 끌고 내려온 로마군대가 성전을 모욕하고 약탈을 자행하려고 덤벼들었다.

그 이전 40여 년 동안에 2번에 걸쳐 로마군이 성전을 짓밟아 약탈하고 시설과 제단을 파괴했었다. 이제 유대왕 헤롯의 눈앞에서 세 번째 로마군의 약탈이 벌어질 위기였다. 로마군은 전형적인 약탈자로 변하여 성전을 더럽히고 도성 예루살렘 전체를 파괴하고, 늙고 젊고 가리지 않고 눈에 띄는 여자는 모두 능욕할 것이 분명했다. 예루살렘성을 전면 포위한 채 겨울을 나는 동안 소시우스 장군이 이미 성을 함락하면 마음껏 약탈하고 즐겨도 좋다고 선언하며 로마군 병사들의 전의를 북돋웠기 때문이었다.

어느 시대, 어느 군대를 가릴 것 없이 전쟁 끝에는 늘 약탈이 벌어졌고, 정복된 사람들은 피눈물을 흘리며 감수했다.

성을 공격하던 입장에서 반대로 이제 헤롯은 그 약탈을 막아야 할 처지가 됐다. 그렇지 않으면 예루살렘은 사람이 살 수 없는 황폐한 도시가 될 형편이었다. 로마군의 성전 약탈을 눈감고 넘겨간 유대의 왕으로 부끄러운 이름을 남기게 됐다. 아무리 로마군대의 도움을 받았다지만 도성과 성전이 이방인에 의해 또다시 처절하게 유린되는 것을 헤롯은 그대로 바라보고 있을 수 없었다.

주저하지 않고 헤롯이 나섰다.

"소시우스 장군, 이렇게 약탈하면 뭐가 남겠소? 내가 유대의 왕위에 오르는 것을 돕는다고 시리아에서 내려오더니, 겨우 아무것도 남아 있지 않은 황폐한 사막의 왕국을 넘겨줄 작정이오?"

"아니, 뭘 그걸 가지고 불평하오? 이 성을 포위하느라 지난겨울 내내 우리 군사가 얼마나 굶주리고 추위에 떨었는데 … . 그만한 일은 허락해야 저들의 고생을 보상해 주는 것 아니겠소? 더 이상 쓸데없는 불평은 그만두고 물러서오!"

"이 세상 모든 제국, 모든 왕국이 가진 재물을 몽땅 털어 바쳐도 저런 엄청난 약탈자들을 충족시키기에는 부족할 것 같소. 당장 중지해 주시오!"

"우리 로마군 장병을 약탈자라고 했소, 지금?"

"그럼 지금 저들이 하려는 일이 약탈이 아니고 무엇입니까? 내가 친구 안토니우스에게 직접 이 상황을 보고하고, 중지하라는 명령을 받아올까요? 나중에 소시우스 장군이 뒷감당할 수 있겠소?"

헤롯도 지지 않았다. 소시우스의 상관이며 헤롯의 친구인 안토니우스 이름까지 들먹이며 대들었다. 소시우스의 로마군은 헤롯을 돕기 위해 안토니우스의 명령에 따라 시리아에서 내려온 부대였다. 잘못하면 이제까지 헤롯이 추구했던 모든 계획이 물거품처럼 사라져 버릴 만큼 심각한 수준의 대화가 격하게 이어졌다. 헤롯의 부하 장수들은 헤롯의 그런 모습을 보면서 마음이 조마조마했다. 헤롯이 로마의 시리아총독 소시우스 장군과 충돌해서는 안 되는 일이었다. 더구나 부하들 앞에서 헤롯이 큰 소리로 항의하고 나서는 바람에 체면이 깎인 소시우스는 머리끝까지 분이 치솟아 얼굴을 부들부들 떨었다. 곧 부하들에게 명령하여 헤롯을 체포하려고 나설 기세였다.

아무리 헤롯이 로마 원로원에 의해 유대의 왕으로 임명받은 사람이라고 해도, 비록 그가 안토니우스의 친구라고 해도, 속주屬州의 왕이 로마 지원군 사령관의 명령을 거역하면서 가로막고 나서는 일은 용납할 수 없기 때문이었다.

그때, 헤롯이 성큼성큼 성전 뜰 한가운데로 걸어갔다. 그리고 로마

412

군과 성전 사이의 중간에서 멈춰 섰다.

"어어!"

헤롯의 부하들은 모두 벌린 입을 다물지 못했다. 헤롯은 천천히 몸을 돌려 로마군을 정면으로 바라보았다. 마주 선 로마군을 한 번 훑어보더니 허리에 찼던 칼을 쓱 뽑아들었다. 아무도 생각하지 못했던 일이었다. 뽑아든 칼로 그는 땅에 죽 일직선을 긋기 시작했다. 헤롯이 무엇을 하려는지 모두 의아한 표정으로 바라보았다. 선 긋기를 마치자 헤롯은 칼을 높이 쳐들었다. 그의 얼굴에는 분노가 가득했다. 얼굴을 온통 덮은 수염 한 올 한 올 모두 꼿꼿이 위로 치솟은 모습이 멀리 떨어진 거리에서도 똑똑히 보였다. 감히 누구도 범접할 수 없는 위엄이 그에게서 흘러나왔다. 칼을 높이 치켜세운 그의 뒤로 성전이 보였다. 그 순간 헤롯은 성전보다 더 큰 사람이었다. 적어도 유대인 장병들에게는 그렇게 보였다.

"지금 이 순간, 이 선을 넘는 사람은 어느 누구라도 나 헤롯, 로마 원로원에 의해 유대의 왕으로 임명받은 이 헤롯이, 유대왕의 권한으로 사정없이 목을 칠 것이오!"

누구도 상상하지 못했던 일이었다. 이제까지 우군이고 협력자였던 로마의 대군 앞에 헤롯 혼자 버티고 서서 로마군을 정면으로 상대하겠다는 것이었다. 아무리 로마의 임명을 받은 속국의 왕이지만 로마가 성전을 약탈하는 것은 참지 않겠다는 선언이었다.

모두 벌린 입을 다물지 못했다. 조마조마한 마음으로 성전 앞에 몰려서서 떨고 있던 제사장들, 헤롯의 부하들, 로마군, 그 누구도 예상하지 못했던 일이었다. 일순 그렇게 떠들썩하고 고함소리, 비명소리

가득하던 성전 마당은 숨도 크게 쉬지 못할 만큼 조용해졌다.

"헤롯! 어허! 허허!"

어처구니없다는 듯 장군 소시우스가 웃었다. 그러더니 한참 만에 입을 열었다.

"아니, 헤롯! 그게 그럼 …, 지금 나에게 저항하겠다는 말이오?"

"장군, 병사들을 중지시키시오! 할 말이 있소."

"그래, 말해 보오!"

소시우스는 말을 탄 채 천천히 몸을 뒤로 젖히며 거만하게 헤롯을 바라보았다. 일은 헤롯이 벌였으니 무슨 말로 어찌 수습하는지 두고 보자는 생각이었다. 어떤 결정이든, 헤롯의 말을 들어보고 난 후 천천히 내려도 크게 문제될 것 없는 일이었다.

"장군, 그리고 나의 자랑스러운 친구 로마 장병 여러분!"

헤롯은 조금도 두려움 없이 큰 소리로 외쳤다. 그의 목소리는 크고 우렁찼다. 성전 뜰에 들어와 있던 모든 사람들이 충분히 들을 수 있을 만큼 큰 목소리로 또박또박 말했다.

"나 헤롯, 로마 원로원에 의해 유대의 왕으로 임명받은 나 헤롯은 내가 사랑하는 친구, 로마 장병 여러분에게 유대의 왕으로서 말합니다."

모두 헤롯의 말에 귀를 기울였다. 헤롯의 목소리에서는 깊은 울림마저 느껴졌다. 그가 거듭 강조하는 '유대의 왕', '원로원', '친구'라는 말은 갑자기 성전 뜰을 제국의 정치가 내려와 드리우는 장소로 바꾸었다. 싸우고, 약탈하고, 빼앗는 전장戰場이 아니고 로마와 원로원, 그리고 유대의 왕이 다 함께 질서를 회복해야 할 장소로 변했다. 헤롯은 순식간에 전쟁의 장場을 정치의 장으로 바꾼 셈이었다.

"여러분의 고생과 협력과 큰 성취에 감사합니다. 유대의 왕으로 감사합니다."

그렇게 우선 로마군의 노고를 치하한 헤롯은 침착하게 말을 이었다.

"나는 유대의 왕으로서, 이 전쟁을 치르면서 지금까지 그 오랜 시간 수고하고 고생한 나의 사랑하는 로마 친구 여러분에게 그에 합당한 선물과 보상을 할 생각입니다."

로마 군인들 사이에 술렁거림이 일어났다. 어느덧 소시우스도 말 위에서 몸을 앞으로 약간 기울인 채 헤롯의 말을 경청하고 있었다.

"여러분 모두에게 유대의 왕으로서 충분한 보상과 선물을 주겠습니다. 나 헤롯이 가지고 있는 개인 돈에서 지불할 것입니다. 이 성전에 보관되어 있는 재물은 모두 하느님께 바친 재물입니다. 이스라엘이 하느님께 바쳐 성전에 보관된 재물은 유대의 왕, 나 헤롯마저 아무리 작은 것 하나라도 손을 댈 수 없습니다. 그러니, 하느님의 재물에는 한 푼도 손을 대지 않고 순전히 내 개인 재산에서 친구 여러분에게 주는 헤롯의 선물이요 보상입니다."

헤롯의 부하들은 정신이 번쩍 들었다. 헤롯이 그럴 수 있는 사람이라고 한 번도 생각해 본 적이 없었다. 칼을 빼 들고 소시우스 장군과 로마군대를 마주하여 성전 뜰 한가운데 혼자 서 있는 그가 그때처럼 크고 당당해 보인 적이 없었다. 이스라엘의 하느님, 야훼의 권능이 그에게 덧입혀져 있음에 틀림없다는 생각마저 들었다.

"그러니 친구 여러분. 이제 병영으로 돌아가십시오. 지금부터 마음껏 먹고 마시고 쉬어도 좋은 시간입니다. 좋은 술과 고기를 충분히 제공하겠습니다. 장군! 그렇게 해주시오. 이건 유대의 왕, 나 헤롯의 부탁입니다."

"그럽시다!"

그러더니 큰 소리로 명령을 내렸다.

"모두 물러나라!"

소시우스는 헤롯의 제안을 순순히 받아들였다. 자기 재산을 풀어
성전을 보호하겠다고 나서는 헤롯의 사람됨과 큰 배포에 내심 놀랐
고, 현실적으로는 그가 로마 원로원이 임명한 유대의 왕이라는 점이
마음에 걸리기 때문이었다. 헤롯의 제안을 받아들인다고 소시우스가
손해 볼 일은 전혀 없었다. 못 이기는 체 그의 제안을 받아들이고 적
당한 선에서 타협하여 유대의 왕과 원만한 관계를 유지하는 것도 좋
은 일이었다.

로마군은 그렇게 성전에서 물러났다. 성전 제사장들과 관료들이 헤
롯에게 몰려와 허리를 굽혀 무어라 감사의 인사를 하려고 하자 헤롯은
그들을 전혀 거들떠보지도 않고 부하들을 이끌고 휑하니 성전을 떠나
군영으로 내려갔다. 뒤도 안 돌아보고, 마치 아무 일도 없었던 듯 그
렇게 떠났다.

그러면서 그는 혼잣말을 중얼거렸다.

'야훼 하느님? 언제 그분이 성전을 보호한 적이 있었던가? 이 못난
제사장 놈들아! 그렇게 두려워 벌벌 떨지 말고 목이 터져라 기도라도
하며 하느님께 매달리다가 로마군의 창이 너희들 등짝을 꿰뚫고 로마
군의 칼이 너희들 목을 잘랐다면 내가 이렇게 분하지 않을 것이다. 하
느님도 나서서 보호하지 못하는 성전을 붙들고 그 속에서 구더기처럼
우글거리는 놈들 … .'

헤롯은 그날 이후, 마지막 숨을 거두는 순간까지, 아내 마리암네의 재판을 위해 대산헤드린에 출석한 일을 제외하고는, 한 번도 헤롯 스스로 성전에 오르지 않았다. 20여 년 후 예루살렘 성전을 새로 지을 때도 그는 성전에 나오지 않았다.

약속한 대로 헤롯은 모든 로마 군인들에게 입이 벌어질 만큼 돈을 주었다. 소시우스에게도 충분한 선물과 뇌물을 주었다. 만족한 소시우스는 끝까지 저항하던 안티고누스를 쇠사슬에 묶어 안디옥에 머무르던 안토니우스에게 보냈다. 안토니우스는 자칭 예루살렘 성전의 대제사장이며 유대의 왕이라고 행세하던 하스몬 왕조의 안티고누스를 있는 대로 조롱한 후 목을 베어 처형했다.

헤롯왕은 한없이 담대하였을 뿐만 아니라 위기를 타개하는 능력이 대단히 탁월한 사람이었다. 그가 왕위에 오른 지 6년 후, 세상을 놓고 옥타비아누스와 안토니우스가 겨뤘다. 역사적인 악티움 해전에서 안토니우스와 클레오파트라의 연합군이 대패했다. 알렉산드리아로 도주한 안토니우스를 쫓아가 다시 격파한 옥타비아누스는 로마가 지배하는 세계의 최고 통치자가 되었다. 이제 누가 보아도 헤롯왕은 틀림없이 몰락할 수밖에 없을 만큼 절체절명의 위기를 맞았다.

그는 옥타비아누스에게 최대 정적이었던 안토니우스의 후원을 받으며 오랜 세월 친구로 지냈기 때문이었다. 그런데 놀랍게도 헤롯은 친구의 적이었던 옥타비아누스를 자기 친구로 만들었다.

"적의 친구라고 생각하지만 마시고, 끝까지 친구 안토니우스에게 우정을 지켰던 사람으로 저를 보아 주십시오."

옥타비아누스를 찾아간 헤롯은 왕관을 벗고 머리를 조아리며 말했다. 비록 몸은 숙였지만 그의 태도는 당당하고 남자다웠다. 옥타비아누스는 헤롯의 손을 잡아 일으키며 그에게 다시 왕관을 씌워 주었다.

"헤롯! 그대가 안토니우스의 친구로 우정을 지켰던 것처럼 그대의 또 다른 친구인 나에게도 그처럼 변함없는 우정을 보여주시오."

옥타비아누스는 로마 원로원과 안토니우스가 그전에 헤롯에게 허용했던 땅에 더해 이투레아와 드라고닛 지방까지 새로운 영토로 넘겨주었다. 그렇게 친구가 된 두 사람은 옥타비아누스가 황제 자리에 올라 '아우구스투스'라는 칭호를 받았을 때도, 헤롯이 마지막 숨을 거둘 때도, 변함없이 각별한 우정을 쌓고 유지했다. 아우구스투스 황제는 언제나 헤롯에게 가장 강력한 후원자 노릇을 했다. 헤롯은 황제의 우정과 후원에 보답하기 위해 한결같이 충성했다. 그리고 죽기 전에 유대왕국의 앞날과 후계자에 대한 유언과 함께 막대한 액수의 돈을 황제에게 유산으로 남겼다. 황제는 헤롯이 남긴 돈은 사양하고, 왕국은 그가 남긴 유언대로 집행해 주었다. 헤롯은 그런 사람이었다.

사람들은 그가 권력을 획득하고 지키고 확장하는 일에 뛰어난 술수꾼이라고 비난했다. 그러나 헤롯의 그런 재주와 대담한 변신이야말로, 왕이 되어 다스리는 유대를 로마의 말발굽에서 지켜낸 유일한 힘이었다. 그는 무력으로는 로마를 대적할 만한 나라가 세상을 통틀어 하나도 없다는 사실을 잘 알았다. 세상이 그러한데 변방 유대가 로마의 속주가 되어 충성하지 않고는 살아남을 수 없음을 너무나 잘 알았다.

이스라엘 역사에 기록된 다른 왕들과 비교해 볼 때 헤롯은 참 특별한 왕이었다. 성전을 약탈하려는 로마군을 가로막고 나선 일처럼, 가뭄이 들었을 때의 일도 사람들은 오래오래 기억했다.

헤롯이 왕으로 임명받은 지 15년 되던 해, 예루살렘을 점령하고 실질적으로 통치하기 시작한 지 12년이 지났고, 거꾸로 그가 죽기 전으로 따지면 21년 전, 이스라엘의 역사에서 가장 극심했다는 대가뭄 때의 일이었다.

늦가을에서 초겨울 무렵에 내리는 이른 비도, 봄에 내리는 늦은 비도 내리지 않았다. 사람들이 목을 축일 샘물마저 말랐으니 농사지을 물이 없음은 당연했다. 구름 한 점 없이 맑은 하늘에 햇빛만 쨍쨍했다. 나무도 풀도 시들시들 말라 죽었다. 산도 땅도 바싹 마르고, 사람들 마음도 말랐다. 그나마 얼마 남겨 두었던 알곡을 씨로 뿌렸지만 한 가닥의 싹도 트지 않았다.

농촌 마을에서도 굶어 죽는 사람이 하루가 다르게 늘어났다. 농촌이 그러하니 도시는 더 말할 수 없이 비참했다. 그때, 예루살렘 성안에 믿을 수 없는 소문이 돌았다. 곡식을 가득가득 실은 수레가 이집트에서 올라온다는 소식이었다. 수십 대인지 수백 대인지 셀 수조차 없는 수레들이 줄을 지어 유대로 이동하고 있다는 얘기였다. 그 소문을 듣고 사람들이 술렁거렸다.

"설마⋯."

"아녀! 진짜여! 분명 믿을 만한 소문이여!"

"이집트 놈들이 왜 우리에게 곡식을 보내?"

"그건 몰라도 곡식은 올라오고 있어. 죽을 때 죽더라도 빵 한 조각 목구멍에 넣고 죽자고⋯. 그러니 자네도 죽지 말고 며칠만 버텨. 야훼 하느님이 구원의 큰 팔을 펼치셨다! 아이구, 하느님! 감사합니다."

"그런데, 곡식이 온다고 하더라도 다음 농사철에 비가 오지 않으면?"

"곡식을 보내주신 하느님이 비도 주시겠지. 그나저나 언제쯤 수레가 들어온다고?"

"한 이틀 거리밖에 안 남았대."

"벌써 그렇게 가까이 왔어? 수레가 엎어지거나 도적놈들에게 빼앗기지 않고 잘 와야 할 텐데. 하느님이 그때까지 보호하시겠지."

이틀 후, 소문이 현실로 나타났다. 수레 행렬의 선두가 예루살렘 성문 앞에 이르렀다. 그 수레 뒤로 또 수레, 그 뒤로 또 수레, 끝이 어디인지 가늠도 할 수 없을 만큼 긴 수레 행렬이 다가왔다. 그런데 놀랍게도 헤롯왕의 군대가 수레 행렬을 호위하고 있었다. 수레마다 앞뒤로 말을 탄 기병과 보병 군졸 여러 명이 붙어 엄중하게 경계하며 다가왔다.

"어어! 왜 왕의 군대가?"

"그러게 말이야. 어, 저기 왕이 나오네, 저기 성문 쪽을 좀 보라고."

왕이었다. 늘 입고 다니던 화려하고 장엄한 복장이 아니라 수수하고 간편한 차림이었다. 복장은 수수하고 행렬은 간소해도 호위병들이 왕의 주위를 겹겹이 둘러싸고 있었다. 활짝 열린 성문으로 왕이 나오자 곡식을 싣고 온 수레에서 병사들이 일제히 함성을 지르며 왕의 깃발을 흔들어 댔다. 왕은 수레 앞으로 나가더니 큰 소리로 외쳤다.

"사랑하는 나의 군대여! 역사는 그대들의 노고를 기억할 것이오. 그 먼 길, 밀 한 톨 보리 한 톨도 흘리지 않고, 잃지도 않고, 수송작전을 극비리에 성공적으로 잘 수행했습니다. 그대들의 걸음걸음은 배곯으며 고통 속에 살고 있는 유대왕국 형제들을 위한 걸음이었습니다. 그대들이 싣고 온 곡식은 그저 먹고 살아갈 식량이 아니라 형제들의 생명입니다. 자, 나와 함께 성안으로 들어갑시다. 먼 길 오느라 피곤하겠지만 그대들이 실어온 식량을 우선 예루살렘 형제들에게 직접 손으로 나눠 주시오. 식량을 받아 든 형제들의 눈을 들여다보면 그대들을 사랑하고 감사하는 형제들의 마음을 읽을 수 있을 겁니다."

말을 마치더니 그는 탄 말의 머리를 돌려 수레 행렬을 이끌고 성으로 들어갔다. 하얀 말 위에 높이 올라앉은 왕 헤롯이 그때처럼 왕다워 보인 적이 없었다. 소식을 듣고 몰려나온 예루살렘 주민들이 모두 손을 높이 들고 목이 터져라 소리 지르며 왕을 칭송하는 함성을 터뜨렸다. 헤롯은 조금도 우쭐거리는 모습을 보이지 않고 겸손하게 손을 들어 그 함성에 조용히 답례했다. 헤롯을 칭송하는 함성은 기드론 골짜기를 건너 올리브산에 부딪쳐 메아리로 돌아왔고, 튀로포에온 골짜기를 따라 예루살렘 윗구역 아랫구역을 흔들었다.

그건 헤롯왕이 군사작전처럼 극비리에 준비한 일이었다. 곡물 수송 작전을 비밀에 부친 것은 혹 이집트에서 곡물 구매에 실패할 경우를 염려했기 때문이었다. 가뭄에 시달리는 이웃나라에서 곡물 수송 중에 강탈하려고 나설지 모른다는 염려도 있었다. 그러나 그 무엇보다 더 큰 이유는, 더 이상 아무것도 기다릴 수 없는 절망적인 순간에 예루살렘 주민 앞에 식량을 실은 수레를 드러내려는 생각 때문이었다. 이집트에서 실어온 곡식은 바로 헤롯왕이 그의 개인 재산을 풀어 사들인 식량이었다. 굶어 쓰러진 사람을 일으켜 앉혀 그 입에 빵을 넣어준 왕으로 그는 영원히 기억될 것이었다. 이스라엘 역사에 어느 왕도 하지 못한 일, 생각도 못한 일, 그런 일을 거침없이 해내는 왕이었다. 사람들은 그래서 그를 '헤롯대왕'이라고 불렀다.

그렇게 그동안 유대 사람들이 찬양하던 다윗왕과 솔로몬왕도 하지 못했던 일이었다. 이스라엘 역사에서 가장 강력하고 부유했다고 알려진 북왕국 이스라엘의 아합왕도 3년 동안 왕국을 덮쳤던 큰 가뭄 때 결코 하지 못했던 일을, 이두매 사람이라고 조롱받고, 로마제국의 속주 꼭두각시 왕이라고 비난받던 헤롯이 거침없이 해냈다.

헤롯왕이 한 그 일은, 단지 통 크게 자기 재산을 던져 곡식을 사다가 백성에게 풀어 먹인 일로만 생각할 수 없었다. 그는 이스라엘의 역사가 하느님이 어떻게 역사役事했는지 하는 하느님의 역사歷史라는 사실을 꿰뚫어 보고 있었다. 그래서 그때도 혼잣말로 중얼거렸다.

'야훼 하느님? 언제 백성을 구해 준 적이 있었던가? 백성은 굶어 죽어도, 어미가 자식을 가마솥에 삶아 먹는 일이 생겨도 하느님이 나선 적이 있었던가? 그러면서도 꼬박꼬박 아침저녁 번제물로 성전 제사를 드려야 한다고 명령한 하느님, 이제 이 백성은 야훼의 백성이 아니고 나 유대왕 헤롯의 백성이외다. 내 백성, 내가 먹여 살리고 보호할 테니 하느님은 성전에서 제사나 받고 편안하게 지내세요!'

그건 야훼 하느님에게 도전하는 마음이었다. 비록 이스라엘의 역사에서 야훼 하느님이 한없이 무력해 보였을 때에도 그 어느 왕, 그 어느 지도자도 대놓고 하느님 앞에 고개를 들고 일어선 사람은 없었다. 그저 하느님의 침묵을 틈타 자기 욕심을 채우고 욕망을 따랐을 뿐이었다. 그런데 헤롯왕은 달랐다. 야훼가 돌보지 않으니 그가 돌보러 나설 수밖에 없다고 생각했다. 그리고 눈에 보이지 않는 관념의 하느님 야

422

훼의 손에서 백성을 끌어낸 다음 유대왕 헤롯의 백성이라고, 마치 양 떼에게 표식을 찍듯, 큼지막하게 도장을 친 셈이었다.

헤롯왕, 그는 저돌적인 사람이었다. 사람들로부터 증오와 두려움과 사랑과 경외를 동시에 받은 드문 왕이었다. 무모하고 잔인하고 포악한 왕이었지만 전장에서는 한 걸음도 뒤로 물러나지 않고 치열하게 맞받아치며 공격해 점령하는 장군이며 전략가였고, 때로는 천하를 통째로 삼키고도 남을 만큼 담대하고 통이 큰 사람이었다.

아무리 그런 헤롯이라지만 그도 나이는 이길 수 없었다. 게다가 나이 70이 되니 온 몸에 부스럼이 생기고 고름이 흐르는 병도 생겼다. 사람들은 그가 평생 저지른 죗값으로 '구더기가 온 몸을 파먹는다'고 수군거렸다. 죽음을 앞둔 병상에서 까무러쳤다가 깨어나면, 죽음의 문턱을 넘다가 겨우 돌아왔다고 안도의 한숨을 쉴 때면, 어김없이 그의 귀에 환청이 들리고 견딜 수 없는 광경이 보였다.

예루살렘 주민들이 모두 뛰쳐나와 거리를 온통 메우고 헤롯이 죽었다는 소식에 환호하고 기뻐하면서 포도주 잔을 높이 들어 축하하는 광경이었다. 하느님이 이스라엘을 돌보고 계셨다고 마을마다 성읍마다 사람들이 모여 서로 어깨를 끌어안았다. 왕궁 쪽을 향해 침을 뱉고 신발을 벗어 흔드는 모습도 보였다.

"드디어 헤롯이 죽었다! 하느님이 그를 치셨다!"

"오! 만군의 주 야훼 하느님! 그 손으로 잔인무도한 헤롯을 꺾으셨도다!"

벌떡 일어나 군대를 끌고 궁 밖으로 뛰쳐나가 모두 짓밟고 싶을 만큼 헤롯에게는 견딜 수 없는 모욕의 소리였다. 상상이 아니라 그가 숨을 거두면 곧 현실이 될 일이었다.

그가 죽기 한 달여 전, 헤롯이 이미 죽었다는 헛소문이 돌았던 모양이었다. 하기야 헤롯이 죽기를 기다리는 사람이라면 하늘을 날아가던 새가 길게 울음소리를 남기며 퍼덕여도 기다렸던 일이 일어난 징조라고 믿고 싶었을 때였다. 헤롯이 눈을 감았다는 소문을 듣자마자 그동안 숨죽이고 있던 바리새파 선생들이 때를 만났다고 나섰다.

젊은 제자들을 부추겨 헤롯의 명령으로 성전 정문 위에 세워 놓은 로마의 상징 황금독수리를 찍어내려 불태웠다. 보고를 받은 헤롯은 죽음 길에서 풀려나 돌아온 사람처럼 꺼져 가던 힘이 펄펄 되살아났다. 그리고 바리새파 선생과 제자들 40여 명을 잡아들여 그중 주모자들을 모두 산 채로 불태워 죽였다.

바리새파가 찍어 내린 황금독수리에는 그 나름 사연이 있었다. 헤롯왕이 견고한 성벽으로 둘러싸인 예루살렘 성전 건축을 끝내자 로마에서 기회를 노리고 있던 그의 반대자들이 나섰다. 황제에게 반역하려는 마음을 품고 헤롯이 예루살렘에 요새를 건설했다고 그를 모함하기 시작했다. 사실 헤롯이 다시 지은 성전은 요새나 마찬가지였다. 언젠가 때가 되면 훌륭한 요새로 사용될 수 있을 만큼 튼튼하게 지었다. 그러나 헤롯은 요새에 의지하여 황제에게 반기를 들 마음은 추호도 없었다. 그건 그의 일이 아니라고 믿었고 어떤 요새라도 로마군을 막을 수 없음을 알기 때문이었다. 로마에서 그를 모함하는 말이 돌기 시작했다는 소식을 듣자마자 헤롯은 즉각 로마를 안심시킬 만한 조치를 취했다. 도성 예루살렘과 성전을 아우구스투스 황제에게 바친다는 뜻으로, 그리고 황제에 대한 헤롯의 변함없는 충성을 맹세하는 표시로, 로마의 상징, 커다란 황금독수리를 새겨 성전 정문 위에 세웠다.

헤롯은 직접 일을 저지른 사람들만 처벌했지만, 병상에 누워 곰곰생각하니 유대인이 모두 괘씸했다. 그의 속마음도 모르고 황금독수리를 불경스럽다고 생각했던 모든 바리새파는 쳐 죽이고 싶을 만큼 미웠고, 눈을 뻔히 뜨고 그걸 그저 바라보았던 성전 제사장들은 당장이라도 매질하여 광야로 내쫓고 싶었다. 그러기 전에, 궁성 앞마당에 그 잘난 유대 지도자들과 성전 제사장들을 줄줄이 잡아다 무릎 꿇려 놓고 그들 얼굴을 한 사람 한 사람 똑바로 쳐다보며 얘기해 주고 싶었다.

'들어라, 이 미련한 놈들아! 나라고 너희들이 힘들여 지키려는 토라를 모르겠느냐? 내가 일부러 너희들과 충돌하고 싶어 황금독수리를 거기 세웠겠느냐? 야훼를 예루살렘 성전에 모시고 제사를 드리는 일은 제사장들 네놈들에게 맡긴 일이고, 토라를 지키고 해설하는 일은 바리새파와 율법학자들 너희들 몫이다. 그러나, 무슨 전쟁이든 전쟁은 피하고 백성을 보호하는 일은 나 유대의 왕 헤롯이 해야 할 일이다. 온 세상을 다스리는 로마의 보호를 받지 않았다면 어떻게 이 나라를 지키고 이 백성들을 보호할 수 있었단 말이냐?

앞으로도 황제에게 거듭거듭 충성을 맹세하지 않고 무슨 방법으로 유대가 살아남고 네놈들이 날마다 집에 들어가 편안히 잠자리에 누울 수 있겠느냐? 밤낮으로 토라를 외우며 온몸을 앞뒤로 끄덕끄덕 흔들면 무엇 하나? 나라가 망하는데 …. 성전에서 향불을 피우고 제물을 불살라 야훼에게 제사드리면 뭐하나? 힘 떨어진 하느님인데 …. 야훼 하느님이든 로마 황제든, 언제 신에게 반기를 들고 저항했다고 처벌하

더냐? 충성하지 않았다고 처벌했지! 이 세상물정 모르는 미련한 놈들아!'

황금독수리를 찍어 내린 일을 두고두고 생각하면서, 헤롯은 바다를 건너 유대로 몰려드는 운명의 비참한 먹구름을 깨달았다. 그건 분명 유대가 망할 징조라고 생각했다.

그는 자기가 죽어 사라지고 난 다음 벌어질 일을 내다보았다. 그의 일생 위업이 허무하게 주저앉고, 백성들은 또다시 줄줄이 묶여 포로로 끌려가고 갈고리에 찍힌 채 비틀비틀 팔려가는 광경이 보였다. 로마의 말발굽 아래 창에 찔리고 칼에 팔다리가 잘려 나간 사람들, 도성 거리에 피투성이가 되어 꿈틀거리며 나뒹구는 유대인들의 모습이 보였다. 아무도 거두어 묻어주지 못해 산과 들에 널브러진 시체들이 보였다. 시체들이 하도 많아 이미 배를 불린 들짐승들이 입을 크게 벌려 하품을 하고, 하늘에는 날짐승들이 기회를 노리며 빙빙 도는 광경이 보였다.

늙고 나약해진 신 야훼 대신 훨씬 강하고 크고 위대한 신 로마황제 아우구스투스를 섬기도록, 유대왕 헤롯이 갖은 비난을 무릅쓰고 야훼에게서 빼내 끌고 나왔던 유대 백성, 이제 그들은 형상도 없는 무력한 신 야훼에게 다시 돌아설 것이 분명해 보였다. 힘 떨어진 신 야훼만 섬길 때 겪었던 참혹했던 과거의 역사를 되풀이할 것으로 보였다.

'내가, 이 헤롯이 숨을 거두고 나면, 이 나라는 어찌 될꼬! 이 백성이 겪어야 할 처참한 운명이 안타깝구나! 아! 내가 평생에 걸쳐 세운 일이 결국 이렇게 무너지는구나! 돌을 깎아 세워 성을 쌓은 일보다 로마황제의 품 안에 들어가는 일이 더 안전하다는 것을 모르는 놈들! 나

에게 조금만 더 시간이 있다면, 다만 한두 해라도 더 살아 버틸 수 있다면 ···.'

그러나 그는 이전 이스라엘의 왕들처럼 야훼 하느님 앞에 엎드려 회개하면서 목숨을 애걸하지 않았다. 아예 그럴 생각조차 없었다. 그렇다고 죽음을 앞둔 다른 늙은 사람들처럼 벽을 향해 누운 채 컴컴한 허무를 곱씹으며 눈물 흘리지도 않았다. 그렇게 하기는커녕 까무러쳤다 깨어날 때마다 골똘하게 한 가지를 생각하고 또 생각했다. 차마 사람으로서는 할 수 없는 일이겠지만 그 방법밖에는 없다고 스스로 여러 번 다짐했다.

죽을 날이 가까웠다고, 해야 할 일 남겨두고 침상에 누워 때만 기다리는 것은 헤롯에게는 참을 수 없는 수치였다. 로마에 대한 저항의 싹을 자르기로 헤롯은 마음먹었다. 통치에는 자비보다 두려움이 백 배천 배 효과가 있다는 것을 그는 잘 알았다. 그는 숨이 남아 있는 동안에 유대에게 닥칠 비참한 운명의 방향을 돌릴 준비를 시작했다. 그럴 만한 힘이 아직 그에게 있다고 믿었다. 그가 죽음의 강을 건너더라도 그에게 주어진 시간 저쪽까지 힘을 뻗칠 수 있다고 믿었다. 시간의 한계를 뚫고 싶었다. 아무것도 할 수 없는 뻣뻣한 송장으로 누워 그런 일이 일어나도록 그냥 둔다면 헤롯의 이름에 참을 수 없는 수치를 덧칠하는 것이었다.

'아! 모질구나, 헤롯의 운명이! 사랑하던 아내도 내가 처형했고, 내가 씨를 뿌려 거둔 자식들도 내가 처형했고, 왕실에 위협이 될 만한 뱀 같은 인간들은 모두 목을 눌러 잡아 껍질까지 벗겼건만, 이제 마지막으로 눈을 감으면서까지 다시 한 번 내 손에 피를 묻혀야 하다니 ···.

이런 운명을 타고난 사람이 나 말고 또 있을까?'

혜롯왕은 은밀하게 명령을 내려 모든 준비를 마쳤다. 이제 그 일을 실행하도록 확실하게 명령을 전달할 사람이 들어오기를 기다렸다. 오직 한 사람, 실수 없이 그 일을 뒤에서 조종할 사람, 그가 마음에 둔 그 사람이 들어오는 날을 기다렸다.

죽음을 며칠 앞둔 그날, 혜롯은 병상에서 유난히 헐떡거리며 괴로워했다. 그런데, 왕의 여동생 살로메가 살랑살랑 침실 안으로 걸어 들어왔다. 그녀는 혜롯 궁정에서 벌어진 모든 음모의 근원이었고, 질투의 화신이었다. 그녀의 간악한 모함에 빠졌던 혜롯은 질투에 눈이 멀어 사랑하던 두 번째 아내 마리암네 왕비도 처형했고, 마리암네가 낳은 아들 아리스토불루스와 알렉산더도 처형했고, 자기 친삼촌도 죽였다. 누구든 살로메의 입에 오르내리면 죽음이 멀지 않다는 소문이 돌았다. 그런 여자가 혜롯 앞에 나타났다.

침실에 들어오기 전까지는 마치 산책이라도 가는 사람처럼 가벼운 얼굴로 걸어오더니 침상 앞에 이르자 세상에서 가장 슬픈 사람, 가장 걱정이 많은 사람으로 순식간에 표정을 바꿨다.

"대왕 폐하! 아니 오라버니! 오늘은 좀 어떠신지요? 저는 오라버니 걱정에 잠을 제대로 못 잔답니다."

'이런 년 하곤!'

말하는 소리를 들어 보니 벌떡 일어나 고함을 지르고 싶었지만 혜롯은 애써 참았다. 하기야 앓고 누워 있으니 자식들도 그를 들여다보지 않았다. 괴팍하고 포악한 그의 성격을 잘 알기 때문이었다. 몸이 괴로워 헐떡거릴 때 잘못 앞에 나타났다가 갑자기 무슨 변을 당할지 모를 일이었다. 얼마 전 오랜만에 왕의 친구 하나가 병문안 들어왔다가 무슨 말로 그의 속을 뒤집어 놓았는지 변명도 제대로 못 하고 끌려 나가 목이 잘렸다. 그 소식을 들은 사람은 누구라도 공포를 느낄 수밖에 없었다. 가능하면 눈앞에 안 보이도록 멀리 떨어져서 왕이 숨지기를 기다리는 것이 가장 안전했다.

살로메는 근심 걱정에 가슴이 미어진다는 표정으로 헤롯의 머리도 짚어보고 다리도 주물러 주면서 무슨 말을 할 듯 말 듯했다. 들어보나 마나 죽기 전에 그녀에게 땅덩어리 하나 떼어 달라는 부탁이 뻔했다.

"살로메!"

"예, 대왕 폐하! 아니, 오라버니! 오라버니에게 믿을 만한 살붙이가 누가 있습니까? 저 살로메 외에 ….."

"그건 내가 잘 안다. 그런데, 내가 죽으면, 내가 마지막 잠이 들면, 모두 싹 죽여라! 인정 두지 말고 그냥 다 죽여라!"

"예? 그게 무슨 말씀이에요?"

"죽이라고!"

헤롯이 몸을 일으켜 세우려는 듯 애를 쓰며 벌컥 역정을 냈다.

"아니! 그게 무슨 말씀이냐고 여쭈었습니다. 누구를?"

"모두!"

"이 궁성 사람을 다 죽여요?"

놀란 나머지 그만 살로메 목소리가 커졌다. 그녀는 얼른 침실 안을 둘러보았다. 방 안에는 있는 듯 없는 듯 늘 무표정하게 서 있는 경비병 둘이 버티고 있었다. 얼굴까지 유난히 까만 에티오피아 사람이었다. 그들은 혀가 잘려 말을 못 하지만 눈치는 빨라서 누구든 왕을 해치려는 기미만 보이면 즉시 달려들어 목을 베었다. 그들이 칼을 휘두르면 목이 뎅겅 떨어진다고 소문이 났다.

"아니, 아니! 이 철없는 ⋯ ."

살로메는 우선 안심했다. 궁성 안 사람을 다 죽이라는 말은 아니라는 것만은 알 수 있었다. 그렇다면 누구라는 말인가? 죽을 날을 눈앞에 둔 헤롯왕이 죽이고자 하는 사람들이, 그것도 모두 죽이라는 것을 보아 한두 사람이 아닌 듯한데, 죽여야 할 그들이 과연 누구일까?

헤롯이 손짓으로 살로메를 가까이 불렀다. 그녀가 몸을 기울이자 귀를 가까이 대라는 시늉을 했다.

"내가 헤로디움에 모아 놨다. 5천 명을 ⋯ . 각 마을마다 성읍마다 몇 명씩 뽑아서 모아 놨다. 그들을 모두 죽여라! 내가 숨을 멈추는 그날, 바로 죽여라!"

두려움과 공포가 살로메 머리끝에서 찌릿 일어나더니 뒷머리를 타고 뒷목을 타고 등골로 내려갔다. 헤롯왕이 잔인하고 무서운 줄이야 피를 나눈 형제라고 모르지 않았다. 그러나 5천 명이나 되는 사람을 죽이려고 모아 놓았다는 말을 들으니 갑자기 정신이 아득하고 어지러웠다. 숨을 헐떡거리며 누워 있는 오빠는, 사람이 아니고 생명을 거둬가는 악귀惡鬼였다. 사람의 껍질을 뒤집어 쓴 더럽고 무서운 악귀였다. 헤롯이 5천 명이나 되는 젊은이들과 함께 헤로디움에 묻히는 장면을 떠올리자 그녀는 마치 땅이 방 한구석에서부터 천천히 무너져 내리는 것처럼 느꼈다.

헤로디움은 예루살렘에서 남쪽으로 30리 떨어진 곳에 세운, 요새 겸 헤롯 왕궁이었다. 헤롯이 숨을 거두기 11년 전, 8년에 걸친 공사가 완공

되었는데, 왕이 숨을 거두면 묻힐 무덤도 그곳에 미리 만들어 두었다.

혜롯은 손을 뻗어 살로메의 팔을 잡았다. 그의 손에는 아직 힘이 남아 있었다. 그의 몸에서 풍겨 나오는 악취와 함께 독하고 악한 힘이 그에게서 뻗쳐 나왔다.

"알았지? 조용히! 너만 알고!"

"아! 예, 오라버니! 저만 믿으세요. 제가 그 명령을 틀림없이 따르겠습니다."

"됐다! 가봐라!"

살로메는 다른 말 못 하고 물러나왔다. 이러니저러니 말을 하다 보면 그의 손짓 하나로 자기도 온전치 못할 것을 그녀는 알았다. 5천 명을 죽이라는 무서운 명령을 내리는 사람인데 무슨 짓인들 못할 것인가? 그저 시키는 대로 하겠다고 대답해 놓고 빨리 물러나 나오는 것이 가장 안전했다.

정신을 완전히 잃은 듯 놀라 비틀거리는 걸음으로 물러가는 살로메를 바라보면서, 혜롯은 혼잣말을 하며 마음을 모질게 다잡았다.

'5천 명 목숨 때문에 정신을 잃었느냐? 그렇게라도 하지 않으면 5천 명의 10배, 100배의 사람이 목숨을 잃을 것이다. 도성 예루살렘은 무너져 폐허가 되고, 내가 세운 성전은 돌 위에 돌 하나도 온전히 서 있지 못할 것이다. 이 땅 위에 유대라는 나라는, 이스라엘이라는 백성은 영원히 사라질 것이다. 로마황제에게 5천 명의 생명으로 제사를 드리면 최소한 유대는 살아남을 것이다. 야훼보다 더 무섭고 크고 위대한 힘을 가진 로마황제를 거스르고는 살아갈 수 없는 세상이라는 것을 모르는 철부지들…. 아! 내가 지고 가야 할 악한 이름 혜롯이여! 잔인

한 운명이여!'

하느님의 명령을 받았다는 모세를 따라 히브리가 이집트에서 탈출하여 40년 동안 광야를 헤맬 때부터 이스라엘은 '욤 키푸르'라고 부르는 속죄일贖罪日을 지켰다. 속죄일에는 2마리의 숫염소를 끌어내어 제비를 뽑아 그중 한 마리 머리 위에 두 손을 얹고 '이스라엘이 저지른 온갖 악행과 온갖 반역행위와 온갖 죄를 다 자백하고 나서 그 죄를 숫염소의 머리 위에 씌워' 빈 들로 내보냈다. 그 속죄염소는 이스라엘의 죄를 짊어지고 비틀비틀 물도 없고 풀도 없는 거친 황무지를 헤매다가 들짐승에게 잡아먹혔다.

헤롯은 5천 명의 젊은이들을 이스라엘에게 닥칠 처참한 운명을 대신 지고 떠날 속죄의 숫염소로 생각한 셈이었다. 광야가 아니라 헤로디움에서 그 속죄염소들이 눈을 감도록 계획했다. 병상에서 마지막 날을 기다리는 왕의 명령에 따라 전국에서 귀족과 유지들의 자제 5천 명이 한껏 기대에 부풀어 헤로디움에 모였다. 그들은 무슨 일이 벌어질지 모르는 채, 왕이 내려 준 좋은 음식으로 날마다 잘 먹고 잘 지내고 있었다. 헤롯왕이 죽은 후 다음 왕이 이스라엘을 다스릴 때 자기들이야말로 그 전위세력이 되리라는 꿈을 꾸었다.

'이스라엘, 유대 전체가 공포와 슬픔과 울음으로 뒤덮이겠지! 애곡 소리가 크면 클수록 두려움이 커지고 …….'

헤롯은 까무러쳤다가 잠시 깨어날 때마다 혼자 중얼거렸다. 그의 마지막 날들은 시간과 싸우는 날들이었다. 그는 죽음을 그냥 기다리지 않았다. 두 손을 뻗쳐 다가오는 죽음을 밀어내면서 마지막 계획을 실행하는 일을 챙겼다.

헤롯이 노린 것은 그의 죽음과 더불어 헤로디움에 소집해 둔 젊은이들 목숨을 빼앗아서 이스라엘 전체가 공포와 슬픔과 울음에 빠지게 하겠다는 계획이었다. 모든 마을 모든 지방이 통곡과 슬픔에 잠겨, 그의 장례기간이 애곡의 때가 되도록 계획했다. 그 기간 동안에는 누구도 감히 헤롯이 세워 놓았던 체제를 뒤엎으려고 일어나지는 못할 것으로 그는 믿었다. 적어도 6개월, 1년은 그렇게 정신없이 슬픔에 빠져 지내면서 슬픔 외에 아무것도 생각하지 못하도록 하겠다는 요량이었다. 그러면 로마황제 아우구스투스가 무력으로 이스라엘을 다시 짓밟는 대신 헤롯이 황제에게 남긴 유언에 따라 질서 있게 이스라엘에 안정을 되찾을 시간을 벌 수 있을 것이었다.

그는 자기 장례식 때 백성들에게 읽어주도록, 마지막 유언도 이미 작성해 두었다. 처음부터 끝까지 구구절절 '로마황제를 섬기고 충성하라! 로마제국을 거스르지 말고 따르라! 그러면 이스라엘이 땅을 지키고 자자손손 그 땅에서 대를 이어 살리라!'하는 말이었다. 이스라엘의 역사가 무엇이었던가? 야훼 하느님을 섬기고 충성하면 약속으로 주어진 그 땅에서 대대손손 번영하며 살게 된다는 믿음의 역사였다. 헤롯은 이스라엘이 지키고 살았던 오랜 계명에서 섬김의 대상을 로마황제로 바꾸었을 뿐이었다. 그에게 다른 길은 보이지 않았기 때문이었다.

헤롯의 뒤를 이은 맏아들 아켈라우스는 살로메를 통하여 전해진 아버지의 명령을 실행하지 않았다. 그는 통곡과 저주로 자기 시대를 시작하고 싶지 않았다. 살로메도 입을 다물고 헤롯왕의 명령을 비밀에 부쳤다. 그 비극은 헤롯왕이 숨을 거뒀기 때문에 피할 수 있었다. 누구도 입에 올리지 않고 그 비밀을 헤롯과 함께 묻었다.

만일 헤롯의 마지막 명령이 지켜졌더라면, 그래서 5천 명의 젊은이가 헤롯과 함께 헤로디움의 거대한 무덤에 함께 묻혔더라면 유대의 역사는 달라졌을 것이다. 그런 엄청난 대량 학살자가 지은 예루살렘 성전에서 제사를 드리며 하느님을 섬기는 일은 불가능하기 때문이었다.

그의 명령이 실행되지 않음으로 해서 그가 세운 헤롯 성전은 여전히 성전산에 서서 야훼 하느님이 머무는 자리로 섬겨질 수 있었다. 헤롯은 자기가 지었던 성전을 무너뜨릴 뻔했고, 자기가 지었던 성전에 사람들 발길이 끊어지고 그 자리는 폐허로 변하게 할 뻔했던 일을 계획했었다.

헤롯이 죽고, 그 10년 후 유대와 사마리아, 이두매를 다스리던 아켈라우스마저 축출되자 어떻게 된 일인지 헤롯왕이 마지막으로 남겼다는 끔찍한 명령이 사람들에게 알려졌다. 어떤 사람들은 헤롯 왕가 쪽에서 흘러나온 얘기라고 했고, 어떤 사람들은 헤롯의 다른 아들, 분봉왕 안티파스나 빌립이 유대를 넘보지 못하도록 유대인들의 마음을 완전히 돌려놓으려고 성전 쪽에서 은밀하게 흘린 얘기라고 믿었다.

그러나 어느 세상이든 다른 사람들과 달리 생각하는 사람들은 늘 있기 마련이다. 한쪽에서는 전에도 없었고 앞으로도 없을 끔찍한 참사가 일어날 뻔했다고 가슴을 쓸어내릴 때, 무엇을 안다는 듯 다른 말을 하는 사람들도 꽤 있었다.

"만일 헤롯왕의 마지막 그 명령이 실현되었더라면 두려움이 무엇인지 알게 되고, 그러면 로마를 어찌 섬기며 살아야 하는지 유대가 철저하게 깨닫는 기회가 되었을 것이다. 모르긴 몰라도, 헤롯왕은 5천 명의 목숨으로 유대를 로마로부터 지키려고 했을 것이다. 지금 돌아가는 꼴을 좀 보아라! 이러다가는 필경 헤롯왕이 죽었을 때처럼, 그리고 갈릴리 유다와 바리새인 사독이 주동했던 '제 4의 철학'이 로마에 바치는 세금을 거부했을 때처럼 혼란이 일어나고 결국 유대는 황제로부터 노여움을 사고 말 터이다.

만일 황제가 다시 한 번 더 군대를 내려보낸다면 유대가 무사하겠는 가? 백성들이 여전히 제 집에서 빵을 굽고 포도주 틀을 밟으며 살 수 있겠는가? 헤롯왕이 공들여 세운 예루살렘 성전이 온전히 남아 위엄 있게 세상을 굽어볼 것인가? 우리 유대는 영원히 사라질 것이다. "

대부분 사람들은 그런 끔찍하고 무서운 말을 입에 올리는 사람을 비난했다. 그러나 어떤 사람들은 그럴 수도 있으리라고 믿었다.

사실은 유대에서 헤롯 왕실이 무너지고 나니 로마에 바치는 세금과 공물은 갑자기 더 무거워졌다. 황제에게 직접 청원할 길이 끊겼을 뿐만 아니라 그런 힘도 없는 예루살렘 성전은 총독이 요구하는 것이라면 무엇이든지 순순히 따랐다. 오히려 기회라고 총독을 등에 업고 수탈이 심해졌다. 사람들은 고개를 숙이고 곁눈으로 로마군이나 성전 경비대 눈치를 보면서 수군거렸다.

"헤롯왕이 정말 인물은 인물이고 그래서 대왕인 게야!"

"그때가 훨씬 더 살기 좋았지! 어디 저런 로마 군인 놈들이 칼 차고 창을 꼬나들고 절그럭거리며 도성 안을 활보해? 헤롯대왕이 있었으면 절대 저런 일은 없어!"

시간이 흐르면서 사람들은 헤롯왕에 대하여 두려움과 증오뿐 아니라, 한편으로는 고개를 끄덕이며 자랑스럽게 생각하는 두 가지 상반된 감정을 가지게 됐다. 야훼 하느님이 눈감고 버렸다고 믿었던 이스라엘의 백성을 일으켜 세웠고, 하느님도 지키지 못한 성전을 그가 지켰고, 이스라엘이 피 흘리지 않고 살아갈 수 있는 길로 그가 이끌었기 때문이다. 현실세계를 지배하는 로마제국의 힘을 정확하게 인식했다는 점에서 그는 예수와 시각이 일치하는 사람이었다.

헤롯은 황제에게 충성하고 로마를 섬기면서 누리는 이스라엘의 안전을 꿈꿨고, 예수는 제국이 녹아내리는 새 세상을 이뤄 모든 사람이 압제에서 벗어나는 길을 걸었다. 가장 폭력적인 사람과 가장 비폭력적이고 평화적인 사람, 세상에서 가장 멀리 떨어진 헤롯왕과 예수 그 두 사람은 대응하는 방법은 전혀 달라도 상대의 가공할 힘은 똑바로 알고 있었다.

헤롯왕은 비록 철권통치, 탐욕스러운 학정虐政과 잔인한 공포의 정치를 폈지만, 그는 오랜 전쟁을 끝냈고 도성 안을 달리는 이방 제국의 말발굽 소리가 사라지게 했다. 힘으로 로마의 평화를 이룬 아우구스투스 황제처럼, 헤롯왕도 헤롯식 평화를 이뤘다. 그가 다스린 33년 동안, 그는 '이스라엘의 존속'이라는 오직 한 가지를 마음에 두었다.

세상 모든 통치자가 그러하지만 헤롯왕은 사람들이 생각하는 왕의 중요한 자질을 가진 사람이었다. 그는 스스로를 곧추세우려는 듯 혼잣말로 중얼거리기 일쑤였다.

"왕은 나라는 지키는 일에 곧이곧대로 미덕을 지키려고 매달릴 필요가 없다. 때로는 배신도 해야 하고, 때로는 잔인한 짓도 서슴없이 해치워야 한다. 인간이 아니라는 말도 들을 각오를 해야 하고 신을 배반했다는 비난도 감수해야 한다. 착한 일에 힘써야 하지만 필요할 때는 주저 없이 사악해질 수 있어야 한다. 왕에게 가장 중요한 일이 무엇인가?

나라를 지키고 번영하도록 다스리는 일이다. 그러면 그렇게 하기 위해 무슨 짓을 했든, 칭송을 받고 위대한 왕으로 길이 기억될 것이다."

혜롯은 그 자신이 생각했던 길을 걸은 사람이었다.

혜롯은 로마황제를 살아 있는 위대한 신이라고 믿었다. 그건 로마황제가 성전에 머무는 야훼 하느님보다 더 큰 신이라고 믿었다는 말이다. 로마황제를 주신主神으로 섬기면서 한편으로는 성전이 섬기는 유대의 신 야훼도 작은 신으로 믿었다. 성전이 작은 신 야훼를 섬기며 지내도록 편의를 봐준 사람이었다.

그런데 갈릴리 사람 예수는 달랐다. 그는 하느님이 아예 성전에 머물지 않고 사람들과 함께 땅에서 살아간다고 가르쳤다. 예루살렘 성전 사람들은 혜롯왕에 대해서는 모르는 척 눈감을 수 있었지만, 알맹이 없는 빈껍데기가 성전이라고 말하는 예수를 그대로 보아 넘길 수는 없다. 그들에게 예수는 혹독한 처벌을 내려 제거할 수밖에 없는 사람이다. 혜롯왕이 세워 놓은 작은 신 야훼 체제를 무너뜨리는 사람이기 때문이다.

"왕권이 무너지면 신권神權도 무너진다."

세상에 떠도는 속담이 있다. 단순한 말 같아도, 무엇이 먼저고 어떤 것이 나중이든, 어떻게 신권과 왕권이 결합하는지 현실정치를 제대로 짚어낸 말이다. 혜롯왕이라는 걸출한 인물에 기대어 정치의 급류에서 한발 벗어나 하느님 섬김에만 매달렸던 성전은 왕이 사라지자 고스란히 그 급류를 몸으로 맞아야 했다. 게다가 로마총독이 맡겨 준 정치를 즐기다 보니 어느덧 성전은 제사드리는 일까지 맡은 정치기구, 지배 수단으로 변했다. 로마제국에 저항하는 사람들에게는 타파해야 할 압제로 보이게 됐다. 성전은 헤롯왕이 남긴 유산을 등에 걸머지고 이방제국과 공동운명으로 묶였다. 성전제도가 무너질 위험을 깨달은 예루살렘 성전은 덮쳐오는 물결을 막으려고 안간힘을 쓰고 나설 수밖에 없는 형편으로 몰렸다.

총독이 입성하기 전부터 성전이 취한 유월절 명절 조치는 밤마다 예루살렘을 문 닫아거는 일이었다. 그들에게는 '헤롯의 도시'라 불리는 예루살렘을 '거룩한 야훼의 도시'로 되돌릴 힘이 없기 때문이었다. 골목골목 순찰 도는 로마군의 저벅거리는 발자국소리가 밤새 끊이지 않고, 밖으로 향한 성문을 모두 닫아놓은 채로는 세상을 향해 가슴을 연 하느님을 섬길 수 없다.

더구나 하느님의 나라는 안과 밖, 위와 아래, 남자와 여자, 이스라엘과 이방, 거룩한 것과 거룩하지 않다고 불리는 모든 피조물이 하느님의 성품을 품고 살아가는 세상이라고 갈릴리의 예수가 성전 뜰에서 가르쳤기 때문이다.

로마 총독의 하부기관이 되어 문을 닫고 지키려는 성전과, 하늘이 땅으로 열렸다며 해방을 선언하는 예수 사이에 피할 수 없는 대결의 시간이 점점 다가오고 있다. 헤롯왕이 그렇게 두려워하며 막으려고 했던 그날이 올리브산을 넘어오더니 성전 뜰에 들어섰다.

앞으로 벌어질 일을 안다는 듯, 서산을 넘어가는 해는 핏빛처럼 섬뜩한 구름을 매일 서쪽 하늘에 걸어놓고, 밤하늘 니산월 달빛은 유월절이 다가오면서 점점 더 차갑게 푸르러진다.

예수에게 기름 붓는 막달라 마리아

———·———

그날 저녁때, 아직 니산월 11일이 다 지나기 전에 예루살렘에 들어갔
던 제자들이 베다니 마르다네 여인숙으로 돌아왔다. 곧 해가 지고, 별
이 뜨면 12일이 시작된다.

"선생님은 안 오셨어요?"

마르다가 물었다. 누구도 선뜻 나서서 대답하지 않았다.

"왜? 무슨 일이 있으신 거예요?"

연이틀 수상한 분위기 때문에, 마르다의 동생 마리아가 자기와 이
름이 똑같다면서 따르던 막달라 마리아에게 물었다. 그녀는 힘없이
대답했다.

"지금 마루턱에 혼자 앉아 계세요. 조금 늦으실 거예요."

"왜, 같이들 안 오시고 따로 … ?"

"아무 말씀도 안 하시고 그냥 예루살렘을 내려다보고 계셨어요."

"오빠보고 좀 가보라고 할까요?"

그 말을 듣자 마당가에 서 있던 나사로가 얼른 나섰다.

"내가 가서 모시고 올게요!"

그러더니 혼자 후다닥 문밖으로 튀어 나갔다. 그걸 보고 있던 므나헴이 나사로를 뒤따라 나갔다.

"나도 같이 다녀올게요."

갑자기 소란한 소리를 듣고 안으로 들어가던 요한이 다시 나왔다.

"무슨 일이에요?"

"선생님 모시러 간다고들 나갔어요."

마리아의 말을 듣더니 요한이 잠시 무슨 생각을 했다.

"나도 가볼게요."

시몬 게바가 말렸다.

"에이! 두 사람이나 갔으니 요한은 가지 마! 우리에게 먼저 내려가라고 선생님께서 말씀하셨는데, 또 여러 사람이 우르르 몰려가면 불편하게 생각하실지도 몰라."

요한은 고개를 갸우뚱갸우뚱하면서 방으로 들어갔다. 므나헴은 곧 나사로를 따라잡았다.

"나도 같이 갑시다."

"그러세요."

둘이 좀 올라가니 예수가 혼자 천천히 걸어 내려오고 있었다.

"선생님!"

나사로가 큰 소리로 불렀다.

"웬일로?"

"모시러 올라왔습니다."

440

"어허! 괜히 힘들게 … . 므나헴도 … ."

나사로가 앞에 서고 므나헴은 예수 뒤를 따라 걸었다. 나사로가 몇 걸음 앞서서 걸어 내려가는 것을 보고 므나헴이 예수 옆으로 다가가 입을 열었다.

"선생님, 드릴 말씀이 … ."

"예!"

"지금 아주 일이 급하게 벌어지고 있습니다. 위험합니다. 선생님과 마리아가 걱정됩니다."

"고마워요. 그런데 괜찮아요. 원래 그럴 줄 알고 여기까지 왔으니까 … ."

"선생님! 정말 위험합니다. 오늘 밤이라도 길을 떠나시지요."

"그러지 않겠소. 내가 가야 할 곳, 있어야 할 곳은 이미 정해져 있어요. 내가 그걸 피하려면 여기까지 오지 않았소. 그러나, 내가 그대의 마음은 잘 알고 있소. 그대를 축복하오."

"선생님, 저는 정말 … ."

"괜찮아요. 며칠 전 얘기했던 것처럼, 그들이 그대에게 맡긴 일 말고, 내가 맡길 일이 있소. 그대는 그 일을 할 적임자요."

"선생님!"

"글을 읽고 쓸 수 있는 사람으로 그대가 할 수 있는 일, 그 일을 하시오."

"무슨 일인지 좀더 자세하게 말씀해 주시면 제가 … ."

"므나헴! 때가 되면 그대 마음속에 떠오를 거요. 그게 무슨 일인지, 어떻게 해야 할지 모두 깨닫게 될 거요. 나를 따르던 제자들 중에 오직 그대, 므나헴만이 할 수 있는 일이오."

"그때가 되면, 그 일이 무엇이든 제가 말씀을 꼭 따르겠습니다."

"고맙소. 그대 말대로 이미 벌어지고 있는 일이니, 므나헴도 마음으로 준비하시오."

"예, 선생님! 그런데, 마리아가 말을 듣지 않습니다. 아무리 떠나라고 말해도 도무지 ….."

"마리아에게는 그녀대로 할 일이 따로 있지요. 내 곁을 끝까지 지킬 사람이오. 나중에 그대와 마리아가 함께 할 일이 있을 것이오."

"알렉산더 공이 마리아를 꼭 떼어 놓을 겁니다. 그러니 선생님께서 말씀 좀 ….."

"아니오. 그녀는 자기 눈으로 모든 것을 보게 될 것이오. 그대도 마찬가지고."

그렇게 말하는 중에 마르다네 여인숙이 보였다. 이미 날이 어두워졌고, 여인숙 문간에 등불이 매달려 흔들거렸다. 니산월 12일 달이 동쪽 하늘 위에서 푸른빛을 뿌렸다.

"선생님! 좀 들어가겠습니다."

마리아의 조심스러운 목소리가 문밖에서 들렸다. 저녁식사 끝에 눕거나 앉아 있던 제자들이 모두 몸을 가다듬었다. 여자이기 때문에 그녀는 선생이 모두 모아 가르침을 전할 때를 빼고는 남자 제자들과 예수가 있는 방으로 들어오는 경우란 드물었다. 더구나 부르지 않았는데 스스로 방에 찾아든 경우는 거의 없었다.

"들어와요."

시몬 게바가 마리아를 불러들였다.

그녀는 불이 켜진 조그만 등잔을 왼손에 조심스럽게 받쳐 들고 들어 왔다. 오른손 손바닥을 오므려 등잔불이 꺼지지 않도록 가리고 한 걸음 한 걸음 천천히 걸어 들어왔다. 그녀의 오른쪽 팔뚝에 주머니 하나가 걸려 있어서 몸을 움직이는 대로 달랑달랑 흔들렸다. 그녀 뒤로 마르다 나사로 마리아, 베다니 여인숙 삼남매도 따라 들어왔다.

"어어!"

뜻밖의 광경에 제자들은 의아하다는 듯 눈을 둥그렇게 뜨고 앉은 자리에서 목을 쭉 뽑았다. 방 안에 들어온 마리아는 선 채로 조용히 예수를 바라보았다. 그러더니 예수 세 걸음쯤 앞에 무릎을 꿇고 앉았다. 등잔을 두 손으로 받쳐 들어 얼굴 높이까지 세 번 올렸다 내렸다 하더니 그녀와 예수 중간에 내려놓았다. 그러는 사이 마르다네 삼남매도 제자들 틈에 끼어 앉았다.

이미 그녀가 방 안에 들어올 때부터 무어라 말할 수 없을 만큼 독특한 향내가 방 안을 서서히 채웠다. 아마 등잔에 채운 기름이 타면서 퍼진 향내일 것이다. 예수는 그저 그녀를 조용히 바라보았다.

"저에게 이 일을 맡기신 하늘 아버지에게 영광과 찬양을 드립니다. 지극히 높으신 분의 뜻을 마리아가 따르겠습니다."

마리아의 말을 듣더니 예수가 꼿꼿하게 허리를 폈다. 마리아는 팔에 걸었던 주머니를 풀어 그 속에서 병을 꺼냈다. 어른 가운뎃손가락보다 조금 더 큰 병이다. 그녀는 품에서 조그만 칼을 꺼내 밀랍으로 단단하게 막은 병마개를 긁었다. 마개를 빼냈다. 곧 방 안에 향기가 퍼졌다. 향기는 부드러우면서도 깊었다. 박하 냄새도 나고, 아주 잘 익은 올리브에서 조심스럽게 짠 품질 좋은 기름 냄새도 나고, 아라비아 사람들이 세상 끝 산속에서 캐낸 엷은 분홍색의 값비싼 향료석을 태울 때 나는 냄새도 섞여 있다.

그녀는 앉아 있는 예수 등 뒤로 돌아가 서서 등잔불을 바라보았다. 예수도 조용히 등잔불을 바라보았다.

지금 벌어지고 있는 일은, 살아오면서 경험하거나 들었던 일과 다른, 어떤 특별한 의식儀式이라는 것을 제자들은 모두 알게 됐다. 처음에는 마리아가 하는 양을 호기심 어린 눈으로 지켜보던 제자들도 예수와 마리아의 눈길을 따라 조용히 일렁이는 등잔불을 바라보았다. 아무도 숨을 크게 내쉬거나 들이쉬지 않았다. 일어나고 가라앉고, 왼쪽 오른쪽으로 흔들리는 등잔불을 그저 응시했다.

그렇게 한참 등잔불을 바라보는 사이, 방 안에는 이상한 변화가 서서히 일어났다. 이제 그 이전과 이후를 확연하게 가르는 어떤 일이 일어난다고 모두 느꼈다. 방 안에 가득 들어앉은 모든 사람들이 그 일을 눈으로 보고 냄새로 맡고 가슴으로 받아들이는 의식이 치러지는 순간이다.

"선생님!"

한참 만에 마리아가 입을 열었다.

"선생님! 이 일을 받으시겠습니까?"

"예!"

"돌아서지 않으시겠습니까?"

"예!"

"하실 말씀이 있습니까?"

"아버지의 뜻에 따라 씨를 뿌렸습니다. 이제 마음밭과 씨와 아버지의 신비와 사랑이 역사할 시간입니다."

마리아는 들고 있던 병을 기울여 예수 머리 위에 기름을 부었다. 기름은 예수의 머리카락을 적시며 흘러내렸다. 불빛에 기름이 번쩍였다. 순간 방 안에 있는 등잔들이 모두 일렁였다. 마리아가 예수 앞에 놓은 등잔, 벽에 움푹 파인 등잔 자리의 등잔불이 일렁였다. 그건 마리아의 몸 움직임 때문만은 아니었다. 방 안을 가득 채운 향 내음 때문만도 아니었다. 제자들 마음속에 출렁이며 밀려드는 파도 때문도 아니었다.

의식이란 원래 사람들이 믿고 섬기는 신이나 먼 옛날부터 전해져 내려온 신화神話와 같이 눈에 보이지 않던 의미를 현실세계로 불러내서 몸을 입히는 행위다. 의식을 통해 관념이 현실로 변한다. 의식을 통해 현실화한 관념은 그 의식에 참여한 사람에게 경험으로 기억되고, 앞으로 그 사람이 살아갈 삶을 바꾼다. 경험했던 의식의 내용을 몸으로 살아가게 된다. 성전 제단에서 제물을 불살라 성전 제사의식을 치르든, 세례자 요한 앞에서 사람들이 요단강 강물 속에 몸을 담가 세례를 받든, 베다니 마르다네 여인숙 방에서 예수의 머리에 기름을 붓든, 의식을 통하여 이루려는 목적은 같다.

마리아는 하늘 아버지의 뜻에 따라 예수의 머리에 기름을 붓는다고 말했다. 하느님의 뜻이라면, 마리아라는 여자가 기름을 부을 수 있느냐, 기름을 붓는다는 의미가 무슨 뜻이냐, 예수가 무슨 생각으로 기름 부음을 받았느냐 묻고 따지는 일은 의미가 없다. 이미 제자들 모두 보는 앞에서 예수의 머리에 기름이 부어졌기 때문이다.

본 사람, 듣는 사람마다 각자 그들 마음속에 어떻게 받아들였든 그건 니산월 12일이 시작된 밤, 베다니 여인숙에서 일어난 일이다. 의식에는 원래 의식을 치르는 사람, 의식의 주관자, 그 의식에 참여하여의식의 의미를 확인하는 사람들이 있기 마련이다. 마르다네 여인숙에서 그 밤에 이뤄지는 일에는 그 세 가지가 하나도 빠짐없이 골고루 갖춰졌다. 다만 의식의 주관자가 마리아라는 여자라는 점이 아직 마음에 걸리는 사람이 있기는 하지만 ….

의식은 사람이 저쪽 영역에서 이쪽 영역으로 넘어오는 일이다. 날짜를 정해 놓고 해마다 달마다 되풀이 반복되는 기념과 달리 의식은 되풀이되지 않는다. 의식을 통하여 사람들의 신분이 바뀌기도 하고, 다른영역으로 들어가지만 그걸 되돌릴 수는 없다. 사람이 태어나고 죽는 그선을 되넘을 수 없는 것처럼, 한 번 결혼하면 영원히 총각 처녀로 되돌아올 수 없는 것처럼 의식은 오직 그 이전과 이후만 있을 뿐이다.

예수의 머리에 기름을 부으면서 마리아는 몸이 무척 떨렸다. 그녀는 자기가 하는 일이 무슨 의미라는 것을 잘 알고 있기 때문이다. 마음으로는 예수의 발에라도 매달려 이번에는 돌아가자고, 갈릴리로 다시돌아가자고 눈물로 애원하고 싶지만, 그럴 수 없다. 기드론 골짜기 가장 낮은 곳에 혼자 내려가 하늘을 우러르던 예수의 모습을 보면서, 올리브산 중턱에 홀로 남아 해 지는 예루살렘을 내려다보던 예수를 보면서 그녀는 자기에게 맡겨진 일을 할 때가 다가왔음을 알았다.

그건 다른 제자에게 맡길 수 있는 일이 아니었다. 예수가 그녀에게기름 붓는 일을 맡겼기 때문이다. 갈릴리에서, 여리고에서, 기름 부어 상처를 씻어주고 싸매주면서 사람을 일으켜 세우는 것을 선생에게서 배운 사람은 오직 마리아뿐이었다. 기름을 부어 왕으로 세우고, 기름을 부어 예언자로 세우고, 기름을 부어 지도자로 세우는 일은 마리아가 할 일이 아니다. 예수도 그런 일을 받아들일 사람이 아니다.

마리아는 예수의 아픔을 고스란히 그녀 가슴으로 앓았다. 제자들과 저만치 떨어져 앉아 성전 뜰을 내다보던 예수는 주랑건물에 그득했던 그 많은 사람들과 떨어져 혼자였다. 땅에 떨어진 줄을 집어 들고 머리 위에서 빙빙 돌리며 장사꾼에게 다가갈 때, 예수는 철저하게 혼자였다. 움막마을 사람들이 등을 돌리고 돌아앉아 있는 산자락을 지날 때, 예수는 가장 낮은 곳에 있는 사람들로부터 배척받은 사람이 되었다. 그날 낮, 기드론 골짜기에서 바위에 기대 앉아 있던 예수는 얼마나 외로웠을 것인가?

"나도 많이 아팠던 사람이에요. 여러분처럼 많이 아프고 많이 괴로웠습니다."

베다니 여인숙에 묵던 첫날 밤, 예수가 했던 말을 마리아는 떠올렸다. 마리아의 가슴속에 그 말이 깊게 자리 잡고 있었다. 예루살렘 성전 뜰에 그렇게 의연하게 서 있었던 예수지만, 그의 마음속에 일어나고 가라앉고 또 일어나던 아픔과 안타까움, 그리고 끝없이 깊은 바닥에서부터 슬슬 기어올랐을 두려움을 그녀는 고스란히 느낄 수 있었다.

"사람의 아픔은 결국 사람이 치유해 주어야 해요. 하느님은 언제나 사람의 손길을 통하여 아픈 사람을 일으켜 세우시니까요."

"선생님의 손길을 통해서 … ."

"그리고 그대 마리아의 손길을 통해서."

그녀는 갈릴리 어느 마을에서 예수를 도와 아픈 사람을 돌보아 줄 때 나눴던 얘기를 떠올렸다. 그리고 그때 예수는 조용히 말을 이었다.

"어떤 일 때문에 마음속 깊이 번민하고, 마음이 아프고 쓰릴 때, 억지로 그 일을 잊으려고 마음 밖으로 밀어내지 마세요. 바로 그렇게 마음이 아플 때, 하느님께서 손수 마음을 갈피갈피 뒤적이시면서 치유해 주고 계실 때라는 것을 믿으세요. 하느님이 손을 대시면 치유할 수 없는 아픔이란 없습니다."

하느님의 손길이 선생의 마음을 뒤적이며 기름 붓고, 싸매주고 치유하지만, 그 치유는 마리아 자신의 손길로 완성하라는 부름을 그녀는 들었다. 그건 예수의 아픈 마음을 치유해 주는 일이기도 하지만 한편으로는 하느님이 예수에게 맡긴 일을 위해 그를 다시 일으켜 세우는 일이다. 예수가 하려는 일을 알고 있는 유일한 사람, 마리아에게 주어진 일이다. 그건 그녀가 하느님께 드린 기도의 결과였다.

사람들은 하느님께 기도를 드린다면서 끝없이 몸을 앞뒤로 흔들고, 경전 구절을 외우고, 자기가 원하는 것을 쉴 새 없이 중얼중얼 입에 올린다. 그러나 가벼나움으로 예수를 찾아가 치유를 받고 제자가 되어 따르기 시작한 이후, 그녀의 기도는 그저 조용히 하느님의 말씀을 듣는 기도로 바뀌었다. 그건 예수가 가르쳐 준 기도방법이었다.

하느님에게 마음을 내맡기고, 그분의 음성을 알아듣고, 자리에서 일어서는 일이 기도였고 응답이었다. 요 며칠, 그렇게 기도하는 중에 그녀는 마음속에 파고드는 세미한 음성을 들을 수 있었다.

'마리아! 네가 해야 할 일이다.'

시몬 게바나 요한, 야고보, 도마, 나다나엘, 다른 누구에게도 맡길 수 없는 일이다. 그녀의 기름 부음을 예수가 받아들이리라고 믿었다. 치유의 기름 부음이기 때문이다. 예수에게서 배운 대로 예수를 치유하는 일이기 때문이다. 그런 기름 부음이 예수에게 가장 절실하게 필요한 때였다. 더구나 알렉산더의 하인이 전한 말로 미루어 보아, 늦어도 이틀 안에 선생이 큰 고난을 받을 것이 분명했다. 피하지 못할 일이라면 예수 옆에서 그 일을 같이 겪으리라고 혼자 마음속으로 다짐했다.

마리아는 예수 뒤 왼쪽에 조용히 앉았다. 처음부터 선생의 오른쪽, 왼쪽 자리는 남자 제자들이 서로 다투는 자리였다. 어떤 자리에서도 그녀는 선생 바로 옆자리에 앉거나 선 적이 없었다. 선생이 그녀를 불러 앉으라고 해도 마리아는 미소 띤 얼굴로 거절했었다. 그녀는 여자가 앉아야 할 자리를 잘 알기 때문이었다.

아무도 입을 열지 않았다. 제자들 중 누구도 먼저 입을 열지 않았고, 예수도 침묵을 지켰다. 아마 제자들은 마음속으로 부지런히 묻고 대답하고 있을 것이다. '무슨 일이지? 무슨 뜻이지?' 묻고 또 물을 것이다. 마리아가 스스로 나섰는지, 예수가 시킨 일인지 궁금할 것이다. 머리에 기름을 붓는 일의 의미를 그들 모두 다 잘 알기 때문이리라. 선생의 머리에 기름을 붓는 일이라면 좀더 의미 있는 자리에서 다른 방식으로 이루어졌어야 한다고 생각할 수도 있다.

정말 그랬다. 그중에서도 요한은 속으로 불만스러웠다.

'기름 부을 사람을 좀더 찾아보았어야 하는데 …. 겨우 마리아, 일곱 귀신이나 들렸던 여자가 선생님 머리에 기름을 붓다니, 잘못된 일이야!'

시몬 게바는 생각했다.

'이왕이면 성전 뜰에서 했으면…, 뜰 가득 모인 사람 앞에서 기름을 부었으면 선생님이 누구인지 모든 사람들이 알아챘을 텐데….'

도마는 마음속으로 고개를 갸우뚱했다.

'선생님은 메시아가 아니라고 스스로 말씀하셨는데…. 그런데 마리아가 선생님 머리에 기름을 부었고 선생님은 아무 말 없이 받아들이고.'

유다의 마음은 혼란스러웠다.

'거사를 일으킨 후 성전을 장악하고 예루살렘 성전 대산헤드린 회의를 소집하여 히스기야 동지와 예수 선생님 두 사람에게 한꺼번에 기름을 부을 계획이었는데…. 히스기야 동지는 체포되고, 선생님 혼자 기름 부음을 받다니….'

작은 시몬은 마음을 굳혔다.

'어찌됐든 이왕 선생님이 기름 부음을 받았으니, 더구나 마리아의 말에 따르면 하느님의 명령이라 했잖아! 이제, 하얀리본과 어떻게 손을 잡고 일을 분담할지 그 일만 조정하면 되겠네. 선생님 신변은 내가 지켜야지. 도마가 같이 맡아주면 좋겠고.'

부드러운 향기가 방 안을 돌고 또 돌고, 콧속으로 스며들어 가슴 깊이 아래로 내려갔다. 향기와 조용히 일렁이는 등잔불이 그들을 끌고 갔다. 갈릴리 호수에 찰랑이며 밀려드는 파도도 보이고, 햇빛으로 반짝이는 물결 위를 낮게 날다가 하늘로 치솟는 갈매기도 보이고, 캄캄한 먹구름 아래 가랑잎처럼 흔들리는 뱃전을 붙잡고 바라보았던 마을도 보이고, 예수에게 독한 말을 퍼붓던 나사렛 사람들 얼굴도 보였다. 지난날 걸어온 길이었다. 이제 되돌아갈 수 없는 날들이었다. 그리고 결국 이렇게 될 일이었다.

"마리아! 고마워요."

침묵을 깨고 예수가 왼쪽 뒷자리를 돌아보며 마리아에게 인사했다.

"선생님! 제가 할 일을 했을 뿐입니다."

마리아는 조용히 대답했다. 그녀는 조금도 흔들리지 않는 자세였다. 누구도 흔들 수 없을 만큼 단아한 자세였다. 그런 모습을 보면서 제자들은 갑자기 이상한 생각이 들었다. 그녀는 더 이상 소리 없이 표 나지 않게 선생과 제자들을 뒷수발이나 하던 여자가 아니었다. 게다가 무언가 단단히 결심한 사람처럼 보였다.

"선생님! 제가 몇 가지 말씀드려도 되겠습니까?"

"그러세요!"

예수의 대답을 기다렸다는 듯, 그녀는 입을 열었다.

"제가, 여자의 몸으로 주제넘게 나선 것 같아 우선 죄송하다는 말씀부터 드립니다. 저도 제가 앉아 있을 자리, 해야 할 일과 할 말 못 할 말 잘 압니다. 선생님을 따르면서 여러분과 함께 여기까지 걸어왔지만 늘 조심했습니다."

요한은 정말 그녀가 그렇게 조심조심 지내왔다고 한마디 거들고 싶었지만, 어쩐지 그가 나서는 것이 적절하지 않은 분위기인 것 같아 입을 다물었다.

"제가 선생님에게 기름을 부어 드린 일로 마음에 궁금하신 분도 있고, 불편하신 분도 있고, 무슨 뜻인지 아시는 분도 있을 겁니다."

그러더니 그녀는 천천히 제자들을 둘러보았다. 예수가 조금 자리를 옆으로 움직이자 예수의 그림자에 가렸던 그녀의 모습이 불빛 속에 다

드러났다. 제자들은 이제 온전히 한 사람 마리아의 모습을 보았다. 더 이상 선생의 그늘에 가려지지 않은 여제자 마리아, 더 이상 제자들 중 가장 낮은 곳에서 말없이 그들을 따르던, 이스라엘의 여자로서 자기 자리를 지켰던 조용한 여자가 아니라, 한 사람 마리아로 온전히 불빛 속에 모습을 드러냈다.

"저는 오늘, 여러분들이 선생님을 따라 갈릴리 나사렛 마을에 다녀온 일을 많이 생각했습니다."

예수가 자란 나사렛, 예수의 어머니와 동생들이 어렵게 살아가고 있는 언덕마을 나사렛을 마리아가 입에 올리자 모두 가슴이 울렁거리기 시작했다. 그 일을 통해서 그들은 커다란 깨달음의 길로 들어섰다고 자부했기 때문이다.

그날 안식일 아침에 예수는 나사렛 회당에서 쫓겨났다. 영원히 나사렛에 다시 찾아갈 수 없고, 스스로 '나사렛 사람'이라고 밝힐 수 없는 사람으로 떠밀려 나왔다. 어디에도 속하지 못한 사람, 돌아갈 곳이 없는 사람, 돌봄을 받을 수 없는 사람, 갈릴리와 이스라엘의 어느 지역공동체에도 속할 수 없는 사람, 마치 이방인이나 마찬가지로 취급받는 사람이 되었다.

더구나 그날, 나사렛 사람들은 예수의 혈통까지 부인했다. 이스라엘 사람으로 살아가려면 누구의 자식이라는 신분보장이 가장 기본이고 중요했다. 예수는 그 신분을 빼앗긴 사람이 됐다.

'마리아의 아들.'

그건 마리아가 낳은 아들이라는 사실 이상의 혈통을 알 수 없다는 말이었다. 예수가 늘 그리워하는 아버지 요셉과 그의 관계가 아버지와 아들이 아니라고 동네사람들이 선언했다. 아무리 요셉이 예수를 그의 아들이라고 거푸거푸 확인했지만, 동네사람들은 그렇지 않다고 그들의 뜻을 밝힌 셈이었다.

다른 모든 지중해 연안의 사회와 마찬가지로 그들이 살아가는 이스라엘에서는 스스로 자기가 무엇이라고, 누구라고 믿는 것은 의미가 없다. 다른 사람들이 그 사람이 누구라고, 어떤 사람이라고 결론 내린 평가에 따른다. 공동체 속에, 사회 속에 개인이 함몰되어 있는 사회였기 때문이다. 나사렛 사람들이 예수를 '마리아의 아들'이라고 부른다면 그는 마리아의 아들이기는 하지만 요셉의 아들은 아니라고 평결했다는 의미다. 정당하든 잘못되었든 그 평결을 뒤집을 방법은 없다. 공동체가 규정하고 인정하는 기준에 맞추는 방법밖에는 ….

그렇게 나사렛 마을에서 추방되고, 이스라엘이라는 혈통을 부정당한 예수는 제자들을 이끌고 먼 길 터덜터덜 걸어 가버나움으로 돌아왔다. 선생을 따르기 시작한 지 1년 남짓, 제자들은 상상해 본 적도 없는 상황을 맞았다. 지역과 혈통 두 가지 모두 부인당한, 뿌리 없는 선생을 따라야 하는 상황이 되었다.

제자들은 계속 예수를 따르는 대신, 그나마 자기들이 지니고 살았던 자리로 돌아갈 생각이었다. 다시 호수에 나가 그물을 던지면 하루하루 살 수 있었다. 세관 일자리를 다시 얻지 못하게 된 레위, 여기저기 떠돌다 제자가 됐다는 유다, 처음부터 모든 것을 다 버리고 세례자 요한을 따르다가 나중에 예수를 따랐던 빌립, 그들을 빼면 모두 돌아갈 곳이 있었다. 마리아도 막달라로 돌아가 하던 사업을 다시 열면 그럭저럭 지낼 수 있었다.

그때 가버나움에서 모두 함께 경험했던 그 일을 몇 년 만에 베다니 여인숙에서 마리아가 다시 제자들에게 상기시켰다. 그때 제자들이나 예수가 맞닥뜨렸던 암담했던 기억, 몇 년이나 지난 그 기억을 마리아는 다시 불러냈다.

　　"다시 그날을 생각해 보세요. 얼마나 암담했습니까? 1년 동안 선생님을 모시고 하느님 나라를 그렇게 열심히 선포했고, 하느님 나라가 우리 눈앞에 열려 있다는 기쁜 소식, 예, 선생님께서는 복음福音이라고 하셨지요, 그 기쁜 소식을 갈릴리 마을마다 전하고 다녔던 그 열정이 순식간에 사라졌습니다. 두 손으로 가득 움켜쥐었던 모래가 어느새 스르르 손가락 사이로 모두 빠져나간 것을 깨달았습니다. 그리고, 절망했습니다. 선생님을 원망하는 마음마저 품게 됐습니다. 나사렛에서도 쫓겨난 선생님을 따라 이스라엘에서 이룰 수 있는 일이란 아무것도 없다는 것을 모두 잘 알기 때문이었습니다.

　　그렇게 불만스러운 얼굴로, 실망한 표정으로, 분이 가득한 얼굴로, 지난날들이 허망하다는 착잡한 마음으로 여러분들은 각자 짐을 꾸렸습니다. 떠날 짐을 꾸리는 여러분을 선생님은 그저 바라보고 계셨습니다. 무어라고 한 마디 변명도 없이, 여러분을 붙잡으려고 설득하지도 않고 그저 바라보고 계셨습니다. 참 슬픈 광경이었습니다. 가슴 아픈 광경이었습니다. 그저 모두 울고 싶은 마음이었습니다. 저도 여러분도 한번 서로 끌어안고 마지막으로 실컷 울고 싶은 마음이었습니다. 그런데, 저는 그럴 수 없었습니다. 그래서 감히 여자인 제가 나서서 그때 말씀을 드렸습니다."

　　그러더니 마리아는 잠시 눈을 감았다. 그녀에게는 그때 그날이 생

454

생하게 떠오르는 모양이었다. 그건 다른 제자들도 마찬가지였다. 그리고 예수도 그랬다.

가버나움, 각자 짐을 꾸리던 제자들이 떠나면 마리아도 떠나야 할지 좀더 머물러 있어야 할지 갈피를 잡을 수 없었다. 호수는 밤낮없이 출렁거리며 몰려와 철썩 바위도 때리고, 호숫가도 뒤덮고, 매여 있는 고깃배를 흔들어 댔다. 호수는 그날만이 아니라 언제나 그랬다. 다만 그날은 유별나게 파도소리가 크게 들렸고, 갈매기가 호수 위를 낮게 날았다.

그때, 마리아의 가슴속에 번개처럼 한 가지 생각이 들어왔다. 그건 관념이 아니라 그녀가 겪고 살았던 지난날이 깨우쳐 준 경험이었다. 겪어본 사람만 알 수 있는 아픔, 예수를 따르려면 그 아픔에서 시작해야 한다고 그녀는 생각했다. 그래서 그녀가 말하기 시작했다. 짐을 다 꾸린 사람들, 아직 몇 가지 남은 것을 꾸리는 사람들, 그들이 모두 마리아를 쳐다봤다.

사람이란, 그가 누구이든 앉은 자리에서 털고 일어나 뒤도 안 돌아보고 휙 떠나지 못한다. 특히 다시 돌아올 수 없는 자리라고 생각한다면 더욱 그렇다. 다시 둘러보고, 마지막 확인을 하듯 자기가 앉아 있던 자리를 눈으로 더듬는다. 그건 그가 살았던 삶이고 그가 걸어왔던 시간이기 때문이다. 지난 시간을 꾹꾹 눌러 그 자리에 남겨 놓고 떠나야 하기 때문이다.

새 길을 찾아 떠나는 사람이야 가슴이 설레겠지만, 처음 떠나왔던 곳으로 돌아가는 사람이라면 언제나 아쉬움이 남기 마련이다. 그 아쉬움, 앞을 보고 걸어왔던 시간을 뒤로 하고 떠나야 하는 제자들의 아프고 쓰린 마음을 마리아가 만졌다.

"이제 다들 떠날 시간이 된 모양입니다. 저 방문을 나서면 여러분은 다시 1년 전 옛날로 돌아갑니다. 떠나왔던 자리로…. 다만, 선생님은 돌아갈 곳이 없습니다."

'돌아갈 곳이 없습니다'라는 말이 제자들의 가슴을 끝이 아주 날카로운 송곳으로 푹 찌른 듯 아프게 파고들었다. 그리고 그녀 말끝을 따라 송곳은 빠져나갔다. 그 자리에서 피가 흘러나오기 시작했다. 늘 단단해 보였던 유다도, 작은 시몬도, 도마도, 남달리 가슴이 예민했던 요한도, 덤덤하게 눈을 끔벅거리던 시몬도 마리아의 말이 찌르고 나간 그 자리, 가슴에서 흘러나오는 피를 느끼기 시작했다.

"음!"

자기도 모르게 작은 신음소리를 내던 제자들이 예수를 바라보았다. 그는 그냥 그 자리에 앉아 있었다. 아무 말도 하지 않고 그저 앉아 있었다. 눈을 감은 것도 아니고, 그렇다고 안타까운 눈으로 그들을 바라보지도 않고, 그저 이렇게 되어야 하는 일을 바라보는 사람처럼 보였다.

"저는 여러분처럼 선생님을 따라 나사렛에 다녀오지 않았습니다. 그러나, 이런 일이 일어날지도 모른다는 걱정은 했습니다. 어쩌면 걱정했다기보다 틀림없이 이렇게 될 것을 알고 있었다는 말이 맞을지도 모릅니다. 왜냐면, 선생님은 처음부터 그런 분이셨기 때문입니다. 이번에 나사렛에서 바뀐 것은 없습니다. 선생님은 그 마을에서 그걸 견디며 사셨습니다. 아침저녁으로 보고 듣고 느끼면서, 경험하면서 사셨습니다."

456

그러자 예수가 가만히 고개를 끄덕였다. 그건 마리아의 말이 맞는다는 표시였다. 실제 그렇게 살았기 때문이었다.

"선생님은 살아오면서 겪은 경험으로 세상 끝까지 밀려난 사람들을 끌어안을 수 있는 분이 되셨습니다. 누구도 돌보지 않는 사람, 이스라엘에서 죄인으로 불리며 살아가는 사람, 가족을 잃고 홀로 떨어져 나와 외롭게 살아가는 사람, 굶어 배고픈 사람, 이스라엘 갈릴리 가버나움에서 가장 밑바닥에 떨어져 사는 사람, 울음을 가슴속에 품은 사람, 가슴속에 아무것도 남아 있지 않고 텅 빈 사람, 그저 하라는 대로 밤마다 배를 타고 호수에 나가 아침 해가 뜰 때까지 다른 사람들 입에 들어갈 고기를 잡아야 하는 사람, 저녁거리, 아침거리가 없는 사람, 저처럼 일곱 귀신이 들렸다고 손가락질을 받던 사람, 그런 사람을 끌어안고 함께 살아가는 세상을 우리에게 보여주셨습니다."

그러더니 그녀는 조금 목소리를 높였다. 그녀는 어느새 예수가 사람들을 가르칠 때 했던 것처럼, 목소리를 낮추기도 하고 높이기도 하고, 빨리 말하기도 하고 천천히 느리게도 말하면서 제자들 마음속으로 걸어 들어갔다. 가버나움, 예수가 머무는 천장 낮은 집에서 새 세상의 문이 조금씩 열렸다.

"여러분이 실망했던 그 일들은 선생님을 괴롭혔던 일들이었고, 그리고 선생님은 그 고통을 넘으셨던 분입니다. 세상은 그렇게 사람을 대하고, 사람을 구분해서 배제하고 밖으로 밀어내고 문을 닫습니다. 그런데 그 문을 열어젖히자고, 세상 문을 모두 열자고 선생님은 여러분을 부르셨습니다. 이스라엘과 이방을 나눈 구분, 마을과 마을을 나눈 경계를 넘고, 가문과 혈통, 친족을 넘어 모든 사람이 하늘 아버지의 같은 자식이라고 외치셨습니다. 그런 나라가 하느님 나라이고, 하느님은 그 사람들의 아빠 아버지 되시는 분이라고 가르치셨습니다. 아무개의 아들 누가 아니고, '하느님의 아들'이라고 모두 불러 포함하는 나라를 가르치셨습니다."

제자들 중에도 고개를 끄덕이는 사람들이 생겼다. 마리아가 무엇을 얘기하려고 하는지 깨달았다.

"저 같은 사람, 일곱 귀신이 들렸다고 손가락질을 받고 철저하게 세상에서 떠밀려 나왔던 사람에게도 목숨을 이어 살아가는 일이 의미가 있는 일이라며 일으켜 세우셨습니다. 제가 누구였고, 과거에 어찌 살았고, 지금 무엇을 하고 살든지 '하느님의 딸'이라고 부르며 받아주셨습니다."

그녀는 마치 처음 예수를 만나러 가벼나움을 찾아오던 그 밤, 몹시 비바람 몰아치던 그날 밤을 떠올리는 듯 보였다.

"여기, 새로운 세상이 열리는 것을 눈으로 보면서 여러분은 짐을 쌉니다. 다시 배로 돌아가 노를 젓고, 다시 이슬 맞으며 밤길을 걷고, 어디에 대고 호소할 수 없을 때 하늘을 올려다보며 가슴을 쾅쾅 치던 그날로 돌아가려고 합니다. 그러면서 생각할 겁니다. 뱃전에 끌어 올린 퍼덕거리는 생선을 볼 때면 선생님이 여러분 속에서 거둬 올렸던 여러분의 퍼덕이던 모습을 떠올릴 겁니다. 비가 와도 생각나고, 바람이 불어도 생각나고, 하늘이 푸르러도 생각나고, 저녁노을이 붉어도 생각날 것입니다. 선생님 앞에 무릎 꿇고 '따르겠습니다!' 다짐하던 날을 생각할 겁니다. 왜냐면, 여러분은 이루려던 것을 손에서 내려놓고 옛날로 돌아가기 때문입니다."

458

제자들은 선생과 함께 지냈던 날들을 떠올렸다. 처음 무릎 꿇고 선생으로 모시고 따르겠다며 다짐했던 날을 떠올렸다. 가족에게 무슨 말을 하고 집을 떠나 예수를 따르기 시작했는지, 그 말들이 떠올랐다. 예수의 가르침을 받던 날, 얼마나 가슴이 뻐근했던지, 왜 그리 눈물이 줄줄 흘렀는지, 그 일도 다 생각났다. 자기들이 무엇 때문에 실망했고, 무엇 때문에 짐 싸 들고 돌아가려 하는지 다시 생각하게 됐다.

"선생님이 나사렛에서 말씀하셨다는 그 얘기, 시간 얘기를 저도 전해 들었습니다. 그건 언덕마을 나사렛, 선생님을 쫓아내는 사람들뿐만 아니라, 설레는 마음으로 선생님을 나사렛 마을까지 따라간 여러분 모두에게 들려주셨던 말씀이라고 저는 생각합니다. 그리고, 지금 저는 똑똑히 깨달았습니다. 여러분은 시간의 옛 자를 들고, 선생님의 지금 시간을 쟀습니다. 마치 나사렛 사람들이 그렇게 했듯 … ."

그러더니 마리아는 말을 끊고 입을 다문 채 말없이 앉아 있었다. 그 동안 아무 말 없이 듣고만 있던 시몬이 입을 열었다.

"선생님! 이 게바는 돌아가지 않겠습니다. 선생님을 따르겠습니다. 저는 돌아가서 예전처럼 그물 내리고 살 수 없음을 깨달았습니다. 세상 어디에 그물을 내려야 할지 선생님이 알게 해주셨기 때문입니다."

시몬의 동생 안드레가 말을 받았다.

"저도 머물겠습니다."

"선생님! 다시 세관 일을 맡을 수 있다고 해도, 저는 돌아가지 않겠습니다."

레위가 얘기했다. 레위의 동생 작은 야고보도 형과 뜻을 같이한다는 듯 머리를 끄덕였다. 동생 요한의 얼굴을 힐끔힐끔 쳐다보던 야고보도 말했다.

"저도, 세베대의 아들 야고보도 선생님을 끝까지 따르겠습니다."

다른 사람들이 예수를 따르겠다고 하나씩 나서서 다짐하는 모습을 보고 있던 요한도, 형까지 나서자 입을 열었다.

"선생님! 저 요한도 돌아가지 않겠습니다."

빌립도, 돌로매의 아들 나다나엘도, 도마도, 므나헴도 모두 계속 예수를 따르겠다고 다짐했다. 끝까지 입을 다물고 있던 유다와 작은 시몬이 마지막으로 말했다.

"선생님! 선생님이 이루려고 하시는 하느님 나라, 세상을 바꾸는 그 일, 끝까지 선생님을 따르며 이루겠습니다. 그 나라에 모두 같이 들어가겠습니다. 가야 할 곳이 그곳이고 이루어야 할 것이 그 나라인데 저희가 어찌 선생님을 떠나겠습니까? 저희를 끝까지 이끌어 주십시오. 목숨이 다하는 날까지 따르겠습니다."

"저는 미련하기 짝이 없는 사람입니다. 그러나 선생님이 어떤 분이시고, 어떤 세상을 살아오셨고, 어떤 세상을 이루려고 하시는지 제 가슴에 떨림으로 전해져 옵니다. 선생님이 아프게 살아오신 그날들이 저에게도 아픔으로 느껴집니다. 그 아픔 저도 가슴에 안고 선생님 따라 세상에 나가겠습니다."

고개만 끄덕이면서 떠나겠다는 제자들을 잡지 않고 조용히 앉아 있던 예수는, 그 자리에 있던 모든 제자들이 다시 다짐하는 모습을 보면서 입을 열었다.

"하늘 아버지의 축복을 그대들에게 전합니다. 그대들에게 하느님 나라가 이뤄졌습니다."

그리고 모두 둘러앉아 빵을 나눠 먹었다. 시몬이 바로 옆에 붙어 있는 집에 가서 포도주를 가져왔다. 커다란 잔에 철철 넘치게 따라 모두 돌려가며 마셨다.

예수가 제자들을 모아 가르치기 시작한 지 1년 만에 겪었던 일, 그 가장 어렵고 거북하고 불편했던 얘기를 꺼냈던 마리아는 방 안 가득 앉은 사람들의 눈길을 마주하면서 다시 말을 이었다.

"선생님은 이스라엘에 그어져 있던 수많은 구분, 구별의 선을 넘으셨고, 배제와 차별의 벽을 허무셨습니다. 선생님은 이스라엘의 역사와 전통, 그리고 딱딱하게 굳은 가르침을 가로질러 걸으시는 분이셨습니다. 저는 그 일이 바로 하느님 나라를 이루는 일로 믿고 따랐습니다. 그리고, 오늘 또 한 번 놀라운 일을 경험했습니다.

요하난 벤 자카이 선생님이 솔로몬 주랑건물을 떠난 얼마 후, 선생님도 일어나 밖으로 걸어 나가셨습니다. 성전 북쪽 '양의 문'을 지나 기드론 골짜기로 내려가셨습니다. 이전에 왔던 모든 예언자들은 하느님을 만나기 위해 높은 곳으로 올라갔습니다. 높은 곳에서 하느님을 만나고, 높은 곳에 제단을 쌓은 다음 양을 잡아 제사드렸고, 높은 곳에서 하느님의 말씀을 받았습니다. 그런데, 선생님은 높은 곳이 아니라 낮은 곳, 기드론 골짜기로 내려가셨습니다. 가장 낮은 곳, 외딴 곳, 그곳이야말로 선생님께서 늘 말씀하셨던 자리, 바로 하느님이 머무시는 곳이라는 것을 저는 깨달았습니다. 그런데 ⋯ ."

마리아는 잠시 말을 끊고 가슴을 진정시켰다. 그녀는 몸을 휘감는 커다란 감동을 받아들이고 있는 듯 보였다.

"저는 제 눈으로 똑똑히 보았습니다. 베데스다 연못에서 선생님이 하셨던 일을 … ."

마리아는 그 연못에서 일어난 일을 보았다.

"'양의 문' 밖 연못으로 선생님은 병자 한 사람을 안고 걸어 들어가셨습니다. 그 사람은 병자일 뿐만 아니라 거지였습니다. 그 사람은 연못 속에서 몹시 기쁜 듯 두 손을 들고 하늘을 우러러 기도했습니다. 선생님은 그의 옆에 한동안 서 계시더니 다시 그를 안고 물가로 나와 거기에 있는 행각에 앉혀 놓은 후 무어라고 한참 말씀하시고 기드론 골짜기로 내려가셨습니다."

마리아의 얘기를 들으면서 예수는 당연히 그럴 사람이라고 제자들은 생각했다. 선생은 언제나 아픈 사람이나 구걸하는 사람들 앞을 그냥 지나친 법이 없었기 때문이었다.

"거지는 구걸해서 먹고사는 사람입니다. 병자는 죄 때문에 몸에 병이 들었다고 사람들은 가까이하려고 하지 않습니다. 그런데, 선생님은 하느님과 교통하기 위해 가장 낮은 곳 골짜기 아래로 내려가시다가 병자인 그 거지를 만나셨고, 그를 연못까지 안고 들어갔다 나오셨습니다. 그 광경을 보면서 저는 깨달았습니다. 하느님 나라는 서로 위로해 주는 나라라는 것을 … .

여러분도 모두 아시는 것처럼 선생님은 오늘 사람 없는 한적한 곳을 찾아 기도하시려고 했습니다. 선생님에게도 하느님의 위로와 가르침이 필요한 날이었습니다. 어쩌면 연못가 행각에 있던 그 병자 거지보다, 선생님은 더 고통을 겪고 계셨을지도 모르겠습니다. 내 고통이 크다고 다른 사람 고통에 눈감을 수 없다는 선생님의 가르침을 저는 멀

462

리서 배웠습니다. 선생님 품에 안겨 연못에 들어간 그 사람이 얼마나 감격하고 기뻐했는지, 그가 드리는 기도는 듣지 못했지만 그의 몸짓으로 저는 알 수 있었습니다."

제자들 눈에 그 광경, 그 모습이 훤히 보였다. 그들도 무슨 일인지 알 수 있었다. 마리아는 제자들 얼굴 위에 피어오르는 부드럽고 따뜻한 미소를 보았다. 눈초리도 부드러워지는 것을 놓치지 않고 보았다. 마리아가 '양의 문' 밖에서 지켜보았던 일이 다시 일어나고 있음을 그녀는 알았다.

"저는, 사람은 누구나 위로가 필요하다는 것을 깨달았습니다. 선생님은 선생이시니 오직 하느님이 위로하고 돌보는 것이 아니라, 제자가 되어 선생님을 따르는 우리도 선생님을 위로할 수 있다는 것을 깨달았습니다. 모든 사람이 서로 손 벌려 다른 사람 손을 잡아주고, 귀히 여겨주고, 그 사람이 가진 고통을 내 고통으로 알고 위로해야 한다는 것을 깨달았습니다. 그러면 하느님 나라가 서로 손 잡은 사람들 사이에 이루어진다는 것도 깨달았습니다."

예수는 그 말을 듣고 고개를 끄덕였다. 제자들도 마찬가지로 그렇게 생각한다는 듯 고개를 끄덕였다.

"여러분 모두 잘 아실 겁니다. 옛날, 임금이나 예언자를 세울 때 하느님이 예언자를 보내 머리에 기름을 부었다는 얘기를 수없이 들었을 것입니다. 하느님의 뜻에 따라 지도자를 세우는 일이었으니, 언제든 기름 부음을 받는 사람보다 더 권위가 있는 사람이 어떤 사람을 불러 세워 기름을 부었습니다. 머리에 철철 부은 기름이 머리카락을 온통 적시고 어깨로 더 아래로 흘러내릴 때 하느님이 부어주시는 귀한 은총이 그 사람 몸을 적신다고 믿었습니다. 그리고 그렇게 기름 부음을 받은 사람은 예언자로 인정받고, 임금으로 인정받고, 하느님의 사람으로 세움을 받았습니다. 그리고 그렇게 기름 부음을 받은 사람을 메시아라고 불렀습니다."

마리아가 차근차근 설명하는 동안 제자들은 이제껏 보지 못했던 마리아의 모습을 새로 보는 듯했다. 지난 4년여 동안 그녀는 늘 말없이 뒷자리에 앉아 있었다. 아무도 지금 그녀의 모습을 상상하지 못했다.

"제가 선생님 머리에 기름을 부은 것은 이제까지 사람들이 알았던 기름 부음과는 다릅니다. 선생님께서는 그동안 여러 번 메시아가 아니라고 말씀하셨습니다. 그러니 제가 기름을 부어 드린 것이 메시아라고 고백하는 의식이 아님은 모두 다 잘 아실 줄 믿습니다. 그런데 … ."

그녀는 말을 끊더니 고개를 숙였다. 한참 말이 없다. 갑자기 분위기가 숙연해졌다. 숨을 크게 열 번쯤 쉴 동안, 그녀는 그렇게 고개를 들지 않고 앉아 있었다. 방 안에 앉아 있는 모든 사람은 그녀의 마음을 알 수 있었다. 그 가슴속에 밀려오고 밀려나가는 물결을 그들도 느낄 수 있었다. 그녀가 고개를 들었다. 일렁이는 불빛에 눈에 가득 고인 눈물이 반짝였다.

"저는 기름을 부어 아픈 상처를 싸매는 법을 선생님께 배웠습니다. 곪은 살에 기름을 부어 깨끗이 씻어낸 다음 고름을 짜내고 다시 기름 부어 상처 깊숙한 곳까지 스며들도록 꼭꼭 눌러 주고, 향기 나는 기름으로 다시 닦아 주고, 그리고 제일 좋은 기름을 듬뿍 바른 다음 깨끗하고 부드러운 천으로 싸매주고 … . 그러면, 상처가 아무는 것보다 더 빨리 그 사람이 기운을 차리고, 그 사람의 정신이 일어서는 것을 보았습니다. 그건 모두 선생님께 배운 일, 바로 따뜻한 마음으로 위로해 주는 일입니다. 그리고 깊이 깨달았습니다. 세상사람 누구나 싸매주어야 할 상처를 안고 살아간다는 것을.

상처를 닦고 기름 부어 싸매주는 일은 의사가 병자에게, 선생이 제자에게, 윗사람이 아랫사람에게만 해주는 일이 아니고, 상처를 안고 가는 사람을 보았다면 누구라도 나서야 할 일이라는 것도 알았습니다. 그래서, 제가 여자의 몸으로 감히 나서서 선생님께 기름을 부었습니다. 선생님께도 위로받아야 할 아픔이 있다는 사실을 여러분이 외면하지 마십시오. 이제 여러분들도 선생님이 안고 가시는 상처를 싸매주시지요!"

그녀는 말을 마치면서 방 안에 앉아 있는 모든 사람에게 고개를 숙여 인사했다. 마리아가 그의 머리에 기름을 붓고, 가버나움에서 겪었던 일까지 꺼내면서 차근차근 제자들에게 그녀의 생각을 얘기하는 동안 예수는 정말 큰 위로를 받았다.

제자들에게는, 마리아가 마지막으로 입에 올린 말이 각자의 가슴속에 울림으로, 떨림으로 파고들었다.

"선생님이 안고 가시는 상처를 여러분이 싸매주시지요!"

그건 아프지 않은 사람은 한 명도 없다는 말과 같다. 다른 사람의 손길이 필요 없는 사람이 누가 있으랴! 길을 걷다가 갑자기 무릎이 턱 꺾이는 일을 겪지 않은 사람이 누가 있으랴! 제자들 중 몇 명이 눈물 어린 눈으로 예수를 바라보고 또 본다. 그들은 그렇게 보았던 예수를 기억하며 살 것이다.

유대 광야를 나온 이후, 사실 예수는 끝없이 바뀌었다. 깨달음도 달라졌다. 나무가 밤낮으로 자라는 것처럼, 하늘을 떠가는 해와 달이 그 자리에 그대로 있는 듯 보여도 낮과 밤 동안에 하늘을 가로지르며 움직이는 것처럼, 날마다 달마다 해가 떠오르고 지고 달이 떠오르고 지는 시간이 다르고 그 자리가 다른 것처럼, 깨달음이 예수에게는 그러했다. 그래서 그는 하느님 만나는 일을 '수행'이라고 불렀다.

숨을 쉬고 살아가는 내내 커지고 작아지고, 깊어지고 얕아지고, 넓어지고 좁아지고, 물렀다가 굳어지고 다시 물러지고, 묽었다가 짙어지고 또 묽어진다고 믿었다. 사람이 자라는 동안 사람 속에 있는 하느님도 자란다고 믿었다.

"너도 자식 낳고 부모 돼 봐라!"

속 썩이고 말썽부리는 자식에게 부모가 가슴을 치면서 하는 말이다. 세상사람 중에 처음부터 부모로 태어난 사람은 없다. 누구나 다 부모의 자식으로 태어나 그도 자라서 부모가 된다. 그러니 부모가 된다는 말은 그때부터 날마다 부모 노릇을 배운다는 말이다. 첫 자식을 낳는 날, 처음 부모가 된다. 자식은 날마다 큰다. 부모도 날마다 나이 먹으며 늙어간다. 어느 자식도 하루에 훌쩍 크지 않고, 어느 부모도 단번에 부모 노릇을 배울 수 없다. 하루하루가 쌓여야 알 수 있는 일이기 때문이다.

바리새파 사람들이나 성전 사람들이 들으면 큰일 날 말 같지만 예수는 하느님도 마찬가지라고 생각한다. 생명이라는 근원은 변하지 않지만 사람 속에 들어와 자리 잡은 하느님, 각 사람에게 주어진 생명은, 자라고 배우고 깨우치고 사람이 숨을 거두면 물러난다고 생각한다.

466

'하느님은 사람이 태어나 첫 숨을 들이쉴 때 들어와서, 마지막 숨을 내쉴 때 나간다.'

그것이 예수가 가슴속에 모신 하느님이다. 사람 속에 숨 쉬고 있는 하느님과 모든 생명을 자식으로 삼은 큰 생명의 하느님, 광야에서 깨달은 하느님이 끝없이 교통한다고 생각한다.

그러나 예수는 아직 제자들에게 그렇게 가르칠 수는 없다. 그도 아직 걸어가 본 적 없는 길이고, 가슴 속에 모신 하느님도 사람과 함께 처음 걸어가는 길이기 때문이다. 예수는 안다. 누구도 그를 제대로 이해하거나 알지 못한다는 것을. 그가 그 길을 처음 걷는 사람이기 때문에 그렇다. 하늘에서 내려오는 하느님만을 믿는 세상인데, 사람 사이에 자라는 하느님의 세상을 누가 어찌 이해할 수 있으랴?

예수는 커다란 소리를 내며 부딪치는 서로 다른 두 세상을 본다. 합쳐져 하나가 되지 않고 부딪쳐 깨어지는 세상, 그건 딱딱하게 굳어 있기 때문이다. 서로 다른 두 길이 마주치는 십자로에 예수가 먼저 이르렀다. 그는 길을 먼저 건너지 않고, 그렇다고 움츠리지도 않고, 다른 길로 달려오는 세상을 그 십자로十字路에서 만나야 한다. 그의 때가 그러했다.

제자들의 눈, 예수는 그를 바라보는 그들의 눈을 보았다. 당황한 사람, 조심스럽게 표정을 살피는 사람, 예수의 아픔을 함께 느끼는 사람, 무언가 커다란 감동으로 가슴이 벌렁거리는 사람, 그들이 짊어지고 살아온 각자의 삶만큼 서로 다른 눈빛이다.

그들을 이끌고 참 먼 길을 걸었다는 생각이 들었다. 사람을 낚는 어부가 되겠다고 나선 사람, 하느님 나라의 기쁜 소식을 전하는 사람으로 부름받은 사람, 가슴 깊은 곳에 안고 살았던 아픔을 어루만져 위로해 준 선생으로 그를 따라나선 사람, 그들 한 사람 한 사람에게 예수를 만났던 일은 커다란 사건이었음이 분명했다. 가족도 친구도 마을 사람들도 뒤에 남겨 놓고 예수를 따랐던 그들, 그들이 기대했던 것을 눈으로 보게 될 사람도 있고, 당황스런 눈으로 황망히 몸을 숨길 사람도 있다.

이제 저들에게 앞으로 그들이 겪어야 할 일을 알려줄 때가 됐다. 각자 그릇 크기에 따라 받아 담는 양은 다르겠지만 더 늦기 전에 그 일을 얘기해 주어야 한다. 마르다 삼남매가 낯선 사람들이 여인숙을 기웃거린다며 걱정하는 것을 보아 이미 때가 가까운 것을 예수는 알았다. 언제든 일어날 수 있는 일이 눈앞까지 다가온 것을 느꼈다.

"들으세요! 나는 세상에서 가장 처절하게 이름이 지워질 사람입니다. 그건 피할 수 없는 일입니다. 유월절 이전에 일어날 일입니다."

그 순간 제자들은 마리아가 기름병을 열어 예수의 머리에 기름 부은 일을 다시 떠올리며 갑자기 깨달았다.

"선생님!"

모두 한목소리로 예수를 불렀다. 머리카락이 한 올 한 올 일어설 만큼 무서운 공포가 그들을 사로잡았다. 몸이 오그라들 듯, 오스스 소름이 돋았다. 끝 모를 아래로 철렁, 심장이 떨어져 내려갔다.

'어쩌나! 그 일이었구나! 아! 그 일이었구나….'

입 밖으로 나오지 못한 신음소리가 입안을 자꾸 맴돈다.

그랬다. 그건 또 다른 의미를 가진 의식이었다. 머리에 기름을 부은 일이었지만, 한편으로는 예수의 몸에 향유香油를 바른 의식이었다. 사람이 죽으면 사흘 후에 몸에 향유를 바르고 장사를 치른다. 마리아는 말없이 그런 무서운 의식을 치렀고, 제자들은 아무것도 모른 채 태연히 그 자리에 앉아 장례의식을 경험했음을 알았다.

갑자기 세상 불이 모두 꺼진 듯 캄캄해졌다. 숨도 쉴 수 없을 만큼 무겁고 두꺼운 어둠이 세상을 내리 덮었다. 먼 길 걸어왔는데 이미 문은 굳게 닫혀 있음을 보았다.

5권에서 계속

이스라엘 연표

	이스라엘
BC 2000	**성서 시대 [전사 (前史). 성경 기록에 의거]** BC 21세기 아브라함이 히브리인을 이끌고 가나안으로 이주. 　　　　　　뒤이어 이삭, 야곱이 활동한 족장시대. BC 19세기 이집트 종살이(430년) BC 15세기 이집트 탈출(성전 건축 480년 전), 　　　　　　광야 유랑(40년). BC 14세기 가나안 정복 시작.
BC 1000 BC 500	**왕정 시대** BC 1020 사울왕 즉위. BC 1000 다윗왕 즉위. BC 960 솔로몬왕 즉위. 성전 건축(BC 957). BC 930 남왕국 유다와 북왕국 이스라엘로 분열. BC 722 앗시리아의 침공으로 북왕국 이스라엘이 멸망. BC 587 바빌론이 남왕국 유다를 정복하고 성전을 파괴. 　　　　유대인들이 바빌론 포로로 끌려감(BC 586). BC 538 바빌론 포로들이 귀환하여 예루살렘에 정착. 　　　　성전 재건 착수(BC 515 재건 완료).
	헬라 지배기 BC 330 헬라의 지배 시작. BC 167 헬라 통치에 대항해 유다 마카비가 독립전쟁을 시작함.
	하스몬 왕조 BC 142 유다의 동생 시몬이 유대인을 해방하고 왕으로 추대됨. BC 104 하스몬 왕조가 이두매, 사마리아, 갈릴리를 정복하며 영토 확장.
AD 1	**로마 지배기** (BC 1세기~AD 4세기) BC 63 로마에 의해 정복됨. BC 40 로마 원로원이 헤롯을 유대왕으로 임명. BC 5/4 겨울. 예수 탄생. BC 4 헤롯왕 사망. 로마황제가 헤롯왕의 세 아들 　　　(아켈라우스, 안티파스, 빌립)을 분할 통치자로 임명. AD 6 아켈라우스 폐위, 로마제국이 총독을 임명하여 　　　아켈라우스의 영지(유대, 사마리아, 이두매)를 통치. AD 18 가야바가 예루살렘 성전 대제사장이 됨. AD 26 본디오 빌라도가 로마총독으로 부임. AD 29 예수가 세례자 요한으로부터 세례를 받음. AD 33 예수 처형.

	주변국
BC 2000	
BC 1000	BC 1279　**이집트** 람세스 2세 즉위 (재위 ~1213).
BC 500	BC 330　**마케도니아** 알렉산드로스 대왕이 페르시아 정복.
AD 1	**로마 제국** (BC 1세기~AD 5세기) BC 63　폼페이우스 장군이 예루살렘 정복. 성전 약탈. BC 44　율리우스 카이사르가 암살됨. BC 31　악티움 해전에서 옥타비아누스가 안토니우스, 클레오파트라 　　　　연합군을 격퇴. 로마의 1인 통치자가 됨. BC 27　옥타비아누스가 초대황제 등극. 아우구스투스 황제로 불림. AD 14　아우구스투스 황제 사망. 　　　　양아들 티베리우스가 2대 황제 즉위.

Historia Ioudaikou Polemou Pros Romaious

유대 전쟁사 전2권

플라비우스 요세푸스(Flavius Josephus) 지음
박정수(성결대 신학부)·박찬웅(연세대) 옮김

유대의 가장 위대한 역사가 요세푸스의 대표작
유대교와 초기 기독교에 대한 보석 같은 기록

초기 기독교 및 성서의 역사와 유대인의 역사에 관심이 있는 사람들에게 필독서
로 꼽히는 중요한 책이다. 로마-유대 전쟁에서 예루살렘 성전이 파괴된 후 유대
교와 기독교는 중차대한 국면으로 접어든다. 유대교는 성전이 아니라 율법과 그
해석을 중심으로 하는 랍비 유대교로 발전하고 기독교는 유대교에서 독립하여
새로운 경전과 제의체제를 준비하게 된다. 이 책은 이런 전환점을 가져온 로마-
유대 전쟁의 배경과 경과를 상세하게 서술한 흥미진진한 역사서이다.

신국판·양장본 / 1권 692면·45,000원 / 2권 596면·40,000원

Judentum und Hellenismus

유대교와 헬레니즘 전3권

마르틴 헹엘 지음
박정수(성결대) 옮김

종교적 신념을 역사적으로 고증하는 데 도전하다

서구문명과 기독교는 동전의 양면과도 같다. 그것의 기원은 통상적으로 헬레니
즘과 헤브라이즘이라고 할 수 있다. 하지만 이러한 용어들 자체가 복잡한 역사적
배경을 가진 종교·문화사적 개념이기에 그 실체를 파악하기가 쉽지 않다. 저명
한 신약성서학자이자 고대유대교 연구의 석학 마르틴 헹엘은 거대한 종교·문화
사적 기원에 대한 질문들을 '유대교'와 '헬레니즘'이라는 키워드로 풀어낸다.

신국판·양장본 / 각 권 28,000원

나남
nanam   Tel: 031-955-4601
www.nanam.net